COLLECTION « BEST-SELLERS »

JOHN GRISHAM

LE MAÎTRE DU JEU

roman

traduit de l'américain par Patrick Berthon

ROBERT LAFFONT

Titre original : THE RUNAWAY JURY
© John Grisham, 1996
Traduction française : Éditions Robert Laffont, S.A. Paris, 1998

ISBN 2-221-07797-0
(édition originale : ISBN 0-385-48015-6 Doubleday, New York)

À la mémoire de
Tim Hargrove (1953-1995)

Remerciements

Toute ma gratitude, cette fois encore, à mon ami Will Denton, aujourd'hui établi à Biloxi, Mississippi, dont les recherches m'ont fourni les matériaux utilisés dans cet ouvrage, ainsi qu'à sa charmante épouse Lucy pour son hospitalité.

Mes remerciements vont aussi à Glenn Hunt, d'Oxford, Mark Lee, de Little Rock, Robert Warren, de Bogue Chitto ; sans oublier Estelle, à qui bien peu d'erreurs ont échappé.

1

Le visage de Nicholas Easter était partiellement caché par un présentoir chargé de téléphones sans fil extra-plats ; il ne regardait pas directement dans l'axe de la caméra, mais quelque part sur la gauche, peut-être en direction d'un client, peut-être d'un comptoir où un groupe de gamins étaient penchés sur les derniers jeux électroniques en provenance d'Asie. Bien que prise d'une distance de trente-cinq mètres, du trottoir d'une rue piétonnière animée, la photo était nette. Elle montrait un jeune et plaisant visage, aux traits énergiques, aux joues rasées de près. Easter avait vingt-sept ans, la chose était établie. Pas de lunettes, pas d'anneau dans le nez ni de coupe de cheveux extravagante. Rien qui indiquât qu'il était employé dans cette boutique, à cinq dollars de l'heure. D'après le questionnaire qu'il avait rempli, il y travaillait depuis quatre mois en suivant des études à mi-temps, bien qu'il n'y eût trace d'une inscription à son nom dans aucune université à cent cinquante kilomètres à la ronde. Aucun doute, il avait menti là-dessus.

Il ne pouvait en aller autrement ; leur réseau de renseignements était trop efficace. Si le jeune homme était étudiant, ils sauraient où, depuis combien de temps, dans quelles matières, s'il avait de bonnes notes ou de mauvaises. Ils le sauraient. Easter était employé dans une boutique d'informatique, dans un centre commercial. Ni plus ni moins. Il avait peut-être l'intention de s'inscrire quelque part, ou alors il avait abandonné ses études, mais aimait encore se présenter comme un étudiant à mi-temps.

Mais il n'était pas étudiant, ni aujourd'hui ni dans un passé récent. Alors, pouvaient-ils lui faire confiance ? La question avait été débattue à deux reprises, quand ils arrivaient au nom d'Easter sur la liste de session et que son visage apparaissait sur l'écran. Un mensonge sans conséquence, ils étaient presque d'accord là-dessus.

Il ne fumait pas ; l'usage du tabac était formellement interdit dans la boutique. Mais il avait été vu (pas photographié) en train de manger un taco au Food Garden en compagnie d'une collègue qui avait grillé deux cigarettes avec sa citronnade. La fumée n'avait pas semblé déranger Easter. Au moins, il n'était pas un fanatique antitabac.

Le visage de la photo, maigre et hâlé, souriait légèrement, les lèvres jointes. Sous la veste rouge du personnel de la boutique, Easter portait une chemise blanche à col ouvert et une cravate à rayures de bon goût. Nicholas Easter paraissait soigné de sa personne, en bonne forme et, d'après le photographe qui s'était entretenu avec lui en faisant semblant de chercher un accessoire obsolète, il s'exprimait avec aisance, était obligeant et de bon conseil. Un jeune homme sympathique. Son badge présentait Easter comme directeur adjoint, mais deux autres employés portant le même titre se trouvaient au même moment dans la boutique.

Le lendemain du jour où la photo avait été prise, une ravissante jeune femme en jean entra dans la boutique et alluma une cigarette devant le rayon des logiciels. Nicholas Easter, le plus proche des employés, s'adressa poliment à la cliente en lui demandant d'éteindre sa cigarette. Elle feignit de s'en irriter, même de s'en offenser, essaya de le provoquer. Sans se départir de sa courtoisie, il expliqua que l'usage du tabac était formellement interdit dans la boutique. Il l'invita à fumer à l'extérieur.

— La fumée vous dérange ? avait-elle demandé en tirant une taffe.

— Pas vraiment, avait-il répondu, mais elle dérange le propriétaire de la boutique.

Il l'avait alors priée une seconde fois d'arrêter.

Elle avait expliqué qu'elle voulait acheter une radio à affichage numérique et demandé s'il pouvait aller chercher un cendrier. Nicholas avait pris une boîte de jus de fruits vide sous le comptoir et éteint la cigarette lui-même. Ils avaient parlé de radios vingt minutes sans qu'elle parvienne à se décider. Elle lui avait fait du rentre-dedans, ce qui ne l'avait pas laissé indifférent.

En partant, elle avait donné son numéro de téléphone ; il avait promis d'appeler.

L'épisode, d'une durée de vingt-quatre minutes, avait été enregistré par un petit magnétophone caché dans le sac à main de la jeune femme. Les deux fois où le visage de Nicholas était apparu sur l'écran, l'enregistrement avait été étudié par les avocats et les experts. Le rapport figurait dans le dossier, six feuillets dactylographiés des observations de la jeune femme, allant des chaussures de Nicholas (des Nike usagées) à son haleine (chewing-gum à la cannelle), en passant par son vocabulaire (niveau études supérieures) et la manière dont il avait tenu la cigarette. À son avis, et elle avait de l'expérience en la matière, il n'avait jamais fumé.

Ils avaient écouté la voix bien timbrée, le boniment du vendeur, le baratin du charmeur ; il leur avait plu. Il était intelligent et n'avait pas le tabac en aversion. Ce n'était pas le juré idéal, mais il pourrait assurément faire l'affaire. Le problème avec Easter, le numéro cinquante-six sur la liste des jurés potentiels, était qu'ils en savaient très peu sur lui. À l'évidence, il avait échoué sur la côte du golfe du Mexique depuis moins d'un an et ils ignoraient d'où il venait. Son passé était un mystère. Il louait un deux-pièces à un kilomètre du tribunal de Biloxi – ils avaient des photos de l'immeuble – et avait commencé comme serveur dans un casino du front de mer. Rapidement promu à une table de black-jack, il avait pourtant quitté sa place au bout de deux mois.

Peu après la légalisation des jeux d'argent dans l'État du Mississippi, une douzaine de casinos avaient poussé comme des champignons sur le littoral et la région avait connu une nouvelle vague de prospérité. Les chercheurs d'emploi avaient afflué des quatre coins du pays et on pouvait raisonnablement supposer que Nicholas Easter était arrivé à Biloxi pour la même raison que dix mille autres. La seule chose curieuse était qu'il s'était inscrit si rapidement sur la liste électorale.

Il conduisait une Coccinelle de 1969, dont une photo remplaça son visage sur l'écran. Vingt-sept ans, célibataire, soi-disant étudiant à mi-temps, il avait le profil type pour conduire ce genre de voiture. Pas d'autocollants, rien qui indiquât une affiliation politique, un engagement social, une passion sportive. Pas de carte de stationnement sur un campus, pas même la marque d'un concessionnaire. Pour eux, ce véhicule ne signifiait rien ; rien d'autre qu'une quasi-pauvreté.

L'homme qui faisait fonctionner le projecteur et assurait la majeure partie des commentaires s'appelait Carl Nussman, un avocat de Chicago qui n'exerçait plus et avait monté sa propre société. Pour une petite fortune, son équipe et lui sélectionnaient le jury idéal. Ils réunissaient les renseignements, prenaient les photos, enregistraient les voix, envoyaient où il fallait une blonde serrée dans un jean. Carl et ses collaborateurs évoluaient à la limite de la loi et de l'éthique, mais il était impossible de les épingler ; il n'y a, somme toute, rien d'illégal ni d'immoral à photographier un juré potentiel. Ils avaient réalisé six mois auparavant, puis quatre mois plus tard et enfin le mois précédent des enquêtes téléphoniques minutieuses dans le comté d'Harrison afin de prendre la température de l'opinion publique sur les questions liées au tabac et d'établir le modèle du juré idéal. Ils n'avaient dédaigné aucune photo, négligé aucun ragot. Ils avaient un dossier sur chaque juré potentiel.

Carl actionna le mécanisme du projecteur et la voiture fut remplacée par l'image anodine de la façade à la peinture écaillée d'un immeuble ; le domicile, quelque part en ville, de Nicholas Easter. Il y eut un autre déclic, le visage revint sur l'écran.

– Nous ne disposons donc que de ces trois photographies du numéro cinquante-six, annonça Carl avec une pointe de déception dans la voix, en braquant un regard noir sur le photographe, un de ses nombreux enquêteurs, qui avait expliqué qu'il n'avait pu prendre le jeune homme sans risquer de se faire repérer. Le photographe occupait un fauteuil contre le mur du fond, face à la longue table autour de laquelle étaient installés les avocats, leurs assistants et les spécialistes de Carl. Il s'ennuyait ferme et était prêt à filer. C'était un vendredi soir, il était 19 heures. La tête du numéro cinquante-six ne quittait pas l'écran ; il en restait cent quarante. Le week-end serait cauchemardesque ; il avait besoin de prendre un verre.

Une demi-douzaine d'avocats en chemise froissée, les manches retroussées, noircissaient du papier sans discontinuer, en levant de temps en temps les yeux vers le visage de Nicholas Easter. Des experts de tout poil – psychiatres, sociologues, graphologues, professeurs de droit et tutti quanti – cherchaient dans leurs paperasses et feuilletaient des listings de plusieurs centimètres d'épaisseur. Ils ne savaient pas très bien à quoi s'en tenir sur le numéro cinquante-six ; un menteur, qui cachait son passé, mais sur le papier et sur l'écran il semblait pouvoir faire l'affaire.

14

Peut-être ne mentait-il pas. Peut-être était-il inscrit l'année précédente dans un obscur établissement du fin fond de l'Arizona et cela leur avait-il échappé.

Fichez-lui donc la paix, se dit le photographe. Mais, dans cette assemblée d'hommes instruits et grassement rémunérés, il était le dernier à qui on demanderait son avis. Il n'était pas payé pour ouvrir la bouche.

Carl s'éclaircit la voix en tournant encore une fois la tête vers le photographe.

– Numéro cinquante-sept, annonça-t-il.

Le visage moite de sueur d'une jeune femme apparut sur l'écran ; deux ou trois gloussements s'élevèrent.

– Traci Wilkes, poursuivit Carl, comme si Traci était devenue une vieille amie, tandis que des bruits de papier se faisaient entendre autour de la table. Trente-trois ans, deux enfants, mariée à un médecin, deux country-clubs, deux clubs de mise en forme, une flopée d'associations.

Carl énuméra ces différents points de mémoire tout en actionnant la commande du projecteur. Au visage empourpré succéda une photo de la jeune femme en train de courir sur un trottoir, dans une éclatante tenue de jogging rose et noir, chaussée de Reebok immaculées, une visière blanche surplombant des lunettes de soleil réfléchissantes dernier cri, une queue de cheval retenant ses longs cheveux. Elle poussait un landau dans lequel était couché un bébé. Traci ne vivait que pour l'exercice physique. Hâlée, active, elle n'était pourtant pas aussi mince qu'on aurait pu le supposer ; elle avait quelques mauvaises habitudes. Une photo de Traci dans un break Mercedes noir, avec des enfants et des chiens regardant par toutes les vitres. Une autre la montrant en train de charger des sacs à provisions dans la même voiture, avec un short moulant et la silhouette de quelqu'un qui aspirait à conserver éternellement un corps athlétique. Déployant une activité fébrile, ne prenant jamais le temps de regarder autour d'elle, elle avait été facile à suivre.

Carl passa au domicile des Wilkes, une bâtisse sur trois niveaux, dans une banlieue chic. Il ne s'attarda pas sur ces photos, gardant le meilleur pour la fin. Tracy revint sur l'écran, encore couverte de sueur, sa bicyclette couchée sur la pelouse d'un parc, assise sous un arbre, loin des regards... et fumant une cigarette !

Le photographe se mit à ricaner bêtement. C'était sa plus belle réussite, ce cliché pris à cent mètres de la femme du médecin, en train d'en griller une en douce. Il ne savait pas qu'elle fumait ; il se trouvait par hasard près d'une passerelle, tirant nonchalamment sur une cigarette, quand il l'avait vue passer à bicyclette. Il avait traîné une demi-heure dans le parc avant de la voir mettre pied à terre et fouiller dans la trousse de la bicyclette.

L'atmosphère se détendit un instant, devant l'image de Traci au pied de son arbre.

– Nous pouvons dire sans risque d'erreur que nous retiendrons le numéro cinquante-sept, annonça Carl.

Il écrivit quelques mots sur une feuille, avala une gorgée de café froid dans un gobelet en carton. Bien sûr qu'il allait sélectionner Traci Wilkes ! Qui n'aurait pas voulu de la femme d'un médecin dans un jury, quand les avocats de la partie civile demandaient des millions de dollars ? Carl rêvait de n'avoir que des femmes de médecin ; il ne les aurait pas. Le fait que Traci eût plaisir à fumer n'était qu'un atout supplémentaire.

Le numéro cinquante-huit était un ouvrier du chantier naval Ingalls, à Pascagoula ; cinquante ans, race blanche, divorcé, délégué syndical. Carl projeta une photo d'un pick-up Ford et s'apprêtait à présenter un résumé de la vie du numéro cinquante-sept quand la porte s'ouvrit pour laisser entrer Rankin Fitch. Carl s'interrompit. Les avocats se redressèrent, brusquement fascinés par la Ford. Ils prirent fébrilement des notes, comme s'ils ne devaient plus jamais avoir l'occasion de voir un véhicule de ce type. Les experts, eux aussi, s'activèrent instantanément, en évitant soigneusement de lever la tête vers le nouvel arrivant.

Fitch était revenu. Fitch était dans la pièce.

Il referma lentement la porte, fit quelques pas vers la table et parcourut l'assemblée d'un regard noir. La peau se plissa autour de ses yeux bouffis de fatigue ; les rides profondes courant sur son front se creusèrent. Sa large poitrine monta et descendit lentement ; l'espace d'un instant, Fitch fut le seul à respirer dans la pièce. Ses lèvres s'ouvraient pour manger et pour boire, parfois pour parler, jamais pour sourire.

Fitch était d'une humeur de chien, comme d'habitude ; même dans son sommeil, il demeurait dans des dispositions hostiles. Allait-il lancer des imprécations et des menaces, peut-être un ou deux objets, ou se contenterait-il de bouillir intérieurement ? On ne savait jamais à quoi s'attendre avec lui. Il s'immobilisa au bord de la table, entre deux avocats, de jeunes associés du cabinet qui avaient déjà des revenus plus que confortables et qui étaient chez eux dans ce bâtiment, dans cette pièce. Fitch n'était qu'un étranger venu de Washington, un intrus qui pestait et aboyait des ordres depuis un mois dans leurs couloirs ; les deux jeunes avocats n'osaient pourtant pas le regarder en face.

— Quel numéro ? demanda Fitch à Carl.

— Cinquante-huit.

— Revenez au cinquante-six, ordonna Fitch.

Carl actionna la commande de son appareil jusqu'à ce que le visage de Nicholas Easter réapparaisse sur l'écran. Des bruissements de papier se firent entendre autour de la table.

— Où en êtes-vous ? demanda Fitch.

— Rien de nouveau, répondit Carl en détournant les yeux.

— Bravo ! Combien de points d'interrogation sur les cent quatre-vingt-seize ?

— Huit.

Fitch poussa un grognement en secouant lentement la tête ; tout le monde attendit l'explosion. Au lieu de quoi, il caressa quelques secondes son bouc poivre et sel soigneusement taillé, les yeux rivés sur Carl afin qu'il s'imprègne de la gravité de la situation.

— Travaillez jusqu'à minuit et reprenez demain matin, à 7 heures. Même chose dimanche.

Sur ce, il fit pivoter d'un bloc son corps massif et quitta la pièce.

La porte claqua. L'atmosphère se détendit considérablement ; tous ensemble, les avocats, les experts, Carl et les autres regardèrent leur montre. On venait de leur donner l'ordre de passer dans cette pièce trente-neuf des cinquante-trois prochaines heures, à regarder des agrandissements de visages déjà connus, à mémoriser le nom, la date de naissance et les signes particuliers de près de deux cents personnes.

Et tous savaient qu'ils feraient précisément ce qu'on leur avait demandé.

Fitch prit l'escalier pour descendre au rez-de-chaussée où l'attendait son chauffeur, un costaud du nom de José, en complet noir, santiags noires et lunettes noires qu'il ne retirait que pour se doucher et dormir. Fitch ouvrit une porte sans frapper, interrompant une réunion qui se poursuivait depuis des heures. Quatre avocats et leurs assistants étudiaient les dépositions vidéo des premiers témoins de la plaignante. La bande s'arrêta quelques secondes après l'entrée de Fitch. Il glissa quelques mots à l'un des avocats et ressortit. José le suivit dans une petite bibliothèque donnant sur un couloir, où il poussa une autre porte, affolant un autre groupe d'avocats.

Avec ses quatre-vingts associés et collaborateurs, le cabinet Whitney, Cable et White était le plus important de la côte du golfe du Mexique. Sélectionné par Fitch, il allait engranger des millions de dollars en honoraires. Mais pour les gagner, tous devaient supporter les méthodes tyranniques et impitoyables de Rankin Fitch.

Dès qu'il eut l'assurance qu'on savait à tous les étages qu'il était dans les lieux et qu'on en était terrifié, Fitch quitta le bâtiment. Il resta un moment sur le trottoir, dans la plaisante chaleur d'octobre, en attendant José. À une centaine de mètres, dans les étages supérieurs d'une ancienne banque, toutes les lumières étaient allumées dans une enfilade de bureaux ; l'ennemi était encore au travail. Les défenseurs de la plaignante étaient tous là-haut, conférant avec des experts, étudiant des épreuves agrandies, faisant à peu près la même chose que sa propre équipe. Le procès débuterait le lundi suivant par la sélection du jury ; ceux du camp adverse aussi s'interrogeaient sur des noms et des visages, ils se torturaient les méninges en se demandant qui pouvait bien être Nicholas Easter et d'où il venait. Et Ramon Caro, Lucas Miller, Andrew Lamb, Barbara Furrow, Dolores DeBoe ? Qui étaient ces gens ? Il fallait venir dans un trou du Mississippi pour trouver une liste aussi périmée de jurés potentiels. Fitch avait dirigé la défense dans huit affaires avant celle-ci, dans huit États différents, où on vivait à l'âge de l'ordinateur, où les listes électorales étaient mises à jour et où, en recevant la liste des jurés, on n'avait pas à s'inquiéter de savoir qui était encore de ce monde.

Il continua de fixer les fenêtres allumées en se demandant comment les requins partageraient l'argent, si jamais ils gagnaient. Comment diable parviendraient-ils à se mettre d'accord sur le partage de la carcasse ? Le procès serait une aimable plaisanterie en comparaison de la bataille implacable qui se déclencherait, si le verdict leur était favorable et leur octroyait une grosse galette.

Il les haïssait ; il cracha sur le trottoir, alluma une cigarette, la serra entre ses doigts boudinés.

José arrêta la voiture au bord du trottoir, une rutilante Suburban de location, aux vitres teintées. Fitch s'installa à sa place habituelle, sur le siège avant. En passant devant les fenêtres allumées de l'ennemi, José leva la tête, mais il garda le silence ; son patron détestait les paroles inutiles. Ils longèrent le tribunal de Biloxi, puis le grand magasin à demi abandonné où Fitch et son équipe occupaient discrètement des bureaux au sol couvert de sciure de contre-plaqué et au mobilier d'occasion.

Arrivés à la plage, ils prirent la direction de l'ouest, au milieu d'une circulation très dense. Le vendredi soir, les casinos étaient bourrés de gens qui dilapidaient l'argent du ménage en échafaudant des plans pour se refaire le lendemain. Ils sortirent de Biloxi à vitesse réduite, traversèrent Gulfport, Long Beach et Pass Christian. Puis ils quittèrent la route du littoral et franchirent peu après un poste de contrôle, près d'une lagune.

2

Devant la villa moderne qui s'étalait au bord de l'eau, une jetée en bois se perdait dans les flots calmes de la baie, à trois kilomètres de la plage la plus proche. Un bateau de pêche de vingt pieds y était amarré. La villa avait été louée à un pétrolier de La Nouvelle-Orléans – trois mois, cash, pas de questions. Elle servait de retraite à des hommes très importants.

Sur un solarium surplombant la baie, quatre messieurs bien mis prenaient l'apéritif en devisant, dans l'attente d'un visiteur. Les affaires, en temps normal, faisaient d'eux des ennemis implacables, mais ils avaient joué au golf dans l'après-midi, avant de partager des crevettes et des huîtres grillées. Maintenant, ils buvaient ensemble en regardant les eaux sombres au pied de la terrasse. Il leur était pénible de penser qu'ils se trouvaient sur le golfe du Mexique, un vendredi soir, loin de chez eux.

Mais les affaires ne leur laissaient pas le choix, des affaires d'une importance capitale, qui exigeaient une trêve et avaient transformé la partie de golf en un moment presque agréable. Chacun de ces quatre hommes était le président-directeur général d'une grande entreprise. Chacune de ces entreprises figurait dans la liste des cinq cents plus importantes du pays, chacune était cotée en Bourse. La plus modeste avait réalisé l'année précédente un chiffre d'affaires de six cents millions de dollars, la plus grosse de quatre milliards. Chacune faisait un bénéfice record et distribuait de gros dividendes à ses heureux actionnaires, des résultats qui rapportaient des millions de dollars à leur P.-D.G.

Chacune de ces entreprises était une sorte de conglomérat

avec ses divisions, sa multitude de produits, son énorme budget de publicité et un nom insipide tel que Trellco ou Smith Greer, un nom destiné à détourner l'attention du fait qu'elle ne faisait, au fond, que vendre du tabac. Ces quatre entreprises, Big Tobacco ou les Quatre Grands, comme elles étaient surnommées dans les milieux financiers, avaient été fondées au XIXe siècle, par des courtiers en tabac de Virginie et de Caroline. Elles fabriquaient des cigarettes : ensemble, quatre-vingt-dix-huit pour cent des ventes aux États-Unis et au Canada. Elles fabriquaient aussi des barres de fer, des pétales de maïs, des teintures pour cheveux, mais il suffisait de gratter un peu pour constater que les bénéfices provenaient des cigarettes. Il y avait eu des fusions et des changements de nom, des efforts avaient été consentis pour séduire le public, mais les Quatre Grands se trouvaient totalement isolés, vilipendés par des associations de défense du consommateur, le corps médical et même certains politiciens.

Et les avocats s'étaient mis de la partie. Des veufs, un peu partout, les traînaient en justice et demandaient des sommes astronomiques en prétendant que la fumée de cigarette provoque le cancer du poumon. Seize procès avaient déjà eu lieu, Big Tobacco les avait tous gagnés, mais la pression devenait de plus en plus forte. Dès qu'un jury accorderait quelques millions de dollars à la veuve d'un fumeur, ce serait la curée. Les avocats plaidants inonderaient le pays de publicité et imploreraient les fumeurs et leurs veufs d'engager sans tarder des poursuites, pendant qu'il y avait de l'argent à prendre.

Les quatre dirigeants parlaient en général d'autre chose quand ils étaient seuls, mais les langues se déliaient avec l'alcool ; l'amertume se faisait jour. Accoudés au parapet, le regard fixé sur l'océan, ils commençaient à maudire les avocats et le code de procédure civile. Ils engloutissaient des fortunes à Washington, au profit de groupes de pression qui s'efforçaient de réformer le système en faveur d'entreprises responsables comme les leurs. Il leur fallait un bouclier pour être à l'abri des attaques insensées de prétendues victimes. Mais rien ne semblait marcher. Et ils se retrouvaient au fin fond du Mississippi, sous le coup d'un nouveau procès.

En réponse aux menaces croissantes venant des tribunaux, les Quatre Grands avaient constitué un fonds de prévoyance, appelé simplement le Fonds. Il n'avait pas de limites, ne laissait pas de traces. Il n'existait pas. Le Fonds était utilisé pour les manœuvres brutales exigées par les procès, pour engager les meilleurs et les plus retors défenseurs, les plus dociles experts, les plus subtils consultants pour sélectionner les jurys. Aucune restriction n'était apportée à l'utilisation du Fonds. Après les seize victoires, ils se demandaient parfois, entre eux, s'il y avait des limites à ce que le Fonds pouvait réaliser. Tous les ans, chaque entreprise mettait de côté trois millions de dollars destinés, par des voies détournées, à alimenter le Fonds. Pas un comptable, pas un cabinet d'audit, pas un vérificateur ne soupçonnait l'existence de cette caisse noire.

Le Fonds était administré par Rankin Fitch, un homme qu'ils méprisaient unanimement, mais qu'ils écoutaient et à qui ils obéissaient, si nécessaire. C'est lui qu'ils attendaient. Ils se réunissaient quand il le demandait, ils se dispersaient et revenaient quand tel était son bon plaisir. Aussi longtemps qu'il gagnerait, Fitch les ferait marcher à la baguette. Il avait dirigé la défense de huit procès sans en perdre un ; il avait aussi fait débouter deux demandeurs, mais il n'y avait évidemment aucune preuve.

Un assistant s'avança sur le solarium avec un plateau d'apéritifs préparés au goût de chacun. Il était en train de servir quand on annonça l'arrivée de Fitch. Dans le même mouvement, les quatre hommes levèrent leur verre pour avaler une grande lampée.

Ils se hâtèrent de rentrer dans le salon, pendant que Fitch donnait ses instructions à José. Un assistant lui tendit un verre d'eau minérale, sans glaçon. Fitch ne buvait jamais, mais avait englouti assez d'alcool dans sa jeunesse pour faire flotter une barque. Sans remercier l'assistant, sans lui accorder un regard, il se dirigea vers la fausse cheminée, attendit que les quatre hommes prennent place autour de lui sur les canapés. Un autre assistant se risqua à lui présenter un plateau contenant le reste des crevettes et des huîtres ; Fitch le congédia d'un geste. Le bruit courait qu'il lui arrivait de manger, mais il n'avait jamais été pris en flagrant délit. La preuve était pourtant là, dans l'ampleur de la poitrine et du tour de taille, les plis du menton sous la barbiche, la lourdeur de la silhouette. Mais il portait des complets sombres, gardait sa veste boutonnée et faisait en sorte que son corps massif en impose.

22

– Un point rapide, commença-t-il, dès qu'il estima avoir assez attendu. En ce moment même, notre personnel au complet travaille d'arrache-pied et continuera tout le week-end. Au programme, la sélection des jurés. Nos avocats sont prêts ; les témoins ont été préparés, les experts sont arrivés. Rien de particulier à signaler.

Il y eut un silence, juste le temps pour les grands patrons de s'assurer que Fitch avait terminé l'entrée en matière.

– Que pensez-vous de ces jurés ? demanda D. Martin Jankle, le plus nerveux du lot. Il dirigeait une vénérable entreprise connue pendant de longues années sous le nom de U-Tab, l'abréviation de Union Tobacco, qui figurait maintenant à la cote officielle sous le nom de Pynex. *Wood contre Pynex*, telle était l'affaire qui allait être jugée ; le numéro de Jankle était sorti à la roulette. Pynex était le numéro trois des fabricants de tabac, avec un chiffre d'affaires de près de deux milliards de dollars. Elle possédait aussi, d'après les chiffres du dernier trimestre, les plus grosses réserves de trésorerie des Quatre Grands. Le procès tombait mal. Si la chance n'était pas avec eux, les jurés pourraient avoir sous les yeux le bilan du dernier exercice de Pynex, de petites colonnes bien propres montrant un excédent de huit cents millions de dollars.

– Nous nous en occupons, répondit Fitch. Il y a encore des zones d'ombre sur huit d'entre eux, dont quatre pourraient être morts ou avoir déménagé. Les quatre autres sont bien vivants et devraient être au tribunal lundi.

– Un juré vendu peut tout foutre en l'air, reprit Jankle qui avait été avocat d'entreprise avant d'entrer chez U-Tab et ne manquait jamais une occasion de rappeler à Fitch qu'il s'y connaissait mieux que les autres en matière juridique.

– J'en ai pleinement conscience, répondit sèchement Fitch.

– Nous devons tout savoir sur eux.

– Nous faisons de notre mieux. Nous n'y pouvons rien si, contrairement aux autres États, ici, les listes électorales ne sont pas à jour.

Jankle avala une grande gorgée sans quitter Fitch des yeux. Après tout, ce type n'était qu'un spécialiste de la sécurité grassement payé, rien à voir avec le P.-D.G. d'une grande entreprise. On pouvait lui donner le titre qu'on voulait – consultant, agent, contractant –, il n'en travaillait pas moins pour eux. Bien sûr, il avait un rôle essentiel en ce moment ; il prenait des airs importants et donnait de la voix parce qu'il était aux commandes – il faisait le mariolle. Jankle se garda bien de dévoiler le fond de sa pensée.

– Autre chose ? demanda Fitch, comme si la première question de Jankle avait été posée à la légère, indiquant ainsi que si ce dernier n'avait rien d'utile à dire, il ferait mieux de se taire.

– Faites-vous confiance à ces avocats ? fit Jankle.

– Nous en avons déjà parlé, il me semble.

– Nous pouvons en reparler, si ça me chante.

– Qu'est-ce qui vous tracasse ? demanda Fitch.

– Eh bien, le fait qu'ils soient d'ici.

– Je vois. Vous pensez que ce serait une bonne idée de faire venir quelques avocats de New York ou même de Boston pour convaincre notre jury ?

– Non, c'est simplement que... euh... ils n'ont jamais assuré la défense de l'industrie du tabac.

– Il n'y a jamais eu de procès sur la Côte. Vous en plaignez-vous ?

– Ils m'inquiètent, c'est tout.

– Nous avons enrôlé les meilleurs de la région.

– Pourquoi sont-ils si peu chers ?

– La semaine dernière, répliqua Fitch, vous vous inquiétiez du montant des frais. Aujourd'hui, vous trouvez que nos avocats ne sont pas assez gourmands ; il faudrait vous décider.

– L'année dernière, à Pittsburgh, les avocats facturaient l'heure de travail quatre cents dollars. Ceux d'ici n'en demandent que deux cents. Cela m'inquiète.

L'air perplexe, Fitch se tourna vers Luther Vandemeer, le P.-D.G. de Trellco.

– Quelque chose m'échappe, fit-il avec un petit geste de la main en direction de Jankle. Est-il sérieux ? Ce procès nous a déjà coûté cinq millions de dollars et il redoute que je lésine sur les dépenses.

Vandemeer prit son verre en souriant, but une petite gorgée.

– Vous en avez dépensé six dans l'Oklahoma, insista Jankle.

– Et nous avons gagné. Je n'ai pas souvenir d'avoir entendu quelqu'un se plaindre après le verdict.

– Je ne me plains pas. Je ne fais qu'exprimer une appréhension.

— Parfait. Je vais regagner nos bureaux, réunir tous les avocats et leur annoncer que mes clients ne sont pas satisfaits des notes d'honoraires. « Messieurs, dirai-je, je sais que vous vous enrichissez sur notre dos, mais ce n'est pas suffisant. Mes clients exigent que vous augmentiez vos tarifs ; vous n'êtes pas assez chers. Entubez-nous, messieurs. » Bonne idée, non ?

— Détendez-vous, Martin, fit Vandemeer. Le procès n'a pas encore commencé. Je suis sûr que nous ne pourrons plus voir nos avocats en peinture avant d'être partis.

— Oui, mais ce procès est différent, nous le savons, répliqua Jankle en reprenant son verre.

Il buvait trop, contrairement aux trois autres. On l'avait discrètement fait désintoxiquer six mois plus tôt, mais la pression du procès à venir était trop forte. Fitch, un ancien alcoolique lui-même, savait que Jankle se trouvait dans une mauvaise passe ; il serait appelé à la barre des témoins dans quelques semaines.

Comme s'il n'avait pas assez à faire, Fitch allait devoir s'assurer que le docteur Martin Jankle ne faisait pas d'excès. Il lui en voulait de cette faiblesse.

— J'imagine que les avocats de la partie adverse sont prêts, fit un autre grand patron.

— Bien vu, répondit Fitch avec un petit haussement d'épaules. Ils sont assez nombreux, croyez-moi.

Huit, aux dernières nouvelles. Huit des plus gros cabinets spécialisés dans les affaires civiles avaient, à ce qui se murmurait, allongé un million de dollars chacun pour financer ce bras de fer avec l'industrie du tabac. Ils avaient choisi la plaignante, la veuve d'un certain Jacob L. Wood. Ils avaient choisi leur tribune : Biloxi, une ville côtière du Mississippi, un État où la législation civile leur était favorable, où les jurés pouvaient se montrer généreux. Ils n'avaient pas choisi le juge, mais n'auraient pu être plus chanceux. Frederick Harkin avait plaidé avant qu'une crise cardiaque le contraigne à devenir magistrat.

Ce n'était pas un affaire ordinaire ; tout le monde le savait.

— Combien ont-ils dépensé ?

— Je ne suis pas dans le secret des dieux, répondit Fitch. D'après certaines rumeurs, leur caisse ne serait pas aussi bien garnie qu'ils le proclament ; peut-être de petites difficultés à faire payer d'avance certains avocats. Mais ils ont dépensé plusieurs millions. Et dix associations de consommateurs sont prêtes à les abreuver de conseils.

Jankle fit tinter ses glaçons et vida son verre, jusqu'à la dernière goutte. C'était le quatrième.

Fitch se leva et attendit ; les patrons gardèrent le silence, les yeux rivés sur la moquette.

— Combien de temps durera le procès ? demanda enfin Jankle.

— Quatre à six semaines. La sélection du jury ne prend pas longtemps ici. Il sera probablement formé dès mercredi.

— Il y en a eu pour trois mois à Allentown, poursuivit Jankle.

— Nous ne sommes pas au Kansas. Vous voulez un procès de trois mois ?

— Non, c'est juste que...

Jankle n'acheva pas sa phrase.

— Combien de temps devons-nous rester ? reprit Vandemeer en regardant machinalement sa montre.

— Peu importe. Vous pouvez partir tout de suite ou attendre que le jury soit constitué. Vous avez tous des jets à votre disposition ; si j'ai besoin de vous, je sais où vous trouver.

Fitch posa son verre d'eau sur la tablette de la cheminée et parcourut la pièce du regard.

— Autre chose ?

Silence.

— Bien.

Il dit quelques mots à José en ouvrant la porte et sortit. Les patrons continuèrent de fixer la moquette en silence, inquiets de ce qui allait se passer le lundi et les semaines suivantes.

D'une main légèrement tremblante, Jankle alluma une cigarette.

Sa première fortune, Wendall Rohr l'avait gagnée dans un prétoire, en représentant deux ouvriers d'une plate-forme pétrolière offshore, victimes de graves brûlures. Sa part du gâteau s'était élevée à deux millions de dollars ; il n'avait pas tardé à se considérer comme un avocat avec qui il fallait compter. Il dépensa beaucoup, s'assura d'autres causes juteuses ; à quarante ans, il était à la tête d'un cabinet dynamique et avait parmi ses pairs la réputation d'un batailleur. L'abus de drogues, un divorce et quelques investissements malheureux avaient tout gâché ; à cinquante ans, il vérifiait des titres de propriété et défendait des voleurs à l'étalage, comme un million de ses confrères. Quand la vague de procès sur l'amiante avait déferlé sur la côte, Wendall Rohr était là. Il refit fortune, se jura de ne pas tout reperdre. Il créa un nouveau cabinet, remit à neuf de luxueux bureaux, trouva même une jeune épouse. Libéré de l'alcool et des pilules, Rohr consacra une énergie considérable à intenter des actions contre les grandes entreprises, pour le compte de clients victimes d'un préjudice. Sa seconde ascension fut encore plus rapide que la première. Il se laissa pousser la barbe, se laqua les cheveux, se tailla une réputation de libéral.

Rohr rencontra Celeste Wood par l'intermédiaire d'un jeune avocat qui avait préparé le testament de Jacob Wood, peu avant sa mort, à l'âge de cinquante et un ans, après avoir fumé trois paquets par jour durant près de trois décennies.

Entre les mains d'un avocat moins ambitieux, le dossier n'eût été que celui d'un fumeur, mort prématurément comme des quantités d'autres. Mais Rohr disposait d'un réseau de relations où avaient cours les rêves les plus fous jamais caressés par des avocats. Tous étaient spécialisés dans la responsabilité civile des fabricants, tous avaient empoché des millions grâce aux prothèses mammaires et à l'amiante. Ils se réunissaient plusieurs fois par an pour mettre au point de nouveaux moyens d'exploiter le filon de la réparation civile. Aucun produit manufacturé en toute légalité n'avait fait dans l'histoire de l'humanité autant de victimes que la cigarette. Et ceux qui les fabriquaient s'étaient confortablement rempli les poches.

Rohr avait mis le premier million sur la table ; sept autres l'avaient imité. Sans difficulté, ce groupe avait obtenu l'aide d'une coalition d'associations de consommateurs et du lobby antitabac. Une réunion avait été organisée, au cours de laquelle Rohr avait naturellement été porté à la présidence. Quatre ans plus tôt, en faisant autant de battage que possible, le groupe de Rohr avait saisi le tribunal du comté d'Harrison, Mississippi.

D'après les renseignements dont disposait Fitch, l'affaire *Wood contre Pynex* était le cinquante-cinquième procès de ce genre. Trente-six avaient fait l'objet d'un non-lieu, pour une multitude de raisons. Dans seize autres affaires, la procédure était allée à son terme et la justice s'était prononcée en faveur de l'industrie du tabac. Dans les deux derniers cas, un vice de procédure avait arrêté la poursuite. Jamais des dommages-intérêts n'avaient été accordés ; pas un seul plaignant n'avait touché un sou.

Rohr soutenait qu'à l'occasion des cinquante-quatre procès précédents le plaignant n'avait jamais été représenté par des avocats disposant de ressources comparables à celles de la partie adverse.

Fitch en convenait.

La stratégie à long terme de Rohr était simple et très habile. Les cent millions de fumeurs du pays n'étaient pas tous atteints d'un cancer du poumon, mais ils étaient assez nombreux pour l'occuper jusqu'à la retraite. Il suffisait de gagner une fois et il n'aurait plus qu'à attendre tranquillement la curée. Tous les avocats du pays auraient leur veuve éplorée ; Rohr et ses confrères pourraient faire leur choix.

Les bureaux de Rohr occupaient les trois derniers étages d'une ancienne banque, pas loin du tribunal. Dans la nuit du vendredi, il ouvrit la porte d'une pièce plongée dans l'obscurité, s'installa contre le mur du fond tandis que Jonathan Kotlack continuait de faire fonctionner le projecteur. Kotlack était venu de San Diego pour superviser les recherches sur les jurés et leur sélection, mais Rohr se chargeait de poser la plupart des questions. La longue table placée au centre de la pièce était couverte de tasses à café et de papiers froissés. Les hommes qui y étaient assis fixèrent des yeux rougis sur le nouveau visage qui venait d'apparaître sur le mur.

Nelle Robert ; quarante-six ans, divorcée, victime d'un viol, caissière dans une banque, non-fumeuse, très forte, ce qui, d'après une théorie de Rohr, la rendait inapte à être sélectionnée. Ne jamais prendre de femmes fortes. Peu importait l'avis des consultants ; peu importait l'opinion de Kotlack. Rohr ne prenait jamais de femmes fortes, surtout des célibataires. Elles avaient tendance à se montrer près de leurs sous et peu sympathiques.

Les noms et les visages étaient inscrits dans sa mémoire ; il n'en pouvait plus. Il les avait étudiés jusqu'à ce qu'ils lui sortent par les yeux. Il se glissa hors de la pièce, se frotta les paupières dans le couloir et prit l'escalier pour gagner la salle de conférences où le comité des Documents se débattait dans un océan de paperasses, sous la supervision d'André Durond, de La Nouvelle-Orléans. Il était près de 22 heures, plus de quarante personnes travaillaient encore d'arrache-pied dans les bureaux de Wendall Rohr.

Il s'entretint quelques minutes avec Durond en observant les assistants juridiques. Puis il quitta la pièce et se dirigea vers le bureau suivant d'un pas plus vif. Il sentait l'adrénaline monter.

Un peu plus loin les avocats du lobby du tabac travaillaient aussi fiévreusement.

Rien n'égalait l'excitation provoquée par un procès de cette envergure.

3

La salle principale du tribunal de Biloxi se trouvait au premier étage, en haut d'un escalier carrelé donnant sur un atrium inondé de soleil. Les murs avaient reçu une couche de peinture blanche ; les sols luisaient de la cire dont ils avaient été enduits.

À 8 heures, ce lundi matin, ils étaient déjà nombreux à attendre dans l'atrium, devant la haute porte à double battant de la salle d'audience. Un petit groupe, rassemblé dans un coin, était uniquement composé d'hommes en complet sombre, jeunes, qui semblaient tous sortis du même moule. Soignés de leur personne, les cheveux courts et gominés, la plupart portaient des lunettes à monture d'écaille ou des bretelles apparaissant sous un pan de la veste bien coupée. C'étaient des analystes financiers de Wall Street, spécialisés dans les valeurs du tabac, envoyés dans le Sud pour suivre les premières péripéties du procès.

Un autre groupe, plus important et qui allait en grossissant, occupait le centre de la cour intérieure. Chacune des personnes qui le composaient tenait, l'air emprunté, une feuille à la main : la convocation des jurés. Ils étaient peu nombreux à se connaître, mais cette feuille les cataloguait et leur permettait de lier connaissance. Des murmures nerveux s'élevaient devant la salle d'audience ; les hommes en complet sombre observaient en silence les jurés potentiels.

Le troisième groupe, des hommes en uniforme, à la mine sévère, était chargé de garder les portes. Pas moins de sept shérifs adjoints avaient pour mission de veiller au grain en ce jour d'ouverture du procès. Deux manipulaient le détecteur de métal installé devant la porte. Deux autres remplissaient des papiers sur un bureau de fortune ; les trois derniers regardaient la foule en sirotant du café dans des gobelets en carton.

À 8 h 30 précises, les gardes ouvrirent la porte à deux battants, vérifièrent la convocation de chaque juré, les firent passer l'un après l'autre devant le détecteur de métal et annoncèrent à ceux qui restaient, les analystes, des journalistes et des curieux, qu'il leur faudrait patienter un peu.

Avec la rangée de chaises pliantes disposées en cercle autour des banquettes, la salle d'audience pouvait contenir trois cents personnes. Derrière la barre une trentaine d'autres allaient bientôt se serrer autour des tables des avocats. La greffière du tribunal civil examina à son tour les feuilles, embrassa deux ou trois jurés de sa connaissance et les conduisit en souriant à leur place. Gloria Lane était greffière du tribunal du comté de Harrison depuis onze ans. Elle n'allait pas laisser passer l'occasion de mener son monde à la baguette, de mettre des noms sur des visages, de distribuer des poignées de mains, de jouir fugitivement de la lumière des projecteurs braqués sur le plus important procès de sa carrière. Elle était assistée de trois jeunes femmes du greffe ; à 9 heures, tous les jurés, assis à leur place, s'affairaient à remplir un nouveau questionnaire.

Deux seulement manquaient à l'appel. Ernest Duly, que l'on croyait parti en Floride, où il serait décédé ; Tella Gail Ridehouser, inscrite sur la liste électorale en 1959, qui n'avait pas voté depuis la victoire de Carter sur Ford et dont il n'y avait plus aucune trace. Sur la gauche de Gloria Lane les rangs un à douze étaient occupés par cent quarante-quatre jurés potentiels ; sur sa droite les rangs treize à seize accueillaient les cinquante derniers. Gloria échangea quelques mots avec un shérif adjoint, puis, conformément aux instructions du juge Harkin, quarante spectateurs furent admis dans la salle d'audience et prirent place au fond.

Les trois assistantes du greffe ramassèrent les questionnaires ; à 10 heures, les premiers avocats se glissèrent dans la salle, pas par la porte principale, mais par une des portes du fond, qui donnaient sur un dédale de bureaux et de petites salles. Uniformément vêtus d'un complet sombre, ils tentaient l'exploit impossible de dévorer les jurés des yeux tout en s'efforçant de paraître indifférents.

En examinant des dossiers d'un air intelligent, en échangeant quelques propos à voix basse, ils cherchaient en vain à donner l'impression d'être préoccupés par des sujets autrement importants. Ils s'installèrent autour des tables. Sur la droite, celle de la plaignante ; à côté, celle de la défense. Des chaises serrées les unes contre les autres occupaient tout l'espace entre les tables et la barrière de bois qui les séparait du public.

Le dix-septième rang était vide, sur l'ordre du juge ; les envoyés de Wall Street, assis au dix-huitième, la nuque raide, fixaient le dos des jurés. Derrière eux, quelques journalistes, puis des avocats du comté et une poignée de curieux. Au dernier rang, Rankin Fitch faisait semblant de lire un journal.

Après l'arrivée des derniers avocats, les consultants des deux parties prirent place sur les chaises disposées entre la barrière et les tables. Ils s'attelèrent à la tâche malaisée de scruter les visages interrogateurs de près de deux cents inconnus. Ils étaient grassement payés pour le faire et prétendaient être en mesure d'analyser avec précision une personnalité en se fondant sur les révélations du langage du corps. Ils attendaient anxieusement de voir des bras se croiser sur une poitrine, des doigts tapoter nerveusement des dents, des têtes s'incliner avec méfiance et une infinité d'autres gestes censés révéler la personnalité profonde d'un individu et ses préjugés les mieux cachés.

Ils prenaient des notes en étudiant silencieusement les visages. Le juré numéro cinquante-six, Nicholas Easter, reçut plus que sa part de regards inquisiteurs. Assis au milieu du cinquième rang, en pantalon kaki et chemise à col boutonné, le jeune homme jetait de temps en temps un coup d'œil autour de lui, mais son attention était dirigée sur un livre de poche. Personne d'autre n'avait songé à apporter un livre.

Les derniers consultants trouvèrent une chaise. Ils n'étaient pas moins de six pour la défense ; la partie adverse n'en avait que quatre.

Les jurés potentiels, dans l'ensemble, n'appréciaient pas d'être dévisagés de la sorte ; ils répondirent par des regards peu amènes. Un avocat raconta une blague ; des rires détendirent l'atmosphère. Les avocats discutaient entre eux à voix basse, mais les jurés avaient peur d'ouvrir la bouche.

Le dernier à entrer fut Wendall Rohr qui, comme à son habitude, se fit entendre avant d'être vu. Il ne possédait pas de complet veston et portait son ensemble préféré pour une séance d'ouverture : veste de sport grise à carreaux, pantalon d'un gris mal assorti, gilet blanc, chemise bleue et nœud papillon rouge et jaune. Il passa devant les avocats de la défense sans leur accorder un regard, en aboyant des ordres à l'assistant qui trottinait à ses côtés. Il s'adressa d'une voix forte à un autre de ses avocats. Quand l'attention générale fut dirigée sur lui, il tourna la tête vers les jurés potentiels. Cette affaire était la sienne ; l'action avait été intentée dans sa ville natale, pour lui permettre de plaider un jour dans cette salle et de demander justice à ses concitoyens. Il en salua deux d'un hochement de tête discret, adressa un clin d'œil à un troisième. Il connaissait ces gens ; ensemble, ils feraient apparaître la vérité en plein jour.

Son entrée fit frémir les consultants de la défense. Aucun d'eux ne le connaissait, mais ils avaient été mis au fait de sa réputation. Ils virent les sourires s'épanouir sur le visage de certains jurés, des gens qui le connaissaient personnellement. Tous semblèrent se détendre en retrouvant ce visage familier. Pour eux, Wendall Rohr était un personnage légendaire. Au dernier rang, Fitch étouffa un juron

Enfin, à 10 h 30, un huissier entra par la porte de derrière, annonça l'arrivée de la cour. Trois cents personnes se levèrent d'un bond quand le juge Frederick Harkin gravit l'estrade ; il demanda à tout le monde de se rasseoir.

Âgé de cinquante ans, Harkin était jeune pour un juge. Nommé par le gouverneur démocrate qu'il soutenait pour aller au terme d'un mandat inachevé, il avait ensuite été élu à ce poste. Il avait la réputation injustifiée de favoriser les plaignants. Obscur avocat d'un petit cabinet, il avait travaillé dur, mais sa véritable passion était la politique locale. Il avait su se montrer assez habile pour obtenir cette charge de juge et gagnait beaucoup mieux sa vie qu'au temps où il plaidait.

La vue de la salle d'audience bourrée d'électeurs venus accomplir leur devoir civique avait de quoi réchauffer le cœur d'un magistrat élu ; il les salua chaleureusement, avec un grand sourire, comme s'ils étaient venus de leur propre chef. Le sourire s'effaça lentement, à mesure que le juge, qui n'était réputé ni pour sa chaleur ni pour son humour, insistait dans un bref discours d'accueil sur l'importance de leur présence.

Avec une gravité retrouvée, il considéra les avocats assis

devant lui, huit pour le demandeur, neuf pour la défense, trop nombreux pour tenir autour des tables. Quatre jours plus tôt, à huis clos, Harkin avait attribué une table à chaque partie. Dès que le jury serait sélectionné et que le procès commencerait, six seulement seraient présents à chaque table ; les autres prendraient place sur la rangée de chaises actuellement occupées par les consultants.

La plainte avait été déposée quatre ans auparavant ; les pièces du dossier remplissaient onze cartons. Les parties en présence avaient d'ores et déjà dépensé plusieurs millions de dollars ; le procès devait durer au moins un mois. Frederick Harkin était déterminé à faire montre de fermeté.

Il prit le micro placé devant lui pour donner quelques informations sur le procès. Il annonça qu'il durerait plusieurs semaines, ajouta que les jurés ne seraient pas tenus dans l'isolement. Il expliqua ensuite que la loi prévoyait des dispenses, demanda si quelqu'un de plus de soixante-cinq ans avait échappé à la vigilance de l'ordinateur. Six mains se levèrent aussitôt. Le juge parut surpris et tourna un regard interrogateur vers Gloria Lane qui haussa les épaules comme pour dire que cela arrivait tout le temps. Les six en question pouvaient choisir de se retirer sur-le-champ, ce que firent cinq d'entre eux. Plus que cent quatre-vingt-neuf. Les consultants des deux parties s'empressèrent de rayer les noms ; les avocats prirent gravement quelques notes.

— Y a-t-il maintenant des non-voyants dans la salle ? poursuivit le juge. Je veux dire des personnes privées de la vue ?

La question posée d'un ton badin amena un sourire sur quelques lèvres. Pourquoi un aveugle se présenterait-il comme juré ? C'eût été sans précédent.

Au centre du groupe, au septième rang, une main se leva lentement. Le numéro soixante-trois, Herman Grimes, cinquante-neuf ans, analyste-programmeur, race blanche, marié, sans enfant. Quelle histoire ! Quelqu'un savait-il que cet homme était aveugle ? Les consultants des deux parties s'agglutinèrent autour des tables. Les photos qu'ils avaient étudiées montraient la maison et Herman Grimes sur la véranda. Il vivait ici depuis trois ans ; son handicap n'était pas mentionné dans les questionnaires qu'il avait remplis.

— Veuillez vous lever, reprit le juge.

Herman Grimes se leva lentement, les mains dans les poches. Il portait des vêtements sport et des lunettes d'apparence normale ; on ne l'aurait jamais pris pour un aveugle.

— Votre numéro, je vous prie, demanda le juge.

Contrairement aux avocats et aux consultants, il n'avait pas eu à mémoriser tous les détails sur chaque juré.

— Soixante-trois.

— Votre nom ? poursuivit le juge en feuilletant son listing.

— Herman Grimes.

Harkin trouva le nom, releva la tête vers l'océan de visages.

— Vous êtes aveugle ?

— Oui, Votre Honneur.

— Monsieur Grimes, la loi vous dispense de votre devoir civique. Vous êtes libre de partir.

Herman Grimes ne fit pas un geste, pas le plus petit tressaillement. Il continua de regarder droit devant lui.

— Pourquoi ?

— Pardon ?

— Pourquoi devrais-je partir ?

— Parce que vous êtes aveugle.

— Je le sais.

— Et... euh... parce qu'un aveugle ne siège pas dans un jury, répondit Harkin d'une voix mal assurée, en tournant la tête de droite et de gauche. Vous êtes libre de partir, monsieur Grimes.

Herman Grimes prépara sa réponse en hésitant. Le silence régnait dans la salle.

— Pour quelle raison un aveugle ne siégerait-il pas dans un jury ?

Harkin tendait déjà la main vers le code. Il s'était méticuleusement préparé à ce procès, n'avait pas jugé d'autre affaire depuis un mois et s'était cloîtré dans son bureau pour étudier les plaidoiries, les pièces du dossier, la jurisprudence et les dernières règles de procédure civile. Il avait sélectionné des jurys par dizaines depuis qu'il rendait la justice, toutes sortes de jurys pour toutes sortes d'affaires, au point qu'il croyait avoir tout vu. Et, bien sûr, il se faisait piéger en moins de dix minutes, devant une salle bourrée à craquer.

— Vous souhaitez faire partie de ce jury, monsieur Grimes ? reprit-il en s'efforçant de prendre un ton enjoué.

— Expliquez-moi pourquoi un aveugle ne pourrait pas faire

partie d'un jury, riposta Grimes avec une hostilité perceptible. Si c'est dans le code, la loi est discriminatoire et j'intente une action ; si ce n'est pas dans le code, s'il s'agit d'une simple question d'usage, j'intente encore plus vite une action.

Il ne faisait guère de doute que M. Grimes avait l'esprit procédurier.

D'un côté près de deux cents simples citoyens, rassemblés dans cette salle pour accomplir leur devoir civique ; de l'autre la Justice : le juge occupant une position dominante, les deux groupes d'avocats guindés, les greffiers, les policiers, les huissiers. Au nom de ces citoyens tirés au sort, Herman Grimes venait de porter un coup à l'ordre établi et il ne recevait en guise de récompense que des gloussements et des rires étouffés. Cela lui était parfaitement indifférent.

De l'autre côté de la barrière, les avocats souriaient, car les jurés potentiels souriaient ; ils changeaient de position et se grattaient la tête, car personne ne savait que faire.

D'après le code, un aveugle *pouvait* être dispensé de siéger comme juré ; le juge décida rapidement de calmer Herman Grimes et de s'occuper de lui plus tard. À quoi bon se faire poursuivre en justice dans sa propre salle d'audience ? Il existait d'autres moyens de le récuser ; il en parlerait avec les avocats.

— À la réflexion, monsieur Grimes, je pense que vous ferez un excellent juré. Veuillez vous asseoir.

Comment évaluer un juré aveugle ? Les consultants commencèrent à retourner la question dans leur tête en le regardant s'incliner et s'asseoir lentement. Sera-t-il de parti pris ? De quel côté penchera-t-il ? Dans ce jeu où aucune règle n'avait cours, il était généralement admis qu'une personne handicapée ou invalide était fortement en faveur du plaignant ; elle comprenait mieux la signification de la souffrance. Mais les exceptions ne se comptaient plus.

Au fond de la salle Rankin Fitch se pencha sur sa droite pour essayer de capter le regard de Carl Nussman, l'homme qui avait déjà reçu un million deux cent mille dollars pour sélectionner le jury idéal. Assis au milieu de ses consultants, Nussman étudiait les visages des jurés potentiels comme s'il savait parfaitement que Grimes était aveugle. Il ne le savait pas ; Fitch n'était pas dupe. Ce détail avait échappé à leur réseau de renseignements. Quoi d'autre ? Fitch se promis d'infliger une volée de bois vert à Nussman à la première suspension d'audience.

— Mesdames et messieurs, poursuivit le juge d'une voix plus tranchante, impatient de passer à la suite après avoir évité de justesse une action en discrimination, nous abordons une étape de la sélection du jury qui prendra un certain temps. Il s'agit des infirmités susceptibles de vous dispenser de siéger. Nous ne voulons pas vous embarrasser, mais, si quelqu'un a un problème physique, il conviendra d'en parler. Commençons par le premier rang.

Tandis que Gloria Lane s'avançait dans l'allée pour se placer au bout du rang, un homme d'une soixantaine d'années leva la main, puis se mit debout. Un huissier le conduisit à la barre des témoins et repoussa le micro. Le juge se déplaça au bout de l'estrade, se pencha pour parler à l'oreille du sexagénaire. Deux avocats, un pour chaque partie, se placèrent juste devant le fauteuil, de manière à obstruer la vue du public. La greffière d'audience vint les rejoindre ; quand tout le monde fut en place, le juge demanda à voix basse au sexagénaire de quoi il souffrait.

Une hernie discale ; il avait un certificat de son médecin traitant. Exempté, il sortit précipitamment.

À midi, quand Harkin ordonna une suspension pour le déjeuner, treize personnes avaient été dispensées pour raisons médicales. Le rythme était pris. L'audience recommencerait à 13 h 30.

Nicholas Easter sortit seul du tribunal et suivit le trottoir jusqu'à un Burger King où il commanda un Whopper et un Coca. Il s'installa près de la fenêtre, prit son temps pour manger, en regardant des enfants se balancer sur un terrain de jeux et en parcourant un journal.

La blonde en jean moulant qu'il avait vue dans la boutique d'ordinateurs portait cette fois un short bouffant, un tee-shirt flottant, des Nike neuves et un petit sac de gymnastique passé sur son épaule. Un plateau à la main, elle passa devant sa table, s'arrêta en faisant semblant de le reconnaître.

— Nicholas ? fit-elle, comme si elle avait un doute.

Il leva la tête, sut qu'ils s'étaient déjà rencontrés et sentit une gêne passagère ; le nom lui échappait.

— Je vois que vous ne me reconnaissez pas, lança-t-elle avec un sourire engageant. Je suis passée dans votre boutique, il y a une quinzaine de jours. Je cherchais...

– Si, je vous reconnais, fit-il en regardant à la dérobée ses jambes hâlées. Vous avez acheté une radio numérique.

– C'est ça. Je m'appelle Amanda. Si ma mémoire est bonne, je vous avais laissé mon numéro de téléphone. J'imagine que vous l'avez perdu.

– Voulez-vous vous asseoir ?

– Merci.

Elle s'assit rapidement en grignotant une frite.

– J'ai toujours votre numéro, reprit-il. En fait...

– Je suis sûre que vous avez appelé plusieurs fois ; mon répondeur est en panne.

– Je n'ai pas encore appelé, mais j'ai eu envie de le faire.

– Bien sûr, fit-elle en étouffant un petit rire.

Elle avait des dents parfaites, qu'elle prenait plaisir à montrer, et une queue de cheval. Elle était trop fraîche et trop apprêtée pour une joggeuse ; il n'y avait pas de traces de sueur sur son front.

– Qu'est-ce que vous faites par ici ? demanda-t-il.

– Je vais à mon cours d'aérobic.

– Vous mangez des frites avant un cours d'aérobic ?

– Pourquoi pas ?

– Je ne sais pas. Ça paraît bizarre.

– J'ai besoin de glucides.

– Je vois. Vous fumez aussi avant l'aérobic ?

– Ça m'arrive. C'est pour cela que vous n'avez pas appelé, parce que je fume ?

– Pas vraiment.

– Allez, Nicholas, dites-moi la vérité, fit-elle en souriant avec coquetterie.

– Disons que ça m'est venu à l'esprit.

– Je m'en doute. Vous êtes déjà sorti avec une fumeuse ?

– Je ne crois pas.

– Pourquoi ?

– Peut-être pour ne pas m'intoxiquer par l'intermédiaire d'un autre. Je ne me suis pas vraiment posé la question.

– Vous avez déjà fumé ?

Elle grignota une autre frite en l'observant avec attention.

– Bien sûr. Quand j'étais gamin, comme tout le monde. À dix ans, j'ai piqué le paquet de Camel d'un plombier qui travaillait à la maison. J'ai tout fumé en deux jours, ça m'a rendu malade et j'ai cru que j'allais mourir d'un cancer.

— C'est tout ? poursuivit-elle, tandis qu'il prenait une bouchée de son hamburger.

Il mâcha longuement pour se donner le temps de préparer sa réponse.

— Je crois ; je n'ai pas souvenir d'avoir fumé une autre cigarette. Et vous, pourquoi avez-vous commencé ?

— J'essaie d'arrêter.

— Bien. Vous êtes trop jeune.

— Merci. Et quand j'aurai réussi, vous me passerez un coup de fil, c'est ça ?

— Je le ferai peut-être avant.

— J'ai déjà entendu ça, susurra-t-elle avec un sourire aguichant, avant de boire longuement à la paille. Je peux demander ce que vous faites là ?

— Je mange un hamburger. Et vous ?

— Je vous l'ai dit, je vais au gymnase.

— C'est vrai. J'avais des courses à faire, j'ai eu un creux.

— Pourquoi travaillez-vous dans cette boutique d'informatique ?

— Vous voulez savoir pourquoi je gâche ma vie à travailler pour le salaire minimum dans un centre commercial ?

— C'est presque ça.

— Je suis étudiant.

— Où ?

— Nulle part ; je suis entre deux cycles d'études.

— Où était le dernier ?

— Nord-Texas.

— Et le prochain ?

— Probablement Sud-Mississippi.

— Qu'est-ce que vous étudiez ?

— Informatique. Vous posez beaucoup de questions.

— Des questions faciles, non ?

— Sans doute. Et vous, où travaillez-vous ?

— Je ne travaille pas, je viens de divorcer d'un richard. Pas d'enfants. J'ai vingt-huit ans, je vis seule et je tiens à le rester, mais je n'ai rien contre une soirée à deux de temps en temps. Appelez-moi.

— Très riche, l'ex-mari ?

Elle éclata de rire, regarda sa montre.

— Il faut que je vous laisse. Mon cours commence dans dix minutes.

Elle se leva, prit son sac, laissa le plateau.

– À bientôt, j'espère.

Il la vit monter dans une petite BMW qui démarra sèchement.

Les autres invalides furent rapidement priés de regagner leurs pénates ; à 15 heures, le groupe des jurés potentiels était réduit à cent cinquante-neuf. Le juge Harkin ordonna une suspension d'audience de quinze minutes ; à son retour, il annonça qu'ils passaient à l'étape suivante de la sélection. Il fit un long discours sur le sens civique et mit au défi ceux qui restaient d'alléguer une excuse autre que médicale. Le premier à essayer fut un cadre surmené qui alla prendre place à la barre des témoins et expliqua à voix basse au juge, aux deux avocats et à la greffière qu'il travaillait quatre-vingts heures par semaine pour une grosse société qui perdait énormément d'argent, que toute absence du bureau aurait des conséquences désastreuses. Le juge lui ordonna de regagner sa place en attendant de nouvelles instructions.

La deuxième tentative fut l'œuvre d'une femme d'âge mûr qui exerçait sans autorisation une activité de garderie à domicile.

– Je garde des enfants, Votre Honneur, murmura-t-elle en étouffant un sanglot. Je ne sais rien faire d'autre ; je gagne deux cents dollars par semaine et ça suffit à peine. Si vous me choisissez comme juré, je serai obligée de prendre quelqu'un pour garder les gosses. Les parents ne vont pas aimer ça et j'ai pas de quoi payer quelqu'un. J'irai en prison.

Les jurés potentiels la suivirent d'un regard intéressé pendant qu'elle descendait l'allée pour se diriger vers la sortie. Elle avait dû trouver une bonne histoire. Le cadre surmené enrageait.

À 17 h 30, onze jurés avaient été dispensés de leur devoir civique, seize autres renvoyés à leur place, faute d'avoir présenté une histoire assez touchante. Le juge ordonna à Gloria Lane de distribuer un nouveau questionnaire et demanda aux jurés de le remplir pour le lendemain matin, 9 heures. Il les invita à se retirer, en recommandant avec force de ne parler de l'affaire à personne.

Rankin Fitch n'était pas dans la salle quand l'audience fut levée ; il avait regagné ses bureaux. Il n'y avait pas trace d'une inscription de Nicholas Easter à l'université du Nord-Texas. La blonde avait enregistré leur conversation au Burger King ; Fitch avait écouté deux fois la bande. L'idée de cette rencontre fortuite venait de lui ; c'était risqué, mais cela avait marché. La blonde était déjà dans un avion à destination de Washington. Son répondeur était branché et le resterait après la sélection du jury. Si Easter décidait d'appeler, ce dont Fitch doutait, il ne pourrait la joindre.

4

Il y avait des questions du genre : Fumez-vous des cigarettes ? Si oui, combien de paquets par jour ? Depuis combien de temps fumez-vous ? Souhaitez-vous arrêter ? Avez-vous ressenti une accoutumance au tabac ? Un membre de votre famille ou quelqu'un que vous connaissez bien a-t-il été atteint d'une maladie directement liée à la consommation de cigarettes ? Si oui, qui ? (Veuillez indiquer dans l'espace réservé à cet effet le nom de la personne, la nature de la maladie et préciser si cette personne a guéri ou non.) Croyez-vous que le fait de fumer provoque (a) le cancer du poumon ; (b) des maladies de cœur ; (c) de l'hypertension ; (d) aucune de ces affections ; (e) toutes ces affections ?

Les sujets importants étaient traités page trois : Donnez votre opinion sur le financement public de soins médicaux pour les problèmes de santé liés au tabac. Donnez votre opinion sur les subventions accordées aux planteurs de tabac. Donnez votre opinion sur l'interdiction de fumer dans les bâtiments publics. Quels droits pensez-vous que les fumeurs devraient avoir ? De grands espaces étaient réservés pour les réponses.

La page quatre présentait la liste des dix-sept avocats représentant officiellement les deux parties, puis une autre de quatre-vingts noms de confrères liés au premier groupe dans l'exercice de leur profession. Connaissez-vous personnellement un ou plusieurs de ces avocats ? Avez-vous jamais été représenté par l'un d'eux ? Avez-vous jamais eu affaire à l'un d'eux à l'occasion d'un litige soumis à la justice ?

Non. Non. Non. Nicholas cocha hâtivement les trois cases.

La page cinq donnait la liste des témoins potentiels, soixante-deux personnes, y compris Celeste Wood, la veuve qui réclamait justice. Connaissez-vous une ou plusieurs de ces personnes ? Non.

Il prépara une nouvelle tasse de café soluble, ajouta deux sachets de sucre. Il avait passé une heure la veille au soir à répondre à ces questions et une autre heure s'était déjà écoulée ce matin. Le soleil était à peine levé. Son petit déjeuner consistait en une banane et un petit pain rassis ; il prit une bouchée du petit pain, réfléchit à la dernière question, inscrivit la réponse d'une écriture nette, déliée, les capitales en lettres d'imprimerie. Il savait qu'avant la fin de la journée deux équipes de graphologues étudieraient ses réponses en s'intéressant moins à leur signification qu'à la manière dont il formait les lettres. Il voulait apparaître comme un garçon soigneux et réfléchi, intelligent et large d'esprit, capable d'écouter avec attention et de se décider sans parti pris ; un arbitre qu'ils plébisciteraient.

Il avait lu trois ouvrages sur l'étude du graphisme.

Il revint à la question des subventions, la plus ardue. Sa réponse était prête ; il y avait longuement réfléchi et voulait s'exprimer clairement. Peut-être vaudrait-il mieux rester vague, de manière à ne pas trahir ses sentiments et à n'effrayer aucune des parties.

Un grand nombre de ces questions avaient été posées l'année précédente à Allentown, Pennsylvanie, à l'occasion du procès Cimmino. Nicholas s'appelait David à l'époque, David Lancaster, étudiant à mi-temps en cinéma, employé dans une boutique de matériel vidéo, avec une barbe brune authentique et de fausses lunettes à monture d'écaille. Il avait copié le questionnaire avant de le rendre, le deuxième jour de la sélection du jury. L'affaire était similaire, avec une veuve différente et un autre fabricant de cigarettes ; bien qu'une centaine d'avocats eussent participé de près ou de loin à cette affaire, aucun n'était à Biloxi. À l'exception de Fitch.

Nicholas/David avait passé avec succès les deux premières étapes, mais le jury était complet avant qu'on en arrive à lui ; il avait rasé sa barbe, jeté les fausses lunettes et quitté la ville un mois plus tard.

La table pliante se mit à vibrer légèrement pendant qu'il écrivait. La table et trois chaises dépareillées formaient son coin-repas. Le salon exigu était meublé d'un fauteuil à bascule, d'un téléviseur posé sur une caisse et d'un canapé poussiéreux payé quinze dollars aux puces. Il aurait probablement pu louer un mobilier de meilleure qualité, mais cela aurait laissé des traces écrites. Il y avait des gens qui n'auraient pas hésiter à fouiller dans sa poubelle pour en savoir plus sur lui.

Il pensa à la blonde, se demanda s'il la reverrait dans la journée, prête à allumer une cigarette et à l'entraîner dans une conversation anodine sur le tabac. Il n'était pas venu à l'esprit de Nicholas de l'appeler, mais il aurait aimé savoir pour qui elle travaillait. Probablement pour les cigarettiers ; elle était exactement le type d'agent que Fitch aimait employer.

Ses études de droit avaient appris à Nicholas que la blonde – ou toute autre personne agissant pour le compte d'une des parties – était dans l'illégalité en abordant un juré potentiel. Il savait aussi que Fitch avait les moyens de la faire disparaître sans laisser de traces et réapparaître au prochain procès sous les espèces d'une rousse au style différent, passionnée d'horticulture. Certaines choses étaient impossibles à découvrir.

La chambre était presque entièrement occupée par un matelas de grande taille, posé à même le sol, provenant aussi des puces. Un assemblage de boîtes en carton faisait office de commode ; des vêtements traînaient par terre.

C'était un logement temporaire, un lieu que l'on pouvait occuper un ou deux mois, avant de déménager en pleine nuit, exactement ce qu'il avait l'intention de faire. Il avait déjà passé six mois dans cet appartement qui était sa demeure légale, l'adresse fournie pour s'inscrire sur la liste électorale et obtenir son permis de conduire dans l'État du Mississippi. Il avait un logement plus agréable à quelques kilomètres de là, mais ne pouvait courir le risque d'y être vu.

Il vivait donc heureux dans la pauvreté, un étudiant fauché comme tant d'autres, sans possessions, sans responsabilités. Il était presque sûr que Fitch et ses espions n'étaient pas entrés chez lui, mais il ne prenait aucun risque. L'appartement était meublé de bric et de broc, mais bien rangé ; on ne trouverait rien de compromettant.

À 8 heures, il compléta le questionnaire, relut une dernière fois les réponses. Il avait choisi l'écriture anglaise pour remplir celui de l'affaire Cimmino ; après des mois d'entraînement, il était certain de ne pas se faire repérer. Il y avait eu trois cents jurés potentiels dans l'autre affaire et ils étaient près de deux cents à Biloxi; pourquoi soupçonnerait-on qu'il avait pu faire partie des deux groupes?

En écartant le coin d'une taie d'oreiller tendue sur la fenêtre de la cuisine, il s'assura d'un coup d'œil qu'il n'y avait ni photographe ni autre intrus sur le parking. Il en avait vu un trois semaines plus tôt, au volant d'un pick-up.

Pas d'espion aujourd'hui. Il donna un tour de clé à la porte de l'appartement et se dirigea à pied vers le tribunal.

Les cent quarante-huit jurés potentiels restants étaient groupés sur la droite, sur douze rangs de douze, les quatre derniers dans l'allée centrale. Le fait qu'ils soient groupés d'un seul côté de la salle simplifiait la tâche de Gloria Lane. Des photocopies des questionnaires ramassés à leur entrée furent rapidement distribuées aux deux parties; à 10 heures, les groupes d'experts commençaient à analyser les réponses.

De l'autre côté de l'allée se pressait la foule bon genre des analystes financiers, des journalistes et des curieux qui observaient le groupe des avocats observant eux-mêmes les jurés. Fitch s'était discrètement avancé au premier rang pour se rapprocher de son équipe; il était flanqué de deux larbins empressés attendant ses directives.

En ce matin du deuxième jour, le juge Harkin accéléra le mouvement; il lui fallut moins d'une heure pour achever les exemptions pour raisons non médicales. Six autres jurés se retirèrent.

L'heure de vérité approchait. Wendall Rohr, vêtu apparemment de la même veste grise à carreaux sur un gilet blanc et un nœud papillon rouge et jaune, s'avança jusqu'à la barrière pour s'adresser au public. Il fit craquer ses jointures, ouvrit les mains et afficha un large sourire sans joie.

— Bienvenue, commença-t-il d'un ton théâtral, comme si ce qui allait suivre était un spectacle dont l'assistance chérirait à jamais le souvenir.

Il se présenta ainsi que les membres de son équipe qui participeraient aux débats, puis demanda à la plaignante, Celeste Wood, de se lever. Il réussit à glisser à deux reprises en peu de temps le mot « veuve ». Celeste était un petit bout de femme de cinquante-cinq ans, en robe noire toute simple, chaussures et bas noirs, qui parvint à former un sourire douloureux, comme si elle n'avait pas encore surmonté son deuil, bien que son mari fût décédé depuis quatre ans. En réalité, elle avait failli se remarier ; en l'apprenant, Wendall avait fait annuler la cérémonie. Il avait expliqué qu'elle pouvait aimer quelqu'un, mais devait rester discrète et ne pourrait convoler avant la fin du procès. Il fallait susciter la compassion ; elle était censée souffrir.

Fitch était au courant du capotage des noces et savait qu'il y avait peu de chances que le jury en soit informé.

Les présentations terminées, Rohr fit un bref résumé de l'affaire, une exposition que les avocats de la défense et le juge écoutèrent avec un vif intérêt. Ils semblaient prêts à lui sauter à la gorge s'il franchissait la frontière invisible entre le fait et l'interprétation. Il s'en garda bien, mais prit plaisir à les laisser sur des charbons ardents.

Après quoi, il exhorta longuement les jurés potentiels à se montrer honnêtes et ouverts, à ne pas hésiter à lever leur petite main timide si quelque chose les chiffonnait. Comment les avocats pourraient-ils sonder les esprits et les cœurs si les jurés ne s'exprimaient pas ?

— Nous ne pourrons assurément le faire en nous contentant de vous regarder, fit-il avec un sourire éclatant. Maintenant, poursuivit-il en jetant un coup d'œil à ses notes, un certain nombre d'entre vous ont déjà siégé dans un jury. Qu'ils lèvent la main.

Une douzaine de mains se levèrent docilement. Le regard de Rohr parcourut l'assistance et s'arrêta sur une femme assise au premier rang.

— Madame Millwood, c'est bien cela ?

Elle inclina la tête en rougissant. Tous les regards étaient braqués sur elle ou s'efforçaient de la trouver.

— Vous avez, si je ne me trompe, fait partie d'un jury lors d'un procès civil, il y a quelques années, poursuivit cordialement Rohr.

— Oui, répondit-elle en s'éclaircissant la voix.

— De quel genre d'affaire s'agissait-il ?

Rohr en connaissait tous les détails : sept ans plus tôt, dans cette même salle, un autre juge, pas un dollar pour le demandeur. Rohr était en possession de la copie du dossier depuis plusieurs semaines ; il avait même parlé à l'avocat du demandeur, un de ses amis. Il avait commencé par ce juré et cette question, car c'était une bonne mise en train, un exemple destiné à montrer aux autres comme il était facile de lever la main pour aborder un sujet.

— Un accident de la route.

— Où a eu lieu ce procès ? demanda Rohr d'un air ingénu.

— Ici.

— Dans cette salle ?

Il parut surpris, mais les avocats de la défense savaient qu'il jouait la comédie.

— Le jury a-t-il rendu un verdict ?

— Oui.

— Quel a été ce verdict ?

— Nous ne lui avons pas accordé de dommages-intérêts.

— Au demandeur ?

— Oui. Nous avons estimé qu'il n'y avait pas vraiment eu de préjudice.

— Je vois. Cette expérience de juré a-t-elle été agréable ?

— C'était bien, répondit-elle après un moment de réflexion. Beaucoup de temps de perdu, quand même, à cause des avocats qui se chamaillaient.

— C'est vrai, approuva Rohr avec un large sourire, nous avons tendance à nous chamailler. Rien dans cette première expérience ne serait susceptible de vous influencer dans l'affaire qui nous intéresse ?

— Je ne pense pas.

— Je vous remercie, madame Millwood.

Son mari avait été comptable dans un petit hôpital contraint par la justice de fermer ses portes à la suite d'une faute professionnelle. Elle en voulait aux avocats, avec raison. Jonathan Kotlack, responsable de la sélection du jury pour la plaignante, avait depuis longtemps rayé de ses tablettes le nom de JoAnn Millwood..

À quelques mètres de Kotlack, autour de la table de la défense, on pensait en revanche le plus grand bien d'elle.

Rohr posa les mêmes questions aux autres anciens jurés, ce qui devint rapidement monotone. L'heure du déjeuner approchait, l'intérêt de l'assistance s'émoussait considérablement. Le juge Harkin ordonna une suspension d'audience d'une heure ; les shérifs adjoints firent évacuer la salle.

Les avocats restèrent. Gloria Lane et ses assistantes distribuèrent un sandwich pâteux et une pomme rouge, censés constituer un déjeuner de travail. Il fallait étudier une dizaine de requêtes en instance ; Harkin était disposé à écouter les parties. On servit du café et du thé glacé.

L'utilisation de questionnaires facilitait grandement la sélection du jury. Tandis que Rohr posait des questions au tribunal, plusieurs dizaines de personnes étudiaient les réponses et rayaient des noms sur leur liste. La sœur d'un juré potentiel était morte d'un cancer du poumon. Des amis proches ou des membres de la famille de sept autres avaient de graves problèmes de santé attribués au tabac. Au moins la moitié des candidats restants avaient fumé d'une manière régulière ou fumaient encore. La plupart des fumeurs ne faisaient pas mystère de leur désir d'arrêter.

Les données étaient analysées et saisies sur ordinateur ; en milieu d'après-midi, les listings passèrent de main en main. À 16 h 30, l'audience fut levée ; le juge Harkin fit de nouveau évacuer la salle et rédiger le procès-verbal de l'audience. Pendant près de trois heures, les réponses écrites furent étudiées et discutées ; trente et un nouveaux noms furent supprimés de la liste. Gloria Lane fut chargée de téléphoner séance tenante pour annoncer la bonne nouvelle.

Harkin était décidé à boucler la sélection le troisième jour. Les déclarations préliminaires étaient au programme du jeudi ; il laissa même entendre qu'il pourrait y avoir du travail le samedi.

Le mardi à 20 heures, il entendit une dernière requête et renvoya les avocats. Ceux de Pynex retrouvèrent Fitch dans les bureaux de Whitney, Cable et White, où les attendait un nouveau festin de sandwiches et de chips graisseuses. Fitch voulait travailler ; tandis que les avocats harassés remplissaient leur assiette en carton, deux assistants distribuaient des copies des dernières analyses graphologiques. Fitch leur demanda de manger vite, comme s'ils pouvaient prendre plaisir à cette triste pitance. Le nombre des jurés potentiels avait été réduit à cent onze ; la sélection serait terminée le lendemain.

Tous les regards étaient braqués sur Durwood Cable, ou Durr, comme on le surnommait sur cette côte, qu'il n'avait jamais quittée ou presque depuis soixante et un ans. Fitch avait choisi l'associé principal du cabinet Whitney, Cable et White pour assurer le gros du travail au tribunal pour le compte de Pynex. D'abord avocat, puis juge et de nouveau avocat, Durr avait passé le plus clair des trente dernières années face à des jurés. Le tribunal était pour lui un lieu reposant – pas de téléphone, pas de déplacements, pas de secrétaire empressée –, une sorte de scène où chacun avait un rôle et se conformait au scénario, une pièce dont les avocats étaient les vedettes. Il se déplaçait et parlait avec décision, mais, entre chaque pas et chaque phrase, rien n'échappait au regard perçant de ses yeux gris. Contrairement à son adversaire, Wendall Rohr, au verbe haut et à la tenue tapageuse, Durr était guindé, plutôt collet monté. Complet sombre de rigueur, cravate dorée audacieuse, chemise blanche faisant ressortir le hâle du visage. Passionné de pêche en mer, il restait de longues heures au soleil, sur son bateau. Le sommet lisse de son crâne avait la couleur du bronze.

Il lui était arrivé de passer six années sans perdre une affaire, avant que Rohr, son adversaire, parfois un ami, fasse cracher deux millions de dollars à son client.

Durr considéra avec gravité les cent onze jurés potentiels. Il savait ou chacun d'eux habitait, s'il avait des enfants et des petits-enfants. Il croisa les bras, prit son menton entre ses doigts, dans l'attitude pensive d'un professeur.

– Je m'appelle Durwood Cable, commença-t-il d'une voix chaude et ample, et je représente Pynex, une vieille société qui fabrique des cigarettes depuis quatre-vingt-dix ans.

Il n'y avait pas de quoi avoir honte. Il parla dix minutes de Pynex, présentant magistralement un portrait édulcoré de la société, donnant d'elle une image chaleureuse, presque sympathique.

Quand il eut terminé, il aborda hardiment la question du libre choix. Alors que Rohr avait insisté sur la dépendance, Cable se concentra sur la liberté individuelle.

– Sommes-nous tous d'accord pour dire que les cigarettes sont potentiellement dangereuses en cas d'abus?

Il attendit, regarda la majorité des têtes s'incliner en signe d'acquiescement. Qui aurait pu prétendre le contraire?

– Très bien, poursuivit-il. Puisque la chose est entendue, pouvons-nous nous accorder sur le fait qu'une personne qui fume doit en connaître les dangers?

Nouveaux hochements de tête, pas encore de main levée. Il étudia les visages, surtout celui de Nicholas Easter, maintenant assis au troisième rang. À cause des éliminations successives, Easter n'était plus le juré numéro cinquante-six, mais trente-deux ; son visage ne montrait rien d'autre qu'une profonde attention.

– La question suivante est de la plus haute importance, poursuivit posément Cable, le doigt tendu vers l'assistance, d'une voix qui se répercuta dans le silence. Y en a-t-il un seul parmi vous qui ne soit pas convaincu que celui qui choisit de fumer connaît les dangers auxquels il s'expose ?

Il s'interrompit, attendant que quelqu'un morde à l'hameçon. Une main se leva lentement au quatrième rang. En souriant, Cable fit un pas en avant.

– Vous êtes Mme Tutwiler, si je ne me trompe. Veuillez vous lever.

Il s'était réjoui d'avoir une volontaire ; sa joie fut de courte durée. Mme Tutwiler était une petite femme fragile de soixante ans, à l'air courroucé. Elle se dressa de toute sa taille, le menton levé.

– J'ai une question pour vous, monsieur Cable.

– Certainement.

– Si tout le monde sait que les cigarettes sont dangereuses, pourquoi votre client continue-t-il à en fabriquer ?

Il y eut quelques sourires dans le groupe des jurés ; tous les yeux se braquèrent sur Durwood Cable, qui les affronta sans broncher.

– Excellente question, fit-il d'une voix forte, sans avoir aucunement l'intention d'y répondre. Estimez-vous, madame Tutwiler, que la fabrication des cigarettes devrait être totalement interdite ?

– Absolument.

– Même si les gens veulent exercer leur droit de choisir de fumer ?

– Les cigarettes créent une dépendance, monsieur Cable, vous le savez.

– Merci, madame Tutwiler.

– Les fabricants les bourrent de nicotine pour rendre les fumeurs accros et les inondent de publicité.

– Merci, madame Tutwiler.

– Je n'ai pas terminé, protesta-t-elle en haussant la voix, les doigts crispés sur le dossier du siège de devant. Les fabricants ont toujours nié cette dépendance ; c'est un mensonge, vous le savez. Pourquoi ne l'indiquent-ils pas sur leurs paquets ?

Le visage de Durr ne changea pas d'expression ; il attendit patiemment.

– Avez-vous terminé ? demanda-t-il d'un ton cordial.

Elle avait encore des choses à dire, mais il lui vint à l'esprit que l'endroit n'était peut-être pas bien choisi.

– Oui, répondit-elle d'une voix à peine audible.

– Merci, madame Tutwiler. Des réactions comme les vôtres sont du plus grand intérêt pour procéder à la sélection de notre jury. Merci infiniment, vous pouvez vous asseoir.

Elle quêta du regard le soutien de quelqu'un ; ne voyant rien venir, elle se rassit brusquement. Elle aurait aussi bien pu quitter la salle sans attendre.

Cable aborda ensuite des sujets moins délicats. Il posa un tas de questions, provoqua quelques réactions et donna aux spécialistes du langage du corps de quoi discuter longuement. Il termina à midi, juste à l'heure pour un déjeuner rapide. Harkin demanda aux jurés potentiels de revenir à 15 heures et ordonna aux avocats de manger sur le pouce pour être de retour trois quarts d'heure plus tard.

À 13 heures, toutes portes fermées, les avocats se pressaient autour de leurs tables. Jonathan Kotlack se leva pour informer la cour que le demandeur acceptait le juré numéro un. Nul ne parut s'en étonner. Tout le monde s'empressa de noter quelque chose, y compris Harkin qui, après un court silence, releva la tête.

– La défense ? demanda-t-il.

– La défense accepte le numéro un.

Rien d'étonnant. Le numéro un était Rikki Coleman, une jeune mère de deux enfants, qui n'avait jamais fumé et était employée dans le service administratif d'un hôpital. Kotlack et les siens lui donnaient 7 sur 10, en raison de ses réponses écrites, de son passé dans les services médicaux, de son niveau d'études et du vif intérêt qu'elle avait montré pour tout ce qui s'était dit jusqu'alors. La défense ne lui donnait que 6 et l'aurait éliminée s'il n'y avait eu une suite d'indésirables un peu plus loin.

– Une bonne chose de faite, murmura Harkin entre ses dents. Passons au juré numéro deux, Raymond C. LaMonette.

LaMonette était le premier enjeu stratégique de la sélection du jury. Personne ne voulait de lui : on lui attribuait de chaque côté une note de 4,5. Il fumait comme un sapeur et mourait d'envie d'arrêter ; ses réponses au questionnaire étaient indéchiffrables et inexploitables. Les spécialistes du langage du corps des deux parties affirmaient que M. LaMonette détestait les avocats et tout ce qui avait trait à la justice. Il avait failli être tué quelques années plus tôt par un automobiliste en état d'ébriété, mais n'avait pas touché un sou de dommages-intérêts.

D'après les règles en vigueur, chaque partie avait le droit de récuser un certain nombre de jurés potentiels sans avoir à motiver son choix. Compte tenu de l'importance de l'affaire, au lieu des quatre refus habituels, le juge Harkin en avait accordé dix de chaque côté. Les deux parties souhaitaient supprimer LaMonette, mais elles tenaient à conserver leurs cartes pour des cas encore moins acceptables.

C'était au tour de la partie plaignante de faire connaître son choix ; Kotlack n'attendit pas longtemps avant d'annoncer qu'elle récusait le numéro deux.

Une petite victoire pour la défense. Cable Durr avait pris la décision de dernière minute de faire de même.

La partie plaignante opposa de nouveau son veto au juré numéro trois, l'épouse d'un cadre moyen, et au numéro quatre. Les refus stratégiques se succédèrent, décimant le premier rang ; il n'y eut que deux rescapés. L'hécatombe fut moindre au deuxième rang, où cinq jurés potentiels sur douze survécurent aux différentes récusations, dont deux émanant de la cour. Sept jurés avaient été choisis à l'attaque du troisième rang. En huitième position se trouvait la grande inconnue, Nicholas Easter, le numéro trente-deux, toujours attentif, qui semblait acceptable, mais rendait tout le monde nerveux.

Wendall Rohr, qui remplaçait Kotlack, plongé dans une conversation à voix basse avec un expert sur deux jurés du quatrième rang, récusa le numéro vingt-cinq : le neuvième refus de la partie plaignante. Elle conservait le dernier pour un républicain notoire dont elle avait tout à craindre, s'ils allaient jusqu'au quatrième rang. La défense élimina le numéro vingt-six. Les trois suivants furent acceptés. La défense demanda à la cour de récuser le numéro trente, sans obliger les parties en présence à brûler une de leurs dernières cartouches. Durr Cable pria le juge de ne pas faire figurer au procès-verbal quelque chose dont il souhaitait l'entretenir en particulier. Rohr sembla perplexe, mais ne s'y opposa pas. La greffière attendit ; Cable tendit une feuille au juge, une autre à Rohr.

— Votre Honneur, fit-il en baissant la voix, nous tenons de bonne source que le juré numéro trente, Bonnie Tyus, prend un médicament délivré sur ordonnance, l'Ativan, qui crée une dépendance. Elle ne s'est jamais fait désintoxiquer, n'a jamais été arrêtée, n'a jamais reconnu cette dépendance. Elle n'en a pas fait mention dans les questionnaires ni au cours de l'entretien préliminaire que nous avons eu avec elle. Elle vit sans se faire remarquer, a un emploi stable et un mari, son troisième.

— Comment avez-vous appris cela ? demanda Harkin.

— Dans le courant de l'enquête approfondie que nous avons menée sur les jurés potentiels. Je vous assure que nous n'avons eu aucun contact irrégulier avec Mme Tyus.

Fitch avait découvert le pot aux roses. Il avait retrouvé son deuxième mari à Nashville, où il lavait des semi-remorques dans une station-service ; contre un billet de cent dollars, il avait raconté tout ce qu'il savait sur son ex-femme.

— Qu'en dites-vous, monsieur Rohr ? demanda Harkin.

— Nous disposons des mêmes renseignements, Votre Honneur, mentit Rohr, sans une seconde d'hésitation.

Il adressa un sourire entendu à Jonathan Kotlack qui foudroya du regard l'avocat responsable du groupe incluant Bonnie Tyus. Ils avaient dépensé plus d'un million de dollars pour enquêter sur les jurés et cet élément capital leur avait échappé.

— Très bien. Le juré numéro trente est récusé par la cour. Poursuivons : juré numéro trente et un ?

— Pouvez-vous nous accorder quelques minutes ? demanda Rohr.

— Oui, mais soyez bref.

Dix jurés sur les trente premiers avaient été retenus ; neuf avaient été récusés par le demandeur, huit par la défense et trois par la cour. Comme il était peu probable que l'on atteigne le quatrième rang et sachant qu'il ne disposait plus que d'un seul refus, Rohr se concentra sur les jurés numéros trente et un à trente-six.

— Lequel est le plus dangereux ? demanda-t-il au petit groupe rassemblé autour de lui.

Les réponses se portèrent unanimement sur le numéro trente-quatre, une forte femme de race blanche, à l'air mauvais, répondant au nom de Wilda Haney, qui leur faisait froid dans le dos depuis le premier jour ; ils s'étaient juré de se débarrasser d'elle. Ils consultèrent une dernière fois leur listing, décidèrent d'accepter les autres, qui ne leur plaisaient pas énormément, mais infiniment plus que Wilda Haney.

Quelques mètres plus loin, entouré de ses troupes, Cable décida de récuser le numéro trente et un, de prendre le trente-deux, de soumettre le choix du trente-trois, Herman Grimes, l'aveugle, à la cour, puis d'accepter le trente-quatre, Wilda Haney, et de récuser le trente-cinq, si nécessaire.

Nicholas Easter fut ainsi le onzième juré sélectionné dans l'affaire Wood contre Pynex. Quand la salle d'audience ouvrit ses portes à 15 heures et que tout le monde eut pris place, le juge Harkin donna lecture de la liste de session. Les jurés titulaires s'installèrent au banc qui leur était réservé. Nicholas occupait le siège numéro deux, au premier rang. À vingt-sept ans, il était un des deux plus jeunes. Il y avait neuf Blancs, trois Noirs ; sept femmes, cinq hommes. Un aveugle. Trois suppléants, serrés les uns contre les autres sur des chaises pliantes, étaient assis dans un coin. À 16 h 30, les quinze jurés se levèrent pour prêter serment. Puis tout le monde écouta le juge Harkin qui adressa pendant une demi-heure une suite de mises en garde aux jurés, aux avocats, aux parties en présence. Tout contact des parties avec les jurés, quelle qu'en fût la nature, entraînerait des sanctions sévères, de lourdes amendes, peut-être l'annulation du procès pour vice de procédure, voire la radiation du barreau.

Il interdit aux jurés de parler de l'affaire avec quiconque, y compris leur conjoint. Avec un bon sourire, il leur souhaita une agréable soirée et les convoqua le lendemain, à 9 heures précises.

Les avocats suivirent la scène en regrettant de ne pas pouvoir se retirer aussi. Leur journée de travail n'était pas terminée. Quand il ne resta plus dans la salle que les représentants des deux parties et les greffiers, Harkin s'adressa à eux.

— Messieurs, vous avez présenté des requêtes. Nous allons maintenant en discuter.

5

En partie par un mélange d'impatience et d'ennui, en partie parce qu'il avait le pressentiment qu'il trouverait quelqu'un, Nicholas Easter se glissa à 8 h 30 dans le tribunal par la porte de derrière, grimpa les marches de l'escalier rarement utilisé et s'engagea dans l'étroit couloir passant derrière la salle d'audience. La plupart des bureaux ouvrant à 8 heures, il perçut des bruits d'activité au rez-de-chaussée. Mais pas grand-chose au premier étage. Il passa la tête dans l'entrebâillement de la porte de la salle d'audience : personne. Des serviettes avaient été jetées au hasard sur les tables ; les avocats devaient être autour de la machine à café, en train de raconter des blagues et de se préparer au combat.

Il connaissait déjà les lieux. Trois semaines plus tôt, au lendemain de la réception de sa précieuse convocation pour la sélection du jury, il était venu fureter dans la salle d'audience. La trouvant vide, il avait exploré les couloirs et les salles ; les bureaux exigus du juge ; la cafétéria, où les avocats se racontaient les derniers potins autour de tables anciennes couvertes de vieilles revues et de quotidiens du jour ; les salles des témoins, sans fenêtres, meublées de bric et de broc ; la salle de police, où les prévenus dangereux et menottés attendaient leur châtiment ; et la salle du jury, bien entendu.

Son pressentiment se révéla juste. Elle s'appelait Lou Dell ; la soixantaine, une charpente ramassée, un pantalon en dacron sur des tennis éculées, des poches sous les yeux. Assise dans le couloir près de la porte de la salle du jury, elle lisait un roman à l'eau de rose en attendant que quelqu'un pénètre dans son domaine. En voyant Nicholas, elle se leva d'un bond, retira prestement une feuille de papier coincée sous son postérieur.

— Bonjour ! lança-t-elle. Que puis-je faire pour vous ?

Tout son visage n'était qu'un bon sourire ; ses yeux brillaient.

— Nicholas Easter, fit-il en avançant la main vers la main tendue.

Elle l'étreignit fermement, la secoua avec vigueur, chercha son nom sur la feuille.

— Bienvenue dans la salle du jury, déclara-t-elle avec un nouveau sourire. C'est votre premier procès ?

— Oui.

— Venez, fit-elle en le poussant dans la pièce, avant de le tirer par la manche pour lui montrer du café et des beignets dans un coin de la salle. C'est moi qui les ai faits, ajouta-t-elle fièrement en soulevant une corbeille remplie de muffins noirs et huileux. Une tradition, en quelque sorte. Je ne manque jamais d'en apporter le premier jour ; goûtez-en un.

La table était couverte de plateaux contenant plusieurs variétés de beignets. Deux cafetières pleines fumaient, à côté de piles d'assiettes et de tasses, de couverts, de crème, de sucre et d'édulcorants. Les muffins trônaient au centre de la table. Nicholas ne pouvait se dérober ; il en prit un.

— Je fais ça depuis dix-huit ans, reprit Lou Dell. Avant, je mettais des raisins secs, mais j'ai arrêté.

Elle leva les yeux au plafond, comme si la suite de l'histoire était trop scandaleuse pour être racontée.

— Pourquoi ? demanda poliment Nicholas ;

— Ils leur donnaient des gaz. Il arrive qu'on entende tous les bruits dans la salle d'audience. Vous imaginez ?

— Je vois.

— Un café ?

— Je vais me servir.

— Très bien.

Elle se retourna, montra une pile de papiers sur la longue table.

— C'est une liste des instructions du juge Harkin. Il veut que chaque juré prenne un exemplaire, le lise attentivement et signe au bas de la feuille. Je les ramasserai plus tard.

— Merci.

— Si vous avez besoin de moi, je suis dans le couloir. Je n'en bougerai pas. On va me coller un shérif adjoint, vous vous rendez compte ? J'en suis malade. Sans doute un lourdaud qui raterait une vache dans un couloir avec un fusil. C'est le plus gros procès que nous ayons eu ; au civil, je veux dire. Au criminel, il y a eu des affaires incroyables.

Elle posa la main sur la poignée, tira la porte.

– Je suis là, si vous avez besoin de moi.

La porte se ferma. Nicholas regarda les muffins ; il en choisit un, prit une petite bouchée. Essentiellement du son et du sucre ; il pensa aux bruits dans la salle d'audience. Il jeta le muffin dans la corbeille à papier, se servit un café noir dans une tasse en plastique. S'ils comptaient le garder enfermé ici quatre à six semaines, ils fourniraient de vraies tasses. Et si le comté pouvait leur offrir tous ces beaux beignets, pourquoi pas des petits pains et des croissants ?

Il n'y avait pas de décaféiné ; il se promit d'en parler. Pas d'eau chaude non plus pour le thé, au cas où certains de ses futurs compagnons ne boiraient pas de café. Le déjeuner avait intérêt à être bon ; il n'allait pas manger du thon en salade pendant un mois et demi.

Douze chaises étaient disposées autour de la table qui occupait le centre de la pièce. La couche de poussière qu'il avait remarquée trois semaines plus tôt avait disparu ; la pièce était beaucoup plus propre. Sur un mur était fixé un tableau, avec des craies neuves et un chiffon. Sur le mur opposé trois grandes fenêtres montant jusqu'au plafond donnaient sur une pelouse encore verte et grasse, bien que l'été fût terminé depuis un mois. Nicholas s'avança vers l'une d'elles et observa les piétons sur les trottoirs.

Les instructions du juge Harkin comportaient un certain nombres de choses à faire et beaucoup à éviter. S'organiser ; élire un premier juré ; en cas d'impossibilité, en informer le juge qui se ferait un plaisir d'en choisir un ; porter en toute circonstance le badge rouge et blanc attribué aux jurés, que Lou Dell distribuerait ; apporter de la lecture pour les pauses ; ne pas discuter de l'affaire entre jurés sans en avoir reçu l'ordre du juge ; ne parler de l'affaire à personne ; ne pas quitter le tribunal sans en avoir reçu la permission ; ne pas se servir du téléphone sans autorisation. Le déjeuner sera livré et pris dans la salle du jury ; un menu sera proposé tous les jours, avant le début de l'audience fixé à 9 heures ; signaler sans délai à la cour toute tentative de contact avec un juré ou quelqu'un de sa connaissance ; signaler sans délai à la cour si l'on voit, entend ou remarque quelque chose de suspect, lié ou non au fait que l'on est juré. Les deux dernières directives étaient curieuses. Mais Nicholas savait ce qui s'était passé au Texas, lors d'un autre procès contre l'industrie du tabac. On avait découvert au bout d'une semaine que de mystérieux agents rôdant dans la petite ville offraient des sommes colossales aux membres de la famille des jurés. Ces agents s'étaient évanouis avant de se faire prendre et nul n'avait jamais su pour le compte de qui ils agissaient, malgré les véhémentes accusations mutuelles des deux parties. Ceux qui n'étaient pas concernés avaient estimé en général que c'était l'œuvre des cigarettiers. Le jury semblait pencher fortement faveur de cette thèse et la défense fut ravie quand le non-lieu fut prononcé.

Bien que ce fût impossible à prouver, Nicholas avait la certitude que Rankin Fitch était derrière ces pots-de-vin. Et il savait que Fitch ne tarderait pas à s'intéresser de près à ses nouveaux compagnons.

Il apposa sa signature au bas de la feuille qu'il laissa sur la table. Il entendit des voix dans le couloir ; Lou Dell accueillait un autre juré. La porte s'ouvrit avec le bruit sourd d'un coup de pied et Herman Grimes entra, précédé de sa canne, sa femme sur ses talons. Sitôt entrée, sans le toucher, elle inspecta les lieux et commença une description à mi-voix.

— Pièce en longueur, huit mètres de face sur cinq de large ; table au centre, dans le sens de la longueur, entourée de chaises, la plus proche à deux mètres cinquante.

Il s'immobilisa, le temps d'assimiler ce qu'il entendait, en suivant de la tête ce qu'elle décrivait. Sur le seuil, les mains sur les hanches, Lou Dell brûlait d'impatience d'offrir un muffin.

Nicholas fit quelques pas et se présenta. Il saisit la main tendue d'Herman en prononçant quelques mots aimables. Il salua Mme Grimes, conduisit Herman à la table et lui servit une tasse de café, avec du sucre et de la crème. Il décrivit les beignets et les muffins, une mesure préventive contre Lou Dell qui restait en embuscade près de la porte. Herman n'avait pas faim.

— Mon oncle préféré est aveugle, déclara Nicholas, assez fort pour que tout le monde entende. Ce serait un honneur pour moi si vous me permettiez de vous aider pendant le procès.

– Je suis parfaitement capable de me débrouiller seul, répliqua Grimes avec un pointe d'indignation.

Sa femme ne put s'empêcher de sourire. Puis elle hocha la tête en clignant de l'œil.

– Je n'en doute pas, reprit Nicholas. Mais il y a un tas de petites choses pour lesquelles je pourrai vous aider.

– Merci, fit Grimes après un silence.

– Merci, monsieur, répéta sa femme.

– Si vous avez besoin de quelque chose, je suis dans le couloir, lança Lou Dell.

– À quelle heure dois-je venir le chercher ? demanda Mme Grimes.

– À 5 heures. Si nous sommes prêts plus tôt, je vous appellerai.

Les yeux d'Herman étaient protégés par des lunettes noires. Ses cheveux châtains, épais et luisants, commençaient à peine à grisonner.

– Il y a de la paperasse à lire, fit Nicholas quand ils furent seuls. Asseyez-vous, il y a une chaise devant vous.

Herman toucha la table, posa son café, chercha la chaise en tâtonnant. Il fit courir le bout de ses doigts sur le dossier pour se repérer et s'assit. Nicholas prit une feuille portant les instructions du juge et commença à lire.

Auprès de la fortune dépensée pour la sélection du jury, une opinion ne coûtait pas cher. Chacun avait la sienne ; les consultants de la défense se congratulaient à qui mieux mieux pour la composition du jury, des démonstrations de joie essentiellement destinées à l'armée d'avocats qui travaillait jour et nuit sur l'affaire. Durr Cable avait vu des jurys moins favorables, de mieux disposés aussi ; il savait depuis longtemps que rien n'était plus imprévisible que le comportement d'un jury. Fitch était heureux, autant qu'il se permît de l'être, ce qui ne l'empêchait pas de râler à tout propos. Le jury comptait quatre fumeurs ; Fitch espérait sans oser le dire que la côte du golfe du Mexique, ses bars avec serveuses aux seins nus, ses casinos et la proximité de La Nouvelle-Orléans était un endroit où on avait l'esprit large.

De l'autre côté de la rue, Wendall Rohr et son état-major affichaient la même satisfaction. Ils se montraient particulièrement ravis de la présence inattendue d'Herman Grimes, à leur connaissance le premier juré aveugle de l'Histoire. Grimes avait insisté pour être mis sur un pied d'égalité avec les voyants et brandi la menace de poursuites s'il était traité différemment. Son goût prononcé pour la procédure réchauffait le cœur de Rohr et des siens, son handicap était une aubaine pour eux. Le défense avait essayé de l'éliminer pour toutes les raisons possibles et imaginables, y compris son incapacité à voir les pièces à conviction. Avec la permission du juge, les avocats avaient interrogé discrètement Grimes ; il les avait assurés qu'il pourrait se représenter les pièces à conviction si on lui en faisait une description assez précise. Harkin avait décidé qu'un greffier serait chargé de ces descriptions ; Grimes recevrait une disquette qu'il pourrait lire le soir sur son terminal braille. Cette proposition fit le bonheur de l'aveugle qui cessa de parler de discrimination et d'action en justice. La défense se laissa amadouer, surtout en apprenant qu'il avait fumé plusieurs années et que la fumée des autres ne le gênait pas.

Les deux parties montraient donc une satisfaction prudente. Aucun juré n'avait de position extrême, aucun n'avait eu un comportement désagréable. Ils avaient tous fait des études secondaires, deux étaient titulaires d'une licence, trois autres de diplômes universitaires de premier cycle. Dans ses réponses au questionnaire, Easter indiquait qu'il était bachelier ; ses études supérieures restaient un mystère.

En se préparant à la première journée du procès, tout le monde se posait la grande question, celle qui faisait l'objet d'innombrables supputations : qui sera le chef ?

Tout jury a un chef ; c'est lui qui détermine le verdict. S'imposera-t-il rapidement ? Restera-t-il en retrait avant de prendre les choses en main pendant les délibérations ? Les jurés eux-mêmes n'en savaient rien.

À 10 heures précises, après avoir parcouru du regard la salle d'audience pleine à craquer, le juge Harkin décida que tout le monde était en place. Il donna un petit coup de marteau, les murmures cessèrent. Il se tourna vers Pete, le vieux shérif adjoint dans son uniforme défraîchi, et inclina la tête.

— Faites entrer le jury, dit-il simplement.

Tous les regards se fixèrent sur la porte qui s'ouvrait derrière le banc des jurés. Lou Dell apparut d'abord, conduisant sa petite troupe comme une mère poule, puis les douze élus, à la file indienne, gagnèrent la place qui leur était attribuée. Les trois suppléants prirent place sur des chaises pliantes. Quand ils furent installés, les jurés constatèrent qu'ils étaient évidemment l'objet de la curiosité générale.

— Bonjour, fit Harkin d'une voix forte, avec un large sourire.

La plupart répondirent d'une inclination de tête.

— Je vois, poursuivit le juge, en prenant les quinze feuilles signées remises par Lou Dell, que vous avez trouvé votre salle et que vous vous êtes organisés. Avons-nous un premier juré ? demanda-t-il après un silence.

Les douze têtes s'inclinèrent dans un même mouvement.

— Bien. Qui est-ce ?

— Moi, Votre Honneur, répondit Herman Grimes.

L'espace d'un instant, les avocats de la défense, les consultants et les représentants du lobby du tabac eurent l'impression que leur cœur s'arrêtait de battre. Puis ils prirent une longue inspiration, sans donner la moindre indication qu'ils éprouvaient autre chose qu'une profonde affection pour l'aveugle qui était maintenant le premier des jurés. Les autres l'avaient peut-être choisi par pitié.

— Très bien, reprit Harkin, soulagé de voir que son jury avait réussi à s'entendre sans difficulté.

Il avait vu bien pire : un jury, mi-noir, mi-blanc, avait été incapable de se mettre d'accord. Les jurés s'étaient ensuite bagarrés à propos du menu du déjeuner.

— Je pense que vous avez pris connaissance de mes instructions écrites, poursuivit-il, avant de se lancer dans un discours où il répéta deux fois ce qu'il avait déjà mis par écrit.

Assis au premier rang, Nicholas Easter gardait un masque impénétrable. Tandis que le juge poursuivait son laïus, à petits mouvements de tête, il observa les autres acteurs de la pièce. Les avocats, agglutinés autour de leurs tables comme des vautours prêts à fondre sur une proie, avaient, sans exception, les yeux braqués sur les jurés. Ils s'en lasseraient rapidement.

Au second rang de la défense, Rankin Fitch, le visage adipeux et la barbiche sinistre, gardait le regard rivé sur les épaules de l'homme assis devant lui. Il essayait de ne pas prêter attention aux recommandations du magistrat, faisait comme si le jury lui était indifférent. Nicholas n'était pas dupe ; rien n'échappait à Fitch.

Quatorze mois auparavant, dans la salle du tribunal d'Allentown, Pennsylvanie, où était jugée l'affaire Cimmino, il avait vu le même homme, massif et impénétrable. Il l'avait également vu sur le trottoir du tribunal de Broken Arrow, Oklahoma, à l'occasion du procès Glavine. Nicholas savait que Fitch avait découvert qu'il n'avait jamais été inscrit à l'université du Nord-Texas. Il savait aussi qu'il causait beaucoup plus d'inquiétude à Fitch que les autres jurés, avec juste raison.

Derrière Fitch, deux rangs étaient occupés par des clones en complet veston, à la mine soucieuse ; les observateurs de Wall Street. D'après le quotidien du matin, le marché avait choisi de ne pas réagir à la composition du jury. Le cours de Pynex était stable, à quatre-vingts dollars l'action. Il ne put s'empêcher de sourire en songeant qu'il lui suffirait de se lever et de s'écrier : « Je pense que l'on devrait accorder plusieurs millions au demandeur ! » pour que les clones se précipitent vers la sortie et que Pynex baisse de dix points avant le déjeuner.

Le cours des trois autres – Trellco, Smith Greer et ConPack – restait stable aussi.

Nicholas remarqua dans les premiers rangs de petits groupes d'âmes en détresse ; les consultants, à n'en pas douter. La sélection du jury étant terminée, ils passaient à l'étape suivante : l'observation. Il leur incomberait de ne pas rater un mot de ce que chaque témoin aurait à déclarer et de prédire l'effet des témoignages sur les jurés. Si un témoin quelconque faisait sur le jury une impression médiocre, voire préjudiciable à leur cause, il pourrait être retiré de la barre et renvoyé chez lui. Il conviendrait ensuite de trouver un autre témoin, plus convaincant, pour réparer les dégâts. Nicholas n'en était pas tout à fait sûr. Il avait beaucoup lu sur les consultants, même participé à un séminaire à Saint Louis, où des avocats avaient raconté de vieilles histoires sur de fameux verdicts. Mais il n'était pas convaincu que ces prétendus experts étaient autre chose que des arnaqueurs.

Ils prétendaient porter un jugement sur les jurés rien qu'en observant leurs réactions, aussi infimes qu'elles fussent, à ce qui se disait dans la salle. Nicholas retint un autre sourire. Et s'il s'amusait à se mettre un doigt dans le nez et à l'y laisser cinq minutes ? Quelle interprétation donneraient-ils à cette manifestation du langage du corps ?

Il n'était pas en mesure de classer le reste de l'assistance. Il devait y avoir un certain nombre de journalistes et la collection ordinaire d'avocats locaux blasés et d'habitués des prétoires. L'épouse d'Herman Grimes était assise au milieu de la foule, rayonnante de fierté de savoir que son mari avait été élevé à une si haute position. Le juge Harkin acheva enfin son discours et fit signe à Wendall Rohr, qui se leva lentement, boutonna sa veste à carreaux en souriant de toutes ses fausses dents et s'avança à la barre d'un air important. Il expliqua qu'il allait présenter au jury l'affaire dans ses grandes lignes ; le silence se fit dans la salle.

Le demandeur prouverait que le tabac provoquait le cancer du poumon, plus précisément que le défunt, Jacob Wood, avait été emporté par un cancer du poumon après avoir fumé des Bristol pendant près de trente ans. Les cigarettes ont tué cet homme de bien, déclara gravement Rohr en tirant sur la touffe de poils gris qu'il laissait pousser sous son menton. Il s'exprimait d'une voix âpre mais claire, aux amples modulations, qu'il était capable de pousser aux effets les plus théâtraux. Rohr était un comédien chevronné dont le nœud papillon de travers, les claquements de dentier et les vêtements mal assortis visaient à plaire à monsieur Tout-le-monde. Il laisserait les avocats de la défense, avec leur complet impeccable et leur coûteuse cravate de soie, s'adresser aux jurés d'un air hautain. Pas lui : il était des leurs.

Comment prouverait-il que la cigarette provoque le cancer du poumon ? Des preuves, il y en aurait en quantité. Il ferait d'abord venir à la barre quelques-uns des plus célèbres spécialistes. Absolument ! Ces grands hommes étaient en route pour Biloxi, où ils allaient s'entretenir avec le jury et expliquer sans ambiguïté, avec des montagnes de statistiques à l'appui, que la cigarette provoque bel et bien le cancer.

Ensuite – Rohr ne put retenir un sourire malicieux à cette perspective – la partie civile présenterait au jury des gens qui avaient travaillé pour l'industrie du tabac. Il fallait s'attendre à un grand déballage dans ce tribunal. Les preuves ne feraient pas défaut.

Pour se résumer, il prouverait que la fumée de cigarette, parce qu'elle contient des substances cancérigènes naturelles, des pesticides, des particules radioactives et des fibres voisines de celles de l'amiante, provoque le cancer du poumon.

À ce moment de la déclaration de Rohr, il ne faisait guère de doute dans l'assistance qu'il était non seulement en mesure de le prouver, mais qu'il le ferait sans grande difficulté. Il s'interrompit, prit son nœud papillon entre ses dix doigts boudinés en jetant un coup d'œil à ses notes ; avec une gravité solennelle, il commença à parler de Jacob Wood. Bon père et bon époux, travailleur consciencieux, catholique fervent, ancien combattant. Il avait commencé à fumer dès l'enfance, en ignorant, comme tout un chacun à l'époque, les dangers du tabac.

Rohr versa un moment dans l'emphase, se reprit. Il aborda succinctement la question de la réparation, expliqua que c'était un grand procès, d'une importance capitale. La victime espérait et demanderait certainement une somme considérable. Pas seulement des dommages-intérêts − la valeur économique de la vie de Jacob Wood, un homme arraché à l'amour des siens −, mais une somme très élevée, en réparation d'un grave préjudice.

Rohr s'attarda quelque peu là-dessus, sembla perdre le fil de ses idées ; il fut évident pour la plupart des jurés que la perspective d'une très lourde réparation lui avait fait perdre sa concentration.

Le juge Harkin avait accordé par écrit une heure à chacune des parties ; il s'était engagé, toujours par écrit, à couper la parole à l'avocat qui dépasserait le temps imparti.

Bien qu'il fût enclin, comme tant de ses confrères, à trop en faire, Wendall Rohr veilla à respecter les directives du juge. Il acheva sa présentation en cinquante minutes, par un vibrant appel à la justice, remercia les jurés de leur attention, sourit dans un dernier claquement de dents et reprit sa place.

Cinquante minutes dans un fauteuil sans pouvoir ouvrir la bouche, sans presque bouger semblent durer des heures ; Harkin le savait. Il ordonna une suspension d'audience de quinze minutes, avant de donner la parole à la défense.

Durwood Cable en eut pour moins d'une demi-heure. D'un ton calme et mesuré, il assura les jurés que Pynex avait ses propres experts, des scientifiques, des chercheurs qui expliqueraient de la manière la plus claire qui soit que la cigarette ne provoque pas le cancer du poumon. Cable s'attendait au scepticisme des jurés ; il leur demandait seulement de faire preuve de patience et d'ouverture d'esprit. Il parla sans notes, ne prononça pas un mot sans regarder un juré dans les yeux. Son regard passa le premier rang en revue, glissa au second, se posa successivement sur les visages curieux. Cette voix, ce regard avaient une qualité hypnotique ; mais ils exprimaient la sincérité. On avait envie de croire cet homme.

6

Le premier incident eut lieu à l'heure du déjeuner. Le juge Harkin ordonna la suspension de l'audience à 12 h 10 ; les jurés sortirent l'un derrière l'autre. Lou Dell les attendait, impatiente de les pousser dans la salle qui leur était réservée.

— Asseyez-vous, fit-elle, le déjeuner sera servi dans quelques minutes. Prenez un café, je viens de le faire.

Quand ils furent tous installés, elle ferma la porte pour aller voir les trois suppléants à qui était attribuée une pièce plus petite donnant dans le même couloir. Rassurée, elle regagna son poste, lançant au passage un regard mauvais à ce balourd de Willis, de faction dans le couloir, un pistolet chargé à la ceinture, pour protéger elle ne savait qui.

Les jurés se dispersèrent dans la pièce, certains s'étirèrent ou bâillèrent, d'autres échangeant des banalités polies. Les mouvements et les propos étaient contraints, un comportement fréquent quand on se trouve dans une pièce close, en présence d'inconnus. Ils n'avaient rien d'autre à faire qu'attendre le repas qui, du coup, faisait figure d'événement. Qu'allait-on leur servir ? La nourriture serait certainement de qualité.

Herman Grimes prit place à un bout de la table, comme il convenait au premier juré, et se lança dans une conversation à bâtons rompus avec Millie Dupree, une aimable quinquagénaire qui, par une remarquable coïncidence, connaissait un autre aveugle. Nicholas Easter se présenta à Lonnie Shaver, le seul Noir de sexe masculin, qui, à l'évidence, avait été retenu à son corps défendant. Shaver gérait un magasin d'alimentation pour le compte d'une grande chaîne régionale. Nerveux, terrifié à l'idée de passer loin de son lieu de travail les quatre semaines à venir, il avait énormément de mal à se détendre.

Vingt minutes s'écoulèrent sans qu'ils voient rien venir.

À 12 h 30, Nicholas s'adressa à Grimes, à l'autre bout de la pièce.

— Alors, Herman, où est notre déjeuner ?

— Je ne suis que le premier juré, répondit l'aveugle en souriant dans le silence qui venait de se faire.

Nicholas ouvrit la porte, appela Lou Dell.

— Nous avons faim, dit-il.

Elle baissa lentement son livre, regarda les onze autres visages avant de répondre.

— Le repas est en route.

— D'où vient-il ? demanda Nicholas.

— De chez O'Reilly, un traiteur au coin de la rue, répondit Lou Dell, en laissant percer sa réprobation.

— Nous sommes parqués dans cette pièce comme des bestiaux, poursuivit Nicholas. Nous ne pouvons pas aller manger comme des gens normaux. Je ne comprends pas pourquoi on ne nous laisse pas sortir pour faire un bon repas.

Il fit un pas vers Lou Dell, le regard rivé sur les yeux à demi cachés par les mèches grises.

— J'espère qu'il n'y aura pas tous les jours des problèmes d'intendance.

— Non, non.

— Je vous suggère de donner un coup de fil pour savoir où est passé notre repas, sinon j'en parle au juge Harkin.

— D'accord.

La porte se referma ; Nicholas alla se servir un café.

— Vous vous êtes montré dur avec elle, vous ne pensez pas ? lança Millie Dupree, tandis que les autres ouvraient grandes leurs oreilles.

— Peut-être. S'il le faut, je m'excuserai. Mais si les choses ne sont pas claires d'emblée, on nous traitera mal.

— Ce n'est pas sa faute, protesta Herman.

— Elle est chargée de s'occuper de nous, répondit Nicholas en allant s'asseoir près de l'aveugle. Savez-vous que dans tous les autres procès ou presque, les jurés sont libres de sortir comme tout le monde pour aller manger. Pourquoi croyez-vous que nous portons ce badge ?

Les autres se rapprochèrent de la table.

— Comment savez-vous cela ? demanda Millie Dupree.

Il haussa les épaules, comme s'il en savait long mais ne pouvait trop en dire.

— Je connais un peu le système.

— Comment se fait-il ? demanda Herman Grimes.

Nicholas attendit un peu pour ménager son effet.

— J'ai fait deux ans de droit, répondit-il.

Il prit une longue gorgée de café pendant que les autres pesaient cette révélation. Nicholas en imposait déjà à ses compagnons ; il s'était montré aimable et serviable, courtois et intelligent. Il connaissait la loi : son prestige en fut discrètement rehaussé.

À 12 h 45, le repas n'était pas arrivé. Nicholas écourta brusquement une conversation et ouvrit la porte du couloir. Lou Dell regarda sa montre.

— J'ai envoyé Willis aux nouvelles, fit-elle nerveusement. Il devrait revenir d'une minute à l'autre. Je suis absolument désolée.

— Où sont les toilettes ? demanda Nicholas.

— Au fond du couloir, à droite, répondit-elle, soulagée.

Nicholas passa sans s'arrêter devant la porte des toilettes, descendit silencieusement l'escalier de service et sortit du tribunal. Il suivit Lamuese Street jusqu'au Vieux Marché, un centre commercial piétonnier, bordé de boutiques pimpantes, le long de l'ancien quartier des affaires de Biloxi. Il connaissait bien le quartier, qui n'était qu'à quelques centaines de mètres de son appartement. Il aimait les cafés et les boutiques qui bordaient le Vieux Marché ; il y avait une bonne librairie.

Il tourna à gauche, entra dans le vieux et vaste bâtiment blanc qui abritait le restaurant Mary Mahoney's, un établissement réputé de la ville, où les gens de robe avaient coutume de déjeuner quand le tribunal était en session. Il avait fait ce trajet la semaine précédente, avait même eu une table voisine de celle du juge Frederick Harkin.

En entrant dans le restaurant, Nicholas s'enquit auprès de la première serveuse qu'il croisa si le juge était en train de manger. Elle répondit par l'affirmative ; il demanda où était sa table. Elle la lui indiqua. Nicholas traversa le bar, un petit salon et déboucha dans une salle spacieuse, regorgeant de fleurs fraîches, où de hautes fenêtres laissaient entrer le soleil à flots. Elle était pleine à craquer, mais il reconnut Harkin à une table de quatre. La fourchette du juge, au bout de laquelle était piquée une grosse crevette grillée, s'immobilisa à mi-chemin de sa bouche quand il reconnut un de ses jurés, le badge rouge et blanc en évidence.

— Pardonnez-moi d'interrompre votre repas, fit Nicholas en s'arrêtant devant la table couverte de salades copieuses et de grands verres de thé glacé.

Gloria Lane le regardait, interloquée. Deux autres femmes, la greffière d'audience et l'assistante du juge, partageaient sa table.

— Que faites-vous ici ? demanda le juge, une miette de fromage sur la lèvre inférieure.

— Je viens de la part de votre jury.

— Que se passe-t-il ?

Nicholas se pencha vers Harkin, de manière à ne pas attirer l'attention.

— Nous avons faim, déclara-t-il, les dents serrées, contenant une colère qui ne pouvait échapper aux quatre convives. Vous êtes en train de vous taper la cloche pendant que nous tournons en rond dans notre cage, en attendant un repas qui, sans que personne sache pourquoi, n'arrive pas. Avec le respect que je vous dois, monsieur le juge, nous avons faim. Et nous ne sommes pas contents.

La fourchette d'Harkin retomba sur son assiette, la crevette se détacha, rebondit par terre. Il lança sa serviette sur la table en marmonnant quelque chose d'incompréhensible et se tourna vers les trois femmes, les sourcils froncés.

— Allons voir ça.

Il se leva, imité par les femmes, et ils sortirent tous les cinq en hâte.

Quand ils arrivèrent au tribunal, Lou Dell et Willis n'étaient ni dans le couloir ni dans la salle du jury. Il n'y avait rien sur la table ; il était 13 h 05. Les conversations cessèrent brusquement, les jurés regardèrent Harkin avec étonnement.

— Nous attendons depuis près d'une heure, fit Nicholas en montrant la table vide, tandis que l'étonnement des autres jurés se muait rapidement en colère.

— Nous avons le droit d'être traités avec dignité, lança Lonnie Shaver.

Harkin ne trouva rien à répondre.

– Où est Lou Dell ? demanda-t-il en s'adressant aux trois femmes qui l'accompagnaient.

La porte s'ouvrit à la volée ; Lou Dell s'arrêta net en voyant le juge qui se planta devant elle.

– Que se passe-t-il ? demanda-t-il d'une voix ferme mais calme.

– Je viens d'appeler le traiteur, expliqua-t-elle, hors d'haleine, effrayée, des gouttes de sueur sur les tempes. Il y a eu un malentendu ; ils prétendent que quelqu'un a appelé pour demander de ne pas livrer le repas avant 13 h 30.

– Ils meurent de faim, dit Harkin, comme si Lou Dell n'était pas au courant. 13 h 30, dites-vous ?

– C'est un malentendu chez le traiteur. Nous nous sommes mal compris.

– Quel traiteur ?

– O'Reilly.

– Rappelez-moi de lui en toucher un mot.

– Bien, monsieur.

– Je suis navré, poursuivit Harkin en reportant son attention sur les jurés. Cela ne se reproduira pas.

Il s'interrompit, regarda sa montre.

– Je vous invite, reprit-il en souriant, à me suivre chez Mary Mahoney et à déjeuner avec moi. Appelez Bob Mahoney, ajouta-t-il à l'adresse de son assistante, demandez-lui de préparer l'arrière-salle.

Ils firent un repas de gâteau de crabe, d'huîtres et de thon grillé, et savourèrent le fameux gumbo de Mary Mahoney. Nicholas Easter était le héros du jour. Après le dessert, vers 14 h 30, ils regagnèrent le tribunal sans se presser, en compagnie du juge. Avant que le jury soit en place pour la session de l'après-midi, l'histoire de leur succulent déjeuner s'était répandue comme une traînée de poudre.

Quand il vit le juge Harkin, Neal O'Reilly, le traiteur, jura sur la Bible qu'une jeune femme prétendant appeler de la part du greffe du tribunal lui avait expressément demandé de livrer le repas à 13 h 30 précises.

Le premier témoignage du procès fut celui du défunt, Jacob Wood, sous la forme d'une vidéocassette enregistrée quelques mois avant sa mort. Deux moniteurs de cinquante centimètres furent installés devant le jury, six autres disposés dans la salle. Les câbles avaient été tirés pendant que les jurés faisaient bombance chez Mary Mahoney.

Jacob Wood était couché sur un lit d'hôpital, la tête soutenue par des oreillers. Il portait un tee-shirt blanc; le reste du corps était dissimulé sous un drap. Le visage décharné, le teint blafard, il absorbait de l'oxygène par un petit tuyau passant derrière son cou squelettique pour aboutir dans son nez. Quand on lui demanda de commencer, il regarda la caméra, déclina ses nom et adresse. Il avait une voix rauque et sifflante; il souffrait aussi d'emphysème pulmonaire.

Jacob était entouré d'avocats, mais seul son visage apparaissait à l'image. De loin en loin, un désaccord éclatait hors champ entre les avocats, mais Jacob semblait n'en avoir cure. Âgé de cinquante et un ans, il en paraissait vingt de plus et avait à l'évidence un pied dans la tombe.

À l'instigation de son avocat, Wendall Rohr, il entreprit de raconter sa vie, depuis le jour de sa naissance; cela prit près d'une heure. Enfance, écoles, amis, foyers, service dans la marine; mariage, emplois, enfants, habitudes, passe-temps, amitiés, voyages, vacances, petits-enfants, retraite prochaine, tout y passa. Regarder un mort parler avait au début quelque chose de fascinant, mais les jurés comprirent rapidement que son existence avait été aussi banale que la leur. La digestion du repas plantureux devenant laborieuse, ils commencèrent à se tortiller sur leur siège et à donner des signes d'impatience. Les paupières s'alourdissaient, les cerveaux s'engourdissaient. Grimes, qui ne pouvait qu'écouter la voix et imaginer le visage, s'ennuyait ferme. Par bonheur, Harkin, saisi de la même torpeur digestive, ordonna une suspension d'audience au bout de quatre-vingts minutes d'audition.

Les quatre fumeurs du jury avaient besoin d'en griller une. Lou Dell les conduisit dans une pièce contiguë aux toilettes des hommes, pourvue d'une fenêtre ouverte, un local ordinairement réservé aux jeunes délinquants attendant de passer en justice.

— Si vous n'arrêtez pas de fumer après ce procès, vous n'y arriverez jamais, lança-t-elle en essayant de faire de l'humour.

Pas un sourire; la plaisanterie tomba à plat.

— Excusez-moi, fit-elle en sortant.

Jerry Fernandez, trente-huit ans, vendeur de voitures, criblé de dettes de jeu, malheureux en ménage, fut le premier à sortir son paquet. Il agita son briquet devant les trois femmes ; elles tirèrent une longue bouffée, soufflèrent un nuage de fumée en direction de la fenêtre.

— À Jacob Wood, fit Jerry en manière de toast.

Pas de réponse ; les trois femmes étaient trop occupées à fumer.

En sa qualité de premier juré, Herman Grimes leur avait déjà adressé une sévère mise en garde sur l'illégalité de parler de l'affaire entre eux ; ce n'était pas tolérable, le juge Harkin ne cessait de le rabâcher. Mais Herman se trouvait dans la pièce voisine et Jerry était curieux.

— Je me demande si ce cher Jacob avait essayé d'arrêter, fit-il sans s'adresser à personne en particulier.

— Nous n'allons pas tarder à le savoir, répondit Sylvia Taylor-Tatum en tirant goulûment sur une longue cigarette de femme émancipée avant de rejeter par son nez pointu un impressionnant torrent de vapeurs bleutées. Jerry, qui adorait les surnoms, lui avait déjà secrètement attribué celui de « Caniche » pour son visage étroit, son nez allongé et l'épaisse tignasse de cheveux grisonnants, séparés par une raie médiane, qui tombait en lourdes volutes sur ses épaules. Elle avait un corps osseux de plus d'un mètre quatre-vingts, une mine perpétuellement renfrognée qui tenait les gens à distance. Le Caniche voulait qu'on lui fiche la paix.

— Je me demande ce qui nous attend ensuite, reprit Jerry dans une dernière tentative pour engager la conversation.

— Une flopée de médecins, j'imagine, répondit le Caniche en continuant de regarder par la fenêtre.

Les deux autres se contentaient de fumer en silence ; Jerry jeta l'éponge.

La jeune femme s'appelait Marlee, du moins tel était le nom d'emprunt qu'elle avait choisi pour cette période de sa vie. Trente ans, les cheveux châtains et courts, les yeux bruns, mince et de taille moyenne ; sa mise était simple, ses vêtements soigneusement choisis pour ne pas attirer l'attention. Elle était superbe en toutes circonstances, en jean serré comme en jupe courte, mais, dans l'immédiat, elle ne voulait surtout pas qu'on la remarque. Elle était déjà venue en deux occasions dans la salle d'audience : la première une quinzaine de jours plus tôt, pour assister à un autre procès, la seconde pendant la sélection du jury. Elle connaissait les lieux ; elle savait où se trouvait le bureau du juge, où il prenait ses repas. Elle connaissait le nom des avocats de la plaignante et de la défense – pas si facile. Elle avait pris connaissance du dossier et savait dans quel hôtel Rankin Fitch logeait pendant le procès.

Mettant à profit la suspension d'audience, elle passa devant le détecteur de métal et se glissa dans la salle, au dernier rang. Le public s'étirait, les avocats discutaient en groupes compacts. Elle vit Fitch debout dans un coin, s'entretenant avec deux hommes, sans doute deux de ses consultants. Il ne la remarqua pas parmi la centaine de personnes restées dans la salle.

Quelques minutes s'écoulèrent. Elle ne quitta pas des yeux la porte du fond ; quand la greffière apparut, une tasse de café à la main, elle sut que le juge ne pouvait être loin. Marlee prit une enveloppe dans son sac, attendit un instant, parcourut les quelques mètres qui la séparaient d'un des shérifs adjoints en faction devant la porte d'entrée.

– Pourriez-vous me rendre un service ? demanda-t-elle d'un ton enjôleur.

Il ébaucha un sourire, remarqua l'enveloppe qu'elle tenait.

– Je peux essayer.

– Il faut que je m'en aille. Pourriez-vous remettre cette enveloppe au monsieur là-bas, dans l'angle. Je n'ose pas interrompre sa conversation.

– Lequel ? fit le policier en plissant les yeux dans la direction indiquée.

– Celui du milieu, le costaud en complet sombre, avec la barbiche.

À ce moment précis, l'huissier fit son entrée.

– La cour !

– Comment s'appelle-t-il ? poursuivit le policier en baissant la voix.

– Rankin Fitch, répondit Marlee en tendant l'enveloppe sur laquelle était inscrit le nom. Merci, ajouta-t-elle en lui tapotant le bras avant de disparaître.

Fitch se pencha pour murmurer quelque chose à l'oreille d'un de ses collaborateurs, puis se dirigea vers le fond de la salle tandis que le jury entrait ; il en avait vu assez pour la journée. Il n'avait pas pour habitude de passer beaucoup de temps au tribunal, après la sélection du jury ; il avait d'autres moyens pour contrôler la marche des événements.

Le shérif adjoint l'arrêta à la porte, lui tendit l'enveloppe. Fitch parut étonné d'y voir son nom. Il était une ombre anonyme, il gardait l'incognito et vivait sous un nom d'emprunt. Son cabinet de Washington portait le nom on ne peut plus vague d'Arlington West Associates, le sien n'était connu que de ses employés, de ses clients et d'un petit nombre des avocats qu'il engageait.

Il prit l'enveloppe des mains du policier sans même grommeler un merci et gagna l'atrium. Perplexe, il regarda de nouveau son nom sur l'enveloppe ; l'écriture était indiscutablement féminine. Il l'ouvrit lentement, en tira la feuille qu'elle contenait. Au centre, en caractères d'imprimerie, le message disait : « Cher monsieur Fitch : demain, le juré numéro deux, Easter, portera une chemise de golf grise à motif rouge, un pantalon kaki, des chaussettes blanches et des chaussures de cuir brun, à lacets. »

José, qui attendait près d'une vasque, s'approcha de son patron comme un chien de garde docile. Fitch relut le message, posa sur le chauffeur un regard sans expression, puis repartit vers la porte, l'entrouvrit et demanda au shérif adjoint de sortir un moment.

– Que se passe-t-il ? demanda le policier, qui avait pour consigne de monter la garde à l'intérieur et pour habitude d'obéir aux ordres.

– Qui vous a remis cette enveloppe ? demanda Fitch aussi aimablement qu'il lui était possible de le faire.

Les deux autres policiers responsables du détecteur de métal suivaient la scène avec curiosité.

– Une femme. Je ne sais pas comment elle s'appelle.

– Quand vous l'a-t-elle remise ?

– Il y a deux minutes, juste avant que vous ne sortiez.

– La voyez-vous quelque part ? poursuivit Fitch.

– Non, répondit le policier, après avoir jeté un rapide coup d'œil autour de lui.

– Pourriez-vous la décrire ?

C'était un flic, il avait l'esprit d'observation.

– Bien sûr. Pas plus de trente ans, un mètre soixante-huit, peut-être soixante-dix. Cheveux châtains, courts, yeux bruns. Mince. Un joli petit lot.

– Comment était-elle habillée ?

Il n'y avait pas prêté attention, mais ne voulait pas le reconnaître.

– Euh... une roble claire, beige, en coton, boutonnée sur le devant.

– Qu'a-t-elle dit exactement ? insista Fitch après un instant de réflexion.

– Pas grand-chose. Elle m'a juste demandé de vous remettre ça et elle a disparu.

– Avez-vous remarqué quelque chose dans sa manière de s'exprimer ?

– Non... Il faut que je retourne à mon poste.

– Bien sûr. Merci.

Fitch et José descendirent l'escalier et parcoururent les couloirs du rez-de-chaussée. Ils sortirent, firent à pied le tour du bâtiment, comme deux amis qui se dégourdissent les jambes en fumant une cigarette.

L'enregistrement de la déposition de Jacob Wood avait pris deux jours et demi. Après avoir coupé les prises de bec entre les avocats, les interruptions dues aux infirmières et les passages sans rapport avec l'affaire, le juge Harkin l'avait réduit à deux heures et trente et une minutes.

C'était interminable. Écouter le pauvre homme donner sa version personnelle de la dépendance au tabac était intéressant, jusqu'à un certain point, mais les jurés auraient assurément préféré des coupes plus importantes. Jacob avait commencé à fumer des Redtop à l'âge de seize ans, pour faire comme ses copains ; il était rapidement monté à deux paquets par jour. À la fin de son service militaire, à l'instigation de sa femme, il était passé à des cigarettes avec filtre, les Bristol, dont la teneur en goudrons et en nicotine était moins élevée, s'il fallait en croire la publicité. À vingt-cinq ans, il en fumait trois paquets par jour. Sa femme, Celeste, refusant de le faire, il achetait lui-même ses deux cartouches par semaine.

Il avait désespérément essayé d'arrêter. Il y était parvenu une fois, avait tenu quinze jours, mais s'était levé une nuit pour aller fumer dans la cuisine. À plusieurs reprises, il avait réduit sa consommation ; deux paquets par jour, un seul, puis, sans s'en rendre compte, il était remonté à trois. Il avait consulté des médecins, s'était adressé à des hypnotiseurs. Il avait essayé l'acupuncture, le chewing-gum à la nicotine. Rien n'y avait fait. Il avait été incapable d'arrêter quand on avait diagnostiqué l'emphysème pulmonaire, incapable quand on lui avait annoncé qu'il était atteint d'un cancer du poumon.

C'était sa plus grosse bêtise et maintenant, à cinquante et un ans, il allait la payer de sa vie. D'une voix entrecoupée de quintes de toux, il implora les fumeurs de cesser de s'empoisonner.

Jerry Fernandez et le Caniche échangèrent un regard.

Jacob versa dans le mélo en énumérant ce à quoi il allait devoir renoncer : sa femme, ses gosses, ses petits-enfants, les parties de pêche avec ses amis...

Celeste se mit à sangloter doucement sur l'épaule de Rohr ; Millie Dupree, le juré numéro trois, la voisine de Nicholas, se frotta les yeux avec un Kleenex.

Le premier témoin arriva enfin au terme de sa déposition, les moniteurs s'éteignirent. Harkin remercia le jury pour cette première journée d'audience, promit la même chose pour le lendemain. Redevenant sérieux, il renouvela son interdiction formelle de parler de l'affaire avec quiconque, y compris un conjoint. Plus important encore, si quelqu'un essayait de prendre contact avec un juré, il convenait de le signaler immédiatement. Il insista dix bonnes minutes sur ce point avant de leur donner rendez-vous le lendemain, à 9 heures.

Fitch avait déjà envisagé de pénétrer par effraction dans l'appartement d'Easter ; c'était devenu indispensable. Et cela ne présentait pas de difficulté. Il envoya José, accompagné d'un agent du nom de Doyle, pendant qu'Easter, retenu au banc des jurés, partageait les souffrances de Jacob Wood. Il était sous la surveillance de deux autres hommes de Fitch, pour le cas où l'audience serait levée à l'improviste.

José resta dans la voiture, la main sur le téléphone, pour surveiller l'entrée de l'immeuble dans laquelle Doyle s'était engouffré. Doyle prit l'escalier jusqu'au premier étage, trouva l'appartement 312 au bout d'un couloir mal éclairé. Aucun bruit ne filtrait des portes voisines.

Il secoua la poignée branlante, la bloqua pendant qu'il faisait glisser une languette de plastique le long du chambranle. La serrure fit entendre un déclic, le bouton tourna. Il entrouvrit la porte de quelques centimètres, attendit qu'une alarme se déclenche. Rien. L'immeuble était ancien, les loyers modestes ; l'absence de système d'alarme n'avait rien d'étonnant.

Il entra. À l'aide d'un petit appareil muni d'un flash, il photographia rapidement la cuisine, le séjour, la salle de bains et la chambre. Il fit des gros plans des revues sur la table basse, des livres empilés sur le sol, des CD sur la chaîne stéréo et des logiciels éparpillés autour de l'ordinateur. En faisant attention à ce qu'il touchait, il découvrit dans la penderie une chemise de golf grise à motif rouge, prit une photo. Il ouvrit le réfrigérateur, en photographia le contenu, fit de même avec les meubles de rangement et le placard de l'évier.

L'appartement était petit et meublé simplement, mais propre. La climatisation était coupée ou en panne ; Doyle photographia le thermostat. Il resta moins de dix minutes, le temps d'utiliser deux rouleaux de pellicule et d'acquérir la conviction qu'Easter vivait seul. Il ne trouva aucun indice de la présence d'une autre personne, en particulier d'une femme.

Il quitta silencieusement l'appartement, referma soigneusement la porte ; dix minutes plus tard, il était dans le bureau de Fitch.

En rentrant à pied du tribunal, Nicholas s'arrêta en route chez O'Reilly, où il acheta une demi-livre de dinde fumée et une barquette de pâtes en salade. Il prit son temps pour faire le trajet, profitant sans doute du soleil après avoir passé la journée enfermé. Il entra dans une épicerie pour acheter une bouteille d'eau minérale qu'il but en marchant. Il s'arrêta sur le parking d'une église pour suivre un match de basket acharné entre des gamins ; il entra dans un jardin public où l'homme qui le filait faillit le perdre. Il ressortit de l'autre côté, certain d'être suivi. Pang, l'Asiatique, un des sbires de Fitch, coiffé d'une casquette de base-ball, s'était affolé en le perdant de vue ; il l'avait observé à travers une haute rangée de buis.

Devant la porte de son appartement, il tapa les quatre chiffres du code. La petite lumière rouge passa au vert, il ouvrit la porte.

Le champ de la caméra de surveillance, cachée dans un conduit d'aération, au-dessus du réfrigérateur, embrassait la cuisine, le séjour et la porte de la chambre. Nicholas se rendit directement à son ordinateur ; il établit en quelques secondes que personne n'avait essayé de le mettre en marche et qu'une effraction avait eu lieu à 16 h 52.

Il prit une longue inspiration, jeta un regard circulaire, décida d'inspecter les lieux. Il ne s'attendait pas à trouver des traces de l'effraction. La porte semblait intacte, avec sa poignée branlante, facile à forcer ; la cuisine et le séjour étaient dans l'état où il les avait laissés. Ses rares possessions – la chaîne stéréo, les CD, le téléviseur, l'ordinateur – ne paraissaient pas avoir été touchées. Rien n'avait disparu de la chambre. Il revint devant l'ordinateur, appela une suite de menus, trouva le bon programme, arrêta la caméra de surveillance en retenant son souffle. Il appuya sur deux touches pour rembobiner le film, le régla à 16 h 52. Et voilà ! En noir et blanc, sur le moniteur de quarante centimètres, la porte du couloir s'entrouvrit et la caméra pivota dans cette direction. La porte resta entrebâillée tandis que le visiteur attendait le déclenchement d'une alarme, puis s'ouvrit pour laisser le passage à un homme. Nicholas arrêta la bande pour étudier son visage ; il ne l'avait jamais vu.

Sur l'écran il vit l'homme sortir prestement un appareil de sa poche et commencer à photographier de tous côtés. Il fureta dans l'appartement, disparut un moment dans la chambre. Il étudia l'ordinateur, n'y toucha pas. Nicholas ne put retenir un sourire : il était impossible d'entrer dans son ordinateur. Le visiteur n'avait pas trouvé le bouton de mise en marche.

Il resta neuf minutes et treize secondes dans l'appartement ; Nicholas se demanda pourquoi on avait choisi ce jour-là pour forcer sa porte. Sans doute parce que Fitch savait que l'appartement serait vide jusqu'à la fin de l'audience.

Cette visite n'avait pas de quoi effrayer Nicholas ; il s'y attendait. Il repassa la bande, étouffa un petit rire et la mit de côté.

7

Le lendemain matin, à 8 heures, quand Nicholas apparut et lança un regard circulaire sur le parking, Fitch en personne était assis à l'arrière de la camionnette de surveillance. Le véhicule portait le nom d'un plombier et un faux numéro de téléphone peint en vert sur la portière.

— Le voilà, annonça Doyle.

Tout le monde sursauta ; Fitch saisit le caméscope, le braqua sur Nicholas par un hublot noirci.

— Merde ! souffla-t-il.

— Que se passe-t-il ? demanda Pang, le technicien coréen qui avait filé Nicholas la veille

Fitch se pencha vers la fenêtre ronde, la bouche ouverte, la lèvre supérieure retroussée.

— Ça alors ! Chemise grise, pantalon kaki, chaussettes blanches, chaussures de cuir marron !

— La même chemise que sur les photos ? demanda Doyle.

— Oui.

Pang enfonça une touche sur une radio portable pour prévenir un autre agent, posté à cent mètres. Easter était à pied ; il prendrait probablement la direction du tribunal.

Nicholas acheta un quotidien et une grande tasse de café noir dans la même épicerie que la veille ; il s'assit vingt minutes dans le parc, parcourut le journal. Derrière ses lunettes noires il ne perdait rien de ce qui se passait autour de lui.

Fitch se rendit directement à son bureau et fit le point avec Doyle, Pang et un ex-agent du FBI, du nom de Swanson.

— Il faut absolument retrouver cette fille, déclara-t-il.

Ils décidèrent que l'un d'eux resterait dans la salle d'audience, au dernier rang, un autre à l'extérieur, en haut de l'escalier, un troisième au rez-de-chaussée, près des distributeurs automatiques, le dernier sur le trottoir, avec une radio. Ils changeraient de poste à chaque suspension d'audience. Tout le monde reçut le signalement de l'inconnue, aussi approximatif qu'il fût. Fitch décida de s'installer à la même place et de refaire les mêmes mouvements que la veille

Swanson, un expert en surveillance, estimait que c'était beaucoup de complications pour pas grand-chose.

— Ça ne marchera pas, dit-il.

— Pourquoi ? demanda Fitch.

— Laissez-la venir à nous. Elle a quelque chose à dire, elle fera les premiers pas.

— Peut-être. Mais je veux savoir qui elle est.

— Détendez-vous ; elle vous trouvera.

Fitch discuta avec lui jusqu'à 9 heures, puis il partit au tribunal. Doyle demanda au shérif adjoint de montrer la fille s'il la revoyait.

Nicholas avait choisi Rikki Coleman pour partager le café et les croissants du vendredi. Trente ans, jolie, mariée, deux enfants, elle travaillait dans les bureaux d'une clinique de Gulfport. Adepte de la diététique, elle évitait la caféine, l'alcool et, naturellement, la nicotine. Ses cheveux blonds étaient coupés court, à la garçonne, ses yeux bleus mis en valeur par des montures signées. Assise dans un coin de la pièce, elle sirotait un jus d'orange en feuilletant *USA Today*, quand Nicholas fondit sur elle.

— Bonjour, fit-il. Je ne crois pas que nous nous soyons présentés hier.

Elle lui adressa un sourire spontané, tendit la main.

— Rikki Coleman.

— Nicholas Easter. Enchanté.

— Merci pour le déjeuner d'hier, poursuivit-elle avec un petit rire.

— N'en parlons plus. Vous permettez ?

Il indiqua la chaise pliante à côté d'elle.

— Je vous en prie, répondit-elle en posant le journal sur ses genoux.

Les douze jurés étaient présents ; ils s'entretenaient pour la plupart à mi-voix. Au bout de la table, à sa place attitrée, Herman Grimes tenait sa tasse de café à deux mains, essayant sans doute de saisir au vol des propos interdits sur le procès. Lonnie Shaver aussi était seul ; il étudiait des listings de son magasin. Jerry Fernandez venait de sortir en fumer une en compagnie du Caniche.

— Comment vous sentez-vous dans la peau d'un juré ? demanda Nicholas.

— C'est moins impressionnant que je ne le pensais.

— Avez-vous été victime hier soir d'une tentative de corruption ?

— Non. Et vous ?

— Malheureusement non. Le juge Harkin sera très déçu si personne ne tente de nous acheter.

— Pourquoi revient-il sans cesse sur l'interdiction de communiquer ?

Nicholas se pencha légèrement vers elle, sans trop se rapprocher ; elle se pencha aussi, avec un regard méfiant en direction de Grimes. Ils étaient sensibles à l'intimité créée par cette proximité, comme il peut arriver à deux personnes séduisantes d'être attirées l'une par l'autre ; un petit flirt sans conséquence.

— C'est déjà arrivé, plus d'une fois, expliqua Nicholas dans un murmure.

Des rires retentirent près des cafetières : Mmes Gladys Card et Stella Hulic avaient trouvé quelque chose d'amusant dans un article du journal.

— Qu'est-ce qui est déjà arrivé ? poursuivit Rikki.

— Des jurés ont été corrompus dans des procès contre les fabricants de tabac. En fait, c'est presque toujours le cas, le plus souvent par la défense.

— Je ne comprends pas, fit-elle, croyant tout ce qu'il disait, avide d'avoir des détails de la bouche de quelqu'un qui avait deux ans de droit derrière lui.

— Il y a eu, dans différents États, un certain nombre de procès contre l'industrie du tabac, qui n'a jamais encore été condamnée. Elle engloutit des millions de dollars pour sa défense, elle ne peut se permettre un verdict de culpabilité. Une première condamnation et tout le monde s'engouffrera dans la brèche.

Il s'interrompit, jeta un coup d'œil autour de lui, but une gorgée de café.

– Pour cela, reprit Nicholas, ils ne reculent devant rien.

– C'est-à-dire ?

– Ils offrent de l'argent à la famille des jurés. Ils font courir le bruit que le défunt avait quatre maîtresses, qu'il battait sa femme, volait ses amis, n'allait à l'église que pour les enterrements et avait un fils homosexuel. C'est la vérité, poursuivit-il en la voyant faire une moue incrédule, une vérité bien connue dans le milieu judiciaire. Je suis sûr que le juge Harkin est au courant ; c'est pour cela qu'il nous met en garde.

– Ne peut-on les en empêcher ?

– Pas encore. Ils sont très malins, rusés et retors, ils ne laissent pas de traces. Et ils ont des millions de dollars à leur disposition.

Il s'interrompit pendant qu'elle étudiait son visage.

– Ils ont enquêté sur vous avant la sélection du jury.

– Non !

– Bien sûr que si. C'est une pratique courante pour les grands procès. La loi leur interdit de communiquer directement avec un juré potentiel, mais ils font tout le reste. Ils ont probablement photographié votre maison, votre voiture, votre mari et vos gosses, la clinique où vous travaillez. Ils ont peut-être parlé à vos collègues, écouté vos conversations au bureau ou à l'endroit où vous prenez vos repas. Tout est possible.

– Cela paraît illégal, fit-elle en posant son verre sur l'appui de fenêtre. Immoral, en tout cas.

– Appelez cela comme vous voulez. Ils ont pu le faire, parce que vous n'aviez aucun soupçon.

– Vous le saviez, vous ?

– J'ai vu un photographe dans une voiture, devant mon immeuble. Et ils ont envoyé une femme dans la boutique où je travaille pour me provoquer en fumant malgré l'interdiction. Je savais ce qu'ils faisaient.

– Vous venez de dire que tout contact direct était interdit.

– Je n'ai pas dit qu'ils jouaient franc jeu. Au contraire : tous les moyens leur sont bons pour gagner.

– Pourquoi n'avez-vous rien dit au juge ?

– Parce que ce n'était pas méchant et que je savais à quoi m'en tenir. Maintenant que je fais partie du jury, je suis sur mes gardes.

Ayant piqué sa curiosité, Nicholas estima préférable de mettre un terme aux médisances. Il regarda sa montre, se leva brusquement.

– Je crois que je vais aller aux toilettes avant de regagner notre banc.

Lou Dell se rua dans la pièce en faisant trembler la porte sur ses gonds.

– C'est l'heure, lança-t-elle de la voix vibrante d'une monitrice de colonie de vacances.

Le public s'était réduit de moitié. Tandis que les jurés s'installaient sur les coussins râpés, Nicholas parcourut l'assistance du regard. Fitch, comme il fallait s'y attendre, occupait la même place, la tête à demi cachée par un journal, comme si le jury lui était totalement indifférent ; comme s'il se contrefichait de ce que portait Easter. Il regarderait plus tard. Les journalistes se comptaient sur les doigts d'une main ; ils arriveraient dans le courant de la journée. Les envoyés de Wall Street semblaient déjà s'ennuyer à mourir ; de jeunes diplômés expédiés dans le Sud, parce qu'ils débutaient dans le métier et que leurs patrons avaient mieux à faire. Mme Grimes était à sa place habituelle ; Nicholas se demanda si elle viendrait tous les jours, pour ne rien rater et donner un coup de main à son mari.

Nicholas s'attendait à voir l'homme qui était entré dans son appartement, peut-être pas ce jour-là, mais avant la fin du procès.

– Bonjour, lança chaleureusement le juge Harkin aux jurés, quand tout le monde fut prêt.

Des sourires fleurirent sur toutes les lèvres, celles du juge, des greffières, même des avocats qui cessèrent de faire des messes basses, le temps d'adresser aux jurés des sourires factices.

– J'espère que tout le monde va bien, reprit Harkin. Bien, poursuivit-il après avoir attendu que les quinze têtes s'inclinent avec raideur. Mme Dell m'a informé que tout le monde était prêt pour une journée entière d'audience.

Le juge prit une feuille portant une liste de questions que les jurés allaient apprendre à détester. Il s'éclaircit la voix, son sourire s'effaça.

– Mesdames et messieurs du jury, je vais poser une suite de questions, des questions très importantes. Je vous demande d'y répondre, quand une réponse s'impose ; je rappelle à ce propos qu'un défaut de réponse peut être considéré comme un outrage à magistrat, punissable d'une peine d'emprisonnement.

Cette menace, qu'il laissa planer dans la salle, suscita un sentiment de culpabilité chez les jurés. Persuadé d'avoir atteint son but, il commença la litanie des questions. Quelqu'un a-t-il essayé de parler du procès avec vous ? Avez-vous reçu depuis l'audience de la veille des appels téléphoniques inhabituels ? Avez-vous vu des inconnus vous observer, vous ou quelqu'un de votre famille ? Avez-vous eu connaissance de rumeurs ou de ragots concernant une des parties en présence ? Un des avocats ? Un des témoins ? Quelqu'un a-t-il pris contact avec un de vos amis ou un membre de votre famille dans le but de parler du procès ? Un ami ou un membre de votre famille a-t-il essayé de parler avec vous du procès depuis hier soir ? Avez-vous vu ou reçu un document quelconque ayant trait au procès ?

Entre chaque question, le juge s'interrompait, regardait chaque juré d'un air encourageant, puis, apparemment déçu, revenait à sa liste.

Ce qui étonna le plus les jurés fut l'atmosphère impatiente entourant les questions. Les avocats ne rataient pas un mot, comme si des réponses accablantes devaient venir du jury. Les greffières, habituellement affairées, demeuraient totalement immobiles, cherchant lequel des douze allait passer aux aveux. L'œil noir du juge, ses sourcils froncés après chaque question semblaient mettre en doute leur intégrité.

— Merci, fit-il doucement quand il eut terminé.

L'assistance sembla respirer ; les jurés se sentirent blessés. Harkin but une gorgée de café, se tourna en souriant vers Wendall Rohr.

— Vous pouvez appeler votre prochain témoin, maître.

Rohr se leva, une grosse tache brune ornant le devant de sa chemise froissée, le nœud papillon de travers, les chaussures plus négligées de jour en jour. Il inclina la tête, adressa un grand sourire aux jurés, qui ne purent s'empêcher de le lui rendre.

Un des assistants de Rohr était chargé de noter ce que portaient les jurés. Si un des cinq hommes venait en santiags, Rohr en avait une paire à sa disposition. Il était prêt à venir en tennis, si le moment lui paraissait propice. Il l'avait fait une fois, en remarquant des chaussures de sport chez certains jurés. Le juge – pas Harkin, un autre – l'avait réprimandé en privé. Rohr avait expliqué qu'il souffrait d'une affection du pied et présenté un certificat de son podologue. Il pouvait porter n'importe quel type de vêtements ; sa garde-robe était conçue pour s'adapter aux goûts de ceux qui étaient contraints de l'écouter six heures par jour.

– J'appelle le docteur Milton Fricke à la barre.

Le docteur Fricke prêta serment, un policier régla son micro. Son CV était épais comme un dictionnaire ; il était bardé de diplômes, avait publié des centaines d'articles et dix-sept ouvrages, il avait des années d'enseignement derrière lui et ses recherches sur les effets de la fumée du tabac s'étendaient sur plusieurs décennies. C'était un petit homme au visage tout rond, qui portait des lunettes à monture d'écaille noires ; il avait la tête d'un génie. Durr Cable convint pour la défense que le docteur Fricke était compétent dans son domaine.

C'était peu dire ; le docteur Fricke passait dix heures par jour à étudier les effets de la fumée du tabac sur le corps humain. Il était le directeur de l'Institut de recherche contre la fumée, à Rochester, New York. Le jury apprit qu'il avait été engagé par Rohr du vivant de Jacob Wood et avait assisté à une autopsie pratiquée quatre heures après sa mort. Et qu'il avait pris des photos.

Rohr assura le jury qu'il les verrait. Mais il n'était pas prêt ; il avait encore besoin de passer du temps en compagnie de ce spécialiste de pharmacologie. Il aborda avec précaution des études médicales et scientifiques, supprimant les mots savants de manière à présenter aux jurés ce qu'ils pouvaient comprendre. Il était détendu, totalement confiant.

Quand Harkin interrompit l'audience pour le déjeuner, Rohr informa la cour que le docteur Fricke resterait à la barre jusqu'à la fin de la journée.

Le repas était servi dans la salle du jury ; O'Reilly en personne les accueillit et s'excusa profusément pour le malentendu de la veille.

– Nous avons des assiettes en carton et des fourchettes en plastique, observa Nicholas, qui resta debout pendant que ses compagnons prenaient place à la table.

O'Reilly se tourna vers Lou Dell.

– Et alors ? demanda-t-elle.

– Nous avons demandé de la vaisselle en porcelaine et de vraies fourchettes. N'était-ce pas convenu ?

Il commençait à hausser le ton. Plusieurs jurés détournèrent la tête : ils avaient faim.

– Que reprochez-vous aux assiettes en carton ? demanda nerveusement Lou Dell.

– Elles absorbent la graisse ; elles se ramollissent et font des taches sur la table. Voilà pourquoi j'avais expressément demandé de vraies assiettes et de vraies fourchettes.

Il prit une fourchette en plastique blanc, la brisa en deux et la jeta dans une corbeille à papier.

— Ce qui me met hors de moi, Lou Dell, c'est qu'en ce moment même le juge, les avocats et leurs clients, les témoins, les greffiers et tous ceux qui assistent à ce procès sont en train de se taper la cloche dans un bon restaurant, avec de vraies assiettes, de vrais verres et des fourchettes qui ne se cassent pas en deux. Ils choisissent de bons plats dans un menu varié, pendant que nous, les jurés, qui avons le rôle le plus important, nous sommes coincés ici comme des bambins à qui on sert une collation et un jus de fruit. Voilà ce qui me met hors de moi.

— La nourriture est bonne, protesta O'Reilly, sur la défensive.

— Je pense que vous exagérez un peu, déclara Gladys Card, une petite femme soignée, aux cheveux blancs et à la voix douce.

— Mangez donc votre sandwich mou et ne vous mêlez pas de ça, riposta Nicholas, trop sèchement.

— Allez-vous faire votre numéro tous les midis ? demanda Frank Herrera, un colonel en retraite du nord de l'État.

Petit, corpulent, Herrera avait des mains minuscules et des idées arrêtées sur tout ou presque. Il était le seul à avoir été véritablement déçu de voir la présidence du jury lui échapper.

Jerry Fernandez l'avait déjà surnommé Napoléon. Napo, pour faire plus court.

— Personne ne s'en est plaint hier, répliqua Nicholas.

— Mangeons, reprit Herrera en déballant un sandwich. Je meurs de faim.

Plusieurs autres l'imitèrent. Une odeur de poulet et de frites se répandit dans la pièce.

— Je serai heureux d'apporter dès lundi des assiettes et des couverts, déclara O'Reilly en ouvrant un récipient contenant une salade de pâtes.

— Merci, fit doucement Nicholas en s'asseyant.

Le marché fut facile à conclure, les détails réglés entre deux vieux amis au cours d'un déjeuner de trois heures au Club 21, dans la 52ᵉ rue. Luther Vandemeer, P.-D.G. de Trellco, et son ancien protégé Larry Zell, devenu P.-D.G. de Listing Foods, avaient dégrossi l'affaire au téléphone, mais avaient besoin de se voir en tête à tête devant un bon repas, dans un souci de discrétion. Vandemeer brossa le tableau de la situation à Biloxi, sans cacher qu'il était inquiet. Certes, Trellco n'était pas sur la sellette, mais tout le secteur était menacé et les Quatre Grands se serreraient les coudes. Zell le savait. Il avait passé dix-sept ans chez Trellco et exécrait les avocats depuis longtemps.

Une petite chaîne régionale d'alimentation générale, Hadley Brothers, dont le siège social était à Pensacola, possédait plusieurs magasins sur la côte du Mississippi. Celui de Biloxi avait pour gérant un jeune Noir dynamique du nom de Lonnie Shaver. Or, Lonnie Shaver faisait partie du jury du procès en cours. Vandemeer voulait que SuperHouse, une autre chaîne beaucoup plus importante, fasse l'acquisition d'Hadley Brothers, au prix fort, si nécessaire. SuperHouse était une des vingt filiales de Listing Foods. La transaction serait modique – Vandemeer avait fait faire les comptes –, elle ne s'élèverait pas à plus de six millions de dollars ; peu de chose pour Listing Foods qui avait encaissé deux milliards l'année précédente et disposait d'importantes liquidités. Pour faciliter les choses, Vandemeer s'engagea à racheter discrètement Hadley Brothers dans un délai de deux ans, si Zell souhaitait s'en défaire.

Tout se passerait bien ; Listing et Trellco étaient totalement indépendantes. Listing rachetait déjà des chaînes d'alimentation générale ; Trellco n'était pas directement impliquée dans le litige. Il s'agissait juste d'un arrangement entre deux vieux amis.

Plus tard, bien sûr, il faudrait effectuer une réorganisation du personnel chez Hadley Brothers, la restructuration inhérente à un rachat ou une fusion, quel que soit le nom donné à l'opération. Vandemeer communiquerait des instructions que Zell se chargerait de transmettre par la voie hiérarchique, de manière que Lonnie Shaver ne puisse résister aux pressions exercées sur lui.

Il fallait faire vite. Le procès devait se terminer dans quatre semaines ; la première touchait déjà sa fin.

Après un petit somme dans son bureau de Manhattan, Luther Vandemeer composa un numéro à Biloxi et laissa un message pour Rankin Fitch, demandant de le rappeler pendant le week-end.

Fitch avait installé ses bureaux dans un grand magasin qui avait fermé ses portes plusieurs années auparavant. Le loyer était bon marché, le stationnement facile, le bâtiment n'attirait pas l'attention et se trouvait tout près du tribunal. Il était divisé en cinq grandes pièces, bâties précipitamment, aux cloisons de contre-plaqué, au sol couvert de sciure. Le mobilier de location était essentiellement composé de tables pliantes et de chaises en plastique. L'éclairage était assuré par des tubes fluorescents. Deux hommes armés gardaient les entrées de jour comme de nuit.

On avait lésiné sur l'aménagement intérieur, pas sur le matériel électronique. Il y avait des ordinateurs et des moniteurs partout ; des câbles reliés à des fax, des photocopieurs, des téléphones couraient sur le sol dans un apparent désordre. Fitch disposait d'un matériel très sophistiqué et du personnel pour le faire fonctionner.

Les cloisons d'une des pièces étaient couvertes d'agrandissements des visages des quinze jurés ; des piles de listings s'amoncelaient contre une autre cloison. Plus loin était épinglé un plan du banc des jurés ; un employé inscrivait quelque chose dans le cadre réservé à Gladys Card.

La pièce du fond était la plus petite ; l'accès en était rigoureusement interdit aux employés ordinaires, même s'ils savaient ce qui s'y passait. La porte se verrouillait automatiquement de l'intérieur ; l'unique clé était en la possession de Fitch. C'était une salle de projection, sans fenêtres, équipée d'un grand écran et d'une demi-douzaine de fauteuils confortables. Ce vendredi après-midi, Fitch et deux consultants étaient assis dans l'obscurité, le regard rivé sur l'écran. Les deux hommes évitaient d'échanger des banalités avec Fitch et il ne fallait pas compter sur lui pour faire la conversation. Le silence régnait.

La caméra était une Yumara XLT-2, un appareil miniaturisé qui se glissait n'importe où ou presque. Munie d'un objectif de douze millimètres, elle pesait un peu plus de quatre cents grammes. Elle avait été méticuleusement installée par un des techniciens de Fitch dans une serviette de cuir brun qui se trouvait à ce moment-là posée sur le plancher de la salle d'audience, sous la table de la défense, sous la surveillance discrète d'Oliver McAdoo, un avocat de Washington, le seul choisi par Fitch pour siéger aux côtés de Cable et de son équipe. Le boulot de McAdoo consistait à élaborer des stratégies, à sourire aux jurés et à passer des documents à Cable. Son véritable rôle, connu de Fitch et d'une poignée d'autres, consistait à entrer chaque matin dans la salle d'audience, lourdement chargé des outils de sa profession, au nombre desquels se trouvaient deux serviettes brunes identiques, dont une contenait la caméra, et à s'asseoir à peu près au même endroit à la table de la défense. Tous les matins, il était le premier arrivé. Il plaçait la serviette debout, la dirigeait vers le banc des jurés, puis s'empressait d'appeler Fitch sur un téléphone cellulaire pour effectuer les réglages nécessaires.

À tout moment, une vingtaine de serviettes étaient éparpillées dans la salle d'audience, groupées pour la plupart sous les tables des avocats ou autour. Elles différaient en taille et en couleur, mais toutes, y compris celles de McAdoo, avaient le même aspect général. Il en ouvrait une de temps en temps pour prendre des documents, mais l'autre était si hermétiquement fermée qu'il eût fallu une charge d'explosif pour en venir à bout. La stratégie de Fitch était simple ; si, pour une raison ou une autre, la caméra attirait l'attention, McAdoo devait procéder à l'échange des serviettes dans le tohu-bohu qui s'ensuivrait, en espérant que cela passe inaperçu.

La découverte de la caméra était hautement improbable ; elle était silencieuse et envoyait des signaux que l'oreille humaine ne percevait pas. Placée au milieu de plusieurs autres, la serviette était déplacée ou renversée de temps en temps, mais il était facile de remettre les choses en ordre. Il suffisait à McAdoo d'appeler Fitch d'un endroit tranquille. Ils avaient perfectionné la méthode l'année précédente, à Allentown, au cours du procès Cimmino.

Les performances de la caméra étaient stupéfiantes ; le petit objectif couvrait la largeur et la profondeur du banc des jurés et transmettait les quinze visages en couleur de l'autre côté de la rue, dans la salle de projection de Fitch, où deux consultants étudiaient sans relâche les moindres frémissements, les plus légers bâillements.

D'après ce qui se passait sur le banc des jurés, Fitch indiquait à Durr Cable que leurs observateurs présents dans la salle avaient remarqué ceci ou cela ; ni Cable ni les autres avocats de la défense n'apprendraient jamais l'existence de la caméra.

Ce vendredi après-midi, l'appareil enregistra des réactions spectaculaires. Elle restait malheureusement fixée sur le banc des jurés ; les Japonais n'avaient pas encore inventé un appareil capable de balayer une salle de l'intérieur d'une serviette de cuir. La caméra ne vit donc pas les épreuves agrandies des poumons ratatinés et noircis de Jacob Wood. Mais les jurés les virent ; tous, sans exception, restèrent bouche bée d'horreur à la vue des ravages épouvantables causés au fil de trente-cinq années d'addiction d'un fumeur.

Rohr avait habilement choisi son moment. Les deux photographies avaient été montées sur un grand chevalet devant la barre des témoins ; à 17 h 15, quand le docteur Fricke termina sa déposition, il était l'heure de suspendre l'audience pour le week-end. La dernière image que les jurés emportèrent, celle qui resterait avec eux au long des deux jours à venir et dont ils ne pourraient se débarrasser, était celle des poumons calcinés, détachés du corps, posés sur un linge blanc.

8

Pendant le week-end, Easter laissa une piste facile à suivre. Le vendredi, en sortant du tribunal, il se rendit chez O'Reilly, où il eut une conversation courtoise avec le traiteur. On les vit sourire. Easter sortit avec un sac rempli de nourriture et de boissons. Il gagna ensuite son appartement, d'où il ne ressortit pas. Le samedi matin, à 8 heures, il se rendit en voiture au centre commercial où il avait une journée de douze heures de travail, mangea des tacos et des haricots rouges dans un restaurant en plein air, en compagnie d'un collègue de travail, un adolescent nommé Kevin. Il n'eut aucun contact avec une jeune femme ressemblant tant soit peu à celle qu'ils cherchaient. Il rentra chez lui après sa journée de travail, ne ressortit pas.

Le dimanche apporta une agréable surprise. Il sortit à 8 heures pour se rendre au port de plaisance de Biloxi, où il retrouva Jerry Fernandez. On les vit quitter la jetée sur un bateau de pêche de trente pieds, en compagnie de deux autres personnes, vraisemblablement des amis de Jerry. Ils revinrent huit heures et demie plus tard, le visage rougi, le pont du bateau jonché de boîtes de bière vides, avec une grande glacière contenant des poissons de mer d'une espèce indéterminée.

La pêche était le premier passe-temps connu de Nicholas Easter, Jerry le premier ami qu'ils réussissaient à découvrir.

Il n'y avait eu aucun signe de la jeune femme, ce qui n'étonna guère Fitch. Elle avait montré qu'elle savait être patiente, ce qui avait de quoi les exaspérer. Le premier geste qu'elle avait fait en annonçait assurément un deuxième, puis un troisième. L'attente était insupportable.

Swanson, l'ex-agent du FBI, était persuadé qu'elle se manifesterait de nouveau avant la fin de la semaine. Son plan, quel qu'il fût, était fondé sur la multiplication des contacts.

Elle attendit le lundi matin, une demi-heure avant la reprise du procès. Dans la salle d'audience, les avocats s'entretenaient déjà par petits groupes, avec des mines de conspirateurs ; le juge Harkin réglait dans son bureau une question urgente dans une affaire criminelle ; les jurés se rassemblaient dans la pièce qui leur était réservée. De l'autre côté de la rue Fitch était à son poste de commandement. Un assistant du nom de Konrad, un as du matériel électronique et des instruments de surveillance, passa la tête par la porte ouverte.

— Il y a un appel téléphonique que vous pourriez prendre.

Fitch, comme à son habitude, regarda Konrad droit dans les yeux et analysa instantanément la situation. Tous les appels qui lui étaient destinés, y compris ceux de sa fidèle secrétaire à Washington, étaient filtrés par le standard et transmis par un interphone. Il n'y avait pas d'exception.

— Pourquoi ? demanda-t-il, l'air soupçonneux.

— Elle prétend avoir un autre message pour vous.

— Son nom ?

— Elle refuse de le dire. Elle fait la timide mais affirme que c'est important.

Il y eut un long silence pendant lequel le regard de Fitch resta rivé sur la lumière clignotante d'un des téléphones.

— Savez-vous comment elle a eu le numéro ?

— Non.

— Pouvez-vous localiser l'appel ?

— Oui. Nous avons besoin d'une minute ; gardez-la en ligne.

Fitch enfonça la touche qui clignotait, saisit le combiné.

— Oui, fit-il d'une voix aussi aimable que possible.

— C'est M. Fitch ? demanda une voix douce.

— À qui ai-je l'honneur ?

— Marlee.

Un nom ! Il attendit un instant. Tous les appels étaient automatiquement enregistrés ; il aurait le temps de l'analyser plus tard.

— Bonjour, Marlee. Avez-vous un nom de famille ?

— Oui. Le juré numéro douze, Fernandez, arrivera dans vingt minutes, un exemplaire de *Sports Illustrated* à la main. Le numéro du 12 octobre, avec Dan Marino en couverture.

— Je vois, fit-il, comme s'il prenait des notes. Autre chose ?

— Pas pour l'instant.

— Quand rappellerez-vous ?

— Aucune idée.

— Comment avez-vous eu ce numéro ?

— Facile. N'oubliez pas, le numéro douze, Fernandez.

Il y eut un déclic ; la communication était coupée. Fitch enfonça une autre touche, tapa un code à deux chiffres. La conversation repassa sur un haut-parleur, au-dessus des téléphones.

Konrad se rua dans la pièce, une feuille à la main.

— Elle a appelé d'une cabine à Gulfport, dans une boutique d'alimentation.

— Quelle surprise ! grommela Fitch en saisissant sa veste et en commençant à redresser sa cravate. Je crois que je vais faire un tour au tribunal.

Nicholas attendit que la plupart des jurés soient assis à la table ou se tiennent à proximité et qu'une pause se fasse dans les conversations.

— Alors, lança-t-il d'une voix forte, quelqu'un s'est-il laissé acheter pendant le week-end ?

Il y eut quelques sourires, de petits rires, mais personne ne passa aux aveux.

— Ma voix n'est pas à vendre, mais elle peut certainement être louée, fit Jerry Fernandez, répétant un bon mot de Nicholas sur le bateau de pêche.

Tout le monde trouva la formule drôle, sauf Herman Grimes.

— Pourquoi nous fait-il toujours la morale ? demanda Millie Dupree, manifestement ravie que quelqu'un ait abordé le sujet et avide de commérages.

Certains se rapprochèrent et se penchèrent pour entendre ce que l'ex-étudiant en droit avait à dire. Rikki Coleman resta dans un coin de la pièce avec son journal ; elle savait à quoi s'en tenir.

— Il y a déjà eu des affaires de ce genre, expliqua Nicholas en feignant d'hésiter. Et les jurés ont été victimes de magouilles.

— Je pense que nous ne devrions pas parler de cela, coupa Grimes.

— Pourquoi ? Cela ne fait de mal à personne ; nous ne parlons ni des preuves ni des témoignages.

Devant le ton autoritaire de Nicholas, Herman hésita.

— Le juge a interdit de parler du procès, protesta-t-il, attendant que quelqu'un vienne à son aide.

Il n'y eut pas de volontaire ; Nicholas garda la parole.

— Détendez-vous, Herman, il ne s'agit pas des dépositions ni de ce dont nous délibérerons. Nous parlons de...

Il s'interrompit, ménageant son effet.

— Nous parlons de corruption des jurés.

Lonnie Shaver baissa le listing de l'inventaire de ses produits, se rapprocha de la table ; Rikki était tout ouïe. Jerry Fernandez avait eu la primeur de l'histoire sur le bateau, mais il avait trop envie de l'entendre de nouveau.

— Il y a sept ans, dans le comté de Quitman, Mississippi, a eu lieu un procès semblable à celui-ci, contre les industriels du tabac. Certains d'entre vous s'en souviennent peut-être. C'était une autre marque, mais plusieurs des acteurs, des deux côtés, sont les mêmes. Et il s'est passé des choses pas très propres avant la sélection du jury et après le commencement du procès. Le juge Harkin est évidemment au courant ; voilà pourquoi il nous tient à l'œil. Des tas de gens nous tiennent à l'œil.

— Qui ? demanda Millie en regardant autour d'elle.

— Les deux parties.

Nicholas avait décidé d'être honnête ; on s'était mal conduit des deux côtés dans les autres procès.

— Elles engagent des consultants qui arrivent des quatre coins du pays pour aider à choisir le jury idéal. L'important, cela va sans dire, n'est pas que ce jury idéal soit équitable, mais qu'il prononce le verdict qu'elles attendent. On enquête sur nous avant la sélection...

— Comment s'y prennent-ils ? coupa Gladys Card.

— Ils photographient notre maison, notre voisinage, notre voiture, notre bureau, nos gosses à bicyclette et nous-mêmes. Tout cela est parfaitement légal, mais ils sont près des limites. Ils consultent des documents officiels, le rôle d'impôt, le greffe du tribunal, pour apprendre à nous connaître. Il leur arrive même de parler à nos amis, à nos collègues, à nos voisins. C'est le cas dans tous les grands procès.

Les onze autres jurés écoutaient attentivement, en se rapprochant de la table et en s'efforçant de se rappeler s'ils avaient vu des inconnus à l'attitude louche, un appareil photo à la main.

– Quand le jury a été choisi, poursuivit Nicholas après avoir pris une gorgée de café, ils changent de tactique. Sur les deux cents jurés potentiels, il n'en reste que quinze, qui sont beaucoup plus faciles à surveiller. Pendant toute la durée du procès, les deux parties ont dans la salle un groupe de consultants qui nous épient et cherchent à interpréter nos réactions. Ils occupent en général les deux premiers rangs, mais changent souvent de place.

– Vous savez qui ils sont ? demanda Millie, l'air incrédule.

– Je ne connais pas leurs noms, mais ils sont faciles à repérer. Ils sont bien habillés et ne nous quittent pas des yeux.

– Je les prenais pour des journalistes, glissa Frank Herrera, le colonel en retraite, incapable de rester à l'écart de la conversation.

– Je n'avais rien remarqué, fit Herman Grimes.

Tout le monde sourit, même le Caniche.

– Observez-les aujourd'hui, poursuivit Nicholas. Ils commencent en général la journée derrière les avocats. J'ai une idée... Je pense à une femme ; je suis presque sûr qu'elle est une consultante pour la défense. La quarantaine, assez forte, cheveux courts. Tous les matins, elle s'assoit au premier rang, derrière Durwood Cable. Au début de l'audience, nous pourrions tous la regarder ; lui lancer un regard dur, tous autant que nous sommes, et voir comment elle réagit.

– Moi aussi ? demanda Grimes.

– Vous aussi, Herman. Tournez la tête à dix heures et faites comme nous.

– Pourquoi voulez-vous jouer à ce petit jeu ? demanda le Caniche.

– Pourquoi pas ? Qu'avons-nous de mieux à faire pendant les huit heures qui viennent ?

– L'idée me plaît, fit Jerry Fernandez. Cela les dissuadera peut-être de nous dévisager.

– Combien de temps faudra-t-il la regarder ? demanda Millie.

– Pourquoi pas pendant que le juge nous posera ses questions ? Il y en a pour dix minutes.

Tout le monde se déclara plus ou moins d'accord.

Lou Dell vint les chercher à 9 heures tapantes. Nicholas tenait deux revues – l'une était le numéro de *Sports Illustrated* daté du 12 octobre. Il marcha à côté de Jerry Fernandez jusqu'à la porte de la salle d'audience ; au moment d'entrer, il se tourna vers son nouvel ami.

— Tu veux quelque chose à lire ? demanda-t-il d'un ton détaché.

— Bonne idée, merci, répondit Jerry en prenant la revue d'un geste tout aussi désinvolte.

Fitch savait que Fernandez, le numéro douze, aurait la revue, mais il ne put s'empêcher de sursauter en le voyant. Il le suivit des yeux jusqu'au dernier rang, où il prit sa place. Fitch avait vu la couverture à l'étalage d'un kiosque ; il savait que c'était Marino dans le maillot bleu-vert frappé du numéro treize, le bras replié, prêt à lancer le ballon.

L'étonnement fit rapidement place à l'excitation. Marlee agissait de l'extérieur, quelqu'un du jury de l'intérieur. Deux jurés, voire trois ou quatre étaient de mèche avec elle. Aucune importance ; plus il y en avait, mieux c'était. Ils préparaient le terrain, la partie allait commencer.

La consultante s'appelait Ginger ; elle travaillait pour le cabinet de Carl Nussman, pour qui elle avait suivi des dizaines de procès. Elle passait en général une demi-journée dans la salle d'audience, changeait de place à chaque suspension, enlevait sa veste, retirait ses lunettes. Elle avait du métier ; elle avait tout vu. Elle avait pris place au premier rang, derrière les avocats de la défense ; quelques mètres plus loin, un de ses collègues était plongé dans la lecture d'un journal.

Ginger se tourna vers les jurés, attendit que le juge les salue. La plupart sourirent à Harkin avec un petit mouvement de tête ; d'un seul coup, tous, y compris l'aveugle, se tournèrent dans sa direction et fixèrent les yeux sur elle. Elle perçut deux ou trois sourires, mais les autres avaient l'air perturbé.

Elle détourna la tête.

Le juge Harkin se lança d'un ton sévère dans sa liste quotidienne de questions ; il ne tarda pas à remarquer que son jury paraissait tracassé par quelqu'un de l'assistance.

Ils continuèrent, tous ensemble, à dévisager Ginger.

Nicholas se retint de hurler de joie ; il avait une chance incroyable. Une vingtaine de personnes avaient pris place sur le côté gauche de la salle, derrière les avocats de la défense, et Rankin Fitch était assis deux rangs derrière Ginger. Du banc des jurés, Fitch se trouvait exactement dans l'axe de la consultante ; à quinze mètres, il était difficile de savoir sur lequel des deux les regards restaient braqués.

Ginger pensait assurément que c'était sur elle. Elle trouva des notes à étudier, tandis que son collègue s'éloignait précipitamment.

Fitch avait l'impression d'être nu devant les douze visages tournés vers lui. Des gouttelettes de sueur apparurent sur son front, tandis que le juge continuait de poser ses questions. Un ou deux avocats se retournèrent, l'air embarrassé.

– Continuez, murmura Nicholas sans remuer les lèvres.

Wendall Rohr jeta un coup d'œil par-dessus son épaule pour voir qui était assis derrière lui. Ginger baissa les yeux sur les lacets de ses chaussures ; quand elle releva la tête, ils regardaient encore.

Il n'arrivait jamais qu'un juge fût obligé de demander à un jury de faire un effort d'attention. Il avait déjà été tenté de le faire, en général parce qu'un des jurés, barbé par la déposition d'un témoin, s'était endormi. Il acheva donc en hâte ses questions.

– Mesdames et messieurs, je vous remercie, lança-t-il d'une voix forte. Nous allons maintenant demander au docteur Milton Fricke de poursuivre sa déposition.

Un besoin pressant poussa Ginger à quitter la salle au moment où Fricke entrait par une porte latérale pour reprendre sa place à la barre des témoins.

Cable assura avec déférence le docteur Fricke que son contre-interrogatoire se limiterait à quelques questions. Il n'avait pas l'intention de mettre en doute les compétences d'un savant de sa réputation, mais espérait attirer l'attention du jury sur quelques points de détail. Fricke reconnut que la totalité des dégâts causés aux poumons de Jacob Wood ne pouvait être attribuée aux cigarettes fumées pendant trois décennies. Le défunt avait longtemps travaillé dans un bureau, avec d'autres fumeurs ; la fumée des autres pouvait avoir joué un rôle. Le docteur Fricke rappela qu'il s'agissait quand même de fumée de cigarette ; Cable acquiesça de bonne grâce.

Et la pollution atmosphérique ? Était-il possible que le fait de respirer de l'air pollué eût aggravé son état ? Le témoin reconnut que c'était une possibilité.

Cable posa une question risquée ; il s'en sortit bien.

– Quand on considère l'ensemble des causes possibles – absorption directe de fumée, tabagisme passif, pollution atmosphérique et celles dont nous n'avons pas parlé –, pouvez-vous estimer dans quelle proportion les dommages causés aux poumons de M. Wood sont dus aux Bristol qu'il fumait ?

– La plus grande partie de ces dommages, répondit Fricke après un moment de réflexion.

– Diriez-vous soixante pour cent ? Quatre-vingts pour cent ? Est-il possible au médecin que vous êtes de nous donner un pourcentage approximatif ?

Ce n'était pas possible ; Cable le savait. Il avait fait venir deux experts pour réfuter les assertions de Fricke, s'il s'égarait.

– Je crains de ne pas être en mesure de répondre.

– Merci, docteur. Une dernière question : quel pourcentage de fumeurs est atteint d'un cancer du poumon ?

– Cela dépend de l'étude que l'on retient.

– Vous ne savez pas ?

– J'ai une petite idée.

– Alors, répondez.

– À peu près dix pour cent.

– Pas d'autre question.

– Docteur Fricke, vous pouvez vous retirer, dit le juge. Monsieur Rohr, veuillez appeler votre témoin suivant.

– Le docteur Robert Bronsky.

Au moment où les témoins se croisaient devant la barre, Ginger revint ; elle s'installa au dernier rang, aussi loin des jurés que possible. Fitch profita de l'interruption pour sortir. Il retrouva José dans l'atrium ; les deux hommes regagnèrent en hâte leur quartier général.

Bronsky était également un chercheur réputé, presque aussi bardé de diplômes que Fricke et qui avait signé presque autant de publications. Ils se connaissaient bien ; ils travaillaient ensemble à Rochester. Rohr prit beaucoup de plaisir à détailler la magnifique carrière de Bronsky. Ses compétences établies, Bronsky entreprit d'exposer quelques notions élémentaires.

La fumée du tabac est de composition extrêmement complexe, avec plus de quatre mille composants identifiés, au nombre desquels on compte seize substances cancérigènes, quatorze alcaloïdes et de nombreux autres éléments ayant une action physiologique. La fumée du tabac est un mélange de gaz en minuscules gouttelettes ; cinquante pour cent de la fumée inhalée est retenue dans les poumons et une partie des gouttelettes se dépose directement sur les parois des bronches.

Deux avocats du cabinet de Rohr installèrent un grand chevalet au centre de la salle ; le docteur Bronsky se leva pour faire un petit cours magistral. Il commença par afficher une liste de tous les éléments connus entrant dans la composition de la fumée du tabac. Il ne les énuméra pas ; ce n'était pas nécessaire. Chaque nom paraissait menaçant, l'ensemble était terrifiant.

Bronsky présenta ensuite une liste des substances cancérigènes connues et donna, en tapotant sa main gauche de la baguette qu'il tenait, quelques mots d'explication pour chacune. Outre les seize dont la présence était avérée dans la fumée du tabac, il se pouvait qu'il y en eût d'autres, pas encore découvertes. Il était encore possible que deux ou plus de ces substances agissent en combinaison et se renforcent mutuellement pour provoquer le cancer.

Ils y passèrent toute la matinée. À chaque graphique, Jerry Fernandez et les fumeurs se sentaient de moins en moins bien ; quand ils quittèrent la salle pour aller déjeuner, Sylvia le Caniche faillit être prise d'un vertige. Comme à l'accoutumée, les quatre fumeurs se rendirent d'abord dans leur « trou enfumé », comme disait Lou Dell, pour en griller une avant de rejoindre les autres.

Le repas était servi ; à l'évidence, on avait cherché à arrondir les angles. La table était dressée avec des assiettes en porcelaine, le thé glacé était servi dans de vrais verres. O'Reilly distribua les sandwiches préparés sur commande et ouvrit pour les autres de grands saladiers de légumes fumants et de pâtes. Nicholas ne se montra pas avare de compliments.

Fitch était dans la salle de projection en compagnie de deux de ses consultants quand on lui passa la communication. Konrad frappa nerveusement à la porte ; Fitch avait donné des directives pour que personne n'en approche sans son autorisation.

— C'est Marlee, murmura Konrad. Sur la quatre.

Fitch se leva, gagna rapidement son bureau.

— Localisez l'appel, ordonna-t-il à Konrad.

— Nous le faisons.

Fitch enfonça la touche numéro quatre.

— Allô !

— Monsieur Fitch ? demanda la voix qu'il reconnut aussitôt.

— Lui-même.

— Savez-vous pourquoi ils vous regardaient tous ?

— Non.

— Je vous le dirai demain.

— Pourquoi pas aujourd'hui ?

— Parce que vous essayez de localiser l'appel. Si vous continuez, je n'appellerai plus.

— D'accord. Je ne le ferai plus.

— Vous imaginez que je vais vous croire ?

— Que voulez-vous ?

— Plus tard, Fitch.

Elle raccrocha. Fitch repassa l'enregistrement de la conversation en attendant le retour de Konrad ; comme il fallait s'y attendre, elle avait appelé d'un téléphone public, cette fois d'un centre commercial à Gautier, à une demi-heure du tribunal.

Fitch s'enfonça dans le fauteuil pivotant, le regard fixé sur le mur, en tirant sur sa barbiche.

— Elle n'était pas au tribunal ce matin, fit-il doucement, comme s'il réfléchissait à voix haute. Comment peut-elle savoir qu'ils me regardaient ?

— Qui vous regardait ? demanda Konrad.

Il n'entrait pas dans ses attributions d'assister aux audiences ; il ne quittait jamais les bureaux. Fitch lui raconta le curieux épisode de la matinée.

— Qui l'a mise au courant ? fit Konrad.

— C'est toute la question.

L'après-midi fut consacré à la nicotine. De 13 h 30 à 15 heures, puis de 15 h 30 à la fin de l'audience, à 17 heures, les jurés en apprirent plus qu'ils ne l'auraient voulu sur la nicotine. Chaque cigarette contient de un à trois milligrammes de ce poison ; pour un fumeur qui avale la fumée, comme Jacob Wood, jusqu'à quatre-vingt-dix pour cent de la nicotine est absorbé par les poumons. Bronsky passa le plus clair du temps debout, pour montrer différentes parties du corps humain sur une planche grandeur nature, en couleurs, installée sur le chevalet. Il expliqua avec un luxe de détails comment la nicotine provoque la constriction des vaisseaux dans les membres et de l'hypertension, comment elle accélère le pouls, oblige le cœur à faire plus d'efforts. Ses effets sur l'appareil digestif sont insidieux et complexes ; elle peut provoquer des nausées et des vomissements chez celui qui commence à fumer ; la sécrétion salivaire et le transit intestinal sont stimulés dans un premier temps, puis ralentis ; elle est un excitant du système nerveux central. Bronsky était méthodique et sincère ; chaque cigarette, s'il fallait l'en croire, constituait une dose mortelle de poison.

Pis encore, la nicotine entraîne une dépendance. Bronsky passa la dernière heure – un habile calcul de Rohr – à démontrer aux jurés que la nicotine engendre une forte dépendance et que ce fait était connu depuis au moins quatre décennies.

Il était par ailleurs facile de trafiquer le taux de nicotine au cours du processus de fabrication.

Si – Bronski insista sur le « si » – le taux de nicotine était artificiellement augmenté, la dépendance des fumeurs serait naturellement plus rapide. Ce qui signifiait que la vente des cigarettes augmenterait elle aussi.

Une conclusion idéale pour terminer la journée.

9

Le mardi matin, Nicholas arriva le premier dans la salle du jury, où Lou Dell était en train de préparer une cafetière de déca en disposant sur la table les petits pains et les beignets tout chauds. Une pile de tasses et de soucoupes flambant neuves s'élevait près de la nourriture. Nicholas avait prétendu ne pas supporter de boire un café dans une tasse en plastique ; par bonheur, deux de ses compagnons l'avaient soutenu. Une liste de revendications avait été soumise au juge, qui y avait fait droit sans barguigner.

Lou Dell se hâta de terminer. Il sourit, la salua affablement, mais elle lui gardait rancune de leurs récents accrochages. Il se servit un café, ouvrit un journal.

Comme Nicholas s'y attendait, le colonel Frank Herrera arriva peu après 8 heures, près d'une heure avant l'ouverture de l'audience, le *Wall Street Journal* et un autre quotidien sous le bras. Il aurait préféré être seul, mais se força à sourire à Easter.

— Bonjour, mon colonel, fit Nicholas avec chaleur. Vous arrivez de bonne heure.

— Vous aussi.

— Je n'arrivais pas à dormir. J'ai rêvé de nicotine et de poumons noirs.

Il commença à parcourir la page des sports ; Herrera remua son café, prit place en face de lui.

— J'ai fumé dix ans à l'armée, fit-il en s'asseyant avec raideur, les épaules droites, le menton levé, toujours prêt, semblait-il, à se mettre au garde-à-vous. Mais j'ai eu assez de bon sens pour arrêter.

– Tout le monde ne réussit pas à le faire, j'imagine. Jacob Wood, par exemple.

Le colonel poussa un grognement de dégoût et ouvrit un journal. Pour lui, se débarrasser d'une mauvaise habitude n'était qu'une affaire de volonté. La tête commande, le corps obéit.

– Pourquoi avez-vous arrêté? demanda Nicholas en tournant la page.

– Parce que le tabac est mauvais pour la santé. Les cigarettes peuvent tuer; tout le monde le sait.

Si Herrera avait répondu aussi franchement à deux des questionnaires qu'on lui avait demandé de remplir avant le procès, il ne serait pas dans cette pièce. Le fait qu'il eût des opinions aussi tranchées ne pouvait signifier qu'une seule chose: il tenait à faire partie de ce jury. Il était à la retraite, probablement lassé du golf et de sa femme, il cherchait à s'occuper.

– Vous pensez donc que la vente des cigarettes devrait être interdite? poursuivit Nicholas.

Après avoir posé des centaines de fois cette question à son miroir, il avait une réplique pour toutes les réponses possibles.

Herrera posa lentement son journal, prit une grande gorgée de café noir.

– Je pense que les gens devraient avoir le bon sens de ne pas fumer trois paquets par jour pendant trente ans. Qu'est-ce qu'ils s'imaginent? Rester en bonne santé?

Le ton était sarcastique; le colonel avait des idées très arrêtées sur la question.

– Quand avez-vous eu cette conviction?

– Vous êtes bouché! C'est si difficile à comprendre?

– Vous auriez dû faire connaître une opinion aussi tranchée pendant la sélection du jury. On nous a posé des questions précisément sur ces sujets. Je n'ai pas souvenir de vous avoir entendu ouvrir la bouche.

– Pas eu envie.

– Vous auriez dû.

Herrera s'empourpra, mais il hésita à répliquer. Easter connaissait la loi, du moins il en savait plus long que les autres. Peut-être n'avait-il pas fait ce qu'il aurait dû faire; peut-être Easter essaierait-il de le dénoncer, de le faire éjecter du jury; peut-être risquait-il l'outrage à magistrat, une amende, la prison...

Une autre pensée lui vint: les jurés n'étant pas censés discuter de l'affaire, Easter ne pouvait le dénoncer. Il risquerait lui-même de s'attirer des ennuis s'il s'avisait de répéter ce qu'il avait entendu. Herrera se sentit soulagé.

— Je suis sûr que vous allez utiliser tous les moyens pour accorder des dommages-intérêts très élevés

— Non, mon colonel ; contrairement à vous, je ne me suis pas encore décidé. Nous avons entendu trois témoins, tous pour le demandeur ; beaucoup n'ont pas encore déposé. J'attendrai que les deux parties aient présenté leurs preuves pour essayer d'y voir plus clair. Comme nous nous sommes engagés à le faire, si je ne me trompe.

— C'est ce que je compte faire aussi ; mon avis n'est pas définitif.

Sur ce, le colonel éprouva un vif intérêt pour l'éditorial d'un des journaux. La porte s'ouvrit brusquement ; Herman Grimes entra, précédé de sa canne, son épouse et Lou Dell dans son sillage. Nicholas se leva pour préparer le café du premier juré, selon leur rituel.

Fitch resta près du téléphone jusqu'à 9 heures ; elle avait laissé entendre qu'elle pourrait appeler.

Non seulement il ne savait ce qu'elle manigançait, mais elle ne reculait pas devant un mensonge. Comme il n'avait aucune envie d'être de nouveau la cible de tous les regards, il donna un tour de clé à la porte de son bureau et se rendit dans la salle de projection où deux consultants regardaient dans le noir l'image transmise par la caméra, en attendant qu'un réglage soit fait dans la salle d'audience. Quelqu'un avait donné un coup de pied dans la serviette et l'axe de la caméra s'était décalé de trois mètres. Les jurés un, deux, sept et huit étaient hors champ ; Millie Dupree et Rikki Coleman n'étaient qu'à moitié visibles.

Le jury était en place depuis deux minutes ; McAdoo, cloué sur son siège, ne pouvait téléphoner. Il ignorait qu'un maladroit avait renversé la serviette. Fitch lâcha un juron, regagna son bureau où il griffonna quelques mots sur une feuille. Il la remit à un jeune employé en complet veston qui fila de l'autre côté de la rue, entra dans la salle d'audience comme n'importe quel assistant et posa la note sur la table de la défense.

La caméra se déplaça vers la gauche, tout le banc des jurés revint dans le champ. McAdoo poussa la serviette un peu trop loin, coupa la moitié de Jerry Fernandez et Angel Weese, le numéro six. Fitch étouffa un nouveau juron; il allait devoir attendre la suspension d'audience pour joindre McAdoo au téléphone.

Le docteur Bronsky se sentait frais et dispos pour attaquer une nouvelle journée de discours sur les ravages du tabac. Après les substances cancérigènes et la nicotine, il allait passer à de nouveaux composés toxiques présentant un intérêt médical.

La fumée du tabac contient différents composés – ammoniaque, acides volatils, aldéhydes, phénols – qui ont un effet irritant sur les muqueuses. Bronsky quitta la barre des témoins pour s'avancer vers un nouveau dessin en coupe montrant les voies respiratoires. Dans cette région du corps la fumée du tabac stimule la sécrétion du mucus et en retarde le rejet en ralentissant l'action des cils vibratiles qui tapissent les parois bronchiques.

Bronsky avait eu la grande habileté de maintenir le jargon médical à un niveau accessible au commun des mortels; il ralentit légèrement pour expliquer ce qui arrive aux bronches quand la fumée est inhalée. Deux autres grandes planches anatomiques furent présentées aux jurés; Bronsky se mit à l'œuvre avec sa baguette. Il expliqua que les bronches sont tapissées d'une membrane munie de cils vibratiles dont les ondulations règlent le déplacement du mucus sécrété à la surface de la membrane. L'action de ces cils a pour effet de protéger les poumons de la quasi-totalité des poussières et particules toxiques inhalées.

La fumée du tabac désorganise évidemment ce processus d'épuration. Quand Bronsky et Rohr eurent acquis la conviction que les jurés comprenaient comment les choses sont censées se passer, ils s'attachèrent à démontrer que la fumée perturbe la filtration et provoque des dommages de toutes sortes dans les voies respiratoires.

Le premier bâillement perceptible vint de Jerry Fernandez, au dernier rang. Il avait passé la soirée dans un casino et avait bu plus que de raison. Jerry fumait deux paquets par jour; il savait parfaitement que c'était une habitude dangereuse. Il avait pourtant envie d'en fumer une.

D'autres bâillements suivirent; à 11 h 30, le juge Harkin ordonna une pause de deux heures bien méritée.

L'idée de la balade dans les rues de Biloxi venait de Nicholas;

il l'avait soumise au juge dans une lettre remise la veille. Il paraissait ridicule de les cloîtrer toute la journée dans une petite pièce, sans espoir de prendre l'air. Leur vie n'était pas en danger, ils ne risquaient pas d'être agressés par des inconnus sur un trottoir. Il suffisait de les faire accompagner par Lou Dell, le shérif Willis et un de ses collègues, de fixer des limites à ne pas dépasser, de leur interdire, comme en toutes circonstances, de parler à quiconque et de leur laisser une demi-heure de liberté après déjeuner, pour faciliter la digestion. L'idée semblait sans danger ; réflexion faite, Harkin l'adopta.

Nicholas avait montré la lettre à Lou Dell ; le repas terminé, elle expliqua qu'une promenade était prévue, grâce à M. Easter qui en avait fait la demande écrite au juge. Cette idée si simple souleva l'admiration générale.

Il faisait 26 °C, l'air était limpide, les arbres faisaient de leur mieux pour prendre des couleurs automnales. Lou Dell et Willis ouvraient la marche tandis que les quatre fumeurs – Fernandez, le Caniche, Stella Hulic et Angel Weese – traînaient en tirant à fond sur leur cigarette. Au diable Bronsky, son mucus et ses membranes ; au diable Fricke et ses photos dégoûtantes des poumons de Jacob Wood. Ils étaient en plein air ; les conditions étaient idéales pour en fumer une sans gâcher son plaisir.

Fitch envoya Doyle et un agent local du nom de Joe Boy prendre des photos de loin.

L'emprise de Bronsky se relâcha au fil de l'après-midi. Il perdit sa capacité à s'exprimer avec simplicité ; les jurés perdirent l'envie de se concentrer sur les luxueuses planches anatomiques qui se succédaient. L'opinion des consultants aux honoraires astronomiques n'était pas nécessaire pour comprendre que les jurés s'ennuyaient ferme, que Rohr n'avait pas su éviter l'écueil si courant qui consistait pour un avocat à trop en faire.

Le juge Harkin leva l'audience de bonne heure, non sans avoir adressé aux jurés les recommandations d'usage, qu'ils connaissaient par cœur et n'entendaient même plus. Ils filèrent au plus vite.

Lonnie Shaver se réjouit particulièrement d'être libre de si bonne heure. Il se rendit directement à son magasin, gara sa voiture sur l'emplacement qui lui était réservé, entra par la réserve, espérant en secret surprendre un propre à rien endormi près des cageots de salade. Son bureau était à l'étage, au-dessus des produits laitiers et de la boucherie ; une glace sans tain lui permettait de surveiller la plus grande partie des lieux.

Lonnie était le seul gérant noir des dix-sept magasins de la chaîne. Il gagnait quarante mille dollars par an, sans compter divers avantages. On lui avait en outre donné à entendre qu'il serait promu au poste de directeur régional, à condition que ses résultats soient satisfaisants. On l'avait assuré que la direction générale était désireuse de promouvoir un homme de couleur, mais aucun de ces engagements n'avait été mis par écrit.

Son bureau était en général ouvert et occupé par un de ses subordonnés. Un assistant vint à sa rencontre, indiqua une porte d'un signe de tête.

— Nous avons de la visite, annonça-t-il, le front soucieux.

Lonnie hésita, regarda la porte fermée donnant sur une salle utilisée pour différents usages – anniversaires, réunions de travail, visites de représentants de la direction.

— Qui est-ce ?

— Le siège. Ils veulent vous voir.

Lonnie frappa, poussa la porte. Trois hommes en manches de chemise étaient assis au bout de la table, devant une pile de papiers et de listings. Ils se levèrent avec embarras.

— Quel plaisir de vous voir, Lonnie, lança Troy Hadley, le fils de l'un des fondateurs, le seul dont le visage fût connu de Lonnie.

Il y eut un échange de poignées de mains, accompagnées de présentations succinctes. Les deux autres s'appelaient Ken et Ben ; leur patronyme avait échappé à Lonnie. On lui indiqua une place au bout de la table, entre Ken et Ben, dans le fauteuil libéré par le jeune Hadley.

Troy engagea la conversation, avec une pointe de nervosité.

— Alors, comment se passe la journée d'un juré ?

— Une galère !

— Bon... Écoutez, Lonnie, notre présence dans ce bureau s'explique par le fait que Ken et Ben appartiennent à une société du nom de SuperHouse et que, pour un tas de raisons, mon père et mon oncle ont décidé de vendre à SuperHouse. Toute la chaîne ; les dix-sept magasins et les trois entrepôts.

Lonnie sentit peser sur lui le regard des deux hommes ; il s'efforça de demeurer impassible, esquissa même un petit haussement d'épaules, comme pour dire : « Et après ? » Mais il avait la gorge affreusement serrée.

– Pourquoi ? parvint-il à articuler.

– Des tas de raisons, mais je vous donne les deux principales. D'une part, mon père a soixante-huit ans et Al, vous le savez, vient de passer sur le billard. La seconde raison est que Super-House offre un très bon prix.

Il se frotta les mains comme s'il était impatient de dépenser cette manne.

– C'est le bon moment pour vendre, Lonnie, tout simplement.

– Je n'en reviens pas. Je n'aurais jamais cru...

– Je comprends. Quarante années de travail pour passer d'un étal de marché à une société présente dans cinq États et un chiffre d'affaires de soixante millions. Difficile de croire qu'ils jettent l'éponge.

Troy n'était absolument pas convaincant quand il faisait du sentiment ; Lonnie savait pourquoi. C'était un âne bâté, un gosse de riche qui passait ses journées au golf en essayant de donner de lui l'image d'un chef d'entreprise travailleur et efficace. Son père et son oncle vendaient aujourd'hui parce que Troy était destiné à prendre les rênes de l'affaire et que toute une vie de labeur et de prudence aurait été dilapidée en bateaux de course et résidences luxueuses.

Dans le silence qui suivit, Ben et Ken continuèrent de dévisager Lonnie. L'un avait une bonne quarantaine d'années, des cheveux coupés à la va comme je te pousse, une poche de poitrine bourrée de stylos à bille ; ce devait être Ben. L'autre, un peu plus jeune, au visage étroit et aux yeux durs, avait l'allure et les vêtements d'un cadre. Lonnie les regarda ; à l'évidence, c'était à son tour de dire quelque chose.

– Le magasin va fermer ? demanda-t-il, presque résigné.

– En d'autres termes, fit Troy, en saisissant la balle au bond, qu'advient-il de vous ? Soyez assuré, Lonnie, que j'ai parlé en votre faveur, que j'ai dit tout le bien que je pense de vous et recommandé que l'on vous conserve à votre poste.

Un des deux hommes inclina imperceptiblement la tête ; Troy saisit sa veste.

– Ce n'est plus de mon ressort, poursuivit-il. Je vais faire un tour pendant que vous discutez entre vous.

Troy partit comme une flèche, ce qui amena un sourire sur le visage de Ken et de Ben.

– Avez-vous une carte professionnelle ? demanda Lonnie.

– Bien sûr, répondirent les deux hommes d'une même voix.

Chacun d'eux fit glisser une carte au bout de la table. Ben était le plus âgé ; Ken le plus jeune.

– Quelques mots sur notre société, commença Ken, qui dirigeait la discussion. Notre siège social est à Charlotte ; nous avons quatre-vingts magasins en Caroline du Nord et du Sud, et en Géorgie. SuperHouse est une filiale de Listing Foods, un conglomérat basé à Scarsdale. L'an dernier, le chiffre d'affaires s'est élevé à près de deux milliards de dollars. Je suis le vice-président des opérations pour SuperHouse, Ben est notre directeur régional. Nous cherchons à nous étendre au sud et à l'ouest, Hadley Brothers nous a intéressés. Voilà pourquoi nous sommes ici.

– Vous comptez garder le magasin ?

– Dans un premier temps, oui.

Ken lança un coup d'œil à Ben, comme si la situation n'était pas aussi simple.

– Et en ce qui me concerne ? poursuivit Lonnie.

Ils se tortillèrent sur leur siège ; Ben choisit un stylo dans sa collection.

– Eh bien, répondit Ken, vous devez comprendre, monsieur Shaver...

– Appelez-moi Lonnie, je vous en prie.

– Très bien, Lonnie, vous savez que le rachat d'une entreprise est toujours suivi d'une restructuration. Ce sont les affaires. Des emplois sont perdus, d'autres créés, d'autres encore transférés.

– Dans mon cas personnel ? insista Lonnie, qui pressentait le pire et voulait être fixé au plus vite.

Ken prit lentement une feuille de papier et donna l'impression de lire quelque chose.

– Eh bien, fit-il en agitant la feuille, vous avez un dossier solide.

– Et d'excellentes recommandations, ajouta obligeamment Ben.

– Nous aimerions vous maintenir à votre poste, du moins dans l'immédiat.

– Dans l'immédiat ? Qu'est-ce que cela signifie ?

Ken reposa lentement sa feuille, se pencha vers lui, les coudes sur la table.

– Jouons cartes sur table, Lonnie. Nous pensons qu'il y a un avenir pour vous au sein de notre société.

— Une société bien plus intéressante que celle à laquelle vous appartenez aujourd'hui, glissa Ben, comme dans un dialogue bien huilé.

— Nous proposons de meilleurs salaires, des bénéfices plus élevés, l'intéressement des salariés à nos résultats et tout le tremblement.

— Nous devons avouer, à notre honte, que pas un seul Afro-Américain n'occupe dans notre société un poste de direction. En accord avec les grands patrons, nous aimerions que cela change. Nous voulons que cela change avec vous.

Lonnie étudia leur visage en retenant les questions qui se bousculaient dans son esprit. En l'espace d'une minute, il était passé de la menace d'un chômage imminent à la perspective d'une promotion.

— Je n'ai pas de diplômes universitaires. Il y a une limite à...

— Il n'y a pas de limites, répliqua Ken. Vous avez suivi un premier cycle d'enseignement supérieur ; vous pourrez achever vos études, si nécessaire. Les frais seront pris en charge par la société.

Soulagé, Lonnie ne put retenir un sourire. Il décida de rester prudent ; il avait affaire à des inconnus.

— J'écoute, fit-il.

Ken avait toutes les réponses.

— Nous nous sommes penchés sur le personnel d'Hadley Brothers ; disons que la plupart des cadres moyens et supérieurs devront bientôt chercher du travail ailleurs. Nous vous avons distingué, vous et un autre jeune gérant de Mobile. Nous aimerions que vous veniez tous deux, aussi tôt que possible, passer quelques jours à Charlotte. Pour rencontrer nos patrons, mieux connaître la société et parler de l'avenir. Je dois vous avertir que vous ne pourrez rester à Biloxi si vous voulez de l'avancement ; vous devez être prêt à déménager.

— Je suis prêt.

— C'est ce que nous pensions. Quand pourriez-vous venir ?

Il eut brusquement devant les yeux l'image de Lou Dell refermant la porte de la salle du jury. Son visage s'assombrit et il inspira profondément.

— Pour l'instant, grommela-t-il, je suis coincé par ce procès. J'ai été retenu comme juré ; Troy a dû vous en parler.

— C'est l'affaire de deux ou trois jours, non ? fit Ken en regardant Ben d'un air surpris.

110

– Non. Le procès doit durer un mois ; nous ne sommes que dans la deuxième semaine.

– Un mois ? lança Ben. Quel genre de procès ?

– La veuve d'un fumeur attaque un fabricant de tabac.

La similitude de leurs réactions montra clairement ce qu'ils pensaient de ce genre d'action en justice.

– J'ai essayé d'y échapper, reprit Lonnie en s'efforçant d'aplanir les choses.

– Une action en dommages-intérêts où la responsabilité du fabricant est engagée par les produits ? demanda Ken, l'air profondément dégoûté.

– Quelque chose comme ça.

– Il y en a encore pour trois semaines ? reprit Ben.

– C'est ce qu'on nous a dit ; je me suis bien fait avoir.

Pendant le long silence qui suivit, Ben ouvrit un paquet de Bristol, en alluma une.

– Les procès ! reprit-il amèrement. Toutes les semaines, une plainte est déposée contre nous par un lourdaud qui s'est étalé dans un magasin et attribue l'accident à du vinaigre ou des raisins. Le mois dernier, une de nos bouteilles d'eau gazeuse a explosé dans une soirée privée à Rocky Mount. Vous devinez à qui on demande dix millions de dollars de dommages-intérêts : la responsabilité civile du fabricant et la nôtre sont engagées !

Hors de lui, Ben tira une longue bouffée, mordilla l'ongle de son pouce.

– À Athènes, reprit-il, une femme de soixante-dix ans prétend s'être fait une hernie discale en se hissant sur la pointe des pieds pour prendre une boîte d'encaustique dans un rayon. D'après son avocat, cela vaut bien deux millions.

Ken regarda Ben comme pour lui signifier de se taire, mais il était difficile de l'arrêter quand il était lancé sur ce sujet.

– Salopards d'avocats, poursuivit-il en expulsant un nuage de fumée par les narines. Nous avons versé l'an dernier plus de trois millions de dollars d'assurance responsabilité civile ; de l'argent jeté par les fenêtres, avec tous ces vautours des tribunaux.

– Suffit, dit Ken.

– Pardon, je m'emporte.

– Et le week-end ? demanda anxieusement Lonnie. Je suis libre du vendredi après-midi au dimanche soir.

– J'y pensais. Voici ce que nous allons faire : un de nos avions vous emmenera samedi matin à Charlotte, avec votre femme. Vous visiterez le siège social et nous vous présenterons aux gros bonnets. La plupart d'entre eux travaillent le samedi. Est-ce possible ce week-end?

— Bien sûr.

— Parfait. Je m'occupe de l'avion.

— Vous êtes sûr que ce n'est pas incompatible avec le procès? demanda Lonnie.

— Je ne vois pas en quoi.

10

Le procès qui avait suivi son cours avec une impressionnante régularité rencontra un premier obstacle le mercredi matin. La défense présenta une requête visant à récuser le témoignage du docteur Hilo Kilvan, de Montréal, un prétendu expert en statistiques du cancer du poumon, ce qui provoqua une passe d'armes dans le prétoire. Wendall Rohr et son équipe étaient particulièrement remontés contre la tactique de la défense qui avait tenté systématiquement de récuser le témoignage de tous les experts de la partie civile. Depuis quatre ans, cette tactique se révélait payante. Rohr affirma que Cable et ses clients cherchaient une nouvelle fois à gagner du temps et demanda avec véhémence au juge Harkin de les sanctionner. La guerre des sanctions, dans laquelle chaque partie demandait contre la partie adverse des sanctions pécuniaires que le juge n'avait encore accordées à personne, faisait rage depuis que la plainte avait été déposée.

Rohr tempêtait et trépignait devant le banc des jurés inoccupé, en expliquant que cette requête de la défense était la soixante et onzième.

– Je les ai lues, maître, coupa Harkin.

– Outre ces soixante et onze requêtes – vous pouvez les compter! –, poursuivit imperturbablement Rohr, la défense a déposé dix-huit demandes d'ajournement.

– J'en suis tout à fait conscient, maître. Veuillez poursuivre.

Rohr s'avança vers sa table encombrée; un collaborateur lui tendit un épais dossier.

– Chaque fois, reprit-il d'une voix forte, la requête de la défense est accompagnée d'un de ces fichus dossiers que nous n'avons pas le temps de lire, car nous sommes trop occupés à préparer le procès. De leur côté, ils emploient une multitude d'avocats qui doivent, en ce moment même, être en train de plancher sur un nouveau dossier insensé qui, n'en doutons pas, pèsera trois kilos et nous volera un peu plus de temps.

– Pouvez-vous en venir au fait, maître ?

– Comme nous n'avons pas le temps de les lire, Votre Honneur, nous nous contentons de les peser et d'y répondre par une note succincte.

En l'absence du jury, les sourires, les bonnes manières et l'affabilité n'étaient plus de mise. La tension était manifeste sur tous les visages ; les greffiers eux-mêmes paraissaient à cran.

Rohr donna libre cours à son humeur légendaire, qu'il avait depuis longtemps appris à tourner à son avantage. Cable resta sur son quant-à-soit, sans mâcher ses mots. Le public se régala de cette passe d'armes à fleurets pas toujours mouchetés.

À 9 h 30, Harkin fit demander à Lou Dell d'informer les jurés qu'il terminait l'étude d'une requête et que le procès commencerait sous peu, à 10 heures au plus tard. C'était la première fois qu'on leur demandait d'attendre ; il n'y eut pas de protestations. Les petits groupes se reformèrent, les bavardages futiles entre individus contraints d'attendre reprirent. Les groupes se formaient en fonction du sexe, pas de la race ; les hommes tendaient à se réunir à un bout de la pièce, les femmes à l'autre. Les fumeurs entraient et sortaient. Seul Herman Grimes restait à la même place, à l'extrémité de la table, où il manipulait un terminal braille portable ; il avait veillé jusqu'à une heure avancée de la nuit pour bûcher les explications des planches présentées par Bronsky.

Un autre portable était branché dans un angle de la pièce, où Lonnie Shaver avait créé un bureau de fortune à l'aide de trois chaises pliantes. Il étudiait des listings de produits, analysait les stocks du magasin, vérifiait mille détails et préférait être laissé à l'écart. Il n'était pas hostile, juste préoccupé.

À côté du terminal braille, Frank Herrera consultait les cours de clôture de la Bourse dans *The Wall Street Journal*, en échangeant quelques mots avec Jerry Fernandez qui parcourait les résultats des rencontres de basket universitaire du samedi. Le seul homme prenant plaisir à parler avec les femmes était Nicholas Easter ; ce matin-là, il conversait avec Loreen Duke, une

Noire plantureuse et joviale, qui travaillait comme secrétaire à la base aérienne de Keesler. Loreen, le juré numéro un, était la voisine de Nicholas dans la salle du tribunal, où ils avaient pris l'habitude de s'entretenir à voix basse, en disant du mal des gens. Loreen avait trente-cinq ans, deux enfants, pas de mari et un emploi de fonctionnaire qui ne lui manquait pas le moins du monde. Elle avait avoué à Nicholas qu'elle pouvait être absente un an du bureau sans qu'on lui en fasse le reproche. Il avait raconté des histoires incroyables sur les procédés indélicats des fabricants de tabac lors des précédents procès, étudiés dans le détail pendant ses deux années de droit. Il lui confia avoir arrêté ses études pour des raisons financières. Ils parlaient tout doucement, de manière à rester hors de portée de voix d'Herman Grimes.

Le temps passa ; à 10 heures, Nicholas sortit dans le couloir et arracha Lou Dell à la lecture de son roman à l'eau de rose. Elle ignorait quand le juge les ferait appeler et ne pouvait absolument rien faire.

Nicholas alla s'asseoir près d'Herman et commença à parler stratégie. Ce n'était pas bien de les boucler aussi longtemps dans cette pièce ; Nicholas estimait qu'on devrait les autoriser à quitter le tribunal, sous escorte, pour faire une promenade matinale, sur le modèle de celle du déjeuner. Il fut convenu que Nicholas, comme précédemment, en ferait la demande écrite au juge, pendant la pause de midi.

Il était 10 h 30 quand ils firent enfin leur entrée dans la salle d'audience, où l'atmosphère était encore tendue ; la première personne sur qui Nicholas posa les yeux fut l'homme qui avait pénétré par effraction dans son appartement. Assis au troisième rang, du côté de la partie civile, en chemise et cravate, il lisait un journal étalé sur le dossier du siège de devant. Il était seul et lança à peine un coup d'œil aux jurés tandis qu'ils prenaient leur place habituelle. Deux regards prolongés suffirent à Nicholas pour en être sûr.

Malgré sa rouerie, Fitch pouvait donc commettre des erreurs ; envoyer cet homme au tribunal était risqué et ne pouvait lui apporter grand-chose. Que pourrait-il voir ou entendre de plus que la douzaine d'avocats, la demi-douzaine de consultants et les autres larbins de Fitch ?

Bien qu'étonné de retrouver l'homme, Nicholas avait déjà réfléchi à ce qu'il convenait de faire et disposait de plusieurs plans, selon l'endroit où il apparaîtrait. Il ne s'attendait pas à ce que ce soit au tribunal, mais il ne lui fallut pas longtemps pour élaborer une stratégie. Il était impératif de faire savoir au juge Harkin qu'un de ces voyous dont il redoutait tant les agissements était en ce moment même dans sa salle d'audience et se faisait passer pour un simple curieux. Il fallait qu'Harkin voie ce visage, qu'il reverrait plus tard sur la cassette vidéo.

Le premier témoin appelé à la barre fut le docteur Bronsky, pour la troisième journée consécutive, mais, cette fois, pour répondre aux questions de la défense. Durr Cable commença doucement, courtoisement, en posant quelques questions auxquelles les jurés auraient pu répondre. La situation évolua rapidement ; autant Cable avait montré de la déférence pour le docteur Milton Fricke, autant il fut sans pitié avec Bronsky.

Il revint sur les quatre mille composants de la fumée du tabac, en prit un apparemment au hasard et demanda quel effet le benzopyrène avait sur les poumons. Bronsky répondit qu'il ne savait pas, essaya d'expliquer que les dommages causés par un seul composant étaient impossibles à évaluer. Quel effet sur les bronches, les membranes et les cils vibratoires ? Bronsky répéta que les chercheurs ne pouvaient isoler un composant de la fumée du tabac pour en déterminer les effets.

Cable enfonça le clou. Il choisit un autre composant, obligea Bronsky à reconnaître qu'il ne pouvait en expliquer les effets au jury. Pas d'une manière précise, en tout état de cause.

« Objection ! » lança Rohr. Harkin la rejeta, au motif qu'il s'agissait d'un contre-interrogatoire, que toute question plus ou moins pertinente pouvait être posée au témoin.

Doyle restait à sa place, au troisième rang, attendant à l'évidence l'occasion de s'éclipser. Il avait pour mission de retrouver la fille, qu'il cherchait depuis quatre jours. Il avait traîné interminablement dans le hall d'entrée ; il avait passé une après-midi entière à califourchon sur un casier de bouteilles, près des distributeurs de boissons, en discutant avec un appariteur tout en surveillant l'entrée principale : il avait ingurgité des litres de café dans les bars et les snacks du voisinage. Avec Pang et deux autres, ils n'avaient pas ménagé leur peine ; sans résultat, mais à la satisfaction du patron.

116

Au bout de quatre jours, à raison de six heures par jour, Nicholas avait une bonne idée de l'organisation des troupes de Fitch. Les consultants et le menu fretin évoluaient dans la totalité de la salle d'audience. Ils s'installaient seuls ou en groupe, allaient et venaient silencieusement en mettant à profit les interruptions, ne se parlaient que rarement. Tantôt ils accordaient la plus grande attention aux témoins et aux jurés, tantôt ils faisaient des mots croisés ou tournaient la tête vers les fenêtres.

Il savait que l'homme n'allait pas tarder à disparaître.

Il écrivit quelques lignes sur une feuille qu'il plia, demanda à Loreen Duke de la garder à la main sans la lire ; profitant d'une interruption dans le contre-interrogatoire, il lui demanda ensuite de la remettre à Willis, qui gardait le drapeau américain en somnolant contre le mur. Willis sursauta, rassembla ses esprits, finit par comprendre qu'on attendait de lui qu'il remette la note au juge.

Doyle vit Loreen tendre le papier au policier, sans avoir remarqué qu'il venait de Nicholas.

Le juge Harkin prit la note avec un hochement de tête à peine perceptible, la fit glisser devant lui tandis que Cable décochait une nouvelle question au témoin. Il déplia lentement la feuille ; la note venait de Nicholas Easter, le numéro deux, et disait :

Votre Honneur,
L'homme assis à gauche, au troisième rang, au bord de l'allée, en chemise blanche, cravate vert et bleu, m'a suivi hier. C'est la deuxième fois que je le voyais. Pouvons-nous chercher à savoir qui il est ?
Nicholas Easter

Harkin regarda Durr Cable avant de tourner la tête vers l'inconnu. Il croisa son regard, comme si l'homme avait conscience d'être observé.

C'était une expérience nouvelle pour Frederick Harkin ; en fait, il n'avait pas souvenir d'un incident de cette nature. Sa marge de manœuvre était limitée ; plus il réfléchissait à la situation, plus les possibilités se réduisaient. Il savait que quantité de consultants, de collaborateurs et d'agents de toute sorte à la solde des deux parties rôdaient dans la salle d'audience ou à proximité. Il avait remarqué dans l'assistance des déplacements discrets de gens ayant l'expérience de ces procès et désireux de ne pas se faire remarquer. Il savait que l'homme était susceptible de disparaître d'un instant à l'autre.

Si le juge ordonnait une courte suspension, il sauterait sur l'occasion.

Une grande excitation saisit Harkin. Après toutes les histoires et les rumeurs dont les procès précédents avaient été le théâtre, après ses mises en garde apparemment vaines au jury, un de ces mystérieux agents se trouvait dans l'enceinte du tribunal, un détective engagé par une des parties pour surveiller les faits et gestes de ses jurés.

En règle générale, les policiers de garde au tribunal sont en uniforme, armés et parfaitement inoffensifs. Les hommes dans la force de l'âge sont envoyés dans la rue ; la surveillance d'un procès attire plutôt les fonctionnaires en fin de carrière, aspirant à la retraite. Harkin parcourut la salle du regard ; le choix se réduisit encore.

Adossé au mur, près du drapeau, la bouche entrouverte, Willis semblait déjà s'être enfoncé dans l'état de demi-sommeil qui lui était habituel. Au bout de l'allée, juste en face du juge, mais à une trentaine de mètres, Jip et Rasco gardaient la porte principale ; assis au dernier rang, près de la porte, les lunettes sur le bout de son nez en patate, Jip parcourait le quotidien local. Il avait subi une opération de la hanche deux mois auparavant, avait des difficultés à rester longtemps debout et avait été autorisé à s'asseoir pendant les débats. Rasco, le plus jeune des trois, n'avait pas encore soixante ans, mais n'était pas réputé pour la vivacité de ses mouvements. Un adjoint plus jeune était en général de faction devant la porte principale, mais il se trouvait à ce moment-là dans l'atrium, où il avait la charge du détecteur de métal.

Harkin avait exigé la présence d'hommes en uniforme au début du procès ; au bout d'une semaine de dépositions, la fièvre était retombée. Ce n'était plus qu'une affaire civile languissante, même si les sommes en jeu étaient colossales.

Ayant évalué ses forces, Harkin décida de ne pas aborder la cible. Il griffonna une note, la garda un moment à la main sans lever les yeux et la fit passer à Gloria Lane, installée à un petit bureau, face au banc des jurés. Il décrivait l'homme, demandait à Gloria de bien le regarder sans attirer son attention et de sortir par une porte latérale pour aller chercher le shérif. Il y avait d'autres instructions destinées au shérif; elles ne servirent malheureusement à rien.

Au bout d'une heure passée à regarder Bronsky se faire tailler en pièces, Doyle était impatient de changer d'air. Il n'avait pas vu la fille; il n'y avait jamais cru, mais obéissait aux ordres. De plus, il n'appréciait pas beaucoup la vue de ces notes qui circulaient. Il replia discrètement son journal, quitta sans encombre la salle d'audience. Harkin le suivit d'un regard consterné, la main crispée sur le support de son micro, comme s'il avait voulu lui crier de s'arrêter et de s'asseoir pour répondre à quelques questions. Il parvint à se contenir; peut-être reviendrait-il.

Harkin et Nicholas échangèrent un regard déçu. Mettant à profit un silence entre deux questions de Cable, le juge abattit son marteau.

— Dix minutes de suspension. Je pense que les jurés ont besoin de faire une pause.

Willis transmit le message à Lou Dell, qui passa la tête dans l'entrebâillement de la porte.

— Monsieur Easter, pouvez-vous m'accorder une minute?

Nicholas suivit Willis dans un dédale de couloirs qui les menèrent devant la porte du bureau du juge. Harkin était seul, un café à la main, sans sa robe. Il renvoya Willis, ferma la porte.

— Asseyez-vous, monsieur Easter, je vous en prie, fit-il en indiquant un siège devant le bureau encombré de documents.

Cette pièce n'était pas son bureau attitré; il la partageait avec deux autres magistrats.

— Un café?

— Non, merci.

Harkin se laissa tomber dans son fauteuil et se pencha vers Nicholas, les coudes sur le bureau.

— Dans quelles circonstances avez-vous vu cet homme?

Nicholas préférait garder la cassette vidéo pour plus tard; il avait soigneusement répété l'histoire qu'il allait servir au juge.

— En rentrant chez moi hier soir, à la sortie du tribunal, je me suis arrêté prendre une glace chez Mike. Je suis entré dans la boutique et, en me retournant, j'ai remarqué sur le trottoir ce type aux aguets. Il ne m'a pas vu, mais sa tête ne m'était pas inconnue. J'ai payé ma glace et j'ai repris ma route. Pensant qu'il m'avait pris en filature, je suis revenu sur mes pas, j'ai fait un ou deux crochets; pas de doute, il me suivait.

— Et vous l'aviez déjà vu?

— Oui, Votre Honneur. Un soir, ce type, — c'était lui, j'en suis sûr — est passé plusieurs fois devant la boutique d'informatique où je travaille, en regardant à l'intérieur. Plus tard, en allant boire un Coca dans le centre commercial, je l'ai revu.

Le juge se détendit, passa la main dans ses cheveux.

— Répondez franchement, monsieur Easter : un autre juré a-t-il fait mention d'un incident de ce genre?

— Pas à ma connaissance.

— Me le direz-vous, si cela se produit?

— Certainement, monsieur le juge.

— Notre petite conversation n'a rien de répréhensible; si vous apprenez quelque chose, il faut que j'en sois informé.

— Comment vous avertir?

— Faites-moi porter une note par l'intermédiaire de Lou Dell. Écrivez simplement que vous souhaitez me parler, sans donner de détails; elle la lira en route.

— Entendu.

— Marché conclu?

— D'accord.

Harkin prit une longue inspiration et commença à fouiller dans une grosse serviette. Il prit un journal qu'il fit glisser sur le bureau.

— Avez-vous vu cet article dans *The Wall Street Journal* d'aujourd'hui?

— Je ne le lis pas.

— Il y a un grand article sur notre procès et l'effet potentiel qu'un verdict en faveur du demandeur pourrait avoir sur l'industrie du tabac.

Nicholas ne pouvait laisser passer une si belle occasion.

— Il y en a un seul qui le lit.

— Qui?

— Frank Herrera, tous les matins, de la première à la dernière page.

— Ce matin aussi?

— Oui, pendant que nous attendions. Il l'a lu deux fois.

— A-t-il fait un commentaire?

— Pas à ma connaissance.

— Dommage!

— Peu importe, reprit Nicholas en regardant le mur.

– Que voulez-vous dire ?

– Sa décision est déjà prise.

– Expliquez-vous, fit Harkin, les yeux plissés, les coudes sur le bureau.

– Si vous voulez mon avis, il n'aurait pas dû faire partie du jury. Je ne sais pas comment il a rempli les questionnaires, mais s'il avait répondu franchement, il ne serait pas des nôtres.

– J'écoute.

– D'accord, mais ne vous fâchez pas. Nous avons eu une discussion hier matin. Nous étions seuls dans la salle du jury et, je le jure, nous ne parlions pas de cette affaire en particulier. La conversation est venue sur les cigarettes ; Frank a dit qu'il avait arrêté de fumer depuis longtemps et n'avait pas d'indulgence pour ceux qui étaient incapables de faire comme lui. C'est un ancien militaire, vous savez, intransigeant sur...

– Je suis un ex-Marine.

– Pardon... Voulez-vous que je me taise ?

– Non, continuez.

– Cette conversation me rend nerveux ; je préférerais arrêter.

– Je vous dirai quand arrêter.

– Frank estime que celui qui fume trois paquets par jour pendant trente ans mérite ce qui lui arrive. Vraiment aucune indulgence. J'ai insisté un peu, juste pour voir ; il m'a accusé de vouloir accorder au demandeur des dommages-intérêts très élevés.

Harkin accusa le coup ; ses épaules s'affaissèrent, il s'enfonça dans le fauteuil en se frottant les yeux.

– Il ne manquait plus que ça, soupira-t-il.

– Désolé, monsieur le juge.

– Je l'ai bien cherché.

Harkin se redressa, passa de nouveau la main dans ses cheveux et se força à sourire.

– Je ne vous demande pas de faire le mouchard, monsieur Easter, mais je redoute que des pressions soient exercées sur ce jury. Il y a des précédents lamentables dans ce type de procès. Si vous voyez ou entendez quoi que ce soit qui donne à penser qu'il y a eu une tentative de contact, faites-le-moi savoir. Nous nous en occuperons.

– Comptez sur moi, monsieur le juge.

L'article, qui faisait la une du *Journal*, était signé par Agner Layson, un journaliste expérimenté, qui avait suivi les différentes étapes de la sélection du jury et les dépositions des premiers témoins. Avocat pendant dix ans, Layson était un habitué des prétoires. Dans son article, le premier d'une série, il présentait les enjeux du procès et brossait le portrait des principaux acteurs. Sans porter de jugement sur l'évolution des débats, sans chercher à prédire qui allait l'emporter, il se limitait à un résumé objectif des dépositions des experts médicaux appelés à la barre par le demandeur.

En réaction à cet article, l'action Pynex baissa d'un dollar à l'ouverture, mais on estimait à midi que l'ajustement était suffisant et qu'elle résisterait à la bourrasque.

L'article provoqua une grêle de coups de téléphone des agents de change new-yorkais à leurs analystes expédiés à Biloxi. Les conversations s'éternisaient, les conjectures allaient bon train, tandis qu'à New York des âmes tourmentées tournaient et retournaient dans leur cerveau surmené l'unique question qui importait réellement : que fera le jury ?

Les jeunes analystes chargés de suivre le procès et de prédire le verdict n'en avaient pas la moindre idée.

11

Le contre-interrogatoire de Bronsky s'acheva le jeudi en fin d'après-midi ; Marlee frappa un grand coup le vendredi matin. À 7 h 25, Konrad prit le premier appel, le passa à Fitch qui était en ligne avec Washington. Il écouta la conversation amplifiée par le haut-parleur.

— Bonjour, Fitch, fit-elle d'une voix suave.

— Bonjour, Marlee, répondit Fitch avec autant d'entrain qu'il pouvait montrer. Comment allez-vous ?

— Merveilleusement bien. Le numéro deux, Easter, portera une chemise en toile bleu clair, un jean délavé, des chaussettes blanches et de vieilles chaussures de sport, des Nike, je pense. Il tiendra un exemplaire de *Rolling Stone*, le numéro d'octobre, Meat Loaf en couverture. Pigé ?

— Oui. Quand pourrions-nous nous voir ?

— Quand je serai prête. Adios.

Elle raccrocha ; l'appel venait de la cabine d'un motel à Hattiesburg. À quatre-vingt-dix minutes en voiture.

Pang était en faction dans un café, à deux cents mètres de l'appartement d'Easter ; il ne lui fallut que quelques minutes pour aller se planter à l'ombre d'un arbre, à une quarantaine de mètres de l'antique Coccinelle. À 7 h 45, Easter franchit ponctuellement la porte de l'immeuble pour effectuer ses vingt minutes quotidiennes de marche jusqu'au tribunal. Il s'arrêta à l'endroit habituel pour acheter ses journaux et prendre un café.

Bien entendu, il était habillé exactement comme elle l'avait annoncé.

Le deuxième appel venait aussi d'Hattiesburg, d'un autre téléphone public.

– J'ai un nouveau tuyau pour vous, Fitch. Je suis sûr que cela vous plaira.

– J'écoute, fit-il, en retenant son souffle.

– Quand les jurés apparaîtront aujourd'hui, au lieu de s'asseoir, devinez ce qu'ils feront.

Le cerveau paralysé, incapable de remuer les lèvres, Fitch savait qu'elle n'attendait pas une réponse intelligente.

– Je donne ma langue au chat.

– Ils vont rendre les honneurs au drapeau.

Fitch lança à Konrad un regard égaré.

– Pigé, Fitch ? lança-t-elle d'un ton presque moqueur.

– Oui.

Elle raccrocha.

Le troisième appel arriva au cabinet de Wendall Rohr qui, d'après une secrétaire, était très occupé et ne pouvait prendre la communication. Marlee comprenait parfaitement, mais elle avait un message important pour M. Rohr. Ce message arriverait dans cinq minutes sur le télécopieur ; la secrétaire aurait-elle l'obligeance de l'attendre et de le transmettre immédiatement à M. Rohr, avant son départ pour le tribunal ? La secrétaire accepta de mauvaise grâce ; cinq minutes plus tard, elle trouva une feuille dans le plateau de réception du télécopieur. Elle ne portait pas de numéro de transmission, aucune indication de l'endroit d'où le fax avait été envoyé, ni de l'identité de l'expéditeur. Le texte du message dactylographié, en simple interligne, au centre de la feuille, était le suivant :

WR : le juré numéro deux, Easter, portera aujourd'hui une chemise en toile bleue, un jean délavé, des chaussettes blanches, des vieilles Nike. Il aime lire *Rolling Stone* et fera montre de patriotisme.
MM

La secrétaire se précipita dans le bureau de Rohr qui remplissait une serviette ventrue pour la bataille du jour. Rohr prit connaissance du message, interrogea la secrétaire, puis appela son état-major pour une réunion d'urgence.

L'atmosphère ne pouvait être qualifiée de franchement joyeuse pour les douze citoyens contraints de se retrouver jour après jour au tribunal, mais, en ce vendredi matin, un certain enjouement était perceptible. Nicholas était assis à côté d'Herman Grimes, en face de Frank Herrera; il attendait une pause dans le bavardage matinal.

— Herman, fit-il en se tournant vers Grimes, qui s'activait sur son portable. J'ai une idée.

L'aveugle avait enregistré les onze voix; sa femme lui avait fait pendant des heures la description de leur possesseur. Il reconnut parfaitement celle d'Easter.

— Oui, Nicholas?

— Quand j'étais gosse, commença Nicholas, en haussant la voix pour attirer l'attention de tout le monde, je fréquentais une petite école privée où nous avions l'habitude de commencer la journée par l'hymne au drapeau. Chaque fois que je vois un drapeau de bon matin, l'envie me prend de le faire.

La plupart des jurés écoutaient; le Caniche était sorti en fumer une.

— Dans la salle d'audience, derrière le juge, il y a ce drapeau magnifique que nous nous contentons de regarder.

— Je ne l'avais pas remarqué, glissa Herman Grimes.

— Vous voulez rendre les honneurs au drapeau en pleine salle du tribunal? demanda Herrera, le colonel en retraite.

— Oui. Pourquoi pas une fois par semaine?

— Je n'y vois aucun mal, lança Jerry Fernandez, dont Nicholas s'était assuré en secret le soutien.

— Que va dire le juge? demanda Gladys Card.

— Pourquoi s'y opposerait-il? En quoi cela peut-il déranger quelqu'un que nous passions quelques minutes à rendre honneur à notre drapeau?

— Vous n'êtes pas en train de nous monter un bateau? demanda Napoléon.

Cette question parut blesser cruellement Nicholas; il leva vers le colonel un regard peiné.

— Mon père a été tué au Viêt-nam; il a été décoré à titre posthume. Pour moi, le drapeau, ça compte.

Aucune autre objection ne fut formulée.

Le juge Harkin les accueillit dans sa salle avec un sourire chaleureux. Il s'apprêta à débiter sa liste de questions de routine avant de passer aux dépositions du jour. Il lui fallut un moment pour se rendre compte qu'ils ne s'asseyaient pas ; quand chacun fut à sa place, ils se tournèrent vers le mur de gauche, derrière la barre des témoins, placèrent la main droite sur leur cœur. Easter fut le premier à ouvrir la bouche ; d'une voix énergique, qui entraîna les autres, il entreprit de déclamer l'hymne au drapeau.

La première réaction d'Harkin fut une incrédulité totale ; jamais il n'avait assisté à cette cérémonie dans une salle d'audience, à l'instigation d'un groupe de jurés. Jamais, lui qui croyait avoir tout vu, tout entendu, il n'avait eu connaissance d'un tel comportement. La première impulsion, la surprise passée, fut donc de leur ordonner de s'asseoir et d'arrêter ; ils en parleraient plus tard. Mais il se dit dans le même instant qu'il eût été antipatriotique, voire franchement choquant, d'interrompre un groupe de citoyens bien intentionnés qui rendaient honneur à leur drapeau. Il lança un coup d'œil dans la direction de Rohr et Cable, ne vit autour d'eux que regards ébahis et mâchoires pendantes.

Alors, il se leva. Pesamment, il se mit debout, sa robe noire flottant autour de lui, se tourna vers le mur, la main sur la poitrine, et reprit l'hymne en chœur.

Voyant le jury et le juge rendre honneur au drapeau, il parut soudain impératif à toute l'assistance de les imiter, surtout les avocats qui ne pouvaient risquer d'encourir la désapprobation des jurés ni de faire douter de leur patriotisme. Ils se dressèrent tous ensemble, repoussant les chaises, renversant les serviettes. Gloria Lane, ses assistantes, la greffière d'audience et Lou Dell, toute seule au premier rang, leur emboîtèrent le pas et firent face au drapeau. La ferveur unanime perdit toutefois de sa force vers le troisième rang des spectateurs, ce qui épargna à Fitch d'être obligé de se lever comme un louveteau pour marmonner des paroles dont il n'avait gardé que de vagues souvenirs.

Il était au dernier rang, entre José et Holly, une jeune et charmante collaboratrice. Pang faisait le guet dans la cour intérieure ; Doyle avait retrouvé son poste, près des distributeurs de boissons, en tenue d'ouvrier, plaisantant avec les appariteurs, surveillant le hall d'entrée.

Fitch contemplait la scène avec une stupéfaction sans mélange. Voir un jury, de sa propre initiative et d'un commun

126

accord, prendre de la sorte le contrôle d'une salle d'audience, on avait déjà de la peine à le croire ; le fait que Marlee sût que cela allait se produire était ahurissant.

Qu'elle s'en servît pour le mener en bateau avait quelque chose d'excitant.

Fitch avait au moins une petite idée de ce qui allait se passer ; Wendall Rohr, pour sa part, avait le sentiment d'être tombé dans un traquenard. Abasourdi par la vue d'Easter portant les vêtements annoncés, tenant la revue indiquée et entraînant les jurés dans son élan patriotique, il était incapable d'émettre un son et de détacher les yeux du jury.

L'hymne achevé, les jurés s'assirent et regardèrent autour d'eux pour constater les réactions dans la salle. Harkin arrangea sa robe, brassa des papiers et sembla résolu à faire comme si tous les jurys agissaient ainsi. Que pouvait-il dire ? Cela n'avait pas pris plus de trente secondes.

Les avocats, pour la plupart, étaient secrètement gênés par cette démonstration quelque peu ridicule de patriotisme. Mais si cela avait plu aux jurés, tant mieux ! Seul Wendall Rohr, tout interdit, semblait avoir perdu la parole. Un de ses collaborateurs le poussa du coude ; ils se lancèrent dans une conversation à voix basse tandis que le juge énonçait en hâte les questions rituelles au jury.

— Je crois que nous sommes prêts à entendre un nouveau témoin, déclara-t-il, impatient d'accélérer le mouvement.

Rohr se leva, encore secoué.

— Nous appelons le docteur Hilo Kilvan à la barre.

Tandis qu'on allait chercher le nouvel expert, Fitch quitta discrètement la salle, José sur ses talons. Ils sortirent du tribunal, regagnèrent aussitôt leur quartier général.

Les deux consultants de service dans la salle de projection gardèrent le silence à leur entrée. L'un d'eux suivait le début de l'interrogatoire du docteur Kilvan ; sur un moniteur plus petit l'autre repassait l'enregistrement de l'hymne au drapeau.

— Avez-vous déjà vu cela ? demanda Fitch en se penchant vers l'écran.

— C'est Easter, fit le consultant. Il les a poussés à le faire.

— Bien sûr, répliqua Fitch. Je l'ai vu du fond de la salle.

Comme à son habitude, il ne jouait pas franc jeu ; les consultants ignoraient tout des coups de téléphone de Marlee. Personne d'autre que ses agents – Swanson, Doyle, Pang, Konrad et Holly – n'était dans le secret.

– Quel est l'effet de cette petite cérémonie sur vos analyses informatiques ? poursuivit Fitch d'un ton sarcastique.

– Elle fiche tout en l'air.

– C'est bien ce qu'il me semblait. Continuez à ouvrir l'œil.

Il sortit en claquant la porte, gagna son bureau.

L'interrogatoire du docteur Kilvan fut conduit par un autre avocat du demandeur, Scotty Mangrum, de Dallas. Âgé de quarante-deux ans, il s'était spécialisé dans la responsabilité encourue pour les biens produits. Après Rohr, il avait été le premier à verser son million de dollars pour financer l'affaire Wood ; on avait décidé qu'il serait incollable sur les analyses statistiques du cancer du poumon. Au cours des quatre années précédentes, il avait passé un temps considérable à lire tout ce qui avait été publié sur le sujet et avait énormément voyagé pour rencontrer les spécialistes. Avec le plus grand soin, sans regarder à la dépense, il avait choisi le docteur Kilvan pour partager son savoir avec le jury de Biloxi.

Hilo Kilvan parlait un anglais parfait mais assez lent, avec la pointe d'accent qui fait une impression immédiate sur un jury. Quoi de plus convaincant qu'un expert venu de loin, qui porte un nom aux consonances étrangères et s'exprime avec un accent ? Le docteur Kilvan venait de Montréal, où il vivait depuis quarante ans ; le fait d'être étranger ne faisait qu'ajouter à sa crédibilité.

Durr Cable ayant reconnu sa compétence, Scotty Mangrum aborda la première étude avec Kilvan : une comparaison du taux de mortalité dû au cancer du poumon entre des fumeurs et des non-fumeurs. Le docteur Kilvan étudiait ces chiffres depuis vingt ans à l'université de Montréal ; il se détendit quelque peu en expliquant au jury les fondements de ses recherches. Pour un Américain du sexe masculin – ses recherches avaient porté sur des groupes d'hommes et de femmes du monde entier, essentiellement des Canadiens et des Américains –, le risque d'être atteint d'un cancer du poumon est dix fois supérieur à ce qu'il est pour un non-fumeur, s'il fume quinze cigarettes par jour pendant dix ans. À deux paquets par jour, le risque est vingt fois supérieur ; à trois paquets – c'était le cas de Jacob Wood –, il devient vingt-cinq fois supérieur.

L'étude suivante portait sur le taux de mortalité masculin dû au cancer du poumon, en fonction du type de tabac fumé. Kilvan exposa les différences essentielles de la fumée du cigare et de la pipe, et donna le taux de cancer pour les Américains du sexe masculin utilisant le tabac sous ces différentes formes. Il avait publié deux ouvrages traitant de ces comparaisons et était disposé à donner au jury toutes les explications nécessaires sur les planches et les graphiques présentés. Les chiffres s'amoncelaient et commençaient à se mélanger.

Loreen Duke fut la première à avoir le courage de prendre son assiette sur la table pour l'emporter dans un coin de la pièce et la mettre sur ses genoux. Comme les plats étaient commandés à la carte à 9 heures et comme Lou Dell, Willis et O'Reilly tenaient à ce que le déjeuner soit sur la table sur le coup de midi, une certaine organisation était nécessaire. Une place avait été attribuée à chacun. Loreen se trouvait juste en face de Stella Hulic qui faisait claquer sa langue en parlant et avait toujours une grosse bouchée de pain entre les dents. Des manières de parvenue, fagotée comme l'as de pique, elle avait passé le plus clair de son temps à tenter de convaincre les onze jurés qu'elle et son mari, Cal, un cadre retraité d'une entreprise de plomberie, avaient plus de biens que les autres. Cal possédait un hôtel, un immeuble de rapport, une laverie pour voitures. Ils partaient en week-end, étaient toujours par monts et par vaux. La Grèce était leur destination préférée. Cal possédait un avion, sans oublier plusieurs bateaux.

Le bruit courait avec insistance que Cal, quelques années plus tôt, avait utilisé un vieux crevettier pour ramener dans ses filets de grosses quantités de marijuana en provenance du Mexique. Quoi qu'il en fût, ils étaient pleins aux as et Stella se faisait un devoir d'en convaincre qui voulait bien écouter. Elle parlait sans discontinuer, d'une voix de crécelle.

— J'espère que nous finirons de bonne heure, lança t-elle après avoir attendu que tout le monde ait la bouche pleine et que le silence soit tombé autour de la table. Cal et moi, nous allons passer le week-end à Miami ; il y a de nouvelles boutiques fabuleuses qui viennent d'ouvrir.

Toutes les têtes étaient baissées ; personne ne pouvait supporter le spectacle d'un demi-sandwich tassé contre une mâchoire. Chaque syllabe était accompagnée de chuintements provoqués par le pain collant sur les dents.

Loreen se leva avant d'avoir pu avaler la première bouchée ; elle fut imitée par Rikki Coleman, sous le vague prétexte qu'elle devait rester près de la fenêtre. Lonnie Shaver éprouva le besoin urgent de travailler pendant le repas ; il s'excusa, se pencha sur son ordinateur en mastiquant un sandwich au poulet.

— Le docteur Kilvan est un témoin fort convaincant, n'est-ce pas ? demanda Nicholas aux jurés restés à table.

Quelques regards se tournèrent vers Herman, qui avait pris comme à l'accoutumée un sandwich de pain blanc à la dinde, sans mayonnaise ni moutarde ni aucun condiment susceptible de souiller ses lèvres ou le tour de sa bouche. Des tranches de dinde sur du pain, une petite pile de chips, voilà qui était facile à saisir et à absorber pour qui était privé du sens de la vue. Le premier juré ralentit le mouvement de ses mâchoires, mais il ne répondit pas.

— Ces statistiques font froid dans le dos, poursuivit Nicholas en souriant à Jerry Fernandez.

La tentative de provocation était flagrante.

— En voilà assez !

— Assez de quoi, Herman ?

— De parler du procès. Vous connaissez les consignes du juge.

— Oui, Herman, mais le juge n'est pas avec nous. Il ne peut pas savoir de quoi nous parlons, sauf si vous le tenez au courant, bien entendu.

— Il n'est pas exclu que je le fasse.

— Très bien, Herman, de quoi voulez-vous parler ?

— De tout, sauf du procès.

— Choisissez un sujet. Le football, le temps...

— Je ne regarde pas les matches de football.

— Ha, ha !

Un ange passa. Le silence n'était troublé que par les bruits de succion de Stella Hulic ; à l'évidence, la passe d'armes entre les deux hommes avait mis les nerfs des autres à fleur de peau. Stella mastiquait à un rythme accéléré.

C'en était trop pour Jerry Fernandez.

— Pourriez-vous cesser de triturer votre nourriture de la sorte ? lança-t-il méchamment.

Elle se figea, la bouche ouverte sur des fragments de nourriture. Jerry continua de darder sur elle un regard noir, comme s'il se retenait de la gifler. Puis il respira profondément.

— Excusez-moi, fit-il. Mais vous avez des manières épouvantables à table.

Elle en fut interloquée, puis gênée. Le rouge aux joues, elle contre-attaqua vivement, après avoir avalé sa grosse bouchée.

— Je n'apprécie peut-être pas les vôtres non plus !

Toutes les têtes se baissèrent ; personne ne souhaitait voir la querelle s'envenimer.

— Au moins, je mange en silence et je garde la nourriture dans ma bouche, poursuivit Jerry, conscient de la puérilité de ses paroles.

— Moi aussi !

— Pas du tout, lança Napoléon, qui avait le malheur d'être assis en face d'elle. Vous faites plus de boucan qu'un enfant de trois ans.

Herman s'éclaircit bruyamment la voix.

— Nous allons tous respirer un grand coup et terminer tranquillement notre repas.

Pas un autre mot ne fut prononcé jusqu'à la fin du déjeuner. Jerry et le Caniche furent les premiers à sortir pour aller fumer, suivis par Nicholas qui ne fumait pas mais avait besoin de changer d'atmosphère. Une petite pluie fine tombait ; la balade en ville allait être annulée.

Les fumeurs entrèrent dans la petite pièce meublée de chaises pliantes, dont la fenêtre était ouverte ; Angel Weese, la plus discrète de tous les jurés, les y rejoignit rapidement. Stella, la quatrième, vexée, avait décidé d'attendre.

Le Caniche ne rechignait pas à parler du procès ; Angel non plus. Qu'avaient-ils d'autre en commun ? Elles semblaient partager l'avis de Jerry : tout le monde sait que les cigarettes provoquent le cancer. Celui qui fume le fait à ses risques et périls.

Pourquoi verser des millions de dollars aux héritiers d'un homme ayant fumé trente-cinq ans ? C'était stupide.

12

En attendant l'avion de leurs rêves, un beau petit jet avec sièges de cuir et deux pilotes, les Hulic devaient se contenter d'un vieux bimoteur Cessna, dont Cal prenait les commandes de jour, sous un ciel sans nuages. Comme il n'osait pas le piloter de nuit, surtout vers une destination comme Miami, où le trafic aérien était dense, ils embarquèrent à l'aéroport municipal de Gulfport sur un vol commercial pour Atlanta. De là, ils gagnèrent en première classe Miami International en moins d'une heure, le temps pour Stella de descendre deux martinis et un verre de vin. La semaine avait été longue, ses nerfs étaient à vif.

Ils entassèrent leurs bagages dans un taxi qui les conduisit à Miami Beach, où ils prirent une chambre dans un nouveau Sheraton.

Marlee les suivait. Elle était assise derrière eux au départ de Gulfport et avait acheté un billet en classe touriste à Atlanta. Son taxi l'attendit devant l'hôtel tandis qu'elle traînait dans le hall, pour s'assurer qu'ils prenaient la chambre. Elle trouva une chambre dans un motel donnant sur la plage, à quinze cents mètres du Sheraton. Elle attendit pour appeler qu'il soit près de 23 heures.

Stella était fatiguée ; elle avait envie de boire un verre et de dîner dans la chambre. Plusieurs verres. Elle ne boirait pas le lendemain, mais, ce soir-là, elle avait besoin d'alcool. Quand le téléphone sonna, elle était vautrée sur le lit, à peine consciente. Cal, en boxer-short flottant, décrocha.

— Allô ?

— Bonsoir, monsieur Hulic, fit la voix précise, professionnelle d'une jeune femme. Vous devez être prudents.

— Pourquoi ça?

— On vous suit.

— Qui est à l'appareil? demanda Cal en se frottant les yeux.

— Écoutez attentivement, je vous prie. Des hommes surveillent votre femme; ils sont à Miami. Ils savent que vous avez pris le vol 4476 de Biloxi à Atlanta, puis le vol 533 pour Miami. Ils savent aussi dans quelle chambre vous êtes; ils surveillent vos faits et gestes.

Cal regarda le combiné, se donna une tape sur le front.

— Attendez un peu...

— Ils vont probablement vous mettre sur écoute dès demain, ajouta-t-elle. Soyez très prudents, je vous en prie.

— Qui sont ces types? demanda Cal d'une voix forte.

Stella releva la tête; elle réussit à faire basculer ses jambes par-dessus le bord du lit, fixa sur son mari des yeux troubles.

— Des agents travaillant pour les fabricants de cigarettes. Ce ne sont pas des tendres.

Elle raccrocha. Cal regarda de nouveau le combiné, se tourna vers sa femme qui tendait une main tremblante vers son paquet de cigarettes.

— Qu'est-ce que c'était? demanda-t-elle d'une voix pâteuse.

Cal répéta la conversation mot pour mot. Elle poussa un couinement, se dirigea vers la table où elle saisit la bouteille de vin et se servit un grand verre.

— Qu'est-ce qu'ils me veulent? demanda-t-elle. Pourquoi moi?

En se laissant tomber dans un fauteuil, elle renversa du cabernet sur le peignoir de l'hôtel.

— Elle n'a pas dit qu'ils voulaient te faire la peau, expliqua Cal avec une pointe de regret dans la voix.

— Pourquoi me suivent-ils? insista Stella, au bord des larmes.

— Je n'en sais fichtre rien, grommela Cal, en allant chercher une autre bière dans le minibar.

Ils burent en silence quelques minutes, sans se regarder, hébétés.

La sonnerie du téléphone fit sursauter Stella; elle poussa un nouveau couinement. Cal décrocha.

— C'est encore moi, fit la même voix, d'un ton beaucoup plus enjoué. J'ai oublié de dire quelque chose. Ce n'est pas la peine d'appeler les flics ; ces types ne font rien d'illégal. Le mieux est de faire comme s'il ne se passait rien. D'accord ?

— Qui êtes-vous ?

— Bonne nuit, fit-elle avant de raccrocher.

Listing Foods possédait trois jets ; l'un d'eux fut envoyé le samedi matin à Biloxi pour prendre Lonnie Shaver et l'amener à Charlotte, seul. Sa femme n'avait pas réussi à trouver une baby-sitter pour les enfants. Les pilotes l'accueillirent cordialement, lui offrirent un café et des fruits avant le décollage.

Ken l'attendait à l'aéroport ; quinze minutes après l'atterrissage, ils arrivèrent au siège de SuperHouse, dans les faubourgs de la ville. Lonnie retrouva Ben qui, en compagnie de Ken, lui fit rapidement visiter les lieux. Le bâtiment était flambant neuf, une construction sur deux niveaux, en brique et en verre, que rien ne distinguait d'une douzaine d'autres qu'ils avaient vues sur la route de l'aéroport. Les couloirs étaient larges, carrelés, impeccablement entretenus ; les bureaux regorgeaient de matériel électronique.

Ils prirent un café avec George Teaker, le P.-D.G, dans son vaste bureau donnant sur une petite cour remplie de végétaux en plastique. Jeune, énergique, Teaker était en jean (son costume du samedi, expliqua-t-il). Il brossa pour Lonnie le tableau de la situation : la société était en pleine expansion, on souhaitait qu'il prenne sa part du gâteau. Puis il se leva : il avait une réunion.

Dans une petite salle blanche, sans fenêtres, Lonnie fut invité à s'asseoir à une table sur laquelle étaient servis du café et des beignets. Ben se retira, mais Ken resta près de lui tandis que l'éclairage diminuait et qu'une image apparaissait sur le mur. C'était une cassette vidéo de trente minutes sur SuperHouse – sa progression rapide, sa position actuelle sur le marché, ses perspectives ambitieuses de développement. Et les hommes, son « véritable capital. »

D'après la vidéo, une augmentation annuelle de quinze pour cent du chiffre d'affaires et des succursales était prévue pour les six années à venir. Les profits seraient énormes.

Quand la lumière revint, un jeune homme à l'air sérieux, dont le nom échappa à Lonnie, vint prendre place à la table, en face de lui. Il avait la réponse à toutes les questions que Lonnie pouvait se poser sur la couverture médicale, les plans de retraite, les vacances, les congés maladie, l'actionnariat dans l'entreprise. Il remit à Lonnie un dossier qu'il lui serait loisible d'étudier plus tard.

Après un déjeuner prolongé avec Ben et Ken dans un restaurant prétentieux, Lonnie regagna la petite salle de réunions. On lui présenta le programme de formation concocté à son intention ; une cassette vidéo lui montra la structure de la société par rapport à la maison mère et à la concurrence. Il commençait à s'ennuyer ferme ; après une semaine passée à écouter des avocats se chicaner avec des experts, il aurait aimé autre chose pour son samedi après-midi. Malgré l'excitation suscitée par cette visite et ses perspectives alléchantes, il manqua soudain d'air.

Cela n'échappa pas à Ken ; dès la fin de la cassette, il proposa d'aller faire un golf, un sport que Lonnie n'avait jamais pratiqué. Ken suggéra une balade pour profiter du soleil. La BMW d'un bleu rutilant s'engagea sur les routes de campagne bordées d'arbres et de propriétés, en direction du country-club de Ken.

L'idée de franchir les portes d'un country-club avait de quoi intimider un Noir issu de la petite bourgeoisie de Gulfport. Elle déplut à Lonnie, qui se promit de repartir s'il ne voyait pas d'autres personnes de couleur. À la réflexion, il se sentait flatté de voir que ses nouveaux employeurs avaient une si haute opinion de lui. Ils étaient simples, sympathiques et semblaient vouloir lui donner tous les moyens de s'intégrer dans la société. Personne n'avait encore parlé d'argent, mais comment pourrait-il toucher moins que ce qu'il gagnait ?

Ils entrèrent dans le salon, une vaste salle meublée de fauteuils de cuir, aux murs ornés de trophées de chasse, au plafond à poutres apparentes sous lequel flottait un nuage bleuté de fumée de cigare. Un cadre très masculin. Devant la baie vitrée donnant sur le dix-huitième trou, George Teaker, en tenue de golfeur, prenait un verre avec deux Noirs élégamment vêtus qui, à ce qu'il semblait, venaient de terminer un parcours. Les trois hommes se levèrent, saluèrent chaleureusement Lonnie, soulagé de trouver des frères de couleur. Il se sentit allégé d'un poids énorme, accepta un verre avec plaisir. Le plus costaud s'appelait Morris Peel ; jovial, souriant, le verbe haut, il présenta son compagnon, Percy Kellum, d'Atlanta, qui, comme lui, était dans la force de l'âge. Morris Peel commanda une première tournée, expliqua qu'il était un des vice-présidents de Listing Foods, la société mère basée à New York et que Kellum était un responsable régional. La place de chacun dans la hiérarchie était évidente. Peel, venu du siège, était le supérieur de Teaker qui malgré son titre de P.-D.G., ne dirigeait qu'une des filiales de Listing. Kellum était à un échelon inférieur, Ken encore plus bas ; quant à Lonnie, il était content d'être là.

Sous l'impulsion de Peel, Listing Foods avait lancé un programme ambitieux de recrutement et de promotion de cadres noirs. Lonnie y avait sa place. Hadley Brothers était une bonne société, mais à l'ancienne mode, typique du Sud ; on n'avait pas été étonné, chez Listing, de n'y trouver que de rares Noirs dont les responsabilités dépassaient celles d'un balayeur.

Pendant deux longues heures, tandis que les ombres s'allongeaient sur le green du dix-huitième trou, au son d'un piano, ils burent en élaborant des projets d'avenir. Ils dînèrent dans un salon privé, avec une cheminée surmontée d'une tête empaillée d'orignal. Lonnie passa la nuit au country-club, dans une chambre au deuxième étage ; il se réveilla avec une vue magnifique sur le golf et une légère migraine.

Deux brèves réunions étaient au programme du dimanche, en fin de matinée. La première était une réunion de planification, en présence de Ken et de George Teaker, en jogging, retour d'un parcours de huit kilomètres. « Rien de mieux quand on a mal aux cheveux », déclara-t-il. Il voulait que Lonnie garde la direction du magasin de Biloxi, avec un nouveau contrat et pour une période de quatre-vingt-dix jours, au terme de laquelle un bilan de ses résultats serait dressé. En admettant que tout le monde soit satisfait – il n'y avait pas de raison d'en douter –, il serait muté dans une succursale plus importante, probablement dans la région d'Atlanta. Cela impliquerait des responsabilités plus lourdes et une rémunération plus confortable. Au bout d'un an, après un nouveau bilan, il serait sans doute appelé à changer encore de ville. Au long de cette période de quinze mois, on lui demanderait de se libérer au moins un week end par mois pour venir suivre à Charlotte un programme de stages de formation, dont il trouverait les détails dans la brochure placée devant lui.

Son discours achevé, Teaker commanda du café.

Le dernier intervenant était un Noir, jeune et mince, au front dégarni. Il s'appelait Taunton, était avocat à New York, à Wall

Street plus précisément. Il expliqua avec gravité que son cabinet représentait Listing Foods, que lui-même ne travaillait que pour ce client. Il était venu présenter à Lonnie un contrat de travail, un document standard, qu'il convenait d'étudier. Le contrat ne faisait pas plus de trois ou quatre pages, mais le fait qu'il vînt de Wall Street le rendait beaucoup plus lourd et impressionnait terriblement Lonnie.

— Jetez-y un coup d'œil, fit Taunton en tapotant son menton avec un stylo en plaqué or, nous en parlerons la semaine prochaine. Il reste des blancs dans le chapitre émoluments ; nous les remplirons plus tard.

Lonnie parcourut la première page du contrat, le plaça sur la pile de documents et de dossiers qui grossissait à vue d'œil. Taunton saisit un bloc-notes, sembla se préparer à un contre-interrogatoire vicieux.

— Juste quelques questions, fit-il.

— Allez-y, soupira Lonnie en regardant sa montre d'un geste instinctif.

— Pas de casier judiciaire ?

— Quelques contraventions pour excès de vitesse.

— Pas de procédure judiciaire en cours contre vous ?

— Non.

— Contre votre femme ?

— Non.

— Faillite personnelle ?

— Non.

— Arrestation ?

— Non.

— Inculpation ?

— Non.

Taunton tourna la première feuille.

— Vous a-t-on jamais intenté un procès dans le cadre de votre activité professionnelle ?

— Laissez-moi chercher... Il y a quatre ans, un vieux monsieur a glissé sur un sol mouillé et fait une chute. Il a entamé une action contre le magasin ; j'ai signé une déposition.

— L'affaire a-t-elle été jugée ? poursuivit Taunton, l'air très intéressé.

Il avait pris connaissance de la décision judiciaire dont il avait une copie dans sa serviette et connaissait le dossier en détail.

— Non. L'assurance a trouvé un arrangement à l'amiable ; il a touché près de vingt mille dollars.

C'était vingt-cinq mille ; Taunton inscrivit ce chiffre sur son bloc. Le scénario prévoyait à ce moment-là une intervention de Teaker.

— Foutus avocats ! lança-t-il. Les fléaux de la société !

Taunton regarda Lonnie, se tourna vers Teaker.

— Je suis un avocat d'affaires, protesta-t-il.

— Je sais, fit Teaker ; je parlais de ces rapaces qui harcèlent les victimes d'accidents.

— Savez-vous combien nous avons dépensé l'an dernier en primes d'assurance responsabilité civile ? demanda Taunton à Lonnie, qui secoua la tête. Nous avons déboursé plus de vingt millions de dollars.

— Juste pour tenir les requins à distance, ajouta Teaker.

Il y eut dans la conversation un silence dramatique, du moins qui se voulait d'une intensité dramatique ; Teaker et Taunton se mordirent les lèvres d'un air dégoûté en paraissant évaluer les sommes colossales englouties dans la protection contre les poursuites judiciaires. Taunton jeta un coup d'œil à ses notes, se tourna vers Teaker.

— J'imagine que vous n'avez pas parlé du procès, fit-il.

— Je ne pense pas que ce soit nécessaire, répondit Teaker, l'air surpris. Lonnie fait partie de la maison maintenant.

— Le procès de Biloxi, poursuivit Taunton, a des répercussions dans toute l'économie, en particulier pour des sociétés comme la nôtre.

Lonnie acquiesça docilement de la tête, en essayant de comprendre comment le procès pouvait avoir des effets sur d'autres que Pynex.

— Je ne suis pas sûr que nous devions en parler, fit Teaker.

— Pas de problème, répliqua Taunton, je connais la procédure. Cela ne vous dérange pas, Lonnie ? Nous pouvons vous faire confiance ?

— Bien sûr ; je ne dirai pas un mot.

— Si le demandeur gagne et obtient d'importantes réparations, ce sera la porte ouverte à des procès en cascade. Les avocats perdront tout sens de la mesure ; ils acculeront les fabricants de tabac à la faillite.

— Les ventes de tabac nous rapportent beaucoup, Lonnie, expliqua Teaker.

— Ensuite, ils s'attaqueront à l'industrie laitière en prétendant que le cholestérol tue.

Taunton enflait la voix, penché sur la table ; le sujet était sensible.

— Il faut mettre un terme à ces procès, reprit-il. L'industrie du tabac n'en a jamais perdu un seul ; elle en a gagné, si je ne me trompe, cinquante-cinq d'affilée. Les jurés ont toujours admis que l'on fume à ses risques et périls.

— Lonnie comprend notre point de vue, glissa Teaker.

— Bien sûr, poursuivit Taunton en respirant profondément. Pardonnez-moi de m'être emporté ; l'enjeu du procès de Biloxi est considérable.

— Pas de problème, fit Lonnie.

La conversation ne l'avait nullement perturbé. Taunton était avocat, il connaissait la loi ; peut-être n'y avait-il aucun mal à parler du procès en termes généraux, sans entrer dans les détails. Lonnie était satisfait ; il faisait partie de la maison. Il ne créerait pas d'embarras.

Tout sourire, Taunton ramassa ses notes en promettant à Lonnie de l'appeler en milieu de semaine. La réunion était terminée ; Lonnie était libre. Ken le conduisit à l'aéroport où le même Learjet et les mêmes sympathiques pilotes l'attendaient.

La météo annonçait des risques d'averses dans le courant de l'après-midi ; Stella n'en demandait pas plus. Cal observa qu'il n'y avait pas un seul nuage, mais elle refusa d'écouter. Elle baissa les stores, se planta devant la télé jusqu'à midi. Elle commanda un cheeseburger et deux bloody mary, puis sommeilla après avoir mis la chaîne de sûreté et calé une chaise contre la porte. Cal était à la plage, une plage seins nus, dont il avait entendu parler, mais où il n'avait jamais pu aller à cause de sa femme. La sachant bouclée dans sa chambre, au dixième étage de l'hôtel, il était libre d'arpenter les plages et d'admirer les jeunes corps dévêtus. Il prit une bière au comptoir d'un bar au toit de chaume, en se disant que ce week-end se passait merveilleusement bien. Comme Stella avait peur d'être observée, les cartes de crédit resteraient inutilisées.

Ils rentrèrent à Biloxi le dimanche matin, par le premier avion. Stella avait la gueule de bois et se sentait épuisée. Elle redoutait le retour au tribunal, le lundi matin.

13

Ce lundi matin, les bonjours n'avaient pas l'entrain habituel. Les retrouvailles autour de la cafetière et l'inspection des beignets devenaient quelque peu ennuyeuses, moins à cause de la répétition que de l'incertitude pesante qui planait sur la durée du procès. Divisés en petits groupes, les jurés entreprirent de raconter comment ils avaient occupé leur temps libre pendant le weekend. La plupart avaient fait des courses, rendu visite à des proches, assisté à l'office, des activités banales qui prenaient une importance accrue pour des gens s'apprêtant à passer la semaine enfermés. Herman étant en retard, quelques mots furent échangés à voix basse sur le procès, rien d'important, juste pour convenir que la partie civile les noyait sous un déluge de tableaux, de graphiques et de statistiques. Tout le monde était convaincu que la fumée du tabac provoque le cancer du poumon ; ils attendaient des éléments nouveaux.

Nicholas réussit à isoler Angel Weese à l'heure du café matinal. Ils avaient jusqu'alors échangé des amabilités, sans avoir une véritable discussion. Angel et Loreen Duke étaient les deux seules Noires du jury, ce qui, bizarrement, ne semblait pas les rapprocher. Élancée, réservée, Angel était célibataire et travaillait chez un distributeur de bières. Elle donnait toujours l'impression de souffrir en silence et n'était pas d'un abord facile.

Stella arriva en retard, avec une mine épouvantable, les yeux rouges et gonflés, le teint livide. Elle se servit un café d'une main tremblante, se rendit directement dans l'espace fumeurs, où Jerry et le Caniche bavardaient en flirtant, comme ils commençaient à en prendre l'habitude.

Nicholas était impatient d'entendre le récit que Stella ferait de son week-end.

— Si on allait en fumer une ? demanda-t-il à Angel.

— Quand avez-vous commencé ? fit-elle en le gratifiant d'un de ses rares sourires.

— La semaine dernière ; j'arrêterai quand le procès sera terminé.

Ils quittèrent la salle du jury sous le regard curieux de Lou Dell et rejoignirent les autres. Jerry et le Caniche discutaient, Stella, décomposée, était au bord de la crise de nerfs. Nicholas tapa une Camel à Jerry, gratta une allumette.

— Alors, demanda-t-il à Stella en allumant sa cigarette, ce week-end à Miami ?

Surprise, elle se tourna vers lui.

— Il a plu...

Elle mordit le filtre de sa cigarette, tira une longue bouffée. Elle n'avait pas envie de parler. Dans le silence qui suivit, chacun se concentra sur sa cigarette. Il était 8 h 50, l'heure de la dernière dose de nicotine.

— Je crois qu'on m'a suivi ce week-end, reprit Nicholas, quand il estima que le silence avait assez duré.

Les cigarettes continuèrent à rougeoyer, mais les esprits fonctionnaient plus vite.

— Qu'est-ce que tu as dit ? demanda Jerry.

— On m'a suivi, répéta Nicholas en se tournant vers Stella qui le regardait, les yeux écarquillés de peur.

— Qui ? demanda le Caniche.

— Je ne sais pas. Ça s'est passé samedi, quand je suis sorti de chez moi pour aller travailler. Un type rôdait autour de ma voiture ; je l'ai revu plus tard, dans le centre commercial. Probablement un agent des fabricants de tabac.

Stella ouvrit la bouche, sa mâchoire inférieure se mit à trembler. Un filet bleuté de fumée s'exhala de ses narines.

— Allez-vous en parler au juge ? demanda-t-elle, en retenant son souffle.

Elle s'était disputée avec Cal à ce propos.

— Non.

— Pourquoi ? demanda le Caniche, avec une vague curiosité.

— Je ne sais pas exactement ; je suis sûr d'avoir été suivi, mais je ne sais pas par qui. Que pourrais-je raconter au juge ?

— Dis-lui qu'on t'a suivi, suggéra Jerry.

— Pourquoi vous ferait-on suivre ? demanda Ange.

— Pour la même raison qu'on nous fait tous suivre.

— Vous ne me ferez jamais croire ça, lança le Caniche.

Stella, elle, le croyait. Mais si Nicholas, l'ex-étudiant en droit, ne comptait pas en parler au juge, elle ferait comme lui.

— Pourquoi nous ferait-on suivre ? insista Angel avec une pointe d'inquiétude dans la voix.

— C'est comme ça. Le lobby du tabac a dépensé des millions de dollars pour nous choisir : il dépense encore plus pour nous surveiller.

— Que cherchent-ils ?

— Des moyens pour peser sur notre décision. Des amis avec qui nous parlons ; des endroits où nous allons. Ils ont pour habitude de répandre des rumeurs sur le défunt, sur des turpitudes commises de son vivant. Ils cherchent le point faible ; voilà pourquoi ils n'ont jamais encore perdu un seul procès.

— Comment savez-vous que c'est le lobby du tabac ? demanda le Caniche en allumant une nouvelle cigarette.

— Je n'en suis pas sûr, mais ils ont plus d'argent que l'autre partie. Ils disposent de fonds illimités pour agir comme bon leur semble.

— Maintenant que j'y pense, fit Jerry Fernandez, toujours prêt à lancer un bon mot ou à faire une blague, j'ai bien vu un drôle de petit bonhomme qui me regardait furtivement dans la rue ; je l'ai vu plusieurs fois ce week-end.

Il quêta du regard l'approbation de Nicholas, occupé à observer Stella, puis adressa un clin d'œil au Caniche, qui regardait de l'autre côté.

Lou Dell frappa ; elle venait les chercher.

Pas d'hymne ce lundi matin. Harkin et les avocats attendirent, prêts à faire étalage de leur patriotisme au premier signe du jury, mais rien ne se passa. Les jurés s'installèrent, un peu las, semblait-il, résignés à endurer une nouvelle semaine de dépositions. Le juge les accueillit avec un large sourire, se lança dans son monologue sur les contacts interdits. Les yeux fixés au sol, Stella garda le silence ; assis au troisième rang, Cal était venu lui apporter son soutien.

Scotty Mangrum se leva, informa la cour que le demandeur

souhaitait que le docteur Hilo Kilvan poursuive sa déposition. On alla chercher Kilvan au fond de la salle pour le conduire à la barre des témoins. Il salua poliment les jurés d'un signe de tête ; personne ne répondit.

Le week-end n'avait pas apporté d'interruption dans le rythme de travail de Rohr et de son équipe. Le procès en soi présentait assez de difficultés, mais, depuis le vendredi, le fax signé MM avait fait voler en éclats tout semblant d'ordre. Ils avaient retrouvé le lieu d'expédition : un restaurant de routiers, près d'Hattiesburg. En échange de quelques billets, un employé avait fourni une vague description d'une femme d'une trentaine d'années, aux cheveux bruns cachés par une casquette de pêcheur, au visage à demi dissimulé par de grosses lunettes de soleil. Elle était petite, non, plutôt de taille moyenne ; un mètre soixante-huit, peut-être soixante-dix. Mince, assurément ; mais cela s'était passé un vendredi matin, à 9 heures, un moment de presse. Elle avait payé cinq dollars pour faxer une page à Biloxi, à un cabinet d'avocats, ce qui avait piqué la curiosité de l'employé. Les fax traitaient pour la plupart de problèmes de carburant et de chargement.

Personne n'avait prêté attention au véhicule de la jeune femme ; il y avait foule, ce matin-là.

De l'avis unanime des huit principaux avocats du demandeur, la chose était sans précédent. Nul n'avait souvenir d'un procès au cours duquel quelqu'un de l'extérieur avait pris contact avec une des parties pour donner des indications sur ce que ferait le jury. Tout le monde s'accorda pour dire que MM ne tarderait pas à se manifester de nouveau ; après avoir refusé d'y croire dans un premier temps, ils acquirent la certitude au fil du week-end qu'elle réclamerait de l'argent. Un marché : de l'argent contre un verdict.

Ils ne purent trouver le courage d'élaborer une stratégie pour traiter avec elle quand elle proposerait de négocier. Plus tard, peut-être.

Fitch, de son côté, ne pensait qu'à cela. Le Fonds avait un excédent de six millions et demi de dollars, deux étant réservés pour le solde des frais du procès en cours. Cette somme était disponible, immédiatement transférable. Il avait passé le week-end à surveiller les déplacements des jurés, à conférer avec les avocats et les consultants, et avait eu une longue conversation téléphonique avec Martin Jankle, le P.-D.G. de Pynex. Il était satisfait des résultats des duettistes Ken et Ben ; George Teaker lui avait assuré qu'il pouvait compter sur Lonnie Shaver. Il avait même reçu une cassette du dernier entretien avec Taunton.

Fitch dormit quatre heures le samedi, cinq le dimanche, une durée moyenne pour lui, mais il eut du mal à trouver le sommeil. Il rêva de Marlee, de ce qu'elle pouvait lui apporter. Ce pourrait être le verdict le plus aisé à obtenir.

Il suivit de la salle de projection la cérémonie d'ouverture du lundi. La caméra cachée avait donné toute satisfaction, au point qu'ils avaient décidé de la remplacer par une autre, plus perfectionnée, avec un objectif à plus grande ouverture et une meilleure image. Elle avait pris place dans la même serviette, sous la même table, à l'insu de tout le monde.

Pas d'hymne au drapeau, ce matin-là, rien de particulier. Fitch n'en fut pas étonné ; Marlee aurait certainement appelé si quelque chose de spécial avait été prévu.

Quand le docteur Kilvan reprit sa déposition, Fitch se retint de sourire en voyant la mine résignée des jurés. Son équipe estimait que les témoins du demandeur n'avaient pas réussi à captiver le jury. Les témoignages des experts, les supports visuels avaient de quoi impressionner, mais il n'y avait rien de nouveau pour la défense.

Elle ferait plus simple, plus subtil. Ses médecins appelés à la barre contesteraient énergiquement que le tabac provoque le cancer du poumon ; d'autres spécialistes réputés allégueraient que chacun fume en connaissance de cause, que si les cigarettes sont aussi dangereuses qu'on le prétend, chacun est responsable de son choix.

Fitch était déjà passé par-là ; il avait souffert en écoutant les plaidoiries des avocats, tremblé pendant la délibération des jurys. Il avait discrètement fêté les verdicts prononcés en sa faveur, mais l'occasion ne s'était jamais présentée d'un acheter un.

La cigarette tue chaque année quatre cent mille Américains, s'il fallait en croire le docteur Kilvan ; il avait quatre imposants graphiques pour le prouver. Les cigarettes sont, de loin, le produit en vente libre qui fait le plus de victimes. Plus que les fusils qui, bien entendu, ne sont pas faits pour tirer sur les gens. Les cigarettes sont faites pour être allumées et pour que la fumée du tabac soit inhalée. Elles sont mortelles quand on les utilise exactement comme elles doivent l'être.

L'argument fit mouche ; les jurés ne l'oublieraient pas. À 10 h 30, ils étaient prêts pour la pause café ; Harkin ordonna une suspension d'audience de quinze minutes. Nicholas fit passer un message à Lou Dell, qui le transmit à Willis, bien éveillé ce matin-là. Il porta le message au juge ; Easter demandait à le voir en privé, à midi, si possible. C'était urgent.

Nicholas quitta la pièce en prétextant qu'il avait mal au cœur et ne pouvait avaler une bouchée ; il allait aux toilettes, ce ne serait pas long. Personne ne s'en soucia. La plupart des jurés s'écartaient de la table pour ne plus avoir à supporter la vue de Stella Hulic.

Une sacoche de cuir brun à la main, Nicholas suivit le dédale de couloirs menant au bureau du juge ; Harkin attendait, seul devant un sandwich. Leur poignée de mains fut crispée.

— Il faut que nous parlions, fit Nicholas en s'asseyant.

— Les autres savent que vous êtes là ?

— Non, mais je dois faire vite.

— J'écoute, fit Harkin en prenant une chips de maïs avant de repousser son assiette.

— Trois choses. Stella Hulic, le numéro quatre, premier rang, a passé le week-end à Miami ; elle a été suivie par des inconnus, qu'elle croit à la solde du fabricant de tabac.

Le juge cessa de mâcher, resta la bouche ouverte.

— Comment le savez-vous ?

— J'ai surpris une conversation ce matin ; elle racontait son histoire à voix basse à un autre juré. Ne me demandez pas comment elle s'est rendu compte qu'elle était suivie ; je n'ai pas tout entendu. La pauvre femme est dans un état lamentable. Pour ne rien vous cacher, je crois qu'elle a bu un ou deux verres ce matin, avant de venir au tribunal. À base de vodka ; probablement des bloody mary.

— Continuez.

— Deuxièmement, Frank Herrera, le numéro sept, dont nous avons parlé la dernière fois... Eh bien, sa décision est déjà prise et je crains qu'il n'essaie d'influencer les autres.

— J'écoute.

— Il est arrivé avec une opinion arrêtée. Je pense qu'il avait très envie de faire partie de ce jury. C'est un ancien militaire qui s'ennuie à mourir ; il penche très fort pour la défense et je dois dire qu'il m'inquiète. On ne sait comment se comporter avec ce genre de juré.

— Parle-t-il de l'affaire ?

— Une seule fois, avec moi. Herman est très fier d'être le premier juré ; il nous interdit d'aborder ce sujet.

— C'est tout à son honneur.

— Mais il ne peut surveiller tout le monde et il est dans la nature humaine de bavarder. En tout état de cause, je pense qu'Herrera est dangereux.

— Troisièmement ?

Nicholas ouvrit la sacoche de cuir, en sortit une vidéocassette.

— Il marche ? fit-il en indiquant de la tête un magnétoscope près d'un petit téléviseur.

— Je crois ; je l'ai utilisé la semaine dernière.

— Je peux ?

— Je vous en prie.

Nicholas glissa la cassette dans le magnétoscope, mit l'appareil en marche.

— Vous souvenez-vous de ce type que j'ai vu dans la salle d'audience ? Celui qui m'avait suivi ?

— Oui, fit Harkin en s'approchant de l'écran, je m'en souviens.

— Eh bien, le voici.

L'image en noir et blanc, un peu floue mais assez nette pour qu'on distingue les détails, montra la porte qui s'ouvrait et l'homme qui pénétrait dans l'appartement de Nicholas. D'un regard inquiet, il fit le tour de la pièce ; ses yeux, une très longue seconde, semblèrent se fixer dans la direction exacte de la caméra, cachée dans une bouche d'aération, au-dessus du réfrigérateur. Nicholas fit un arrêt sur l'image du visage de l'intrus.

— C'est lui.

— Oui, répéta Harkin sans respirer, c'est lui.

La cassette montra ensuite l'homme allant et venant dans l'appartement, se penchant sur l'ordinateur, ressortant en moins de dix minutes. L'écran s'emplit de neige.

— Quand cela s'est-il passé ? demanda lentement le juge.

— Samedi après-midi. J'avais une journée de huit heures au magasin ; ce type est entré pendant que j'étais au boulot.

Pas tout à fait vrai, mais Harkin n'y verrait que du feu. Nicholas avait reprogrammé la cassette pour faire apparaître la date du samedi dans l'angle inférieur droit.

— Pourquoi avez-vous...

— J'ai été dévalisé et agressé il y a cinq ans, quand je vivais à Mobile ; j'ai failli y passer. Des cambrioleurs sont entrés chez moi. Je prends des précautions, c'est tout.

Cette explication rendait plausible la présence d'un matériel de surveillance sophistiqué dans un logement miteux, l'acquisition d'un ordinateur et d'une caméra malgré un salaire de famine. Nicholas était terrifié par la violence ; tout le monde pouvait comprendre cela.

— Voulez-vous la revoir ?

— Non. C'est bien lui.

Nicholas retira la cassette du magnétoscope, la tendit au juge.

— Vous pouvez la garder, j'en ai fait une copie.

Fitch laissa en plan son sandwich au rosbif quand Konrad frappa un coup léger à la porte et prononça les mots attendus depuis si longtemps :

— La fille est au téléphone.

Fitch s'essuya les lèvres et la barbiche d'un revers de la main, saisit le combiné.

— Bonjour.

— Mon petit Fitch. C'est moi, Marlee.

— Ma chère Marlee.

— Je ne sais pas comment il s'appelle, mais c'est à propos du type que vous avez envoyé chez Easter, le jeudi 19, il y a onze jours, à 16 h 52 pour être précise.

La respiration de Fitch s'arrêta ; il cracha des miettes de pain. Il se redressa en jurant silencieusement.

— Juste après avoir reçu mon message indiquant que Nicholas porterait une chemise de golf grise et un pantalon kaki. Vous en souvenez-vous ?

— Oui, fit-il d'une voix rauque.

— Plus tard, poursuivit-elle, vous avez envoyé votre homme de main dans la salle d'audience, sans doute pour me chercher. C'était mercredi dernier, le 25. Une idée stupide ; Easter l'a reconnu et a fait parvenir une note au juge qui a eu le temps de voir votre homme. Vous écoutez, Fitch ?

Il ne respirait pas, mais il écoutait.

– Oui ! fit-il sèchement.

– Le juge sait maintenant que ce type a pénétré par effraction dans l'appartement d'Easter ; il a lancé un mandat d'arrêt contre lui. Si vous ne lui faites pas quitter la ville sur-le-champ, vous pourriez avoir des ennuis. On vous arrêtera peut-être aussi.

Les questions se bousculaient dans l'esprit de Fitch, mais il savait qu'il n'obtiendrait pas de réponse. Si Doyle se faisait pincer et se mettait à table, c'était la catastrophe. L'effraction était un délit dans le Mississippi comme ailleurs ; il n'y avait pas une minute à perdre.

– Autre chose ?

– Non, répondit-elle, c'est tout pour l'instant.

Doyle était censé déjeuner dans un modeste restaurant vietnamien, à une centaine de mètres du tribunal. En réalité, planté devant une machine à sous, il jouait au black-jack, à deux dollars la partie, quand le signal de son bip le fit sursauter. C'était Fitch, qui appelait du bureau. Trois minutes plus tard, Doyle roulait sur la nationale 90, vers l'est ; la frontière de l'Alabama était plus proche que celle de la Louisiane. Deux heures plus tard, il prenait un avion à destination de Chicago.

Il fallut une heure à Fitch pour s'assurer qu'aucun mandat d'arrêt n'avait été délivré contre Doyle Dunlap, ni une personne non identifiée qui lui ressemblait. Piètre consolation. Il n'en demeurait pas moins que Marlee savait qu'ils étaient entrés par effraction chez Easter.

Comment l'avait-elle appris ? C'était la grande question. Il prit Konrad et Pang à part, aboya des ordres en rafale ; il leur faudrait trois heures pour découvrir la réponse.

À 15 h 30, le juge Harkin interrompit la déposition du docteur Kilvan et l'invita à se retirer. Il annonça aux avocats pris de court que deux questions d'importance concernant le jury devaient être réglées séance tenante. Il renvoya les jurés, fit évacuer la salle. Quand tout le monde fut sorti, Jip et Rasco fermèrent la porte.

Oliver McAdoo allongea la jambe sous la table et poussa doucement la serviette du pied, pour diriger la caméra vers l'estrade. Il ignorait ce qui allait se passer mais supposait, avec raison, que Fitch voudrait le voir.

Harkin s'éclaircit la voix avant de s'adresser à l'armée d'avocats, le regard rivé sur lui.

— Messieurs, commença-t-il, j'ai appris que plusieurs de nos jurés, sinon tous, ont le sentiment d'être observés et pris en filature. Je détiens la preuve que l'un d'eux au moins a été victime d'une effraction de domicile.

Il s'interrompit pour laisser l'auditoire se pénétrer de ses paroles. Les avocats en restèrent pantois ; chacun se sachant innocent de pratiques si choquantes en rejeta aussitôt la responsabilité sur la partie adverse.

— J'ai le choix entre deux possibilités : soit j'ordonne un non-lieu, soit j'impose l'isolement au jury. Aussi désagréable que ce puisse être, j'incline à choisir la deuxième solution. Maître Rohr ?

Rohr fut long à se mettre debout ; il ne trouva pas grand-chose à dire.

— Votre Honneur, je... nous n'aimerions pas qu'un non-lieu soit prononcé. Je suis convaincu que nous n'avons rien fait de mal, poursuivit-il en jetant un coup d'œil vers la table de la défense. Quelqu'un a pénétré par effraction chez un juré ?

— C'est ce que j'ai dit ; je vous montrerai la preuve tout à l'heure. Et vous, maître Cable ?

Durr se leva, boutonna soigneusement sa veste.

— C'est profondément choquant, Votre Honneur.

— Absolument.

— Je ne suis pas en mesure de répondre avant d'en savoir plus long, poursuivit Cable en dirigeant à son tour un regard soupçonneux sur les responsables évidents, les avocats du demandeur.

— Très bien, fit Harkin en se tournant vers Willis. Faites entrer le juré numéro quatre, Stella Hulic.

Quand elle fit son entrée dans la salle d'audience, Stella était blême de peur.

— Veuillez prendre place à la barre des témoins, madame Hulic. Ce ne sera pas long.

Avec un sourire rassurant, le juge indiqua le siège vers lequel Stella se dirigea en lançant autour d'elle des regards effarés.

— Merci, madame Hulic. Je voudrais maintenant vous poser quelques questions.

Un profond silence se fit dans la salle, les avocats immobiles, le stylo à la main, attendaient la révélation d'un grand secret. En campagne depuis quatre ans pour préparer le procès, ils savaient à l'avance pratiquement tout ce que chaque témoin déclarerait. La perspective d'une déposition improvisée était affriolante.

Elle s'apprêtait certainement à mettre en plein jour quelque méfait odieux commis par la partie adverse. Elle leva vers le juge un regard désemparé. Quelqu'un avait remarqué son haleine, on avait dû la dénoncer.

— Êtes-vous allée à Miami ce week-end?

— Oui, monsieur le juge, répondit-elle lentement.

— Avec votre mari?

— Oui.

Cal était parti avant le déjeuner; il avait des affaires à régler.

— Quel était le but de ce voyage?

— Faire des achats.

— S'est-il passé, pendant votre séjour, quelque chose d'inhabituel?

Elle respira un bon coup, regarda les avocats fébriles, tassés autour des deux tables, se retourna vers Harkin.

— Oui, monsieur le juge.

— Voudriez-vous nous raconter ce qui s'est passé?

Au bord des larmes, Stella semblait sur le point de craquer.

— Tout va bien, madame Hulic, fit Harkin, vous n'avez rien fait de mal. Racontez-nous seulement ce qui s'est passé.

Elle se mordit les lèvres, serra les dents.

— Nous sommes arrivés à l'hôtel vendredi soir. Nous étions dans la chambre depuis deux heures, peut-être trois, quand le téléphone a sonné; c'était une femme. Elle a dit que des hommes payés par les fabricants de tabac nous suivaient. Elle a dit qu'ils nous avaient suivis depuis Biloxi, qu'ils continueraient tout le week-end et qu'ils essaieraient même de mettre notre téléphone sur écoute.

Rohr et son équipe poussèrent un ouf de soulagement; un ou deux avocats lancèrent un regard mauvais en direction de l'autre table, où Cable et les siens étaient pétrifiés.

— Avez-vous vu quelqu'un vous suivre?

— À vrai dire, je n'ai pas quitté la chambre; j'étais toute retournée. Mon mari s'est risqué à sortir deux ou trois fois, il a remarqué un homme sur la plage, de type Cubain, avec un appareil photo. Il l'a revu le dimanche, quand nous quittions l'hôtel.

L'idée vint brusquement à Stella que c'était sa chance, l'occasion de paraître bouleversée au point de ne pouvoir continuer. Sans avoir à beaucoup se forcer, elle se mit à pleurer à chaudes larmes.

— Avez-vous quelque chose à ajouter, madame Hulic ?

— Non, répondit-elle en sanglotant. C'est affreux, je ne peux pas...

La gorge serrée, elle ne put achever sa phrase.

— Je vais libérer Mme Hulic, déclara Harkin en s'adressant aux avocats, et la remplacer par le premier suppléant.

Stella laissa échapper un petit gémissement ; en voyant la pauvre femme dans cet état, il ne serait venu à l'esprit de personne de demander à la garder dans le jury. La décision d'isolement était imminente ; jamais elle ne tiendrait le coup.

— Vous pouvez regagner la salle du jury, prendre vos affaires et rentrer chez vous. Je vous remercie et je regrette ce qui s'est passé.

— Je suis sincèrement désolée, réussit-elle à articuler.

Elle se leva, quitta la salle. Son départ était un rude coup porté à la défense qui l'avait très bien notée pendant la sélection du jury. Après quinze jours d'observation continue, les consultants des deux parties étaient unanimes à penser qu'elle n'était pas bien disposée envers la plaignante. Stella avait fumé vingt-quatre ans, sans essayer une seule fois d'arrêter.

— Faites entrer le juré numéro deux, Nicholas Easter, ordonna Harkin à Willis qui se tenait près de la porte.

Tandis qu'on allait chercher Nicholas, Gloria Lane et une assistante installèrent un magnétoscope et un téléviseur grand écran au milieu de la salle. Les avocats, surtout ceux de la défense, commencèrent à mâchonner leur stylo.

Durwood Cable faisait semblant d'être plongé dans l'étude de documents. Il tournait et retournait une seule question dans son esprit : qu'est-ce que Fitch a bien pu faire ? Avant le procès, Fitch avait eu la haute main sur tout : la composition de l'équipe d'avocats, le choix des experts appelés à témoigner, l'engagement des consultants, l'ensemble des recherches sur les jurés potentiels. Il se chargeait des rapports délicats avec le client, Pynex, surveillait de près les avocats de la partie adverse. Mais ce que Fitch avait fait depuis le début du procès restait un mystère pour Cable ; il préférait ne pas savoir. Il se plaçait sous les projecteurs et plaidait sa cause en laissant Fitch agir dans l'ombre pour essayer de la gagner.

Easter prit place à la barre des témoins, les jambes croisées. S'il était nerveux ou effrayé, il n'en montrait rien. Le juge l'interrogea sur l'homme mystérieux qui l'avait pris en filature ; Easter expliqua quand et où il avait vu l'inconnu. Il raconta par le menu ce qui s'était passé le mercredi précédent, quand il avait découvert le même homme dans la salle d'audience, assis au troisième rang.

Il énuméra ensuite les mesures de sécurité prises dans son appartement avant de saisir la cassette sur le bureau du juge. Quand il la glissa dans le magnétoscope, les avocats s'avancèrent au bord de leur chaise. Nicholas passa les neuf minutes et demie d'enregistrement, reprit place à la barre des témoins. Il confirma que l'intrus était l'homme qui l'avait suivi, celui qu'il avait vu au tribunal.

Fitch ne pouvait voir l'écran du téléviseur dans sa salle de projection ; ce lourdaud de McAdoo ou un autre empoté avait donné un coup de pied dans la serviette. Mais il entendit tout ce qu'Easter disait et se représenta les yeux fermés ce qui se passait dans la salle d'audience. Une douleur intense commençait à lui labourer la base du crâne. Il avala de l'aspirine avec un peu d'eau minérale. Il aurait aimé poser à Easter une question simple : pour quelqu'un qui avait un tel souci de la sécurité, pourquoi n'avait-il pas fait installer un système d'alarme sur sa porte ? Cette question ne semblait être venue à l'esprit de personne.

— Je peux attester que l'homme que l'on voit sur la cassette se trouvait dans cette salle mercredi dernier, déclara Harkin.

Mais l'homme en question était déjà loin ; Doyle avait regagné Chicago depuis longtemps quand les avocats le virent entrer par effraction dans l'appartement.

— Vous pouvez retourner dans la salle du jury, monsieur Easter.

Dans l'heure qui suivit, les avocats présentèrent au débotté des arguments de peu de poids pour ou contre l'isolement. À mesure que les esprits s'échauffaient, les accusations se mirent à voler, dirigées le plus souvent contre la défense. Les deux parties savaient des choses qu'elles n'étaient pas en mesure de prouver et ne pouvaient donc révéler ; les accusations restaient donc assez vagues.

Les jurés eurent droit à un rapport détaillé de Nicholas, un récit enjolivé de ce qui s'était passé à la fois dans la salle d'audience et sur la vidéocassette. Dans sa hâte, le juge Harkin avait omis d'interdire à Nicholas de parler aux autres de l'affaire. Sautant sur l'occasion, Nicholas n'hésita pas à présenter l'histoire de la manière qui lui convenait. Il prit aussi la liberté d'expliquer le départ précipité de Stella, qu'ils avaient vue partir en larmes.

Fitch faillit avoir deux attaques en arpentant son bureau ; il se frottait la nuque et les tempes, tirait sur son bouc, demandait à Konrad, Swanson et Pang des réponses impossibles à fournir. Outre ses trois lieutenants, il avait autour de lui la jeune Holly, Joe Boy, un privé local à la démarche incroyablement silencieuse, Dante, un ex-flic noir de Washington, et Dubaz, un autre gars de la région, au casier chargé. Quatre personnes assistaient Konrad, une douzaine d'autres pouvait débarquer à Biloxi en trois heures, les avocats et les consultants ne se comptaient plus. Fitch avait des tas de gens à son service, qui coûtaient les yeux de la tête, mais il était sûr de n'avoir envoyé personne à Miami ce week-end pour coller au train de Stella et de Cal.

Un Cubain ? Avec un appareil photo ? En répétant cela pour la dixième fois, Fitch balança un annuaire contre le mur.

— Et si c'était la fille ? suggéra Pang, qui avait entendu l'annuaire siffler à ses oreilles.

— Quelle fille ?

— Marlee. Stella a dit que c'est une femme qui les a appelés.

Le calme de Pang contrastait vivement avec l'agitation de son patron. Fitch s'immobilisa, se dirigea vers le fauteuil de son bureau ; il prit une autre aspirine, vida d'un trait un verre d'eau minérale.

— Je crois que vous avez vu juste, déclara-t-il enfin.

En effet. Le Cubain était un ringard, un « consultant en sécurité » dont Marlee avait trouvé l'adresse dans les pages jaunes. Elle lui avait donné deux cents dollars pour paraître louche, ce qui n'était pas difficile, et se faire surprendre avec un appareil photo au moment où les Hulic sortaient de leur hôtel.

Les onze jurés et les trois suppléants étaient rassemblés dans la salle d'audience. Le siège de Stella était occupé par Phillip Savelle, un marginal de quarante-huit ans dont aucune des deux parties n'avait réussi à cerner la personnalité. Il se présentait comme un chirurgien arboricole, une profession non répertoriée sur la Côte. Savelle était aussi un souffleur de verre d'avant-garde, réalisant des œuvres informes, aux couleurs éclatantes, qui recevaient d'obscurs noms aquatiques et étaient exposées à l'occasion dans de petites galeries peu fréquentées de Greenwich Village. Il se vantait d'être un bon marin et avait construit de ses mains un ketch qui avait coulé dans les eaux calmes d'un golfe du Honduras. Il se prenait de temps à autre pour un archéologue ; après le naufrage de son voilier, accusé de fouilles illégales, il avait passé onze mois dans une prison du Honduras.

Célibataire, agnostique, diplômé de Grinnel, Savelle était un non-fumeur qui flanquait la trouille à tous les avocats présents.

Le juge Harkin s'excusa pour ce qu'il s'apprêtait à faire. La séquestration d'un jury était une décision radicale, rendue nécessaire par des circonstances exceptionnelles, presque toujours réservée à des affaires de meurtre à sensation. Cette fois, il n'avait pas le choix. Il y avait eu un contact non autorisé et aucune raison de croire, malgré ses mises en garde répétées, que cela cesserait. Il le faisait à contrecœur et déplorait les désagréments que cela allait causer, mais son rôle consistait à faire en sorte que le procès se déroule dans la sérénité.

Le juge expliqua qu'un plan d'urgence était prêt depuis plusieurs mois pour faire face à cette situation. Les autorités du comté avaient réservé plusieurs chambres dans un motel dont il préférait taire le nom. Les mesures de sécurité seraient renforcées ; une liste de règles serait présentée aux jurés. Le procès entrait dans la deuxième semaine des dépositions ; il inciterait les avocats à accélérer le mouvement.

Les quatorze jurés reçurent l'ordre de rentrer chez eux, de préparer une valise et de mettre leurs affaires en ordre ; ils devaient se présenter le lendemain matin au tribunal et se préparer à passer loin des leurs les deux semaines qui venaient.

Il n'y eut pas de réaction immédiate chez les jurés abasourdis. Nicholas Easter fut le seul à trouver cela drôle.

14

En raison du goût de Jerry pour la bière, le jeu, le football et les activités violentes en général, Nicholas proposa de le retrouver au casino pour fêter leurs dernières heures de liberté. Jerry fut enchanté. En quittant le tribunal, l'idée leur vint d'inviter quelques-uns de leurs compagnons. Une bonne idée, qui tomba à plat. Pas question de demander à Herman ; Lonnie Shaver était parti précipitamment, très agité, sans desserrer les dents ; Savelle était nouveau, apparemment le genre d'homme que l'on tient à distance. Il ne restait qu'Herrera, le Colonel, qu'ils n'eurent pas le courage d'inviter. Ils allaient passer quinze jours enfermés avec lui ;

Jerry invita Sylvia Taylor-Tatum, dont il commençait à être très proche. Elle avait deux divorces à son passif, Jerry n'en était qu'à son premier. Comme il connaissait tous les casinos de la Côte, il leur donna rendez-vous dans un nouvel établissement appelé Le Diplomate. Ils y trouveraient un bar avec un grand écran, pour les sports, des boissons bon marché, une certaine intimité et des serveuses aux longues jambes et à la jupe ultra courte.

Quand Nicholas arriva, à 20 heures, le Caniche était déjà là ; elle gardait une table dans le bar bondé en buvant une bière pression. Elle souriait, ce que Nicholas ne l'avait jamais vue faire au tribunal. Ses longs cheveux bouclés étaient attachés derrière la tête ; elle portait un jean serré et décoloré, avec un gros pull et des bottes rouges. Toujours loin d'être jolie, elle semblait plus à sa place dans un bar qu'au banc des jurés.

Sylvia avait le regard voilé et triste d'une femme malmenée

par la vie ; Nicholas était résolu à fouiller aussi profondément que possible dans son passé avant l'arrivée de Jerry. Il commanda une tournée, entra d'emblée dans le vif du sujet.

— Vous êtes mariée ? demanda-t-il, sachant qu'elle ne l'était plus.

Elle s'était mariée la première fois à dix-neuf ans, avait eu deux enfants de ce premier lit, des jumeaux, âgés de vingt ans. L'un travaillait sur une plate-forme pétrolière, l'autre était étudiant de troisième année. Très différents l'un de l'autre. Le mari numéro un avait filé au bout de cinq ans ; elle avait élevé seules les jumeaux.

— Et vous ?

— Non. En théorie, je suis encore étudiant ; en réalité je travaille.

Avec le mari numéro deux, bien plus âgé qu'elle, elle n'avait pas eu d'enfant. Le mariage dura sept ans, au bout desquels il l'échangea contre un modèle plus récent. Elle fit le serment de ne plus jamais se remarier. Sylvia suivait avec intérêt la phase du match opposant les Minnesota Bears aux Green Bay Packers ; elle aimait le football, un sport où ses garçons s'étaient distingués.

Jerry arriva, hors d'haleine, lançant des coups d'œils inquiets derrière lui. Il s'excusa pour son retard, vida d'un trait la première bière, expliqua qu'il avait cru être suivi. Le Caniche affirma d'un ton moqueur que tous les membres du jury devaient avoir attrapé un torticolis à force de se retourner pour s'assurer que personne ne leur filait le train.

— Je ne parle pas du procès, protesta Jerry. Je crois que c'est ma femme.

— Ta femme ? fit Nicholas.

— Je crois qu'elle me fait prendre en filature par un détective privé.

— Tu dois attendre avec impatience la séquestration.

— Et comment ! lança Jerry, avec un clin d'œil à l'adresse du Caniche.

Il avait misé cinq cents dollars sur les Packers, avec un avantage de six points ; mais seulement pour la première mi-temps. Il faudrait déposer une autre mise pour le score final. Il expliqua aux deux novices qu'il existait pour les matches de football professionnel et universitaire une infinité de paris de toute sorte, dont très peu ont un rapport direct avec la victoire. Il arrivait à Jerry de parier sur l'équipe qui commettrait la première faute de réception, réussirait le premier coup de pied arrêté ou totaliserait le plus d'interceptions. Il suivit la partie avec la nervosité de celui qui ne peut guère se permettre de perdre. Il descendit quatre bières dans le premier quart temps; Nicholas et Sylvia se laissèrent distancer.

Pendant les rares interruptions dans le flot de commentaires de Jerry sur le football et l'art de parier, Nicholas tenta maladroitement et sans succès d'amener la conversation sur le procès. La séquestration était un sujet sensible; ne l'ayant pas encore subie, ils n'avaient pas grand-chose à en dire. La déposition du docteur Kilvan avait été une dure épreuve; ils n'avaient aucune envie d'y revenir pendant leur temps libre. Quand Nicholas essya d'aborder les choses d'une manière plus générale, en s'interrogeant sur la notion de responsabilité, Sylvia fit une moue de dégoût.

Invitée à quitter la salle d'audience, Mme Grimes attendit Herman dans l'atrium. Sur la route de leur domicile, il expliqua qu'il allait passer les deux semaines à venir dans une chambre de motel, en terrain inconnu, sans le soutien de sa femme. Dès son arrivée, elle appela le juge Harkin pour lui dire sa façon de penser; elle rappela que son mari était aveugle, qu'il avait besoin d'assistance. Assis sur le canapé devant la seule bière qu'il s'autorisait chaque jour, Herman bouillait, furieux de l'ingérence de sa femme.

Harkin trouva rapidement un terrain d'entente; il autorisait Mme Grimes à partager la chambre d'Herman au motel. Elle prendrait le petit déjeuner et le dîner avec son mari, mais il lui faudrait éviter tout contact avec les autres jurés. Elle ne pourrait pas assister au procès; il lui était rigoureusement interdit d'en discuter avec Herman. Cela ne convenait pas à Mme Grimes, une des rares personnes à avoir suivi toutes les audiences. Elle ne dit rien au juge, pas plus qu'elle n'en avait parlé à Herman, mais elle s'était déjà fait une opinion sur l'affaire. Le juge resta ferme; Herman était furieux. Mme Grimes commença à préparer les bagages.

Lonnie Shaver abattit le lundi soir le travail d'une semaine. Après de multiples tentatives, il réussit à joindre George Teaker à son domicile ; il annonça que le jury allait être isolé jusqu'à la fin du procès. Un entretien avec Taunton était prévu dans le courant de la semaine ; il redoutait de ne pouvoir se libérer. Il expliqua qu'il ne serait pas en mesure de téléphoner ni de recevoir des appels, qu'ils ne pourraient se joindre avant la fin du procès. Teaker se montra compréhensif ; au fil de la conversation, il laissa pourtant transparaître des inquiétudes sur l'issue du procès.

— New York estime qu'un verdict défavorable risque de provoquer une onde de choc dans le commerce de détail, plus particulièrement dans notre branche. Dieu sait jusqu'où grimperont les primes d'assurances !

— Je ferai ce que je pourrai, promit Lonnie.

— Le jury n'envisage tout de même pas d'accorder d'énormes dommages-intérêts ?

— Difficile à dire pour l'instant. Il est trop tôt ; nous n'avons entendu que la moitié des témoignages à charge.

— Donnez-nous un coup de main, Lonnie. Je sais que cela vous mettra dans une position difficile, mais vous êtes bien placé.

— Je comprends, fit Lonnie. Je ferai mon possible.

— Nous comptons sur vous. Tenez bon.

L'entretien avec Fitch fut bref et ne mena nulle part. Durwood Cable attendit 21 heures, le lundi soir. Le dîner livré par un traiteur dans la salle de conférences venait de s'achever et il y avait encore de l'animation dans les bureaux quand il demanda à Fitch de passer le voir. Fitch accepta, mais il était impatient de regagner son quartier général.

— J'ai quelque chose à vous dire, déclara froidement Durr Cable, en se levant.

— De quoi s'agit-il ? lança Fitch d'un ton rogue, en se plantant devant lui, les mains sur les hanches.

Il savait exactement ce dont Cable voulait lui parler.

— Nous nous sommes trouvés cette après-midi dans une situation embarrassante.

— Il n'y avait rien d'embarrassant. Le jury n'était pas présent, si je ne me trompe ; ce qui s'est passé n'aura aucune incidence sur le verdict.

158

– Vous vous êtes fait prendre, Fitch. Nous étions dans nos petits souliers.

– Je ne me suis pas fait prendre.

– Comment appelez-vous cela ?

– Un mensonge. Ce n'est pas quelqu'un de chez nous qui a suivi Stella Hulic ; cela ne nous aurait rien apporté.

– Qui lui a téléphoné ?

– Je n'en sais rien, ce n'est pas quelqu'un de chez nous. D'autres questions ?

– Oui. Qui est le type que nous avons vu entrer dans l'appartement ?

– Ce n'est pas un de mes hommes. Je n'ai pas vu la cassette, je n'ai donc pas vu son visage, mais nous avons des raisons de croire que c'est un agent de Rohr.

– Pouvez-vous le prouver ?

– Je n'ai rien à prouver et je n'ai pas à répondre à vos questions. Votre rôle est de plaider ; laissez-moi m'occuper de la sécurité.

– Ne me mettez pas dans l'embarras, Fitch.

– Ne perdez pas ce procès.

– Je perds rarement.

Fitch pivota sur lui-même et se dirigea vers la porte.

– Je sais. Vous faites du bon boulot, Cable ; vous avez juste besoin d'un petit coup de main de l'extérieur.

Nicholas arriva le premier, avec deux sacs de sport bourrés de vêtements et d'articles de toilette. Lou Dell et Willis, accompagnés d'un autre adjoint, un nouveau, attendaient dans le couloir, devant la salle du jury, pour rassembler les bagages dans une autre pièce. Il était 8 h 20.

– Comment les bagages seront-ils transportés au motel ? demanda Nicholas d'un ton soupçonneux, sans lâcher ses sacs.

– Nous les emporterons dans le courant de la journée, répondit Willis. Il faudra d'abord les inspecter.

– Pas question !

– Comment ?

– Personne ne touchera à mes sacs, déclara Nicholas en entrant dans la salle.

– Ce sont les ordres du juge, protesta Lou Dell en lui emboîtant le pas.

— Je me fiche de ce que le juge a ordonné. Personne n'inspectera mes bagages.

Il posa les sacs dans un coin, se dirigea vers la table pour se servir un café.

— Vous pouvez me laisser, dit-il à Lou Dell et Willis, sur le seuil. C'est la salle du jury.

Ils firent un pas en arrière ; Lou Dell ferma la porte. Il ne s'écoula pas plus d'une minute avant qu'un bruit de voix s'élève dans le couloir. Nicholas ouvrit la porte, vit Millie Dupree, le front couvert de sueur, face à Lou Dell et Willis, serrant contre elle deux grosses Samsonite.

— Ils voudraient inspecter nos bagages, fit Nicholas, mais il n'en est pas question. Nous allons les rassembler ici.

Il prit la valise la plus proche, la souleva avec effort et la traîna au fond de la salle.

— Ordre du juge, murmura Lou Dell entre ses dents.

— Nous ne sommes pas des terroristes ! riposta Nicholas. Qu'est-ce qu'il imagine ? Que nous allons passer en douce des armes ou de la drogue ?

En prenant un beignet, Millie exprima sa gratitude à Nicholas pour avoir préservé son intimité. Ses bagages contenaient des effets personnels sur lesquelles elle ne voulait pas que des gens comme Willis posent leurs grosses pattes.

— Sortez ! rugit Nicholas.

Lou Dell et le policier battirent en retraite.

À 8 h 45, les douze jurés étaient présents dans la salle encombrée des bagages récupérés par Nicholas. En protestant, en tempêtant, en déchargeant sa bile à chaque nouvelle arrivée, il avait réussi à faire de ses compagnons un groupe très remonté, prêt à l'épreuve de force. À 9 heures, Lou Dell frappa à la porte, tourna la poignée pour entrer.

La porte était fermée de l'intérieur.

Nicholas fut le seul à bouger.

— Qui est là ? demanda-t-il en s'avançant vers la porte.

— Lou Dell. C'est l'heure : le juge vous attend.

— Dites au juge qu'il peut aller au diable !

Lou Dell se tourna vers Willis, les yeux exorbités, la main sur la crosse de son pistolet rouillé. La dureté de la réplique surprit aussi certains des jurés, mais tout le monde fit bloc.

— Qu'avez-vous dit ? fit Lou Dell.

Il y eut un déclic, la poignée de la porte tourna. Nicholas s'avança dans le couloir.

– Dites au juge que nous ne sortirons pas, fit-il avec un regard mauvais à Lou Dell.

– Vous ne pouvez pas faire ça, lança Willis en s'efforçant vainement de prendre un ton agressif.

– La ferme, Willis.

Les rebondissements de la veille avaient attiré dans la salle d'audience une assistance plus fournie. Le bruit s'était vite répandu qu'un des jurés avait été renvoyé, qu'un autre avait eu de la visite en son absence, que le juge, furieux, avait décidé de boucler le jury jusqu'à la fin du procès. Les rumeurs les plus folles circulaient ; la plus répandue prétendait qu'un agent de l'industrie du tabac s'était fait pincer dans l'appartement d'un juré et qu'un mandat d'arrêt était lancé contre lui. La police locale et le FBI étaient à ses trousses.

Les quotidiens du matin de Biloxi, La Nouvelle-Orléans, Mobile et Jackson publiaient de longs articles à la une.

Les habitués du tribunal étaient revenus en nombre. La majorité des membres du barreau de Biloxi avaient ce matin-là des affaires à régler au tribunal ; une demi-douzaine de journalistes occupaient le premier rang. Les envoyés de Wall Street, dont l'assiduité avait diminué à mesure qu'ils découvraient les casinos, la pêche au gros et les nuits agitées de La Nouvelle-Orléans, faisaient un retour en force.

Ils furent donc nombreux à suivre des yeux Lou Dell quand elle s'avança nerveusement jusqu'à l'estrade et se haussa sur la pointe des pieds pour parler à l'oreille du juge. Harkin inclina la tête sur le côté, comme s'il n'avait pas bien compris, puis il se tourna d'un air ébahi vers la porte devant laquelle se tenait Willis, les épaules levées en un geste d'impuissance.

Lou Dell acheva de transmettre son message, alla rapidement rejoindre Willis. Le juge Harkin considéra les avocats perplexes, puis son regard se porta au fond de la salle. Il griffonna quelques mots illisibles en réfléchissant fébrilement à ce qu'il allait faire.

Son jury était en grève !

Que disait le manuel dans un cas comme celui-ci ? Il approcha le micro de sa bouche.

– Mesdames, messieurs, il y a un petit problème avec les

jurés ; il faut que j'aille leur parler. Je demande à MM. Rohr et Cable de m'accompagner. Les autres restent à leur place.

Le juge frappa doucement, trois petits coups, essaya de tourner la poignée. La porte était fermée de l'intérieur.

— Qui est là ? demanda une voix masculine.

— Le juge Harkin, répondit-il calmement.

Nicholas, qui se tenait derrière la porte, se tourna en souriant vers ses compagnons. Millie Dupree et Gladys Card, près d'une pile de bagages, se tortillaient nerveusement, redoutant d'être punies, jetées en prison par le juge. Les autres avaient encore une mine indignée.

Nicholas ouvrit la porte, un sourire aux lèvres, comme s'il ne se passait rien, comme si une grève du jury faisait partie intégrante d'un procès.

— Entrez, fit-il.

En complet gris, Harkin franchit le seuil, Rohr et Cable dans son sillage.

— Quel est le problème ? demanda le juge en parcourant la pièce du regard.

La plupart des jurés étaient assis autour de la table, devant des cafés, des assiettes vides et des journaux ouverts. Phillip Savelle se tenait seul devant une fenêtre ; Lonnie Shaver était assis dans un coin, un ordinateur portable sur les genoux. Easter était à l'évidence le porte-parole du groupe, peut-être l'instigateur du mouvement.

— Nous estimons qu'il n'est pas juste que nos bagages soient fouillés.

— Pourquoi ?

— La réponse est évidente : ils contiennent nos effets personnels. Nous ne sommes ni des terroristes ni des passeurs de drogue, vous n'êtes pas un inspecteur des douanes.

En entendant Easter user de ce ton autoritaire avec un magistrat, la plupart des jurés éprouvèrent un sentiment de fierté. Il était des leurs, il était indiscutablement leur chef, quoi qu'en pensât Herman. Il leur avait dit à maintes reprises que le rôle le plus important dans ce procès n'était tenu ni par le juge, ni par les avocats, ni par les parties, mais par eux, les jurés.

— C'est une mesure de routine dans le cas d'une séquestration du jury, expliqua Harkin en faisant un pas vers Nicholas, qui mesurait dix centimètres de plus que lui et ne se laissait pas facilement impressionner.

— Mais ce n'est pas écrit noir sur blanc, n'est-ce pas ? Je suis sûr que cette décision est laissée à la discrétion du juge. Je me trompe ?

— J'ai de bonnes raisons pour la prendre.

— Pas assez bonnes... Nous ne sortirons, Votre Honneur, qu'avec votre promesse que nos bagages ne seront pas fouillés.

En voyant les mâchoires serrées et le rictus d'Easter, le juge et les avocats comprirent qu'il parlait sérieusement. Et il s'exprimait au nom du groupe ; personne d'autre n'avait bougé.

Harkin commit l'erreur de regarder par-dessus son épaule en direction de Rohr qui sauta sur l'occasion de faire connaître son sentiment.

— Il n'y a pas à en faire tout un plat, Votre Honneur. Ces honnêtes citoyens ne transportent pas des explosifs, tout de même !

— Suffit ! ordonna Harkin.

Rohr avait eu le temps de se faire bien voir du jury ; Cable tenait évidemment, lui aussi, à assurer les jurés qu'il n'avait pas l'ombre d'un soupçon sur le contenu de leurs valises ; Harkin ne lui en donna pas l'occasion.

— Très bien, fit le juge, les bagages ne seront pas fouillés. Mais si je devais apprendre qu'un juré est en possession d'un des objets figurant sur la liste que j'ai remise hier, je considérerais cela comme un outrage à magistrat et il serait passible d'emprisonnement. Sommes-nous d'accord ?

Easter se retourna, jaugea d'un coup d'œil l'état d'esprit de ses compagnons ; la plupart semblaient soulagés, quelques-uns hochèrent la tête.

— Cela nous convient, monsieur le juge.

— Bon. Le procès peut-il reprendre ?

— Il y a un autre problème.

— Lequel ?

— D'après les règles que vous avez édictées, répondit Nicholas en prenant une feuille, nous avons droit à une visite conjugale par semaine. Nous estimons qu'il en faudrait plus.

— Combien ?

— Le plus possible.

Plusieurs jurés tombèrent des nues. Quelques hommes – Easter, Fernandez, Shaver en particulier – s'étaient plaints du nombre de visites, mais les femmes n'en avaient pas parlé. Gladys Card et Millie Dupree étaient rouges de honte à l'idée que le juge allait imaginer qu'elles avaient un grand appétit sexuel.

— Deux, ça me va, déclara Grimes.

L'image du vieux Herman tâtonnant sous les couvertures avec Mme Grimes provoqua quelques rires qui détendirent l'atmosphère.

— Il n'est peut-être pas indispensable de passer tout le monde en revue, reprit Harkin. Pouvons-nous nous mettre d'accord sur deux ? Vous n'en avez que pour une quinzaine de jours.

— Deux, avec possibilité d'aller jusqu'à trois, lança Nicholas.

— Très bien ; tout le monde est d'accord ?

Harkin lança un regard circulaire. Loreen Duke, penchée sur la table, pouffait de rire ; Gladys Card et Millie Dupree se faisaient toutes petites dans un coin et n'auraient pour rien au monde regardé le juge dans les yeux.

— Ça ira, fit Jerry Fernandez, l'œil rouge, le cerveau encore embrumé par l'alcool de la veille.

Jerry souffrait de maux de tête quand il restait une journée entière sans avoir de relations sexuelles, mais il avait deux certitudes : sa femme était ravie de ne plus le voir pendant quinze jours et il arriverait à un arrangement avec le Caniche.

— La formulation ne me convient pas, lança Phillip Savelle, ouvrant la bouche pour la première fois. La définition des personnes concernées par ces visites n'est pas satisfaisante.

Le passage en cause était formulé comme suit : « À l'occasion de la visite conjugale, les jurés se verront accorder deux heures d'intimité dans leur chambre, en compagnie de leur conjoint, d'une compagne ou d'un compagnon. »

Les jurés et le juge Harkin, assisté des deux avocats qui regardaient par-dessus son épaule, pesèrent soigneusement tous les mots en se demandant ce que cet original de Savelle avait dans l'idée.

— Je vous assure, monsieur Savelle, mesdames et messieurs du jury, que je n'ai aucunement l'intention de restreindre de quelque manière que ce soit votre droit à des visites conjugales. Pour être franc, je me fiche de savoir ce que vous faites et avec qui.

Ces propos parurent satisfaire Savelle mais plongèrent Gladys Card dans un abîme de confusion.

— Y a-t-il autre chose ?

— Ce sera tout, Votre Honneur, et merci, répondit Herman d'une voix forte, pour bien montrer qui était le chef.

— Merci, fit Nicholas.

Dès que le jury fut en place, Scotty Mangrum annonça à la cour qu'il en avait fini avec le docteur Kilvan. Durr Cable commença le contre-interrogatoire avec précaution, comme s'il était intimidé par la réputation du témoin. Ils se mirent d'accord sur quelques chiffres totalement dénués de signification. Le docteur Kilvan se déclara persuadé, statistiques à l'appui, qu'à peu près un fumeur sur dix était atteint d'un cancer du poumon.

Cable revint sur ce pourcentage.

— Si la fumée du tabac provoque le cancer du poumon, comment se fait-il, docteur, que si peu de fumeurs en soient atteints ?

— Le fait de fumer accroît fortement le risque.

— Mais ne le provoque pas systématiquement ?

— Non. Tous les fumeurs n'en sont pas atteints.

— Je vous remercie.

— Mais le risque est beaucoup plus élevé pour ceux qui fument.

Cable se fit plus offensif. Il demanda à Kilvan s'il avait eu connaissance d'une étude publiée vingt ans auparavant par l'université de Chicago, dans laquelle les chercheurs avaient établi que le taux de cancers du poumon était plus élevé chez les fumeurs vivant dans les villes que chez ceux des zones rurales. Kilvan connaissait bien cette étude, sans y avoir participé.

— Pouvez-vous expliquer cette différence ? demanda Cable.

— Non.

— Pouvez-vous avancer une hypothèse ?

— Oui. Cette étude a fait l'objet d'une controverse à sa publication, car elle indiquait que des facteurs autres que le tabac pouvaient provoquer le cancer du poumon.

— Comme la pollution atmosphérique ?

— Oui.

— Croyez-vous que ce soit vrai ?

— C'est possible.

— Vous reconnaissez donc que la pollution atmosphérique provoque le cancer du poumon ?

— C'est possible, mais je m'en tiens à mes propres recherches. Les cancers sont plus nombreux chez les fumeurs des zones rurales que chez les non-fumeurs ; il en va de même pour les citadins.

Cable saisit un autre rapport volumineux, commença à tourner ostensiblement les pages. Il demanda au témoin s'il connaissait l'étude publiée en 1989 par l'université de Stockholm, dans laquelle les chercheurs avaient établi un lien entre les caractères héréditaires, le tabac et le cancer du poumon.

– Je l'ai lue, fit Kilvan.

– Qu'en pensez-vous ?

– Rien. La génétique n'est pas ma spécialité.

– Vous n'êtes donc pas en mesure de dire si l'hérédité peut être liée au tabac pour provoquer le cancer du poumon ?

– Non.

– Mais vous ne contestez pas les conclusions de cette étude ?

– Je n'ai pas d'opinion.

– Connaissez-vous les scientifiques qui ont réalisé cette étude ?

– Non.

– Vous ne pouvez donc dire s'ils sont compétents ?

– Non. Mais je ne doute pas que vous leur ayez parlé.

Cable posa le rapport qu'il tenait, en prit un autre, revint vers l'estrade.

Après deux semaines de stabilité sous haute surveillance, l'action Pynex commença à battre de l'aile. À part l'épisode de l'hymne au drapeau qui avait pris tout le monde de court et que nul n'avait su interpréter, aucun événement marquant n'avait eu lieu avant le lundi soir et le remaniement du jury. Un des avocats de la défense confia imprudemment à un analyste financier que Stella Hulic était généralement considérée comme assez favorable à sa cause. Cette révélation passa de bouche en bouche, donnant chaque fois un rôle un peu plus important à Stella. À l'heure de téléphoner à New York pour rendre compte de l'audience du jour, la défense avait perdu son atout majeur, Stella Hulic, qui, au même moment, était écroulée sur son canapé dans un état comateux provoqué par un nombre considérable de martinis.

À ces rumeurs s'ajoutait l'histoire croustillante de l'effraction dont avait été victime un juré. Il était facile de supposer que l'intrus était à la solde de l'industrie du tabac ; comme la défense s'était fait prendre la main dans le sac, ou du moins était suspectée d'avoir tiré les ficelles, les choses prenaient une sale tournure pour elle. Elle avait perdu un juré, elle avait triché ; le ciel lui tombait sur la tête.

166

Le mardi matin, à l'ouverture de Wall Street, l'action Pynex était cotée soixante-dix-neuf dollars et demi. Elle baissa rapidement à soixante-dix-huit, à mesure que les rumeurs s'amplifiaient ; elle était descendue à soixante-seize un quart en milieu de matinée, quand un nouveau rapport arriva de Biloxi. Un analyste appela son bureau de la salle du tribunal pour annoncer que le jury avait refusé de se présenter à l'ouverture de l'audience, qu'il était en grève, car il en avait par-dessus la tête des dépositions assommantes des experts du demandeur.

La nouvelle se répandit comme une traînée de poudre ; il fut admis très simplement que le jury se révoltait contre le demandeur. L'action Pynex grimpa à soixante-dix-sept, dépassa allègrement soixante-dix huit, atteignit soixante-dix-neuf ; à l'heure du déjeuner, elle s'approchait de la barre des quatre-vingts dollars.

15

Parmi les six femmes qui restaient dans le jury, Fitch avait choisi pour cible Rikki Coleman, la jeune et jolie mère de deux enfants, adepte d'une vie saine. Les époux Coleman gagnaient confortablement leur vie, possédaient deux véhicules et habitaient une maison avec jardin, dans une banlieue agréable de Biloxi. Les Coleman n'avaient apparemment pas de vices ; ils ne fumaient ni l'un ni l'autre, rien n'indiquait qu'ils étaient portés sur la boisson. Lui aimait courir et jouait au tennis, elle passait une heure par jour dans son club de gym. En raison de cette vie saine et de son activité professionnelle dans les bureaux d'une clinique, Fitch redoutait qu'elle penche pour la partie adverse.

Le dossier médical de son gynécologue n'apprenait rien d'intéressant. Deux grossesses, deux accouchements sans problème. Elle faisait régulièrement ses visites de contrôle, une mammographie remontant à deux ans n'avait rien montré d'anormal. Elle mesurait un mètre soixante-cinq, pesait cinquante-deux kilos.

Fitch était en possession du dossier médical de sept jurés sur les douze. Il n'avait pu, pour des raisons évidentes, mettre la main sur celui d'Easter. Herman Grimes n'avait rien à cacher ; Savelle venait d'arriver, Lonnie Shaver n'avait pas mis les pieds dans un cabinet médical depuis vingt ans. Le médecin de Sylvia Taylor-Tatum avait péri dans un accident de bateau quelques mois plus tôt ; son successeur était un novice qui ignorait les règles du jeu.

Un jeu impitoyable, dont Fitch avait fixé la plupart des règles. Tous les ans, le Fonds versait une contribution d'un million de dollars à un organisme baptisé Alliance pour une réforme judiciaire, l'ARJ, un groupe de pression très actif à Washington, financé en grande partie par des compagnies d'assurances, des associations de médecins et des industriels. Et les fabricants de tabac. La contribution annuelle des Quatre Grands s'élevait officiellement à cent mille dollars chacun ; le Fonds de Fitch en versait un million de plus sous la table. Le but de l'Alliance était d'inciter à faire voter des lois restreignant le montant des dommages-intérêts accordés dans les procès civils.

Luther Vandemeer était un des administrateurs de l'Alliance ; Fitch restait dans les coulisses, mais il obtenait ce qu'il voulait. Avec le soutien de Vandemeer, il exerçait des pressions sur les compagnies d'assurances qui, à leur tour, faisaient pression sur les médecins pour qu'ils divulguent des dossiers confidentiels de patients choisis.

Dans la collection de dossiers médicaux de Fitch aucun n'était pourtant susceptible de faire pencher le verdict en sa faveur. La chance tourna le mardi, pendant le déjeuner.

Quand Rikki Coleman s'appelait encore Rikki Weld, elle était étudiante à Montgomery, Alabama, dans une petite université religieuse. L'enquêteur envoyé par Fitch pour fouiller dans le passé de Rikki avait eu l'intuition que la belle étudiante n'avait pas manqué d'amoureux. Fitch avait décidé de creuser l'idée, fait intervenir l'ARJ ; après quinze jours de vaines recherches, ils venaient de trouver la clinique.

C'était une petite maternité du centre de Montgomery, un des trois établissements de la ville où étaient pratiquées des interruptions de grossesse. En troisième année de fac, la semaine suivant son vingtième anniversaire, Rikki Weld s'était fait avorter.

Fitch en détenait la preuve ; il se mit à rire dans sa barbe en prenant les copies qui venaient d'arriver sur son fax. Le nom du père n'était pas indiqué ; aucune importance. Rikki avait rencontré Rhea, son mari, l'année suivant la fin de ses études. À l'époque de l'avortement, il était étudiant à l'université du Texas ; selon toute vraisemblance, ils ne se connaissaient pas.

Fitch était disposé à parier une fortune que Rikki s'était efforcée de chasser ce secret honteux de sa mémoire, qu'elle n'en avait rien dit à son époux.

Le motel de la chaîne Siesta Inn se trouvait à Pass Christian, à une demi-heure à l'ouest de Biloxi, sur la route du littoral. Le trajet était effectué en car ; Lou Dell et Willis restaient à l'avant avec le chauffeur, les quatorze jurés s'installaient comme bon leur semblait, à condition de ne pas occuper deux sièges contigus ; toute conversation était impossible. En proie à la lassitude et au découragement, ils se sentaient isolés, emprisonnés avant même d'avoir vu leur nouvelle résidence temporaire. Les deux premières semaines du procès, la fin de l'audience à 17 heures était synonyme de liberté ; ils quittaient en hâte le tribunal pour se replonger dans la réalité. Ils retrouvaient leur foyer, la famille, un repas chaud, ils faisaient des courses ou gagnaient leur lieu de travail. Il n'y aurait plus dorénavant qu'un trajet en car pour rejoindre une cellule où ils seraient placés sous surveillance et protégés d'ombres malveillantes.

Nicholas Easter, le seul à se réjouir de cette nouvelle situation, réussit pourtant à prendre un air aussi abattu que les autres.

Le comté d'Harrison avait loué tout le rez-de-chaussée d'une aile du motel, vingt chambres en tout, dont dix-neuf seraient occupées. Lou Dell et Willis avaient chacun la leur, près de la porte donnant accès au bâtiment principal, qui abritait la réception et la salle de restaurant. Un jeune et robuste adjoint du shérif, du nom de Chuck, avait aussi une chambre à l'autre extrémité du couloir, du côté de la porte donnant sur un parking.

Les chambres avaient été attribuées par le juge Harkin ; les bagages, qui n'avaient pas été inspectés, s'y trouvaient déjà. Lou Dell, dont la suffisance allait croissant d'heure en heure, distribua les clés comme une poignée de bonbons. Dans chaque chambre on inspecta et déplaça le lit, un lit double, bien entendu. On alluma la télé, en pure perte : pas d'émission, pas de bulletin d'informations jusqu'à la fin du procès, rien que des films diffusés par la station du motel. On passa la salle de bains au peigne fin, on ouvrit les robinets, on tira la chasse d'eau. Les deux semaines seraient interminables.

Le car transportant les jurés fut évidemment suivi par les agents de Fitch. Le véhicule quitta le tribunal sous escorte policière, deux motards devant, deux derrière. Deux détectives travaillant pour le compte de Rohr suivirent le convoi ; personne n'imaginait que l'emplacement du motel resterait un secret.

Les chambres contiguës à celle de Nicholas étaient occupées par Savelle et le colonel Herrera ; les chambres des femmes se trouvaient de l'autre côté du couloir, comme si cette ségrégation

170

était nécessaire pour prévenir des ébats illégitimes. Au bout de cinq minutes, Nicholas trouvait l'atmosphère de la chambre oppressante ; dix minutes plus tard, Willis frappa deux grands coups, demanda si tout allait bien. « C'est la vie de château ! » répondit Nicholas sans ouvrir la porte.

Le téléphone avait été retiré, le minibar aussi. Dans une chambre du bout du couloir, dont le lit avait été enlevé, on avait installé deux tables rondes, des téléphones, quelques fauteuils confortables, un téléviseur à grand écran et un bar garni d'une profusion de boissons sans alcool. Quelqu'un la baptisa Salle des fêtes ; le nom resta. Chaque coup de téléphone était soumis à l'agrément des gardiens ; aucun appel de l'extérieur n'était transmis. La réception se chargerait des urgences. Dans la chambre 40, en face de la Salle des fêtes, les lits avaient été enlevés et une table installée pour les repas.

Aucun juré n'était autorisé à sortir du bâtiment sans l'approbation du juge Harkin ou de l'un de ses délégués. Il n'y avait pas de couvre-feu, puisqu'ils ne pouvaient aller nulle part, mais la Salle des fêtes fermait à 10 heures.

Le dîner était servi de 18 à 19 heures, le petit déjeuner de 6 heures à 8 h 30 ; on ne leur demandait pas de prendre les repas ensemble. Ils pouvaient aller et venir à leur guise ; il leur était loisible de se préparer une assiette et d'aller manger dans leur chambre. Le juge Harkin était très exigeant sur la qualité de la nourriture ; il avait demandé à être informé tous les matins de critiques éventuelles.

Au menu du mardi, poulet ou poisson grillé, accompagné de salades et d'un assortiment de légumes. Ils s'étonnèrent de manger de si bon appétit. Ils n'avaient rien fait d'autre de la journée que rester assis et écouter, mais la plupart mouraient de faim à 18 heures. Nicholas se servit le premier et s'installa au bout de la table, où il engagea la conversation avec ses voisins. Il était tout excité et semblait vivre leur isolement forcé comme une aventure ; il parvint à communiquer un peu de son enthousiasme aux autres.

Herman Grimes fut le seul à dîner dans sa chambre ; sa femme prépara deux assiettes et sortit précipitamment. Les instructions écrites du juge lui interdisaient formellement de partager le repas des jurés. La même règle s'appliquait à Lou Dell et aux deux policiers. Quand elle entra pour se servir, Nicholas s'arrêta au beau milieu de son histoire et les conversations cessèrent. Elle disposa quelques haricots verts près d'un blanc de poulet, prit un petit pain et ressortit.

Ils formaient un groupe maintenant. Isolés, bannis, coupés de la vie réelle, exilés dans un motel Siesta Inn ; ils se trouvaient livrés à eux-mêmes. Easter était résolu à conserver leur moral au beau fixe. Ils formeraient une communauté sinon une famille ; il s'emploierait à éviter les divisions et les clans.

Ils regardèrent deux films dans la Salle des fêtes ; à 22 heures, tout le monde dormait.

— Je suis prêt pour ma visite conjugale, annonça Jerry Fernandez au petit déjeuner, en lançant un coup d'œil en direction de Gladys Card, qui s'empourpra violemment.

— Vraiment ! soupira-t-elle en levant les yeux au plafond.

Jerry lui sourit, comme si elle pouvait être l'objet de son désir.

Le petit déjeuner était extrêmement copieux. Quand Nicholas arriva, l'air perturbé, il salua tout le monde d'un bonjour distrait.

— Je ne comprends pas pourquoi on nous interdit le téléphone dans les chambres, grommela-t-il.

L'atmosphère détendue qui régnait autour de la table se gâta aussitôt. Nicholas s'installa en face de Jerry qui observa son visage et comprit tout de suite.

— Pourquoi n'avons-nous pas de bière ? lança-t-il à son tour. Chez moi, je bois tous les soirs une bonne bière bien fraîche, parfois deux. De quel droit nous impose-t-on ce que nous pouvons boire ?

— C'est le juge Harkin qui décide, répondit Millie Dupree, qui avait l'alcool en aversion.

— Et puis quoi encore ?

— Et la télévision ? reprit Nicholas. Pourquoi ne peut-on regarder la télévision ? J'ai regardé la télé depuis le début du procès ; il n'a jamais fait les grands titres.

Il se tourna vers Loreen Duke dont l'assiette était remplie d'œufs brouillés.

— Avez-vous vu une interruption de programme pour donner les dernières nouvelles du procès ?

— Non.

Nicholas s'adressa ensuite à Rikki Coleman, assise devant un tout petit bol de flocons de maïs.

— Et une salle de gym, pour transpirer un bon coup après huit heures d'audience ? Ils auraient quand même pu trouver un motel avec un gymnase.

Rikki acquiesça vigoureusement de la tête.

— Ce que je ne comprends pas, fit Loreen, c'est pourquoi on ne nous laisse pas le téléphone. Mes enfants peuvent avoir besoin de moi. Comme si un voyou allait appeler dans ma chambre pour me menacer !

— J'aimerais seulement pouvoir siffler une ou deux bières, insista Jerry. Et peut-être quelques visites conjugales supplémentaires, ajouta-t-il en décochant une œillade à Gladys Card.

La grogne s'amplifia autour de la table ; dix minutes après l'arrivée d'Easter, les jurés étaient au bord de la révolte. Les petits sujets d'irritation s'étaient mués en un catalogue d'abus caractérisés. Le colonel Herrera, qui avait bivouaqué dans la jungle, n'était pas du tout satisfait des boissons proposées dans la Salle des fêtes ; Millie Dupree déplorait l'absence de journaux ; Lonnie Shaver, qui avait des affaires d'importance à régler, était farouchement opposé au principe de l'isolement. « Je suis assez grand pour me faire une opinion ; personne ne peut m'influencer. » Il avait besoin, à tout le moins, d'une ligne téléphonique sans contrôle. Phillip Savelle avait l'habitude de faire du yoga dans les bois, en communiant avec la nature dans la solitude de l'aube ; il n'y avait pas un arbre à deux cents mètres à la ronde. Et la messe ? Gladys Card était une baptiste fervente, qui ne manquait jamais l'office du mercredi, les prières du jeudi et du vendredi, sans parler des différentes cérémonies du dimanche.

— Nous ferions mieux de mettre les choses à plat, déclara gravement Easter. Nous sommes coincés ici deux semaines, peut-être trois. Je suis d'avis d'en parler au juge Harkin.

Neuf avocats étaient entassés dans le bureau du juge pour passer en revue les questions du jour. Il exigeait qu'ils soient présents dès 8 heures et les gardait souvent une ou deux heures après la fin de l'audience. Des coups frappés à la porte interrompirent une discussion passionnée entre Rohr et Cable ; Gloria Lane poussa la porte, qui heurta la chaise occupée par Oliver McAdoo.

— Nous avons un problème avec les jurés, annonça-t-elle d'un ton lugubre.

— Quoi ? s'écria Harkin en se dressant d'un bond.

— Ils demandent à vous parler. C'est tout ce que je sais.

— Où sont-ils ? demanda Harkin en regardant sa montre.

— Au motel.

— Nous ne pouvons pas les faire venir ?

— Nous avons essayé ; rien à faire. Ils ne viendront pas avant de vous avoir parlé.

Harkin en demeura bouche bée.

— Cela devient ridicule, fit Wendall Rohr sans s'adresser à personne en particulier.

Les avocats observèrent le juge qui réfléchissait en considérant d'un air absent la pile de papiers accumulés sur son bureau. Il se frotta les mains, redressa les épaules, adressa aux avocats un sourire factice.

— Allons les voir, fit-il.

Konrad reçut le premier appel à 8 h 02. Elle ne voulait pas parler à Fitch, juste lui faire savoir que le jury était de nouveau perturbé et ne sortirait pas du motel avant qu'Harkin se transporte sur les lieux pour apaiser ses jurés. Konrad se précipita dans le bureau de Fitch pour lui transmettre le message.

Deuxième appel à 8 h 09 pour informer Konrad qu'Easter porterait une chemise en jean noir sur un tee-shirt beige, des chaussettes rouges et son habituel pantalon kaki. Elle répéta que les chaussettes seraient rouges.

Troisième appel à 8 h 12 ; elle demanda à parler à Fitch qui marchait de long en large dans son bureau en tirant sur sa barbiche. Il saisit fébrilement le combiné.

— Allô !

— Bonjour, Fitch.

— Bonjour, Marlee.

— Êtes-vous déjà allé à l'hôtel Saint-Regis, à La Nouvelle-Orléans ?

— Non.

— L'hôtel est dans Canal Street ; il y a un bar sur le toit, le Grill de la Terrasse. Prenez une table donnant sur le Vieux Carré ; soyez-y à 19 heures. J'arriverai un peu plus tard. Vous avez compris ?

— Oui.

— Venez seul, Fitch. Je vous surveillerai à votre arrivée ; si vous amenez des amis, il n'y aura pas de rendez-vous. D'accord ?

— D'accord.

— Si vous essayez de me faire suivre, je disparaitrai pour de bon.

— Vous avez ma parole.

— Pourquoi ne suis-je pas rassurée d'avoir votre parole, Fitch ? fit-elle avant de raccrocher.

Cable, Rohr et le juge Harkin retrouvèrent Lou Dell à la réception. Agitée, effrayée, elle ne cessait de répéter que cela ne lui était jamais arrivé, qu'elle avait toujours su tenir son jury. Elle les conduisit à la Salle des fêtes, où treize des quatorze jurés étaient retranchés. Herman Grimes était le seul dissident ; il avait tenté de s'opposer à la décision du groupe, irritant Jerry Fernandez au point de se faire insulter. Jerry avait fait remarquer à Herman que sa femme partageait sa chambre, qu'il ne regardait pas la télé et ne lisait pas le journal, qu'il ne buvait plus et n'avait probablement pas besoin d'une salle de gym. À l'instigation de Millie Dupree, Jerry avait présenté ses excuses à l'aveugle.

— Je suis quelque peu désorienté par votre attitude, commença maladroitement Harkin, après quelques bonjours hésitants.

— Nous ne sommes pas d'humeur à tolérer des abus, riposta Nicholas Easter.

Rohr et Cable, à qui le juge avait expressément interdit d'ouvrir la bouche, se tenaient près de la porte et observaient la scène d'un air amusé. Ils savaient qu'ils n'auraient probablement plus l'occasion de revoir cela jusqu'à la fin de leur carrière.

Nicholas avait dressé une liste de revendications. Harkin se mit à l'aise, prit un siège ; assailli de tous côtés, il céda sous les assauts répétés des jurés, n'opposa bientôt plus de défense.

La bière n'était pas un problème ; la presse pouvait être censurée par la réception ; les appels téléphoniques non filtrés seraient autorisés ; même chose pour la télévision, s'ils promettaient de ne pas regarder les informations locales ; la salle de gymnastique serait plus difficile à trouver, mais il allait s'en occuper ; ceux qui voulaient se rendre à l'église pourraient le faire.

En réalité, tout était négociable.

Lonnie Shaver lui demanda d'expliquer pourquoi ils étaient là.

Il s'éclaircit la voix, s'efforça de justifier sa décision. Il revint sur l'interdiction de tout contact, dressa la liste de ce qui était déjà arrivé à ce jury, fit de vagues allusions à des événements ayant eu lieu à l'occasion d'autres procès contre l'industrie du tabac.

Les exemples d'inconduite étaient notoires, les deux parties avaient leur part de responsabilité. On pouvait suivre Fitch à la trace d'un bout à l'autre du pays, au fil des procès ; en certaines occasions, des agents à la solde des avocats des plaignants avaient employé des méthodes de gangsters. Le juge ne pouvait donner des détails aux jurés ; il devait veiller à ne pas les prévenir contre l'une ou l'autre partie.

Les tractations durèrent une heure. Harkin demanda au jury de s'engager à ne plus se mettre en grève ; Easter refusa de lui donner satisfaction.

L'action Pynex ouvrit à la baisse de deux points dès que la nouvelle de la deuxième grève du jury fut connue. D'après un analyste, elle était due à une réaction négative et mal définie des jurés à des méthodes employées la veille par la défense ; ces méthodes aussi étaient mal définies. Un autre analyste appelant de Biloxi clarifia quelque peu la situation en affirmant que personne n'était en mesure de dire avec certitude pour quelle raison le jury s'était mis en grève. L'action Pynex baissa encore d'un demi-point avant de remonter légèrement dans le courant de la matinée.

Les goudrons de tabac provoquent le cancer, du moins chez les rongeurs de laboratoire. Le docteur James Ueuker, de Palo Alto, faisait depuis quinze ans des expériences sur des souris et des rats. Il en avait dirigé un grand nombre et avait étudié les travaux de chercheurs du monde entier. Six études au moins avaient, à sa connaissance, établi un lien significatif entre la fumée de cigarette et le cancer du poumon. Il entreprit d'expliquer avec force détails comment il avait appliqué directement sur la peau de souris blanches – en nombre considérable, semblait-il –, les produits de la distillation du tabac, connus en général sous le simple nom de « goudrons ». Les photographies qu'il présenta étaient de grandes dimensions et en couleurs. Les plus chanceuses des souris n'avaient que de petites taches, les autres étaient couvertes de goudron. Personne ne fut étonné d'apprendre que plus le goudron était abondant, plus vite un cancer de la peau se déclarait.

Il y a une différence entre des tumeurs cutanées chez un rongeur et un cancer du poumon chez un humain ; le docteur Ueuker, avec le soutien de Rohr, brûlait d'impatience d'établir le lien entre les deux. L'histoire de la médecine regorge d'exemples de découvertes de laboratoire qui, en fin de compte, ont pu être appliquées à l'espèce humaine. Les exceptions sont rares. Les souris et les hommes vivent dans un environnement profondément différent, mais les résultats d'expériences sur certains animaux confirment les études épidémiologiques.

La déposition d'Ueuker avait attiré dans la salle les consultants des deux parties. De répugnants petits rongeurs étaient une chose ; des lapins et des beagles pouvaient susciter des réactions très différentes. L'expérience suivante d'Ueuker consistait en une application de goudron sur des lapins, avec des résultats similaires. La dernière mettait en scène trente beagles à qui il avait appris à fumer par une canule introduite par incision de la trachée. Les gros fumeurs arrivaient à neuf cigarettes par jour, l'équivalent de deux paquets pour un humain d'un poids moyen. De graves lésions pulmonaires, sous la forme de tumeurs malignes, furent décelées chez eux au bout de huit cent soixante-quinze jours. Ueuker avait utilisé des chiens ; ces animaux montrent les mêmes réactions à la fumée de cigarette que les humains.

Il n'eut pourtant pas l'occasion de parler au jury de ses lapins et de ses beagles. Il suffisait à un observateur de regarder le visage de Millie Dupree pour constater qu'elle s'apitoyait sur le sort des pauvres souris, qu'elle en voulait à Ueuker de les avoir tuées. Sylvia Taylor-Tatum et Angel Weese montraient aussi des signes manifestes de déplaisir ; Gladys Card et Phillip Savelle laissaient discrètement percer leur réprobation. Les autres hommes demeuraient imperturbables.

Rohr et les siens prirent la décision au cours du déjeuner de se dispenser de la suite du témoignage de James Ueuker.

16

Jumper, le policier qui avait remis à Fitch le premier message de Marlee, se vit proposer au déjeuner la somme de cinq mille dollars en espèces pour se faire porter pâle et accompagner Pang à La Nouvelle-Orléans, pour un bon repas, une agréable soirée, peut-être une call-girl, si le cœur lui en disait. Pang ne demandait en échange que quelques heures d'un travail peu contraignant; Jumper avait besoin de cet argent.

Ils quittèrent Biloxi à 12 h 30, dans une camionnette de location. À leur arrivée à La Nouvelle-Orléans, deux heures plus tard, Jumper s'était laissé convaincre de quitter provisoirement l'uniforme et de travailler pour Arlington West Associates. Pang lui avait proposé vingt-cinq mille dollars pour six mois, neuf mille de plus que ce qu'il gagnait dans toute une année.

Ils prirent à l'hôtel Saint-Regis deux chambres contiguës à celle de Fitch, qui n'avait pas réussi à en obtenir plus de quatre. Holly occupait la dernière, au bout du couloir; Dubaz, Joe Boy et Dante étaient logés au Royal Sonesta, à quelques centaines de mètres. Jumper fut abandonné sur un tabouret du bar, d'où il avait une vue dégagée sur le hall de l'hôtel.

L'attente commença. Il n'y eut aucun signe de Marlee jusqu'à la tombée du soir; personne ne s'en étonna. Jumper changea quatre fois de place et commença à se lasser de ce rôle de figurant.

Fitch sortit de sa chambre quelques minutes avant 19 heures, prit l'ascenseur jusqu'à la terrasse. Il avait demandé une table dans un angle, avec une belle vue sur le Vieux Carré. Holly et Dubaz occupaient une table voisine, élégamment vêtus, sans prêter attention à ce qui les entourait. Dante se trouvait un peu plus loin, avec une jeune femme en minijupe noire dont il avait loué les services pour le dîner. Joe Boy était chargé des photos.

À 19 h 30, elle apparut, comme par enchantement ; ni Jumper ni Pang ne l'avaient vue dans le hall d'entrée. Elle franchit la porte-fenêtre donnant accès à la terrasse et fut en un instant à la table de Fitch. Il la soupçonna plus tard d'avoir pris comme eux une chambre à l'hôtel sous un faux nom et utilisé l'escalier. Elle était en veste et pantalon ; une très jolie femme aux cheveux bruns et courts, aux yeux noisette, au menton volontaire et aux pommettes hautes. Peu de maquillage, elle n'en avait pas besoin. Il lui donna entre vingt-huit et trente-deux ans. Elle s'assit sans attendre, si vite que Fitch n'eut pas le temps de l'inviter à prendre un siège. Elle se plaça en face de lui, le dos tourné aux autres tables.

— C'est un plaisir de faire votre connaissance, dit-il doucement, en regardant autour de lui pour voir si quelqu'un écoutait.

— Oui, un grand plaisir, répondit-elle en s'appuyant sur les coudes.

Le serveur apparut, discret, efficace. Il demanda si elle voulait boire quelque chose ; elle ne voulait rien. Le serveur avait touché une coquette somme pour mettre de côté tout ce qu'elle aurait touché — verre, assiette, argenterie, cendrier, les objets où ses doigts laisseraient des traces. Elle n'allait pas lui donner l'occasion de le faire.

— Avez-vous faim ? demanda Fitch en prenant une gorgée d'eau minérale.

— Non, je suis pressée.

— Pourquoi ?

— Plus je resterai à cette table, plus vos sbires prendront de photos.

— Je suis venu seul.

— Bien sûr ! Qu'avez-vous pensé des chaussettes rouges ?

Un orchestre de jazz commença à jouer à l'autre bout de la terrasse ; Marlee ne réagit pas. Ses yeux ne quittèrent pas un instant ceux de Fitch.

Il rejeta la tête en arrière, poussa un ricanement. Il avait encore de la peine à croire qu'il était en train de discuter avec la maîtresse d'un des jurés. Il avait déjà eu des contacts indirects avec des jurés, de plusieurs sortes, jamais avec quelqu'un de si proche.

Et elle avait demandé à le voir !

— D'où vient-il ? demanda Fitch.

— Quelle importance ? Il est là, c'est tout.

— C'est votre mari ?

— Non.

— Votre ami ?

— Vous posez beaucoup de questions.

— Vous suscitez beaucoup d'interrogations, mademoiselle.

— Disons une connaissance.

— Quand a-t-il pris le nom de Nicholas Easter ?

— Qu'est-ce que cela change ? C'est son identité officielle ; il est domicilié dans le Mississippi et inscrit sur la liste électorale. Il peut changer de nom tous les mois, si ça lui chante.

Elle gardait les mains jointes sous son menton ; il comprit qu'elle ne commettrait pas l'erreur de laisser des empreintes.

— Et vous ? reprit Fitch.

— Moi ?

— Vous n'êtes pas domiciliée dans le Mississippi.

— Comment le savez-vous ?

— Nous avons vérifié. En supposant, bien entendu, que Marlee est votre vrai prénom et qu'il est correctement orthographié.

— Que de suppositions !

— C'est mon boulot. Vous êtes de la région ?

— Non.

Accroupi entre deux jardinières en plastique, Joe Boy eut le temps de prendre six photos de profil. Pour avoir un meilleur angle, il lui aurait fallu faire un numéro de funambule sur le parapet. Il allait rester au milieu des plantes en espérant avoir de la chance quand elle partirait.

— Alors, poursuivit Fitch en faisant tinter les glaçons dans son verre, que faisons-nous ici ?

— Une rencontre en amène une autre.

— Et où nous mèneront ces rencontres ?

— Au verdict.

— Moyennant finances, j'imagine.

— Il y a quelque chose de mesquin dans cette expression. Je suppose que vous enregistrez notre conversation.

Elle savait parfaitement que Fitch n'en avait pas raté un mot.

— Bien sûr que non.

Il pouvait passer et repasser la bande dans son sommeil, elle s'en contrefichait. Il n'avait rien à gagner à la faire écouter à quiconque. Il n'était pas en position d'aller voir les flics ni le juge ; et ce n'était pas sa méthode. L'idée de la faire chanter n'était jamais venue à l'esprit de Fitch ; elle le savait aussi.

Ils pouvaient prendre toutes les photos qu'ils voulaient, les hommes disséminés dans l'hôtel pouvaient écouter, observer, la suivre. Elle allait jouer un moment avec eux, esquiver, feinter. Ils ne trouveraient rien.

— Ne parlons pas d'argent maintenant, d'accord ?

— Nous parlerons de ce que vous voulez ; c'est vous qui menez le jeu.

— Pourquoi vous être introduit dans son appartement ?

— C'est une pratique courante.

— Que pensez-vous d'Herman Grimes ?

— Pourquoi posez-vous cette question ? Vous savez mieux que moi ce qui se passe dans la salle du jury.

— Je veux voir si vous êtes malin ; cela m'intéresse de savoir si votre armée d'avocats et de consultants vous en donne pour votre argent.

— Comme je n'ai jamais perdu, j'en ai pour mon argent.

— Votre opinion sur Herman ?

Fitch réfléchit quelques secondes en faisant signe au serveur d'apporter un autre verre d'eau minérale.

— Il jouera un rôle important pendant la délibération ; c'est un homme de convictions. Pour l'instant, il reste neutre. Il ne rate pas un mot de ce qui se dit à l'audience et en sait probablement plus que les autres jurés, à l'exception, bien entendu, de votre ami. Suis-je dans le vrai ?

— Vous n'en êtes pas loin.

— Cela fait plaisir à entendre. Parlez-vous souvent avec votre ami ?

— De temps en temps. Savez-vous qu'Herman s'est opposé à la grève de ce matin ?

— Non.

— Seul contre les treize autres.

— Pourquoi ont-il lancé ce mouvement ?

— Les conditions de vie. Téléphone, télévision, bière, sexe, religion, les aspirations habituelles de l'humanité.

— Qui est à l'origine de cette grève ?

— Celui qui est à l'origine de tout depuis le début.

— Je vois.

— C'est pour cela que je suis ici, Fitch. Si mon ami n'avait pas les choses en main, je n'aurais rien à proposer.

— Qu'avez-vous à proposer ?

— J'ai dit que nous ne parlerions pas d'argent aujourd'hui.

Le serveur revint à la charge. Il posa le verre d'eau devant Fitch, demanda de nouveau à Marlee si elle voulait quelque chose.

— Un Coca light dans un gobelet en plastique, s'il vous plaît.

— Euh... nous n'avons pas de gobelets en plastique, répondit le serveur en interrogeant Fitch du regard.

— Dans ce cas, je ne prends rien, fit-elle avec un grand sourire.

— Quel est actuellement l'état d'esprit du jury ? poursuivit Fitch.

— L'ennui commence à s'installer. Herrera est votre meilleur allié ; il a une très mauvaise opinion des avocats de la partie adverse et considère qu'on devrait interdire les procès sans fondement.

— Je l'adore. Pourra-t-il convaincre ses camarades ?

— Non ; il n'a pas de camarades. Tout le monde n'a que mépris pour lui, il est le mal-aimé.

— Quelle est la femme la plus sympathique ?

— Millie Dupree est comme une mère pour eux, mais elle n'aura pas un rôle déterminant. Rikki est une jolie femme, appréciée de tous, qui prend grand soin de son corps. Elle vous mettra des bâtons dans les roues.

— Ce n'est pas une surprise.

— Vous voulez une surprise, Fitch ?

— Allez-y.

— Quel juré s'est mis à fumer depuis le début du procès ?

Les yeux plissés, Fitch inclina légèrement la tête. Avait-il bien entendu ?

— Quelqu'un s'est mis à fumer ?

— Oui.

— Je donne ma langue au chat.

— Easter. N'est-ce pas une surprise ?

— Votre ami ?

— Oui. Écoutez, Fitch, il faut que je file. Je vous appelle demain.

Elle se leva, disparut aussi vite qu'elle était arrivée.

Dante réagit avant Fitch, que la brusquerie de ce départ laissa interdit. Dante appela Pang à la radio ; l'Asiatique la vit sortir de l'ascenseur et quitter l'hôtel. Jumper la suivit à pied sur une centaine de mètres avant de la perdre dans une ruelle grouillante.

Pendant une heure, ils surveillèrent les rues, les parkings, les halls d'hôtels et les bars, sans retrouver sa trace. Fitch était dans sa chambre quand Dubaz téléphona de l'aéroport où il était posté. Elle avait pris un billet pour un vol qui partait une heure et demie plus tard, à destination de Mobile, où l'avion arrivait à 22 h 50. Fitch donna l'ordre de ne pas la suivre ; il appela Biloxi où deux comparses sautèrent dans leur voiture pour rejoindre l'aéroport de Mobile.

Marlee vivait dans un appartement de location donnant sur la Back Bay de Biloxi. À quelques kilomètres de son domicile, elle appela la police sur son portable, expliqua que deux voyous dans une Ford Taurus lui collaient aux fesses depuis Mobile, qu'ils avaient une mine patibulaire et qu'elle craignait pour sa vie. En suivant les instructions téléphoniques d'un policier, Marlee zigzagua dans un quartier tranquille avant de s'arrêter dans une station-service. Tandis qu'elle prenait de l'essence, une voiture de police pila derrière la Taurus stationnée à l'angle d'une laverie automatique. Les deux passagers reçurent l'ordre de descendre du véhicule et de traverser le parking jusqu'à la voiture de la femme à qui ils donnaient la chasse.

Marlee fut magnifique dans le rôle de la victime terrifiée. Plus elle hurlait, plus les flics s'énervaient ; les agents de Fitch furent conduits au poste de police.

À 22 heures, Chuck, l'adjoint d'un naturel renfermé qui prêtait main-forte à Willis, déplia une chaise au fond du couloir, près de la porte de sa chambre, et s'installa pour monter la garde. Ce mercredi soir, à l'approche de la deuxième nuit d'isolement, il était temps d'enfreindre les consignes. Nicholas appela la chambre de Chuck à 23 h 15. Dès que le policier quitta son poste pour aller répondre, Jerry et Nicholas sortirent furtivement de leur chambre et s'avancèrent d'un pas dégagé vers la sortie située près de la chambre de Lou Dell, qui avait déjà succombé au sommeil. Willis avait passé le plus clair de la journée à somnoler dans la salle d'audience, mais il dormait aussi, comme en témoignaient des ronflements furieux.

Évitant le hall de l'hôtel, ils sortirent discrètement, trouvèrent le taxi qui les attendait à l'endroit convenu. Quinze minutes plus tard, ils entraient dans le casino Nugget, sur la plage de Biloxi. Ils burent trois bières au bar, le temps pour Jerry de perdre cent dollars sur un match de hockey. Ils firent un brin de cour à deux femmes mariées, dont les époux étaient occupés à une table de jeu. Le brin de cour prit une tournure plus sérieuse ; à 1 heure du matin, Nicholas quitta le bar pour faire quelques parties de black-jack, à cinq dollars la donne. Il attendit en buvant un déca, regarda la foule s'amenuiser.

Marlee se glissa dans le fauteuil voisin, sans un mot. Nicholas poussa une petite pile de jetons devant elle ; le seul autre joueur était un étudiant éméché.

— En haut, murmura-t-elle sans remuer les lèvres, quand le croupier se retourna.

Ils se retrouvèrent sous une loggia dominant le parking, d'où l'océan était visible au loin. L'air du début novembre était frais et vif ; il n'y avait personne alentour. Ils s'étreignirent sur un banc ; elle raconta son voyage à La Nouvelle-Orléans, sans omettre un détail, un seul mot. Ils éclatèrent de rire à l'évocation de l'arrestation des deux agents de Fitch ; elle l'appellerait le lendemain matin et ferait libérer les deux hommes.

Ils n'eurent pas beaucoup de temps pour parler ; Nicholas voulait resdescendre au bar et emmener Jerry avant qu'il ait trop bu et perdu tout ce qu'il avait ou se fasse surprendre par un mari belliqueux.

Ils avaient chacun un téléphone cellulaire extraplat, qui ne pouvait être totalement sûr. Ils convinrent d'un nouveau code et d'un mot de passe.

Nicholas l'embrassa avant de partir ; elle resta sous la loggia.

Wendall Rohr soupçonnait que le jury en avait assez d'écouter des chercheurs présenter leurs découvertes et donner des leçons magistrales avec leurs tableaux et leurs graphiques. Ses consultants affirmaient que les jurés ne voulaient plus entendre parler de cancer du poumon, qu'ils étaient sans doute persuadés avant même le procès que le tabac était dangereux et créait une dépendance. Il était sûr d'avoir établi un lien indiscutable entre les Bristol et la tumeur qui avait emporté Jacob Wood ; le moment était venu de passer à autre chose. Le jeudi matin, il annonça que le demandeur appelait Lawrence Krigler à la barre des témoins. Une tension perceptible s'établit à la table de la défense.

Élégant, bronzé, dynamique, Lawrence Krigler avait la soixantaine bien sonnée. Depuis l'enregistrement vidéo de Jacob Wood, il était le premier témoin dont le nom n'était pas précédé du titre de docteur. Il vivait en Floride, où il s'était retiré après son départ de chez Pynex.

Ingénieur diplômé de l'université de Caroline du Nord, Krigler avait quitté Pynex treize ans auparavant, après trois décennies de bons et loyaux services. Il avait intenté un procès à l'entreprise ; Pynex avait contre-attaqué en justice. Les deux parties avaient conclu un arrangement à l'amiable, dont les modalités n'avaient pas été divulguées.

À ses débuts, la société qui s'appelait encore Union Tobacco, ou simplement U-Tab, avait envoyé Krigler à Cuba pour y étudier la production du tabac. Jusqu'à son départ, il avait travaillé dans la production, étudiant la feuille de tabac et les mille et une manières d'augmenter le rendement. Il se considérait comme un expert dans ce domaine, mais ne témoignait pas à ce titre ; il s'en tiendrait aux faits.

Krigler avait achevé en 1969 une étude de faisabilité de trois ans sur la culture expérimentale d'une feuille de tabac baptisée Raleigh 4, qui ne contenait qu'un tiers de la nicotine d'une feuille normale. Krigler avait conclu au terme de ses recherches que Raleigh 4 pouvait être cultivé et produit par U-Tab dans les mêmes conditions que les autres variétés de tabac.

C'était un travail monumental, dont il tirait une grande fierté. Effondré de constater que ses supérieurs n'y prêtaient aucune attention, il s'était efforcé de sensibiliser la hiérarchie, avec des résultats décourageants. Personne ne semblait s'intéresser à cette nouvelle variété contenant beaucoup moins de nicotine.

Il finit par comprendre son erreur ; les grands patrons s'intéressaient énormément à la teneur en nicotine. Pendant l'été 1971, il mit la main sur une note interne recommandant à la direction générale de faire discrètement son possible pour discréditer les travaux de Krigler sur le Raleigh 4. On le poignardait dans le dos. Il sut garder son calme, ne confia à personne qu'il était en possession de cette note et forma le projet de découvrir les raisons de cette conspiration.

John Riley Milton, l'avocat chargé de l'interrogatoire du

témoin pour le demandeur, présenta deux pièces à conviction : la volumineuse étude achevée par Krigler en 1969 et la note de 1971.

La réponse était limpide. Comme il avait commencé à le soupçonner, U-Tab ne pouvait se permettre de produire une variété de tabac à teneur réduite en nicotine, car la nicotine était synonyme de profit. Les fabricants savaient depuis la fin des années trente que la nicotine crée une dépendance.

— Comment pouvez-vous affirmer que les fabricants le savaient ? demanda posément Milton.

À l'excception des avocats de la défense, qui faisaient de leur mieux pour feindre l'ennui et l'indifférence, toute l'assistance écoutait avec attention.

— C'était de notoriété publique dans notre branche, répondit Krigler. Une étude commandée en secret à la fin des années trente par un fabricant de tabac avait prouvé que la nicotine contenue dans les cigarettes crée une dépendance.

— Avez-vous vu ce rapport ?

— Non. Comme vous pouvez l'imaginer, il avait été soigneusement dissimulé.

Krigler s'interrompit, tourna la tête vers les avocats de la défense. La bombe allait éclater ; il buvait du petit lait.

— Mais j'ai vu une note...

— Objection ! rugit Cable en se levant. Le témoin ne peut pas exposer ce qu'il a vu dans un document écrit. Pour de nombreuses raisons détaillées dans la requête que nous avons déposée.

La requête de quatre-vingts pages faisait l'objet de discussions depuis un mois ; le juge y avait répondu par écrit.

— Je prends note de votre objection, maître Cable. Veuillez poursuivre, monsieur Krigler.

— Je suis tombé pendant l'hiver 1973 sur une note résumant l'étude sur la nicotine commandée dans les années trente. Une note d'une seule page, maintes fois copiée, ancienne et altérée.

— Qu'entendez-vous par altérée ?

— La date avait été effacée ainsi que le nom de celui qui l'avait rédigée.

— À qui était-elle adressée ?

— À Sander S. Fraley, à l'époque président d'Allegheny Growers, une société qui porte aujourd'hui le nom de ConPack.

– Un fabricant de tabac ?

– Oui, l'essentiel de ses activités est la fabrication de cigarettes.

– Quand M. Fraley a-t-il occupé le poste de président ?

– De 1931 à 1942.

– Peut-on raisonnablement supposer que cette note a été envoyée avant 1942 ?

– M. Fraley est mort en 1942.

– Où avez-vous vu cette note ?

– Dans un bureau de Pynex, à Richmond. Quand la société s'appelait encore Union Tobacco, son siège social se trouvait à Richmond. Elle a changé de nom en 1979 et s'est établie dans le New Jersey. Mais les bâtiments de Richmond sont encore utilisés ; j'y ai travaillé jusqu'à mon départ. Ils abritent la majeure partie des archives ; une personne de ma connaissance m'a montré la note.

– Qui est cette personne ?

– C'était un ami, il est mort. J'ai promis de ne jamais révéler son identité.

– Avez-vous réellement eu cette note en main ?

– Oui. J'en ai même fait une copie.

– Où se trouve cette copie ?

– Je ne l'ai pas gardée longtemps. Je l'avais mise en lieu sûr, dans un tiroir de mon bureau. Le lendemain, je suis parti assister à une réunion ; pendant mon absence, on a fouillé dans mes affaires et emporté un certain nombre de choses, parmi lesquelles la copie de la note.

– Vous souvenez-vous de son contenu ?

– Parfaitement. J'avais longtemps cherché la confirmation de ce que je soupçonnais ; la découverte de cette note a été un moment inoubliable.

– Que disait-elle ?

– Il y avait trois paragraphes, quatre peut-être, précis, succincts. L'auteur expliquait qu'il venait de prendre connaissance du rapport sur la nicotine ; le directeur des recherches d'Allegheny, dont l'identité n'était pas divulguée, le lui avait secrètement montré. À son avis, l'étude était concluante et prouvait sans conteste que la nicotine crée une dépendance. Tel était, si ma mémoire est bonne, le contenu des deux premiers paragraphes.

– Et le paragraphe suivant ?

— Le signataire suggérait à Fraley d'étudier sérieusement la possibilité d'augmenter la teneur en nicotine des cigarettes. Plus de nicotine égale plus de fumeurs, donc plus de ventes et de profits.

Krigler assena ces mots avec un goût prononcé pour l'effet. Tout le monde prêtait l'oreille ; les jurés, pour la première fois depuis bien longtemps, gardaient les yeux rivés sur le témoin. Le mot « profits » flotta un moment dans la salle d'audience comme une brume sale.

— Il faut que les choses soient bien claires, reprit John Milton après un long silence. Cette note a été envoyée à M. Fraley par quelqu'un d'une autre compagnie. Exact ?

— Exact.

— Une compagnie qui était à l'époque et reste aujourd'hui concurrente de Pynex ?

— C'est juste.

— Comment cette note est-elle arrivée chez Pynex, en 1973 ?

— Je n'ai pas pu le découvrir. Mais Pynex connaissait l'existence de cette étude ; toute l'industrie du tabac, à vrai dire, la connaissait depuis le début des années soixante-dix, voire plus tôt.

— Qu'est-ce qui vous permet d'affirmer cela ?

— N'oubliez pas que j'ai travaillé trente ans dans cette industrie et que toute ma carrière s'est passée dans la production. J'ai été amené à parler avec beaucoup de monde, en particulier des collègues des sociétés concurrentes. Disons simplement que les fabricants de tabac, dans certaines circonstances, savent se serrer les coudes.

— Avez-vous essayé d'obtenir de votre ami une autre copie de cette note ?

— J'ai essayé ; cela n'a pas marché. Je ne tiens pas à en dire plus.

À part la traditionnelle pause café d'un quart d'heure, la déposition de Krigler occupa toute la matinée. Son témoignage sembla ne durer que quelques minutes et fut un des temps forts du procès. Il joua à la perfection le rôle dramatique d'un ex-employé déballant des secrets honteux. Les jurés en oublièrent leur estomac ; les avocats les observèrent plus attentivement que jamais. Le juge prenait des notes sans discontinuer.

188

Les journalistes avaient une attitude plus respectueuse, les consultants étaient plus attentifs, les envoyés de Wall Street piaffaient d'impatience, en attendant de pouvoir se ruer au téléphone pour faire à New York un compte rendu haletant de l'audience. Même Lou Dell avait posé son tricot.

De sa salle de projection, Fitch ne ratait rien de ce témoignage prévu pour le début de la semaine suivante ; il avait même été possible que Krigler ne dépose pas. Fitch était une des rares personnes encore de ce monde à avoir vu cette note dont Krigler avait gardé un souvenir d'une étonnante précision. Il était manifeste pour toute l'assistance que ce témoin disait la vérité.

L'une des premières missions de Fitch quand il avait été engagé par les Quatre Grands, neuf ans plus tôt, avait été de retrouver la trace de *toutes* les copies de cette note et de les détruire. Il n'avait pas encore achevé sa tâche.

Pas plus Cable qu'aucun des autres avocats engagés par Fitch n'avait vu la note.

La recevabilité de cet élément de preuve avait fait l'objet d'âpres discussions. Les règles de la preuve excluent en général la description verbale d'un document disparu, pour des raisons évidentes. Comme dans tous les domaines de la loi, il y a des exceptions ; Rohr et son équipe avaient magistralement réussi à convaincre Harkin que le jury devait entendre la description faite par Krigler de ce qui était effectivement un document disparu.

Le contre-interrogatoire de Cable serait implacable, mais le mal était fait. Fitch sauta le déjeuner et se boucla dans son bureau.

Dans la salle du jury, à l'heure du déjeuner, l'atmosphère était sensiblement différente ; la pièce silencieuse ne bourdonnait pas ce jour-là des bavardages habituels ayant trait au football ou aux recettes de cuisine. Abruti par deux semaines de témoignages scientifiques assenés par des spécialistes grassement payés pour faire le voyage jusqu'à Biloxi, le jury venait d'être brutalement ramené à la réalité par les révélations sensationnelles de Krigler.

Les regards étaient fixes, l'appétit moins aiguisé. Beaucoup auraient voulu se retirer dans une autre pièce et repasser tranquillement, en compagnie d'un ami, les détails de ce qu'ils venaient d'entendre. Avaient-ils bien entendu ? Tout le monde avait-il bien compris la portée des paroles du témoin ? On conservait volontairement une teneur élevée en nicotine afin de rendre les fumeurs accros !

Les fumeurs, qui n'étaient plus que trois depuis le départ de Stella, terminèrent rapidement leur repas et se retirèrent, accompagnés par Easter, le demi-fumeur, qui préférait passer son temps avec Jerry, le Caniche et Angel Weese. Ils s'installèrent sur des chaises pliantes, commencèrent à souffler en silence leur fumée vers la fenêtre ouverte. Les cigarettes semblaient alourdies par la nicotine ; quand Nicholas en fit la remarque, la plaisanterie tomba à plat.

Gladys Card et Millie Dupree se débrouillèrent pour aller aux toilettes en même temps. Elles passèrent un quart d'heure à se laver les mains, en discutant devant le miroir. Elles étaient en pleine conversation quand Loreen Duke vint les rejoindre ; appuyée à l'essuie-mains, elle avoua sa stupéfaction et son dégoût pour les fabricants de tabac.

Quand la table fut débarrassée, Lonnie Shaver ouvrit son ordinateur portable à côté d'Herman qui s'affairait déjà sur son terminal braille.

— Je ne pense pas que vous ayez besoin d'un traducteur pour cette déposition, dit le colonel à l'aveugle.

— Je n'en reviens pas, grommela Herman.

Ce fut la seule occasion où le premier juré parla de l'affaire avec un de ses compagnons.

Quant à Lonnie Shaver, rien ne semblait l'étonner ni l'impressionner.

Phillip Savelle avait demandé et obtenu l'autorisation de passer une partie du temps dévolu au déjeuner à faire des exercices de yoga sous le grand chêne qui s'élevait derrière le tribunal. Il fut escorté jusqu'à l'arbre par un adjoint ; il retira sa chemise, ses chaussures et ses chaussettes, s'assit sur l'herbe épaisse et commença à se contorsionner. Quand il se mit à psalmodier, le policier s'écarta pour aller s'asseoir sur un banc de ciment ; il baissa la tête pour que personne ne le reconnaisse.

Cable salua Krigler comme un vieil ami ; Krigler lui sourit.

— Bonjour, maître, fit-il avec assurance.

Sept mois auparavant, dans le bureau de Rohr, Cable et son équipe avaient passé trois jours à réaliser un enregistrement vidéo de la déposition de Krigler. La cassette avait été analysée par deux douzaines d'avocats, plusieurs consultants et deux psychiatres. Krigler disait la vérité, mais il convenait à ce stade de brouiller la vérité. Il s'agissait d'un contre-interrogatoire déterminant ; la vérité passait au second plan. Il fallait à tout prix discréditer ce témoignage !

Après plusieurs centaines d'heures de discussion, une stratégie avait été élaborée. Cable commença par demander au témoin s'il en voulait à ses anciens employeurs.

— Oui, répondit Krigler.

— Détestez-vous cette société ?

— Une société est une entité. Comment peut-on détester une entité ?

— Détestez-vous la guerre ?

— Je ne l'ai jamais faite.

— Détestez-vous qu'on maltraite les enfants.

— C'est révoltant ; par bonheur, je n'ai jamais eu d'exemples autour de moi.

— Détestez-vous la violence ?

— Là encore, j'ai eu la chance de ne jamais en souffrir.

— Vous ne détestez donc rien ?

— Les brocolis.

Des rires discrets s'élevèrent aux quatre coins de la salle ; Cable comprit qu'il aurait fort à faire avec le témoin.

— Vous ne détestez donc pas Pynex ?

— Non.

— Détestez-vous quelqu'un qui y travaille ?

— Non. Il y a quelques personnes qui ne me plaisent pas.

— Détestiez-vous quelqu'un de chez Pynex quand vous y étiez employé ?

— Non. J'avais des ennemis, mais je n'ai pas souvenance d'avoir détesté quelqu'un.

— Même ceux contre qui vous avez porté plainte ?

— C'étaient des ennemis, mais ils ne faisaient que leur boulot.

— Vous aimez donc vos ennemis ?

— Pas vraiment. Je sais que je devrais essayer, mais ce n'est pas facile. Je ne me rappelle pas avoir dit que je les aimais.

Cable avait espéré marquer un point en laissant planer la possibilité d'un désir de vengeance nourri par Krigler.

— Quel est votre mobile pour venir témoigner dans cette affaire ?

– C'est assez compliqué.

– Est-ce l'argent ?

– Non.

– Avez-vous été payé par maître Rohr ou une autre personne agissant au nom du demandeur pour venir témoigner.

– Non. Ils ont accepté de rembourser les frais du voyage, c'est tout.

Cable tenait avant tout à ne pas laisser Krigler s'étendre sur les raisons qui l'avaient poussé à témoigner. Il les avait effleurées au cours de l'interrogatoire de Milton et avait consacré cinq heures à les exposer en détail dans sa déposition vidéo. Il était vital de lui occuper l'esprit avec d'autres sujets.

– Avez-vous jamais fumé, monsieur Krigler ?

– Malheureusement, pendant vingt ans.

– Vous le regrettez donc ?

– Naturellement.

– Quand avez-vous commencé ?

– En 1952, quand je suis entré chez Pynex. À l'époque, on incitait les employés à fumer ; on le fait encore aujourd'hui.

– Croyez-vous que le fait de fumer vingt ans ait été néfaste à votre santé ?

– Évidemment. J'ai de la chance de ne pas en être mort, comme M. Wood.

– Quand avez-vous arrêté ?

– En 1973, après avoir appris la vérité sur la nicotine.

– Croyez-vous que ces vingt années pendant lesquelles vous avez fumé ont eu des conséquences fâcheuses sur votre état de santé actuel ?

– Évidemment.

– Diriez-vous que la société Pynex porte une part de responsabilité dans votre décision de fumer ?

– Comme je l'ai dit, on nous incitait à le faire. Tout le monde fumait ; nous pouvions acheter les cigarettes à moitié prix. Au début de chaque réunion, une coupe remplie de cigarettes faisait le tour de la table. Cela faisait partie intégrante de la culture d'entreprise.

– Vos bureaux étaient-ils ventilés ?

– Non.

– Et la fumée des autres ?

– Il y avait en permanence un nuage bleu au-dessus de notre tête.

192

— Vous en voulez donc aujourd'hui à Pynex de ne pas être en aussi bonne santé que vous pourriez l'être ?

— Elle a sa part de responsabilité. Heureusement, j'ai réussi à arrêter ; ce ne fut pas facile.

— En gardez-vous rancune à Pynex ?

— Disons seulement que je regrette de ne pas avoir trouvé du travail dans un autre secteur.

— En gardez-vous rancune à l'ensemble de cette industrie ?

— Je ne suis pas un zélateur de l'industrie du tabac.

— Est-ce pour cette raison que vous êtes ici ?

— Non.

Cable feuilleta ses notes, changea de tactique.

— Vous aviez une sœur, monsieur Krigler, n'est-ce pas ?

— En effet.

— Que lui est-il arrivé ?

— Elle est morte en 1970.

— De quoi est-elle morte ?

— Cancer du poumon, après avoir fumé deux paquets par jour pendant plus de vingt ans. Le tabac l'a tuée, maître, si c'est ce que vous voulez savoir.

— Étiez-vous proches ? demanda Cable avec assez de compassion pour aider à supporter l'évocation de cette tragédie.

— Nous étions très proches ; je n'avais pas d'autre frère ou sœur.

— Vous avez mal supporté sa disparition ?

— Elle m'était très chère ; elle me manque encore.

— Je regrette d'aborder ce sujet, monsieur Krigler, mais il a un rapport avec l'affaire.

— Votre compassion me touche infiniment, mais je ne vois pas le rapport.

— Que pensait-elle du fait que vous fumiez ?

— Cela ne lui plaisait pas ; sur son lit de mort, elle m'a supplié d'arrêter. C'est ce que vous vouliez m'entendre dire ?

— Seulement si c'est la vérité.

— C'est la vérité. La veille de sa mort, je le lui ai promis ; et j'ai tenu parole, même s'il m'a fallu trois longues années. J'étais accro, vous comprenez, comme elle, parce que la société fabriquant les cigarettes qui l'ont tuée et qui auraient pu me tuer maintenait intentionnellement un taux de nicotine élevé.

— Eh bien...

– Laissez-moi terminer... La nicotine n'est pas une substance cancérigène, vous le savez ; c'est simplement un poison qui crée une dépendance, pour préparer le terrain au cancer. Voilà pourquoi les cigarettes sont dangereuses.

Cable l'observa avec un calme imperturbable.

– Avez-vous terminé ?

– Je suis prêt pour votre prochaine question, mais ne m'interrompez plus.

– Cela ne se reproduira pas. Dites-moi maintenant à quelle époque vous avez acquis la conviction que les cigarettes sont dangereuses.

– Je ne peux répondre avec précision. On le sait déjà depuis un certain temps. Je dirais au début des années soixante-dix, après avoir terminé mon étude, après la disparition de ma sœur, peu avant que je voie la fameuse note.

– En 1973 ?

– À peu près.

– Quand avez-vous quitté Pynex ? En quelle année ?

– 1982.

– Vous avez donc continué à travailler pour une société fabriquant des produits que vous considériez comme dangereux. ?

– Oui.

– Quel était votre salaire en 1982 ?

– Quatre-vingt-dix mille dollars par an.

Cable se dirigea vers sa table ; on lui tendit un bloc jaune qu'il étudia un instant en mordillant une branche de ses lunettes. Il repartit vers l'estrade, demanda à Krigler pourquoi il avait intenté une action contre Pynex en 1982. La question déplut au témoin qui se tourna vers Rohr et Milton. Cable demanda des détails sur les événements ayant poussé Krigler à porter plainte. Rohr s'opposa à la question, Milton l'imita, Cable fit comme s'il ne comprenait pas leur réaction ; les avocats se réunirent au pied de l'estrade pour discuter devant le juge Harkin. Krigler commença à trouver le temps long.

Cable s'acharna sur le bilan des dix dernières années de Krigler chez Pynex et donna à entendre que d'autres témoins pourraient être appelés pour le contredire.

Le stratagème faillit réussir. Incapable de faire oublier les aspects préjudiciables de la déposition, la défense choisit d'élever un écran de fumée. Quand un témoin reste inébranlable, il convient de le harceler par des détails insignifiants.

Tout cela fut expliqué au jury par Nicholas Easter, fort de ses deux années de droit, à l'occasion d'une pause-café tardive. En réponse aux protestations d'Herman, Nicholas reprocha à Cable d'avoir essayé d'embrouiller le jury. « Il nous prend pour des imbéciles », fit-il d'un ton amer.

17

En réaction aux appels fébriles en provenance de Biloxi, le
cours de clôture de l'action Pynex dégringola à soixante-quinze
dollars et demi, une baisse de près de quatre points attribuée aux
événements qui avaient eu lieu dans l'enceinte du tribunal.

Dans différents procès où étaient impliqués les fabricants de
tabac, d'anciens employés avaient témoigné pour parler de pesticides et d'insecticides vaporisés sur les récoltes, des experts
avaient établi un lien entre ces produits chimiques et le cancer.
Les jurys n'avaient pas été impressionnés. Lors d'un autre procès, un ancien employé avait révélé qu'on lui avait demandé de
préparer une campagne publicitaire ciblant une clientèle de
jeunes adolescents et montrant un groupe d'idiots au physique
flatteur, qui prenaient leur pied avec le tabac ; une autre campagne ciblant une clientèle à peine plus âgée montrait des cow-
boys et des pilotes de stock-cars, une cigarette fichée entre les
lèvres.

Dans tous ces cas, le jury n'avait rien accordé au demandeur.

Aucun ancien employé n'avait pourtant fait autant de mal que
Lawrence Krigler. La fameuse note des années trente n'avait été
lue que par une poignée de gens ; jamais elle n'avait été présentée
au tribunal. À défaut du document, la déposition de Krigler en
donnait un bon aperçu. L'autorisation d'Harkin d'en communiquer le contenu au jury serait violemment contestée en appel,
quel que fût le vainqueur de la première manche.

Krigler quitta rapidement la ville, escorté par le service de
sécurité de Rohr ; une heure après la fin de sa déposition, il montait à bord de l'avion privé qui le ramenait en Floride. Depuis son

départ de chez Pynex, il avait été tenté à plusieurs reprises d'entrer en contact avec les avocats d'un plaignant, mais n'avait jamais eu le courage de le faire.

Pynex lui avait versé trois cent mille dollars, juste pour se débarrasser de lui. La société lui avait instamment demandé de s'engager à ne jamais témoigner dans un procès de ce genre ; il avait refusé. De ce jour, il était devenu un homme marqué.

On l'avait menacé de mort. Les menaces avaient été rares, espacées sur plusieurs années, toujours proférées par des voix inconnues, quand il s'y attendait le moins. Il en avait fait le récit dans un ouvrage qui serait publié s'il venait à disparaître prématurément ; un avocat l'avait en sa possession. L'avocat était un ami, à l'origine de la première rencontre avec Rohr ; il était aussi entré en contact avec le FBI, pour le cas où il arriverait malheur à Krigler.

Le mari de Millie Dupree, Hoppy, possédait à Biloxi une agence immobilière qui battait de l'aile. Les transactions étaient rares ; Hoppy n'était pas du genre agressif, il travaillait consciencieusement. Sur un panneau de liège étaient punaisées des photos des « occasions » disponibles, essentiellement de petites maisons de brique, à la pelouse proprette, et quelques appartements en mauvais état.

La fièvre des casinos avait jeté sur la Côte une bande de requins voraces qui n'hésitaient pas à emprunter lourdement et à construire à l'avenant. Hoppy et les petits agents immobiliers locaux avaient été contraints de s'en tenir à des marchés bas de gamme dont il n'avaient pas grand-chose à espérer.

Hoppy payait ses factures et réussissait à faire vivre sa famille : sa femme Millie et leurs cinq enfants, trois étudiants, deux lycéens. Il employait une demi-douzaine de vendeurs, des perdants blasés pour la plupart, qui partageaient son aversion pour les dettes et les dépenses d'énergie. Hoppy adorait les cartes ; il passait de longues heures à jouer au pinochle à son bureau. Les agents immobiliers, quel que soit leur talent, aiment rêver de gros coups. Entre deux tours de cartes, Hoppy et sa bande ne dédaignaient pas une bonne bière en tirant des plans sur la comète.

Le jeudi, juste avant 18 heures, la partie de cartes touchait à sa fin et une nouvelle journée sans ventes s'achevait quand un jeune homme bien mis, un attaché-case à la main, entra et demanda à parler à M. Dupree. Hoppy sortit du cabinet de toilettes où il se rinçait la bouche ; le jeune homme tendit une carte de visite en se présentant : Todd Ringwald, du groupe immobilier KLX, Las Vegas. Impressionné, Hoppy chassa les vendeurs qui traînaient encore dans l'agence, invita le visiteur dans son bureau et donna un tour de clé. La présence d'un homme si élégant, venu de si loin, ne pouvait que signifier qu'une affaire sérieuse était à envisager.

Hoppy proposa un verre, puis un café ; le visiteur refusa, demanda s'il arrivait à un mauvais moment.

– Pas du tout, nous avons des horaires dingues ; c'est un métier de dingues.

Ringwald sourit ; il avait été à son compte, lui aussi, dans un passé récent. Quelques mots sur sa société, pour commencer : KLX était une entreprise privée, qui avait des intérêts dans plusieurs États. Elle ne possédait pas de casinos, n'avait pas l'intention d'en acquérir, mais s'était spécialisée dans une activité lucrative, l'aménagement autour des casinos. Hoppy opina du bonnet, comme s'il connaissait sur le bout du doigt ce type d'opération.

Quand les casinos s'implantent, le marché de l'immobilier change du tout au tout. Rindwald était sûr qu'il n'avait rien à apprendre à Hoppy ; Hoppy acquiesça vigoureusement, comme si cela lui avait déjà fait gagner une fortune. KLX agissait discrètement – Ringwald insista sur la discrétion –, profitant de la construction des casinos pour bâtir des centres commerciaux, des immeubles de grand standing, des lotissements de luxe. Les casinos paient bien leurs employés, font travailler du monde, bouleversent l'économie locale. L'argent circule en abondance ; KLX prend sa part du gâteau.

– Nous faisons comme les vautours, expliqua Ringwald avec un sourire retors. Nous regardons de loin les casinos pousser ; quand ils sont terminés, nous nous servons.

– Génial ! souffla Hoppy, incapable de se contenir.

KLX avait mis du temps à s'intéresser à la Côte, ce qui avait valu à quelques têtes de tomber à Las Vegas, mais il y avait encore des perspectives alléchantes. Hoppy ne put qu'approuver.

Ringwald ouvrit sa serviette, en sortit un plan parcellaire qu'il déplia sur ses genoux. Il expliqua qu'en sa qualité de vice-président en charge du développement, il préférait traiter avec de petits agents immobiliers et qu'Hoppy lui avait été chaudement recommandé.

Ringwald étala le plan sur le bureau, montra une grande parcelle colorée en rouge dans le comté d'Hancock, contigu à celui d'Harrison. Les deux hommes se penchèrent sur le bureau.

— La MGM Grand va s'installer ici, expliqua Ringwald en montrant une baie. Personne ne le sait ; motus, bouche cousue !

Hoppy hocha vigoureusement la tête.

— Ils vont construire le plus grand casino de la Côte, reprit Ringwald ; l'annonce sera faite dans trois mois. Ils achèteront une quarantaine d'hectares.

— Un paysage magnifique, bien préservé, fit Hoppy qui vivait sur la Côte depuis quarante ans.

— Voilà ce que nous voulons, fit Ringwald en posant le doigt sur la parcelle en rouge, qui touchait celle de la MGM au nord et à l'ouest. Deux cents hectares pour faire ceci.

Il tourna la première feuille, montra un magnifique dessin intitulé Projet d'aménagement concerté. En haut de la feuille, en grandes lettres bleues était écrit : Baie de Stillwater. Appartements, immeubles de bureaux, maisons individuelles de toutes dimensions, plusieurs terrains de jeux, une église, une grande place, un centre commercial, une voie piétonne, des quais, une marina, des parcs, des sentiers de jogging, des pistes cyclables, même un lycée.

Hoppy en resta muet d'étonnement ; il y avait une fortune sur son bureau.

— Quatre tranches de travaux étalées sur cinq ans, expliqua Ringwald, pour un coût total de trente millions de dollars. De loin la plus grosse opération jamais réalisée dans la région. Ce que vous voyez n'est qu'un dessin préliminaire. Je vous en montrerai d'autres, quand vous viendrez à notre siège.

— À Las Vegas ?

— Oui. Si nous parvenons à un accord, j'aimerais vous faire venir deux ou trois jours, pour rencontrer les patrons, discuter du projet.

— Quel genre d'accord ? demanda Hoppy, les jambes en coton, la gorge sèche.

— Il nous faut un intermédiaire qui se chargera de l'acquisition du terrain. Quand nous l'aurons acheté, il restera à obtenir les autorisations administratives. Vous ne l'ignorez pas, cela peut prendre du temps et soulever des problèmes. Quand ce sera fait, nous aurons besoin d'un agent immobilier pour la commercialisation.

— À combien reviendra le terrain ? demanda Hoppy.

— Il est cher, beaucoup trop pour la région. Vingt-cinq mille dollars l'hectare, le double du prix du marché.

Pour deux cents hectares, cela représentait cinq millions de dollars ; la commission d'Hoppy, six pour cent, s'élèverait à trois cent mille dollars, à condition, bien sûr, d'être seul sur le coup. Ringwald l'observa, le visage impassible, tandis qu'il faisait ses calculs.

— Trop cher, fit Hoppy d'un air connaisseur.

— Le terrain n'est pas vraiment à vendre ; nous devons agir vite pour emporter le morceau avant que le projet de la MGM ne s'ébruite. Il nous faut un agent immobilier local pour intervenir avant que la nouvelle se répande et que le prix du terrain soit doublé. On voit ça partout.

En apprenant que le terrain n'était pas à vendre, Hoppy sentit son cœur se dilater. Il n'y avait personne d'autre sur le coup ! Le petit Hoppy était tout seul, avec ses six pour cent de commission ! La chance lui souriait enfin !

Sans parler de la commercialisation des maisons, des appartements et des commerces que l'on s'arracherait, au bas mot trente millions de dollars de transactions, à l'enseigne de Dupree Realty. Il pouvait être millionnaire en cinq ans !

— J'imagine, reprit Ringwald, que votre commission est de huit pour cent. C'est ce que nous payons habituellement.

— Naturellement, souffla Hoppy, la langue desséchée.

D'un claquement de doigts, il passait de trois à quatre cent mille dollars.

— Qui est le vendeur ? demanda-t-il, désireux de changer de sujet, maintenant que le taux de la commission était établi.

Ringwald ne put retenir un soupir, ses épaules s'affaissèrent une fraction de seconde.

— C'est là que les choses se compliquent, fit-il lentement. Le terrain se trouve dans le sixième district du comté d'Hancock, le domaine réservé d'un superviseur du nom de...

— Jimmy Hull Moke, acheva Hoppy en secouant la tête.

— Vous le connaissez ?

— Tout le monde le connaît. Il occupe ce poste depuis trente ans ; la plus grande fripouille de la Côte.

— Le connaissez-vous personnellement ?

— Seulement de réputation.

— Assez louche, d'après nos renseignements.

— C'est lui faire un compliment. Jimmy Hull a la haute main sur son district.

Ringwald prit un air perplexe, comme s'il ne savait quelle conduite adopter en pareilles circonstances ; Hoppy frotta ses yeux douloureux. Les regards des deux hommes s'évitèrent.

— Il ne serait pas prudent, reprit Ringwald, de faire cette acquisition avant d'avoir obtenu toutes les assurances de la part de M. Moke ; vous n'ignorez pas qu'il nous faudra quantité d'autorisations administratives. On nous a dit que M. Moke décide de tout cela.

— D'une main de fer.

— Peut-être pourrions organiser une réunion avec M. Moke, suggéra Ringwald après un silence.

— Je ne crois pas.

— Pourquoi ?

— Une réunion ne servira à rien.

— Je ne vous suis pas...

— Des espèces sonnantes et trébuchantes, voilà ce qu'il faut. M. Moke les aime par-dessous la table, par gros sacs, de préférence.

Ringwald hocha la tête avec componction, comme si la chose était regrettable, mais pas vraiment étonnante.

— C'est bien ce qu'on nous avait donné à entendre, fit-il à mi-voix. Le cas n'a rien d'exceptionnel, surtout dans les zones où s'implantent les casinos et où l'argent circule. L'appétit vient en mangeant.

— Jimmy Hull est né avec un gros appétit. Il s'en mettait plein les poches trente ans avant l'arrivée des casinos.

— Il ne s'est jamais fait prendre ?

— C'est un malin ; tout en espèces, pas de traces. Il couvre ses arrières.

Hoppy se tapota le front avec un mouchoir ; il ouvrit un tiroir de son bureau, en sortit deux gobelets et une bouteille de vodka. Il servit les deux verres, en fit glisser un devant Ringwald.

— Qu'allons-nous faire ? demanda Ringwald.

— Que faites-vous dans ce genre de situation ?

— Nous nous efforçons de trouver le moyen de travailler avec les autorités locales. Il y a trop d'argent en jeu pour baisser les bras.

— Comment travaillez-vous avec les autorités locales ? demanda Hoppy en prenant une gorgée de vodka.

— Il existe différents moyens. Nous versons des contributions pour assurer une réélection, nous offrons à nos amis de luxueuses vacances, nous réglons des honoraires de consultant à leur épouse ou leurs enfants.

— Avez-vous déjà versé des dessous-de-table ?

— Je préfère ne pas répondre.

— C'est ce qu'il faudra. Jimmy Hull est un homme simple, qui ne croit qu'au liquide.

— Combien ?

— Il faudra mettre le paquet. Si vous mégotez, il fera capoter votre projet. Et il gardera l'argent ; Jimmy Hull ne rembourse pas.

— Vous semblez bien le connaître.

— Ceux qui font des affaires sur la Côte savent comment il procède. Jimmy Hull est une célébrité locale ; bienvenue dans le Mississippi.

Hoppy prit une nouvelle gorgée de vodka ; Ringwald n'avait pas touché son verre.

— C'est partout pareil, fit-il.

— Que comptez-vous faire ?

— Dans un premier temps, nous allons prendre contact avec M. Moke, pour voir s'il est possible de trouver un arrangement.

— Un arrangement est toujours possible.

— Il restera à fixer les termes du marché, en l'occurrence le montant de la somme.

Ringwald s'interrompit, trempa les lèvres dans sa vodka.

— Voulez-vous en être ?

— Je ne sais pas. Quel serait mon rôle ?

— Nous ne connaissons personne dans le comté d'Hancock. Nous nous efforçons de ne pas attirer l'attention ; si nous commençons à poser des questions, le projet s'en ira à vau-l'eau.

— Vous voulez que je parle à Jimmy Hull ?

— Seulement si vous le désirez ; sinon, nous serons obligés de trouver quelqu'un d'autre.

— Je ne voudrais pas que cela nuise à ma réputation, déclara Hoppy avec une fermeté qui l'étonna.

Sa gorge se serra aussitôt à l'idée de voir un concurrent rafler la mise sous son nez.

— Nous ne vous demandons pas de vous salir les mains.

Ringwald s'interrompit, comme s'il cherchait ses mots.

— Disons que nous avons les moyens de remettre à M. Moke ce qu'il désire, reprit-il. Vous n'aurez pas à y toucher ; vous ne saurez même pas quand la livraison sera effectuée.

Hoppy se redressa dans son fauteuil, allégé d'un grand poids. Ils allaient peut-être trouver un terrain d'entente. Ringwald et sa boîte avaient l'habitude ; ils avaient probablement eu affaire à des aigrefins d'une autre stature que Jimmy Hull Moke.

— J'écoute, fit-il.

— Vous êtes du pays, pas nous ; nous nous en remettons à vous. Je vais vous présenter un scénario ; dites-moi si cela peut marcher. Vous rencontrez M. Moke en tête à tête pour lui exposer les grandes lignes du projet. Vous ne mentionnez pas le nom de notre agence, vous parlez d'un client désireux de traiter avec lui. Il vous donnera son prix ; s'il est dans nos moyens, considérez que l'affaire est faite. Nous nous occupons du règlement, vous ne saurez même pas si l'argent change de mains. Vous n'avez rien fait de mal ; Moke est content. Nous aussi, car nous allons gagner un gros paquet. Et vous aurez votre part.

Hoppy était aux anges. Il n'avait pas à se salir les mains, il laissait le sale boulot aux autres. Par prudence, il demanda à réfléchir.

Ils bavardèrent encore un peu, regardèrent de nouveau les plans. À 20 heures, Ringwald prit congé ; il appellerait le vendredi matin.

Avant de rentrer chez lui, Hoppy composa le numéro figurant sur la carte de Ringwald. Une réceptionniste affable répondit ; Hoppy sourit. Il demanda à parler à Todd Ringwald. L'appel fut transmis dans le bureau de Ringwald, où Madeline, une assistante, expliqua à Hoppy que M. Ringwald était en déplacement et ne serait de retour que le lundi suivant. Elle demanda s'il y avait un message et de la part de qui ; Hoppy raccrocha précipitamment.

Il était rassuré ; KLX existait bel et bien.

Les appels téléphoniques de l'extérieur étaient interceptés à la réception, les messages notés sur des feuillets jaunes remis à Lou

Dell qui les distribuait comme des œufs de Pâques. Celui de George Teaker fut transmis le jeudi, à 19 h 45, à Lonnie Shaver qui avait sauté le film pour travailler sur son ordinateur. Il rappela aussitôt Teaker qui, les dix premières minutes, ne lui posa que des questions sur le procès. Lonnie reconnut que la journée avait été mauvaise pour la défense. Lawrence Krigler avait fait une forte impression sur les jurés, sauf sur Lonnie, bien entendu. Teaker répéta à plusieurs reprises qu'on s'inquiétait à New York; on était très soulagé de savoir que Lonnie faisait partie du jury et qu'on pouvait compter entièrement sur lui. Mais les choses semblaient prendre une mauvaise tournure.

Lonnie répondit qu'il était trop tôt pour le savoir.

Teaker annonça qu'il était temps de régler les derniers détails de son contrat de travail; Lonnie ne voyait qu'un détail à régler, le montant du salaire. Il gagnait actuellement quarante mille dollars par an; Teaker déclara que SuperHouse lui en offrait cinquante mille, plus des stock-options et une prime de résultats pouvant atteindre vingt mille dollars.

Ils voulaient lui faire commencer un stage de formation dès la fin du procès; le mot déclencha une nouvelle salve de questions sur l'état d'esprit du jury.

Une heure plus tard, à la fenêtre de sa chambre, Lonnie regardait le parking du motel en essayant de se convaincre qu'il allait gagner soixante-dix mille dollars par an.

Pas mal pour un homme de son âge, dont le père conduisait une voiture de laitier pour trois dollars de l'heure.

18

À la une de l'édition du vendredi matin de *The Wall Street Journal*, un article parlait de la déposition de Lawrence Krigler. Signé par Agner Layson, qui avait suivi le déroulement du procès sans manquer un mot, il reprenait le témoignage et s'interrogeait sur l'impact qu'il avait pu avoir sur le jury. Dans la seconde moitié de son papier, le journaliste s'efforçait d'égratigner Krigler en citant plusieurs responsables de ConPack, anciennement Allegheny Growers. Des démentis véhéments étaient opposés à toutes les affirmations de Krigler. Jamais une étude sur la nicotine n'avait été commandée dans les années trente, du moins personne n'était au courant; c'était trop vieux. Personne de chez ConPack n'avait vu la fameuse note; Krigler avait dû inventer cette histoire de toutes pièces. Il n'était pas notoire dans l'industrie du tabac que la nicotine créait une dépendance; la teneur en nicotine n'était pas maintenue artificiellement élevée par ConPack, pas plus que par ses concurrents. La société refusait de reconnaître, plus exactement démentait avec force que la nicotine créait une dépendance.

Pynex décocha aussi quelques flèches, toutes anonymes. Krigler n'avait jamais su s'intégrer dans l'entreprise; il se prenait pour un chercheur, quand il n'était qu'un ingénieur. Ses travaux sur Raleigh 4 étaient inexploitables, la production de cette feuille irréalisable. La mort de sa sœur avait eu de graves répercussions sur son travail et son comportement. C'était un redoutable procédurier; on donnait à entendre que l'arrangement financier pour son départ avait été très favorable à Pynex.

Un entrefilet retraçait l'évolution de l'action Pynex qui avait clôturé à soixante-quinze dollars et demi, en baisse de trois points, après une bonne reprise en fin de séance.

Frederick Harkin lut cet article une heure avant l'arrivée du jury. Il téléphona à Lou Dell pour s'assurer que les jurés ne pourraient en prendre connaissance au motel. Elle affirma qu'ils n'auraient à leur disposition que les quotidiens régionaux, censurés conformément aux instructions du juge. Il ne lui déplaisait pas de découper les articles ayant trait au procès. Il lui arrivait même d'en découper un qui n'avait aucun rapport, juste pour le plaisir, pour qu'ils s'interrogent sur ce dont on les privait. Ils n'auraient jamais la réponse.

Hoppy Dupree ne dormit pas beaucoup. Après avoir fait la vaisselle et passé l'aspirateur dans le salon, il parla près d'une heure à Millie au téléphone. Elle était de bonne humeur.

Il se leva à minuit, alla s'asseoir sous le porche pour réfléchir à KLX et Jimmy Hull Moke, à la fortune à saisir, à portée de main ou presque. L'argent servirait pour les enfants, il l'avait décidé avant de quitter son bureau. Plus d'établissements publics, plus de petits boulots ; ils iraient dans les meilleures écoles. Une maison plus spacieuse serait bien aussi, les enfants étaient à l'étroit. Millie et lui avaient des goûts simples.

Finies les dettes ! Il placerait une partie de l'argent et investirait dans l'immobilier ; des petits commerces au bail sûr. Il en avait déjà plusieurs en vue.

L'accord à conclure avec Jimmy Hull Moke l'angoissait. Jamais il n'avait touché, de près ou de loin, à l'univers de la corruption. Il avait bien un cousin, un vendeur de voitures d'occasion, qui avait passé trois ans derrière les barreaux pour avoir trafiqué ses comptes. Cela avait brisé son mariage et sa vie de famille.

Peu avant l'aube, Hoppy puisa dans la réputation de Jimmy Hull Moke un étrange réconfort. Cet homme avait élevé la corruption à la hauteur d'un art ; il était devenu richissime avec un salaire de fonctionnaire. Et tout le monde le savait !

Moke saurait certainement comment il convenait de procéder pour ne pas se faire prendre. Hoppy ne toucherait pas à l'argent ; il ne saurait même pas avec précision si et quand il était versé.

En prenant le petit déjeuner, il estima que les risques étaient minimes. Il irait discuter tranquillement avec Jimmy Hull, le laisserait mener la conversation à sa guise, sachant que, tôt ou tard, ils parleraient d'argent. Puis il appellerait Ringwald. À 8 heures, Hoppy décongela des beignets à la cannelle pour les enfants, posa l'argent de leur déjeuner sur le passe-plat et partit au bureau.

Le lendemain de la déposition de Krigler, la défense adopta un profil bas. Il était essentiel de paraître détendu, de ne pas accuser son désarroi après le coup terrible porté par Krigler. Tous les avocats avaient revêtu un costume plus clair, gris ou bleu, dans des tons pastel ; il y avait même un complet kaki. Plus de plis soucieux sur ces fronts accablés de leur propre importance ; dès l'instant où la porte s'ouvrit pour laisser le passage au premier juré, de larges sourires s'épanouirent à la table de la défense. Il y eut même deux ou trois gloussements d'aise.

Le juge Harkin salua tout son monde ; rares furent les sourires au banc des jurés. C'était le vendredi matin, bientôt le début d'un week-end qu'ils allaient passer cloîtrés dans le motel. Ils avaient décidé au petit déjeuner que Nicholas ferait passer une note au juge pour lui demander d'étudier la possibilité de travailler le samedi. Les jurés préféraient être dans la salle d'audience pour en terminer plus vite plutôt que de tourner en rond dans leur chambre.

Les sourires niais de Cable et des siens n'échappèrent pas à la plupart d'entre eux ; ils remarquèrent les complets clairs, les mines réjouies, les chuchotement détendus.

— Pourquoi ont-ils l'air si heureux ? murmura Loreen Duke entre ses lèvres, pendant que le juge débitait sa litanie de questions.

— Ils veulent nous faire croire qu'ils ont la situation en main, répondit Nicholas à voix basse. Nous allons les regarder méchamment.

Wendall Rohr se leva, appela le témoin suivant.

— Le docteur Roger Bunch, annonça-t-il avec emphase, en surveillant du coin de l'œil la réaction du jury.

C'était vendredi ; il n'y aurait pas de réaction des jurés.

Bunch s'était bâti une réputation dix ans auparavant, quand, en sa qualité de ministre de la Santé, il avait ferraillé contre l'industrie du tabac. Au cours de ses six années de fonction, il avait commandé d'innombrables études, lancé quantité d'attaques frontales, prononcé des centaines de discours antitabac, écrit trois livres sur ce sujet et incité les agences gouvernementales à durcir les contrôles. Ses victoires avaient été rares. Depuis son départ du gouvernement, il avait poursuivi sa croisade en jouant de sa notoriété.

Bunch ne manquait pas d'idées ; il tenait à en faire profiter le jury. Dans le monde entier, les organisations médicales qui s'étaient penchées sur la question étaient arrivées à la conclusion que les cigarettes provoquent le cancer du poumon ; les seuls à avoir une opinion contraire étaient les fabricants et les groupes de pression qui les soutenaient.

Les cigarettes engendrent une dépendance ; il suffit de demander ce qu'il en pense à tout fumeur ayant essayé d'arrêter. Le lobby du tabac prétend que chacun est responsable de son choix ; Bunch qualifia cet argument de foutaises.

Les industriels du tabac dépensent des milliards de dollars pour induire le public en erreur ; ils financent des études qui voudraient prouver que le tabac est inoffensif ou presque. Ils engloutissent deux milliards de dollars par an en publicité, après quoi ils prétendent que tout un chacun choisit de fumer ou non en connaissance de cause. Il n'en est rien. Le public, les adolescents en particulier, ne s'y retrouve pas ; on lui fait croire qu'il est amusant, de bon ton et même sain de fumer.

L'industrie du tabac pratique notoirement le mensonge et la dissimulation ; les fabricants refusent d'engager leur responsabilité pour les produits qu'ils commercialisent. Ils multiplient les campagnes publicitaires, mais quand un de leurs clients meurt d'un cancer du poumon, ils prétendent qu'il aurait dû réfléchir.

Une des études commandées par Bunch avait prouvé que les cigarettes contiennent des résidus d'insecticides et de pesticides, des fibres d'amiante et des balayures non identifiées. Cette industrie qui dépense sans compter pour la publicité ne se donne même pas la peine de retirer de son tabac les résidus toxiques.

Une autre étude avait montré que l'industrie du tabac vise les jeunes ; qu'elle vise les pauvres ; qu'elle développe les ventes de certaines marques en fonction du sexe et de la classe sociale.

Eu égard à la fonction qu'il avait occupée, le docteur Bunch eut tout le loisir de faire part de ses opinions sur un grand choix de sujets. À plusieurs reprises dans le courant de la matinée, il fut incapable de dissimuler la haine qu'il nourrissait contre les fabricants de tabac ; sa crédibilité en souffrit quelque peu. Mais il sut toucher le jury ; il n'y eut, au long de sa déposition, ni bâillements ni regards dans le vide.

Todd Ringwald était d'avis que la réunion devrait avoir lieu dans le bureau d'Hoppy, sur son territoire, où Jimmy Hull Moke serait moins à son aise. Hoppy estima que c'était une bonne idée ; il ignorait quelle était la coutume dans ce genre d'affaires. Il eut la chance de trouver Moke chez lui ; Moke affirma qu'il le connaissait de nom, qu'il avait entendu parler de lui. Hoppy expliqua qu'il s'agissait d'une affaire très importante, dans le comté de Hancock. Il convinrent de se retrouver pour manger un morceau dans le bureau d'Hoppy. Moke l'assura qu'il savait où se trouvait son agence.

Peu avant midi, trois de ses vendeurs à mi-temps traînaient encore dans les locaux. Une femme téléphonait à son ami, un autre parcourait les petites annonces, le troisième attendait apparemment la partie de pinochle. Non sans difficulté, Hoppy les expédia aux quatre coins de la ville. Il ne voulait personne auprès de lui quand Moke arriverait.

L'agence était déserte quand Jimmy Hull franchit la porte d'entrée, en jean et santiags. Hoppy l'accueillit avec une poignée de mains nerveuse et une voix tremblante ; il le conduisit dans la salle du fond où deux sandwiches et deux verres de thé glacé étaient disposés sur le bureau. Ils parlèrent de politique locale, de casinos et de pêche. Hoppy n'avait aucun appétit ; son estomac était noué, il ne parvenait pas à maîtriser le tremblement de ses mains. Il débarrassa le bureau, étala le plan de la baie de Stillwater, que lui avait fait porter Ringwald ; rien n'indiquait qui était derrière le projet. Hoppy en présenta les grandes lignes en dix minutes ; il sentit la confiance revenir.

Jimmy Hull étudia le plan, se frotta le menton.

– Trente millions de dollars, hein ?

– Au moins, répondit Hoppy.

– Qui s'en occupe ?

Hoppy avait préparé sa réponse ; il la donna avec une assurance convaincante. Il ne pouvait divulguer le nom du commanditaire, pas à ce stade de l'opération. Jimmy Hull apprécia sa discrétion ; il posa des questions ayant trait au financement. Hoppy répondit de son mieux.

— Le plan d'occupation des sols pourrait constituer un obstacle, fit Jimmy Hull, l'air soucieux.

— Certainement.

— La commission d'urbanisme ne rendra pas facilement les armes.

— Nous nous y attendons.

— Il est vrai que la décision appartient en dernier ressort aux superviseurs. Vous n'ignorez pas que ces commissions consultatives ne peuvent qu'émettre un avis. Ce qui compte, c'est que nous faisons ce que nous voulons.

Il poussa un ricanement ; Hoppy émit un petit rire. Dans l'État du Mississippi, les six superviseurs de comté avaient tout pouvoir.

— Mon client sait comment les choses fonctionnent, reprit Hoppy ; il est très désireux de travailler avec vous.

Jimmy Hull retira ses coudes du bureau, s'enfonça dans son fauteuil. Il plissa les yeux ; des rides se creusèrent sur son front. Ses petits yeux noirs, perçants comme des rayons laser, frappèrent Hoppy en pleine poitrine. Hoppy pressa ses dix doigts contre le bord du bureau pour empêcher ses mains de trembler.

Combien de fois Jimmy Hull s'était-il trouvé en pareille situation, devant une proie qu'il jaugeait avant de passer à l'attaque ?

— Vous savez que je contrôle tout dans mon district, fit-il en remuant à peine les lèvres.

— Je sais exactement comment se passent les choses, répondit Hoppy aussi calmement que possible.

— Si je veux que ce projet soit approuvé, je le ferai passer ; s'il ne me plaît pas, vous pouvez tirer un trait dessus.

Hoppy inclina la tête en silence.

Jimmy Hull était curieux de savoir qui d'autre était dans le coup, qui savait quoi, dans quelle mesure le secret avait été bien gardé. Hoppy l'assura qu'il n'y avait personne d'autre que lui.

— Vos clients sont dans les jeux ?

— Non, mais ils sont basés à Las Vegas. Il savent comment faire avancer les choses au niveau local ; ils veulent agir vite.

Las Vegas était le nom clé ; Jimmy Hull le savoura. Il fit du regard le tour du petit bureau ; chichement meublé, presque austère, il y flottait une sorte d'innocence, comme s'il ne s'y passait pas grand-chose et que son occupant n'attendait guère plus. Il avait appelé deux amis à Biloxi, qui lui avaient assuré qu'Hoppy Dupree était un être inoffensif, qui vendait des cakes à Noël pour le Rotary Club. Il avait une grande famille et réussissait à éviter les ennuis. La question qui venait naturellement à l'esprit de Moke était de savoir pourquoi les promoteurs de la baie de Stillwater avaient choisi de s'associer avec l'agence minable de Dupree.

Il décida de garder cette question pour lui.

— Savez-vous que mon fils ferait un excellent consultant pour un projet de ce genre ?

— Je ne savais pas. Mon client serait heureux de travailler avec votre fils.

— Il vit sur la baie St. Louis.

— Voulez-vous que je lui passe un coup de fil ?

— Je m'en occuperai moi-même.

Randy Moke possédait deux camions et passait le plus clair de son temps à bricoler un bateau de pêche qu'il louait pour des promenades en mer. Il avait abandonné ses études deux mois avant sa première interpellation pour usage de drogue.

Hoppy se fit plus pressant ; Ringwald avait insisté pour qu'il essaie d'accrocher Moke dès la première rencontre. S'ils ne parvenaient pas à un accord d'emblée, Moke risquait de s'intéresser au projet pour son propre compte.

— Mon client, avant de faire l'acquisition des terrains, souhaite vivement que le montant des dépenses préliminaires soit fixé. Combien votre fils prendrait-il pour ses services ?

— Cent mille.

Pas un muscle ne tressaillit sur le visage d'Hoppy. Ringwald avait prévu une enveloppe d'un montant compris entre cent et deux cent mille dollars. KLX paierait sans sourciller ; c'était bon marché par rapport au New Jersey.

— Je vois. Payable...

— En espèces.

— Mon client est disposé à en discuter.

— Pas de discussion. Du cash ou rien.

— Quel est le marché ?

— Cent mille dollars en espèces tout de suite et le projet va à son terme. Vous avez ma parole ; un dollar de moins et je le fais capoter d'un seul coup de fil.

Étonnamment, il n'y avait pas le moindre accent de menace dans sa voix ; Jimmy Hull avait posé les termes du contrat aussi simplement que s'il avait vendu un train de pneus d'occasion dans une brocante.

— Il faut que je téléphone, fit Hoppy. Ne bougez pas.

Il se rendit dans l'autre pièce, par bonheur encore vide, appela Ringwald qui attendait près du téléphone dans sa chambre d'hôtel. Hoppy lui fit part des termes du contrat, annonça qu'ils étaient irrévocables et regagna son bureau au bout de quelques secondes.

— Marché conclu, articula-t-il avec lenteur. Mon client paiera.

C'était si bon de décrocher enfin un contrat de cette importance. KLX d'un côté, Moke de l'autre et lui au milieu, tranquille, sans avoir à s'occuper du sale boulot.

Le visage de Jimmy Hull se détendit ; il ébaucha un sourire.

— Quand ? demanda-t-il.

— Je vous appelle lundi.

19

Le vendredi après-midi, Fitch se dispensa de suivre le procès ; il avait une question urgente à régler à propos d'un des jurés. En compagnie de Pang et de Carl Nussman, il se boucla dans une salle de conférences et passa une heure les yeux rivés sur un écran de projection.

L'idée venait de Fitch, de lui seul. Une idée farfelue, une intuition loufoque, mais il était payé pour remuer ciel et terre. Il pouvait s'offrir le luxe d'imaginer l'éventualité la plus improbable.

Quatre jours auparavant, il avait ordonné à Nussman d'expédier sans tarder à Biloxi les dossiers de tous les jurés du procès Cimmino, qui avait eu lieu l'année précédente à Allentown, Pennsylvanie. Le jury de cette affaire avait supporté quatre semaines de dépositions des témoins à charge avant de rendre un verdict en faveur de l'industrie du tabac. Trois cents jurés potentiels avaient été convoqués à Allentown ; l'un d'eux était un jeune homme du nom de David Lancaster.

Le dossier n'était pas épais. Lancaster travaillait dans une boutique de vidéo, se prétendait étudiant, habitait au-dessus d'une épicerie coréenne, se déplaçait apparemment à bicyclette. Il n'existait aucune trace d'un autre véhicule ; aucune carte grise n'avait été délivrée à son nom pour une voiture ou un camion. Le formulaire à remplir par les jurés indiquait qu'il était né à Philadelphie, le 8 mai 1967, ce qui n'avait jamais été vérifié. Aucune raison de soupçonner qu'il mentait ; Nussman venait d'établir que sa date de naissance était fausse. Le questionnaire indiquait aussi qu'il n'avait jamais eu de condamnation, qu'il n'avait pas fait partie d'un autre jury depuis douze mois, qu'aucune raison médicale ne pouvait l'exempter de son devoir civique, qu'il était régulièrement inscrit sur une liste électorale. Sa carte d'électeur avait été délivrée cinq mois avant l'ouverture du procès.

Rien de particulier dans le dossier, à part une note manuscrite d'un consultant signalant que lors du premier appel des jurés potentiels, le greffier n'avait pas trouvé trace d'une convocation à son nom. Lancaster avait présenté une citation apparemment valide et pris place avec les autres. Un des consultants de Nussman avait remarqué que Lancaster semblait très désireux de faire partie du jury.

La seule photo du jeune homme avait été prise de loin, quand il se rendait à son travail à bicyclette. Il portait une casquette, des lunettes noires, les cheveux longs et une barbe fournie. Un des agents de Nussman avait discuté avec Lancaster en louant des cassettes. Vêtu d'un jean délavé et d'une chemise de flanelle, il avait les cheveux tirés en arrière, formant une queue de cheval qu'il glissait dans son col. Il s'était montré poli, pas très causant.

Le tirage au sort n'avait pas favorisé Lancaster ; il avait franchi les deux premières étapes de la sélection, mais était encore assez loin quand le jury avait été formé.

Son dossier avait été clos sur-le-champ.

Fitch l'avait rouvert. Il était établi depuis vingt-quatre heures que Lancaster s'était évanoui un mois après la fin du procès ; son propriétaire coréen ne savait rien. Le patron de la boutique de vidéo avait déclaré que le jeune homme ne s'était pas présenté un matin et qu'il n'avait plus jamais eu de nouvelles. Personne, à ce qu'il semblait, n'avait connu Lancaster. Les hommes de Fitch procédaient à des vérifications, sans grand espoir. Il était encore inscrit sur la liste électorale ; la prochaine mise à jour n'aurait pas lieu avant cinq ans.

Dès le mercredi soir, Fitch eut la quasi-certitude que David Lancaster et Nicholas Easter ne faisaient qu'un.

Le jeudi matin, Nussman reçut de son bureau à Chicago deux cartons contenant les dossiers des jurés du procès Glavine, à Broken Arrow, Oklahoma. L'affaire Glavine contreTrellco, qui remontait à deux ans, avait donné lieu à des empoignades féroces ; Fitch s'était assuré du verdict bien avant que cesse l'affrontement des avocats. Nussman avait passé une nuit blanche à éplucher les dossiers.

Il y avait eu à Broken Arrow un jeune homme de race blanche, âgé de vingt-cinq ans à l'époque, prétendument né à Saint Louis, à une date qui se révéla fausse. Il avait déclaré travailler dans une fabrique de lampes et livrer des pizzas le week-end. Célibataire, catholique, études interrompues, n'avait jamais fait partie d'un jury, s'il fallait en croire ses réponses au questionnaire remis aux avocats. Il s'était fait inscrire sur la liste électorale quatre mois avant l'ouverture du procès et était censé vivre avec une tante, dans un mobile home. Il faisait partie des deux cents électeurs convoqués pour le procès.

Il y avait deux photos d'Hirsch. Sur la première, il chargeait une pile de pizzas dans sa voiture, une Pinto cabossée, en chemise voyante bleu et rouge, casquette assortie. Il portait des lunettes à monture métallique et une barbe. La seconde avait été prise devant le mobile home où il vivait ; le visage n'était pas reconnaissable.

Hirsch avait failli entrer dans le jury de l'affaire Glavine, mais le demandeur l'avait récusé, pour des raisons mal établies. Il avait quitté la ville peu après le procès. La fabrique où il avait déclaré travailler comptait un Terry Hurtz dans son personnel, pas de Perry Hirsch.

Fitch payait un détective local pour enquêter sur cette affaire. La tante anonyme n'avait pas été retrouvée ; aucun employé de la pizzeria ne se souvenait de Perry Hirsh.

Fitch, Pang et Nussman regardèrent dans l'obscurité les agrandissements d'Hirsh, Lancaster et Easter. Seul Easter ne portait pas la barbe et n'avait ni lunettes de soleil ni couvre-chef.

Les trois hommes ne faisaient qu'un.

Le graphologue de Nussman arriva de Washington après le déjeuner, à bord d'un appareil de Pynex. Il lui fallut moins d'une demi-heure pour se faire une opinion. Les seuls échantillons disponibles étaient les fiches de renseignements des procès Cimmino et Wood, et le questionnaire de l'affaire Glavine ; c'était plus que suffisant. Il ne faisait aucun doute pour le graphologue que Perry Hirsch et David Lancaster étaient une seule et même personne. L'écriture d'Easter et celle de Lancaster étaient dissemblables, mais le sujet avait commis une erreur. Les majuscules d'imprimerie soigneusement formées d'Easter étaient à l'évidence destinées à brouiller les pistes ; il s'était donné beaucoup de mal pour créer un graphisme entièrement nouveau, qui ne pourrait être rattaché au passé. La faute avait été commise au bas du formulaire, où Easter avait apposé sa signature. La barre du « t » était basse et inclinée de gauche à droite, d'une manière très visible. Hirsch avait employé une cursive irrégulière, destinée à traduire un manque d'éducation. Le « t » de Saint Louis, son prétendu lieu de naissance, était identique à celui d'Easter, même si cela échappait à un œil non averti.

— Hirsch et Lancaster sont la même personne, annonça le graphologue sans l'ombre d'une hésitation. Hirsch et Easter sont la même personne. Lancaster et Easter ne peuvent donc qu'être la même personne.

— Une seule et même personne, murmura lentement Fitch.

— Exactement ; il est très fort.

Le graphologue partit reprendre son avion ; Fitch regagna son bureau. Il s'y enferma avec Pang et Konrad le reste de l'après-midi et le début de la soirée. Il payait des gens à Allentown et à Broken Arrow pour fureter dans tous les coins en sortant leur carnet de chèques, dans l'espoir de trouver quelque chose sur Hirsch et Lancaster chez ses employeurs ou dans les bureaux du fisc.

— Qui a jamais entendu parler de quelqu'un qui piste les procès ? demanda Konrad.

— Personne, grommela Fitch.

Le règlement des visites conjugales était simple. Le vendredi, entre 19 et 21 heures, chaque juré pouvait recevoir dans sa chambre son conjoint ou qui bon lui semblait. Les invités étaient libres d'arriver et de repartir quand ils voulaient, mais il leur fallait se présenter à Lou Dell qui les regardait des pieds à la tête, comme si elle seule détenait le pouvoir d'approuver ce qu'ils s'apprêtaient à faire.

Le premier arrivé, à 19 heures tapantes, fut Derrick Maples, l'ami de la jeune Angel Weese. Lou Dell inscrivit son nom, indiqua le couloir de l'index en annonçant : « Chambre 55. » Il ne réapparut qu'à 21 heures.

Nicholas n'avait invité personne, pas plus que Jerry Fernandez dont la femme faisait chambre à part depuis un mois et n'avait pas de temps à perdre avec ce mari pour qui elle n'avait que mépris. De plus, Jerry avait toutes les nuits des relations extra-conjugales avec le Caniche. L'épouse du colonel Herrera était en voyage, celle de Lonnie Shaver n'avait pu trouver une baby-sitter. Les quatre hommes regardèrent un film avec John Wayne dans la Salle des fêtes en se lamentant sur leur sort. Même le vieil Herman était mieux loti qu'eux.

Phillip Savelle recevait quelqu'un ; Lou Dell refusa de divulguer aux quatre hommes le sexe, la race, l'âge ou quoi que ce fût sur cette personne. Il s'agissait en fait d'une jeune femme ravissante, apparemment d'origine indienne ou pakistanaise.

Gladys Card regarda la télévision dans sa chambre avec Nelson, son époux. Loreen Duke, qui était divorcée, reçut la visite de ses deux fillettes. Son devoir conjugal accompli, Rikki Coleman parla des enfants avec son mari, Rhea, pendant une heure et quarante-cinq minutes.

Hoppy Dupree apporta à Millie un bouquet de fleurs et une boîte de chocolats dont elle mangea la moitié pendant qu'il allait et venait dans la chambre, en proie à une excitation qu'elle avait rarement vue chez lui. Les enfants allaient bien, ils étaient tous sortis ; l'agence marchait plein pot. Les affaires n'avaient jamais été aussi bonnes. Il avait un gros secret, un secret extraordinaire, un coup génial dont il ne pouvait encore rien lui dire. Lundi peut-être, ou plus tard ; impossible dans l'immédiat. Il resta une heure avant de filer au bureau ; il avait encore du boulot.

Nelson Card prit congé de sa femme à 21 heures ; Gladys commit l'erreur de jeter un coup d'œil dans la Salle des fêtes, où les laissés-pour-compte buvaient de la bière et mangeaient du pop-corn en regardant un combat de boxe. Elle trouva une bouteille de Coca, prit place à la table ; Jerry la considéra d'un regard suspicieux.

— Allez, fit-il, racontez-nous !

Gladys s'empourpra violemment, la mâchoire pendante, incapable de parler.

— Allez, Gladys ! Pensez à ceux qui en sont privés !

Elle se dressa d'un bond en saisissant son Coca.

— Il y a peut-être une bonne raison à cela ! glapit-elle avec colère, avant de se retirer dignement.

Jerry émit un petit ricanement ; les autres étaient trop fatigués pour réagir.

La voiture de Marlee était une Lexus en leasing ; un contrat de trois ans, à six cents dollars par mois. Un émetteur pesant près d'une livre avait été fixé par un aimant sur le moyeu de la roue arrière gauche ; Marlee pouvait être suivie à la trace par Konrad, de son bureau. Joe Boy avait fixé l'émetteur après l'avoir filée à son retour de Mobile et relevé le numéro d'immatriculation.

Le grand appartement neuf loué par Marlee coûtait deux mille dollars par mois ; elle avait du répondant, mais Fitch n'avait pas trouvé trace d'un emploi.

Elle appela le vendredi, dans la nuit. Fitch venait de se laisser tomber sur son lit, en sous-vêtements, comme une baleine échouée sur la grève. Il occupait la suite présidentielle, au dernier étage de l'hôtel Colonial, à cent mètres du front de mer. Quand il se donnait la peine de regarder par la fenêtre, il avait une jolie vue sur la plage. Seuls ses proches collaborateurs savaient où il logeait.

Le message urgent pour M. Fitch mit le réceptionniste de nuit devant un dilemme. L'établissement avait touché une grosse somme pour protéger l'intimité et tenir secrète l'identité de M. Fitch. Le réceptionniste ne pouvait reconnaître qu'il était un client de l'établissement. La jeune femme au téléphone s'y attendait.

Quand Marlee rappela, dix minutes plus tard, la communication fut passée directement dans la suite, conformément aux instructions de M. Fitch. Debout, en caleçon, Fitch se grattait le front en se demandant comment elle avait bien pu le trouver.

— Bonsoir, fit-il.

— Salut, Fitch. Désolée d'appeler si tard.

Désolée, mon œil ! Et cet accent du Sud qu'elle s'efforçait de prendre de loin en loin ! Les enregistrements des huit conversations téléphoniques et celui de leur rencontre à La Nouvelle-Orléans avaient été passés au crible par des spécialistes de l'élocution et des dialectes, à New York. Marlee était originaire du Middle West, de l'est du Kansas ou de l'ouest du Missouri, probablement dans un rayon de cent cinquante kilomètres autour de Kansas City.

— Pas de problème, dit Fitch en vérifiant que le magnétophone posé sur la table de chevet fonctionnait correctement. Comment va votre ami ?

— Il se sent seul. C'était le jour des visites conjugales, vous le savez.

— Je l'avais entendu dire. Tout le monde a trouvé l'âme sœur ?

— Pas vraiment ; c'est bien triste. Les hommes ont regardé un film avec John Wayne pendant que les femmes tricotaient.

— Personne ne s'est abandonné au plaisir des sens ?

— Très peu. Angel Weese, qui est au plus fort d'une histoire d'amour, et Rikki Coleman. Le mari de Millie Dupree est venu, mais n'est pas resté longtemps. Les Card ont passé deux heures ensemble ; pour Herman, nous ne savons rien. Savelle aussi a reçu quelqu'un.

— À quel genre d'individu Savelle peut-il plaire ?

— Je ne sais pas ; personne ne l'a vu.

Fitch posa son postérieur massif sur le bord du lit, se frotta l'arête du nez.

— Pourquoi n'êtes-vous pas allée voir votre petit ami ? demanda-t-il.

— Qui vous a dit que nous étions amants ?

— Quels sont vos rapports ?

— Nous sommes amis. Devinez quels jurés couchent ensemble.

— Comment voulez-vous que je le sache ?

— Essayez.

Fitch esquissa un sourire devant le miroir en s'émerveillant de sa chance.

— Jerry Fernandez et quelqu'un d'autre.

— Bien vu. Jerry est en instance de divorce, Sylvia est seule aussi. Leurs chambres se font face et il n'y a pas grand-chose d'autre à faire au Siesta Inn.

— C'est beau, l'amour !

— Il faut que je vous dise, Fitch, que Krigler a fait du bon boulot pour le demandeur.

— Ils l'ont écouté, hein ?

— Non seulement ils n'ont pas raté un seul mot, mais ils l'ont cru. Il les a retournés, Fitch.

— Avez-vous d'autres bonnes nouvelles ?

— Rohr est inquiet.

Fitch se raidit aussitôt.

— Qu'est-ce qui embête ce bon Rohr ? demanda-t-il, en observant dans le miroir son front plissé.

Il n'y avait pas à s'étonner qu'elle parle à Rohr ; pourquoi réagissait-il si vivement ? Comme s'il se sentait trahi.

— Vous, répondit-elle. Il sait que vous êtes en train de manigancer toutes sortes de combines pour faire pression sur le jury. Ne seriez-vous pas inquiet, Fitch, si quelqu'un dans votre genre se démenait pour la partie adverse comme vous le faites ?

— Je serais terrifié.

— Pas Rohr ; il est juste inquiet.

— Vous lui parlez souvent ?

— Souvent. Il est plus aimable que vous, Fitch. Il est agréable de parler avec lui, sans compter qu'il n'enregistre pas mes appels et ne me fait pas suivre en voiture. Vous voyez ce que je veux dire.

— Il sait trouver les mots qui plaisent à une jeune femme.

— Oui, mais il a une faiblesse d'importance.

— À savoir ?

— Le portefeuille. Il ne dispose pas de vos ressources.

— Quelle part de mes ressources souhaiteriez-vous avoir ?

— Plus tard, Fitch. Il faut que je file ; il y a une voiture suspecte de l'autre côté de la rue. Des tocards de votre bande, sans doute.

Sur ce, elle raccrocha.

Fitch prit une douche, essaya de dormir. À 2 heures du matin, il se rendit au Lucy Luck, où il joua au black-jack à cinq cents dollars la partie. Il but du Sprite jusqu'à l'aube et quitta la table avec vingt mille dollars de gains en poche.

20

Le premier samedi de novembre apporta un rafraîchissement inhabituel de la température sur le golfe du Mexique au climat quasi tropical. Une brise de terre faisait frissonner les arbres et éparpillait les feuilles sur les chaussées et les trottoirs. En règle générale, l'automne arrivait tard, se prolongeait jusqu'au début de l'année et laissait la place au printemps. La Côte ne connaissait pas l'hiver.

Ce matin-là, juste après l'aube, les rares joggeurs qui couraient par les rues ne remarquèrent pas la Chrysler noire qui s'engagea dans l'allée d'une modeste maison à deux niveaux. Il était trop tôt pour que les voisins voient deux hommes jeunes en complet noir descendre de la voiture, sonner à la porte et attendre patiemment. Moins d'une heure plus tard, les pelouses seraient soigneusement ratissées, les enfants joueraient sur les trottoirs.

Hoppy était en train de verser l'eau dans la cafetière quand il entendit le coup de sonnette. Il serra la ceinture de son peignoir en éponge effrangé, se passa en hâte les doigts dans les cheveux. À cette heure indue, ce devaient être des scouts vendant des beignets au porte à porte ; pourvu que ce ne soit pas encore les Témoins de Jéhovah ! Cette fois, il allait les envoyer paître ! Il fit vite, car les chambres étaient pleines d'adolescents endormis ; six, à sa connaissance. Les cinq de la maison et un invité ; une habitude chez les Dupree. Il ouvrit la porte, se trouva nez à nez avec deux hommes à la mine grave, qui plongèrent instantanément la main dans leur poche et présentèrent deux plaques dorées dans un étui de cuir noir. Dans la confusion des premiers mots, Hoppy saisit deux fois le sigle « FBI » ; il faillit tourner de l'œil.

— Êtes-vous M. Dupree ? demanda l'agent Nitchman.

— Oui, mais... balbutia Hoppy.

— Nous aimerions vous poser quelques questions, enchaîna l'agent Napier, en faisant un pas en avant.

— À quel sujet ? demanda Hoppy, la gorge sèche, en essayant de regarder derrière les deux hommes, de l'autre côté de la rue, vers la fenêtre d'où Mildred Yancy devait suivre la scène.

Les agents fédéraux échangèrent un regard de connivence.

— Nous pouvons parler ici, fit Napier, ou aller ailleurs, si vous préférez.

— Des questions au sujet de la baie de Stillwater, de Jimmy Hull Moke, ce genre de choses, précisa Nitchman.

Hoppy s'agrippa au chambranle, le souffle coupé ; il crut que son cœur s'arrêtait de battre.

— Pouvons-nous entrer ? demanda Napier.

Hoppy baissa la tête en se frottant les yeux.

— Pas ici, s'il vous plaît.

Les enfants ! En temps normal, ils dormaient jusqu'à 9 ou 10 heures, midi parfois, si Millie ne les réveillait pas ; en entendant des voix au rez-de-chaussée, ils se lèveraient tout de suite.

— Mon bureau... articula Hoppy avec difficulté.

— Nous attendons, fit Napier.

— Faites vite, ajouta Nitchman.

Hoppy ferma la porte, poussa le verrou. Il se laissa tomber sur le canapé du séjour, les yeux fixés au plafond qui tournait dans le sens des aiguilles d'une montre. Aucun bruit ne venait des chambres ; les enfants dormaient. Son cœur battait la chamade ; il crut une longue minute qu'il allait mourir. Il suffisait de fermer les yeux et de se laisser aller ; le premier des enfants qui le trouverait appellerait Police Secours. Il avait cinquante-trois ans, de mauvais antécédents familiaux ; Millie toucherait cent mille dollars d'assurance-vie.

Hoppy se rendit compte que son cœur avait décidé de continuer à battre ; il se leva lentement. Encore étourdi, il se dirigea en tâtonnant vers la cuisine, se versa une tasse de café. La pendule du four indiquait 7 h 05. Le 4 novembre ; assurément un des jours les plus noirs de sa vie. Comment pouvait-il avoir été si stupide ?

Il se demanda s'il devait appeler Todd Ringwald ou bien Millard Putt, son avocat. Il décida d'attendre. Il accéléra le mouvement ; il voulait avoir quitté la maison avant le lever des enfants, il voulait que les agents fédéraux enlèvent leur voiture de son allée avant d'attirer l'attention des voisins. Millard Putt ne s'occupait que du droit de la propriété et il n'était pas très bon ; cette affaire relevait du droit pénal.

Sans prendre le temps de se doucher, il s'habilla en quelques secondes. En se brossant les dents, il se regarda dans le miroir : sa culpabilité se voyait comme le nez au milieu de la figure. Il ne pouvait mentir ; il était incapable d'une mauvaise action. Hoppy Dupree était un honnête homme, un bon père de famille, il jouissait d'une bonne réputation. Pas une seule fois il n'avait essayé de frauder le fisc !

Pourquoi y avait-il donc devant sa porte deux agents du FBI attendant pour le conduire en ville, pas encore en prison, mais dans son bureau, où sa faute serait étalée au grand jour. Il décida de ne pas se raser ; peut-être devrait-il appeler le pasteur ? En se brossant les cheveux, il pensa à l'opprobre dont il serait couvert, à Millie et aux enfants, à ce qu'on allait penser de lui.

Avant de quitter la salle de bains, Hoppy vomit dans les toilettes.

Il sortit. Napier insista pour monter dans sa voiture ; Nitchman suivit dans la Chrysler noire. Pas un mot ne fut prononcé de tout le trajet.

L'agence d'Hoppy Dupree n'était pas le genre d'établissement qui attirait les lève-tôt. C'était aussi vrai un samedi matin que n'importe quel jour de la semaine. Hoppy savait que l'agence serait déserte au moins jusqu'à 9 heures, peut-être 10 heures. Il ouvrit les portes, alluma les lumières, demanda aux agents fédéraux s'ils voulaient du café. Les deux hommes refusèrent ; ils semblaient pressés de passer aux choses sérieuses. Hoppy prit place dans son fauteuil ; ils se serrèrent l'un contre l'autre devant le bureau, comme des jumeaux. Il était incapable de soutenir leur regard.

Nitchman ouvrit le feu.

— Connaissez-vous la baie de Stillwater ?

— Oui.

— Avez-vous rencontré un homme du nom de Todd Ringwald ?

— Oui.

— Avez-vous signé un contrat avec lui ?

— Non.

Napier et Nitchman échangèrent un regard, comme pour montrer qu'ils ne le croyaient pas.

— Vous savez, monsieur Dupree, fit Napier d'un air suffisant, tout sera plus facile pour vous si vous dites la vérité.

— Je jure que j'ai dit la vérité.

— Quand avez-vous rencontré Todd Ringwald pour la première fois ? reprit Nitchman en sortant de sa poche un carnet sur lequel il commença à prendre des notes.

— Avant-hier.

— Connaissez-vous Jimmy Hull Moke ?

— Oui.

— Quand l'avez-vous rencontré pour la première fois ?

— Hier.

— Où ?

— Dans ce bureau.

— Quel était l'objet de cette réunion ?

— L'aménagement de la baie de Stillwater ; je suis censé représenter une société appelée KLX Properties, qui souhaite aménager cette zone du comté de Hancock, dans le district dont M. Moke est le superviseur.

Le regard fixé sur Hoppy, les deux hommes semblèrent peser ces mots pendant une éternité. Hoppy se les répéta à part soi ; avait-il dit quelque chose qui risquait de précipiter sa chute ? Peut-être valait-il mieux ne rien ajouter et demander l'assistance d'un avocat.

Napier s'éclaircit la voix.

— Nous enquêtons sur M. Moke depuis six mois ; il y a quinze jours, il a conclu avec la justice un arrangement aux termes duquel sa peine sera allégée en échange de sa collaboration.

Hoppy n'avait que faire de ces considérations judiciaires ; il avait entendu, mais semblait ne pas bien comprendre.

— Avez-vous proposé de l'argent à M. Moke ? poursuivit Napier.

— Non, répondit Hoppy.

Comment aurait-il pu dire oui ? Il prononça le mot sans conviction, le laissa juste franchir ses lèvres.

— Non, répéta-t-il sur le même ton.

Il n'avait pas véritablement proposé de l'argent ; il avait seulement déblayé le terrain pour que son client soit à même de proposer de l'argent. Telle était, du moins, son interprétation.

Nitchman enfonça lentement la main dans sa poche, ses doigts se refermèrent sur un objet ; il avança la main, posa au centre du bureau un appareil miniaturisé.

— En êtes-vous sûr ? fit-il d'un ton presque railleur.

— Naturellement, articula Hoppy, incapable de détacher les yeux du petit appareil d'un noir luisant.

Nitchman enfonça doucement une touche ; les poings serrés, Hoppy retint son souffle. Il reconnut sa voix, débitant nerveusement des banalités sur la politique locale, les casinos et la pêche, interrompue de loin en loin par une phrase de Moke.

— Il avait un micro ! s'écria Hoppy, le visage décomposé.

— Oui, répondit gravement un des deux hommes.

— Ho ! non... murmura Hoppy, en regardant le magnétophone d'un air horrifié.

La conversation avait été enregistrée la veille, dans cette même pièce, devant les sandwiches au poulet et le thé glacé. Assis sur le siège occupé par Nitchman, Jimmy Hull avait exigé un pot-de-vin de cent mille dollars, avec un micro du FBI caché quelque part sur lui.

La bande continua de se dérouler jusqu'au point de non-retour, avant que Jimmy Hull et Hoppy ne prennent rapidement congé l'un de l'autre.

— Voulez-vous que nous la repassions ? demanda Nitchman en appuyant sur une autre touche.

— Non, s'il vous plaît ! répondit Hoppy en pinçant fermement l'arête de son nez. Faut-il que j'appelle un avocat ?

— Ce n'est pas une mauvaise idée, répondit Napier d'un air bienveillant.

Quand Hoppy releva enfin la tête, ses yeux étaient rouges et humides. La lèvre inférieure tremblante, il avança le menton avec courage.

— Qu'est-ce que je risque ? demanda-t-il.

Les deux hommes se détendirent imperceptiblement. Napier se leva pour se diriger vers une petite bibliothèque.

— Difficile à dire, répondit Nitchman, comme si la décision n'était pas de son ressort. Nous avons coincé une douzaine de superviseurs dans le courant de cette année. Les juges en ont assez ; les condamnations sont de plus en plus lourdes.

– Je ne suis pas un superviseur, protesta Hoppy.

– Très juste. Je dirais de trois à cinq ans, dans une prison fédérale.

– Tentative de corruption de fonctionnaire, s'empressa d'ajouter Napier.

Il revint s'asseoir près de son collègue ; les deux hommes restaient en équilibre au bord de leur siège, comme s'ils n'attendaient qu'un prétexte pour bondir sur Hoppy.

Le micro était dissimulé dans le capuchon d'un Bic bleu, innocemment mêlé à une dizaine de crayons et de stylos, dans un gobelet poussiéreux, sur un coin du bureau. Ringwald l'y avait placé le vendredi matin, en profitant d'une courte absence d'Hoppy. Les stylos et les crayons donnaient l'impression de ne jamais être utilisés, de rester des mois dans la même disposition. Pour le cas où Hoppy ou quelqu'un d'autre aurait eu l'idée de l'utiliser, le Bic bleu ne contenait pas d'encre ; il se serait aussitôt retrouvé dans la corbeille à papier. Seul un techinicien aurait pu découvrir le micro en le démontant.

La conversation avait été transmise du bureau à un puissant émetteur miniaturisé, caché dans le placard des toilettes, derrière les produits d'entretien, qui l'avait relayée jusqu'à une camionnette banalisée, garée de l'autre côté de la rue. L'enregistrement avait été expédié à Fitch.

Jimmy Hull ne cachait pas un micro sur lui, il ne travaillait pas pour les agents fédéraux ; il avait seulement fait ce qu'il savait faire à la perfection : décrocher un pot-de-vin.

Ringwald, Napier et Nitchman étaient d'anciens flics ; ils travaillaient maintenant pour le compte d'une entreprise de sécurité internationale, à laquelle Fitch faisait souvent appel. Le coup monté contre Hoppy coûterait quatre-vingt mille dollars au Fonds.

De la menue monnaie.

Hoppy répéta qu'il devrait peut-être appeler un avocat ; Napier noya le poisson en se lançant dans un interminable récit des actions du FBI pour mettre le holà à la corruption qui sévissait sur la Côte. Il en attribuait la responsabilité à l'industrie des jeux.

Il fallait éviter à tout prix qu'Hoppy voie un avocat, qui demanderait des noms, des numéros de téléphone et des documents officiels. Napier et Nitchman étaient munis de faux papiers et mentaient avec assez d'aplomb pour bluffer le pauvre Hoppy, mais un bon avocat ne s'y laisserait pas prendre.

Ce qui, à en croire les explications de Napier, n'était au départ qu'une investigation de routine sur Jimmy Hull et les pratiques locales en matière de pots-de-vin avait débouché sur une enquête d'envergure sur les jeux et – les mots magiques étaient lâchés – le « crime organisé ». Hoppy faisait de son mieux pour ne pas perdre le fil de ce récit ; il avait du mal à se concentrer. Son esprit angoissé revenait sans cesse à Millie et aux enfants ; il se demandait de quoi ils vivraient pendant les trois à cinq années qu'il passerait loin d'eux.

— Voilà, conclut Napier, nous n'avions rien contre vous.

— Honnêtement, ajouta Nitchman, nous ne connaissions pas l'existence de KLX Properties. Nous sommes tombés par hasard sur votre combine.

— Vous ne pourriez pas, par hasard, faire comme si vous n'aviez rien vu ? demanda Hoppy en esquissant un pauvre sourire.

— Peut-être, répondit posément Napier, avant de lancer un coup d'œil en direction de son collègue, comme s'ils avaient quelque chose d'encore plus grave à reprocher à Hoppy.

— Peut-être quoi ?

Ils s'écartèrent du bureau d'un même mouvement, avec un synchronisme parfait, comme s'ils avaient passé des heures à s'entraîner. Ils braquèrent un regard dur sur Hoppy, qui blêmit, baissa les yeux.

— Nous savons que vous n'êtes pas un escroc, monsieur Dupree, fit doucement Nitchman.

— Vous avez commis une erreur, c'est tout, ajouta Napier.

— On peut dire ça, murmura Hoppy.

— Vous êtes le jouet d'une bande d'escrocs incroyablement retors. Ils opèrent sur la Côte, ont de grands projets et de l'argent plein les poches ; c'est une situation que nous rencontrons souvent dans les affaires de drogue.

La drogue ! Hoppy frissonna mais garda le silence. Il resta sous le feu croisé du regard des deux hommes.

— Et si nous vous donnions vingt-quatre heures ? dit enfin Napier.

— Comment pourrais-je refuser ?

— Gardons le secret vingt-quatre heures. Vous n'en parlez à personne, nous n'en parlons à personne. Pas un mot à votre avocat et nous n'entreprenons rien contre vous. Pendant vingt-quatre heures.

— Je ne comprends pas.

— Nous ne pouvons tout expliquer maintenant ; il nous faut un peu de temps pour évaluer la situation.

Nitchman se pencha vers lui, les coudes sur le bureau.

— Il existe peut-être un moyen de vous en sortir, monsieur Dupree.

— J'écoute, fit Hoppy, reprenant espoir, si légèrement que ce fût.

— Vous êtes une prise négligeable dans un grand filet, expliqua Napier, ce qu'on appelle le menu fretin. On peut se passer de vous.

— Qu'arrivera-t-il dans vingt-quatre heures ?

— Nous nous retrouvons ici. Rendez-vous à 9 heures du matin.

— D'accord.

— Un seul mot à Ringwald ou à qui que ce soit, y compris votre femme, et votre avenir sera très sombre.

— Vous avez ma parole.

Le car quitta le motel à 10 heures ; les quatorze jurés étaient à bord. Le véhicule transportait aussi Mme Grimes, Lou Dell et son mari Benton, Willis et son épouse Ruby, cinq autres adjoints en civil, Earl Hutto, le shérif du comté d'Harrison, et madame, deux employés de justice du greffe du tribunal. Vingt-huit personnes, sans compter le chauffeur ; avec la bénédiction du juge Harkin. Deux heures plus tard, ils descendaient du car à La Nouvelle-Orléans, à l'angle de Canal Street et de Magazine Street. Le déjeuner, servi dans l'arrière-salle d'un bar à huîtres du Vieux Carré, était offert par les contribuables du comté d'Harrison.

On leur permit de s'éparpiller dans les rues animées du Vieux Carré. Ils firent des achats sur les marchés en plein air, déambulèrent dans Jackson Square au milieu des touristes, admirèrent des chairs dénudées dans les bouges enfumés de Bourbon Street, achetèrent des tee-shirts dans les boutiques de souvenirs. Certains prirent un peu de repos sur un banc, au bord du fleuve ; d'autres s'engouffrèrent dans un bar pour regarder un match de football. À 16 heures, ils se retrouvèrent devant l'embarcadère et firent une promenade sur le fleuve à bord d'un navire à aubes. À 18 heures, de retour dans Canal Street, ils dînèrent dans une pizzéria.

À 22 heures, tombant de sommeil, ils étaient bouclés dans leur chambre. Des jurés occupés sont des jurés heureux.

pareil. À le lecture, ils se retrouveront devant l'embarcadère et feront une promenade sur le fleuve à bord d'un steamer à roues. À 19 heures, ils seront de retour dans l'hôtel Marriott de Canal Street où ils dîneront.

À 22 heures, vraisemblablement soûls, ils rentreront chacun dans leur chambre. Des disquettes près des uns sont ....

21

L'opération Hoppy s'étant déroulée sans anicroche, Fitch prit la décision le samedi soir de lancer une nouvelle offensive contre le jury. Une attaque effectuée cette fois sans préparation méticuleuse, qui serait aussi brutale que celle dirigée contre Hoppy avait été réalisée en douceur.

Le dimanche matin, de bonne heure, Pang et Dubaz, en chemise beige ornée du logo d'un plombier, forcèrent la serrure de l'appartement d'Easter. Pas de mugissement d'alarme. Dubaz se dirigea sans attendre vers le réfrigérateur, dévissa la grille de la bouche d'aération, retira la caméra qui avait surpris Doyle lors de son effraction. Il la posa dans une grande boîte à outils destinée à recueillir ce qu'ils devaient emporter.

Pang s'occupa de l'ordinateur. Il avait étudié les photographies de Doyle et s'était entraîné sur un modèle identique, installé dans un bureau contigu à celui de Fitch. Il dévissa le panneau arrière de l'unité centrale ; le disque dur se trouvait précisément où on le lui avait indiqué. En moins d'une minute, il était sorti. Pang prit deux piles de disquettes près du moniteur.

Pendant qu'il effectuait la délicate opération du démontage, Dubaz ouvrait les tiroirs et mettait le mobilier sens dessus dessous, à la recherche d'autres disquettes. Les cachettes possibles étaient rares dans l'appartement exigu ; il n'en avait pas pour longtemps. Il fouilla les tiroirs de la cuisine, les meubles de rangement et les placards, vida les cartons à chaussures utilisés par Easter pour ranger ses chaussettes et ses sous-vêtements. Rien. Tout le matériel informatique était apparemment conservé près de l'ordinateur.

— Allons-y, fit Pang en arrachant les cordons d'alimentation de l'unité centrale, de l'écran et de l'imprimante.

Ils jetèrent le matériel sur le canapé défoncé ; Dubaz entassa des coussins et des vêtements, puis répandit le contenu d'un bidon en plastique d'allume-feu liquide. Quand le canapé, les sièges, l'ordinateur, les tapis et les vêtements en furent imbibés, les deux hommes reculèrent vers la porte. Dubaz lança une allumette ; le feu prit rapidement, assez silencieusement pour ne pas attirer l'attention de quelqu'un de l'extérieur. Ils attendirent pour sortir en claquant la porte que les flammes lèchent le plafond et qu'une fumée noire ait envahi l'appartement. Arrivés au rez-de-chaussée, ils déclenchèrent l'alarme d'incendie ; Dubaz remonta à l'étage où la fumée commençait à se répandre dans le couloir. Il tambourina à toutes les portes en criant « Au feu ». Pang fit de même au rez-de-chaussée. Des hurlement retentirent tandis que les couloirs s'emplissaient de gens affolés, en peignoir ou survêtement. Les hurlements stridents de l'antique avertisseur d'incendie ne faisaient qu'ajouter à la pagaille.

Fitch avait demandé avec insistance de faire en sorte qu'il n'y ait pas de victimes. Dans la fumée qui allait s'épaississant, Dubaz frappa à coups redoublés sur toutes les portes, s'assura que les logements voisins de celui d'Easter avaient été évacués. Il tira des gens paniqués par le bras, demanda si tout le monde était sorti, indiqua les sorties de secours. Tandis que le parking se remplissait, Pang et Dubaz se séparèrent ; chacun de son côté, ils s'écartèrent. Des sirènes retentirent au loin, de la fumée sortit par les fenêtres de deux appartements, celui d'Easter et celui qui le touchait. D'autres personnes débouchèrent sur le parking, enveloppées dans des couvertures, serrant dans leurs bras des bébés ou des enfants en bas âge ; elles se joignirent à la foule affolée qui attendait l'arrivée des véhicules d'incendie.

Dès que les pompiers furent sur le lieu du sinistre, Pang et Dubaz se fondirent dans la foule et disparurent.

Il n'y eut ni mort ni blessé. Quatre appartements furent ravagés par les flammes, onze autres sérieusement endommagés ; une trentaine de familles sans abri durent attendre la remise en état de leur logement.

Le disque dur de l'ordinateur d'Easter se révéla inviolable. Il avait ajouté tant de mots de passe et de codes secrets, dressé tant de barrières contre les virus et le piratage que les spécialistes que Fitch avait fait venir le samedi de Washington jetèrent l'éponge. Les informaticiens ignoraient tout de la provenance du disque dur et des disquettes ; ils étaient enfermés dans une pièce, avec un matériel identique à celui d'Easter. La plupart des disquettes étaient aussi bien protégées que le disque dur. Ils s'étaient cassé les dents sur la moitié d'entre elles quand une ouverture se présenta enfin ; ils avaient réussi à décoder les mots de passe sur une disquette ancienne qu'Easter avait négligé de protéger comme les autres. Elle contenait seize dossiers portant des noms qui n'apprenaient rien. Fitch fut prévenu pendant l'impression du premier document, un résumé de six pages d'articles de journaux relatifs à l'industrie du tabac, en date du 11 octobre 1994. Les articles avaient été publiés dans *Time*, *The Wall Street Journal* et *Forbes*. Le deuxième document était un récit de deux pages résumant un documentaire sur les prolongements judiciaires des prothèses mammaires qu'Easter venait de voir. Le troisième un poème sur les fleuves, au style malhabile ; le quatrième une nouvelle compilation d'articles de presse sur les procès intentés par les victimes d'un cancer du poumon.

Fitch et Konrad lurent attentivement le texte ; l'écriture était claire et simple, hâtive à en juger par le nombre de coquilles. Easter s'efforçait de faire montre d'impartialité ; impossible de savoir s'il était bien disposé envers les fumeurs ou s'il éprouvait seulement un vif intérêt pour le droit de la responsabilité civile.

Il y avait d'autres poèmes indigestes. Une nouvelle inachevée. Ils respirèrent enfin en arrivant au document numéro quinze. C'était une lettre de deux pages envoyée par Easter à sa mère, une certaine Pamela Blanchard, domiciliée à Gardner, Texas. Datée du 20 avril 1995, elle commençait ainsi : « Chère maman. Je vis maintenant à Biloxi, Mississippi, sur la côte du golfe du Mexique. » Easter y faisait part de son amour de la mer et de la plage, il se disait incapable de retourner vivre à la campagne. Il s'excusait abondamment de n'avoir pas écrit plus tôt, déplorait sa tendance à se laisser aller ; il promettait de donner plus souvent de ses nouvelles. Il posait des questions sur Alex, disait ne pas lui avoir parlé depuis trois mois, se déclarait ravi d'apprendre qu'il avait réussi à trouver un boulot de guide de pêche en Alaska. Selon toute vraisemblance, Alex était son frère. Il n'y avait pas un mot sur son père ; pas un mot sur quelqu'un du nom de Marlee ni un autre prénom féminin.

Il disait avoir trouvé du travail dans un casino ; cela lui plaisait, mais il n'y avait pas d'avenir. Il n'avait pas renoncé à devenir avocat, regrettait d'avoir interrompu ses études de droit, mais ne pensait pas les reprendre. Il se disait heureux, menant une vie simple, avec peu d'argent et encore moins de responsabilités. Puis il prenait congé de sa mère en promettant d'appeler bientôt.

Il signait d'un simple prénom : Jeff. Jamais il ne donnait un seul nom de famille.

Dante et Joe Boy décollèrent à bord d'un jet privé une heure après l'impression de la lettre. Ils avaient pour instructions de se rendre à Gardner et d'engager tous les privés de la ville.

Les informaticiens trouvèrent les codes d'une autre disquette, l'avant-dernière. Ils étaient impressionnés par les compétences d'Easter en matière de piratage.

La disquette contenait une partie d'un seul document : les listes électorales du comté d'Harrison, suivant l'ordre alphabétique, de À à K. Ils imprimèrent plus de seize mille noms et adresses. Fitch effectua quelques vérifications dans le courant de l'impression ; il détenait, lui aussi, la liste des électeurs inscrits dans le comté. Cette liste n'avait aucun caractère secret ; on pouvait se la procurer auprès de Gloria Lane moyennant trente-cinq dollars. La plupart des candidats aux élections en faisaient l'acquisition avant les scrutins.

Cette liste amena Fitch à se poser deux questions. Primo, elle se trouvait sur une disquette, ce qui signifiait qu'Easter était parvenu à s'introduire dans l'ordinateur de Gloria Lane et à voler les renseignements. Secundo, quel intérêt pouvait-elle avoir pour un pirate informatique doublé d'un étudiant en droit ?

Si Easter était entré dans l'ordinateur du greffe, il avait certainement été en mesure de faire figurer son nom sur la liste des jurés potentiels pour l'affaire Wood.

Plus Fitch y réfléchissait, plus cela lui paraissait évident.

Les yeux rouges et gonflés, Hoppy but une grande tasse de café noir à son bureau, en attendant 9 heures. Il n'avait rien pu avaler depuis la banane du petit déjeuner de la veille, quelques minutes avant de découvrir Napier et Nitchman sur le pas de sa porte. Il souffrait de troubles gastro-intestinaux, il était à bout de nerfs. Il avait forcé sur la vodka le samedi soir, à la maison, ce que Millie interdisait formellement.

Les enfants avaient dormi une bonne partie de la journée du samedi ; Hoppy n'avait rien dit à personne, n'avait même pas été tenté de le faire. Le sentiment de son humiliation contribuait à assurer son silence.

À 9 heures tapantes, Napier et Nitchman entrèrent, accompagnés d'un homme plus âgé, en complet sombre lui aussi, au visage empreint de sévérité, comme s'il s'était déplacé pour fustiger Hoppy en personne. Nitchman fit les présentations : l'homme s'appelait George Cristano, il travaillait au ministère de la Justice.

La poignée de mains de Cristano fut sèche ; il n'était pas du genre à faire des politesses.

— Que diriez-vous, Hoppy d'avoir notre petite conversation ailleurs ? demanda Napier en faisant le tour du bureau d'un regard chargé de dédain.

— Ce serait plus sûr, ajouta Nitchman.

— On ne sait jamais où des micros peuvent être cachés, glissa Cristano.

— D'accord, fit Hoppy, qui n'était pas en position de refuser.

Ils montèrent dans une rutilante Lincoln noire, Nitchman et Napier à l'avant, Hoppy à l'arrière, avec Cristano qui, d'un ton détaché, expliqua qu'il était haut placé dans la hiérarchie de la Justice, un proche collaborateur du ministre, en quelque sorte. Puis il resta silencieux. Napier, qui conduisait, suivit la côte en direction de l'ouest.

— Votez-vous démocrate ou républicain, Hoppy ? demanda doucement Cristano, après un silence interminable.

— Je ne sais pas vraiment, répondit Hoppy, qui ne voulait froisser personne. C'est pour un homme que je vote ; je ne suis pas aveuglément un parti, si vous voyez ce que je veux dire.

Cristano tourna la tête vers la vitre, comme si ce n'était pas la réponse qu'il attendait.

— J'espérais que vous seriez un bon Républicain, fit-il, en continuant de regarder l'océan.

Hoppy pouvait être tout ce que ces types voulaient ; absolument tout. Un coco illuminé, fanatique, brandissant sa carte du parti, si cela pouvait faire plaisir à Cristano.

— J'ai voté pour Reagan et Bush, déclara-t-il avec fierté. Nixon aussi ; et même Goldwater.

Cristano inclina imperceptiblement la tête ; Hoppy respira mieux.

Le silence se fit de nouveau dans la voiture. Napier coupa le moteur le long d'un quai de la baie St. Louis, à cinquante kilomètres de Biloxi. Hoppy suivit Cristano sur une jetée à laquelle était amarré un bateau de soixante pieds baptisé *Plaisir du Soir*. Napier et Nitchman restèrent près de la voiture.

— Asseyez-vous, Hoppy, fit Cristano en indiquant un siège matelassé.

Le bateau tanguait légèrement; l'océan était calme. Cristano prit place en face d'Hoppy, se pencha si près que leurs têtes étaient à moins d'un mètre l'une de l'autre.

— Joli bateau, fit Hoppy en passant la main sur le siège en imitation cuir.

— Il ne nous appartient pas. Vous n'avez pas de micro sur vous?

Hoppy se redressa instinctivement, scandalisé.

— Bien sûr que non!

— Ne m'en veuillez pas, ce sont des choses qui arrivent. Je pense que je ferais mieux de vous fouiller.

Cristano l'inspecta des pieds à la tête. Hoppy était horrifié à l'idée de se faire tripoter par un inconnu, seuls sur ce bateau.

— Je jure que je n'ai pas de micro, ça vous va? lança-t-il d'une voix ferme qui l'emplit de fierté.

Cristano se détendit.

— Vous voulez me fouiller? demanda-t-il.

Hoppy regarda autour de lui, pour voir s'il y avait quelqu'un dans les parages. Ce serait un drôle de spectacle pour un passant de voir deux hommes d'âge mûr se fouiller mutuellement en plein jour, à bord d'un bateau à l'ancre.

— Et vous, demanda Hoppy, vous avez un micro?

— Non.

— Juré?

— Juré.

— Bien.

Hoppy se sentit soulagé; il ne demandait qu'à le croire. Le contraire eût été impensable. Le sourire esquissé par Cristano s'effaça instantanément. Fini de bavarder; il se pencha de nouveau en avant.

— Je serai bref, Hoppy. Nous avons une proposition; elle vous permettra de sortir sans une égratignure du pétrin dans lequel vous vous êtes fourré. Pas d'arrestation, pas de mise en examen, pas de procès, pas de prison. Rien. Vous n'aurez pas votre photo dans le journal; personne n'en saura jamais rien, Hoppy.

Il s'interrompit pour reprendre son souffle.

— Ça m'intéresse, fit Hoppy. J'attends la suite.

— C'est une étrange proposition, comme nous n'en avons jamais faite. Rien à voir avec la loi, la justice, la condamnation, rien de ce genre. C'est une proposition de nature politique, Hoppy, purement politique. Washington n'en conservera pas de trace. Nul n'en saura jamais rien, à part vous et moi, nos deux compagnons et une petite dizaine d'hommes dans les bureaux du ministère. Si vous acceptez le marché, si vous jouez votre rôle, tout sera oublié.

— Je suis partant; il suffit de m'indiquer la bonne direction.

— Est-ce que la délinquance, la drogue, la loi et l'ordre comptent pour vous, Hoppy?

— Naturellement.

— En avez-vous assez des magouilles et de la corruption?

Drôle de question, se dit Hoppy.

— Et comment! répondit-il.

— Il y a des bons et des méchants à Washington, poursuivit Cristano. Certains d'entre nous, au ministère de la Justice, ont voué leur existence à la lutte contre le crime. Je parle de l'argent de la drogue versé par des ennemis de l'étranger à des juges et à des parlementaires, une activité criminelle qui peut menacer notre démocratie. Vous me suivez?

Hoppy n'était pas tout à fait sûr de suivre, mais il approuvait sans réserve l'attitude de Cristano et de ses amis de Washington.

— Oui, oui, fit-il avec conviction.

— De nos jours, Hoppy, tout est politique. Nous devons lutter en permanence contre le Congrès et contre le président. Savez-vous ce qu'il nous faudrait à Washington?

Quoi que ce fût, Hoppy souhaitait qu'ils aient satisfaction; Cristano ne lui laissa pas le temps de répondre.

— Il nous faudrait plus de Républicains, de ces bons Républicains conservateurs qui sortent leur carnet de chèques sans rien demander en échange. Les Démocrates fourrent leur nez partout, brandissent des menaces de restrictions budgétaires et de restructurations, se préoccupent avant tout des droits de ces pauvres criminels sur lesquels nous nous acharnons. C'est la guerre, Hoppy, une guerre que nous vivons au quotidien.

Cristano regarda Hoppy comme s'il attendait qu'il dise quelque chose ; Hoppy essayait de se faire à l'idée de cette guerre. Il hocha gravement la tête, baissa les yeux.

— Nous devons protéger nos amis, Hoppy ; c'est là que vous entrez en scène.

— D'accord.

— Je le répète, c'est une étrange proposition. Si vous acceptez, la bande de votre conversation avec M. Moke sera détruite.

— J'accepte. Dites-moi de quoi il s'agit.

Cristano prit son temps ; il laissa son regard courir le long de la jetée. Des pêcheurs s'interpellaient au loin. Cristano se rapprocha d'Hoppy, posa la main sur son genou.

— Il s'agit de votre femme, fit-il d'une voix étouffée, avant de se rejeter en arrière pour voir l'effet de ses paroles.

— Ma femme ?

— Oui, votre femme.

— Millie ?

— Vous en avez une autre ?

— Qu'a-t-elle à voir...

— Je vais vous expliquer.

— Millie ? répéta Hoppy, l'air ahuri.

Quel rapport la douce Millie pouvait-elle avoir avec cette sombre histoire ?

— C'est à propos du procès, Hoppy, poursuivit Cristano, posant sans ambages la première pièce du puzzle. Devinez qui sont les plus gros bailleurs de fonds des candidats républicains aux élections ?

Hoppy était trop abasourdi pour trouver une réponse intelligente.

— Les fabricants de tabac, eh oui ! Ils versent des millions de dollars pour échapper aux contraintes de la réglementation. Ce sont des partisans de la libre entreprise, comme vous, Hoppy. Ils estiment que ceux qui fument ont librement choisi de le faire ; ils en ont assez du gouvernement des avocats, qui essaie de les mettre sur la paille.

— C'est politique, murmura Hoppy, le regard tourné vers le large.

— Purement politique. Si Big Tobacco perd ce procès, cela déclenchera une avalanche d'actions en justice, comme nous n'en avons jamais vu. Les cigarettiers perdront des milliards de dollars et nous des millions. Pouvez-vous nous aider, Hoppy ?

— Pardon ? fit Hoppy, revenant brusquement sur terre.

— Pouvez-vous nous aider ?

— Sans doute, mais comment ?

— Parlez à votre femme, faites-lui comprendre que ce procès est absurde et dangereux. Millie doit prendre les choses en main, Hoppy. Il faut qu'elle s'oppose aux libéraux du jury qui risqueraient d'allouer au demandeur des dommages-intérêts très lourds. Pouvez-vous faire cela ?

— Bien sûr.

— Le ferez-vous, Hoppy ? Nous ne tenons pas à nous servir de la bande, vous le savez. Si vous nous aidez, elle sera détruite.

— D'accord, fit Hoppy. D'ailleurs, je dois voir Millie ce soir.

— Efforcez-vous de la convaincre. C'est de la plus haute importance, pour nous, au ministère, et pour notre pays ; et vous échapperez à cinq ans de prison.

Cristano lança la dernière phrase avec un rire hennissant et une grande tape sur le genou ; Hoppy se sentit obligé de rire à l'unisson.

Ils passèrent une demi-heure à élaborer une stratégie ; plus le temps passait, plus les questions affluaient à l'esprit d'Hoppy. Si Millie votait en faveur des fabricants de tabac et que la majorité du jury décidait d'accorder une grosse somme à la plaignante ? Qu'adviendrait-il de lui ? Cristano s'engagea à respecter sa part du marché, quel que fût le verdict, à condition que Millie vote comme il convenait.

Au retour, Hoppy se retint de faire des bonds de joie sur la jetée ; c'est un homme régénéré qui retrouva Napier et Nitchman.

Après trois jours de réflexion, le juge Harkin revint le samedi soir sur sa décision d'autoriser les jurés à assister à un office dominical. Il avait la conviction que ses quatorze protégés éprouveraient un désir impérieux d'entendre la messe ; l'idée de les voir s'éparpiller aux quatre coins du comté était inacceptable. Il appela son pasteur ; il fut décidé qu'un office aurait lieu le dimanche, à 11 heures, dans la Salle des fêtes du motel.

Le juge en informa individuellement les jurés par écrit. Les messages furent glissés sous la porte des chambres avant leur retour de La Nouvelle-Orléans.

Six personnes assistèrent à cet office, dont Gladys Card, de fort méchante humeur; elle n'en avait pas manqué un seul en seize ans à l'église baptiste du Calvaire. Sa dernière absence était due au décès de sa sœur, à Baton Rouge. Seize années d'affilée ! Le record de sa paroisse, vingt-deux ans, était détenu par Esther Knoblach, âgée de soixante-dix-neuf ans et souffrant d'hypertension. Gladys n'en avait que soixante-trois, était en parfaite santé et considérait le record d'Esther comme accessible. Elle ne pouvait le confier à personne, mais tout le monde le soupçonnait.

Tout était fichu, à cause du juge Harkin; elle ne l'avait jamais aimé et n'avait plus maintenant que mépris pour lui.

Rikki Coleman arriva en jogging; Millie Dupree apporta sa Bible. Loreen Duke, une pratiquante fervente, fut horrifiée par la brièveté de l'office. Commencé à 11 heures, il s'acheva une demi-heure plus tard; typique des Blancs toujours pressés. Elle savait que cela existait, mais n'avait jamais eu l'occasion d'en constater l'absurdité. Son pasteur ne montait jamais en chaire avant 13 heures, n'en descendait le plus souvent que deux heures plus tard. Après quoi, ils déjeunaient, dans le jardin quand il faisait beau, avant d'en reprendre une dose. Elle grignota un petit pain et souffrit en silence.

Plus que par piété, les Grimes vinrent à la prière parce qu'ils étouffaient dans la chambre 58; Herman n'était pas allé volontairement à l'église depuis son enfance.

Dans le courant de la matinée, Phillip Savelle avait fait hautement connaître son opposition à la prière. Il avait proclamé son athéisme; la nouvelle s'était répandue comme une traînée de poudre. En signe de protestation, il avait pris position sur son lit, nu ou presque, les bras fléchis, les jambes repliées sous lui dans une posture de yoga, en chantant à tue-tête. Il avait pris soin de laisser la porte ouverte.

Sa voix portant jusqu'à la Salle des fêtes contribua assurément à écourter l'office divin.

Lou Dell fut la première à se rendre d'un pas décidé dans la chambre de Savelle, pour lui demander de la fermer; sa nudité lui fit battre précipitamment en retraite. Puis ce fut le tour de Willis. Savelle garda les yeux fermés et la bouche ouverte, sans s'occuper du policier; Willis se tint à distance.

Les jurés non pratiquants restèrent terrés dans leur chambre, devant la télé.

À 14 heures, les proches commencèrent à arriver avec des

vêtements de rechange et des provisions pour la semaine. Nicholas Easter était le seul juré sans contacts avec l'extérieur ; Harkin décida que Willis conduirait Easter à son appartement dans une voiture de police.

Quand ils arrivèrent, le feu était maîtrisé depuis plusieurs heures ; les pompiers et les véhicules d'incendie étaient repartis. L'étroite pelouse et le trottoir longeant l'immeuble étaient jonchés de débris calcinés et de tas de vêtements gorgés d'eau. Les voisins, encore sous le choc, s'affairaient à mettre de l'ordre.

— Où est votre appartement ? demanda Willis, les yeux écarquillés devant le cratère noirci de fumée, au centre de l'immeuble.

— C'est là, répondit Nicholas en tendant un doigt tremblant.

Il descendit de voiture, se dirigea d'un pas flageolant vers le groupe le plus proche, une famille vietnamienne qui considérait en silence les restes d'une lampe de bureau en plastique fondu.

— Quand est-ce arrivé ? demanda Nicholas.

L'air était chargé d'une odeur âcre de bois, de peinture et de tissu brûlé.

Personne ne répondit.

— Ce matin, vers 8 heures, lança une passante qui transportait un gros carton.

Nicholas regarda les gens autour de lui ; il n'aurait pu mettre un seul nom sur un visage. Dans l'entrée de l'immeuble, une femme élégante prenait des notes, l'oreille collée à un téléphone portable. L'escalier principal était gardé par un agent de sécurité ; il aidait une femme âgée à tirer un tapis trempé en bas des marches.

— Vous habitez ici ? demanda la femme quand elle eut terminé sa conversation téléphonique.

— Oui. Easter, appartement 312.

— Pas de chance ! Totalement détruit. Le feu a dû partir de chez vous.

— J'aimerais aller voir.

L'agent de sécurité accompagna la femme et Nicholas au premier étage, où les dégâts étaient impressionnants. Ils s'arrêtèrent devant un ruban jaune tiré au bord du cratère noirci. Les flammes avaient traversé les plafonds de plâtre et les chevrons ; deux grands trous s'ouvraient dans le plafond, juste au-dessus de l'endroit où sa chambre s'était trouvée. Le feu s'était aussi propagé vers le bas, ravageant l'appartement au-dessous du sien. Il ne restait du 312 que le mur de la cuisine ; l'évier, retenu d'un seul côté, menaçait de tomber. Il n'y avait plus rien. Aucune trace du mobilier du séjour ; aucune trace du séjour lui-même. De la chambre ne subsistaient que les murs noircis.

Horrifié, Nicholas constata que l'ordinateur avait disparu. De l'appartement, il ne restait qu'un trou béant.

— Des blessés ? demanda-t-il doucement.

— Non, répondit la femme. Vous étiez chez vous ?

— Non. Qui êtes-vous ?

— Je travaille pour le propriétaire. J'ai des formulaires à vous faire remplir.

Ils redescendirent dans l'entrée ; Nicholas remplit les papiers et repartit avec Willis.

22

Dans un message laconique, à peine lisible, Phillip Savelle faisait remarquer au juge Harkin que, dans la définition donnée par le Webster du mot « conjugal », il n'était question que des conjoints ; il s'opposait à l'expression « visite conjugale ». Il n'avait pas d'épouse, tenait en piètre estime l'institution du mariage. La lettre fut faxée à Harkin qui la reçut à son domicile, juste avant la fin du match des Saints de Cincinnati. Lou Dell avait envoyé le fax de la réception du motel ; vingt minutes plus tard, elle reçut la réponse d'Harkin qui remplaçait « conjugale » par « personnelle ». On parlerait dorénavant de « visite personnelle ». Il la chargea de faire une copie pour chacun des jurés. Comme on était dimanche, il ajouta une heure à la durée de la visite, de 18 à 22 heures. Il téléphona un peu plus tard à Lou Dell pour demander si M. Savelle désirait autre chose et s'enquérir de l'état d'esprit de son jury.

Lou Dell ne put se résoudre à parler de Savelle perché sur son lit, nu comme un ver. Elle supposait que le juge avait assez de soucis ; elle l'assura que tout allait bien.

Hoppy arriva le premier ; Lou Dell l'expédia dans la chambre de Millie, à qui il apportait de nouveau des chocolats et un petit bouquet de fleurs. Ils s'embrassèrent sur la joue, sans envisager un instant d'accomplir le devoir conjugal ; ils passèrent la première heure chacun sur un lit, puis Hoppy amena doucement la conversation sur le procès.

— Je trouve insensé de faire des procès comme ça. C'est vrai, ça ne rime à rien... Tout le monde sait que le tabac est dangereux et crée une dépendance, alors pourquoi fumer ? Tu te souviens de Boyd Dogan ; après avoir fumé vingt-cinq ans, il a arrêté du jour au lendemain.

— Il a arrêté cinq minutes après que le médecin a découvert une tumeur sur sa langue, rappela Millie avec une mimique moqueuse.

— D'accord, mais il y a des tas de gens qui arrêtent de fumer. C'est la victoire de l'esprit sur la matière. Je trouve que ce n'est pas bien de fumer toute une vie et de réclamer une fortune en dommages-intérêts quand le tabac vous fait crever.

— Surveille ton langage, Hoppy !

— Excuse-moi.

Il interrogea Millie sur les autres jurés, leurs réactions aux arguments de la partie civile. Cristano avait estimé préférable d'essayer de convaincre Millie plutôt que de la terroriser en lui disant la vérité. Ils en avaient parlé au déjeuner. Hoppy se sentait honteux du rôle perfide qu'il était contraint de jouer avec sa femme, mais le sentiment de culpabilité et la perspective de cinq années derrière les barreaux étaient trop pesants.

Nicholas quitta sa chambre à la mi-temps du match de football ; il ne vit ni jurés ni gardiens dans le couloir. Des voix filtraient de la Salle des fêtes, des voix masculines, à ce qu'il semblait. Cette fois encore, les hommes buvaient de la bière en regardant la télévision tandis que les femmes tiraient le meilleur parti des visites personnelles.

Arrivé au bout du couloir, il franchit silencieusement la porte vitrée à deux battants, tourna l'angle, se baissa devant les distributeurs automatiques et grimpa quatre à quatre la volée de marches menant au premier étage. Marlee attendait dans une chambre payée en espèces par Elsa Brown, un de ses nombreux noms d'emprunt.

Ils allèrent directement au lit, avec le minimum de paroles et de préliminaires. Non seulement huit nuits consécutives l'un sans l'autre constituaient un record pour eux, mais cela devenait malsain.

Marlee et Nicholas avaient une autre identité quand ils s'étaient rencontrés dans un bar, à Lawrence, Kansas, où elle était serveuse et où il venait souvent finir la soirée avec des copains de la fac de droit. Quand elle s'était installée à Lawrence, elle avait deux licences en poche ; aucune carrière ne s'ouvrant à elle, Marlee envisageait de s'inscrire en droit, le refuge des étudiants de troisième cycle à la croisée des chemins. Elle n'était pas pressée. Sa mère était morte quelques années plus tôt, lui laissant deux cent mille dollars en héritage. Elle travaillait dans ce bar, parce que l'endroit était sympa ; sinon, elle se serait ennuyée. Elle conduisait une vieille Jaguar, surveillait ses dépenses, n'acceptait des rendez-vous qu'avec des étudiants en droit.

Ils s'étaient remarqués longtemps avant de s'adresser la parole. Nicholas et son petit groupe d'habitués arrivaient tard, choisissaient une table au fond de la salle et se lançaient dans des discussions théoriques aussi abstraites qu'ennuyeuses. Elle leur servait de la bière pression en pichets, essayait de les aguicher, avec plus ou moins de réussite. La première année, Nicholas s'adonnait avec passion à l'étude du droit et ne prêtait guère d'attention aux filles. Elle se renseigna discrètement, apprit qu'il était un bon étudiant, un des trois meilleurs, rien d'exceptionnel pourtant. Il réussit son examen de première année, commença la deuxième ; elle se coupa les cheveux, perdit cinq kilos, ce qui n'était pas indispensable.

Nicholas avait fait une demande d'admission dans trente facultés de droit ; il avait reçu treize réponses positives, mais dans aucune des dix plus cotées. Il tira à pile ou face, se retrouva à Lawrence, une ville où il n'avait jamais mis les pieds. Il dénicha un deux-pièces accolé à la maison délabrée d'une vieille fille. Il travailla beaucoup, ne s'autorisa que peu de sorties, du moins les deux premiers semestres.

L'été suivant la fin de sa première année, il fut engagé par un gros cabinet de Kansas City, où il passa le plus clair du temps à transporter le courrier d'un bureau à l'autre. Le cabinet comptait trois cents avocats, tous dans le même immeuble. Nicholas eut l'impression, à certains moments, que tout le monde travaillait sur une seule affaire, la défense de Smith Greer dans un procès intenté par la veuve d'un fumeur, à Joplin. Le procès dura cinq semaines, le verdict fut prononcé en faveur de la défense ; pour fêter la victoire, le cabinet donna une réception pour un millier d'invités. Le bruit courut que la note du traiteur, réglée par Smith Greer, s'élevait à quatre-vingt mille dollars. Quelle importance ? Cette expérience estivale fut catastrophique pour Nicholas.

Pas question d'entrer dans un gros cabinet ; à mi-chemin de sa deuxième année, il éprouva un ras-le-bol du droit en général. Il n'allait pas passer cinq ans enfermé dans un cagibi, à rédiger inlassablement les mêmes requêtes en faveur de grosses entreprises.

Leur premier rendez-vous eut lieu un soir, après un match de football. La musique était forte, la bière coulait à flots, les joints circulaient librement. Ils ne restèrent pas longtemps ; il n'aimait pas le bruit, elle ne supportait pas l'odeur du cannabis. Ils louèrent des cassettes et mangèrent des spaghetti dans l'appartement spacieux et bien meublé de Marlee. Il dormit sur le canapé.

Un mois plus tard, il emménagea et donna à entendre qu'il allait abandonner la fac de droit. Elle envisageait de s'y inscrire. Il se désintéressa des études, faillit échouer à son examen ; ils étaient follement épris l'un de l'autre, rien d'autre ne comptait. Elle avait un peu d'argent de côté, il n'y avait pas d'urgence. Ils passèrent les vacances de Noël à la Jamaïque.

Quand il décida d'arrêter le droit, elle avait déjà vécu trois ans à Lawrence. Elle était prête à passer à autre chose ; où qu'elle aille, il la suivrait.

Marlee n'avait pu découvrir grand-chose sur l'incendie du dimanche matin. Ils soupçonnaient Fitch, sans parvenir à trouver une raison. Le seul bien de valeur était l'ordinateur ; Nicholas était certain que nul ne viendrait à bout du système de sécurité. Les disquettes importantes étaient à l'abri dans le coffre de l'appartement de Marlee. Qu'avait Fitch à gagner en détruisant par le feu un vieil appartement ? Une manœuvre d'intimidation, peut-être ? Les pompiers avaient ouvert une enquête de routine ; un incendie criminel semblait peu probable.

Ils avaient connu mieux que la chambre du motel Siesta Inn ; ils avaient aussi connu pire. Ces quatre dernières années, ils avaient vécu dans quatre villes, voyagé dans une demi-douzaine de pays, visité la majeure partie de l'Amérique du Nord, descendu l'Amazone, fait de la randonnée en Alaska et au Mexique, du rafting sur le Colorado. Ils avaient aussi suivi les procès contre les fabricants de cigarettes, un périple qui les avait forcés à s'installer dans des villes comme Broken Arrow, Allentown et maintenant Biloxi. À eux deux, ils en savaient plus long sur les taux de nicotine, les substances cancérigènes, les probabilités statistiques de cancer du poumon, la sélection d'un jury et la tactique de la défense que n'importe quel groupe d'experts de haut vol.

Au bout d'une heure sous les draps, une lampe de chevet s'alluma et Nicholas se leva, les cheveux ébouriffés, pour reprendre ses vêtements. Marlee s'habilla, regarda le parking à travers le store. Dans la chambre au-dessous, Hoppy faisait de son mieux pour atténuer l'effet de la déposition de Lawrence Krigler sur Millie. Elle en repassait les détails marquants à Hoppy, sans comprendre pourquoi il semblait si sceptique.

Pour s'amuser, Marlee avait garé sa voiture à une cinquantaine de mètres des bureaux de Wendall Rohr. Nicholas et elle avaient pris pour hypothèse que Fitch surveillait tous leurs faits et gestes. Il était amusant de se représenter Fitch au supplice, l'imaginant en tête-à-tête avec Rohr, de qui elle acceptait les propositions les plus horrifiantes. Elle était venue au motel dans une des voitures de location qu'elle utilisait depuis un mois.

Nicholas en eut soudain assez de la chambre, la réplique de celle dans laquelle il était cloîtré. Il sortirent, firent une grande balade en voiture le long du littoral ; elle conduisait, il buvait de la bière. Ils marchèrent jusqu'à l'extrémité d'une longue jetée, s'embrassèrent longuement dans le clapotement des vagues. Ils ne parlèrent pas beaucoup du procès.

À 22 h 30, Marlee descendit à deux cents mètres des bureaux de Rohr ; Nicholas la suivit au volant de la voiture de location tandis qu'elle marchait sur le trottoir. Joe Boy la vit monter dans sa voiture, avertit Konrad par un appel radio ; Nicholas regagna en hâte le motel.

La discussion battait son plein autour de Rohr ; c'était la réunion quotidienne des huit avocats ayant avancé un million de dollars chacun. La question du jour était le nombre de témoins restant à présenter par le demandeur ; comme d'habitude, chacun avait son opinion sur ce qu'il convenait de faire. Il y avait deux écoles, à l'intérieur desquelles s'exprimaient huit positions très fermes sur la tactique la plus efficace.

En comptant les trois jours consacrés à la sélection du jury, le procès avait déjà duré trois semaines. Le demandeur disposait de scientifiques et de témoins à charge en nombre suffisant pour tenir encore quinze jours. Cable avait sa propre armée d'experts, mais, dans ce genre d'affaire, les dépositions des témoins à décharge ne duraient que la moitié du temps pris par la partie adverse. Une durée totale de l'ordre de six semaines était à prévoir, ce qui signifiait que le jury resterait coupé du monde près de

246

quatre semaines, un scénario qui inquiétait tout le monde. Tôt ou tard, les jurés se rebelleraient ; le demandeur utilisant la majeure partie du temps des audiences, il avait beaucoup à perdre. D'un autre côté, la défense passait en dernier ; le jury à bout de patience pouvait se venger sur Cable et Pynex. Le débat fit rage une heure durant.

L'affaire Wood contre Pynex avait pour caractéristique d'être le premier procès intenté à un fabricant de tabac dans lequel le jury était séquestré. Cet événement n'avait pas de précédent dans l'histoire du Mississippi. Rohr estimait que les jurés en avaient assez entendu pour se faire une opinion. Il voulait appeler deux autres témoins, boucler les dépositions dès le mardi midi et passer la main à Cable. Scotty Mangrum, de Dallas, et André Durond, de La Nouvelle-Orléans, se rangèrent à son avis. Jonathan Kotlack, de San Diego, souhaitait un témoin de plus.

La thèse opposée était soutenue avec vigueur par John Riley Milton, de Denver, et Rayner Lovelady, de Savannah. Ils avaient dépensé une fortune pour s'attacher les services du plus important groupe d'experts jamais réuni ; pourquoi écourter les témoignages ? Il restait plusieurs dépositions de la plus haute importance. Les jurés n'allaient pas s'échapper ; ils finiraient certes par se lasser, mais cela arrivait toujours. Il était plus sûr de s'en tenir à la stratégie de départ plutôt que de changer son fusil d'épaule en cours de route, sous prétexte que quelques jurés en avaient plein le dos.

Carney Morrison, de Boston, revint à plusieurs reprises sur les rapports hebdomadaires des consultants indiquant que le jury n'était pas convaincu. D'après la législation du Mississippi, il fallait neuf voix sur douze pour prononcer un verdict positif ; Morrison était certain qu'ils n'auraient pas ces neuf voix. Rohr n'avait que faire des observations des consultants : peu lui importait que Jerry Fernandez se frotte les yeux, que Loreen Duke change de position, qu'Herman Grimes donne des signes d'impatience pendant la déposition de tel ou tel témoin. Il en avait par-dessus la tête des consultants et des sommes colossales qu'on leur versait. C'était une chose de bénéficier de leurs conseils sur les jurés potentiels, c'en était une autre de les avoir sur le dos pendant le procès, de recevoir un rapport quotidien expliquant aux avocats comment la situation évoluait. Rohr savait mieux lire dans l'esprit des jurés que n'importe quel consultant.

Arnold Levine, de Miami, parlait peu ; les autres savaient ce qu'il pensait. Il avait une fois plaidé contre General Motors dans un procès qui avait duré onze mois ; six semaines n'étaient pour lui qu'une mise en jambes.

En cas d'égalité de voix, il n'y avait pas de tirage au sort. Il avait été décidé bien avant la sélection du jury que ce procès était celui de Wendall Rohr ; il avait lieu dans sa ville natale, dans l'enceinte de son tribunal, devant ses jurés et un juge qu'il connaissait. Le conseil des avocats fonctionnait, dans certaines limites, d'une façon démocratique, mais Rohr était en droit d'opposer son veto.

Il prit sa décision le dimanche soir ; elle provoqua des blessures d'amour-propre, mais rien d'irrémédiable. L'enjeu était trop important pour les chamailleries et les arrière-pensées.

23

Sur l'agenda du juge Harkin, la semaine commençait par un tête-à-tête avec Easter, dans son bureau, pour faire le point sur l'incendie et s'assurer du bien-être de son juré. Nicholas affirma que tout allait bien, qu'il avait au motel des vêtements qu'il laverait. Il était encore étudiant et ne possédait pas grand-chose, à part un bon ordinateur et un coûteux matériel de surveillance ; comme de juste rien n'était assuré.

La question de l'incendie ayant été rapidement réglée, Harkin profita de ce qu'ils étaient seuls pour l'interroger.

— Comment vont nos amis ? demanda-t-il.

Une conversation informelle avec un juré n'était pas déplacée, mais le règlement restait flou. Il eût été préférable d'avoir cette discussion en présence des avocats et de la faire enregistrer par un greffier. Harkin désirait seulement bavarder quelques minutes avec le jeune homme ; il avait confiance en lui.

— Tout va bien, répondit Nicholas.

— Rien de particulier ?

— Je n'ai rien remarqué.

— Parlez-vous de l'affaire ?

— Non. En fait, quand nous sommes ensemble, nous cherchons à éviter le sujet.

— Bien. Pas de prises de bec ?

— Pas encore.

— La nourriture vous convient.

— Parfaitement.

— Les visites personnelles sont assez fréquentes ?

— Je pense ; je n'ai entendu personne se plaindre.

Harkin brûlait de savoir si des couples illégitimes s'étaient formés au sein du jury, même si cela n'avait aucune incidence sur le plan judiciaire ; il avait l'esprit mal tourné.

— Faites-moi savoir si un problème se présente, conclut-il. Et que cette conversation reste entre nous.

— Bien sûr, fit Nicholas en prenant congé.

Du haut de l'estrade, Harkin accueillit les jurés avec chaleur pour cette nouvelle semaine du procès ; ils semblaient pressés de se mettre au travail, pour en finir avec cette corvée.

Rohr se leva et appela le témoin suivant, Leon Robilio, qui entra par une porte latérale et s'avança à pas mesurés jusqu'à la barre des témoins où un adjoint du shérif l'aida à prendre place. Il était vieux et pâle, vêtu d'un complet sombre et d'une chemise blanche, sans cravate. Il avait un trou dans la gorge, une ouverture couverte par un fin pansement et dissimulée par un foulard de lin blanc. Pour prêter serment, il saisit un micro de la taille d'un stylo, qu'il porta à sa gorge.

Sa voix atone avait un timbre métallique ; victime d'un cancer de la gorge, Robilio avait subi une ablation totale du larynx.

Mais les paroles monocordes étaient audibles, compréhensibles ; il tenait le micro devant sa gorge et sa voix se répercutait dans la salle d'audience. C'est avec cette voix qu'il parlait maintenant, tous les jours de sa vie. Il tenait à se faire comprendre.

Rohr en vint rapidement aux faits. Leon Robilio avait soixante-quatre ans ; opéré d'un cancer huit ans auparavant, il avait subi une laryngectomie et appris à parler à travers son œsophage. Il avait fumé comme un pompier pendant près de quatre décennies ; ce vice avait failli lui coûter la vie. Outre les séquelles de son cancer, il souffrait maintenant d'emphysème pulmonaire et avait le cœur fragile. À cause des cigarettes.

L'auditoire s'adapta rapidement à la voix amplifiée de robot. Le témoin retint définitivement l'attention générale quand il avoua avoir gagné sa vie pendant vingt ans en tant que membre d'un groupe de pression soutenant l'industrie du tabac. Il avait mis fin à cette activité en apprenant qu'il était atteint d'un cancer, mais n'avait pas réussi à cesser de fumer. Il était dépendant, physiquement et psychiquement, de la nicotine contenue dans les cigarettes. Il avait continué de fumer deux ans après l'opération et n'avait arrêté qu'après avoir failli succomber à une crise cardiaque.

250

Manifestement en mauvaise santé, il continuait pourtant de travailler à plein temps à Washington, pour le camp adverse ; il avait la réputation d'un militant antitabac farouchement dévoué à sa cause.

Dans sa première vie, Robilio avait été employé par le Conseil du tabac, un organisme financé par les cigarettiers, disposant de ressources illimitées pour traiter princièrement les politiciens influents.

Robilio avait eu accès à quantité d'études réalisées par l'industrie du tabac. Oui, il avait vu la fameuse étude sur la nicotine dont Krigler avait parlé. Elle était passée plusieurs fois entre ses mains, mais il n'en avait pas fait de copie. Tout le monde au Conseil savait que les fabricants maintenaient une teneur élevée en nicotine afin de créer et d'entretenir la dépendance.

La dépendance, Robilio y revenait sans cesse. Il avait eu connaissance d'expériences payées par l'industrie du tabac, montrant que toutes sortes d'animaux étaient rapidement victimes de cette dépendance à la nicotine. Il avait vu et contribué à faire le secret sur des études prouvant sans conteste qu'il était beaucoup plus difficile de se désaccoutumer du tabac pour les jeunes adolescents devenus accros ; ils devenaient des clients à vie.

Robilio était bourrelé de remords, mais son péché le plus grave, celui qu'il ne pourrait jamais se pardonner, c'était les démentis signés de sa main, affirmant que l'industrie du tabac ne cherchait pas à conquérir une clientèle d'adolescents par l'entremise de la publicité.

– La nicotine crée une dépendance qui est synonyme de profits. Pour que l'industrie du tabac continue d'engranger des bénéfices, il faut que chaque génération subisse cette accoutumance. Des milliards sont dépensés en publicité pour donner de la cigarette une image décontractée, prestigieuse, aussi inoffensive que possible. Les adolescents deviennent accros plus tôt et le restent plus longtemps. Il est donc impératif de séduire la jeunesse.

Robilio réussit à faire passer de l'émotion dans sa voix métallique. Il lança un coup d'œil goguenard en direction de la table de la défense, se tourna en souriant vers le jury.

– Nous avons dépensé des fortunes à étudier la jeunesse. Nous savions que les enfants connaissaient le nom des trois marques de cigarettes pour lesquelles nous faisions le plus de publicité, que près de quatre-vingt-dix pour cent des fumeurs de moins de dix-huit ans achetaient de préférence une de ces trois marques. Qu'a fait l'industrie du tabac ? Elle a augmenté la publicité.

— Saviez-vous combien les ventes de cigarettes aux mineurs rapportaient à l'industrie du tabac ? demanda Rohr, certain que le témoin connaissait la réponse.

— Deux cents millions de dollars par an pour les ventes aux mineurs ; bien sûr que nous le savions. Tous les ans, nous faisions les comptes ; les données étaient traitées par ordinateur. Nous savions tout.

Il agita la main en direction de la table de la défense, ricana comme si elle était entourée de lépreux.

— On sait aujourd'hui, reprit-il, que trois mille gamins commencent à fumer chaque jour ; on connaît précisément le pourcentage des marques qu'ils achètent. On sait que pratiquement tous les fumeurs adultes ont commencé avant l'âge de dix-huit ans ; on sait aussi qu'un tiers des trois mille gamins qui ont commencé à fumer aujourd'hui mourront du tabac.

Le jury était fasciné par Robilio. Rohr tourna quelques pages afin de ne pas laisser retomber la tension dramatique. Il fit trois ou quatre pas devant l'estrade, comme s'il lui fallait se dégourdir les jambes ; il se gratta le menton, leva les yeux au plafond.

— Quand vous travailliez pour le Conseil du tabac, quelle réponse apportiez-vous aux accusations de dépendance créée par le tabac ?

— Les fabricants de tabac ont une politique commune ; j'aidais à la formuler. Le raisonnement est que les fumeurs sont responsables de leur choix. La cigarette ne crée pas de dépendance ; même si c'était le cas, personne ne force quelqu'un à fumer. Chacun est libre de son choix. Seulement, ce n'est pas vrai.

— Pourquoi ?

— Parce qu'il s'agit d'une dépendance, que l'individu dépendant n'a pas son libre arbitre. Et les enfants deviennent accros beaucoup plus rapidement que les adultes.

Rohr résista cette fois à la tentation de trop en faire. Robilio avait été convaincant ; au bout d'une heure et demie de tension pour se faire entendre et bien comprendre, il était fatigué. Rohr laissa son témoin à Cable pour le contre-interrogatoire. Harkin avait besoin d'un café ; il ordonna une suspension d'audience.

Ce lundi matin, Hoppy Dupree se rendit pour la première fois au tribunal; il se glissa dans la salle pendant la déposition de Robilio, croisa le regard de Millie, émue de sa présence. Mais elle s'étonnait de son intérêt soudain pour le procès. La veille au soir, pendant quatre heures, il n'avait parlé que de cela.

Après l'interruption de vingt minutes, Cable entreprit de démolir Robilio. Il s'adressa à lui d'un ton agressif, presque méchant, comme à un traître, un renégat. Cable marqua un point d'entrée de jeu en révélant que Robilio était payé pour témoigner, qu'il avait sollicité les avocats du demandeur. Il était aussi sous contrat dans deux autres procès contre l'industrie du tabac.

— Eh oui, maître, répondit Robilio, je suis payé pour être ici, tout comme vous.

L'aspect mercantile de la déposition ternit quelque peu son image.

Cable lui fit avouer qu'il avait commencé à fumer à vingt-cinq ans, déjà marié et père de deux enfants; pas vraiment un adolescent sensible au chant des sirènes de la publicité. Robilio était prompt à s'emporter, comme l'avait prouvé, cinq mois auparavant, une déposition-marathon étalée sur deux jours, en présence des avocats; Cable était résolu à exploiter cette faiblesse. Ses questions rapides, incisives, visaient à provoquer le témoin.

— Combien d'enfants avez-vous?

— Trois.

— Certains d'entre eux fument-ils d'une manière régulière?

— Oui.

— Combien?

— Trois.

— Quel âge avaient-ils quand ils ont commencé?

— C'est variable.

— En moyenne?

— À peu près dix-huit ans.

— À la publicité pour quelle marque ont-ils succombé?

— Je ne m'en souviens pas.

— Vous ne pouvez dire au jury quelle publicité est responsable de l'accoutumance de vos propres enfants au tabac?

— Il y en avait tellement. Impossible de retenir celles qui étaient les plus efficaces.

— La responsabilité en incombe donc aux publicités?

– Elles ont joué un rôle important, comme elles le font aujourd'hui encore.

– La faute en incombe donc à autrui ?

– Je ne les ai pas encouragés à fumer.

– En êtes-vous sûr ? Vous êtes en train de dire que les enfants d'un homme dont le métier, pendant deux décennies, a été d'inciter le monde entier à fumer s'y sont mis eux-mêmes à cause de quelques publicités habiles.

– Je suis sûr qu'elles y ont contribué ; c'est leur fonction.

– Fumiez-vous chez vous, devant les enfants ?

– Oui.

– Et votre femme ?

– Oui.

– Avez-vous jamais prié un invité de ne pas fumer chez vous ?

– Pas à cette époque.

– Peut-on affirmer en conséquence que votre foyer était celui d'un fumeur ?

– Oui. À l'époque.

– Mais vos enfants ont commencé à fumer à cause de quelques publicités insidieuses ? C'est ce que vous voulez faire croire au jury ?

Robilio respira profondément, compta lentement jusqu'à cinq.

– Il y a des tas de choses que je regrette, reprit-il. Ma première cigarette en particulier.

– Vos enfants ont-ils arrêté ?

– Deux d'entre eux ; avec de grandes difficultés. Le troisième essaie vainement depuis dix ans.

Cable avait lancé la dernière question impulsivement. Il s'en voulut ; il était temps de passer à autre chose..

– Êtes-vous conscient, monsieur Robilio, des efforts accomplis par les fabricants de tabac pour limiter la consommation des jeunes ?

Le ricanement de Robilio, amplifié par le micro, évoqua un gargouillement prolongé.

– Rien de sérieux, répondit-il.

– Quarante millions de dollars l'an dernier pour le programme Enfants sans fumée.

– Cela leur ressemble bien ; il faut se donner bonne conscience.

– Savez-vous que l'industrie du tabac s'est engagée à soutenir la limitation des distributeurs de cigarettes dans les zones où la concentration d'enfants est élevée?

– Je crois en avoir entendu parler; une idée généreuse.

– Savez-vous que cette industrie a investi l'an dernier en Californie dix millions de dollars dans un programme destiné à sensibiliser les enfants de maternelle aux dangers du tabac pour les mineurs?

– Non. Et pour les plus grands? Ont-ils dit à ces bambins qu'après dix-huit ans il n'y avait pas de problème? Ils en seraient capables.

Cable avait à la main une liste de questions; il semblait décidé à les lancer en rafale, sans écouter les réponses.

– Savez-vous que cette industrie soutient au Texas un projet de loi visant à interdire le tabac dans les fast-foods, des établissements essentiellement fréquentés par des adolescents?

– Savez-vous pourquoi ils font ce type d'action? Je vais vous le dire. Pour payer des gens comme vous qui en parleront à des jurys. C'est la seule raison... cela fait bon effet dans un prétoire.

– Savez-vous que cette industrie soutient toute législation imposant des sanctions pénales aux commerçant qui vendent des cigarettes aux mineurs?

– Oui, j'ai entendu celle-là aussi; ce n'est qu'une façade. Ils lâchent quelques dollars de ci, de là pour se mettre en valeur et acquérir une respectabilité. Ils peuvent se le permettre; ils connaissent la vérité. La vérité est que deux milliards de dollars de publicité annuelle leur permettront d'assurer une dépendance chez la nouvelle génération. Si vous ne le croyez pas, vous êtes stupide.

– Monsieur Robilio, coupa le juge Harkin en se penchant vers la barre des témoins, cette remarque est déplacée. Ne recommencez pas. Je ne veux pas qu'elle figure au procès-verbal.

– Toutes mes excuses, Votre Honneur. Je retire ce que j'ai dit, maître. Vous faites votre métier; c'est votre client que je ne supporte pas.

– Pourquoi? demanda Cable, qui avait perdu le fil de ses questions.

– Parce que les fabricants de tabac sont des menteurs. Ils sont intelligents, cultivés, implacables; ils vous regardent dans les yeux pour affirmer avec sincérité que les cigarettes ne créent pas une dépendance. Ils savent que c'est un mensonge.

– Pas d'autre question, fit Cable en se dirigeant vers sa table.

L'agglomération de Gardner comptait dix-huit mille habitants ; Pamela Blanchard vivait dans le quartier ancien de la ville, près de la rue principale, dans une maison construite au début du siècle et rénovée avec goût. Des érables au feuillage doré et d'un rouge ardent poussaient au milieu de la pelouse. Dans la rue, des enfants faisaient de la bicyclette et du skateboard.

Le lundi matin, dès 10 heures, Fitch savait qu'elle était mariée au président d'une banque locale, divorcé d'une première épouse morte dix ans plus tôt. Il n'était pas le père de Nicholas Easter, ou de Jeff, si c'était son vrai nom. La banque avait échappé de peu à la faillite pendant la crise du pétrole du début des années quatre-vingt ; la population lui témoignait encore de la méfiance. Pamela s'était mariée au Mexique, huit ans auparavant ; aucune photo n'avait été publiée. Un simple faire-part annonçait dans l'hebdomadaire local que N. Forrest Blanchard avait épousé Pamela Kerr. Après une courte lune de miel à Cozumel, le couple s'installerait à Gardner.

La meilleure source était un privé du nom de Rafe ; il avait été flic vingt ans et affirmait connaître tout le monde. Après avoir touché une confortable avance en espèces, Rafe avait travaillé toute la nuit du dimanche. Une nuit blanche, bien arrosée de bourbon ; au petit matin, il empestait l'alcool. Dante et Joe Boy, restés auprès de lui dans son bureau sordide de Main Street, avaient refusé d'innombrables whiskies.

Rafe s'était renseigné auprès de tous ses ex-collègues ; il avait appris par une voisine des Blanchard que Pamela avait deux enfants d'un premier mariage. Elle ne parlait pas souvent d'eux ; l'un vivait en Alaska, l'autre était avocat, ou faisait des études de droit, quelque chose de ce genre.

Comme aucun des deux garçons n'avait passé son enfance à Gardner, la piste s'acheva rapidement en cul-de-sac. Personne ne les connaissait ; personne, semblait-il, ne les avait jamais vus. Rafe appela son avocat, un miteux, spécialisé dans le divorce. Le bavard connaissait une employée de la banque, qui appela la secrétaire particulière de Blanchard et apprit que Pamela était originaire d'Austin, Texas. Elle y avait travaillé pour une association de banquiers ; c'est ainsi qu'elle avait fait la connaissance de Blanchard. La secrétaire était au courant de l'existence des fils de

Pamela ; elle ne les avait jamais vus, M. Blanchard ne parlait jamais d'eux. Le couple menait une vie sans histoire, ne recevait que très rarement.

Heure après heure, Dante et Joe Boy tenaient Fitch informé de l'évolution des recherches. Le lundi, en fin de matinée, il appela une connaissance à Austin, un homme avec qui il avait travaillé, six ans auparavant, à l'occasion d'un procès contre l'industrie du tabac. Fitch lui demanda d'agir d'urgence ; quelques minutes plus tard, une douzaine d'enquêteurs feuilletaient fébrilement l'annuaire et passaient des coups de téléphone. Il ne fallut pas longtemps aux limiers pour trouver la piste.

Pamela Kerr avait occupé le poste de secrétaire de direction de l'association des banquiers du Texas, à Austin. Quelques coups de téléphone permirent de retrouver une de ses anciennes collègues, devenue conseillère d'orientation dans une école privée. Prétextant que Pamela était un juré potentiel dans une affaire criminelle, l'enquêteur se fit passer pour un assistant du procureur de Lubbock, qui glanait des renseignements sur les jurés. L'ex-collègue se sentit obligée de répondre à ses questions, bien qu'elle n'eût pas vu Pamela depuis plusieurs années.

Pamela avait deux fils, Jeff et Alex, l'aîné de deux ans, qui avait achevé ses études secondaires à Austin, avant de partir pour l'Oregon. Après le lycée, Jeff s'était inscrit à l'université Rice, à Houston. Le père avait abandonné les enfants tout petits ; Pamela avait été une mère admirable.

Sitôt débarqué du jet privé, Dante se rendit au lycée, où il fut autorisé à fouiller dans les vieux annuaires de l'établissement, rassemblés dans la bibiothèque. La photo de terminale de Jeff Kerr, prise en 1985, était en couleurs ; smoking bleu, nœud papillon assorti, cheveux courts, visage sérieux regardant l'objectif, le même visage que celui que Dante avait étudié des heures à Biloxi. « C'est notre homme », dit-il sans hésiter au privé qui l'accompagnait. Il arracha discrètement la page, appela Fitch sur son portable, entre deux hautes piles de livres.

Trois coups de téléphone à l'université Rice de Houston permirent d'établir que Jeff Kerr y avait obtenu une licence de psychologie, en 1989. L'enquêteur, qui se faisait passer pour le représentant d'un employeur potentiel, apprit d'un professeur de science politique que le jeune homme s'était inscrit en droit à l'université du Kansas, à Lawrence.

Avec la promesse d'une coquette somme en espèces, Fitch trouva une agence de détectives qui accepta, toutes affaires cessantes, de retrouver la trace de Jeff Kerr à Lawrence.

Pour quelqu'un de si disert, Nicholas resta étonnamment silencieux pendant le déjeuner. Il mangea sans dire un mot une pomme de terre copieusement farcie de chez O'Reilly ; il évita les regards, la mine morose.

Cette humeur sombre était partagée. La voix de Leon Robilio restait dans toutes les oreilles, la voix de robot remplaçant celle que le tabac avait détruite, la voix métallique énonçant les faits révoltants qu'elle avait autrefois contribué à dissimuler. Trois mille mineurs par jour commencent à fumer ; un tiers mourra des effets de cette drogue. Il faut rendre accro la nouvelle génération !

Loreen Duke se lassa de picorer sa salade au poulet. Elle se tourna vers Jerry Fernandez et rompit le silence.

– Je peux vous poser une question ?

– Bien sûr.

– À quel âge avez-vous commencé à fumer ?

– Quatorze ans.

– Qu'est-ce qui vous a poussé à le faire ?

– Le cow-boy Marlboro. Tous les copains avec qui je traînais fumaient des Marlboro ; on vivait à la campagne, on aimait les chevaux, le rodéo. Comment résister au cow-boy Marlboro ?

Chaque juré se représenta le panneau publicitaire – le visage buriné, le chapeau, le cheval, le vieux cuir, les montagnes, un peu de neige, le sentiment d'indépendance éprouvé en allumant une Marlboro, à l'écart du monde. Comment un garçon de quatorze ans ne se serait-il pas identifié au cow-boy Marlboro ?

– Êtes-vous accro ? demanda Rikki Coleman, en promenant la pointe de son couteau sur son habituelle salade à la dinde bouillie.

Elle prononça le mot « accro » comme si elle s'adressait à un junkie.

Jerry prit le temps de réfléchir ; il se rendit compte que tout le monde attendait sa réponse.

– Je ne sais pas, fit-il. Je pense que je pourrais arrêter ; j'ai essayé deux ou trois fois. Oui, ce serait bien d'arrêter ; la cigarette est une sale manie.

— Fumer ne vous donne pas de plaisir ? insista Rikki.

— Parfois, c'est le pied, mais je suis arrivé à deux paquets par jour ; c'est trop.

— Et vous ? demanda Loreen en se tournant vers sa voisine, Angel Weese, qui, en règle générale, parlait aussi peu que possible. À quel âge avez-vous commencé ?

— Treize ans, répondit Angel en rougissant.

— Moi, seize, glissa Sylvia Taylor-Tatum, sans que personne lui eût rien demandé.

— J'ai commencé à fumer à quatorze ans, lança Herman du bout de la table. J'ai arrêté à quarante.

— Il y a quelqu'un d'autre ? demanda Rikki, pour mettre un terme à la confession publique.

— J'ai commencé à dix-sept ans, déclara le colonel. En entrant dans l'armée. Mais je me suis débarrassé de ce vice il y a trente ans, ajouta-t-il, fier de sa discipline de fer.

— Il y a encore quelqu'un ? répéta Rikki, après un long silence.

— Moi, mentit Nicholas. J'ai commencé à dix-sept ans, arrêté deux ans plus tard.

— Quelqu'un a-t-il commencé à fumer après l'âge de dix-huit ans ? demanda Loreen.

Personne ne répondit.

Nitchman retrouva Hoppy pour manger un morceau sur le pouce. Hoppy était inquiet d'être vu en compagnie d'un agent du FBI ; son soulagement fut profond quand il vit arriver Nitchman en jean et chemise écossaise. Ses copains et ses connaissances n'étaient pas du genre à repérer instantanément un agent fédéral, mais cela ne l'empêchait pas d'être nerveux. Nitchman et Napier lui avaient pourtant dit qu'ils appartenaient à une unité spéciale, basée à Atlanta.

Il fit le récit de ce qu'il avait entendu dans la matinée au tribunal, avoua que Robilio avait fait une forte impression et semblait avoir mis le jury dans sa poche. Une fois de plus, Nitchman montra peu d'intérêt pour le procès ; il répéta qu'il se contentait de faire ce que ses supérieurs de Washington lui demandaient. Il tendit à Hoppy une feuille de papier pliée ; en haut et en bas de la page étaient inscrits des chiffres et des mots en petits caractères. Cristano venait de l'envoyer du ministère de la Justice ; il voulait la monter à Hoppy.

C'était l'œuvre de deux hommes de Fitch, des agents de la CIA en retraite, qui bricolaient à Washington en se faisant plaisir.

Le fax était la copie d'un rapport accablant sur Leon Robilio. Ni source, ni date, juste quatre paragraphes sous un intitulé de mauvais augure : **Note confidentielle.** Hoppy parcourut le texte en grignotant quelques frites. Robilio touchait un demi-million de dollars pour son témoignage. Robilio s'était fait virer du Conseil du tabac pour détournement de fonds ; après sa mise en examen la plainte avait été retirée. Robilio avait fait plusieurs séjours en hôpital psychiatrique. Robilio avait été accusé de harcèlement sexuel par deux secrétaires du Conseil. Le cancer de la gorge de Robilio avait probablement été causé par l'alcoolisme plutôt que par le tabagisme. Robilio était un menteur notoire, qui vouait une haine farouche au Conseil et agissait dans un esprit de vengeance.

— Un drôle de coco ! marmonna Hoppy, la bouche pleine de frites.

— M. Cristano pense que vous devriez faire passer ce document à votre femme, fit Nitchman. Elle ne le montrerait qu'aux membres du jury en qui elle a confiance.

— Tout à fait d'accord, fit Hoppy, en pliant la feuille avant de la fourrer dans sa poche.

Il parcourut du regard la salle bondée, comme s'il avait quelque chose à se reprocher.

À partir des annuaires de la faculté de droit et des rares documents que le secrétariat permettait de consulter, il fut établi que Jeff Kerr s'était inscrit à l'automne 1989. Son visage toujours sérieux apparaissait dans l'annuaire de deuxième année, en 1991 ; après cela, il n'y avait plus trace de lui. Il n'avait pas terminé ses études.

Il avait joué en deuxième année dans l'équipe de rugby de la faculté. Une photo le montrait bras dessus, bras dessous avec deux amis, Michael Dale et Tom Ratliff, qui avaient obtenu leur diplôme l'année suivante. Dale travaillait au service du contentieux de la ville de Des Moines ; Ratliff était entré comme collaborateur dans un cabinet de Wichita. Des enquêteurs furent dépêchés sur place.

Dès son arrivée à Lawrence, Dante fut conduit à la faculté de droit, où il confirma l'identité de Kerr. Il passa une heure à scruter les visages féminins dans les annuaires de 1985 à 1994, ne vit personne qui ressemblait de près ou de loin à celle qui se faisait appeler Marlee. Il le fit à tout hasard ; nombre d'étudiants se dispensaient de la séance de photo. C'était bon pour les bizuts.

Le lundi, en fin de journée, un enquêteur du nom de Small trouva Tom Ratliff travaillant d'arrache-pied dans son petit bureau sans fenêtre du cabinet Wise & Watkins, dans le quartier des affaires de Wichita. Ils convinrent de se retrouver une heure plus tard, dans un bar.

Small appela Fitch pour obtenir le maximum de renseignements sur Jeff Kerr. Small était un ex-flic, deux fois divorcé. Il se présentait comme spécialiste de la sécurité, ce qui, à Lawrence, allait de la surveillance de motel au détecteur de mensonge. Il n'avait pas l'esprit très vif, Fitch le comprit rapidement.

Ratliff arriva en retard ; ils commandèrent une tournée. Small bluffait, il tentait de faire illusion, de paraître bien informé ; Ratliff était soupçonneux. Il parla peu pour commencer, comme il fallait s'y attendre de la part de quelqu'un interrogé au débotté par un inconnu sur une vieille connaissance.

— Je ne l'ai pas vu depuis quatre ans, déclara Ratliff.

— Lui avez-vous parlé au téléphone ?

— Jamais. Il a arrêté ses études à la fin de notre deuxième année.

— Étiez-vous proche de lui ?

— Je le connaissais bien en première année, sans être intimement lié avec lui. Après, il a pris ses distances. Il a des ennuis ?

— Pas du tout.

— Vous pourriez peut-être me dire pourquoi vous vous intéressez à lui.

Small s'efforça de répéter ce que Fitch lui avait demandé de dire ; il s'en sortit assez bien, sans s'éloigner de la vérité. Jeff Kerr était un juré potentiel dans un procès important ; Small avait été engagé par une des parties pour fouiller dans le passé de Kerr.

— Où a lieu ce procès ?

— Je ne peux pas le dire, mais je vous assure que cette démarche n'a rien d'illégal. Vous êtes avocat, vous comprenez.

Il n'aurait pu mieux tomber. Ratliff avait passé le plus clair de sa courte carrière à trimer pour un associé spécialisé dans le droit civil. Les recherches sur les jurés constituaient une corvée qu'il avait déjà appris à haïr.

— Comment puis-je vérifier vos assertions ? demanda-t-il, comme un véritable avocat.

— Je ne suis pas autorisé à divulguer des détails sur ce procès. Voici ce que je propose : si je demande quelque chose qui, à votre avis, pourrait nuire à Kerr, ne répondez pas. Qu'en dites-vous ?

— Nous pouvons essayer. Mais si je me sens mal à l'aise, je pars.

— Très bien. Pourquoi a-t-il arrêté ses études ?

Ratliff prit une gorgée de bière en fouillant dans ses souvenirs.

— Jeff était un bon étudiant, très intelligent. Mais, dès la fin de la première année, l'idée de devenir avocat lui est devenue insupportable. Il avait travaillé cet été-là dans un gros cabinet de Kansas City ; cela s'était mal passé. Et puis, il était tombé amoureux.

Fitch tenait absolument à savoir s'il y avait une fille.

— Comment s'appelait cette femme ? demanda Small.

— Claire.

— Claire comment ?

Ratliff prit une autre gorgée de bière.

— Le nom ne me revient pas.

— Vous l'avez connue ?

— Je savais qui était Claire. Elle travaillait comme serveuse dans un bar du centre-ville, où les étudiants en droit se retrouvaient le soir. Je crois que c'est là qu'elle a rencontré Jeff.

— Pourriez-vous la décrire ?

— Pourquoi ? Je croyais que vous vouliez parler de Jeff.

— On m'a demandé une description de son amie quand il faisait son droit, fit Small avec un petit haussement d'épaules. Je ne sais pas pourquoi.

Les deux hommes s'observèrent en silence. Après tout, se dit Ratliff, je ne reverrai jamais ce type. Jeff et Claire n'étaient plus que de lointains souvenirs.

— Taille moyenne, un mètre soixante-sept ou huit. Cheveux bruns, yeux noisette. Jolie fille, bien roulée.

— Était-elle étudiante ?

— Je n'en suis pas sûr ; peut-être avait-elle terminé. Elle devait avoir une licence.

— De l'université du Kansas ?

— Je ne sais pas.

— Quel était le nom du bar ?

— Le Mulligan.

Small le connaissait bien ; il lui arrivait d'y passer un moment pour oublier ses soucis et reluquer les étudiantes.

— J'y ai vidé quelques canettes, fit-il

— Ces soirées me manquent parfois, ajouta Ratliff avec une pointe de nostalgie.

— Qu'a fait Jeff après avoir abandonné ses études ?

— Je ne sais pas exactement. J'ai entendu dire qu'il était parti avec Claire, mais je n'ai jamais eu de ses nouvelles.

Small le remercia, demanda s'il pouvait l'appeler au bureau, au cas où il aurait d'autres questions. Ratliff répondit qu'il était écrasé de travail, mais que Small pouvait toujours essayer.

Le patron de Small avait un ami qui connaissait l'ancien propriétaire du Mulligan ; les avantages d'une petite ville. Les dossiers du personnel n'étaient pas réellement confidentiels, surtout pour un employeur qui déclarait moins de la moitié des règlements en espèces. La serveuse s'appelait Claire Clément.

En recevant ces renseignements, Fitch frotta joyeusement ses mains grassouillettes. Il se régalait. Marlee s'appelait maintenant Claire ; elle avait un passé, qu'elle s'était donné beaucoup de mal pour dissimuler.

« Apprends à connaître ton ennemi », lança-t-il à voix haute, entre les quatre murs de son bureau.

La première règle pour gagner une guerre.

24

Le lundi après-midi, les chiffres firent un retour en force. Le messager était un économiste, le docteur Art Kallison, professeur à la retraite d'une obscure école privée d'Oregon. Kallison, à l'évidence, était comme un poisson dans l'eau dans une salle d'audience. Il savait ce que devait être une déposition, évitait de noyer l'assistance sous un déluge de chiffres. Il inscrivait les siens d'une main ferme sur un tableau.

Quand Jacob Wood avait quitté ce monde à l'âge de cinquante et un ans, son salaire de base était de quarante mille dollars, auxquels il fallait ajouter un plan de retraite et quelques autres avantages. En supposant que Jacob eût travaillé jusqu'à soixante-cinq ans, Kallison estimait le manque à gagner à sept cent vingt mille dollars ; en prenant en compte l'inflation, on arrivait à un total d'un million cent quatre-vingt mille dollars. La loi imposant que cette somme soit ramenée à sa valeur du moment, elle s'élevait donc à huit cent trente-cinq mille dollars.

Il sut habilement faire comprendre au jury que ce chiffre ne concernait que le salaire ; économiste de formation, il n'était pas en mesure de chiffrer la valeur non économique d'une vie. Ni les souffrances de M. Wood ni la perte cruelle subie par ses proches n'étaient de son ressort.

Un jeune avocat de la défense du nom de Felix Mason prit la parole pour la première fois. Mason était un associé de Cable, spécialisé dans les prévisions économiques ; il commença son contre-interrogatoire en demandant au docteur Kallison combien de fois par an il témoignait.

– Je ne fais que cela, je n'enseigne plus, répondit Kallison, à qui on posait la question lors de chaque procès.

– Êtes-vous payé pour témoigner ?

La question de Mason était aussi éculée que la réponse.

– Oui, je suis payé pour être ici. Tout comme vous.

– Combien ?

– Cinq mille dollars pour la consultation et la déposition.

Kallison était à l'évidence le moins cher de tous les experts appelés à la barre.

Mason contestait le taux d'inflation utilisé dans les calculs de Kallison. Ils pinaillèrent une demi-heure sur l'augmentation de l'indice des prix. Mason eut gain de cause, personne n'y attacha d'importance. Il voulait que Kallison accepte une estimation plus raisonnable du salaire perdu de Jacob Wood, sur la base de six cent quatre-vingt mille dollars.

Cela n'avait vraiment aucune importance. Rohr et sa bande se contentaient du montant le moins élevé ; la perte de revenu n'était qu'un point de départ. Rohr y ajouterait une compensation pour les souffrances subies, la perte d'un conjoint et des faux frais tels que le coût des soins médicaux et le prix des obsèques. Après quoi, il essaierait d'obtenir le pactole. Il ferait valoir devant le jury que Pynex possédait des liquidités colossales et demanderait un gros paquet au titre de la responsabilité civile.

À une heure de la fin de l'audience, Rohr annonça fièrement à la cour que le demandeur appelait son dernier témoin, Mme veuve Wood.

Le jury n'avait pas été prévenu que le défilé des témoins touchait à sa fin ; il en éprouva un grand soulagement. L'atmosphère lourde de cette fin d'après-midi se fit plus légère. Des sourires apparurent au banc des jurés, des fronts se déridèrent.

Ils s'apprêtaient à passer leur septième nuit d'isolement. D'après les dernières estimations de Nicholas, la défense ne prendrait pas plus de trois jours pour présenter ses témoins. Le calcul était simple : ils pouvaient être chez eux pour le week-end.

Au long des trois semaines d'audience, entourée de son armée d'avocats, Celeste Wood avait à peine ouvert la bouche pour murmurer quelques mots. Elle n'avait pas accordé la moindre attention aux avocats ni aux jurés ; le regard fixé droit devant elle, le visage impassible, elle n'avait pas quitté des yeux les témoins. Ses vêtements étaient passés par toute la gamme des noirs et des gris, toujours avec des collants et des chaussures noirs.

Elle avait maintenant cinquante-cinq ans, l'âge que son mari aurait eu, sans son cancer. Toute mince, minuscule, elle avait des cheveux gris coupés court. Des portraits de famille, montrant les trois enfants qu'elle avait élevés, passèrent de main en main au banc des jurés.

Celeste avait enregistré sa déposition un an auparavant. Bien préparée, légèrement nerveuse, elle était résolue à ne rien montrer de ses émotions. Son mari l'avait quand même quittée depuis quatre ans.

L'interrogatoire de Rohr se déroula comme prévu. Celeste évoqua sa vie avec Jacob, leur bonheur, les enfants et petits-enfants, leurs rêves de retraite. Quelques orages entre eux, rien de méchant, jusqu'à ce qu'il tombe malade. Il aurait tellement voulu arrêter de fumer, il avait si souvent essayé. La dépendance était trop forte.

Celeste fit bonne impression, sans se donner trop de mal pour y parvenir. Rohr avait estimé, avec raison, que des larmes forcées n'auraient pas plu au jury ; en tout état de cause, elle n'avait pas la larme facile.

La parole fut donnée à Cable pour le contre-interrogatoire. Que pouvait-il demander ? Quand il se leva, la tristesse et l'humilité se lisaient sur son visage.

– Nous n'avons pas de questions pour le témoin, Votre Honneur.

Fitch, lui, avait des questions, mais ne pouvait les faire poser à l'audience. Après un deuil d'une durée convenable, qui n'avait pas dépassé un an, Celeste avait commencé à voir régulièrement un divorcé, de sept ans son cadet. Fitch tenait de bonne source qu'ils avaient prévu de se marier discrètement dès la fin du procès ; il savait aussi que Rohr lui avait formellement interdit de le faire avant.

Le jury n'en serait pas informé dans la salle d'audience, mais Fitch élaborait un plan pour qu'il l'apprenne par la bande.

Après avoir remercié Celeste Wood, Rohr annonça que le demandeur n'avait plus de témoins. Les avocats des deux parties s'en félicitèrent et se scindèrent en petits groupes pour chuchoter entre eux.

Du haut de l'estrade, le juge Harkin observa le désordre, puis se tourna vers son jury.

— Mesdames, messieurs, j'ai une bonne et une mauvaise nouvelle. La bonne, comme vous pouvez le constater, est que le demandeur n'a plus personne à appeler à la barre ; nous avons fait plus de la moitié du chemin, la défense devant citer un plus petit nombre de témoins. La mauvaise, c'est que nous sommes contraints, à ce stade du procès, d'examiner un certain nombre de requêtes. Nous y consacrerons la majeure partie de la journée de demain. Nous n'avons pas le choix.

Nicholas leva la main. Harkin le regarda en silence quelques secondes.

— Oui, monsieur Easter ? articula-t-il.

— Voulez-vous dire que nous allons passer la journée à tourner en rond au motel ?

— Je le crains.

— Je ne comprends pas pourquoi.

Les groupes d'avocats se défirent, les chuchotements cessèrent, les regards se tournèrent vers Easter ; il était rare qu'un juré prenne la parole pendant l'audience.

— Un certain nombre de choses doivent être faites hors de la présence du jury.

— J'ai compris, Votre Honneur. Mais pourquoi serions-nous obligés d'attendre au motel ?

— Que voulez-vous faire ?

— Des tas de choses me viennent à l'esprit. Nous pourrions louer un bateau pour faire une promenade dans le golfe du Mexique ou même pêcher.

— Je ne puis demander aux contribuables du comté de payer une promenade en mer, monsieur Easter.

— Ne sommes-nous pas des contribuables ?

— Désolé, la réponse est non.

— Ne parlons plus de l'argent des contribuables. Je suis sûr que ces messieurs les avocats accepteraient de mettre la main à la poche. Nous pourrions leur demander de placer mille dollars chacun sur la table ; cette somme nous permettrait de louer un gros bateau et de passer une belle journée.

Cable et Rohr réagirent dans le même instant, mais Rohr fut le premier à parler.

— Nous serions très heureux de régler la moitié des dépenses, Votre Honneur.

— C'est une merveilleuse idée, ajouta aussitôt Cable d'une voix forte.

— Attendez, fit Harkin en levant les deux mains.

Il chercha fébrilement un précédent en se frottant les tempes ; il n'y en avait évidemment pas. Ni la législation ni la jurisprudence ne s'y opposaient.

Loreen Duke tapota le bras de Nicholas, se pencha pour lui murmurer quelque chose à l'oreille.

— J'avoue, reprit Harkin, que je n'ai jamais vu cela. J'imagine que la décision est laissée à notre discrétion. Maître Rohr ?

— Cela ne peut faire de mal à personne, Votre Honneur. Si nous partageons les frais, pas de problème.

— Maître Cable ?

— Je ne vois rien dans les textes ni les règles de procédure qui s'y oppose. Je partage l'avis de mon confrère ; si les frais sont partagés, cela ne peut pas faire de mal.

— Excusez-moi, monsieur le juge, coupa Nicholas, la main levée. Il se pourrait que certains des jurés préfèrent faire les boutiques à La Nouvelle-Orléans plutôt qu'une promenade en mer.

Cette fois encore, Rohr devança Cable d'un souffle.

— Nous serions heureux de partager les frais de location d'un car, Votre Honneur. Et du déjeuner.

— Bien sûr, fit Cable. Le dîner aussi.

Gloria Lane s'avança vers le banc des jurés, une feuille à la main. Nicholas, Jerry Fernandez, Lonnie Shaver, Rikki Coleman, Angel Weese et le colonel Herrera choisirent la promenade en mer ; les autres préféraient le Vieux Carré.

En comptant la déposition vidéo de Jacob Wood, Rohr et son équipe avaient appelé dix témoins à la barre ; treize journées d'audience avaient été nécessaires pour les entendre. Il appartenait maintenant au jury non pas de déterminer si les cigarettes étaient dangereuses, mais si le moment était venu de punir les fabricants.

En temps normal, Rohr aurait appelé au moins trois autres experts à la barre. Un pour traiter de la dimension psychologique de la publicité, un autre pour expliquer le processus de la dépendance, le troisième pour décrire en détail l'application d'insecticides et de pesticides sur les feuilles de tabac.

Mais le jury était tenu en isolement ; il fallait savoir s'arrêter. De plus, ce n'était pas, à l'évidence, un jury ordinaire. Un aveugle, un marginal qui faisait du yoga au déjeuner. Des exigences à n'en plus finir. Argenterie et vaisselle en porcelaine, bière après la journée d'audience, le tout aux frais du contribuable. Excursions et visites personnelles.

Ce n'était pas une situation ordinaire pour Fitch non plus, l'homme qui avait saboté plus de jurys que n'importe qui d'autre. Il avait tendu ses pièges, découvert le lot habituel de secrets honteux. Ses différentes combines se déroulaient sans anicroche ; un seul incendie, jusqu'à présent, pas de violences. Mais l'irruption de Marlee sur la scène avait tout changé. Il réussirait, par son intermédiaire, à acheter le verdict, un verdict écrasant, propre à humilier Rohr et à semer la panique dans les rangs des hordes de charognards, les avocats aux doigts crochus, impatients de se jeter sur leur proie.

Dans le plus grand procès opposant l'industrie du tabac au plus puissant groupe d'avocats jamais réunie pour défendre une plaignante, sa chère petite Marlee lui offrirait la victoire. Fitch y croyait dur comme fer ; c'était devenu une obsession. Il pensait sans arrêt à elle, il la voyait dans ses rêves.

Sans Marlee, Fitch aurait perdu le sommeil. L'occasion était propice à un verdict rendu en faveur de la partie civile ; le tribunal, le juge, l'état d'esprit, tout s'y prêtait. Les experts cités par la partie adverse étaient de loin les meilleurs que Fitch eût entendus depuis qu'il avait la responsabilité de la défense. Neuf ans, huit procès, huit victoires. Quelle que fût son opinion sur Rohr, il reconnaissait dans son for intérieur qu'aucun avocat n'était mieux à même que lui de porter un coup fatal à l'industrie du tabac.

Une victoire sur Rohr dans son fief de Biloxi élèverait une barrière qui pourrait se révéler infranchissable.

Quand Fitch faisait le compte des voix des jurés, il commençait toujours par Rikki Coleman, à cause de l'avortement. La voix de Rikki était acquise, même si elle l'ignorait encore. Il ajoutait Lonnie Shaver, puis le colonel Herrera ; Millie Dupree ne devrait pas faire de difficultés. Les consultants étaient persuadés de pouvoir compter sur Sylvia Taylor-Tatum, une fumeuse ; mais ils ignoraient qu'elle couchait avec Jerry Fernandez, qui était très copain avec Easter. Tout laissait prévoir que ces trois-là voteraient pareil. Loreen Duke était la voisine de Nicholas ; ils se parlaient souvent à voix basse pendant l'audience. Fitch supposait qu'elle se rangerait à l'opinion d'Easter. Angel Weese, la seule autre femme de race noire, devrait la suivre ; impossible de savoir ce que pensait Angel.

Il ne faisait aucun doute qu'Easter conduirait les délibérations. Fitch, qui venait de découvrir qu'il avait fait deux ans de droit, était prêt à parier que les autres jurés le savaient depuis longtemps.

Impossible de prévoir comment Herman Grimes voterait ; Fitch ne comptait pas sur lui. Pas plus que sur Phillip Savelle. Il n'était pas trop inquiet au sujet de Gladys Card, une femme d'âge mûr, d'esprit conservateur, qui hésiterait certainement quand Rohr réclamerait vingt millions de dollars en dommages-intérêts.

Fitch avait donc quatre jurés dans sa poche, peut-être cinq, en comptant Gladys Card. Pour Herman Grimes, c'était du cinquante-cinquante. Il faisait une croix sur Savelle qui cherchait trop l'harmonie avec la nature pour avoir de la sympathie pour les fabricants de tabac. Restaient donc Easter et sa bande. Une majorité de neuf voix était exigée pour rendre un verdict. À défaut, Harkin serait obligé de prononcer l'ajournement. Un procès ajourné pouvait être rejugé, ce que Fitch tenait à éviter. L'armée d'analystes et d'experts de tout poil qui suivaient le procès, la plupart du temps en désaccord, étaient pourtant unanimes à estimer qu'un vote à l'unanimité en faveur de Pynex refroidirait les antitabacs pendant une dizaine d'années.

Fitch était déterminé à y parvenir, coûte que coûte.

Ce lundi soir, dans les bureaux de Rohr, l'atmosphère était détendue. Comme ils n'avaient plus de témoins à citer, la tension était provisoirement retombée. Une bonne bouteille de scotch circula dans la salle de conférences ; Rohr but son eau minérale en grignotant quelques crackers au fromage.

La balle était maintenant dans le camp de Cable. À lui de passer ses journées à préparer les témoins. Rohr n'aurait plus qu'à réagir, à mener les contre-interrogatoires ; il avait visionné une douzaine de fois l'enregistrement vidéo de la déposition de tous les témoins de la défense.

Jonathan Kotlack, l'avocat chargé de la sélection du jury, ne buvait, lui aussi, que de l'eau. Il s'interrogeait avec Rohr sur Herman Grimes ; ils avaient tous deux le sentiment que l'aveugle était dans leur camp. Ils étaient optimistes pour Millie Dupree et

Savelle. Herrera était plus inquiétant. Les trois Noirs – Lonnie, Angel et Loreen – offraient de bonnes garanties. C'était, somme toute, la lutte du pot de terre contre le pot de fer ; ils seraient certainement de leur côté, comme d'habitude.

Easter était la clé de tout ; c'était lui le chef, tout le monde le savait. Rikki le suivrait, Jerry était comme un complice. De nature moutonne, Sylvia se rangerait à l'avis du plus grand nombre ; Gladys Card aussi.

Il leur fallait neuf voix ; Rohr était persuadé de les avoir.

25

Small, l'enquêteur de Lawrence, continuait consciencieusement de suivre des pistes qui semblaient ne mener nulle part. Le lundi soir, le privé se rendit au Mulligan ; il but plusieurs verres, engagea la conversation avec les serveuses et les étudiants en droit, ne réussit qu'à leur mettre la puce à l'oreille.

Le mardi matin, il fit une visite de trop. Il alla voir une certaine Rebecca qui, quelques années plus tôt, en préparant sa licence, avait travaillé comme serveuse au Mulligan, en compagnie de Claire Clement. Les deux jeunes femmes étaient très liées, s'il fallait en croire le patron de Small, qui le tenait de bonne source. Rebecca le reçut dans son bureau d'une banque du centre-ville, où elle occupait un poste de direction. Il se présenta avec maladresse, éveillant d'emblée ses soupçons.

— N'avez-vous pas travaillé avec Claire Clement, il y a quelques années ? demanda-t-il.

Ils étaient debout, de part et d'autre du bureau. Elle ne l'avait pas invité à s'asseoir ; elle avait du travail par-dessus la tête.

— Peut-être, répondit Rebecca, les bras croisés, la tête penchée, très élégante. Qui cela intéresse-t-il ?

Un téléphone se mit à bourdonner derrière elle.

— Savez-vous où elle vit aujourd'hui ?

— Non. Pourquoi cette question ?

Small répéta l'histoire qu'il avait apprise par cœur ; il ne savait rien de plus.

— Parce qu'elle est un juré potentiel dans un procès important. Mon agence a été engagée pour mener une enquête minutieuse sur son passé.

– Où a lieu ce procès ?

– Je ne peux pas le dire. Vous avez travaillé ensemble au Mulligan, n'est-ce pas ?

– Il y a bien longtemps.

– D'où venait-elle ?

– En quoi cela peut-il vous intéresser ?

– Pour ne rien vous cacher, c'est une des questions de ma liste. Nous prenons des renseignements, c'est tout. Savez-vous d'où elle est originaire ?

– Non.

La question n'était pas anodine. La piste de Claire commençait à Lawrence et s'y achevait.

– En êtes-vous sûre ?

Le regard noir, Rebecca pencha la tête de l'autre côté.

– Je ne sais pas d'où elle vient. Quand je l'ai rencontrée, elle travaillait au Mulligan ; la dernière fois que je l'ai vue, elle travaillait au Mulligan.

– Lui avez-vous parlé récemment ?

– Pas depuis quatre ans.

– Avez-vous connu Jeff Kerr ?

– Non.

– Qui fréquentait-elle à Lawrence ?

– Je ne sais pas. Écoutez, j'ai du travail et vous perdez votre temps. Je ne connaissais pas Claire si bien que ça ; je la trouvais sympa, mais nous n'étions pas très liées. Maintenant, j'ai à faire. Merci.

Elle indiqua la porte ; Small sortit en traînant les pieds.

Quand elle le vit quitter la banque, Rebecca ferma la porte de son bureau ; elle composa un numéro à Saint Louis. La voix enregistrée qui répondit était celle de son amie Claire. Elles ne s'étaient pas vues depuis un an, mais se parlaient au téléphone au moins une fois par mois. Claire et Jeff menaient une drôle d'existence, toujours sur le départ, jamais longtemps au même endroit, entretenant le mystère sur leurs déplacements. Seul l'appartement de Saint Louis restait le même. Claire l'avait prévenue qu'elle pourrait tomber sur des curieux qui poseraient des questions bizarres. Elle avait, en plusieurs occasions, donné à entendre que Jeff et elle travaillaient pour le gouvernement, sans préciser en quelle qualité.

En entendant le signal sonore, Rebecca laissa un message faisant état de la visite de Small.

Marlee interrogeait tous les matins sa messagerie vocale ; en écoutant le message de Lawrence, son sang se glaça dans ses veines. Elle passa un linge mouillé sur son visage, essaya de se calmer.

Elle rappela Rebecca en s'efforçant de paraître aussi naturelle que possible ; elle avait la bouche sèche et le cœur battant. Oui, un empoté du nom de Small avait interrogé Rebecca sur Claire Clement et avait prononcé le nom de Jeff Kerr. À la demande de Marlee, elle répéta la conversation presque mot pour mot.

— Tout va bien ? se contenta de demander Rebecca qui savait ne pas poser trop de questions.

— On ne peut mieux, répondit Marlee. Nous passons quelque temps sur la plage.

Rebecca aurait aimé savoir laquelle, mais elle n'insista pas. Avec Claire, toute curiosité paraissait déplacée. Elles se quittèrent en se promettant, comme d'habitude, de se revoir bientôt.

Marlee et Nicholas n'avaient jamais imaginé que quelqu'un remonterait jusqu'à Lawrence. Les questions se bousculaient maintenant dans son esprit. Qui les avait retrouvés, le camp de Fitch ou celui de Rohr ? Probablement Fitch ; il avait plus de ressources et de ruse. Quelle erreur avaient-ils commise ? Comment leur piste avait-elle quitté Biloxi ? Qu'avait-on appris sur eux ?

Et jusqu'où iraient-ils ? Elle devait en discuter avec Nicholas qui, au même moment, se trouvait sur un bateau, quelque part dans le golfe du Mexique, en train de pêcher le maquereau et de renforcer ses liens avec les autres jurés.

Fitch, lui, n'était pas à la pêche ; depuis trois mois, il n'avait pas pris une seule journée de repos ni de loisir. Il classait des documents à son bureau quand l'appel arriva.

— Bonjour, Marlee, dit-il à la fille de ses rêves, en approchant le combiné de son visage.

— Salut, Fitch. Vous en avez perdu un autre.

— Un autre quoi ? demanda-t-il, en se retenant de l'appeler Claire.

— Un autre juré. Loreen Duke a été subjuguée par Robilio ; elle mène le combat pour dédommager la veuve.

— Mais elle n'a pas encore entendu nos témoins...

— C'est vrai. Sur les quatre fumeurs du jury, devinez combien ont commencé après l'âge de dix-huit ans.

– Je ne sais pas.

– Pas un seul ; ils ont tous commencé dans l'adolescence. Herman et Herrera aussi ont fumé ; devinez à quel âge ils ont commencé.

– Je n'en sais rien.

– Quatorze et dix-sept ans. Les fumeurs représentent la moitié du jury, Fitch, et ils ont tous commencé quand ils étaient mineurs.

– Que voulez-vous que j'y fasse ?

– Continuez donc à mentir. Dites-moi s'il y a beaucoup de chances que nous ayons une petite conversation, un tête-à-tête, sans être entourés de vos hommes de main cachés derrière les buissons.

– De fortes chances.

– Encore un mensonge. Voici ce que je propose : nous allons nous rencontrer pour discuter ; si mes hommes voient les vôtres rôder autour de nous, cette conversation sera la dernière.

– Vos hommes ?

– Tout le monde peut recruter des hommes de main, Fitch. Vous devriez le savoir.

– Marché conclu.

– Vous connaissez ce petit restaurant de fruits de mer, chez Casella, où l'on mange en terrasse, au bout de la jetée de Biloxi ?

– Je trouverai.

– C'est de là que j'appelle. Je vous observerai quand vous avancerez sur la jetée ; si je remarque le moindre individu louche à proximité, tout sera terminé.

– Quand ?

– Tout de suite. J'attends.

José ralentit quelques secondes sur le parking du petit port de plaisance ; Fitch fut pratiquement obligé de sauter de la Suburban qui s'éloigna aussitôt. Fitch, tout seul, sans micro, s'engagea sur la jetée de bois dont les grosses planches oscillaient au-dessus des flots. Assise à une table protégée par un parasol, Marlee avait la tête tournée vers la jetée. Il n'était pas encore l'heure de déjeuner ; l'endroit était désert.

– Bonjour, Marlee, dit Fitch en approchant.

Il s'arrêta devant la table, prit place en face d'elle. Elle portait un ensemble en jean, une casquette de pêcheur et des lunettes de soleil.

— C'est un plaisir de vous revoir, Fitch.

— Êtes-vous toujours aussi revêche ? demanda-t-il avec affabilité en s'efforçant de loger son corps massif sur le siège étroit.

— Avez-vous un micro, Fitch ?

— Bien sûr que non.

Elle prit dans son volumineux sac à main un appareil noir et plat ressemblant à un petit Dictaphone, enfonça une touche et le posa sur la table, le dirigeant vers la panse rebondie de Fitch.

— Ne m'en veuillez pas, reprit-elle. C'est juste pour savoir si vous avez eu le temps de cacher un micro sur vous.

— J'ai dit que je n'en avais pas, dit Fitch, dissimulant son soulagement.

Konrad avait suggéré un petit micro autour du cou, émettant vers une camionnette stationnée à proximité. Pressé d'arriver à son rendez-vous, Fitch avait refusé.

Elle jeta un coup d'œil à l'écran à affichage digital du détecteur, replaça l'appareil dans son sac. Fitch esquissa un sourire.

— J'ai reçu ce matin un coup de téléphone de Lawrence, reprit-elle. Il y a là-bas un gros maladroit qui brasse de l'air et fouille dans le passé des gens.

— Je ne vois pas de quoi vous parlez, répondit Fitch d'une voix hésitante, sans conviction.

C'était Fitch ! Ses yeux le trahirent ! Ils se détournèrent, se baissèrent fugitivement avant de revenir affronter les siens, se dérobèrent de nouveau, le tout en un instant. Elle tenait sa preuve ! Sa respiration s'était interrompue fugacement, un frémissement avait agité ses épaules. Il était démasqué !

— Un seul autre coup de téléphone de vieux amis et vous n'entendrez plus jamais ma voix.

Fitch s'était déjà ressaisi.

— Qu'y a-t-il donc à Lawrence ? demanda-t-il, comme si son intégrité était mise en doute.

— N'insistez pas, Fitch. Et rappelez vos limiers.

Il soupira bruyamment, haussa les épaules comme s'il ne comprenait rien à cette histoire.

— Très bien. J'aimerais seulement savoir de quoi vous parlez.

— Vous le savez. Un autre coup de téléphone et tout est fini. D'accord ?

— Comme vous voudrez.

Fitch ne pouvait voir ses yeux, mais il en sentait la force derrière les verres noirs. Elle resta un moment silencieuse. Un serveur s'activait à une table voisine ; il ne fit pas mine de venir prendre leur commande.

— Quand allons-nous cesser de jouer ? demanda enfin Fitch, en se penchant vers elle.

— Tout de suite.

— Parfait ; que voulez-vous ?

— De l'argent.

— Naturellement. Combien ?

— Je fixerai un prix plus tard. Je suppose que vous êtes prêt à passer un marché.

— Je suis toujours prêt à passer un marché. Mais je dois savoir ce que j'obtiens en échange.

— C'est très simple, Fitch ; cela dépend de ce que vous voulez. Le jury peut agir de quatre manières différentes. Il peut rendre un verdict en faveur de la plaignante. Il peut être partagé et ne pas trouver une majorité ; dans ce cas, vous reviendrez dans un ou deux ans pour tout recommencer. Rohr sera encore là. Le jury peut se prononcer à une majorité de neuf voix contre trois et vous remportez une belle victoire. Ou bien il rend à l'unanimité un verdict en faveur de la défense et vos clients sont tranquilles pendant plusieurs années.

— Je sais tout cela.

— Évidemment. En excluant un verdict favorable à la plaignante, il reste trois possibilités.

— Que pouvez-vous garantir ?

— Ce que je veux, y compris un verdict en faveur de la partie adverse.

— Les autres sont disposés à payer ?

— Des discussions sont en cours, Fitch. Tenons-nous-en à notre affaire.

— Vous mettez le verdict aux enchères ? Vous le vendez au plus offrant ?

— À moi d'en décider.

— Je me sentirais mieux si vous vous teniez à l'écart de Rohr.

— Peu m'importe comment vous vous sentez.

Un autre serveur apparut, s'avança vers eux. Il demanda sans conviction s'ils désiraient boire quelque chose. Fitch commanda un thé glacé, Marlee un Coca light.

— Expliquez-moi comment les choses se passeront, reprit Fitch quand le serveur se fut éloigné.

– C'est très simple. Nous nous mettons d'accord sur le verdict que vous souhaitez ; il suffit de regarder le menu et de passer votre commande. Ensuite, nous nous mettons d'accord sur le prix ; vous faites en sorte que l'argent soit immédiatement disponible. Nous attendons le dernier moment, jusqu'à ce que les avocats aient présenté leurs conclusions et que les membres du jury se retirent pour délibérer. À ce stade, je vous communique mes instructions et l'argent est immédiatement transféré dans une banque, disons en Suisse. Dès que j'ai la confirmation que le virement a été effectué, le jury prononce le verdict que vous avez choisi.

Fitch avait passé des heures à imaginer un scénario étonnamment voisin, mais entendre Marlee prononcer ces mots avec tant de calme et de précision lui fit battre le cœur et tourner la tête. Oui, ce serait peut-être la plus facile de ses victoires !

– Ça ne marchera pas, fit-il avec la suffisance de celui qui s'est maintes fois trouvé en semblable situation.

– Vraiment ? Rohr n'est pas de cet avis.

Elle avait l'esprit vif et l'art de remuer le couteau dans la plaie.

– Je n'ai aucune garantie, protesta-t-il.

Elle remonta ses lunettes, s'accouda sur la table.

– Vous doutez de moi, Fitch ?

– La question n'est pas là. Vous me demandez de transférer une somme qui, je n'en doute pas, sera énorme, en espérant que votre ami soit en mesure de contrôler les délibérations. Il n'y a rien de plus imprévisible qu'un jury.

– Mon ami est en train de contrôler les délibérations, Fitch. Il aura les voix dont il a besoin bien avant que les avocats laissent la parole au jury.

Fitch allait payer ; il avait pris sa décision la semaine précédente et savait qu'il n'y aurait aucune garantie. Peu importait. Il faisait confiance à Marlee. Pour en arriver là, elle avait su avec son ami Easter prendre le temps de suivre les procès contre Big Tobacco ; s'il payait le prix, ils lui remettraient le verdict sur un plateau. Ils avaient construit leur vie là-dessus.

Que de questions il aurait voulu poser. Il aurait aimé savoir lequel des deux avait eu l'idée de suivre aux quatre coins du pays les procès contre l'industrie du tabac, en attendant de pouvoir siéger dans un jury et de vendre un verdict. Il l'aurait mise des heures, des jours sur la sellette, pour connaître tous les détails ; mais il savait qu'il n'y aurait pas de réponses.

Il savait aussi qu'elle tiendrait parole. Elle avait travaillé trop dur, était allée trop loin pour échouer.

— Je ne suis pas totalement dépourvu de ressources, vous savez, reprit-il, s'efforçant de faire bonne figure.

— Bien sûr, Fitch. Je suis sûre que vous avez tendu assez de pièges pour y prendre au moins quatre jurés. Voulez-vous que je les nomme?

Les boissons arrivèrent; Fitch but une grande gorgée de thé glacé. Non, il ne voulait pas qu'elle les nomme; il n'allait pas jouer aux devinettes avec quelqu'un qui avait toutes les cartes en main. Parler avec Marlee était comme parler au chef du jury; même si Fitch y prenait un grand plaisir, la partie était inégale. Comment savoir si elle bluffait ou disait la vérité?

— Je sens que vous doutez que j'aie la situation en main.

— Je doute de tout.

— Et si j'éliminais un juré?

— Vous avez déjà éliminé Stella Hulic.

La réplique de Fitch arracha à Marlee son premier et mince sourire.

— Je peux recommencer. Si je décidais, par exemple, de renvoyer chez lui Lonnie Shaver, seriez-vous convaincu?

Fitch faillit avaler de travers; il s'essuya la bouche du dos de la main.

— Je suis sûr que Lonnie en serait très heureux; il trouve le temps encore plus long que les autres.

— Voulez-vous que je l'élimine?

— Non, il n'est pas dangereux. Je pense qu'il vaut mieux garder Lonnie.

— Il parle beaucoup avec Nicholas, vous savez?

— Nicholas parle à tout le monde?

— Plus ou moins; laissez-lui le temps.

— Vous avez l'air d'avoir confiance.

— En Nicholas plus que dans les capacités de vos avocats; c'est tout ce qui compte.

Ils gardèrent le silence pendant que deux serveurs dressaient la table voisine. Le déjeuner était servi à partir de 11 h 30; la terrasse commençait à s'animer.

— Je ne peux conclure un marché dont j'ignore les termes, reprit Fitch quand les serveurs se furent éloignés.

— Et moi, répliqua-t-elle sans la moindre hésitation, je ne conclus rien tant que vous fouillerez dans mon passé.

— Auriez-vous quelque chose à cacher ?

— Non, mais j'ai des amis et je n'aime pas certains coups de téléphone. Si vous arrêtez tout de suite, nous nous reverrons ; sinon, vous n'entendrez plus parler de moi.

— Ne dites pas ça.

— Je parle sérieusement, Fitch. Rappelez vos limiers.

— Je n'y suis pour rien, je le jure.

— Faites-le quand même, sinon je me rapprocherai de Rohr. Si nous faisons affaire et si le verdict est en sa faveur, vous vous retrouverez au chômage et vos clients perdront des milliards de dollars. Vous ne pouvez courir ce risque, Fitch.

Elle était dans le vrai. La somme qu'elle exigerait, quel qu'en fût le montant, serait dérisoire en comparaison de ce que coûterait un verdict en faveur de la plaignante.

— Nous n'avons pas de temps à perdre, fit-il. Le procès ne durera plus très longtemps.

— Combien de temps ?

— Trois ou quatre jours pour la défense.

— J'ai faim, Fitch. Vous devriez me laisser maintenant ; je vous appelle dans quarante-huit heures.

— Quelle coïncidence ; il se trouve que j'ai faim aussi.

— Merci, je mangerai seule. Et je préfère que vous partiez.

— Comme vous voudrez, Marlee, fit-il en se levant. Bonne journée.

Elle le suivit des yeux tandis qu'il s'éloignait d'un pas nonchalant pour gagner le parking en bordure de la plage. Elle le vit s'arrêter, appeler quelqu'un sur son téléphone portable.

Après de multiples tentatives pour joindre Hoppy au téléphone, Jimmy Hull Moke se présenta à l'agence le mardi après-midi, sans avoir prévenu de son arrivée. Une réceptionniste à l'air ensommeillé annonça que M. Dupree était quelque part au fond. Elle partit le chercher, revint un petit quart d'heure plus tard en s'excusant abondamment ; M. Dupree n'était pas dans son bureau, mais en rendez-vous, à l'extérieur.

— Je vois sa voiture dehors, protesta Jimmy Hull, en indiquant le petit parking, devant l'agence, sur lequel était garée le vieux break d'Hoppy.

— Il est parti avec quelqu'un, mentit la réceptionniste, sans y mettre beaucoup de conviction.

– Où est-il allé ? demanda Jimmy Hull, comme s'il se disposait à partir à sa recherche.

– À Pass Christian ou aux environs. C'est tout ce que je sais.

– Pourquoi ne répond-il pas à mes coups de téléphone ?

– Je ne saurais vous le dire. M. Dupree est très occupé.

Jimmy Hull enfonça les deux mains dans ses poches en lançant un regard mauvais à la réceptionniste.

– Vous direz à M. Dupree que je suis passé, que je suis très mécontent et qu'il a intérêt à m'appeler. Pigé ?

– Oui, monsieur.

Le visiteur sortit, monta dans son pick-up, démarra en faisant crisser les pneus. Dès qu'elle fut sûre qu'il était parti, la réceptionniste fonça vers les bureaux pour ouvrir la porte du placard à balais où elle avait enfermé Hoppy.

Le soixante-pieds barré par le capitaine Theo parcourut cinquante milles dans le golfe du Mexique ; sous un ciel sans nuages, avec une légère brise, la moitié du jury pêcha le maquereau. Angel Weese, qui n'avait jamais mis le pied sur un bateau et ne savait pas nager, commença à vomir à deux cents mètres de la côte ; avec l'aide d'un vieux loup de mer et d'un flacon de Dramamine, elle récupéra rapidement et fut la première à prendre un poisson. Rikki était superbe dans son short qui mettait le hâle de ses jambes en valeur. Le colonel et le capitaine Theo se trouvèrent rapidement des intérêts communs ; il ne leur fallut pas longtemps pour parler stratégie navale et se raconter des histoires de guerre.

Deux matelots préparèrent un succulent déjeuner de crevettes, sandwiches aux huîtres frites, pinces de crabes et soupe de palourdes. Une première tournée de bière accompagna le repas ; Rikki fut la seule à refuser.

D'autres bières suivirent au fil de l'après-midi, sous le soleil de plus en plus chaud. Le bateau était assez vaste pour fournir un peu d'intimité. Nicholas et Jerry firent en sorte que Lonnie Shaver ait toujours une bière fraîche à portée de main. Ils étaient résolus à le faire enfin parler de lui.

Un oncle de Lonnie avait travaillé de longues années sur un crevettier ; le bateau avait sombré corps et biens dans une tempête. Enfant, Lonnie avait pêché dans les eaux du golfe du Mexique avec son oncle ; il ne voulait plus entendre parler de pêche. Mais une balade en mer lui avait paru moins insupportable que la perspective d'un voyage en car jusqu'à La Nouvelle-Orléans.

Il fallut quatre bières pour lui délier la langue. Les trois hommes s'étaient installés sous un auvent du pont supérieur ; au-dessous Rikki et Angel regardaient des hommes d'équipage laver les prises.

— Je me demande combien d'experts la défense va citer, fit Nicholas, exaspéré par la conversation sur la pêche.

Jerry était allongé sur une banquette, pieds nus, les yeux clos, une bière à la main.

— Pour ce qui me concerne, fit Lonnie, le regard tourné vers la mer, ils ne sont pas obligés d'en citer un seul.

— Vous en avez assez entendu ?

— C'est absolument ridicule. Un type fume pendant trente-cinq ans et sa veuve réclame des millions de dollars en sachant qu'il s'est tué lentement.

— Tu vois ce que j'avais dit, lança Jerry sans ouvrir les yeux.

— Quoi ? demanda Lonnie.

— Nous vous avions catalogué, Jerry et moi, comme un juré de la défense, expliqua Nicholas. C'était difficile à dire, vous ne parliez pas beaucoup.

— Et vous ? demanda Lonnie.

— Je suis encore partagé ; Jerry penche plutôt vers la défense. Hein, Jerry ?

— Je n'ai parlé de l'affaire avec personne. Je n'ai eu aucun contact interdit. Je ne me suis pas laissé acheter. Je suis un juré dont le juge Harkin peut être fier.

— Il penche pour la défense, répéta Nicholas. Il est accro, vous comprenez, mais il s'est persuadé qu'il arrêtera quand il voudra. Ce n'est pas vrai. Jerry est une mauviette qui veut avoir l'air d'un homme, un vrai, comme le colonel Herrera.

— Comme tout le monde, fit Lonnie.

— Jerry pense que, puisqu'il peut arrêter s'il le décide vraiment, tout le monde devrait pouvoir arrêter, ce qu'il n'arrive pas à faire lui-même ; en conséquence, Jacob Wood aurait dû arrêter bien avant d'être atteint du cancer.

— C'est à peu près ça, fit Jerry. Mais je m'élève contre l'appellation de mauviette.

— Cela se tient, reprit Lonnie. Comment pouvez-vous rester partagé ?

— Je ne sais pas ; peut-être parce que je n'ai pas encore entendu tous les témoins. La loi dit que nous devons nous abstenir de porter un jugement avant la fin des dépositions. Pardonnez-moi.

— Tu es pardonné, lança Jerry. C'est ton tour d'aller chercher des bières.

Nicholas vida sa boîte, descendit l'escalier étroit menant au pont sur lequel se trouvait la glacière.

— Ne vous faites pas de souci, glissa Jerry à Lonnie. Il sera de notre côté, le moment venu.

26

Le bateau débarqua ses passagers un peu après 17 heures. La joyeuse bande de pêcheurs au pas mal assuré prit pied sur la jetée où elle posa pour une photo avec le capitaine Theo et ses trophées. La plus belle prise était un requin de quarante kilos, ferré par Rikki et amené à bord par un matelot. Encadrés par deux adjoints du shérif, les jurés laissèrent derrière eux le bateau et les poissons dont ils n'auraient su que faire au motel.

Le retour du car en provenance de La Nouvelle-Orléans était prévu une heure plus tard. Cette arrivée, comme celle du bateau, fut dûment observée, photographiée et transmise à Fitch, sans que nul ne sût dans quel but. Fitch voulait tout savoir. Ses sbires n'avaient pas eu grand-chose d'autre à faire de la journée qu'attendre le retour des jurés.

Fitch s'était bouclé dans son bureau avec Swanson qui avait passé la majeure partie de l'après-midi au téléphone. Les limiers, pour reprendre l'expression de Marlee, avaient été rappelés. Fitch envoyait à leur place des spécialistes, ceux de la société de Bethesda à qui il avait fait appel pour piéger Hoppy. Swanson y avait travaillé quelque temps ; la plupart des agents étaient des anciens du FBI ou de la CIA.

Les résultats étaient garantis ; la mission – fouiller dans le passé d'une jeune femme – n'avait rien de très excitant pour eux. Swanson partait dans une heure à destination de Kansas City, d'où il dirigerait les opérations.

Il fallait éviter à tout prix de se faire prendre. Fitch était devant un dilemme : d'une part garder le contact avec Marlee, d'autre part découvrir qui elle était. Deux raisons l'incitaient à poursuivre les recherches. D'abord, il semblait très important pour elle qu'il y mette un terme ; il devait y avoir un squelette dans un placard. Ensuite, le fait qu'elle se fût donné tant de mal pour faire perdre sa trace.

Marlee avait quitté Lawrence quatre ans plus tôt, après y avoir passé trois ans. Elle ne s'appelait pas Claire Clement en y arrivant, pas plus qu'après son départ. Au cours de cette période, elle avait rencontré et recruté Jeff Kerr, devenu Nicholas Easter, l'homme qui manipulait le jury.

Angel Weese était amoureuse ; elle souhaitait ardemment épouser Derrick Maples, un grand gaillard de vingt-quatre ans, entre deux femmes et deux emplois. Il avait perdu son boulot de vendeur de téléphones de voiture à la suite d'une fusion d'entreprises et était en train de se séparer de son épouse ; un amour de jeunesse, qui avait mal tourné. Ils avaient deux enfants en bas âge. Sa femme et son avocat réclamaient six cents dollars par mois de pension alimentaire ; Derrick se retranchait avec véhémence derrière son statut de chômeur. Les rapports s'étaient envenimés, le divorce devait être prononcé dans quelques mois.

Angel était enceinte de deux mois ; elle ne l'avait annoncé qu'à Derrick.

Le frère de Derrick, Marvis, un ancien adjoint du shérif, venait de faire la connaissance d'un certain Cleve, qui souhaitait rencontrer Derrick. Marvis lui présenta son frère.

Cleve était un rabatteur ; il fournissait des clients à Wendall Rohr. Son boulot consistait à dénicher des affaires et à s'assurer qu'elles trouvaient le chemin du bureau de Rohr. Le rabattage était tout un art, Cleve un des meilleurs dans sa partie ; Rohr ne prenait que les meilleurs. Cleve travaillait dans l'ombre ; la sollicitation de clients était encore en principe une pratique réprouvée par le barreau, même si un bel accident de la circulation attirait plus de rabatteurs que de secouristes. La carte de visite de Cleve le présentait comme un « investigateur ».

Cleve livrait aussi des documents pour le compte de Rohr ; il remettait des citations, enquêtait sur des témoins et des jurés potentiels, espionnait des avocats, les tâches habituelles d'un rabatteur quand il n'exerçait pas son activité principale. Il recevait un salaire pour ses recherches et Rohr lui versait une prime en espèces quand il lui apportait une affaire prometteuse.

Cleve rencontra Derrick dans un bar, comprit rapidement qu'il avait des difficultés financières. Il orienta habilement la conversation sur Angel, demanda s'il avait subi des pressions. Derrick répondit que personne ne lui avait parlé du procès, mais il s'était fait discret ces derniers temps, s'était installé chez un de ses frères pour échapper à la cupidité de l'avocat de sa femme.

Cleve se montra satisfait; il révéla qu'il travaillait comme consultant pour une des parties et que l'issue du procès était de la plus haute importance. Il commanda une deuxième tournée de bière, insista sur l'importance capitale de cette affaire.

Derrick avait l'esprit vif. Il ne mit pas longtemps à comprendre; l'idée de se faire un peu d'argent avait de quoi le séduire.

— Si vous en veniez au fait? dit-il.

Cleve s'apprêtait à le faire.

— Mon client est disposé à acquérir de l'influence. Contre des espèces; pas de traces.

— De l'influence, répéta Derrick en hochant la tête.

Il prit une grande gorgée de bière. Le sourire qui éclairait son visage incita Cleve à faire un pas de plus.

— Cinq mille en liquide, murmura-t-il en lançant un coup d'œil circulaire. La moitié tout de suite, l'autre moitié après le procès.

Le sourire s'élargit sur le visage de Derrick.

— Que faut-il que je fasse?

— Parler avec Angel, à l'occasion de votre prochaine visite, vous assurer qu'elle comprend l'importance de cette affaire pour le demandeur. Ne lui parlez pas de l'argent, ni de moi, ni de cette conversation. Il est trop tôt; plus tard, peut-être.

— Pourquoi?

— Parce que nous sommes en pleine illégalité. Si le juge découvrait que je vous ai parlé et proposé de l'argent pour influencer Angel, nous nous retrouverions tous deux derrière les barreaux. D'accord?

— Oui.

— Il faut bien comprendre que ce que vous faites est dangereux. Si vous ne voulez pas continuer, dites-le tout de suite.

— Dix mille.

— Comment?

— Dix. Cinq maintenant, cinq à la fin du procès.

Cleve poussa un grognement où il entrait du dégoût. Si le pauvre Derrick avait la moindre idée des sommes en jeu.

– D'accord pour dix.

– Quand puis-je toucher l'argent?

– Demain.

Ils commandèrent un sandwich, passèrent encore une heure à discuter du procès, du verdict, du meilleur moyen de convaincre Angel.

La tâche consistant à empêcher le docteur Martin Jankle de forcer sur la vodka était échue à Durwood Cable. Fitch et Jankle avaient eu une altercation; le sujet avait été de savoir si Jankle pouvait boire la veille du jour où il devait se présenter à la barre des témoins. Fitch, l'ancien alcoolique, accusait Jankle de ne pas supporter l'alcool. Jankle insulta méchamment Fitch, qui se permettait de décider si, quand et en quelle quantité le patron d'une des cinq cents plus grosses entreprises du pays pouvait boire.

Cable fut invité par Fitch à prendre parti. Il insista pour que Jankle reste dans son bureau une partie de la nuit afin de se préparer pour sa déposition. Ils firent successivement une simulation d'interrogatoire et de contre-interrogatoire; Jankle s'en sortit bien. Sans plus. Cable lui fit regarder l'enregistrement de l'exercice, en compagnie d'un groupe de consultants.

Quand on le raccompagna enfin à son hôtel, à 22 heures passées, Jankle découvrit que les boissons alcoolisées du minibar de sa chambre avaient été remplacées par des jus de fruits et du Coca.

Il ouvrit en jurant son nécessaire de voyage, dans lequel une flasque était cachée dans un petit sac de cuir. Il n'y avait plus de flasque; Fitch était passé par-là.

À 1 heure du matin, Nicholas ouvrit silencieusement la porte de sa chambre et regarda dans le couloir. Le garde avait disparu; il devait dormir.

Marlee attendait dans une chambre, à l'étage. Ils s'étreignirent, échangèrent un long baiser, sans chercher à aller plus loin. Elle avait laissé entendre au téléphone qu'il y avait une difficulté; elle exposa rapidement ce qu'elle savait, en commençant par sa conversation matinale avec Rebecca. Nicholas réagit assez bien.

Indépendamment de la passion naturelle unissant deux amants à la fleur de l'âge, leur relation ne laissait que peu de place à l'émotion. Quand elle affleurait, elle venait presque toujours de Nicholas. Il lui arrivait d'élever la voix quand la colère le gagnait, mais cela n'arrivait presque jamais. Si rares que fussent ses mouvements d'humeur, c'était beaucoup en comparaison de Marlee. Elle n'était pas froide, mais réservée ; il ne l'avait vue pleurer qu'en une seule occasion, à la fin d'un film qu'il avait détesté. Jamais ils n'avaient eu de véritable dispute. Les accrochages inévitables étaient de courte durée ; Marlee avait appris à Nicholas à se mordre la langue. Elle ne supportait pas la sensiblerie, pas plus que la bouderie ni la susceptibilité.

Elle répéta fidèlement sa conversation avec Rebecca et s'efforça de reprendre mot pour mot son entretien avec Fitch.

Se savoir en partie démasqués leur porta un rude coup. Ils avaient la certitude que c'était Fitch, mais qu'avait-il découvert exactement ? Ils avaient toujours su qu'il faudrait trouver l'identité de Jeff Kerr pour remonter à Claire Clement. Le passé de Jeff ne présentait aucun danger ; celui de Claire devait à tout prix être protégé. Sinon, autant lever le camp tout de suite.

Il ne restait plus qu'à attendre.

Derrick se glissa dans la chambre d'Angel par la fenêtre à guillotine. Il ne l'avait pas vue depuis le dimanche, près de quarante-huit heures, une éternité ; il ne pouvait attendre le lendemain soir, car il l'aimait trop et ne pouvait se passer d'elle. Elle remarqua tout de suite qu'il avait bu. Ils se jetèrent sous les couvertures, mettant silencieusement à profit cette visite personnelle non autorisée.

Derrick roula sur le côté et s'endormit instantanément.

Ils s'éveillèrent à l'aube. Angel s'affola ; elle avait un homme dans sa chambre, elle enfreignait les ordres du juge. Derrick ne manifesta aucune inquiétude ; il allait tranquillement attendre que les jurés partent au tribunal pour sortir discrètement de la chambre. Cela ne contribua guère à apaiser Angel, qui alla prendre une longue douche.

Derrick avait adopté le plan de Cleve et y avait aussitôt apporté des améliorations. Dès sa sortie du bar, il avait acheté un pack de bière et roulé des heures le long de la côte. À vitesse réduite, il avait suivi la nationale 90 de Pass Christian à Pascagoula, longé des hôtels, des casinos et des quais en buvant et en élaborant une stratégie. Après quelques bières, Cleve avait laissé échapper que les avocats de la plaignante espéraient obtenir des millions de dollars. Comme il suffisait de neuf jurés pour qu'un verdict soit rendu, Derrick s'était persuadé que la voix d'Angel valait infiniment plus que dix mille dollars.

Cette somme l'avait transporté dans un premier temps, mais, s'ils étaient disposés à casquer et à le faire si vite, ils paieraient encore plus quand le besoin s'en ferait sentir. Le prix de la voix d'Angel augmentait au fil des kilomètres ; il l'estimait maintenant à cinquante mille dollars. Et ce n'était pas fini.

Derrick creusa l'idée d'un pourcentage. En imaginant que les dommages-intérêts s'élevaient à dix millions de dollars, un pour cent, un pourcentage ridicule, représentait cent mille dollars. Pour vingt millions, on arrivait à deux cent mille. Et s'il proposait à Cleve de verser d'abord une somme en espèces, puis un pourcentage après le verdict ? Angel serait d'autant plus motivée pour faire pression sur les autres pendant les délibérations, afin de fixer un montant très élevé aux réparations pécuniaires. Une telle occasion ne se représenterait jamais.

Angel sortit de la salle de bains en peignoir ; elle alluma aussitôt une cigarette.

27

La défense de Pynex commença la journée du mercredi, sous les plus fâcheux auspices, sans qu'elle y fût pour rien. Walter Barker signait dans le numéro hebdomadaire de *Mogul,* une revue financière populaire, un article dans lequel il pariait sur une victoire du demandeur et des dommages-intérêts élevés. Barker n'était pas le premier venu ; après avoir exercé comme avocat, il faisait maintenant autorité à Wall Street dans sa spécialisté qui consistait à prédire l'issue des procès qu'il suivait. En général il ne se trompait guère. Ses articles étaient attendus avec impatience ; la défaite annoncée de Pynex fit courir un vent de panique à Wall Street. De soixante-seize dollars à l'ouverture, l'action dégringola à soixante-treize ; en milieu de matinée, elle avait perdu un point et demi de plus.

Au tribunal, l'assistance était plus fournie ; les analystes de Wall Street étaient revenus en force, chacun son exemplaire de *Mogul* à la main, abondant soudain dans le sens de Barker. Une heure plus tôt, au petit déjeuner, le sentiment général était pourtant que l'action Pynex avait bien résisté au défilé des témoins du demandeur et qu'elle devrait clôturer en forte hausse. La mine soucieuse, ils revoyaient les rapports qu'ils devaient expédier à New York. Barker était venu à Biloxi la semaine précédente ; il avait pris place au dernier rang, seul. Qu'avait-il bien pu voir qui leur avait échappé ?

Le jurés firent leur entrée à 9 heures ; Lou Dell tenait fièrement la porte, comme une mère poule ayant réussi à rassembler sa progéniture éparpillée à tous les vents. Harkin les accueillit comme s'il ne les avait pas vus depuis un mois, fit une plaisanterie sur la pêche qui tomba à plat et se lança dans sa litanie quotidienne de questions. Il promit aux jurés une fin rapide du procès.

Jankle fut appelé à la barre des témoins ; souriant, frais et dispos, délivré des effets nocifs de l'alcool, il semblait heureux de pouvoir défendre son entreprise. Cable arriva sans anicroche au terme des préliminaires.

Au deuxième rang était assis D.Y. Taunton, l'avocat noir qui avait reçu Lonnie à Charlotte. Il écoutait Jankle en regardant Lonnie à la dérobée ; il ne fallut pas longtemps pour que leurs regards se croisent. Une fois, puis deux ; la troisième fois, il inclina la tête en souriant, comme il crut devoir le faire. Le message était clair : Taunton était un homme important qui avait fait le voyage jusqu'à Biloxi, car c'était une journée importante. La parole était maintenant à la défense : il était vital que Lonnie comprenne qu'il lui fallait écouter attentivement et croire tout ce que le témoin avait à dire. Pas de problème.

Jankle passa à l'offensive sur la question du libre choix. Il reconnut que quantité de gens pensent que le tabac crée une dépendance ; il eût été ridicule de le nier. Mais y a-t-il véritablement dépendance ? Nul ne le sait vraiment, les chercheurs eux-mêmes ne peuvent se prononcer. Telle étude penche dans un sens, telle autre dans le sens contraire. Il n'avait jamais eu la preuve irréfutable de cette dépendance ; pour sa part, il n'y croyait pas. Jankle fumait depuis vingt ans, seulement parce qu'il y prenait plaisir. Il fumait un paquet par jour et avait choisi une marque à faible teneur en nicotine. Il n'était assurément pas accro ; il pouvait arrêter quand il le déciderait. Il fumait parce qu'il aimait cela. Il jouait au tennis quatre fois par semaine et son bilan de santé annuel ne montrait rien d'inquiétant.

Assis au troisième rang, derrière Taunton, Derrick Maples assistait pour la première fois au procès ; il avait quitté le motel quelques minutes après le car. Au lieu de passer, comme il l'avait prévu, la journée à chercher du travail, il rêvait maintenant d'argent facile. Angel le vit, mais garda les yeux fixés sur Jankle. Le brusque intérêt de Derrick pour le procès la laissait perplexe.

Jankle énuméra les différentes marques commercialisées par sa compagnie. Il quitta la barre pour s'installer devant un graphique en couleurs montrant la teneur en nicotine et en goudrons de chacune des huit marques. Il expliqua pourquoi certaines cigarettes ont un filtre, d'autres non, pourquoi certaines ont plus de nicotine et de goudrons que d'autres. Tout se ramenait à une question de choix ; il était fier de sa gamme de produits.

C'était un point essentiel ; Jankle le présenta habilement. En offrant un large éventail de produits, Pynex permettait à chaque consommateur de choisir la quantité de nicotine et de goudrons qu'il désirait. Le choix, toujours le choix. Choix de la teneur en nicotine et en goudrons ; choix du nombre quotidien de cigarettes ; choix de l'inhalation ou non. La question était de choisir intelligemment ce que l'on faisait subir à son corps avec les cigarettes.

Jankle prit l'exemple d'un paquet de Bristol, la deuxième marque pour les niveaux de nicotine et de goudrons ; il reconnut que si l'on abusait des Bristol, le résultat pouvait être dommageable.

La cigarette devait être utilisée avec modération. Comme quantité d'autres produits – il cita l'alcool, le beurre, le sucre, les armes à feu –, elle pouvait devenir dangereuse en cas d'abus.

Fitch suivit la déposition du fond de la salle. À sa droite était assis Luther Vandemeer, le P.-D.G. de Trellco, le numéro un mondial du tabac. Vandemeer était le chef officieux des Quatre Grands, le seul que Fitch supportait ; la réciproque était vraie.

Ils déjeunèrent chez Mary Mahoney, à une table d'angle. Ils étaient soulagés par la prestation matinale de Jankle, mais savaient que le pire était à venir. L'article de Barker leur avait coupé l'appétit.

— Quelle influence avez-vous acquise sur les jurés ? demanda Vandemeer en picorant dans son assiette.

Fitch n'allait certainement pas lui dire la vérité ; il n'avait pas à le faire. Ses bassesses n'étaient connues que de ses agents.

— Comme d'habitude, répondit-il.

— Ce ne sera peut-être pas suffisant.

— Qu'avez-vous à proposer ?

Vandemeer ne répondit pas ; il garda les yeux fixés sur les jambes d'une jeune serveuse prenant la commande à la table voisine.

— Nous faisons notre possible, reprit Fitch avec une chaleur qui ne lui ressemblait guère.

Vandemeer avait peur, avec juste raison ; la tension était énorme. Un verdict défavorable ne mettrait ni Pynex ni Trellco sur la paille, mais les conséquences en seraient lourdes et durables. Une étude interne prévoyait une baisse immédiate de vingt pour cent de l'action des quatre entreprises, pour commencer. Dans cette même étude, le scénario le plus pessimiste prévoyait un million d'actions en justice dans les cinq ans suivant ce verdict, la moyenne s'établissant à un million de dollars, uniquement pour les frais de justice et dépens ; on n'avait pas osé chiffrer le coût d'un million de procès. Ce scénario-catastrophe prenait comme hypothèse des actions en nom collectif de personnes ayant fumé et estimant avoir subi un préjudice. Dans ce cas de figure, la faillite n'était plus impossible ; des pressions seraient certainement exercées au Congrès pour proscrire la fabrication de cigarettes.

— Avez-vous assez d'argent ? demanda Vandemeer.

— Je pense, répondit Fitch, en se demandant pour la centième fois combien sa chère Marlee allait exiger.

— Le Fonds devrait être bien alimenté.

— Il l'est.

— Pourquoi ne choisiriez-vous pas simplement neuf jurés à qui vous verseriez un million de dollars chacun ? poursuivit Vandemeer en étouffant un petit rire, comme si ce n'était qu'une plaisanterie.

— J'y ai pensé, soyez-en sûr ; c'est trop risqué. Des gens se retrouveraient en prison.

— C'était pour rire.

— Nous avons des moyens d'action.

Le sourire de Vandemeer s'effaça.

— Nous devons gagner, Rankin, vous comprenez ? Il le faut ; à n'importe quel prix.

Quelques jours plus tôt, en réponse à une nouvelle requête de Nicholas Easter, le juge Harkin avait modifié l'organisation du déjeuner et autorisé les deux suppléants à prendre leur repas avec les autres jurés. Comme les quatorze jurés vivaient ensemble, regardaient la télévision, prenaient le petit déjeuner et le dîner à la même table, Nicholas trouvait ridicule qu'ils soient séparés pour le repas de midi. Les deux suppléants étaient des hommes, Henry Vu et Shine Royce.

Henry Vu était un pilote de chasse sud-vietnamien, qui avait coulé volontairement son appareil dans la mer de Chine, le lendemain de la chute de Saigon. Repêché par un bateau de sauvetage américain, il avait été soigné dans un hôpital de San Francisco. Il avait fallu un an pour faire passer sa femme et ses enfants au Laos, puis au Cambodge et en Thaïlande, d'où ils avaient gagné la Californie. La famille Vu s'était installée à Biloxi en 1978 ; Henry avait acheté un crevettier, rejoignant les pêcheurs vietnamiens, de plus en plus nombreux dans la région. L'année précédente, sa fille cadette avait obtenu une bourse d'Harvard ; il avait acheté son quatrième bateau.

Henry Vu n'avait pas essayé de se dérober à son devoir civique ; il n'avait de leçons à recevoir de personne en matière de patriotisme.

Nicholas avait d'emblée cherché à se lier avec lui. Il avait décidé de faire en sorte qu'Henry Vu soit l'un des douze jurés, qu'il soit présent quand les délibérations commenceraient.

Avec ce jury confiné dans un motel, Durwood Cable tenait par-dessus tout à ne pas faire durer les choses. Il avait réduit à cinq sa liste de témoins et prévu que les dépositions ne s'étalent pas sur plus de quatre jours.

C'est au pire moment de la journée, l'heure qui suivait le déjeuner, que Jankle reprit place à la barre des témoins pour poursuivre sa déposition.

— Que fait votre entreprise pour combattre l'intoxication des mineurs ? demanda Cable.

Jankle mit une heure à répondre à la question. Un million de dollars versés à telle association antitabac, un autre million destiné à une campagne publicitaire. Un total de onze millions l'année précédente.

Jankle donnait de temps en temps l'impression d'être dégoûté par le tabac.

Après une longue pause-café, à 15 heures, Wendall Rohr commença son contre-interrogatoire par une question vicelarde ; les choses ne firent que se gâter.

— N'est-il pas vrai, monsieur Jankle, que votre entreprise dépense des centaines de millions pour inciter les gens à fumer et que, lorsque vos cigarettes les ont rendus malades, elle refuse de débourser un dollar pour les aider ?

— C'est une question ?

— Bien sûr que c'est une question. Répondez !

— Non, ce n'est pas vrai.

— Bien. Quand Pynex a-t-elle déboursé si peu que ce soit pour les dépenses médicales d'un de ses fumeurs ?

Jankle haussa les épaules en marmonnant quelque chose.

— Excusez-moi, monsieur Jankle, je n'ai pas saisi. La question était : quand Pynex...

— J'ai entendu la question.

— Alors, répondez. Donnez-nous un exemple montrant que Pynex a proposé de participer aux frais médicaux engagés pour soigner un consommateur de vos produits.

— Aucun ne me vient à l'esprit.

— Votre entreprise refuse donc d'assumer la responsabilité de ses produits ?

— Certainement pas.

— Bien. Donnez au jury un exemple montrant que Pynex assume la responsabilité de ses cigarettes.

— Nos produits ne sont pas défectueux.

— Ne provoquent-ils pas la maladie et la mort ? lança Rohr, l'air incrédule, en battant l'air de ses deux bras.

— Pas du tout.

— Il faut que ce soit bien clair pour le jury. Vous prétendez que vos cigarettes ne provoquent pas la maladie et la mort ?

— Seulement en cas d'abus.

Rohr éclata de rire, l'air profondément dégoûté.

— Vos cigarettes doivent-elles normalement être allumées ?

— Naturellement.

— La fumée produite par la combustion du tabac et du papier doit-elle être aspirée par l'extrémité opposée à celle qui est allumée ?

— Oui.

— Cette fumée est-elle censée entrer dans la bouche ?

— Oui.

— Être inhalée dans les voies respiratoires ?

— Chacun est libre de le faire ou non.

— Inhalez-vous la fumée, monsieur Jankle ?

— Oui.

— Avez-vous eu connaissances d'études montrant que quatre-vingt-dix-huit pour cent des fumeurs inhalent la fumée ?

— Oui.

— Il est donc exact de dire que vous savez que la fumée de vos cigarettes sera inhalée ?

– Je suppose.

– Diriez-vous que ceux qui inhalent la fumée abusent du produit ?

– Non.

– Expliquez-nous, je vous prie, comment l'on peut abuser de la cigarette.

– En fumant trop.

– Qu'entendez-vous par trop ?

– J'imagine que cela dépend de chaque individu.

– Je ne parle pas à un individu, monsieur Jankle, mais au P.-D.G. de Pynex, un des plus gros fabricants de tabac au monde. Je vous demande ce que vous estimez être trop.

– Je dirais au-delà de deux paquets par jour.

– Plus de quarante cigarettes par jour ?

– Oui.

– Je vois. Sur quelle étude vous appuyez-vous pour avancer ce chiffre ?

– Aucune. Je vous ai donné mon avis.

– Au-dessous de quarante cigarettes, il n'est pas dangereux de fumer, au-dessus, on abuse du produit. C'est ce que vous déclarez à la cour ?

– C'est mon avis.

Jankle commençait à se tortiller sur son siège ; il lança un coup d'œil en direction de Cable, qui, furieux, détourna la tête. La théorie de l'abus était une idée de Jankle ; il avait insisté pour la développer.

Rohr se pencha pour étudier ses notes. Il prit son temps ; il ne voulait pas gâcher la mise à mort.

– Voudriez-vous exposer au jury les mesures que vous avez prises en votre qualité de P.-D.G. de Pynex pour avertir le public qu'il est dangereux de fumer plus de quarante cigarettes par jour.

La riposte de Jankle était prête, mais il se ravisa. Il ouvrit la bouche, aucun son n'en sortit ; le silence se prolongea. Quand il réussit à se ressaisir, le mal était fait.

– Je pense que vous m'avez mal compris.

Rohr ne voulait surtout pas le laisser s'expliquer.

– Certainement, fit-il. Je n'ai pas souvenir d'avoir vu sur un de vos produits un avertissement indiquant que la consommation de deux paquets par jour est un abus dangereux. Pourquoi ?

– Nous ne sommes pas obligés de le faire.

296

— Obligés par qui ?

— Le gouvernement.

— Ainsi donc si le gouvernement ne vous oblige pas à avertir le public de ne pas abuser de vos produits, vous ne le ferez pas de votre propre initiative ?

— Nous nous conformons à la loi.

— La loi exige-t-elle que Pynex dépense quatre cents millions de dollars en publicité, comme elle l'a fait l'an dernier ?

— Non.

— Mais vous les avez dépensés ?

— En gros.

— Si vous vouliez avertir les fumeurs des dangers potentiels du tabac, vous pourriez certainement le faire ?

— J'imagine.

Rohr passa rapidement au beurre et au sucre, deux produits cités par Jankle comme potentiellement dangereux. Il se délecta à montrer les différences entre ces deux produits et les cigarettes, tournant Jankle en ridicule.

Il avait gardé le meilleur pour la fin. Des moniteurs vidéo furent installés pendant une courte suspension d'audience. Au retour du jury, on baissa les lumières, Jankle apparut sur les écrans, la main droite levée, en train de prêter serment, à l'occasion d'une audition devant une sous-commission du Congrès. Aux côtés de Jankle se tenaient Vandemeer et les deux autres patrons des Quatre Grands, venus déposer à leur corps défendant devant un groupe de politiciens. On eût dit quatre chefs mafieux affirmant à une commission parlementaire que le crime organisé n'existe pas. Ils étaient interrogés sans ménagement.

La bande avait été largement coupée au montage. On demanda, l'un après l'autre, aux quatre patrons si la nicotine engendrait une accoutumance ; ils répondirent catégoriquement que non. Jankle était le dernier à passer ; quand vint son tour d'opposer un démenti formel à l'accusation, les membres du jury, comme ceux de la commission, eurent la conviction qu'il mentait.

28

Au long des quarante minutes d'une discussion orageuse avec Cable sur la manière dont leur cause était défendue, Fitch déballa une grande partie de ce qu'il avait sur le cœur. Il commença par Jankle et sa brillante stratégie de l'abus, une ligne de défense insensée qui risquait de les condamner. Cable n'était pas d'humeur à se faire gourmander, surtout par quelqu'un qui n'était pas inscrit au barreau et qu'il avait en aversion ; il expliqua à maintes reprises que la défense avait imploré Jankle de ne pas aborder ce sujet. Mais Jankle avait commencé sa carrière comme avocat ; il se prenait pour un penseur aux idées originales, à qui était offerte une occasion en or de sauver Big Tobacco. Il était déjà en route pour New York.

Fitch pensait aussi que le jury était las de Cable. Rohr avait réparti le travail entre les membres de son équipe. Pourquoi Cable ne laissait-il pas un avocat autre que Felix Mason et lui-même interroger un ou deux témoins ? Ils étaient pourtant assez nombreux. Était-ce pour se mettre en valeur ? Ils se lancèrent des noms d'oiseau par-dessus le bureau.

L'article de *Mogul* avait mis les nerfs à vif et apporté une tension supplémentaire.

Cable rappela à Fitch qu'il était l'avocat plaidant et avait à son actif trente années fructueuses d'expérience du prétoire. Il était le mieux placé pour percevoir l'état d'esprit des jurés. Fitch rappela à Cable qu'il s'agissait de son neuvième procès pour l'industrie du tabac, sans parler des deux qui n'étaient pas allés à leur terme, et qu'il avait vu des avocats de la défense autrement plus efficaces que lui.

Quand les insultes et les jurons diminuèrent d'intensité et que les deux hommes s'efforcèrent de recouvrer leur calme, ils convinrent de faire court. Cable prévoyait trois journées pour la défense, y compris les contre-interrogatoires de Rohr. Trois, pas une de plus, déclara Fitch.

Il sortit en claquant la porte, retrouva José dans le couloir. Il firent irruption dans différents bureaux où s'affairaient encore des avocats en bras de chemise, des assistants grignotant une pizza et des secrétaires courant en tous sens, pressées d'en finir et d'aller rejoindre leurs enfants.

En voyant Fitch enfiler les couloirs en trombe, suivi du gros José, tout le monde baissait le nez ou rentrait précipitamment dans son bureau.

José s'installa au volant de la Suburban, tendit à Fitch une pile de fax qu'il parcourut tandis que la voiture filait à vive allure vers leur quartier général. Le premier était une liste des déplacements de Marlee, depuis leur rencontre sur la jetée. Rien de particulier.

Ensuite venait un résumé des recherches qui se poursuivaient à Kansas City. Une Claire Clement vivait à Topeka ; c'était une pensionnaire d'une maison de retraite. Celle de Des Moines avait répondu au téléphone, dans le bureau de son mari, un vendeur de voitures d'occasion. Swanson affirmait qu'ils suivaient d'autres pistes, sans donner de détails. Un ancien copain de fac de Kerr avait été retrouvé à Kansas City ; ils essayaient de fixer un rendez-vous.

En passant devant la vitrine d'une épicerie, une enseigne au néon pour une marque de bière attira l'attention de Fitch. Il mourait d'envie de retrouver l'odeur et le goût d'une bière bien fraîche. Une seule ! Une bonne bière glacée dans une grande chope. À quand remontait la dernière ?

L'envie de s'arrêter était forte ; les yeux fermés, Fitch essaya de penser à autre chose. Il pouvait envoyer José en acheter une, une seule, bien fraîche, et on n'en parlerait plus. Après neuf années d'abstinence, une bière ne pouvait pas lui faire de mal. Pourquoi n'en boirait-il pas une, juste une ?

Parce qu'il en avait descendu des milliers. Si José entrait dans cette épicerie, il s'arrêterait de nouveau deux cents mètres plus loin. Quand ils arriveraient enfin au bureau, la voiture serait pleine de bouteilles vides ; Fitch en lancerait sur les véhicules qu'ils croiseraient. L'alcool ne lui réussissait pas.

Juste une pour détendre ses nerfs, pour l'aider à oublier cette maudite journée...

— Ça va, patron ? demanda José.

Fitch grommela une réponse inaudible, cessa de penser à la bière. Où était Marlee, pourquoi n'avait-elle pas appelé ? Le procès touchait à sa fin. Il faudrait un peu de temps pour négocier l'accord et le mettre en œuvre.

En repensant à l'article de *Mogul*, il avait hâte de revoir Marlee. La voix de Jankle développant sa théorie idiote résonnait dans ses oreilles, les visages des jurés défilaient devant ses paupières closes ; il avait hâte de revoir Marlee.

Considérant qu'il avait dorénavant un rôle clé dans le procès, Derrick choisit un autre lieu de rendez-vous pour le mercredi soir. C'était un bar chaud du quartier noir de Biloxi ; Cleve connaissait l'établissement. Derrick imaginait qu'il prendrait l'ascendant en le recevant sur son territoire. Cleve exigea qu'ils se retrouvent sur le parking.

Quand Derrick arriva, le parking était presque plein ; Cleve était en retard. Derrick l'aperçut, au volant d'une voiture ; il s'avança vers la portière du conducteur.

— Je ne crois pas que ce soit une bonne idée d'entrer là-dedans, fit Cleve en regardant par la vitre entrebâillée le bâtiment obscur aux murs de parpaings, aux fenêtres munies de barreaux d'acier.

— Mais si, répliqua Derrick, lui-même un peu inquiet, mais qui ne l'aurait avoué pour rien au monde. Il n'y a pas de danger.

— Pas de danger ? Trois types s'y sont fait poignarder depuis un mois. Je serai le seul Blanc ; vous voudriez que je me pointe là-dedans pour vous remettre les cinq mille dollars que j'ai dans ma poche ? Qui va recevoir un coup de couteau, à votre avis ? Vous ou moi ?

Derrick ne lui donnait pas tort, mais il ne voulait pas céder si vite. Il se pencha vers la vitre, fit le tour du parking du regard, sentit la peur le gagner.

— Je vous dis qu'on peut y aller, affirma-t-il, en jouant les durs.

— Pas question. Si vous voulez l'argent, retrouvez-moi au Waffle House, sur la nationale 90.

Cleve mit le moteur en marche, remonta la vitre. Derrick regarda s'éloigner les cinq mille dollars ; il s'élança vers sa voiture.

Ils prirent des crêpes et burent un café au comptoir. Ils parlaient à voix basse ; le cuisinier qui faisait cuire des œufs et griller des saucisses à moins de trois mètres d'eux semblait tendre l'oreille dans leur direction.

Derrick était nerveux ; ses mains ne cessaient de trembler. Un rabatteur remettait tous les jours des pots-de-vin ; ce n'était pas une affaire pour Cleve.

Derrick se jeta à l'eau, lâcha la phrase qu'il avait répétée toute l'après-midi.

— Voilà, je me suis dit que dix mille, ce n'était pas assez.

— Je croyais que nous étions d'accord sur la somme, répliqua Cleve sans s'émouvoir le moins du monde, en continuant de mâcher sa bouchée de crêpe.

— Je crois que vous cherchez à m'entuber.

— C'est votre manière de négocier ?

— Vous n'offrez pas assez. J'ai bien réfléchi ; je suis même allé au tribunal ce matin, pour voir. Je sais ce qui se passe, j'ai tout compris.

— Ah, oui ?

— Oui. Vous ne jouez pas franc jeu.

— Je n'ai pas entendu de plaintes, hier soir, quand nous nous sommes mis d'accord sur dix mille.

— Vous m'avez pris au dépourvu ; aujourd'hui, c'est différent.

Cleve s'essuya la bouche avec une serviette en papier, attendit que le cuisinier aille servir un client à l'autre bout du comptoir.

— Alors, fit-il, que voulez-vous ?

— Beaucoup plus.

— Nous n'avons pas le temps de jouer à ça ; dites ce que vous voulez.

La gorge serrée, Derrick regarda par-dessus son épaule.

— Cinquante mille, fit-il à mi-voix, plus un pourcentage sur les dommages-intérêts.

— Quel pourcentage ?

— Je pense que dix pour cent, ce serait bien.

— Ah, oui ? lança Cleve en jetant sa serviette sur son assiette. Vous êtes tombé sur la tête, mon vieux, ajouta-t-il en posant un billet de cinq dollars sur le comptoir. Dix mille, à prendre ou à laisser. Au-delà, il y a trop de risques.

Il s'éloigna rapidement ; Derrick fouilla dans ses poches, ne trouva que quelques pièces de monnaie. Le cuisinier s'approcha, le regard méfiant.

— Je croyais qu'il allait payer le tout, fit Derrick en tapotant sa poche de poitrine.

— Combien avez-vous ? demanda le cuisinier en ramassant le billet de cinq dollars.

— Quatre-vingts cents.

— Ça ira.

Derrick s'élança vers le parking. Cleve était déjà au volant de sa voiture, la vitre baissée ; le moteur tournait.

— Je parie que les autres paieront mieux, fit Derrick en se penchant vers le conducteur.

— Tentez votre chance. Allez les voir demain, dites que vous exigez cinquante mille dollars pour leur apporter une voix.

— Et dix pour cent.

— Vous n'y connaissez rien, mon vieux.

Cleve coupa le contact, ouvrit lentement sa portière et descendit. Il alluma une cigarette.

— Vous n'avez pas compris qu'un verdict en faveur de la défense signifie que l'argent ne change pas de mains. Des clopinettes pour la plaignante, cela veut dire des clopinettes pour la défense ; plus question de pourcentage. Les avocats de la plaignante touchent quarante pour cent de zéro ! Pigé ?

— Oui, fit Derrick, pas totalement convaincu.

— Ma proposition est totalement illégale, reprit Cleve. Ne vous montrez pas trop gourmand ; vous pourriez vous faire prendre.

— Quand il y a tant d'argent en jeu, dix mille dollars, ce n'est pas beaucoup.

— Il ne faut pas voir les choses de cette manière. Dites-vous plutôt qu'Angel n'a droit à rien, que dalle ; elle accomplit son devoir civique et touche quinze dollars par jour du comté pour se conduire en bonne citoyenne. Les dix mille dollars sont un dessous-de-table, l'argent de la corruption, à oublier dès qu'il est touché.

— Si vous proposez un pourcentage, elle sera plus motivée pour influencer les autres.

Cleve tira longuement sur sa cigarette, exhala lentement en secouant la tête.

— Décidément, vous ne comprenez pas. Si une réparation est

accordée à la plaignante, l'argent ne sera pas versé avant plusieurs années. Vous compliquez trop les choses, Derrick ; prenez ce que je vous offre et parlez à Angel. Aidez-nous.

– Vingt-cinq mille.

L'extrémité de la cigarette rougeoya dans la pénombre. Elle tomba sur l'asphalte ; Cleve l'écrasa du talon.

– Il faut que j'en parle à mon patron.

– Vingt-cinq mille, pour chaque voix.

– Pour chaque voix ?

– Angel peut vous en assurer plusieurs.

– Lesquelles ?

– Je ne dirai rien.

– Je vais en parler à mon patron.

Dans la chambre 54, Henry Vu lisait des lettres de sa fille tandis que Qui, son épouse, étudiait les nouvelles polices d'assurance pour leur flottille de pêche. Nicholas regardait un film à la télévision. La 48 était vide. Dans la 44, Lonnie et sa femme faisaient leur premier câlin depuis près d'un mois ; ils n'avaient pas beaucoup de temps, la belle-sœur de Lonnie gardait les enfants. Dans la chambre 58, Mme Grimes regardait un feuilleton tandis qu'Herman travaillait sur son ordinateur. Le colonel avait quitté la chambre 50 pour s'installer dans la Salle des fêtes ; sa femme rendait visite à une cousine, au Texas. La 52 aussi était vide : Jerry buvait une bière avec Easter et Herrera, en attendant de pouvoir se glisser dans la chambre de Sylvia. Dans la 56, Shine Royce, l'autre suppléant, regardait la télévision, attablé devant une pile de petit pains qu'il beurrait abondamment. À cinquante-deux ans, sans emploi, il n'avait pas un sou vaillant et vivait dans une caravane de location avec une femme plus jeune que lui et ses six enfants. Il ne cessait de remercier la Providence qui lui offrait quinze dollars par jour à ne rien faire. Il lui suffisait de s'asseoir au banc des jurés et d'écouter, en échange de quoi, non seulement il recevait de l'argent, mais il était nourri. Dans la 46, Phillip Savelle et sa compagne pakistanaise buvaient une tisane en fumant un joint, les fenêtres grandes ouvertes.

De l'autre côté du couloir, dans la chambre 49, Sylvia Taylor-Tatum parlait avec son fils au téléphone. Dans la 45, Gladys Card jouait au gin-rummy avec son mari ; dans la 51, Rikki Coleman attendait Rhea, qui n'était pas sûr de venir, la baby-sitter n'ayant pas appelé. Assise sur le lit de la chambre 53, Loreen Duke, dévorée par l'envie, grignotait un gâteau au chocolat en écoutant Angel Weese et son fougueux ami, qui faisaient vibrer les cloisons de la chambre 55.

Dans la 47, Hoppy et Millie Dupree faisaient l'amour comme ils ne l'avaient jamais fait. Hoppy était arrivé avec un gros sac de nourriture chinoise et une bouteille de médiocre champagne ; ils n'en avaient pas bu depuis des années. En temps normal, Millie aurait fait des histoires pour l'alcool, mais les circonstances étaient particulières. Elle but quelques gouttes de champagne dans un gobelet en plastique, pour accompagner une belle part de porc à la sauce aigre-douce. Et Hoppy sauta sur elle.

Après l'amour, allongés dans l'obscurité, ils parlèrent à voix basse des enfants, de leurs écoles et de la maison. Elle était lasse de la situation et aspirait à retrouver sa famille. Hoppy évoquait tristement son absence du foyer ; les enfants étaient irritables, la maison dans un état lamentable. Millie manquait à tout le monde.

Il s'habilla, alluma le téléviseur ; elle enfila son peignoir, se versa un centimètre de champagne.

— Tu ne vas pas en croire tes yeux, fit Hoppy en sortant d'une poche de sa veste un bout de papier plié.

— Qu'est-ce que c'est ? demanda-t-elle en le dépliant.

C'était une copie de la note bidon de Fitch, énumérant les péchés de Leon Robilio. Elle lut lentement le texte, lança à son mari un regard soupçonneux.

— Comment l'as-tu eu ?

— Je l'ai reçu par fax, répondit Hoppy.

Il avait choisi cette réponse, car il ne supportait pas l'idée de mentir à Millie. Il avait honte de ce qu'il faisait, mais Hitchman et Napier n'étaient pas loin.

— Qui l'a envoyé ? insista Millie.

— Je n'en sais rien ; je crois qu'il a été expédié de Washington.

— Pourquoi ne l'as-tu pas jeté ?

— Je ne sais pas. Je...

— Tu sais que ce n'est pas bien de me montrer ce genre de chose.

Elle lança la feuille sur le lit, s'approcha de son mari, les mains sur les hanches.

— Qu'as-tu derrière la tête, Hoppy ?

– Rien. J'ai reçu ce fax au bureau, c'est tout.

– Quelle coïncidence ! Quelqu'un à Washington connaissait par hasard ton numéro de fax, savait par hasard que ta femme fait partie d'un jury et que Leon Robilio vient de déposer à ce procès. Ce quelqu'un s'est dit que s'il t'envoyait ce torchon, tu serais assez bête pour le montrer à ta femme et essayer de l'influencer. Je veux savoir ce qui se passe !

– Rien, je te jure, répondit Hoppy, le dos au mur.

– Pourquoi cet intérêt soudain pour le procès ?

– C'est fascinant.

– Il dure depuis trois semaines et tu n'en avais jamais parlé. Que se passe-t-il, Hoppy ?

– Rien, calme-toi.

– Je sais que quelque chose te tracasse.

– Tu es énervée, moi aussi. Calme-toi ; je regrette d'avoir apporté ce fax.

Millie termina son champagne, s'assit au bord du lit ; Hoppy s'installa près d'elle. Cristano lui avait vigoureusement conseillé de demander à Millie de montrer la note à ses amis du jury. Il redoutait de devoir dire à Cristano que cela ne se ferait probablement pas. Mais comment Cristano pourrait-il savoir exactement ce qui s'était passé ?

Tandis qu'il réfléchissait, Millie fondit en larmes.

– Je veux rentrer à la maison, fit-elle en sanglotant, les lèvres tremblantes.

Hoppy passa le bras autour de ses épaules, l'attira à lui.

Il s'excusa derechef ; les pleurs de Millie augmentèrent.

Lui aussi avait envie de pleurer ; le sexe mis à part, cette soirée avait été inutile. D'après Cristano, le procès devait s'achever dans quelques jours. Il était impératif de convaincre rapidement Millie de donner sa voix à la défense. Comme ils passaient trop peu de temps ensemble, Hoppy serait obligé de déballer l'affreuse vérité. Pas tout de suite, pas ce soir ; probablement la prochaine fois.

29

Les habitudes du colonel étaient invariables. En bon soldat, debout à 5 h 30 précises, il commençait la journée par cinquante pompes avant de prendre une douche froide. À 6 heures, il entrait dans la salle à manger où il lui fallait un café fumant et des journaux en quantité. Il prenait des toasts avec de la confiture, sans beurre, en accueillant ses compagnons d'un bonjour jovial, à mesure qu'ils arrivaient. Les yeux ensommeillés, ils n'avaient qu'une hâte, emporter un café dans leur chambre et regarder tranquillement les nouvelles. Quelle plaie de commencer la journée en étant obligé de saluer le colonel et de répondre à sa logorrhée matinale ! Plus l'isolement se prolongeait, plus il était excité avant le lever du soleil. Plusieurs jurés attendaient 8 heures, quand il regagnait sa chambre.

Le jeudi matin, à 6 h 15, Nicholas salua le colonel, se versa un bol de café en subissant des considérations oiseuses sur le temps. En sortant de la salle à manger de fortune, il suivit silencieusement le couloir vide, encore sombre. Il perçut le bruit de la télévision dans plusieurs chambres ; quelqu'un parlait au téléphone. Il ouvrit sa porte, posa le bol de café sur la commode, prit une pile de journaux dans un tiroir et ressortit.

À l'aide d'une clé dérobée à la réception, Nicholas ouvrit la porte de la chambre 50, celle du colonel. Il y flottait une odeur lourde d'après-rasage. Plusieurs paires de chaussures étaient impeccablement alignées contre un mur. Les vêtements soigneusement repassés étaient accrochés en bon ordre dans la penderie. Nicholas s'agenouilla, souleva un coin du couvre-lit et glissa les

306

journaux et les revues sous le lit. Parmi eux se trouvait un exemplaire du dernier numéro de *Mogul*.

Il sortit silencieusement, regagna sa chambre. Une heure plus tard, il appela Marlee. Supposant que Fitch écoutait toutes ses conversations, il demanda à parler à Darlene. Elle répondit que c'était un faux numéro ; ils raccrochèrent en même temps. Nicholas attendit cinq minutes avant de composer le numéro d'un téléphone cellulaire que Marlee cachait dans un placard. Ils pensaient que Fitch avait mis les téléphones sur écoute et placé des micros dans l'appartement.

« La livraison est effectuée », dit-il simplement.

Une demi-heure plus tard, Marlee sortit de chez elle. Elle appela Fitch d'un téléphone public, dans une boutique de biscuits.

— Bonjour, Marlee, fit-il.

— Salut, Fitch. J'aimerais beaucoup parler au téléphone, mais je sais que cette conversation est enregistrée.

— Ce n'est pas vrai, je le jure.

— Très bien. Il y a un grand magasin, Kroger, à l'angle de la 14e Rue et du boulevard de la Plage, à cinq minutes de votre bureau. Vous verrez trois cabines à l'entrée, sur la droite. Entrez dans celle du milieu ; j'appelle dans sept minutes. Dépêchez-vous !

Elle raccrocha.

— Nom de Dieu ! rugit Fitch en écrasant le combiné sur son support. Il se rua vers la porte, appela José ; les deux hommes sortirent en hâte par la porte de derrière, sautèrent dans la Suburban.

Quand Fitch arriva, le téléphone sonnait dans la cabine centrale.

— Vous voilà, Fitch... Herrera, le numéro sept, commence à porter sérieusement sur les nerfs de Nicholas. Je crois que nous allons le perdre aujourd'hui.

— Quoi ?

— Vous avez bien entendu.

— Ne faites pas ça, Marlee !

— Ce type est insupportable ; tout le monde en a marre de lui.

— Il est de notre côté !

— Allons, Fitch ! Ils seront tous de notre côté, le moment venu. Quoi qu'il en soit, soyez là à 9 heures, pour voir ce qui se passe.

— Marlee, écoutez-moi ! Il est essentiel qu'Herrera...

Fitch n'acheva pas sa phrase ; un déclic venait d'indiquer qu'elle avait raccroché. Il n'entendait plus que la tonalité. La main crispée sur le combiné, il commença à tirer, comme s'il avait voulu l'arracher avant de le balancer à l'extérieur. Son étreinte se desserra ; sans un juron, sans un cri, il marcha calmement vers la voiture, ordonna à José de retourner au bureau.

Tout ce qu'elle voulait ; cela n'avait pas d'importance.

Frederick Harkin vivait à Gulfport, à un quart d'heure en voiture du tribunal. Pour des raisons évidentes, il était sur liste rouge ; il n'avait pas envie d'être dérangé en pleine nuit par des appels menaçants.

Au moment où il prenait congé de sa femme en vidant sa dernière tasse de café, le téléphone sonna dans la cuisine. Mme Harkin prit la communication.

— C'est pour toi, fit-elle en tendant le combiné à son mari qui posa son café et regarda sa montre.

— Allô ?

— Désolé de vous déranger chez vous, monsieur le juge, fit une voix nerveuse, presque un murmure. Nicholas Easter à l'appareil ; si vous voulez que je raccroche, dites-le-moi.

— Pas tout de suite. Que se passe-t-il ?

— Nous sommes encore au motel, nous nous apprêtons à partir ; je me suis dit qu'il valait mieux que je vous appelle avant.

— Qu'y a-t-il, Nicholas ?

— Cela m'embête d'appeler chez vous, mais je crains que certains jurés ne commencent à voir d'un mauvais œil nos apartés et nos petits mots.

— Vous avez peut-être raison.

— Je me suis dit qu'en appelant chez vous, ils ne sauraient pas que nous avons parlé.

— Nous pouvons essayer ; si j'estime que la conversation doit cesser, j'y mettrai fin.

Harkin faillit demander au juré séquestré comment il avait obtenu son numéro de téléphone ; il décida d'attendre.

— C'est au sujet d'Herrera, reprit Nicholas. Je crois qu'il a des lectures qui ne sont pas autorisées.

— Par exemple ?

— *Mogul.* Quand je suis entré dans la salle à manger, ce matin, il était seul ; il a essayé de cacher l'exemplaire de *Mogul* qu'il lisait. C'est une revue d'économie, non ?

– C'est ça.

Harkin avait lu l'article de Barker. Si Easter disait vrai – pourquoi en douter ? –, il devait renvoyer sur-le-champ Herrera dans ses foyers. Un juré surpris en train de lire des publications interdites encourait la récusation, voire un outrage à magistrat.

– Croyez-vous qu'il en ait parlé à quelqu'un ?

– J'en doute. Je l'ai dit, il a essayé de le cacher ; c'est ce qui m'a mis la puce à l'oreille. Je ne crois pas qu'il en parlera, mais je vais être attentif.

– Dès son arrivée au tribunal, je convoquerai le colonel Herrera pour l'interroger. Je ferai probablement fouiller sa chambre.

– Ne lui dites pas que j'ai mouchardé, je vous en prie. J'ai assez mauvaise conscience comme ça.

– Vous avez bien fait.

– Si les autres apprennent que nous avons parlé au téléphone, c'en est fait de ma crédibilité.

– Ne vous inquiétez pas.

– Je suis nerveux, c'est tout ; nous sommes tous fatigués, impatients de rentrer chez nous.

– C'est bientôt fini, Nicholas. J'incite les avocats à presser le mouvement.

– Je sais. Je veux juste être sûr que personne ne sait que je suis une taupe. Je n'en reviens pas moi-même.

– Vous faites ce qu'il faut, Nicholas, et je vous en remercie. À tout à l'heure.

Harkin posa un baiser rapide sur la joue de sa femme et sortit précipitamment. De sa voiture, il téléphona au shérif, lui demanda de se rendre au motel et d'attendre d'autres instructions. Il appela ensuite Lou Dell, comme il le faisait souvent sur la route du tribunal, pour savoir si *Mogul* était vendu au motel. Elle répondit par la négative. Harkin appela Gloria Lane, lui demanda de mettre la main sur Rohr et Cable, et de les faire attendre dans son bureau. En écoutant un groupe country à la radio, il se demanda comment un juré séquestré avait pu dénicher un exemplaire d'un périodique qui n'était pas vendu dans les rues de Biloxi.

Cable et Rohr attendaient en compagnie de Gloria Lane quand le juge entra dans son bureau. Il se mit à l'aise, s'installa dans son fauteuil et résuma les allégations lancées contre Herrera, sans divulguer sa source. Cable ne dissimula pas ses sentiments ; Herrera était unanimement considéré comme très favorable à la défense. Rohr était irrité : ils perdaient un nouveau juré, un ajournement leur pendait au nez.

Voyant les deux avocats de méchante humeur, Harkin se sentit mieux. Il envoya Gloria Lane chercher Herrera dans la salle du jury ; le colonel discutait avec Herman en sirotant sa énième tasse de décaféiné. À l'appel de son nom, Herrera lança autour de la salle un regard perplexe. Il suivit Willis dans le dédale de couloirs courant autour de la salle d'audience. Ils s'arrêtèrent devant une petite porte ; Willis frappa avant d'entrer.

Le colonel fut cordialement accueilli par le juge et les avocats ; on lui indiqua un fauteuil, juste à côté du siège occupé par la greffière d'audience, prête à prendre la sténographie de l'interrogatoire.

Le juge Harkin expliqua qu'il avait quelques questions appelant des réponses sous serment ; les avocats sortirent un carnet et commencèrent à prendre des notes. Herrera se sentit brusquement dans la peau d'un criminel.

— Avez-vous lu des publications que je n'avais pas expressément autorisées ? demanda Harkin.

Dans le silence qui suivit, les deux avocats se tournèrent vers Herrera ; le juge et les greffières semblaient suspendus à ses lèvres. Willis, en faction devant la porte, avait les yeux grands ouverts et semblait étonnamment attentif.

— Non, répondit le colonel avec sincérité. Pas à ma connaissance.

— Plus précisément, avez-vous lu un hebdomadaire économique intitulé *Mogul* ?

— Pas depuis que nous sommes séquestrés.

— Le lisez-vous habituellement ?

— Une ou deux fois par mois.

— Possédez-vous, dans votre chambre du motel, des publications que je n'ai pas autorisées ?

— Pas à ma connaissance.

— Consentez-vous à ce que votre chambre soit fouillée ?

Les pommettes du colonel devinrent écarlates, ses épaules tressautèrent.

— Où voulez-vous en venir ?

– J'ai des raisons de croire que vous avez lu des publications interdites et que cela s'est passé au motel. Je pense qu'une fouille rapide de votre chambre pourrait régler la question.

– Vous mettez mon intégrité en doute, lança Herrera, blessé et furieux.

Il tenait par-dessus tout à son intégrité ; un regard sur les visages qui l'entouraient lui apprit que tout le monde le croyait coupable de quelque faute abominable.

– Non, monsieur Herrera. Je pense simplement qu'une fouille permettra à ce procès de suivre normalement son cours.

Ce n'était qu'une chambre d'hôtel, rien à voir avec une maison qui recèle toutes sortes de choses intimes. De plus, Herrera savait que l'on ne trouverait rien dans cette pièce qui pût l'incriminer.

– Vous pouvez fouiller, acquiesça-t-il, les dents serrées.

– Je vous remercie.

Tandis que Willis conduisait le colonel dans le couloir, le juge appela le shérif au motel. Le directeur ouvrit la porte de la chambre 50 ; le shérif et deux adjoints entreprirent de fouiller délicatement l'armoire, les tiroirs et la salle de bains. Ils découvrirent sous le lit une pile de *Wall Street Journal*, quelques revues et un exemplaire du *Mogul* daté de la veille. Le shérif rappela le juge pour l'informer de la découverte ; il reçut l'ordre d'apporter sans tarder les publications interdites au tribunal.

9 h 15, pas de jury. Raide sur un siège du dernier rang, le haut du visage dépassant à peine d'un journal déployé, Fitch ne quittait pas des yeux la porte du banc des jurés. Lorsqu'ils feraient enfin leur entrée, il ne le savait que trop bien, le numéro sept ne serait pas Herrera, mais Henry Vu. Du point de vue de la défense, Vu, d'origine asiatique, était acceptable ; les Asiatiques n'ont pas la réputation d'aimer dépenser l'argent des autres dans les procès civils. Mais Vu n'était pas Herrera ; les consultants de Fitch lui répétaient depuis des semaines que le colonel était de leur côté, qu'il aurait du poids pendant les délibérations.

Si Marlee et Nicholas étaient capables d'éliminer Herrera quand bon leur semblait, qui serait le prochain ? S'ils le faisaient uniquement pour retenir son attention, ils avaient réussi.

Le juge et les avocats écarquillaient les yeux devant les journaux et les revues alignés sur le bureau d'Harkin. Avant de se retirer, le shérif fit enregistrer un bref compte rendu de la manière dont il avait procédé pour découvrir les pièces compromettantes.

— Messieurs, déclara le juge aux avocats silencieux, je me vois contraint de renvoyer M. Herrera.

On fit entrer le colonel qui prit place sur le même fauteuil.

— Quel est le numéro de votre chambre ? demanda Harkin.

— 50.

— Ces publications ont été trouvées, il y a quelques minutes, sous le lit de la chambre 50, poursuivit Harkin. Elles sont toutes récentes, postérieures, pour la plupart, au début de votre isolement.

Herrera écoutait, sidéré.

— Il va sans dire que toutes sont interdites, certaines fort dommageables.

— Elles ne sont pas à moi, articula lentement Herrera, qui sentait la colère monter.

— Je vois.

— On les a mises dans ma chambre.

— Qui aurait pu faire cela ?

— Je n'en sais rien ; peut-être celui qui vous a filé le tuyau.

Excellente réponse, se dit Harkin ; il y reviendrait plus tard. Cable et Rohr se tournèrent vers le juge, comme pour demander qui lui avait filé le tuyau.

— Il n'en demeure pas moins, monsieur Herrera, que nous les avons trouvées dans votre chambre. Pour cette raison, je suis obligé de mettre un terme à votre fonction de juré.

Le colonel avait reprit ses esprits ; les questions se bousculaient dans son cerveau. Il s'apprêtait à hausser le ton et à voler dans les plumes au juge quand il comprit brusquement qu'il allait être remis en liberté. Après quatre semaines de procès et neuf nuits au Siesta Inn, il allait enfin sortir de l'enceinte du tribunal et rentrer chez lui. Il pouvait être sur le golf à l'heure du déjeuner.

— Je ne pense pas que ce soit juste, fit-il d'une voix manquant singulièrement de conviction.

— J'en suis navré ; je me prononcerai ultérieurement sur l'outrage à magistrat. Dans l'immédiat, le procès doit reprendre son cours.

— Comme vous voudrez, monsieur le juge, fit le colonel.

Dîner au Vrazel, fruits de mer frais, carte des vins. Il verrait son petit-fils le lendemain.

– Un adjoint du shérif va vous raccompagner au motel, où vous ferez vos bagages. Je vous demande instamment de ne pas dire un mot de tout cela à quiconque, en particulier à la presse. Vous êtes tenu au silence jusqu'à nouvel ordre. Est-ce compris ?

– Oui, Votre Honneur.

Le colonel sortit par l'escalier et la porte de derrière du tribunal, où le shérif l'attendait pour l'escorter dans son dernier trajet jusqu'au motel.

– Je propose l'ajournement du procès, déclara Cable, en se tournant vers la greffière. Au motif que le jury a pu être influencé par l'article paru dans le numéro de *Mogul* daté d'hier.

– Proposition rejetée, fit le juge Harkin. Autre chose, messieurs ?

Les avocats secouèrent la tête et se levèrent.

Les onze jurés et les deux suppléants entrèrent dans la salle d'audience quelques minutes après 10 heures, devant une assistance silencieuse. Le siège du colonel, à gauche, au deuxième rang, resta vide ; cela n'échappa à personne. Le visage grave, Harkin en vint directement au fait. Un exemplaire du *Mogul* de la veille à la main, il demanda si quelqu'un avait vu ou lu l'hebdomadaire, ou si quelqu'un avait eu des échos de ce qu'il contenait. Pas une main ne se leva.

– Pour des raisons établies dans mon bureau et dûment constatées, le juré numéro sept, Frank Herrera, a été renvoyé ; il sera remplacé par le premier suppléant, Henry Vu.

Willis murmura quelque chose à Henry qui se leva et fit quatre pas jusqu'au siège numéro sept ; il était officiellement devenu membre du jury. Shyne Royce, le dernier suppléant, resta seul sur sa chaise pliante.

Désireux de presser le mouvement et de détourner l'attention de son jury, Harkin s'adressa à la défense.

– Appelez votre prochain témoin, maître Cable.

Le journal de Fitch s'abaissa de quinze centimètres tandis qu'il étudiait, bouche bée, la nouvelle composition du jury. Il avait peur, car Herrera avait disparu ; il était excité, car sa chère Marlee, d'un coup de baguette magique, avait réalisé précisément ce qu'elle avait promis. Fitch ne put s'empêcher de regarder Easter ; Nicholas dut le sentir. Il tourna légèrement la tête, croisa le regard de Fitch. Cela dura cinq ou six secondes, une éternité

pour Fitch. L'air fier et narquois, Easter semblait vouloir dire :
« Vous avez vu ce que je peux faire ? Vous êtes impressionné,
j'espère. » Et le visage de Fitch disait : « En effet. Et maintenant,
que voulez-vous ? »

Au cours de la préparation du procès, Cable avait établi une
liste de vingt-deux témoins possibles, tous les noms ou presque
étant précédés du titre de docteur. Pendant les deux ans qui
avaient précédé le procès, la déposition de tous ces témoins avait
été enregistrée par Rohr et consorts. Il n'y aurait pas de surprise.

Cable et les siens s'accordaient à dire que les coups les plus
douloureux avaient été portés par Leon Robilio qui accusait
l'industrie du tabac de prendre les mineurs pour cible. C'est le
terrain sur lequel il avait choisi de contre-attaquer.

– La défense appelle le docteur Denise McQuade à la barre.

Elle entra par une porte latérale ; l'assistance, composée en
majeure partie d'hommes mûrs, sembla parcourue d'un frémissement quand elle s'avança vers l'estrade pour saluer en souriant le juge qui lui rendit son sourire. Denise McQuade était une
belle femme, grande et mince ; vêtue d'une robe rouge qui s'arrêtait quelques centimètres au-dessus du genou, elle avait des cheveux blonds sévèrement tirés en arrière et retenus sur la nuque.
Elle prêta serment avec un sourire gracieux ; quand elle croisa les
jambes, l'assistance fut définitivement conquise. Elle était bien
trop jeune et jolie pour prendre part à cette bataille de chiffon-
niers.

Les six mâles du jury, en particulier Jerry Fernandez, et le suppléant la suivirent attentivement des yeux quand elle approcha
lentement le micro de ses lèvres. Lèvres rehaussées de fard
rouge ; ongles longs, enduits de vernis rouge.

S'ils s'attendaient à écouter une ravissante idiote, ils furent
rapidement déçus. D'une voix rauque, elle se présenta et retraça
sa carrière. Denise McQuade était une spécialiste de la psychologie du comportement, qui avait son propre cabinet à Tacoma.
Elle avait signé quatre ouvrages, publié des articles par dizaines.

Elle alla droit au but. La publicité imprègne notre culture ; les
messages destinés à un groupe d'âge ou une catégorie de personnes sont naturellement vus et entendus par ceux qui n'appartiennent pas à ces groupes. C'est inévitable. Les enfants voient les
publicités pour le tabac, parce qu'ils voient des journaux, des
revues, des panneaux, des enseignes au néon ; cela ne signifie pas

314

qu'ils sont pris pour cible. Ils voient aussi sur le petit écran des publicités pour des marques de bière, souvent tournées avec les sportifs dont ils ont fait leurs héros. Cela signifie-t-il que les fabricants de bière, au moyen d'une publicité subliminale, essaient d'accrocher la jeune génération ? Bien sûr que non ; ils essaient simplement de développer leurs ventes. Pour que les enfants ne soient pas touchés, faudrait-il interdire toute publicité pour les produits nocifs ? Cigarettes, bière, vin, alcool, pourquoi pas le café, le thé, les condoms et le beurre ? Les publicités des sociétés de cartes de crédit incitent-elles le public à dépenser plus et économiser moins ? Le docteur McQuade insista sur le fait que, dans une société où la liberté d'expression est un droit précieux, toute restriction apportée à la publicité fait l'objet d'un examen minutieux.

Les publicités pour les cigarettes ne sont pas différentes des autres ; leur but est d'accroître l'envie du public d'acheter et de consommer. La réaction naturelle à une bonne publicité est de sortir de chez soi pour aller acheter le produit présenté. Une mauvaise publicité ne provoque pas cette réaction ; elle est rapidement retirée par l'annonceur. Denise prit l'exemple de McDonald's dont un enfant, dès l'âge de trois ans, est capable de fredonner, de siffler ou de chanter le jingle du moment. Son premier repas dans un établissement de la chaîne est un moment inoubliable. Il n'y a pas de hasard ; la société dépense des milliards pour accrocher les tout-petits avant ses concurrents. Les enfants américains consomment plus de graisse et de cholesterol que leurs parents ; ils mangent plus de cheeseburgers, de frites, de pizzas, boivent plus de sodas et de boissons sucrées. La société accuse-t-elle McDonald's et Pizza Hut de pratiques publicitaires malhonnêtes ? Les traduit-elle en justice, parce que les enfants sont plus gros ?

Non. Le consommateur choisit en connaissance de cause la nourriture qu'il donne à ses enfants. Est-ce toujours le bon choix ?

De la même manière, le consommateur choisit de fumer en connaissance de cause. Bombardé de publicités pour des milliers de produits, il réagit à celles qui stimulent ses besoins et ses envies.

Elle décroisait et recroisait les jambes toutes les vingt minutes. Chaque opération était attentivement suivie par les deux groupes d'avocats, les six hommes du jury et la plupart des femmes.

Il était aussi facile de croire le docteur McQuade qu'il était agréable de la regarder. Sa déposition pleine de bon sens fit bon effet sur la plupart des jurés.

Rohr ferrailla courtoisement avec elle une heure durant, sans réussir à porter un coup marquant.

30

S'il fallait en croire Napier et Nitchman, M. Cristano attendait avec une vive impatience un rapport complet sur ce qui s'était passé la veille au soir, quand Hoppy avait rendu visite à Millie. Il voulait tout savoir.

— Tout ? demanda Hoppy.

Les trois hommes étaient penchés sur une table branlante, dans la salle enfumée d'une gargote, un gobelet en carton rempli de café à la main, attendant les sandwiches chauds au fromage qu'ils avaient commandés.

— Passons sur les détails personnels, fit Napier, l'air sceptique.

Si seulement ils savaient, se dit Hoppy, tout fier de lui.

— Je lui ai montré la note sur Robilio, fit-il, hésitant sur ce qu'il devait dire.

— Et alors ?

— Elle l'a lue.

— Bien sûr qu'elle l'a lue ! lança Napier. Qu'a-t-elle fait ?

— Comment a-t-elle réagi ? glissa Nitchman.

Il pouvait mentir, leur dire qu'elle avait été bouleversée et brûlait de montrer la note aux autres. C'est ce qu'ils voulaient entendre. Hoppy ne savait que faire ; en mentant, il risquait d'aggraver les choses.

— Elle n'a pas très bien réagi, reconnut-il, avant de tout raconter.

Quand les sandwiches arrivèrent, Nitchman alla téléphoner à Cristano. Hoppy et Napier mangèrent sans échanger un regard. Hoppy faisait piteuse mine ; il avait fait un pas de plus vers la prison.

— Quand devez-vous la revoir ? demanda Napier.

— Je ne sais pas ; le juge n'a rien dit. Il est possible que le procès soit terminé ce week-end.

Nitchman vint reprendre sa place.

— M. Cristano est en route, annonça-t-il avec gravité. Il arrivera dans la soirée et désire vous rencontrer demain matin, à la première heure.

— D'accord, fit Hoppy, l'estomac noué..

— Il n'est pas content.

— Moi non plus.

Rohr passa l'heure du déjeuner enfermé dans son bureau avec Cleve ; ce qu'ils avaient à faire ne regardait personne. La plupart des autres avocats se servaient de rabatteurs pour arroser, traquer les clients et accomplir de sales petites besognes dont on ne disait rien en fac de droit ; aucun d'eux n'aurait pourtant avoué se livrer à des actitivités de ce genre. Ils gardaient le secret sur leurs rabatteurs.

Rohr avait plusieurs possibilités. Il pouvait dire à Cleve d'envoyer promener Derrick Maples ou de lui remettre vingt-cinq mille dollars, en promettant la même somme pour chaque voix acquise au demandeur, à condition qu'il y en eût au moins neuf. Cela coûterait au plus deux cent vingt-cinq mille dollars, une somme que Rohr était tout à fait disposé à débourser. Mais il doutait fortement qu'Angel Weese fût en mesure d'assurer plus de deux voix : la sienne et, peut-être, celle de Loreen Duke. Elle manquait de personnalité.

Il pouvait manipuler Derrick, l'inciter à se mettre en contact avec les avocats de la défense et les prendre sur le fait. Cela provoquerait certainement le renvoi d'Angel, ce dont il ne voulait pas entendre parler.

Il pouvait placer un micro sur Cleve, enregistrer des déclarations compromettantes de Derrick et le menacer de poursuites s'il ne faisait pas pression sur sa fiancée. C'était risqué ; l'idée d'un dessous-de-table venait du bureau de Rohr.

Ils passèrent en revue les différents scénarios avec le jugement sûr de ceux qui n'en sont pas à leur coup d'essai, se décidèrent pour une solution hybride.

— Voici ce que nous allons faire, déclara Rohr. Nous lui remettons quinze mille maintenant, en promettant le reste après le verdict, et nous enregistrons votre conversation. Nous marquerons certains billets, de manière à pouvoir le coincer. Nous promettons vingt-cinq mille dollars pour chaque voix ; si le verdict nous est favorable, nous l'enverrons balader quand il exigera le reste. S'il fait du raffut, nous menacerons d'appeler le FBI et de lui faire écouter l'enregistrement.

— Ça me plaît, déclara Cleve. Il aura son argent, nous notre verdict. Il se fera entuber ; ce ne sera que justice.

— Allez chercher un micro et l'argent. Il faut agir cette après-midi.

Derrick ne l'entendait pas de cette oreille. Ils se retrouvèrent dans le bar d'un casino, dans la pénombre d'une salle peuplée de joueurs qui se consolaient de leurs pertes devant un verre.

Derrick n'avait pas l'intention de se faire entuber après le verdict. Il exigeait non seulement les vingt-cinq mille dollars d'Angel tout de suite, en espèces, mais ce qu'il appelait une « provision » pour chacune des autres voix qu'il apporterait. En espèces, naturellement ; une somme raisonnable, qu'il fixa à cinq mille dollars par tête. Cleve fit le calcul. Derrick tablait sur un verdict rendu à l'unanimité, soit cinquante-cinq mille dollars pour les onze jurés, à quoi il fallait ajouter la part d'Angel. Derrick voulait quatre-vingt mille dollars tout de suite ; il connaissait une fille qui travaillait au greffe et avait regardé le dossier.

— Vous voulez obtenir des millions de dollars du fabricant de tabac, lança-t-il en direction du petit micro dissimulé dans la poche de chemise de Cleve. Ce que je demande est une goutte d'eau dans l'océan.

— Vous êtes cinglé, murmura Cleve.

— Vous êtes un escroc.

— Pas question de verser quatre-vingt mille dollars en espèces ; quand il y a trop d'argent qui change de mains, on risque de se faire prendre.

— Très bien ; je vais m'adresser à vos adversaires.

— Faites donc. Je saurai ce qui s'est passé en lisant le journal.

Ils ne finirent pas leur verre. Cleve partit rapidement ; cette fois, Derrick ne courut pas après lui.

Le défilé de mannequins se poursuivit le jeudi après-midi ; Cable appela à la barre le docteur Myra Sprawling-Goode, une chercheuse de couleur du New Jersey, qui fit tourner toutes les têtes quand elle s'avança dans la salle d'audience. Très grande, aussi belle, mince et élégante que le précédent témoin de la défense, elle avait une peau d'un brun clair et un sourire irrésistible qui s'attarda sur Lonnie Shaver.

Cable disposait d'un budget illimité pour recruter ses experts. Il avait visionné plusieurs cassettes du docteur Sprawling-Goode et lui avait fait subir deux jours de suite, comme à tous ses témoins, un interrogatoire serré dans un décor de tribunal, un mois avant l'ouverture du procès. Quand elle croisa les jambes, un murmure parcourut la salle.

Myra était professeur de marketing et titulaire de deux doctorats ; elle avait travaillé huit ans dans la publicité avant d'entrer dans les rangs de l'Université. Elle s'était spécialisée dans la publicité des produits de grande consommation, un sujet qu'elle enseignait à des étudiants de deuxième cycle et sur lequel elle conduisait des recherches.

Elle avait reçu une allocation de huit cent mille dollars de l'Institut des produits de grande consommation, basé à Ottawa, qui affirmait étudier les tendances de commercialisation de plusieurs milliers de produits. Après deux ans de recherches, Rohr ne savait pas grand-chose sur cet institut protégé par la législation canadienne et apparemment financé par de grosses sociétés de produits de grande consommation, qui ne semblaient pas inclure des fabricants de tabac.

Les conclusions des recherches du docteur Sprawling-Goode étaient succinctes et sans surprise. À de rares exceptions près, la publicité pour les produits de grande consommation était destinée à de jeunes adultes. Automobile, dentifrice, savon, bière, boisson gazeuse, parfum, le public ciblé est celui des jeunes adultes ; il en va de même pour les cigarettes. Elles sont certes présentées comme des produits choisis par des consommateurs minces et séduisants, actifs et insouciants, riches et sophistiqués, mais on peut dire la même chose de quantité d'autres.

Elle en énuméra quelques-uns, en commençant par l'automobile. Qui a jamais vu à la télévision une publicité pour une voiture de sport montrant un quinquagénaire enveloppé au volant ? Ou un monospace conduit par une ménagère obèse, avec six mioches et un affreux bâtard passant la tête par les vitres ? Et la bière ? On voit dix hommes confortablement installés dans des canapés pour regarder le Superbowl ; ils ont tous de beaux cheveux, un menton énergique, un jean impeccable et le ventre plat. Ce n'est pas la réalité ; c'est une publicité qui fonctionne.

Elle poursuivit sa déposition dans ce registre humoristique. Le dentifrice ? Qui a jamais vu un personnage hideux, aux dents pourries, sourire aux téléspectateurs ? Même dans les publicités pour les produits contre l'acné juvénile, l'adolescent perturbé n'a qu'un ou deux boutons.

Elle avait le sourire facile et se permit même quelques petits rires. Le jury écoutait en souriant, sensible à ses arguments. Si une bonne publicité doit cibler les jeunes adultes, pourquoi les fabricants de tabac ne seraient-ils pas en droit de le faire ?

Le sourire de Myra s'effaça quand Cable aborda la question des mineurs pris pour cible par les marques de cigarettes. Elle avait étudié avec son équipe des milliers de spots publicitaires sur les quarante dernières années, depuis les débuts de la télévision, sans en découvrir la preuve. Elle observa incidemment que la consommation de cigarettes avait augmenté depuis l'interdiction de ces publicités à la télévision. Elle avait passé près de deux ans à chercher la preuve que les fabricants de tabac ciblent les adolescents ; il n'en était rien.

Le seul moyen, à son avis, d'éviter que les mineurs soient influencés par les publicités des marques de cigarettes était leur interdiction totale. Elle ajouta que cela ne ferait pas baisser les ventes ; une telle décision n'aurait aucun effet sur la consommation de tabac par les mineurs.

Cable la remercia comme si elle avait apporté une aide bénévole, alors qu'elle avait déjà touché soixante mille dollars et devait encore en recevoir quinze mille. Rohr connaissait les risques qu'il y avait à attaquer de front une si jolie femme ; il préféra procéder par petites touches. Il avait des tas de questions à poser sur l'Institut des produits de grande consommation et les huit cent mille dollars versés pour cette étude. Elle lui dit tout ce qu'elle savait ; c'était un établissement de recherche universitaire, financé par des fonds privés.

— Y compris des fabricants de tabac ?
— Pas à ma connaissance.
— Des filiales de ces sociétés ?
— Je ne sais pas.

Le feu roulant de questions se poursuivit ; elle ne savait rien. Elle ne savait rien, car Fitch l'avait voulu ainsi.

La piste de Claire Clement prit un virage inattendu le jeudi matin. L'ex-fiancé d'une amie de Claire révéla moyennant dix billets de cent dollars que l'amie en question travaillait comme serveuse à Greenwich Village, en attendant de se lancer dans une carrière théâtrale. D'après lui, Claire et cette amie étaient très liées quand elles travaillaient ensemble au Mulligan. Swanson prit un avion pour New York ; un taxi le déposa devant un petit hôtel de Soho, où il régla en espèces une chambre pour une nuit. Dès qu'il fut installé, il prit le téléphone. Il trouva Beverly au travail dans une pizzeria ; elle prit l'appel en hâte.

— Bonjour, fit Swanson, imitant assez fidèlement la voix de Nicholas Easter, dont il avait inlassablement écouté un enregistrement. Je parle bien à Beverly Monk ?

— Oui. Qui est à l'appareil ?

— La Beverly Monk qui a travaillé au Mulligan, à Lawrence ?

— Oui, fit-elle après un silence. Qui êtes-vous ?

— Jeff Kerr. Cela fait une paye.

Swanson et Fitch avaient parié que Claire n'était pas restée en relation avec Beverly.

— Qui ? répéta-t-elle, au grand soulagement de Swanson.

— Jeff Kerr. Tu sais bien, j'étais avec Claire ; je faisais mon droit.

— Ah ! oui ! fit-elle, sans que Swanson pût savoir si elle se souvenait de Jeff.

— Je suis à New York ; je me demandais si tu avais eu dernièrement des nouvelles de Claire.

— Je ne saisis pas, fit-elle lentement, comme si elle essayait de mettre un visage sur ce nom et de comprendre ce qu'il lui voulait.

— Ce serait trop long à raconter. Disons que nous nous sommes séparés il y a six mois et que j'aimerais la revoir.

— Je ne l'ai pas vue depuis quatre ans.

— D'accord.

— Écoute, c'est le coup de feu ici. Tu pourrais rappeler un autre jour.

— Bien sûr.

Swanson raccrocha, appela aussitôt Fitch. Ils décidèrent de courir le risque de rencontrer Beverly Monk et de lui proposer de l'argent pour qu'elle dise ce qu'elle savait de Claire. Si elle ne l'avait pas vue depuis quatre ans, elle ne serait pas en mesure de retrouver rapidement Marlee pour la prévenir. Swanson allait la suivre ce soir et l'aborderait le lendemain.

Fitch avait demandé à chaque consultant de rédiger un rapport d'une page, à la fin de chaque journée d'audience. Une page, double interligne, sans mot de plus de quatre syllabes, exprimant dans une langue claire les impressions de l'expert sur les témoins de la journée et la manière dont leur déposition avait été reçue par le jury. Fitch exigeait une opinion franche ; certains s'étaient fait taper sur les doigts pour avoir employé un langage édulcoré. Il préférait une analyse pessimiste. Les rapports devaient être sur son bureau une heure après la fin de l'audience.

Ceux du mercredi sur Jankle allaient de mitigé à mauvais ; les comptes rendus du jeudi sur les deux témoins de charme étaient enthousiastes. Sans parler du rayon de soleil qu'elles avaient fait entrer dans la triste salle bourrée d'hommes ennuyeux à la mise stricte, elles s'étaient fort bien comportées à la barre. Les jurés avaient écouté avec attention et donné l'impression de les croire. Surtout les hommes.

Fitch n'était pas rassuré pour autant ; jamais il n'avait été aussi inquiet à ce stade d'un procès. L'éviction d'Herrera avait fait perdre à la défense un de ses plus solides piliers. La presse financière de New York venait de décider que la défense était dans les cordes et s'inquiétait ouvertement d'un verdict favorable à la partie adverse. L'article de Barker faisait beaucoup jaser ; la déposition de Jankle avait été catastrophique. Luther Vandemeer, le plus intelligent et influent des P.-D.G. des Quatre Grands, avait appelé à l'heure du déjeuner ; il n'avait pas mâché ses mots. Plus le procès traînerait en longueur, plus les jurés tendraient à rejeter la responsabilité de leur isolement prolongé sur la partie qui produisait ses témoins.

La dixième nuit d'isolement se passa sans incident. Pas d'étreintes clandestines, pas de soirée interdite au casino, pas de musique à tue-tête pour accompagner une séance de yoga. Personne ne regrettait le colonel Herrera. Il avait rassemblé son barda en quelques minutes et répété au shérif qu'il était victime d'un coup monté et ne comptait pas en rester là.

Après le dîner, un tournoi de dames improvisé eut lieu dans la salle à manger. Herman avait un damier en braille, avec des carreaux numérotés ; la veille au soir, il avait gagné onze parties d'affilée contre Jerry. On se lança des défis ; Mme Grimes apporta le damier, tout le monde fit cercle autour des joueurs. En moins d'une heure, l'aveugle gagna trois parties contre Nicholas, trois autres contre Jerry, trois contre Henry Vu, qui n'avait jamais joué, trois contre Willis et s'apprêtait à rejouer contre Jerry, cette fois en intéressant la partie, quand Loreen Duke entra, à la recherche d'un dessert. Elle avait joué avec son père, quand elle était petite. Sa victoire dans la première manche ne suscita pas la moindre sympathie pour Herman. Ils jouèrent jusqu'à l'heure du coucher.

Phillip Savelle, comme à son habitude, était resté dans sa chambre. Il ouvrait parfois la bouche pendant les repas au motel ou les pauses-café, dans la salle du jury, mais passait le reste du temps le nez dans un bouquin, sans s'occuper des autres.

Nicholas avait essayé à deux reprises et en pure perte d'engager la conversation. Savelle ne supportait pas que l'on parle pour ne rien dire et ne voulait pas que l'on sache quoi que ce fût sur lui.

31

Après avoir pêché la crevette pendant vingt ans, Henry Vu avait du mal à rester au lit après 4 h 30. Le vendredi matin, de très bonne heure, il alla prendre son thé dans la salle à manger ; le colonel n'étant plus là, il resta seul à la table, en profita pour parcourir un journal. Peu après, Nicholas vint lui tenir compagnie. Abrégeant les politesses, il prit des nouvelles de la fille de Vu, qui étudiait à Harvard. Sa fille était pour Henry la source d'une fierté immense ; les yeux pétillants, il parla de sa dernière lettre.

Rythmée par les allées et venues des autres jurés, la conversation glissa sur le Viêt-nam et la guerre. Nicholas confia à Henry que son père y avait perdu la vie en 1972. Ce n'était pas vrai, mais Henry en fut profondément ému.

— Que pensez-vous de ce procès ? demanda Nicholas, profitant d'un moment où ils étaient seuls.

— Vous croyez que nous pouvons en parler ?

— Bien sûr ; cela restera entre nous. Tout le monde parle, Henry, c'est dans la nature d'un jury. Sauf Herman, évidemment.

— Qu'en pensent les autres ?

— Pour la plupart, ils sont sans parti pris. Le plus important est que nous fassions bloc. Il est essentiel que nous rendions un verdict, si possible à l'unanimité, au moins avec une majorité de neuf voix. Il faudra prendre une décision, quelle qu'elle soit.

Henry réfléchit en buvant une gorgée de café. Il comprenait parfaitement l'anglais, le parlait correctement, avec un accent ;

comme la plupart des gens, américains de souche ou naturalisés, il avait du mal avec ce qui touchait à la loi.

— Pourquoi ?

Comme la plupart des membres du jury, il s'en remettait à Nicholas, qui avait fait des études de droit et semblait avoir une incroyable facilité à comprendre ce qui échappait au commun des mortels.

— C'est très simple, répondit Nicholas. Ce procès doit avoir valeur d'exemple ; les deux camps ont sorti l'artillerie lourde. Il faudra un vainqueur à cet affrontement, et un vaincu. La bataille est décisive : il faut régler sur-le-champ la question de savoir si les fabricants doivent être tenus pour responsables des ravages du tabac. La décision nous appartient ; à nous de rendre un verdict.

— Je vois, fit Henry avec un hochement de tête perplexe.

— Le pire serait d'être partagés et de ne pas arriver à une décision.

— Pourquoi serait-ce si grave ?

— Ce serait reculer pour mieux sauter ; nous ne ferions que refiler cette responsabilité à un autre jury. Si nous n'arrivons pas à rendre un verdict, cela coûtera des millions de dollars aux deux parties qui devront revenir dans deux ans pour tout reprendre de zéro. Même juge, mêmes avocats, mêmes témoins, seul le jury changera. Si nous ne sommes pas assez raisonnables pour prendre une décision, le prochain jury du comté d'Harrison le sera.

Henry se pencha légèrement vers Nicholas.

— Que comptez-vous faire ? demanda-t-il, au moment où Millie Dupree et Gladys Card venaient chercher leur café.

Elles échangèrent quelques mots avec les hommes, repartirent dans leur chambre regarder un feuilleton dont elles raffolaient.

— Que comptez-vous faire ? répéta Henry d'un air de conspirateur, les yeux fixés sur la porte.

— Je ne sais pas encore ; peu importe. Ce qui compte, c'est de faire bloc.

— Vous avez raison, murmura Henry.

Dans le courant du procès, Fitch avait pris l'habitude de s'occuper à son bureau pendant les heures précédant l'audience ; ses yeux ne s'éloignaient jamais longtemps du téléphone. Il savait qu'elle appellerait le vendredi matin et se demandait quel coup tordu elle allait encore inventer.

À 8 heures tapantes, Konrad appela à l'interphone.

— C'est elle, fit-il simplement.

Fitch se jeta sur le combiné.

— Bonjour.

— Salut, Fitch. Vous ne devinerez jamais qui donne des boutons à Nicholas maintenant.

Il étouffa un gémissement, ferma les yeux.

— Je ne sais pas, murmura-t-il.

— Ce type en fait vraiment voir de toutes les couleurs à Nicholas. Nous allons peut-être devoir nous débarrasser de lui.

— Qui est-ce? lança Fitch d'un ton implorant.

— Lonnie Shaver.

— Bon Dieu! Non!... Vous ne pouvez pas faire ça!

— Allons, Fitch.

— Ne faites pas ça, Marlee! Merde!

Elle attendit un instant, le temps de le réduire au désespoir.

— Je vois que vous avez un faible pour Lonnie.

— Il faut arrêter, Marlee; cela ne mène à rien.

Fitch avait conscience du ton implorant qu'il prenait; la situation lui échappait totalement.

— Nicholas a besoin d'une harmonie de vues dans ce jury. C'est tout ce qu'il demande. Lonnie est devenu sa bête noire.

— Ne faites pas ça, je vous en prie! Nous pouvons en discuter.

— Nous en discutons, Fitch. Pas pour longtemps.

Fitch prit une longue inspiration, une seconde.

— La partie est presque terminée, Marlee; vous vous êtes bien amusée. Dites-moi maintenant ce que vous voulez.

— Vous avez de quoi écrire?

— Bien sûr.

— Dans Fulton Street, au numéro 120, il y a un immeuble de briques peintes en blanc, un vieil immeuble de deux étages, divisé en petits bureaux. Le numéro 16, au premier étage, m'appartient, pour un mois encore. Ce n'est pas joli, mais c'est notre lieu de rendez-vous.

— Quand?

— Dans une heure, venez seul. Je vous surveillerai à votre arrivée; si je vois un de vos sbires, nous ne nous parlerons plus jamais.

— D'accord. Comptez sur moi.

— Je vérifierai si vous avez un micro sur vous.

— Vous n'en trouverez pas.

Les avocats de l'équipe de Cable étaient unanimes à estimer que Rohr avait passé trop de temps avec ses experts scientifiques : neuf journées au total. Les sept premières, les jurés avaient été libres de rentrer chez eux après l'audience ; l'état d'esprit qui régnait à présent était radicalement différent. Ils prirent la décision de sélectionner leurs deux meilleurs chercheurs et de les laisser le moins de temps possible à la barre.

Ils décidèrent aussi de ne plus se préoccuper de la question de l'accoutumance à la nicotine, en rupture radicale avec la ligne de défense habituelle dans ce type d'action. Cable et son équipe avaient soigneusement étudié les seize procès précédents ; ils s'étaient entretenus avec un grand nombre des jurés. On leur avait maintes fois déclaré que le point faible de la défense était les experts qu'elle appelait à la barre pour développer toutes sortes de théories tendant à prouver que la nicotine n'engendrait pas une accoutumance. Tout le monde savait qu'il n'en était rien.

Inutile d'essayer de convaincre un jury du contraire.

Cette décision nécessitait l'approbation de Fitch ; il l'accorda de mauvaise grâce.

Le défilé de mannequins était apparemment terminé. Le premier témoin du vendredi était le docteur Gunther, un binoclard hirsute, à la maigre barbe rousse, venu montrer que la fumée de cigarette ne provoque pas le cancer. Un fumeur sur dix seulement en est atteint ; que dire des neuf autres ? Gunther se référait à un tas d'études et de rapports ; il brûlait d'impatience de faire partager au jury dans leurs moindres détails ses dernières découvertes.

Gunther n'était pas là pour prouver quoi que fût. Son rôle consistait à apporter la contradiction à ses confrères Kilvan et Bronsky, les experts cités par la partie civile, et à jeter le doute dans l'esprit des jurés. Il n'était pas en mesure de prouver que le tabac ne provoquait pas le cancer du poumon, mais, à ce jour, aucune étude n'avait prouvé le contraire. « Il faut poursuivre les recherches », répéta-t-il toutes les dix minutes.

Supposant qu'elle était aux aguets, Fitch parcourut à pied les cent derniers mètres, jusqu'au 120 Fulton Street, une agréable promenade sur le trottoir ombragé, parsemé de feuilles mortes.

L'immeuble se trouvait dans la vieille ville, à quelques encablures du front de mer, dans une rue bordée de bâtiments de deux étages, à la façade soigneusement peinte, qui, pour la plupart, semblaient abriter des bureaux. José avait reçu l'ordre d'attendre trois rues plus loin.

Il n'avait pas osé cacher un micro sur lui ; elle l'avait guéri de cette habitude lors de leur dernière rencontre. Fitch était seul, sans micro, sans caméra, sans un agent à portée de main. Il se sentait libéré. Il ne pouvait compter que sur la subtilité et l'agilité de son esprit ; il était prêt à relever le défi.

Il grimpa les marches de bois affaissées, s'arrêta devant la porte, semblable aux autres portes alignées dans l'étroit couloir, frappa doucement.

— Qui est là ?

— Rankin Fitch, répondit-il, juste assez fort pour être entendu.

Un verrou coulissa bruyamment à l'intérieur, Marlee apparut, en jean et sweat-shirt gris ; sans un sourire, sans un mot, elle referma la porte derrière Fitch et poussa le verrou. Tandis qu'elle se dirigeait vers la table pliante, Fitch fit d'un coup d'œil le tour de la pièce exiguë, sans fenêtre, à la peinture écaillée, meublée de trois chaises et de la petite table.

— C'est joli, chez vous, fit-il, le nez levé vers les taches brunes qui s'étalaient au plafond.

— C'est un endroit sûr, Fitch. Pas de téléphone à mettre sur écoute, pas de bouche d'aération pour cacher une caméra, rien dans les murs pour poser un micro. Je vérifierai tous les matins ; si je trouve quelque chose, je franchirai cette porte et ne reviendrai plus.

— Vous avez une piètre opinion de moi.

— Vous ne méritez pas mieux.

Fitch leva de nouveau les yeux au plafond, les baissa vers le sol.

— J'aime bien cet endroit.

— Il fait l'affaire.

— À propos de notre affaire ?

Il n'y avait rien d'autre sur la table que son sac à main ; elle l'ouvrit, prit le détecteur, dirigea l'appareil vers Fitch, depuis les pieds jusqu'à la tête.

— C'est bien, vous n'avez rien. Prenez un siège, ajouta-t-elle, en indiquant une des deux chaises du côté de la table où se tenait Fitch. Il posa la main sur le dossier de la chaise pliante, si fragile d'aspect qu'il doutait qu'elle pût supporter son poids. Il s'assit lentement, se pencha en avant, les coudes sur la table, pas très stable elle non plus, de sorte qu'il se trouvait dans un position précaire.

— Êtes-vous disposée à parler argent ? demanda-t-il avec un vilain sourire.

— Oui. Le marché est très simple, Fitch. Vous faites virer une grosse somme sur le compte que je vous indique et je vous promets un verdict.

— Je pense qu'il vaudrait mieux attendre que le verdict soit rendu.

— Ne me prenez pas pour une imbécile.

Ils étaient tous deux accoudés sur la table pliante, large de moins d'un mètre, leurs visages séparés par quelques centimètres. Fitch se servait souvent de sa masse, de ses yeux méchants et de sa sinistre barbiche pour intimider son entourage, en particulier les jeunes avocats travaillant pour lui. Si Marlee était intimidée, elle n'en montra rien. Elle le regarda droit dans les yeux, sans un battement de cils.

— Je n'ai aucune garantie, reprit-il. Un jury est imprévisible ; nous pourrions vous donner l'argent...

— N'insistez pas, Fitch. Vous savez aussi bien que moi que l'argent sera viré avant le verdict.

— Combien ?

— Dix millions.

Un son guttural lui échappa, comme s'il venait d'avaler une balle de golf. Puis il se mit à tousser violemment en agitant les coudes et en levant les yeux, ses bajoues se mirent à trembler devant l'énormité de la demande.

— C'est une plaisanterie, parvint-il à articuler d'une voix rauque, en cherchant du regard un verre d'eau, un flacon de pilules, quelque chose qui pût l'aider à se remettre.

Elle observa calmement son numéro, sans battre des paupières, sans détacher les yeux des siens.

— Dix millions, Fitch ; à prendre ou à laisser.

Il toussa de nouveau, le visage plus rouge. Il reprit rapidement ses esprits, chercha une parade. Il avait envisagé une somme de plusieurs millions et savait qu'il se rendrait ridicule en essayant de marchander, comme si son client n'avait pas de quoi payer. Elle avait dû prendre connaissance du dernier rapport trimestriel sur les comptes des Quatre Grands.

— De combien dispose le Fonds ? demanda-t-elle.

Les yeux de Fitch se plissèrent instinctivement ; personne ne connaissait l'existence du Fonds.

— De quoi parlez-vous ?

— Le Fonds, Fitch ; ne jouez pas au plus malin avec moi. Je sais tout sur votre caisse noire. Je veux que les dix millions soient virés du Fonds sur un compte à Singapour.

— Je n'ai pas qualité pour faire cela.

— Ne me racontez pas d'histoires, Fitch. Vous pouvez faire tout ce que vous voulez. Concluons notre marché tout de suite et nous passerons à la suite.

— Que diriez-vous de cinq millions maintenant, les cinq autres après le verdict ?

— N'y pensez plus, Fitch ; dix millions tout de suite. Je n'ai pas l'intention de courir après vous à la fin du procès pour réclamer le second versement. Je ne sais pas pourquoi, j'ai l'impression que cela prendrait un certain temps.

— Quand voulez-vous que le virement soit effectué ?

— Peu importe ; faites seulement en sorte que ce soit avant le début des délibérations. Sinon, l'accord sera rompu.

— Que se passera-t-il, dans ce cas ?

— De deux choses l'une : soit Nicholas empêchera le jury d'arriver à une décision, soit il se prononcera à une majorité de neuf voix en faveur du demandeur.

Au-dessus des sourcils de Fitch, deux longues rides se creusèrent tandis qu'il absorbait ces prédictions lâchées d'un ton neutre. Fitch ne se faisait aucune illusion sur ce que Nicholas pouvait faire. Il se frotta lentement les yeux ; la partie était terminée. Inutile d'exagérer ses réactions, inutile de feindre l'incrédulité. Elle avait toutes les cartes en main.

— Marché conclu, fit-il. Nous virerons l'argent conformément à vos instructions. Je dois vous avertir que cela peut prendre du temps.

— J'en sais plus long que vous là-dessus, Fitch. J'expliquerai précisément ce que je veux. Plus tard.

— Très bien.

— Alors, c'est fait ?

— C'est fait, dit-il, en tendant la main par-dessus la table.

Elle la serra mollement ; l'absurdité de la situation leur arracha un sourire. Deux escrocs scellaient d'une poignée de mains un accord que jamais les tribunaux ne valideraient, car ils n'en auraient jamais connaissance.

Beverly Monk occupait un loft au quatrième étage d'un entrepôt délabré de Greenwich Village. Elle partageait l'appartement avec quatre autres théâtreuses sans le sou. Swanson la vit entrer dans un salon de thé, attendit qu'elle soit installée devant un express, un pain au lait et un journal ouvert à la page des petites annonces. Le dos tourné à la salle, il s'avança vers sa table.

— Excusez-moi, mademoiselle. Êtes-vous Beverly Monk ?

Surprise, elle leva les yeux vers l'inconnu.

— Oui. Qui êtes-vous ?

— Un ami de Claire Clement, répondit-il, en se glissant prestement sur la chaise libre.

— Asseyez-vous, je vous en prie. Que voulez-vous ?

Elle était nerveuse, mais la salle était bondée. Elle se dit qu'elle ne risquait rien ; il avait l'air plutôt sympathique.

— Des renseignements.

— C'est vous qui avez appelé hier soir ?

— Oui. J'ai menti, je me suis fait passer pour Jeff Kerr.

— Dites-moi qui vous êtes.

— Jack Swanson. Je travaille pour des avocats de Washington.

— Claire a des ennuis ?

— Pas du tout.

— Alors, pourquoi ce cinéma ?

Swanson expliqua que Claire avait été retenue comme juré potentiel pour un procès d'importance et que sa tâche consistait à enquêter sur le passé de certains jurés. Il s'agissait d'une affaire d'enfouissement de déchets contaminés à Houston ; des millions de dollars étant en jeu, les enquêtes devaient être minutieuses.

Swanson et Fitch misaient sur deux choses. D'abord le temps qu'il lui avait fallu au téléphone pour reconnaître le nom de Jeff Kerr et le fait qu'elle avait déclaré ne pas avoir parlé à Claire depuis quatre ans.

— Nous sommes disposés à payer pour obtenir des renseignements, reprit Swanson.

— Combien ?

— Mille dollars en espèces, si vous me dites tout ce que vous savez sur Claire Clement.

Swanson prit une enveloppe dans la poche de sa veste, la posa sur la table.

— Vous êtes sûr qu'elle n'a pas d'ennuis ? demanda Beverly, sans quitter des yeux le pactole placé devant elle.

— J'en suis sûr ; prenez l'argent. Si vous ne l'avez pas vue depuis quatre ou cinq ans, vous n'avez pas à vous en faire.

Très juste, pensa Beverly. Elle saisit l'enveloppe, la fourra dans son sac.

— Je n'ai pas grand-chose à dire.

— Combien de temps avez-vous travaillé avec elle ?

— Six mois.

— Combien de temps l'avez-vous connue ?

— Six mois. J'étais serveuse au Mulligan quand elle y a été embauchée ; nous sommes devenues amies. J'ai quitté Lawrence pour la côte Est ; je l'ai appelée une ou deux fois quand j'étais dans le New Jersey et nous en sommes restées là.

— Avez-vous connu Jeff Kerr ?

— Non. Elle ne sortait pas encore avec lui à cette époque. Elle m'a parlé de lui plus tard, au téléphone.

— Avait-elle d'autres amis, garçons ou filles ?

— Bien sûr ; ne me demandez pas des noms. J'ai quitté Lawrence il y a cinq ans, peut-être six. Je ne sais même plus.

— Vous ne vous souvenez pas d'un seul nom ?

Beverly réfléchit en buvant une gorgée de café. Elle donna les noms de trois personnes qui avaient travaillé avec Claire. L'enquête sur la première n'avait rien donné ; ils suivaient la piste de la deuxième ; la troisième n'avait pas été retrouvée.

— Où Claire a-t-elle fait ses études ?

— Quelque part dans le Middle West.

— Vous ne savez pas dans quelle université ?

— Je ne crois pas l'avoir su ; Claire restait discrète sur son passé. On avait l'impression qu'il était arrivé quelque chose dont elle ne voulait pas parler. Je n'ai jamais rien su. J'ai pensé à une histoire d'amour qui avait mal tourné, un mariage raté, peut-être, ou des problèmes familiaux, une enfance malheureuse.

— En parlait-elle avec quelqu'un d'autre ?

— Pas à ma connaissance.

— Savez-vous d'où elle était originaire ?

— Elle disait qu'elle s'était beaucoup déplacée ; je n'ai pas posé trop de questions.

— Était-ce de la région de Kansas City ?

— Je ne sais pas.

– Êtes-vous sûre que Claire Clement est son véritable nom ?

Beverly eut un mouvement de recul.

– Vous croyez que ce n'est pas son vrai nom ?

– Nous avons des raisons de penser qu'elle s'appelait différemment avant d'arriver à Lawrence. Un autre nom, cela ne vous dit rien ?

– Pour moi, elle s'appelait Claire. Pourquoi aurait-elle changé de nom ?

– Nous aimerions beaucoup le savoir.

Swanson sortit un carnet de sa poche, parcourut une liste de questions. La piste Beverly ne menait à rien.

– Êtes-vous allée chez elle ?

– Une ou deux fois ; nous faisions la cuisine avant de regarder des cassettes. Elle ne recevait pas beaucoup ; elle m'avait invitée avec quelques amis.

– Son appartement avait-il quelque chose de particulier ?

– Très joli, bien meublé, dans un immeuble moderne. À l'évidence, elle avait d'autres sources de revenus que le Mulligan. Nous étions payées trois dollars de l'heure, plus les pourboires.

– Alors, elle avait de l'argent ?

– Oui, beaucoup plus que nous. Là-dessus aussi, elle restait discrète. Claire était pour moi une amie d'occasion, une fille très drôle, à qui on ne posait pas de questions.

Swanson essaya en vain de lui arracher d'autres détails. Il la remercia pour son aide, elle le remercia pour l'argent. Au moment de se séparer, elle proposa de passer quelques coups de fil ; une allusion transparente à une rallonge. Swanson accepta en la mettant en garde : elle ne devait rien révéler du véritable objet de ces appels.

– Je suis comédienne, répliqua-t-elle. C'est l'enfance de l'art.

Il lui laissa une carte de visite sur laquelle était inscrit le numéro de son hôtel à Biloxi.

Hoppy trouvait Cristano un peu trop exigeant. D'après les mystérieux personnages à qui il rendait compte à Washington, la situation se détériorait ; on envisageait au ministère de tout laisser tomber et d'envoyer Hoppy devant un grand jury fédéral.

S'il était incapable de convaincre sa propre épouse, comment diable s'y prendrait-il pour influencer tout un jury ?

Ils étaient assis à l'arrière de la longue Chrysler noire qui suivait la route du littoral en direction de Mobile. Nitchman était au volant ; à ses côtés, Napier semblait totalement indifférent au sort du pauvre Hoppy qui passait un mauvais quart d'heure.

— Quand devez-vous la revoir ? demanda Cristano.

— Ce soir, je crois.

— Le moment est venu de lui dire la vérité. Racontez ce que vous avez fait, ne lui cachez rien.

Les yeux d'Hoppy s'embuèrent de larmes, ses lèvres se mirent à trembler ; il tourna la tête vers la vitre teintée, se représenta les yeux horrifiés de Millie tandis qu'il déballait toute l'histoire. Il se maudit pour sa stupidité. S'il avait eu une arme, il aurait peut-être été capable d'abattre Todd Ringwald et Jimmy Hull Moke, certainement de mettre fin à ses jours. Il se serait peut-être débarrassé d'abord de ses trois anges gardiens, mais, que personne ne s'y trompe, Hoppy était parfaitement capable de se faire sauter le caisson.

— Votre femme doit prendre parti, reprit Cristano. Vous comprenez, Hoppy ? Millie doit représenter une force au sein du jury. Comme vous n'avez pas su la convaincre par des arguments, il faut maintenant la motiver par la peur de vous voir passer cinq ans derrière les barreaux. Vous n'avez pas le choix.

Dans l'état d'esprit qui était le sien, il aurait préféré affronter la prison plutôt que le regard de Millie ; on ne lui laissait même pas ce choix. S'il ne réussissait pas à la convaincre, elle apprendrait la vérité *et* il irait en prison.

Hoppy fut incapable de retenir ses larmes. Il se mordit les lèvres, se cacha les yeux, rien à faire. Dans la voiture qui roulait tranquillement sur la route du littoral les seuls sons furent pendant un long moment les geignements étouffés d'un homme brisé.

Nitchman ne put dissimuler un mince sourire.

32

La seconde rencontre dans le bureau de Marlee eut lieu une heure après la fin de la première. Fitch arriva de nouveau à pied, une serviette dans une main, un grand gobelet de café dans l'autre. Marlee passa le contenu de la serviette au détecteur, au grand amusement de Fitch.

Quand elle eut terminé, il referma la serviette, commença à boire son café.

— J'ai une question, fit-il.

— J'écoute.

— Il y a six mois, ni vous ni Easter ne viviez dans ce comté, probablement pas dans cet État. Vous êtes-vous installés ici pour suivre ce procès ?

Il connaissait la réponse, bien entendu, mais voulait voir ce qu'elle était disposée à révéler, maintenant qu'ils étaient en affaires, dans le même camp, en quelque sorte.

— On peut dire ça, répondit-elle.

Marlee et Nicholas considéraient comme acquis que Fitch avait remonté leur piste jusqu'à Lawrence, ce qui n'était pas plus mal. Il était ainsi à même d'apprécier l'habileté de leur combine et la volonté déployée pour la mener à bien. C'est la période précédant l'arrivée de Marlee à Lawrence qui leur faisait perdre le sommeil.

— Vous utilisez tous deux des noms d'emprunt, n'est-ce pas ? poursuivit Fitch.

— Ce sont nos véritables noms. Plus de questions sur nous, Fitch ; l'important n'est pas là. Le temps presse, nous avons beaucoup à faire.

– Vous pourriez peut-être me dire où vous en êtes avec les autres. Que sait Rohr exactement ?

– Rohr ne sait rien. Nous avons tourné autour de lui, sans jamais entrer en contact.

– Auriez-vous conclu un marché avec lui si j'avais refusé ?

– Oui, Fitch ; je fais cela pour l'argent. Nicholas fait partie de ce jury parce que nous l'avons voulu ainsi ; nous avons beaucoup travaillé pour en arriver là. Cela marchera, car tous les joueurs sont corrompus. Vos clients sont corrompus ; mon ami et moi aussi. Corrompus, mais habiles : nous contaminons le système de telle manière que personne ne s'en rendra compte.

– Même Rohr ? S'il perd, il aura des soupçons ; il vous soupçonnera d'avoir conclu un marché avec Pynex.

– Rohr ne me connaît pas ; nous ne nous sommes jamais rencontrés.

– Mon œil !

– Je le jure, Fitch. Je vous ai fait croire le contraire, mais nous ne nous sommes jamais rencontrés. Nous l'aurions fait si vous aviez refusé de négocier.

– Vous saviez que j'accepterais.

– Bien sûr ; nous savions que vous seriez avide d'acheter un verdict.

Les questions se bousculaient dans l'esprit de Fitch. Comment avaient-ils appris son existence et obtenu son numéro de téléphone ? Comment s'y étaient-ils pris pour être sûrs que Nicholas serait convoqué parmi les jurés potentiels ? Comment avaient-ils appris l'existence du Fonds ?

Il les poserait un jour, quand tout serait terminé, quand la tension serait retombée. Il aimerait bavarder longuement avec Marlee et Nicholas, devant un bon repas, et obtenir les réponses à toutes ses questions. L'admiration qu'il leur vouait ne faisait que croître d'heure en heure.

– Promettez-moi de ne pas éliminer Lonnie Shaver, reprit-il.

– Je le promettrai, Fitch, si vous me dites pourquoi vous tenez tellement à lui.

– Il est de notre côté.

– Comment pouvez-vous le savoir ?

– Nous avons des moyens efficaces.

– Si nous travaillons ensemble, pourquoi ne pouvons-nous être francs l'un avec l'autre ?

— Vous avez entièrement raison. Pourquoi avez-vous fait virer Herrera ?

— Je l'ai déjà dit, c'est un imbécile. Il n'aimait pas Nicholas et réciproquement. Comme Henry Vu et Nicholas sont très proches, nous n'avons pas perdu au change.

— Et Stella Hulic ?

— Juste pour ne plus avoir à la supporter dans la salle du jury ; elle était un élément perturbateur.

— Qui sera le prochain ?

— Qui sait ? Il nous reste une possibilité ; de qui faudrait-il se débarrasser ?

— Pas de Lonnie.

— Expliquez-moi pourquoi.

— Disons simplement qu'il a été acheté et que nous pouvons compter sur lui ; son employeur nous écoute.

— Qui d'autre avez-vous acheté ?

— Personne.

— Allons, Fitch ! Voulez-vous gagner ou non ?

— Bien sûr.

— Alors, ne me cachez rien. Je suis pour vous le moyen le plus facile d'obtenir un verdict favorable.

— Et le plus coûteux.

— Vous ne vous imaginiez pas que je ferais cela pour rien. Qu'avez-vous à gagner en me dissimulant la vérité ?

— Qu'ai-je à gagner en vous la révélant ?

— Cela devrait vous sauter aux yeux. Ce que vous me dites, je le répète à Nicholas. Il est mieux informé sur les intentions de chacun ; il sait à qui consacrer du temps. Parlez-moi de Gladys Card.

— C'est un mouton. Nous ne savons rien sur elle ; qu'en pense Nicholas ?

— La même chose. Et Angel Weese ?

— Elle fume et elle est noire. Une chance sur deux ; elle n'a guère de personnalité non plus. L'opinion de Nicholas ?

— Elle se rangera à l'avis de Loreen Duke.

— Et à l'avis de qui Loreen Duke se rangera-t-elle ?

— Celui de Nicholas.

— Combien de fidèles a-t-il maintenant ? Combien de jurés font partie de sa petite chapelle ?

— Jerry pour commencer. Comme il couche avec Sylvia, elle le suivra. On peut ajouter Loreen et donc Angel.

Fitch compta rapidement, en retenant son souffle.

– Nous en sommes à cinq. C'est tout ?

– Six avec Henry Vu. Faites le compte ; il en reste trois à trouver. Qu'avez-vous sur Savelle ?

Fitch jeta un coup d'œil à ses notes, comme s'il n'avait pas lu une dizaine de fois ce que contenait sa serviette.

– Rien, ce type est barjo, fit-il avec une pointe de tristesse, comme s'il avait lamentablement échoué à atteindre Savelle.

– Des ragots sur Herman ?

– Non. Que pense Nicholas de lui ?

– On l'écoutera, sans nécessairement le suivre. Il ne s'est pas fait beaucoup d'amis, mais ne suscite pas d'antipathie. Il votera probablement d'une manière très personnelle.

– De quel côté penche-t-il ?

– Difficile à savoir ; il a décidé de suivre à la lettre les instructions du juge et refuse de parler de l'affaire.

– Il est gonflé !

– Nicholas aura ses neuf voix, peut-être plus, avant les conclusions des parties. Il lui faut juste une prise sur quelques-uns de ses amis.

– Qui, par exemple ?

– Rikki Coleman.

Le regard fixé droit devant lui, Fitch but une gorgée de café. Il posa le gobelet, se caressa la barbe. Elle ne perdit pas un seul de ses gestes.

– Eh bien, nous avons peut-être quelque chose sur elle.

– Pourquoi tourner autour du pot, Fitch ? Vous avez quelque chose ou vous n'avez rien. Soit vous me le dites, afin que Nicholas puisse s'assurer de sa voix, soit vous gardez vos notes pour vous, en espérant qu'elle sera de notre côté.

– Disons que c'est un secret qu'elle préfère cacher à son mari.

– Pourquoi me le cacher à moi ? lança Marlee avec irritation. Ne faisons-nous pas cause commune ?

– Bien sûr que si, mais je ne suis pas sûr de devoir vous le dire dès maintenant.

– Merci, Fitch. Un épisode honteux de son passé, c'est ça ? Une liaison, une interruption de grossesse ?

– Je vais réfléchir.

– C'est ça, Fitch, réfléchissez. Si vous voulez jouer à ce petit jeu, nous serons deux. Parlez-moi de Millie Dupree.

Sous une apparence calme et détendue, Fitch était en proie à de violents tiraillements. Que pouvait-il se permettre de lui dire ? Son instinct l'incitait à la prudence. Ils se reverraient le lendemain, le surlendemain ; s'il le décidait, il pourrait parler de Rikki, de Millie, peut-être même de Lonnie. Prends ton temps, se dit-il.

— Je n'ai rien sur Millie, fit-il en regardant sa montre.

Il eut une pensée pour le pauvre Hoppy, coincé dans une grosse voiture noire avec trois agents fédéraux, qui devait avoir craqué.

— En êtes-vous certain, Fitch,

La semaine précédente, Nicholas avait croisé Hoppy dans le hall du motel, les bras chargés de fleurs et de chocolats ; ils avaient échangé quelques mots. Le lendemain, il avait remarqué la présence d'Hoppy dans la salle d'audience, un nouveau visage exprimant un vif intérêt, au bout de la troisième semaine du procès.

Nicholas et Marlee considéraient que chaque juré était pour Fitch une cible potentielle ; Nicholas avait l'œil à tout. il lui arrivait de traîner dans le hall à l'heure des visites personnelles, quand les visiteurs arrivaient ou quand ils repartaient. Il ne perdait pas un mot de ce qui se disait dans la salle du jury, suivait trois conversations en même temps pendant la promenade quotidienne, après le déjeuner. Il prenait des notes sur tous ceux qu'il voyait dans la salle d'audience, leur trouvait même des surnoms et des noms de code.

Il avait dans l'idée que Fitch essayait de faire pression sur Millie par l'intermédiaire de son mari. Ils avaient l'air d'un couple de braves gens, du genre à se laisser facilement prendre dans les filets de Fitch.

— Certain. Rien sur Millie.

— Son comportement est devenu bizarre, mentit Marlee.

Parfait, se dit Fitch ; le coup monté contre Hoppy porte ses fruits.

— Quelle est l'opinion de Nicholas sur Royce, le dernier suppléant ?

— Un minable, bête comme ses pieds, facile à manipuler. Contre un billet de cinq dollars, il fera tout ce qu'on lui dit. Une bonne raison pour que Nicholas se débarrasse de Savelle ; avec Royce ce sera facile.

La désinvolture avec laquelle elle parlait d'acheter les gens faisait chaud au cœur à Fitch. Il avait si souvent rêvé, au cours d'autres procès, de dénicher un ange comme Marlee, un sauveur aux doigts crochus qui s'assurerait pour son compte de la docilité du jury. C'était presque incroyable !

— Qui d'autre accepterait de l'argent ? demanda-t-il avec vivacité.

— Jerry est fauché, couvert de dettes de jeu et en instance de divorce. Il aura besoin d'au moins vingt mille dollars. Nicholas n'a pas encore réglé la question avec lui ; ce sera fait ce week-end.

— Cela va finir par coûter cher, lança Fitch en s'efforçant de prendre un air sérieux.

Marlee éclata de rire ; Fitch ne put se retenir de sourire. Il venait de lui promettre dix millions de dollars, s'apprêtait à en dépenser deux autres pour la défense. Ses clients avaient une cagnote de près de onze milliards.

Après ce moment de détente, ils restèrent silencieux. Marlee regarda sa montre.

— Écrivez ce que je vais dire, Fitch. Il est 15 h 30, heure de l'Est ; l'argent ne part pas à Singapour. Je veux que les dix millions soient virés à la banque Hanwa, dans les Antilles néerlandaises.

— La banque Hanwa ?

— Coréenne. L'argent ne va pas sur mon compte, mais sur le vôtre.

— Je n'ai pas de compte dans cet établissement.

— Vous allez en ouvrir un.

Elle sortit des papiers de son sac, les lui fit passer sur la table.

— Voici les imprimés et vos instructions.

— Il est trop tard pour faire ça, objecta Fitch en prenant les papiers ; et demain, nous sommes samedi.

— Taisez-vous, Fitch, et lisez les instructions. Faites ce que je dis et tout se passera bien. La banque Hanwa est toujours ouverte pour ses clients privilégiés. Je veux que l'argent soit sur votre compte, en transit, avant la fin du week-end.

— Comment saurez-vous qu'il y est ?

— Vous me montrerez un ordre de virement. L'argent sera provisoirement immobilisé, en attendant que le jury se retire pour délibérer. Puis il sera viré sur mon compte ; cela devrait avoir lieu lundi matin.

— Et si les délibérations commencent plus tôt ?

— Je vous assure, Fitch, que le verdict ne sera pas rendu avant que l'argent soit arrivé sur mon compte. C'est une promesse. Si jamais vous essayez de nous doubler, je peux aussi promettre qu'il y aura un beau verdict en faveur de la partie adverse.

— Ne parlons pas de ça.

— Vous avez raison. Tout a été minutieusement mis au point, Fitch. Ne fichez pas tout en l'air ; faites ce que j'ai dit. Occupez-vous tout de suite du virement.

Wendall Rohr agressa le docteur Gunther pendant une heure et demie ; quand il eut terminé, tout le monde était sur les nerfs. Rohr était probablement le plus détendu, malgré ce déferlement d'attaques hargneuses ; les autres n'en pouvaient plus. Il était près de 17 heures, ce vendredi soir, une nouvelle semaine s'achevait, un nouveau week-end serait passé au motel.

Le juge Harkin nourrissait des inquiétudes à propos de son jury. Ils en avaient à l'évidence par-dessus la tête de devoir rester assis à écouter des propos dont ils n'avaient que faire et commençaient à s'énerver.

Les avocats partageaient les inquiétudes du juge ; les jurés ne réagissaient pas comme prévu. Quand ils ne se trémoussaient pas sur leur siège, ils piquaient du nez ; quand ils ne promenaient pas autour d'eux un regard sans expression, ils se pinçaient pour rester éveillés.

Nicholas ne s'inquiétait pas le moins du monde ; il voulait voir ses compagnons fatigués, au bord de la révolte. Un groupe en colère a besoin d'un chef.

Profitant d'une suspension d'audience tardive, il avait préparé une lettre destinée au juge, dans laquelle il demandait que le procès se poursuive le samedi. La question avait été abordée pendant le déjeuner ; la discussion n'avait duré que quelques minutes. Il avait tout prévu, avait toutes les réponses. Pourquoi tourner en rond dans une chambre d'hôtel quand on pouvait se rapprocher de la ligne d'arrivée de ce marathon ?

Les douze autres avaient ajouté de bon cœur leur signature au-dessous de la sienne ; Harkin n'avait pas eu le choix. Une audience du samedi était rare, sans être exceptionnelle, surtout dans cette situation.

Il interrogea Cable pour savoir ce qui devait se passer le lendemain ; Cable lui confia que la défense devrait en terminer. Rohr déclara qu'il n'était pas question de venir au tribunal le dimanche.

— Le procès devrait être terminé lundi après-midi, annonça le juge Harkin aux jurés. La défense finira demain, nous écouterons les conclusions lundi matin. J'imagine que les délibérations pourront commencer lundi, avant midi. C'est tout ce que je peux faire.

Des sourires apparurent au banc des jurés. La fin était en vue ; ils pouvaient supporter la perspective d'un dernier week-end ensemble.

Après le dîner dans un restaurant réputé de Gulfport, ils disposeraient de quatre heures pour les visites personnelles, aussi bien le vendredi soir que le samedi et le dimanche. Le juge les libéra en s'excusant.

Après le départ des jurés, Harkin garda les avocats pour deux heures de discussion sur une douzaine de requêtes.

33

Il arriva en retard, sans fleurs ni chocolats, sans champagne ni baiser, l'âme torturée, incapable de dissimuler ses sentiments. Il la prit par la main, l'entraîna vers le lit ; il s'assit au bord, essaya d'articuler quelques mots d'une voix étranglée avant d'enfouir le visage dans ses mains.

— Que se passe-t-il, Hoppy ? demanda Mille, affolée, sentant qu'il avait une horrible confession à lui faire.

Il n'était plus lui-même, ces derniers temps. Elle vint à ses côtés, lui tapota le genou en attendant qu'il se décide. Il commença par s'excuser de s'être conduit si stupidement, affirma à plusieurs repises qu'elle ne pourrait pas croire ce qu'il avait fait, répéta que ce qu'il avait fait était stupide.

— Qu'as-tu fait ? demanda-t-elle enfin d'une voix ferme.

La colère le saisit ; furieux contre lui-même de s'être fait piéger d'une manière aussi ridicule, les dents serrées, la lèvre supérieure retroussée, il déballa toute l'histoire de Ringwald et KLX, de la baie de Stillwater et Jimmy Hull Moke. C'était un coup monté ! Il faisait ses petites affaires, sans chercher les ennuis, se contentait de ses petites transactions, quand ce type de Las Vegas était arrivé, avec son beau costume et sa liasse de plans qu'Hoppy avait pris pour ceux d'une mine d'or.

Comment avait-il pu être si bête ? Un sanglot l'étrangla, il se mit à pleurer à chaudes larmes. Quand il en vint au coup de sonnette des agents du FBI à leur porte, Millie ne put se contenir.

— La porte de notre maison ?

— Oui, oui.

— Seigneur ! Où étaient les enfants ?

Hoppy lui raconta comment il avait habilement éloigné les agents fédéraux de la maison pour les emmener à l'agence, où ils lui avaient fait écouter la bande...

Millie se mit à pleurer ; Hoppy en fut soulagé. Peut-être ne lui en voudrait-elle pas trop. Mais ce n'était pas fini.

Il parla de l'arrivée de Cristano, de leur entretien sur le bateau, de tous ces gens à Washington, de braves gens au fond, que le procès inquiétait. Il mentionna les Républicains, fit allusion au crime organisé. Conclut en disant qu'ils avaient fait un marché.

Millie s'essuya les pommettes du dos de la main, ses larmes tarirent.

— Je ne suis pas sûre de vouloir voter pour le fabricant de cigarettes, fit-elle, encore secouée.

— Je te remercie, Millie. Envoie-moi en taule pour cinq ans, afin d'agir selon ta conscience. Te rends-tu compte de ce que tu dis ?

— Ce n'est pas juste, reprit-elle en se regardant dans le miroir de la commode.

— Bien sûr que ce n'est pas juste ; ce ne le sera pas non plus quand la banque saisira la maison pendant que je croupirai en prison. Et les enfants, Millie, as-tu pensé à eux ? Ils n'ont pas terminé leurs études. Non seulement l'humiliation sera terrible, mais qui s'occupera de leur éducation ?

Hoppy avait l'avantage de longues heures passées à affiner ses arguments ; la pauvre Millie avait l'impression d'avoir été heurtée de plein fouet par un bus. Son cerveau ne fonctionnait pas assez vite pour lui permettre de poser les bonnes questions. En d'autres circonstances, Hoppy eût compati à sa détresse.

— Je n'arrive pas à y croire, murmura-t-elle.

— Je suis désolé, Millie, si tu savais combien je regrette ce que j'ai fait et de t'avoir mise dans cette situation.

La tête baissée, les coudes sur les genoux, il était l'image de la prostration.

— Ce n'est pas juste pour les autres.

Hoppy se fichait éperdument des autres ; il garda ses sentiments pour lui.

— Je sais, ma chérie, je sais. Je suis au-dessous de tout.

Elle prit sa main, la serra. Hoppy décida de porter le coup de grâce.

— Je ne devrais pas le dire, Millie, mais quand les agents du FBI attendaient à la porte de la maison, j'ai eu envie de prendre le pistolet et de mettre fin à tout ça.

— Tu voulais les tuer ?

— Non, moi. Me faire sauter la cervelle.

— Hoppy !

— Je parle sérieusement. Je n'ai pas cessé d'y penser depuis une semaine. Je préférerais appuyer sur la détente que voir ma famille humiliée de la sorte.

— Ne dis pas de bêtises, fit-elle en se mettant à pleurer de plus belle.

Fitch avait d'abord songé à trafiquer le virement ; deux coups de téléphone et deux fax à Washington l'avaient convaincu que c'était trop risqué. Elle semblait tout savoir sur les transferts de fonds ; avec la précision qui caractérisait chacun de ses actes, elle devait avoir placé quelqu'un dans la banque des Antilles néerlandaises pour s'assurer que le virement était effectué. À quoi bon prendre des risques ?

Une rafale de coups de téléphone lui permit d'obtenir les coordonnées d'un ancien fonctionnaire du Trésor, qui dirigeait maintenant sa propre société de consultants et avait la réputation d'un spécialiste des mouvements d'argent. Fitch lui exposa succinctement la situation et lui expédia une copie des instructions de Marlee. Le consultant confirma qu'elle savait ce qu'elle faisait et assura Fitch que son argent serait en sécurité, au moins pendant cette première étape. Le nouveau compte serait au nom de Fitch ; elle n'y aurait pas accès. Marlee exigeait une copie de la confirmation du transfert ; le consultant avertit Fitch de ne pas lui montrer le numéro de compte ni de la banque d'origine ni de la banque Hanwa.

Le Fonds avait six millions et demi quand Fitch avait conclu le marché avec Marlee. Dans la journée du vendredi, il avait demandé à chaque P.-D.G. des Quatre Grands d'effectuer immédiatement un virement de deux millions de dollars. Il n'avait pas le temps de répondre à leurs questions ; il expliquerait tout plus tard.

Le vendredi, à 17 h 15, l'argent quitta le compte du Fonds dans une banque de New York pour se retrouver en quelques secondes à la banque Hanwa, aux Antilles néerlandaises, où il était attendu. Le nouveau compte, uniquement numéroté, fut ouvert dès la réception du virement et la confirmation faxée à l'établissement expéditeur.

Quand Marlee appela à 18 h 30, elle savait que le virement avait été effectué. Elle demanda à Fitch d'effacer les numéros de compte sur l'ordre de virement, ce qu'il avait l'intention de faire, et de le faxer à la réception du motel, à 19 h 05 précisément.

— C'est un peu risqué, vous ne croyez pas ?

— Faites ce que je dis, Fitch. Nicholas se tiendra près du télécopieur ; la réceptionniste le trouve mignon.

Elle rappela à 19 h 15 pour dire que Nicholas avait reçu la confirmation du virement et que le document paraissait authentique. Elle donna rendez-vous à Fitch le lendemain matin, à 10 heures, dans son bureau ; il accepta avec joie.

Même si l'argent n'avait pas encore changé de mains, Fitch exultait. Il appela José, sortit se promener dans les rues, ce qu'il faisait très rarement. Sur les trottoirs déserts, l'air était sec et vivifiant.

Au même moment, un juré séquestré détenait un bout de papier sur lequel figurait à deux endroits la somme de dix millions de dollars. Ce juré et le jury dont il faisait partie appartenaient à Fitch ; le procès était terminé. Il allait évidemment se ronger les sangs et serait incapable de trouver le sommeil avant d'avoir entendu le verdict, mais on pouvait dire avec une quasi-certitude que c'était terminé ; Fitch avait encore gagné ; il avait remporté la victoire sur le fil. Le prix avait été beaucoup plus élevé cette fois, mais l'enjeu l'était aussi. Il serait obligé de supporter les remarques désagréables de Jankle et des autres sur le coût de l'opération. Une formalité.

Les véritables coûts, ils n'en parleraient pas. Le prix d'un verdict défavorable aurait certainement dépassé dix millions et que dire du torrent d'actions en justice qui se serait abattu sur eux ?

Il avait bien mérité ces rares instants de plaisir, mais son travail était loin d'être terminé. Il ne pourrait prendre du repos tant qu'il ne saurait pas qui était la véritable Marlee, d'où elle venait, ce qui la motivait, comment et pourquoi elle avait élaboré ce plan. Il y avait dans son passé quelque chose que Fitch devait découvrir ; l'inconnu l'effrayait immensément. Il n'aurait pas les réponses avant de savoir qui était la véritable Marlee. D'ici là, son précieux verdict n'était pas tout à fait assuré.

Au bout de deux cents mètres sur son trottoir désert, Fitch était redevenu lui-même, irritable, ombrageux, tourmenté.

Derrick s'était décidé à entrer dans l'immeuble et passait la tête par une porte ouverte quand une jeune femme lui demanda poliment ce qu'il désirait. Une pile de dossiers sous le bras, elle paraissait très occupée. Il était près de 20 heures, un vendredi soir, et une grande activité régnait encore dans le hall.

Il désirait parler à un avocat, un de ceux qui représentaient le fabricant de tabac au tribunal, avec qui il pourrait conclure un marché à l'abri des regards. Il avait fait des recherches, découvert des noms, celui de Durwood Cable et quelques autres. Il avait trouvé l'emplacement de leurs bureaux. Il venait de passer deux heures dans sa voiture, à répéter son texte en essayant de se calmer et de trouver le courage de franchir cette porte.

Il n'y avait pas un seul autre visage de couleur en vue.

Les avocats n'étaient-ils pas tous des escrocs ? Il se répétait que si Rohr avait offert de l'argent, tous les avocats participant au procès feraient automatiquement comme lui. Il avait quelque chose à vendre. L'argent coulait à flots dans ces bureaux ; c'était une occasion en or.

Mais les mots ne venaient pas ; la secrétaire s'impatienta, elle commença à regarder autour d'elle, comme si elle cherchait de l'aide. Cleve l'avait mis en garde à plusieurs reprises : ce qu'ils faisaient était totalement illégal, Derrick se ferait prendre s'il devenait trop gourmand ; la peur l'assaillit brusquement.

— Euh... pourrais-je voir M. Gable ? fit-il d'une voix hésitante.

— M. Gable ? fit la secrétaire en haussant les sourcils.

— Oui, c'est ça.

— Il n'y a pas de M. Gable ici ; de la part de qui ?

Un groupe de jeunes gens en chemise passa lentement derrière elle en jaugeant Derrick des pieds à la tête ; il n'était pas à sa place. Derrick était sûr d'avoir la bonne adresse, mais il n'avait pas le nom correct, ne connaissait pas les règles du jeu et n'avait aucune intention de faire de la prison.

— J'ai dû faire erreur, dit-il.

Elle lui adressa un petit sourire courtois. Bien sûr que vous avez fait erreur ; veuillez vous retirer maintenant. Il s'arrêta devant une table, ramassa cinq cartes professionnelle sur un présentoir en bronze. Il les montrerait à Cleve pour prouver qu'il était venu.

Il fit un signe à la secrétaire, sortit précipitamment; Angel attendait.

Millie pleura, se tourna dans son lit, repoussa les draps; à minuit, elle se leva. Elle enfila sa tenue préférée, un survêtement rouge usagé, trop grand pour elle, qu'un des enfants lui avait offert pour Noël, quelques années auparavant. Elle ouvrit la porte sans faire de bruit. Chuck, le garde de faction à l'extrémité du couloir, prononça doucement son nom. Elle expliqua qu'elle avait un creux, suivit le couloir à peine éclairé jusqu'à la Salle des fêtes. Elle perçut un léger bruit; Nicholas était seul sur un canapé, devant une assiette de pop-corn et un verre d'eau gazeuse. Il regardait un match de rugby; le couvre-feu décrété par le juge Harkin n'était plus qu'un lointain souvenir.

— Que faites-vous debout si tard? demanda-t-il en coupant le son du téléviseur grand écran.

Millie s'installa dans un fauteuil, le dos tourné à la porte. Ses yeux étaient rouges et gonflés, ses cheveux gris et courts en bataille; elle s'en fichait. Elle vivait dans une maison où des adolescents allaient et venaient en permanence, dormaient, mangeaient, regardaient la télé, vidaient le réfrigérateur et la voyaient toujours dans son vieux survêtement rouge. Millie ne voulait pas que cela change; elle était la mère de tous ces enfants.

— Je n'arrive pas à dormir, fit-elle. Et vous?

— C'est dur de dormir ici; voulez-vous des pop-corn?

— Merci.

— Hoppy est passé ce soir?

— Oui.

— Votre mari est un type bien, ça se voit.

— Oui, répondit-elle après un instant d'hésitation.

Ils restèrent un moment en silence, cherchant de quoi ils pourraient parler.

— Voulez-vous regarder un film? demanda enfin Nicholas.

— Non, répondit-elle, l'air soudain sérieux. Je peux vous demander quelque chose?

Nicholas reprit la télécommande pour éteindre le téléviseur. La pièce n'était plus éclairée que par une lampe de bureau.

— Bien sûr; vous avez l'air perturbé.

— En effet. C'est une question qui se rapporte à la justice.

— Je vais essayer d'y répondre.

Elle respira un grand coup, se tordit les mains.

— Que se passe-t-il quand un juré est convaincu de ne pas pouvoir voter en son âme et conscience? Que doit-il faire?

Nicholas regarda le mur, puis le plafond, prit une gorgée d'eau minérale.

— Je crois, répondit-il lentement, que cela dépend des raisons qui ont provoqué cette situation.

— Je ne vous suis pas, Nicholas.

Il était si gentil, si intelligent. Son fils cadet voulait devenir avocat; elle se prenait à espérer qu'il soit aussi intelligent que Nicholas.

— Pour simplifier les choses, poursuivit-il, disons que vous êtes le juré en question. D'accord?

— D'accord.

— Il s'est donc passé, depuis l'ouverture du procès, quelque chose qui est susceptible d'influer sur votre honnêteté et votre impartialité.

— Oui.

— Je pense qu'il convient d'abord de savoir s'il s'agit de quelque chose que vous avez entendu au tribunal ou qui s'est passé à l'extérieur. Un juré ne peut que perdre son objectivité au fil du procès; c'est ainsi que nous sommes en mesure de rendre un verdict. Ne vous inquiétez pas, il n'y a rien de mal.

— Et s'il s'agit d'autre chose? demanda-t-elle lentement, en se frottant l'œil gauche. Quelque chose qui s'est passé à l'extérieur du tribunal.

— Ha! fit-il, en prenant un air choqué. C'est plus grave.

— Très grave?

Nicholas ménagea ses effets; il se leva, fit quelques pas et prit un fauteuil qu'il approcha de celui de Millie.

— Qu'est-ce qui ne va pas, Millie? fit-il d'une voix très douce.

— J'ai besoin d'aide, je ne sais vers qui me tourner. Je suis enfermée ici, dans ce motel sinistre, loin de ma famille et de mes amis. Je ne sais à qui me confier. Pouvez-vous m'aider, Nicholas?

— Je vais essayer.

Une nouvelle fois, les yeux de Millie s'embuèrent de larmes.

— Vous êtes si serviable, Nicholas. Vous connaissez la loi et je n'ai personne d'autre à qui parler.

Les larmes débordaient; il lui tendit une serviette en papier.

Elle lui raconta tout.

Lou Dell se réveilla sans raison à 2 heures du matin ; en chemise de nuit, elle fit une inspection rapide du couloir. Dans la Salle des fêtes, elle surprit Nicholas et Millie en pleine conversation, devant une assiette de pop-corn. Nicholas expliqua avec une politesse inhabituelle qu'ils n'arrivaient pas à trouver le sommeil, qu'ils parlaient de leur famille, et affirma que tout allait bien. Elle sortit en secouant la tête.

Nicholas soupçonna un coup monté, mais n'en laissa rien voir à Millie. Dès qu'elle eut séché ses larmes, il chercha à connaître tous les détails, prit quelques notes. Elle promit de ne rien faire avant d'en parler avec lui. Ils se séparèrent en se souhaitant une bonne nuit.

Nicholas regagna sa chambre, composa le numéro de Marlee, raccrocha dès qu'elle eut répondu d'une voix ensommeillée. Il attendit deux minutes, refit le numéro. Il laissa sonner six fois, raccrocha de nouveau. Deux minutes plus tard, il composa le numéro du téléphone cellulaire de Marlee caché dans le placard.

Nicholas fit le récit des malheurs d'Hoppy. La nuit de Marlee était terminée ; il y avait beaucoup à faire et vite.

Ils décidèrent de commencer par les noms de Nitchman, Napier et Cristano.

34

Il n'y avait rien de changé dans la salle d'audience, le samedi matin. Les mêmes employés du greffe portaient les mêmes vêtements et s'affairaient avec les mêmes paperasses. La robe du juge Harkin était aussi noire que la veille, le visage des avocats aussi chiffonné que du lundi au vendredi. Les policiers se barbaient autant que les autres jours, un peu plus peut-être. Le jury s'installa, le juge posa ses sempiternelles questions ; la routine.

Après l'ennuyeuse déposition de Gunther, Cable et son équipe avaient estimé qu'un peu d'action était souhaitable. Ils appelèrent à la barre le docteur Olney, un chercheur, bien évidemment, qui avait conduit des expériences étonnantes sur des souris de laboratoire. Il avait une cassette vidéo de ses adorables sujets, apparemment pleins d'énergie, certainement pas malades ni moribonds. Les souris étaient divisées en plusieurs groupes, chacun dans une cage de verre à l'intérieur de laquelle Olney envoyait quotidiennement de la fumée de cigarette en quantité variable. Cela avait duré plusieurs années ; des doses massives de fumée de cigarette. Aucun cas de cancer du poumon n'avait pourtant été constaté. Il avait tout essayé pour provoquer la mort de ses chères petites bêtes : rien à faire. Il avait les statistiques, tous les détails. Il était convaincu que la fumée de cigarette ne provoque pas le cancer du poumon, pas plus chez la souris que chez l'homme.

Hoppy écoutait, de l'endroit où il avait pris l'habitude de suivre les audiences. Il avait promis à Millie de passer, pour lui faire un petit signe, lui apporter son soutien moral, lui rappeler à quel point il était navré de ce qui s'était passé. C'était le moins qu'il pût faire. Il ne resterait pas ; c'était samedi, une grosse journée pour un agent immobilier, même si l'agence n'ouvrait qu'en fin de matinée. Depuis le désastre de la baie de Stillwater, Hoppy n'avait plus de goût au travail. La perspective de plusieurs années de prison n'arrangeait pas les choses.

Taunton était de retour, au premier rang, derrière Cable. Toujours vêtu d'un impeccable complet noir, il prenait des notes d'un air important en lançant de loin en loin un coup d'œil à Lonnie, qui n'avait pas besoin de cela.

Derrick était au fond, mais rien ne lui échappait. Rhea Coleman s'était installé au dernier rang, avec les deux enfants ; dès que le jury fut en place, ils essayèrent de faire des signes à leur mère. Nelson Card, le mari de Gladys, occupait le siège voisin de celui de Mme Grimes ; les deux filles de Loreen étaient aussi dans la salle.

Ils étaient tous venus apporter leur soutien et satisfaire leur curiosité. Ils en avaient assez entendu pour s'être formé une opinion sur l'affaire, les avocats des deux parties, les experts et le juge. Ils voulaient assister à une audience, pour être mieux à même de comprendre.

Beverly Monk sortit de son sommeil comateux en milieu de matinée ; les effets du gin, du crack et d'elle ne savait quoi encore se faisaient encore sentir. Des éclairs lui lacéraient les yeux. Elle enfouit le visage dans ses mains, se rendit compte qu'elle était étendue sur un plancher. Elle s'enroula dans une couverture sale, enjamba un ronfleur qu'elle ne reconnut pas, trouva ses lunettes de soleil sur le coffre qui faisait office de coiffeuse. Avec les lunettes, elle voyait mieux. Le loft était dans un état indescriptible : des corps gisaient dans tous les sens, des bouteilles d'alcool vides occupaient tout l'espace sur les meubles bon marché. Qui étaient ces gens ? Elle se dirigea lentement vers une haute fenêtre, enjamba le corps d'une amie et celui d'un parfait inconnu. Qu'avait-elle fait toute la nuit ?

La fenêtre était couverte de givre ; quelques flocons de neige tombaient paresseusement, fondant dès qu'ils touchaient le sol. Elle resserra la couverture autour de son corps émacié, s'assit sur un ballon, devant la fenêtre, et regarda la neige tomber en se demandant combien il restait sur les mille dollars.

Elle entrouvrit la fenêtre pour inhaler l'air glacé, sa vision se fit plus nette. Le battement de ses tempes était douloureux, mais sa tête ne tournait plus. Avant de rencontrer Claire, elle était très amie avec une étudiante du nom de Phoebe, une fille excentrique, originaire de Wichita, qui se droguait et n'arrivait pas à décrocher. Phoebe avait travaillé quelque temps au Mulligan avec Claire et Beverly avant de se faire virer. Elle avait raconté un jour à Beverly qu'elle avait appris quelque chose sur le passé de Claire, d'un garçon avec qui elle était sortie. Pas Jeff Kerr, un autre ; si sa tête ne lui faisait pas si mal, elle retrouverait peut-être des détails.

C'était bien loin, tout ça.

Quelqu'un poussa un grognement sous un matelas ; le silence revint. Beverly avait passé un week-end avec Phoebe à Wichita, où son père était médecin. Il devrait être facile de la retrouver ; si ce brave Swanson lui filait mille dollars pour quelques réponses anodines, combien pourrait-il allonger pour des faits précis sur le passé de Claire Clement ?

Elle allait retrouver Phoebe. Aux dernières nouvelles, elle s'était installée à Los Angeles, où elle faisait à peu près la même chose que Beverly à New York. Elle soutirerait le maximum à Swanson, puis elle chercherait peut-être un appartement plus grand, avec des copines qui n'inviteraient pas toute cette racaille.

Où était la carte de Swanson ?

Fitch sauta la déposition du matin pour faire un briefing, le genre de chose qu'il avait en horreur. L'homme avec qui il avait rendez-vous était important. James Local était le patron du cabinet d'enquêtes privé à qui Fitch versait une fortune. Discrètement établie à Bethesda, la société de Local employait une quantité d'anciens agents du renseignement ; en temps normal, la recherche d'une jeune femme célibataire, sans antécédents judiciaires, vivant si loin de Washington, ne les aurait pas intéressés. Leurs spécialités étaient la surveillance des expéditions illégales d'armement, la traque de terroristes, d'autres activités de ce genre.

Mais Fitch avait les poches pleines et il n'y avait aucun risque de recevoir une balle perdue. Les recherches n'avaient encore rien donné ; telle était la raison de la présence de Local à Biloxi.

Swanson et Fitch écoutèrent Local détailler, sans la plus petite trace de gêne, ce qu'ils avaient appris depuis quatre jours. Claire

Clement n'existait pas avant son apparition à Lawrence, dans le courant de l'été 1988. Son premier domicile était un deux pièces loué au mois et payé en espèces. Les factures étaient à son nom ; si elle s'était adressée aux tribunaux du Kansas pour changer d'identité, il n'y en avait pas trace. Ces dossiers sont sous clé, mais ils avaient réussi à les consulter. Elle ne s'était pas inscrite sur une liste électorale, n'avait pas acheté de voiture ni de biens immobiliers, mais elle avait un numéro de sécurité sociale, qu'elle avait fourni à deux employeurs, le Mulligan et une boutique de vêtements, près du campus. Il est relativement facile de se procurer une carte de sécurité sociale, qui simplifie la vie à une personne qui se cache. Ils avaient réussi à obtenir une copie de sa demande d'attribution, qui n'avait rien révélé d'intéressant. Elle n'avait pas fait de demande de passeport.

Local pensait qu'elle avait dû changer légalement de nom dans un autre État, un des quarante-neuf autres, et s'établir à Lawrence sous cette nouvelle identité.

Ils avaient obtenu le relevé de ses communications téléphoniques au long des trois années passées à Lawrence ; aucun appel longue distance ne lui avait été facturé. Local répéta, de manière à bien se faire comprendre : pas un seul appel longue distance en trois ans. La compagnie du téléphone n'établissait pas à l'époque le relevé des appels longue distance reçus par ses abonnés ; seules les communications locales étaient enregistrées. Les numéros étaient en cours de vérification. Claire Clement utilisait parcimonieusement son téléphone.

— Comment peut-on vivre sans jamais téléphoner ? demanda Fitch, l'air incrédule. Et la famille ? Les vieux amis ?

— Il existe des combines, répondit Local. Soit elle téléphonait de chez un ami, soit elle prenait une chambre dans un motel, où les communications étaient facturées sur sa note. Cela ne laisse aucune trace.

— Incroyable, murmura Fitch.

— Je dois vous avouer, monsieur Fitch, que cette fille est forte, poursuivit Local d'une voix où perçait le respect. Si elle a commis une erreur un jour, nous n'avons pas encore mis le doigt dessus. Tout était organisé en tenant compte de l'éventualité de recherches ultérieures.

— Cela ressemble bien à Marlee, approuva Fitch, avec l'admiration qu'il aurait réservée à une fille très chère.

Elle avait eu deux cartes de crédit en sa possession, une Visa et une carte Shell ; les relevés n'apprenaient rien d'intéressant ni d'utile. À l'évidence, la majeure partie de ses dépenses était réglée en espèces. Pas de carte de téléphone non plus ; jamais elle n'aurait commis une erreur aussi grossière.

Pour Jeff Kerr, il en allait tout autrement. Il avait été facile de remonter sa piste jusqu'à la fac de droit de l'université du Kansas, les agents de Fitch ayant dégrossi le travail. Ce n'est qu'après sa rencontre avec Claire qu'il avait commencé à s'entourer de mystère.

Le couple avait quitté Lawrence en 1991, après la deuxième année de droit de Nicholas ; les hommes de Local n'avaient pas encore découvert à quelle date précise ni pour quelle destination. Après avoir réglé le loyer du mois de juin, Claire s'était comme évaporée ; des recherches dans une douzaine de villes, à partir de mai 1991, n'avaient rien donné.

— À mon avis, fit Local, elle s'est aussitôt débarrassée de son identité pour devenir quelqu'un d'autre.

Fitch s'en doutait depuis longtemps.

— Nous sommes samedi, le jury se retirera pour délibérer dès lundi. Laissons tomber ce qui s'est passé après Lawrence pour concentrer nos efforts sur la recherche de sa véritable identité.

— Nous y travaillons.

— Travaillez encore plus.

Fitch regarda sa montre, expliqua qu'il devait partir, que Marlee l'attendait dans quelques minutes. Local se rendit à l'aéroport pour regagner Kansas City à bord d'un avion privé.

Marlee attendait depuis 6 heures dans la pièce exiguë qui lui servait de bureau ; elle n'avait pas beaucoup dormi après l'appel de Nicholas, qui l'avait réveillée à 3 heures du matin. Ils s'étaient parlé quatre fois au téléphone avant le départ du car pour le tribunal.

Le coup monté contre Hoppy portait la marque de Fitch ; pourquoi sinon ce Cristano aurait-il menacé d'enfoncer Hoppy s'il ne contraignait pas Millie à voter comme il fallait ? Marlee avait rempli plusieurs pages de notes, donné des dizaines de coups de téléphone sur son portable. Les renseignements arrivaient au compte-gouttes. Le seul Cristano prénommé George figurant dans l'annuaire de la communauté urbaine de Washington vivait à Alexandria. Marlee avait appelé à 4 heures du matin en expliquant qu'elle travaillait pour Delta Airlines. Un appareil s'était écrasé près de Tampa, une Mme Cristano figurait sur le liste des passagers ; elle voulait savoir si elle était bien chez le George Cristano employé par le ministère de la Justice. Ce n'était pas lui. Marlee avait raccroché en riant à l'idée du pauvre bougre planté devant son téléviseur pour voir les images de la catastrophe aérienne sur la chaîne CNN.

Après plusieurs dizaines d'appels semblables, elle avait acquis la conviction qu'il n'y avait pas à Atlanta d'agents du FBI du nom de Napier et Nitchman. Pas plus qu'à Biloxi, La Nouvelle-Orléans, Mobile ou une autre ville de la région. À 8 heures, elle rappela un investigateur d'Atlanta, qui essayait de loger Napier et Nitchman. Elle était convaincue que les deux hommes étaient des comparses ; cela demandait confirmation. Elle appela des journalistes, la police, les numéros d'urgence du FBI, les renseignements administratifs.

Quand Fitch arriva, à 10 heures précises, la table était vide, le portable caché dans son placard. Ils se saluèrent à peine. Fitch se demandait comment elle s'appelait avant de prendre le nom de Claire ; Marlee réfléchissait à ce qu'elle devait faire pour mettre au jour le coup monté contre Hoppy.

— Vous feriez mieux d'accélérer le mouvement, Fitch ; le jury est abruti.

— Tout sera terminé à 17 heures. Ça ira ?

— Espérons-le. Vous ne facilitez pas la tâche à Nicholas.

— J'ai dit à Cable de se presser ; je ne peux pas faire plus.

— Nous avons des problèmes avec Rikki Coleman. Nicholas a discuté avec elle ; elle sera difficile à convaincre. Les jurés la respectent, les hommes comme les femmes, et Nicholas pense qu'elle jouera un rôle déterminant. Il ne s'y attendait pas.

— Elle veut nous imposer des dommages-intérêts très élevés ?

— C'est l'impression qu'a eue Nicholas, même s'ils ne sont pas entrés dans les détails. Il a senti qu'elle en voulait sincèrement aux cigarettiers de créer une dépendance chez les enfants en les prenant par surprise. Elle ne semble guère avoir de sympathie pour la famille Wood ; ce qui lui importe, c'est de faire payer aux fabricants de tabac le mal qu'ils font à la jeunesse. Mais vous avez dit que nous avions une surprise en réserve pour elle.

Sans un mot, Fitch prit une feuille de papier dans sa serviette, la fit glisser vers Marlee, qui la parcourut avidement.

— Un avortement, fit-elle, sans lever les yeux ni manifester d'étonnement.

— Eh oui !

— Vous êtes sûr que c'est elle ?

— Affirmatif ; elle était étudiante.

— Cela devrait faire l'affaire.

— Sera-t-il assez gonflé pour le lui montrer ?

— Vous ne le feriez pas, vous, pour dix millions de dollars ? lança Marlee en foudroyant Fitch du regard.

— Bien sûr que si. Quand elle aura vu ce papier, elle votera comme il faut et son petit secret honteux restera enfoui dans le passé. Si elle s'entête, il passera aux menaces. Facile.

— Exactement, approuva Marlee en pliant la feuille. Nick a du cran, ne vous inquiétez pas ; nous préparons notre coup depuis longtemps.

— Combien de temps ?

— Peu importe. Vous n'avez rien sur Herman Grimes ?

— Absolument rien. Nicholas devra régler ce problème pendant les délibérations.

— Merci du cadeau.

— Il sera confortablement payé pour cela, non ? Pour dix millions de dollars, il devrait être capable de faire basculer quelques voix de son côté.

— Il a les voix nécessaires, Fitch ; ce qu'il veut, c'est un verdict à l'unanimité. Herman pourrait constituer un obstacle.

— Alors, débarrassez-vous de lui, vous qui semblez raffoler de ce petit jeu.

— Nous envisageons cette éventualité.

— Vous êtes complètement pourris, lança Fitch en secouant la tête. Je ne sais pas si vous en avez conscience.

— Absolument.

— Si vous saviez comme je m'en réjouis.

— Allez vous réjouir ailleurs, Fitch. Ce sera tout pour maintenant ; j'ai à faire.

— Vos désirs sont des ordres.

Fitch se leva, boucla sa serviette.

Le samedi, en début d'après-midi, Marlee tomba à Jackson, Mississippi, sur un agent du FBI qui prit la communication à son bureau quand le téléphone sonna. Elle donna un faux nom, prétendit travailler pour une agence immobilière de Biloxi et signala qu'elle soupçonnait deux hommes de se faire passer pour des agents fédéraux. Les deux hommes en question harcelaient son patron et le menaçaient. Elle pensait qu'ils avaient peut-être un rapport avec les casinos ; pour faire bonne mesure, elle balança le nom de Jimmy Hull Moke. Son correspondant lui donna le numéro de téléphone personnel d'un jeune agent du FBI à Biloxi, du nom de Madden.

Madden était cloué au lit par une grippe ; il accepta pourtant de parler avec Marlee, surtout quand elle affirma avoir des informations confidentielles sur Jimmy Hull Moke. Il n'avait jamais entendu parler de Napier, de Nitchman, pas plus que de Cristano ; il ignorait l'existence d'une unité spéciale basée à Atlanta et opérant sur la Côte. Plus Marlee lui en disait, plus sa curiosité s'aiguisait. Il voulait se renseigner sans tarder ; elle promit de le rappeler une heure plus tard.

Quand elle l'eut de nouveau au téléphone, il semblait en voie de guérison. Il n'existait pas d'agent du FBI du nom de Nitchman ; il y avait bien un Lance Napier au bureau de San Francisco, mais il n'avait rien à faire sur la Côte. Quant à Cristano, il avait, lui aussi, une fausse identité. Madden s'était entretenu avec l'agent chargé de l'enquête sur Jimmy Hull Moke ; il confirma que les trois hommes n'étaient absolument pas des agents du FBI. Il ajouta qu'il aimerait beaucoup leur parler ; Marlee promit d'essayer d'arranger une rencontre.

Le samedi, à 15 heures, la défense en avait terminé. « Mesdames et messieurs, annonça fièrement le juge Harkin, vous venez d'entendre le dernier témoin. » Il aurait quelques requêtes de dernière minute à examiner avec les avocats, mais les jurés étaient libres de se retirer. Pour la sortie du samedi soir, ceux qui le désiraient pourraient assister à un match de football universitaire, les autres se rendraient en bus au cinéma. Les visites personnelles seraient autorisées jusqu'à minuit. Le dimanche matin, les jurés pourraient s'absenter du motel de 9 à 13 heures pour aller assister au service religieux de leur choix, à condition de s'engager à ne parler du procès à personne. Le dimanche soir, visites personnelles de 19 à 22 heures. Le lundi matin, ils écouteraient les conclusions des parties et se retireraient pour délibérer en fin de matinée.

35

Expliquer les règles du football à Henry Vu était une tâche écrasante, mais il avait autour de lui un groupe de spécialistes. Nicholas avait joué dans l'équipe de son lycée, au Texas, où le sport était une quasi-religion ; Jerry, qui suivait vingt matches par semaine et misait sur les résultats, prétendait connaître le football sur le bout du doigt ; Lonnie, qui avait aussi joué pour son lycée, se penchait sur l'épaule d'Henry pour lui expliquer les phases de jeu ; le Caniche, aux côtés de Jerry, un plaid sur les genoux, avait appris les règles quand ses deux fils pratiquaient ce sport ; Shine Royce lui-même n'hésitait pas à glisser quelques commentaires. Il n'avait jamais joué, mais regardait beaucoup la télévision.

Serrés les uns contre les autres sur les gradins en aluminium d'un coin de tribune vide, loin du reste de la foule, ils suivaient un match du championnat régional contre l'équipe de Jackson. L'ambiance était typique : temps frais, foule de supporters pour l'équipe qui recevait, orchestre bruyant, ravissantes jeunes filles rythmant les encouragements du public, score serré.

Henry posait des questions stupides. Pourquoi le pantalon est-il si moulant ? Que se disent les joueurs quand ils se rassemblent entre les phases de jeu et pourquoi se tiennent-il les mains ? Pourquoi s'entassent-ils les uns sur les autres ? Il prétendait assister à son premier vrai match.

À l'autre bout de la tribune, Chuck et un de ses collègues en civil suivaient la partie sans prêter attention à la moitié du jury du plus important procès civil en cours.

Il était formellement interdit à un juré d'adresser la parole aux visiteurs des autres membres du jury. L'interdiction écrite était en vigueur depuis le début de leur isolement ; le juge l'avait ressassé à maintes reprises. Mais un bonjour de pure courtoisie dans le hall était inévitable ; Nicholas avait toujours été résolu à enfreindre cette règle, chaque fois que l'occasion se présenterait.

Hoppy arriva avec un sac de *burritos*, qu'ils partagèrent lentement, sans parler ou presque. Après dîner, ils essayèrent de regarder une émission de variétés, revinrent sur le pétrin dans lequel Hoppy s'était fourré. Il y eut de nouveau des larmes, des regrets, une ou deux allusions voilées au suicide, que Millie trouva déplacées. Elle finit par reconnaître qu'elle avait tout raconté à Nicholas Easter, un bon garçon, qui avait fait son droit et en qui on pouvait avoir une confiance totale. Hoppy en fut d'abord surpris et furieux, puis la curiosité prit le dessus : il était avide de savoir ce qu'un tiers pensait de la situation. Surtout s'il avait fait son droit. Millie lui avait souvent fait part de l'admiration que lui inspirait le jeune homme.

Nicholas avait promis de donner quelques coups de téléphone, ce qui alarma Hoppy. Napier, Nitchman et Cristano lui avaient si souvent répété de garder une discrétion absolue ! Millie répéta avec force que Nicholas était digne de confiance ; Hoppy fut rassuré.

À 22 h 30, le téléphone sonna ; c'était Nicholas, de retour du match, qui avait très envie de bavarder avec les Dupree. Millie entrouvrit la porte ; Willis, en faction au fond du couloir, vit avec stupéfaction Easter se glisser dans la chambre de Millie. Il ne se rappelait pas si son mari était encore là. Un grand nombre d'invités n'étaient pas repartis ; et il avait dû somnoler. Willis se promit d'en parler le lendemain et sentit le sommeil le reprendre.

Assis au bord du lit, Hoppy et Millie faisaient face à Nicholas qui s'était appuyé contre la commode. Il commença par leur recommander une discrétion absolue sur cette conversation, comme si on ne ressassait pas la même chose à Hoppy depuis une semaine. Ils étaient en train de désobéir au juge.

Il annonça la nouvelle avec ménagement : Napier, Nitchman et Cristano étaient de simples pions dans un vaste complot ourdi par les fabricants de tabac pour faire pression sur Millie. Ils n'étaient pas des agents fédéraux ; ils avaient utilisé de faux noms. Hoppy était victime d'un coup monté.

Il le prit bien. Au début, il se sentit encore plus stupide, si c'était possible, puis il eut l'impression que les murs de la chambre se mettaient à tourner. Était-ce une bonne ou une mauvaise nouvelle ? Et la bande ? Qu'allait-il faire maintenant ? Et si Nicholas se trompait ?

— En êtes-vous sûr ? parvint-il à articuler d'une voix éraillée.

— Absolument. Ils n'ont aucun lien avec le FBI ni le ministère de la Justice.

— Mais ils avaient des plaques et...

— Je sais, Hoppy, coupa Nicholas en hochant la tête avec compassion. Pour ces gens-là, c'est l'enfance de l'art.

Hoppy se frotta le front en essayant de mettre de l'ordre dans ses idées. Nicholas expliqua que le groupe KLX, à Las Vegas, était un paravent. On n'y connaissait pas de Todd Ringwald, sans doute un faux nom aussi.

— Comment savez-vous tout ça ? demanda Hoppy.

— Bonne question. J'ai un ami qui s'y entend pour dénicher des renseignements ; on peut lui faire confiance. Il lui a suffi de trois heures au téléphone ; pas mal pour un samedi.

Trois heures. Un samedi. Pourquoi Hoppy n'avait-il pas, lui aussi, passé quelques coups de fil ? Il s'affaissa un peu plus, les coudes sur les genoux. Dans la minute de silence qui suivit, Millie s'essuya les yeux avec un mouchoir en papier.

— Et la bande ? lança Hoppy.

— De votre conversation avec Moke ?

— Oui, celle-là.

— Je n'ai pas d'inquiétude, fit Nicholas d'un ton assuré, comme s'il était devenu l'avocat d'Hoppy. Une bande pose des tas de problèmes pour être produite en justice.

Hoppy aurait aimé en savoir plus long ; il préféra ne rien demander.

— L'enregistrement a été obtenu par des moyens frauduleux. Il est en possession d'individus qui agissent eux-mêmes dans l'illégalité. Il n'a pas été obtenu par un officier de police judiciaire dans l'exercice de ses fonctions. Il n'y a pas eu délivrance d'un mandat de perquisition, pas de décision judiciaire autorisant l'enregistrement. Oubliez la bande.

Comme ces paroles étaient douces aux oreilles d'Hoppy ! Il redressa les épaules, expira bruyamment.

— Vous parlez sérieusement ?

— Oui, Hoppy. Vous n'entendrez plus parler de cette bande.

Millie prit son mari par les épaules ; ils s'étreignirent sans honte ni gêne. Elle versait maintenant des larmes de joie. Hoppy se leva d'un bond, commença à aller et venir dans la chambre.

— Comment allons-nous faire ? lança-t-il en faisant craquer ses jointures.

— Nous devons être prudents.

— Indiquez-moi seulement la voie à suivre... Les fumiers !

— Hoppy !

— Pardon, ma chérie. J'ai tellement envie de leur botter le cul !

— Quel langage !

Le dimanche commença avec un gâteau d'anniversaire. Loreen Duke avait confié à Gladys Card que son trente-sixième anniversaire approchait. Gladys appela sa sœur dans le monde libre ; le dimanche, de très bonne heure, la sœur apporta un gros gâteau au chocolat. Trois couches ; trente-six bougies. À 9 heures, les jurés se retrouvèrent dans la salle à manger et dégustèrent le gâteau au petit déjeuner. La plupart partirent peu après pour assister à l'office dominical.

Un des fils du Caniche passa la prendre en voiture pour la conduire à l'église ; Jerry les accompagna. Dès qu'ils furent certains de ne pas être suivis, ils prirent la direction d'un casino. Nicholas alla à la messe en compagnie de Marlee. Gladys Card fit une entrée triomphale dans l'église baptiste du Calvaire. Millie rentra chez elle, dans l'intention de se changer pour assister au culte, mais, en retrouvant ses enfants, l'émotion fut trop forte ; elle resta à la maison, à faire la cuisine, la lessive et à dorloter sa progéniture. Phillip Savelle resta au motel.

Hoppy arriva à l'agence à 10 heures. Il avait appelé Napier à 8 heures pour annoncer qu'il y avait du nouveau, qu'il avait su convaincre sa femme et qu'elle était en train de gagner plusieurs jurés à son point de vue. Il désirait retrouver Napier et Nitchman à l'agence pour faire un rapport plus détaillé et recevoir de nouvelles instructions.

Napier prit la communication dans le triste deux-pièces qu'il partageait pour l'occasion avec Nitchman. Deux lignes téléphoniques temporaires avaient été installées, une correspondant au numéro de téléphone de leur bureau, l'autre à celui de leur résidence pendant la durée de leurs investigations sur la corruption faisant rage sur la Côte. Napier bavarda avec Hoppy, puis appela Cristano dans sa chambre du Holiday Inn pour prendre ses ordres. Cristano, à son tour, appela Fitch, qui se frotta les mains. Millie sortait enfin de sa neutralité et penchait du bon côté ; il commençait à se demander si son investissement serait payant. Il donna son feu vert pour le rendez-vous avec Hoppy.

Vêtus de leur éternel complet noir, les yeux cachés par leurs lunettes de soleil, Napier et Nitchman arrivèrent à l'agence à 11 heures ; d'excellente humeur, Hoppy préparait un café. Il expliqua que Millie se battait avec l'énergie du désespoir pour sauver son mari ; elle était presque sûre d'avoir converti Gladys Card et Rikki Coleman. Elle avait montré la note sur Robilio ; elles avaient été choquées par tant de turpitude.

Pendant qu'il servait le café et que les deux hommes prenaient des notes, un autre visiteur se glissa silencieusement par la porte d'entrée qui n'avait pas été refermée. Il suivit le couloir en avançant à pas de loup sur la moquette râpée, s'arrêta devant une porte pleine, sur laquelle était peint le nom d'Hoppy Dupree. Il écouta un moment avant de frapper avec force.

Napier sursauta, Nitchman posa vivement sa tasse de café, Hoppy les regarda en feignant la surprise.

— Qui est là ? lança-t-il d'un ton peu amène.

La porte s'ouvrit brusquement ; l'agent spécial Alan Madden entra.

— FBI ! annonça-t-il en s'avançant vers le bureau.

Hoppy repoussa son fauteuil et se leva, comme s'il s'attendait à être fouillé.

Si Napier avait été debout, ses genoux se seraient dérobés sous lui ; la bouche de Nitchman s'ouvrit toute grande. Les deux hommes blêmirent.

— Agent Alan Madden, FBI, répéta-t-il en tendant sa plaque. Êtes-vous M. Dupree ?

— Oui, répondit Hoppy, mais le FBI est déjà là.

Son regard passa de Madden aux deux autres, avant de revenir sur le nouvel arrivant.

— Où ? demanda Madden en considérant Napier et Nitchman d'un regard dur.

— Ces messieurs, poursuivit Hoppy, très à l'aise dans son rôle et qui buvait du petit lait. Voici l'agent Ralph Napier et l'agent Dean Nitchman. Vous ne vous connaissez pas ?

— Je peux tout expliquer, affirma Napier avec assurance, comme si les choses pouvaient facilement s'arranger.

— FBI ? reprit Madden en tendant la main. Pouvez-vous me montrer votre plaque ?

Ils hésitèrent ; Hoppy passa à l'offensive.

— Allez-y, montrez-lui votre plaque. Celle que vous m'avez montrée.

— S'il vous plaît, insista Madden, qui sentait la colère monter en lui.

Napier fit mine de se lever ; Madden le força à se rasseoir d'une pression sur l'épaule.

— Je peux vous expliquer, fit Nitchman d'une voix plus haute d'une octave que sa voix habituelle.

— J'écoute, dit Madden.

— Eh bien, nous ne sommes pas vraiment des agents du FBI, mais...

— Quoi ? rugit Hoppy, les yeux exorbités. Sales menteurs ! Vous me répétez depuis dix jours que vous êtes des agents fédéraux !

— Est-ce vrai ? demanda Madden.

— Euh... pas vraiment, répondit Nitchman.

— Quoi ? s'écria derechef Hoppy.

— Du calme ! fit sèchement Madden. Continuez, je vous prie.

Nitchman n'avait pas envie de continuer. Il voulait partir ventre à terre, dire adieu à Biloxi et ne jamais y remettre les pieds.

— Nous sommes détectives privés et...

— Nous travaillons pour une agence de Washington, glissa Napier.

Il s'apprêtait à ajouter quelque chose quand Hoppy ouvrit violemment un tiroir de son bureau et en sortit deux cartes de visite, une pour chacun des deux hommes, tous deux présentés comme des agents spéciaux du FBI, bureau régional d'Atlanta. Madden étudia les deux cartes, remarqua les numéros de téléphone inscrits au dos.

— Qu'est-ce que c'est que cette histoire ? demanda Hoppy.

— Qui est Nitchman ? demanda Madden.

Pas de réponse.

— C'est lui ! hurla Hoppy, l'index tendu.

— Non, ce n'est pas moi, fit Nitchman.

– Quoi ?

Madden fit deux pas vers Hoppy, indiqua son fauteuil.

– Asseyez-vous et fermez-la, d'accord ? Je ne veux plus vous entendre.

Hoppy se laissa tomber dans son fauteuil, un regard noir braqué sur Nitchman.

– Êtes-vous Ralph Napier ? demanda Madden.

– Non, répondit Napier, les yeux baissés, fuyant le regard d'Hoppy.

– Salopards !

– Alors, qui êtes-vous ? poursuivit Madden.

Il attendit ; pas de réponse.

– Ce sont eux qui m'ont donné ces cartes, reprit Hoppy, incapable de garder le silence. Je jurerai sur une montagne de bibles, devant le grand jury, que ces deux hommes m'ont donné ces cartes. Ils se sont présentés comme des agents du FBI ; je veux qu'ils soient poursuivis en justice.

– Qui êtes-vous ? demanda Madden à celui qui se faisait appeler Nitchman.

Toujours pas de réponse. L'agent fédéral dégaina son arme de service avec une vivacité qui impressionna Hoppy, ordonna aux deux hommes de se lever et de se pencher sur le bureau, les jambes écartées. Une fouille rapide ne lui permit de trouver que de la menue monnaie, des clés et quelques billets de banque. Pas de portefeuille ; pas de fausses plaques du FBI ; aucune pièce d'identité. Ils étaient trop expérimentés pour commettre une telle erreur.

Il leur passa les menottes, les conduisit jusqu'à la porte de l'agence où un autre homme du FBI attendait en buvant un café. Les agents fédéraux firent monter les deux hommes dans une vraie voiture du FBI. Madden prit congé d'Hoppy, promit de rappeler plus tard et se mit au volant, ses deux prisonniers sur la banquette arrière. L'autre agent fédéral suivit dans la fausse voiture du FBI que Napier conduisait toujours.

Hoppy agita la main sur le trottoir en les regardant s'éloigner.

Madden prit la nationale 90, en direction de Mobile. Napier, qui avait l'esprit plus vif que son compère, avait eu le temps de concocter une histoire assez plausible, à laquelle Nitchman ajouta quelques détails. Ils expliquèrent à Madden que leur agence avait pour clients des promoteurs de casino qui tenaient à garder l'anonymat et les avaient chargés de se renseigner sur différents terrains constructibles le long de la Côte. Ils avaient rencontré Hoppy, un agent immobilier corrompu, qui avait essayé de leur soutirer de l'argent. Pour se protéger, leur patron leur avait demandé de se faire passer pour des agents du FBI. Ce n'était pas bien méchant.

Madden écouta sans desserrer les dents. Les deux hommes affirmèrent plus tard à Fitch que Madden ignorait tout de la fonction de juré assumée par la femme d'Hoppy.

Il était jeune, cette interpellation l'avait amusée et il ne savait que faire des deux hommes.

Madden considérait que la faute n'était pas si grave, qu'elle ne méritait pas une action en justice et qu'il en avait assez fait comme cela. Il avait assez de dossiers sur les bras et n'allait pas s'amuser à faire comparaître deux imposteurs de cette envergure. Dès qu'ils eurent franchi la frontière de l'Alabama, il les sermonna et rappela les peines encourues pour l'usurpation d'identité d'un agent fédéral. Ils se confondirent en excuses, promirent que cela ne se reproduirait pas.

Il s'arrêta sur une aire de repos, ouvrit les menottes et leur rendit leur voiture en leur demandant ne plus remettre les pieds dans le Mississippi. Ils le remercièrent, promirent de ne jamais revenir et filèrent.

Quand il eut Napier au téléphone, Fitch fracassa une lampe de bureau d'un coup de poing; un doigt couvert de sang, bouillonnant de rage, il écouta en jurant entre ses dents le récit que lui faisait Napier dans le vacarme d'une station-service, quelque part en Alabama. Il envoya Pang chercher les deux incapables.

Trois heures après avoir été menottés, Napier et Nitchman entraient dans un bureau contigu à celui de Fitch, à l'arrière du grand magasin. Cristano était déjà là.

— Reprenez depuis le début, sans omettre aucun détail, ordonna Fitch.

Il appuya sur une touche; un magnétophone se mit en marche. Les deux hommes s'entraidèrent pour reconstituer aussi fidèlement que possible l'enchaînement des faits.

Fitch les congédia et les expédia à Washington.

Quand il fut seul, il baissa la lumière, resta assis dans la pénombre de son bureau. Hoppy allait tout raconter à sa femme ; non seulement la voix de Millie serait perdue, mais elle allait certainement vouloir accorder des dommages-intérêts colossaux à la pauvre veuve Wood.

Seule Marlee était en mesure d'éviter la catastrophe. Elle était son dernier espoir.

36

Sacrée coïncidence, observa Phoebe dès les premiers mots de l'appel-surprise de Beverly. Elle avait reçu l'avant-veille un coup de téléphone d'un type qui prétendait être Jeff Kerr et chercher à joindre Claire. Elle avait tout de suite compris que c'était du baratin, mais l'avait fait marcher un moment, juste pour savoir ce qu'il voulait. Elle n'avait aucune nouvelle de Claire depuis quatre ans.

Beverly et Phoebe comparèrent les conversations télé-phoniques ; Beverly ne parla ni de sa rencontre avec Swanson ni de l'enquête qu'il menait sur les jurés d'un procès à venir. Elles évoquèrent le bon temps à Lawrence, qui semblait si loin ; elles se racontèrent des craques sur leur carrière de comédienne, affir-mèrent qu'elles allaient bientôt percer. Elles se séparèrent en promettant de se revoir à la première occasion.

Berverly rappela une heure plus tard, comme si elle avait oublié quelque chose. Elle pensait à Claire ; elles s'étaient brouil-lées pour une peccadille, cela la tracassait. Elle avait envie de voir Claire, de se rabibocher avec elle, ne fût-ce que pour soulager sa conscience. Mais elle ne savait absolument pas où la trouver ; Claire avait disparu si brusquement, sans jamais donner de ses nouvelles.

Beverly décida de jouer son va-tout. Swanson avait fait allu-sion à la possibilité d'un autre nom ; comme elle se souvenait du mystère dont Claire aimait envelopper son passé, elle tenta le coup.

— Tu sais que Claire n'était pas son vrai nom, fit-elle d'un ton détaché.

— Oui, je sais.

— Elle me l'a dit un jour, mais j'ai oublié.

— Un très joli nom, fit Phoebe après une courte hésitation. Remarque, Claire n'est pas mal non plus.

— C'est quoi ?

— Gabrielle.

— Ah, oui ! Gabrielle ! Et son nom de famille ?

— Brant. Gabrielle Brant. Elle venait de Columbia, Missouri ; elle avait fait ses études là-bas. Elle ne t'a pas raconté son histoire ?

— Peut-être ; j'ai dû oublier.

— Elle avait un copain possessif, un peu barge. Elle a essayé de le larguer, mais il ne voulait pas la lâcher ; c'est pour ça qu'elle est partie et qu'elle a changé de nom.

— Je ne connaissais pas l'histoire. C'est quoi, le nom de ses parents ?

— Brant. Je crois qu'elle a perdu son père ; sa mère était prof d'histoire médiévale, à la fac.

— Elle vit encore là-bas ?

— Aucune idée.

— Je vais essayer de la retrouver en passant par sa mère. Merci, Phoebe.

Il fallut une heure à Beverly pour joindre Swanson. Elle demanda combien il était prêt à payer pour les renseignements qu'elle détenait ; Swanson appela Fitch, que la bonne nouvelle dérida. Il fixa le plafond à cinq mille dollars ; Swanson rappela Beverly, lui en proposa la moitié. Elle voulait plus. Au bout de dix minutes de marchandage, ils se mirent d'accord sur quatre mille, qu'elle voulait en espèces et en totalité avant de dire un seul mot.

Les quatre P.-D.G. du tabac étaient arrivés à Biloxi pour écouter les conclusions des parties et attendre le verdict ; Fitch avait à sa disposition une flottille d'appareils privés. Il expédia Swanson à New York par l'avion de Pynex.

Swanson arriva à la tombée de la nuit, prit une chambre dans un petit hôtel, près de Washington Square. Il téléphona chez Beverly ; l'amie qui décrocha répondit qu'elle n'était pas chez elle et ne travaillait pas, qu'elle devait être invitée à une soirée. Il appela la pizzeria ; on lui annonça que Beverly s'était fait virer. Il rappela chez elle ; on lui raccrocha au nez quand il commença à poser trop de questions. Furieux, il commença à faire les cent pas dans sa chambre. Comment retrouver quelqu'un dans les rues de Greenwich Village ? Il sortit, prit la direction du loft, les pieds trempés par la pluie glaciale. Il commanda un café dans le salon de thé où ils avaient discuté, attendit que le cuir de ses chaussures sèche. Il appela le loft d'une cabine, tomba de nouveau sur l'amie qui ne lui apprit rien de plus.

Marlee tenait à voir Fitch une dernière fois avant le lundi décisif. Ils se retrouvèrent dans le petit bureau ; Fitch lui aurait embrassé les pieds, si elle l'avait demandé.

Il décida de tout raconter sur Hoppy et Millie, sur la manière dont sa belle combine avait capoté. Nicholas devait s'occuper sur-le-champ de Millie, la réconforter avant qu'elle ne contamine le reste du jury. Il n'oubliait pas qu'Hoppy avait confié aux deux faux agents fédéraux que sa femme était devenue une adepte fervente de la défense et qu'elle avait montré aux autres la note sur Robilio. En était-il vraiment ainsi ? Si oui, qu'allait-elle faire après avoir appris la vérité sur le coup monté ? Elle serait furieuse et retournerait sa veste sans hésiter. Elle parlerait probablement à ses amis du piège odieux tendu par la défense pour faire pression sur elle.

Le pire était à craindre.

Le visage impassible, Marlee écouta Fitch déballer son histoire. Elle ne semblait pas scandalisée, plutôt amusée de le voir transpirer à grosses gouttes.

— Je crois que le mieux serait de l'éliminer, déclara-t-il en conclusion.

— Avez-vous une copie de la note sur Robilio ? demanda Marlee, imperturbable.

Il prit une feuille dans sa serviette, la lui tendit.

— C'est votre œuvre ? demanda-t-elle après l'avoir lue.

— Oui. Tout est faux, de À à Z.

— Jolie combine, Fitch, approuva Marlee en pliant la feuille.

— Tout allait comme sur des roulettes, jusqu'à ce qu'on se fasse prendre.

— Vous faites la même chose à chaque procès ?

— Nous essayons, en tout cas.

— Pourquoi avoir choisi M. Dupree ?

— Nous avons étudié son cas et estimé que ce serait du gâteau.

Un petit agent immobilier qui gagne à peine de quoi payer ses factures, voit des paquets de fric changer de mains depuis l'arrivée des casinos sur la Côte et des amis qui font fortune. Il est immédiatement tombé dans le panneau.

— Vous étiez-vous déjà fait prendre ?

— Il nous est arrivé de devoir arrêter en cours de route, jamais d'être pris en flagrant délit.

— Jusqu'à cette fois.

— Pas sûr. Hoppy et Millie soupçonnent sans doute d'avoir été victimes de quelqu'un à la solde des fabricants de tabac, mais ils ne savent pas qui. Il subsiste un doute.

— Qu'est-ce que cela change ?

— Rien.

— Ne soyez pas si tendu, Fitch ; je crois qu'Hoppy a quelque peu exagéré le rôle de sa femme au sein du jury. Nicholas est proche de Millie ; elle ne s'est pas faite la championne de votre client.

— Notre client.

— Vous avez raison. Elle n'a pas montré la note à Nicholas.

— Vous croyez qu'Hoppy a menti ?

— Qui pourrait le lui reprocher ? Vos agents l'avaient convaincu qu'il allait être inculpé.

Fitch commença à respirer plus librement ; il faillit s'autoriser un sourire.

— Il faut absolument que Nicholas parle à Millie ce soir. Hoppy doit se rendre au motel dans deux heures ; il lui racontera tout. Nicholas peut-il agir rapidement ?

— Calmez-vous, Fitch. Millie votera comme Nicholas le lui indiquera.

Fitch se détendit ; il souleva les coudes de la table, s'efforça de sourire.

— Simple curiosité, reprit-il. Combien de voix avons-nous en ce moment ?

— Neuf.

— Qui sont les trois autres ?

— Herman, Rikki, Lonnie.

— Il n'a pas parlé du passé avec Rikki ?

— Pas encore.

— Cela fera dix, murmura Fitch, les yeux brillants, les doigts agités de tremblements. Nous pouvons arriver à onze si nous

nous débarrassons d'un des deux pour le remplacer par Shine Royce.

— Ne vous faites pas tant de souci, Fitch. Vous avez payé, votre argent est en de bonnes mains. Détendez-vous et attendez sereinement le verdict.

— Un verdict à l'unanimité ? lança-t-il, le regard pétillant d'espoir

— Nicholas est résolu à y parvenir.

Fitch descendit d'un pas léger les marches affaissées, déboucha dans la rue. Il fit quelques centaines de mètres en sifflotant dans la nuit, faillit même sautiller sur le bord du trottoir. José, qui l'attendait un peu plus loin, eut de la peine à suivre. Jamais il n'avait vu le patron de si belle humeur.

D'un côté de la salle de conférences étaient assis sept avocats qui avaient versé chacun un million de dollars pour le privilège de vivre ce moment historique. De l'autre côté, seul, se tenait Wendall Rohr, qui allait et venait lentement, s'adressait d'une voix douce, en termes mesurés, à son jury. Sa voix riche, bien timbrée, passait aisément de la compassion à la critique acerbe, se faisait tantôt rude, tantôt cajoleuse. Il savait être drôle et exprimer sa colère. Il montra des photos, écrivit des chiffres sur un tableau.

Cinquante et une minutes lui suffirent pour cette répétition. Harkin exigeait que les conclusions ne dépassent pas une heure. Les commentaires de ses pairs ne se firent pas attendre, élogieux pour certains, suggérant des améliorations pour la plupart. Il eût été impossible de trouver public plus aguerri. Les sept avocats connaissaient l'importance de ces conclusions qui avaient rapporté jusqu'alors près d'un demi-milliard de dollars en dommages-intérêts. Ils savaient convaincre un jury d'attribuer d'énormes réparations.

Ils s'étaient mis d'accord pour laisser leur amour-propre au vestiaire. Rohr accepta de recommencer.

Ce devait être parfait. La victoire était à la portée de main.

Cable subit la même épreuve. Son public était beaucoup plus fourni : une douzaine d'avocats, plusieurs consultants, une nuée d'assistants judiciaires. Sa répétition fut enregistrée, pour lui permettre de s'étudier ; il avait décidé de se limiter à une demi-heure. Le jury apprécierait sa concision ; Rohr parlerait sans doute plus longtemps. Le contraste s'annonçait excitant entre la rigueur de Cable qui voulait s'en tenir aux faits et les envolées lyriques de Rohr qui jouerait la carte de l'émotion.

Quand il eut terminé, il passa l'enregistrement. Et il recommença inlassablement, toute l'après-midi du dimanche et bien avant dans la nuit.

Lorsqu'il arriva à la villa en bord de mer, Fitch avait réussi à se replonger dans son état habituel de méfiance et de pessimisme. Les quatre P.-D.G. l'attendaient ; ils venaient de terminer un bon repas. Jankle, ivre, restait affalé dans un fauteuil, près de la cheminée. Fitch prit un café et analysa les derniers événements. Les questions en arrivèrent rapidement aux tranferts de fonds qu'il avait demandé le vendredi ; deux millions pour chacun des cigarettiers.

Le Fonds disposait à ce moment-là de six millions et demi, largement de quoi boucler les frais du procès. À quel usage étaient destinés les huit millions supplémentaires ? Combien restait-il sur le compte du Fonds ?

Fitch expliqua que la défense avait dû faire face à une dépense imprévue et exceptionnellement élevée.

— Cessez de tourner autour du pot, Fitch ! lança Luther Vandemeer. Avez-vous enfin réussi à acheter le verdict ?

Fitch s'efforçait de ne pas mentir à ses employeurs, sans jamais dire toute la vérité ; ils ne tenaient pas à la connaître. Pour répondre à une question si directe et d'une telle portée, il se sentit pourtant obligé de faire un effort de franchise.

— Quelque chose de ce genre.

— Le compte est bon ? demanda un autre patron.

Fitch prit le temps de regarder successivement les quatre hommes, y compris Jankle, soudain plus attentif.

— J'en ai la conviction.

Jankle se dressa d'un bond ; d'un pas mal assuré mais le regard vif, il s'avança au centre de la pièce.

— Répétez ça, Fitch.

— Vous avez bien entendu, dit-il, une pointe de fierté dans la voix. Le verdict est acquis.

Les trois autres se levèrent d'un même mouvement, pour former un demi-cercle autour de Fitch.

– Comment ? lança une voix.

– Vous ne le saurez jamais, répondit posément Fitch. Peu importent les détails.

– J'exige de le savoir, fit Jankle.

– Pas question. Il m'incombe de faire le sale boulot tout en vous protégeant, vous et vos entreprises. Vous pouvez me virer si cela vous chante, vous ne connaîtrez jamais les détails.

Quatre paires d'yeux convergèrent sur lui en silence ; le cercle se resserra. Ils savourèrent une gorgée d'alcool en admirant leur héros. Huit fois déjà ils s'étaient trouvés au bord du précipice ; chaque fois, Fitch avait pipé les dés pour leur sauver la mise. Il venait de gagner pour la neuvième fois ; il était invincible.

Jamais encore il ne leur avait promis la victoire comme aujourd'hui. Tout au contraire. Il prédisait toujours la défaite, semblait prendre plaisir à les voir dans les affres de l'angoisse. Cette attitude ne lui ressemblait pas.

– Combien ? demanda Jankle.

Fitch ne pouvait le cacher. Pour des raisons évidentes, ils étaient en droit de savoir où passait l'argent. À la demande de Fitch, chaque entreprise versait la même somme sur le compte du Fonds ; tous les mois, son P.-D.G. recevait un relevé des dépenses.

– Dix millions.

– Vous avez versé dix millions de dollars à un juré ! hurla Jankle.

Les trois autres avaient le même air incrédule.

– Je n'ai pas parlé d'un juré. Disons, si vous voulez, que j'ai acheté le verdict contre dix millions. Je n'en dirai pas plus. Le solde créditeur du Fonds s'établit aujourd'hui à quatre millions et demi. Je ne répondrai à aucune question sur la destination de l'argent.

Une grosse enveloppe, cinq ou dix mille dollars, était concevable, mais comment imaginer qu'un péquenaud de ce jury de province avait eu l'audace de demander dix millions ? L'argent n'avait pas dû aller à une seule personne.

Ils continuèrent de former le cercle autour de Fitch dans un silence abasourdi. Il avait dû en arroser dix ; c'était plausible. Il en avait pris dix, leur avait offert un million chacun ; tout à fait plausible. Il y avait aujourd'hui dix nouveaux millionnaires sur la côte du Mississippi. Mais comment faire pour cacher une telle fortune ?

— Il va sans dire, reprit Fitch, qui buvait du petit lait, que rien n'est garanti. On ne peut être sûr de rien avant le verdict.

À ce prix-là, il valait mieux que le résultat soit garanti ; personne n'osa formuler cette évidence. Luther Vandemeer fut le premier à s'écarter. Il se versa un autre verre d'alcool, s'assit sur le tabouret du piano demi-queue. Fitch lui raconterait plus tard. Il laisserait s'écouler un ou deux mois, inviterait Fitch à New York pour un déjeuner de travail et lui tirerait les vers du nez.

Fitch annonça qu'il avait à faire. Il demanda aux quatre hommes d'être présents à l'audience du lendemain pour écouter les conclusions des parties, leur recommanda de ne pas rester ensemble.

37

L'impression générale chez les membres du jury était que la nuit du dimanche serait leur dernière en isolement. Sans oser le dire trop fort, ils espéraient qu'en se retirant pour délibérer le lundi en fin de matiné, ils pourraient en avoir fini dans la soirée et dormir chez eux. Ils n'en parlaient pas ouvertement ; il eût fallu émettre des conjectures sur le verdict, ce à quoi Herman s'opposait fermement.

L'atmosphère était détendue ; plusieurs jurés firent discrètement leurs bagages et commencèrent à ranger leur chambre. Ils voulaient, à la sortie du tribunal, n'avoir qu'un saut à faire au motel pour prendre leurs affaires.

Ils allaient devoir affronter la troisième soirée consécutive de visites personnelles, ce qui commençait à leur peser. Surtout les couples mariés ; trois soirs d'affilée dans une petite chambre d'hôtel finissent par engendrer l'ennui. Même les célibataires avaient besoin de passer une nuit tranquille. L'amie de Savelle ne se montra pas ; Derrick annonça à Angel qu'il passerait peut-être, mais devait d'abord régler une affaire importante. Loreen Duke avait assez vu ses deux filles ; Jerry et Sylvia vivaient leur première petite brouille.

La soirée fut calme ; pas de télé dans la Salle des fêtes, pas de tournoi de dames. Nicholas et Marlee mangèrent une pizza dans la chambre. Ils firent le point, prirent les dernières décisions. Tous deux nerveux, ils rirent à peine du récit que fit Marlee des déboires de Fitch avec Hoppy.

Elle partit à 21 heures, gagna directement son appartement où elle finit de préparer ses affaires.

Nicholas alla retrouver Millie et Hoppy qui semblaient vivre une nouvelle lune de miel. Ils le remercièrent avec effusion d'avoir démasqué les responsables de l'odieuse combine et de leur avoir rendu la liberté. Il était scandaleux de voir à quelles extrémités les fabricants de tabac pouvaient se porter pour faire pression sur un juré.

Millie se demandait si elle devait continuer à faire partie du jury; elle n'était pas sûre de pouvoir rester impartiale après ce qu'on avait imposé à son mari. Nicholas s'attendait à cette réaction, mais il avait besoin de Millie.

Il y avait une raison plus impérieuse : si Millie racontait son histoire au juge, Harkin déciderait certainement d'ajourner le procès. La catastrophe. Cela signifierait qu'un autre jury serait sélectionné pour reprendre l'affaire dans un ou deux ans. Les deux camps dépenseraient de nouveau une fortune pour se retrouver au même point qu'aujourd'hui.

— La décision nous appartient, Millie. Nous avons été choisis comme jurés; il est de notre responsabilité de rendre un verdict. Le prochain jury ne sera pas mieux à même que nous de décider.

— Je suis d'accord, fit Hoppy. Ce procès sera terminé demain; ce serait une honte de l'ajourner au dernier moment.

Millie n'insista pas. Tout était tellement plus simple avec son ami Nicholas.

Cleve retrouva Derrick au bar du casino Nugget. Il burent une bière en regardant un match de football; Derrick faisait la tête. Il voulait donner l'impression d''un type furieux de s'être fait avoir. Les quinze mille dollars étaient enveloppés dans un petit paquet brun que Cleve fit glisser sur la table. Derrick le prit, le fourra dans une poche, sans un merci. Il était convenu que le solde de dix mille dollars serait versé après le verdict, à condition, naturellement, qu'Angel ait voté comme il fallait.

— Pourquoi ne partez-vous pas? fit Derrick au bout de quelques minutes.

— Bonne idée, approuva Cleve. Allez voir votre amie; expliquez-lui soigneusement la situation.

— J'en fais mon affaire.

Cleve s'éloigna sans un mot d'adieu.

Derrick vida son verre, se précipita dans les toilettes. Il s'enferma dans une cabine pour compter les billets : cent cinquante coupures de cent dollars, un petit tas bien propre de biffe-tons. Il prit le paquet de billets flambant neufs entre deux doigts, s'étonna de sa minceur – pas plus de deux centimètres. Il le divisa en quatre, plaça chaque liasse dans une des poches de son jean.

Le casino grouillait de monde. Derrick avait appris à jouer aux dés avec un de ses frères ; comme attiré par un aimant, il s'approcha des tables de crap. Il regarda une ou deux minutes, décida de résister à la tentation et d'aller voir Angel. Il s'arrêta prendre une dernière bière à un petit bar en surplomb des tables de roulette. Tout autour de lui des fortunes changeaient de mains. L'argent appelle l'argent ; c'était son soir de chance.

Il prit pour mille dollars de plaques à une table de crap, sentit se fixer sur lui l'attention réservée aux gros joueurs. Le croupier examina les billets neufs, lui sourit. Une hôtesse blonde apparut comme par magie ; il commanda une autre bière.

Derrick misa gros, plus gros qu'aucun Blanc à la table. Sa première pile de plaques disparut en moins d'un quart d'heure ; il n'hésita pas une seconde à en reprendre pour mille dollars.

Il en était à sa troisième pile quand la chance commença à lui sourire ; Derrick gagna mille huit cents dollars en cinq minutes. Il reprit des plaques ; les bières se succédaient. La blonde commençait à l'allumer. Le croupier demanda s'il souhaitait devenir membre d'honneur du Nugget.

Il perdit le compte de l'argent échangé. Il sortait les billets des quatre poches, en replaçait quelques-uns. Au bout d'une heure, il avait perdu six mille dollars et voulait désespérément arrêter. La chance allait bien finir par tourner ; elle lui avait souri une fois, elle recommencerait. Il décida de continuer à miser gros ; quand la chance tournerait, il se referait en quelques coups. Il descendit une dernière bière, passa au scotch.

Après une mauvaise passe, il s'arracha à la table et retourna aux toilettes. Il s'enferma dans la même cabine, sortit de ses poches les billets en vrac. Sept mille dollars de perte ; il en aurait pleuré. Il devait absolument se refaire. Il allait essayer une autre table, miser plus modestement. En tout état de cause, il jetterait l'éponge et partirait ventre à terre si par malheur il devait se retrouver avec cinq mille dollars en poche. Il ne toucherait pas à ceux-là.

En passant près d'une table de roulette vide, il plaça sur une impulsion cinq plaques de cent dollars sur le rouge. Le croupier lança la boule, le rouge sortit. Derrick venait de gagner cinq cents dollars. Il laissa sa mise sur le rouge, gagna de nouveau. Non sans hésiter, il laissa les vingt plaques de cent dollars sur le rouge. Le rouge sortit pour la troisième fois de suite. Quatre mille dollars en moins de cinq minutes. Il prit une bière en regardant un combat de boxe. Des hurlements s'élevèrent des tables de crap ; il résista. Pas si mal d'avoir près de onze mille dollars en poche.

L'heure de la visite était passée, mais il devait voir Angel. D'un pas décidé, il passa entre deux rangées de machines à sou, sans tourner la tête vers les tables de crap. Il marchait vite, en priant pour atteindre la sortie avant de changer d'avis et de tenter de nouveau sa chance aux dés. Il fut exaucé.

Il avait l'impression d'avoir à peine parcouru quelques centaines de mètres en voiture quand il vit les lumières bleues dans le rétroviseur. Un véhicule de la police municipale lui collait au train en faisant des appels de phares. Derrick s'arrêta, descendit de voiture, attendit les ordres. Un flic s'approcha, grimaça en sentant son haleine chargée d'alcool.

— Vous avez bu ?

— Une ou deux bières au casino, vous savez ce que c'est.

Le flic braqua sa torche électrique sur les yeux de Derrick, lui ordonna de faire quelques pas en ligne droite et de toucher son nez avec ses doigts, sur une jambe. Derrick était manifestement en état d'ivresse. Il fut menotté et conduit au poste où il accepta de se soumettre à un alcootest. Le résultat fut positif.

On lui posa des tas de questions sur les billets froissés dont ses poches étaient bourrées. Il fournit une explication satisfaisante : il avait gagné au casino. Mais il était sans emploi, vivait chez son frère. Pas de casier judiciaire. Il vida le contenu de ses poches, qui fut enfermé dans un coffre.

Derrick entra dans la cellule de dégrisement où deux poivrots gémissaient sur le sol. Il ne servait à rien de téléphoner au motel ; on ne lui passerait pas la chambre d'Angel. Une garde à vue réglementaire de cinq heures était imposée à tout automobiliste arrêté en état d'ivresse. Il devait absolument voir Angel avant son départ pour le tribunal.

La sonnerie du téléphone tira Swanson du sommeil à 3 h 30 du matin. La voix était grasse, l'élocution pâteuse, mais il reconnut Beverly Monk, ivre ou défoncée.

— Bienvenue à New York! lança-t-elle avec force avant de partir d'un rire convulsif

— Où êtes-vous? demanda Swanson. J'ai l'argent.

— Plus tard.

Il perçut des éclats de voix masculines, étouffées par la distance. La musique en fond sonore augmenta brusquement de volume.

— On verra ça plus tard, reprit Beverly.

— J'ai besoin de ces renseignements de toute urgence.

— Et, moi, j'ai besoin de l'argent!

— Parfait. Dites-moi quand et où.

— J'en sais rien, moi.

Elle lança une obscénité à quelqu'un qui se trouvait près d'elle.

— Écoutez-moi, Beverly, poursuivit Swanson, la main crispée sur le combiné. Vous souvenez-vous du salon de thé où nous avons discuté la dernière fois?

— Je crois.

— Dans la 8e Rue, près de chez Balducci.

— Ah oui!

— Bien. Pouvez-vous m'y retrouver dès que possible?

— Ça fait quelle heure, ça? demanda-t-elle avant d'être prise d'un fou rire.

— Sept heures, ça vous irait? fit patiemment Sawnson.

— Il est quelle heure maintenant?

— Trois heures et demie.

— Déjà!

— Voulez-vous que je passe vous chercher? Dites-moi où vous êtes, je saute dans un taxi.

— Non, ça va... Je m'amuse bien, c'est tout.

— Vous êtes soûle.

— Et alors?

— Alors, si vous voulez vos quatre mille dollars, cessez de boire jusqu'à notre rendez-vous.

— J'y serai... C'est quoi, votre nom, déjà?

— Swanson.

— D'accord, Swanson. Je serai là-bas à 7 heures, ou à peu près.

Elle raccrocha en riant.

Swanson ne se donna pas la peine de se recoucher.

À 5 h 30, Marvis Maples se présenta au poste de police et demanda s'il pouvait emmener son frère. Les cinq heures étaient écoulées. Un flic fit sortir Derrick de la cellule de dégrisement et lui présenta un plateau métallique. Sous le regard ébahi de son frère, Derrick fit l'inventaire du contenu : onze mille dollars en espèces, des clés de voiture, un canif, une pommade pour les lèvres.

En arrivant devant la voiture, Marvis demanda d'où venait tout cet argent ; Derrick expliqua qu'il avait eu de la chance au jeu. Il fila deux cents dollars à son frère, demanda à emprunter sa voiture. Marvis accepta l'argent ; il annonça qu'il attendrait devant le poste de police jusqu'à ce qu'on ramène la voiture de Derrick de la fourrière.

Derrick prit à toute allure la direction de Pass Christian ; il gara la voiture derrière le motel, au moment où les premières lueurs de l'aube éclairaient le ciel à l'orient. Plié en deux, il se glissa entre les buissons jusqu'à la fenêtre de la chambre d'Angel. Elle était fermée, évidemment ; il commença à tapoter la vitre. Comme il n'y avait pas de réponse, il prit une petite pierre pour taper plus fort. Le jour se levait ; l'affolement le gagnait.

— Pas un geste ! rugit une voix dans son dos.

Il pivota d'un bloc pour se trouver nez à nez avec le canon noir et luisant du pistolet que Chuck braquait sur lui.

— Écartez-vous de cette fenêtre ! Les mains en l'air !

Les mains levées, Derrick sortit des buissons.

— Allongez-vous sur le sol !

Derrick s'étendit de tout son long sur l'asphalte glacé, les mains derrière le dos. Chuck prit sa radio pour appeler des renforts.

Marvis traînait encore autour du poste de police en attendant la voiture quand il vit arriver Derrick pour sa deuxième arrestation de la nuit.

Angel n'avait pas encore ouvert les yeux.

38

Quelle injustice pour le juré le plus assidu, le plus attentif, le plus discipliné ! Se voir éliminé au dernier moment et, par voie de conséquence, incapable de peser sur le verdict !

Avec une ponctualité d'horloge, Mme Grimes entra dans la salle à manger à 7 h 15, prit un plateau et entreprit de le remplir de ce qu'elle choisissait tous les matins depuis quinze jours. Céréales au son, lait écrémé et une banane pour Herman ; corn flakes, lait demi-écrémé, une tranche de bacon et un jus de pomme pour elle. Nicholas la rejoignit devant le buffet pour proposer son aide. Il préparait toujours le café d'Herman dans la salle du jury et se sentait obligé de donner un coup de main le matin. Deux sucres, un nuage de lait pour Herman, noir pour Mme Grimes. Elle avait fait les bagages ; ils étaient prêts à partir. Elle semblait sincèrement ravie d'être de retour chez elle le soir-même.

L'atmosphère était à la fête dans la salle à manger où Nicholas et Henry Vu, attablés côte à côte, avaient accueilli les premiers levés. Tout le monde allait rentrer chez soi !

Tandis que Mme Grimes se penchait pour prendre les couverts, Nicholas laissa prestement tomber quatre petits comprimés dans le café d'Herman. Cela ne le tuerait pas : la Methergine était un tonicardiaque utilisé au service des urgences pour ramener à la vie des patients moribonds. Herman serait malade pendant quatre heures et se remettrait rapidement.

Comme il le faisait souvent, Nicholas accompagna Mme Grimes jusqu'à sa chambre ; il fit un brin de causette en portant le plateau. Elle le remercia ; il était si charmant.

Trente minutes plus tard, un vacarme se fit dans le couloir. Mme Grimes sortit de sa chambre et appela Chuck à grands cris ; assis à son poste, le shérif adjoint buvait un café en lisant le journal. En entendant les hurlements, Nicholas bondit hors de sa chambre. Herman avait un malaise !

L'arrivée de Lou Dell et de Willis ne fit qu'ajouter à l'affolement général. Les jurés qui ne restaient pas agglutinées devant la porte de la chambre des Grimes se pressaient à l'intérieur. Herman était dans la salle de bains, couché sur le côté, plié en deux ; les mains crispées sur son estomac, il souffrait atrocement. Sa femme et Chuck étaient penchés sur lui. Lou Dell partit en courant appeler Police-Secours. Nicholas expliqua gravement à Rikki Coleman qu'il s'agissait de douleurs de poitrine, peut-être d'une crise cardiaque. Herman en avait déjà eu une, six ans plus tôt.

Quelques minutes plus tard, tout le monde savait qu'Herman avait eu une syncope.

Des infirmiers accoururent avec un brancard ; Chuck repoussa les jurés vers le fond du couloir. On mit un masque à oxygène à Herman ; sa tension artérielle était légèrement supérieure à la normale. Mme Grimes ne cessait de répéter que cela s'était passé de la même façon la première fois.

Les infirmiers soulevèrent le malade, le transportèrent hors de la chambre ; Nicholas profita de la confusion pour renverser le café d'Herman.

L'ambulance s'éloigna du motel dans un hurlement de sirène. les jurés se retirèrent dans leur chambre, les nerfs à fleur de peau. Lou Dell téléphona au juge Harkin pour l'informer qu'Herman Grimes venait d'être transporté à l'hôpital ; il semblait avoir été victime d'une nouvelle crise cardiaque. « Ils tombent comme des mouches. » Elle ajouta qu'en dix-huit ans de carrière, elle n'avait jamais perdu autant de jurés. Harkin la dispensa de ses commentaires.

Swanson ne s'attendait pas vraiment à la voir arriver à l'heure pour prendre un café et son argent. Quand elle avait téléphoné, elle avait déjà trop bu et ne semblait pas avoir l'intention de s'arrêter en si bon chemin. Il prit un solide petit déjeuner, se lança dans la lecture de son premier journal. À 8 heures passées, il changea de table, s'installa près de la fenêtre, d'où il voyait les piétons se hâter sur le trottoir.

À 9 heures, Swanson se décida à composer le numéro du loft ; il tomba sur la même amie qui l'informa sèchement que Beverly n'était pas là, qu'elle n'était pas rentrée de la nuit et qu'elle avait peut-être déménagé.

Drôle de fille, se dit Swanson, qui passe de loft en loft, vit au jour le jour, avec juste de quoi ne pas mourir de faim et s'acheter sa prochaine dose. Ses parents savaient-ils ce qu'elle faisait ?

Le temps ne lui manquait pas pour se poser ce genre de question. À 10 heures, il commanda deux tartines grillées au garçon qui le regardait du coin de l'œil, visiblement agacé par ce client qui semblait décidé à ne pas décoller de sa table de la journée.

Sur la foi de rumeurs apparemment fondées, l'action Pynex ouvrit à la hausse. Après avoir reculé le vendredi à soixante-treize dollars, elle bondit d'entrée à soixante-seize, atteignit soixante-dix-huit en quelques minutes. Les nouvelles en provenance de Biloxi étaient bonnes, même si personne ne semblait en connaître la source. Toutes les actions du tabac étaient à la hausse, dans un volume de titres très important.

Le juge Harkin fit son entrée à 9 h 30 ; en prenant place sur l'estrade, il constata que la salle, comme il s'y attendait, était bourrée à craquer. Il sortait d'une discussion orageuse avec Rohr et Cable, ce dernier ayant demandé un ajournement à la suite du remplacement d'un troisième juré. Ce n'était pas une raison suffisante. Harkin avait fait des recherches ; il avait même découvert une vieille affaire civile dont le verdict avait été rendu par onze jurés et validé par la Cour suprême.

La nouvelle de l'hospitalisation d'Herman Grimes s'était répandue dans le public comme une traînée de poudre. Les consultants de la défense avaient doctement qualifié de grande victoire pour leur camp la disparition d'Herman. Leurs homologues de la partie adverse avaient assuré Rohr du contraire. Tous ces experts se félicitaient chaudement de l'entrée en scène de Shine Royce, même si la plupart avaient du mal à expliquer pourquoi.

Fitch n'en était pas encore revenu. Comment s'y prend-on pour provoquer une crise cardiaque ? Marlee était-elle capable d'empoisonner un aveugle de sang-froid ? Il se réjouissait d'être dans le même camp qu'elle.

La porte s'ouvrit; les jurés entrèrent à la file. Tout le monde vérifia qu'Herman n'était pas parmi eux; son siège resta inoccupé.

Harkin avait appelé l'hôpital et s'était entretenu avec un médecin. Il informa le jury que l'état d'Herman ne suscitait pas d'inquiétudes, que ce n'était peut-être pas aussi grave qu'on l'avait cru. Les jurés, Nicholas en particulier, en furent profondément soulagés. Shine Royce devint le juré numéro cinq; il prit place, tout fier, entre Phillip Savelle et Angel Weese.

Quand tout le monde fut installé, Harkin invita Wendall Rohr à présenter ses conclusions, en moins d'une heure. Vêtu de sa veste d'un goût douteux, mais avec une chemise amidonnée et un nœud papillon flambant neuf, Rohr commença par s'excuser de la longueur du procès et remercier le jury pour sa patience. Les amabilités achevées, il se lança dans une description vacharde du « plus meurtrier produit de grande consommation jamais fabriqué, la cigarette, qui tue chaque année quatre cent mille Américains, dix fois plus que les drogues illégales ».

Il reprit les points clés des dépositions des docteurs Fricke, Bronsky et Kilvan; il revint sur le témoignage de Lawrence Krigler, qui connaissait de l'intérieur les secrets de l'industrie du tabac; il passa dix minutes à évoquer avec un apparent détachement le pauvre Leon Robilio, l'homme qui avait perdu sa voix, après avoir consacré vingt ans de sa vie à la promotion du tabac.

Rohr trouva son rythme en abordant le sujet des mineurs. Pour sa survie, l'industrie du tabac était amenée à créer une dépendance chez les adolescents, s'assurant ainsi que la nouvelle génération achètera ses produits. Comme s'il avait écouté à la porte, Rohr demanda aux jurés de s'interroger sur l'âge auquel ils avaient fumé leur première cigarette.

Trois mille enfants commencent chaque jour; un sur trois mourra du tabac. Qu'y avait-il à ajouter? Le moment n'était-il pas venu de contraindre ces entreprises prospères à assumer la responsabilité de leurs produits? De frapper un grand coup? De les forcer à ne plus s'attaquer aux enfants? Le moment n'était-il pas venu de leur faire payer les ravages causés par le tabac?

Il durcit le ton en abordant le chapitre de la nicotine et du refus obstiné des cigarettiers de reconnaître qu'elle induisait une accoutumance. D'anciens drogués avaient attesté qu'il était plus facile de décrocher de la marijuana et de la cocaïne que de la cigarette. Il balaya en quelques mots méprisants la théorie de l'abus soutenue par Jankle.

Il changea radicalement de ton pour parler de sa cliente, la veuve Celeste Wood, une épouse et une mère admirable, une victime de l'industrie du tabac. Il évoqua ensuite son défunt mari, Jacob Wood, mort à l'âge de cinquante et un ans pour avoir utilisé un produit fabriqué en toute légalité exactement comme il convenait de le faire.

Rohr s'avança vers un tableau blanc pour faire un peu de mathématiques. Il estima la valeur économique de la vie de Jacob Wood à un million de dollars, ajouta un certain nombre de réparations qui lui permirent de doubler cette somme. Elle représentait les dommages-intérêts, l'indemnité due à la famille de Jacob en réparation du préjudice causé.

Mais l'important n'était pas là. Rohr s'étendit sur le rôle dissuasif des dommages-intérêts accordés au titre de la responsabilité civile. Comment punir une grande entreprise qui dispose de huit cents millions de dollars de liquidités ?

Il faut frapper fort.

Rohr prit soin de ne pas lancer un chiffre précis, bien qu'il fût en droit de le faire. Il se contenta, avant de repartir vers l'estrade, d'inscrire en gros caractères sur le tableau blanc celui qu'il venait de citer : $ 800 000 000.

Il remercia le jury, se rassit. Quarante-huit minutes.

Harkin ordonna une suspension de dix minutes.

Elle arriva avec quatre heures de retard, mais Swanson l'aurait volontiers serrée dans ses bras. Il s'en abstint, redoutant des maladies contagieuses ; Beverly était escortée par un jeune homme crasseux, vêtu de cuir noir de la tête aux pieds, aux cheveux et à la barbiche teints en noir. Il portait le mot JADE tatoué au centre du front et une impressionnante collection de boucles d'oreilles des deux côtés de la tête.

Jade approcha une chaise sans un mot et se jucha sur le dossier, comme un chien de garde.

Beverly donnait l'impression d'avoir été battue ; sa lèvre inférieure était coupée et gonflée. Elle avait essayé de dissimuler sous une couche de maquillage l'ecchymose qui s'étalait sur sa joue. Son haleine avait des relents de hasch et de mauvais bourbon ; elle avait pris quelque chose, sans doute des amphés.

À la plus petite provocation Swanson aurait écrasé son poing sur le tatouage de Jade et lui aurait arraché l'une après l'autre ses boucles d'oreilles.

— Vous avez l'argent ? demanda Beverly, en lançant un coup d'œil à Jade, qui demeura impassible.

Swanson ne se faisait aucune illusion sur la manière dont il serait employé.

— Oui. Parlez-moi de Claire.

— Montrez-moi le pognon.

Swanson prit dans sa poche une petite enveloppe qu'il entrouvrit pour montrer les billet et la plaça sur la table, sous ses deux mains.

— Quatre mille dollars. Maintenant, parlez, et vite.

Beverly se tourna vers Jade qui inclina la tête comme un mauvais acteur.

— Vas-y, fit-il.

— Son vrai nom est Gabrielle Brant ; elle est originaire de Columbia, Missouri. Elle y a fait ses études et sa mère y enseignait l'histoire médiévale, à la fac. C'est tout ce que je sais.

— Son père ?

— Je crois qu'il est mort.

— Autre chose ?

— Non. Passez-moi le pognon.

Swanson fit glisser l'enveloppe sur la table, se leva aussitôt.

— Merci, fit-il, en tournant les talons.

Il fallut à peine plus d'une demi-heure à Durwood Cable pour écarter habilement l'idée ridicule d'accorder plusieurs millions de dollars à la famille d'un homme qui avait fumé volontairement pendant trente-cinq ans. Ce procès n'était qu'un prétexte pour s'en mettre plein les poches.

Cable déplorait tout particulièrement que la partie adverse eût tenté de passer sous silence les questions relatives à Jacob Wood pour jouer sur l'émotion provoquée par la consommation de tabac par les mineurs. Quel rapport entre Jacob Wood et les publicités pour les cigarettes ? Il n'existait pas l'ombre d'une preuve que le défunt eût été influencé par la publicite. Il avait commencé à fumer parce qu'il avait choisi de le faire.

Pourquoi faire glisser le débat sur les enfants ? Pour l'émotion qu'ils suscitent, tout simplement. L'adulte a une réaction de colère quand il pense qu'un enfant est maltraité ou manipulé. Pour que les avocats de la partie civile puissent convaincre les jurés de leur accorder une fortune, il leur fallait susciter la colère.

Cable en appela à l'esprit d'équité des jurés ; qu'ils prennent leur décision en jugeant sur les faits, pas sur une réaction émotionnelle. Il sut retenir leur attention.

— Mesdames et messieurs les jurés, déclara Harkin après avoir remercié l'avocat de la défense, la décision vous appartient. Je vous propose de choisir un premier juré pour remplacer M. Grimes, qui, j'ai le plaisir de l'annoncer, va bien mieux. J'ai parlé à son épouse pendant la suspension d'audience ; la faculté pense qu'il se remettra rapidement et complètement. Si quelqu'un souhaite me parler, qu'il en informe la greffière. Mes dernières instructions vous seront remises dans la salle du jury. Je vous souhaite bonne chance.

Au moment de quitter la salle, Nicholas tourna légèrement la tête en direction du public ; ses yeux croisèrent ceux de Fitch, l'espace d'un instant. Fitch inclina imperceptiblement la tête ; Nicholas se leva en même temps que les autres.

Il n'était pas loin de midi ; l'audience était suspendue jusqu'à ce que le jury soit prêt à rendre son verdict. Les émissaires de Wall Street s'empressèrent de communiquer les derniers détails à New York. Les quatre P.-D.G. du tabac se mêlèrent un moment au petit peuple avant de se retirer dignement.

Fitch regagna immédiatement son quartier général ; il trouva Konrad penché sur une batterie de téléphones.

— C'est elle, fit-il nerveusement. Elle appelle d'une cabine.

Fitch s'élança vers son bureau pour prendre la communication.

— Allô ?

— Écoutez bien, Fitch. De nouvelles instructions arrivent ; mettez-moi en attente et allez voir votre fax.

Fitch regarda son télécopieur privé, qui recevait un message.

— Il est à côté de moi ; pourquoi de nouvelles instructions ?

— Ne discutez pas, Fitch. Faites ce que je dis.

Fitch arracha la feuille, parcourut le texte manuscrit. L'argent devait prendre la direction de Panama City. Banco Atlantico. Marlee donnait des instructions pour le transfert et des numéros de compte.

— Vous avez vingt minutes, Fitch ; le jury est en train de déjeuner. Si je n'ai pas reçu la confirmation du virement à 12 h 30, notre accord sera rompu et Nicholas changera ses batteries. Il attend mon appel sur son portable.

— Rappelez à 12 h 30, dit Fitch avant de raccrocher.

Il ordonna à Konrad de ne plus lui passer aucun appel. Pas d'exception. Il faxa immédiatement à Washington le message de Marlee ; son spécialiste des transferts faxa à son tour l'autorisation à la banque Hanwa, aux Antilles néerlandaises. La banque était restée en alerte toute la matinée ; dix minutes plus tard, l'argent quittait le compte de Fitch pour traverser les Caraïbes à destination de Panama City, où il était attendu. Fitch reçut le fax de confirmation d'Hanwa ; il eût aimé le transmettre sur-le-champ à Marlee, mais n'avait pas son numéro.

À 12 h 20, Marlee appela son banquier à Panama City, qui lui confirma le virement de dix millions de dollars sur son compte.

Elle se trouvait dans la chambre d'un motel, à dix kilomètres de Biloxi, et travaillait sur un fax portable. Elle attendit cinq minutes, puis envoya ses instructions au même banquier ; l'argent devait être transféré de la Banco Atlantico à une banque des îles Caïmans. En totalité. Dès que le virement serait effectué, le banquier procéderait à la clôture de son compte.

Caché dans les toilettes, Nicholas appela à 12 h 30 précises. Le repas était terminé, les délibérations allaient commencer. Marlee annonça que l'argent était bien arrivé et qu'elle s'en allait.

Fitch se rongea les sangs jusqu'à 13 heures, en attendant son appel.

— L'argent est arrivé, Fitch.

— Parfait. Voulez-vous déjeuner ?

— Une autre fois, peut-être.

— Quand le verdict pourrait-il être rendu ?

— En fin d'après-midi. J'espère que vous n'êtes pas inquiet, Fitch.

— Moi ? Jamais.

— Détendez-vous ; ce sera le plus beau moment de votre vie. Douze à zéro, Fitch. Cela sonne bien à vos oreilles ?

— Comme une musique céleste. Pourquoi vous êtes-vous débarrassés du pauvre Herman ?

— Je ne vois pas de quoi vous parlez.

— Bien entendu. Quand pouvons-nous fêter cela ?

— Je vous rappellerai.

Elle sauta dans sa voiture de location, le regard collé au rétroviseur. Elle transportait à l'arrière deux sacs bourrés de vêtements, les seuls effets personnels qu'elle avait pu prendre, avec le fax portable. Elle abandonnait sa voiture et le mobilier de l'appartement.

Elle traversa un lotissement en faisant des zigzags, pour le cas où des hommes de Fitch auraient eu l'idée de la filer. Il n'y avait personne derrière. Elle emprunta un dédale de petites rues pour gagner l'aéroport de Gulfport, où l'attendait un Learjet. Elle prit ses deux sacs, laissa les clés dans la voiture.

Swanson appela, mais ne put obtenir la communication. Il téléphona à Kansas City ; trois agents furent dépêchés à Columbia, à une heure de route. Deux autres se chargèrent des coups de téléphone à l'université du Missouri, au département d'histoire médiévale, cherchant désespérément à mettre la main sur quelqu'un qui saurait quelque chose et accepterait de parler. Six Brant figuraient dans l'annuaire de Columbia. Tous furent appelés à plusieurs reprises ; aucun ne connaissait une Gabrielle Brant.

Il était 13 heures passées quand Swanson réussit enfin à joindre Fitch, qui venait de passer une heure barricadé dans son bureau. Swanson était en route pour le Missouri.

39

Quand la table fut débarrassée et que les fumeurs furent revenus, il devint évident qu'ils allaient maintenant devoir faire ce dont ils rêvaient depuis un mois. Ils s'installèrent autour de la table, regardèrent le siège vide à une extrémité, celui qu'Herman avait été si fier d'occuper.

— J'imagine qu'il faut choisir un premier juré, fit Jerry.

— Je pense que ce devrait être Nicholas, ajouta aussitôt Millie.

Le choix du nouveau premier juré ne faisait en réalité aucun doute. Nicholas semblait en savoir aussi long que les avocats sur le procès et personne d'autre ne voulait s'y coller. Il fut élu à l'unanimité.

Debout près de l'ancienne chaise d'Herman, il résuma la liste des suggestions transmises par Harkin.

— Il tient à ce que nous prenions en considération toutes les preuves, les pièces à conviction et les documents, avant de passer au vote.

Nicholas se tourna vers une table d'angle où s'empilaient les rapports et les études accumulés depuis quatre semaines.

— Je n'ai pas l'intention de passer trois jours ici, déclara Lonnie, tandis que tous les regards restaient braqués sur la table d'angle. En fait, je suis prêt à voter tout de suite.

— Pas si vite, protesta Nicholas. Cette affaire est compliquée, elle peut avoir d'importantes répercussions ; il ne faut rien précipiter et prendre le temps de délibérer.

— Je propose de passer au vote, insista Lonnie.

— Et moi, je propose de suivre les instructions du juge. Si nécessaire, nous pouvons le faire venir pour avoir des précisions.

— Nous n'allons quand même pas lire tout ça ? lança Sylvia.
La lecture n'était pas un de ses passe-temps favoris.

— J'ai une idée, poursuivit Nicholas. Pourquoi ne prendrions-nous pas chacun un rapport, pour le parcourir et le résumer aux autres ? Cela nous permettrait de dire sans mentir au juge que nous avons étudié les documents et les pièces à conviction.

— Croyez-vous que ce soit important pour lui ? demanda Rikki Coleman.

— Probablement. Le verdict que nous rendrons doit être fondé sur les preuves : les dépositions que nous avons entendues et les documents qu'on nous a remis. Nous pourrions au moins faire un effort.

— Je suis d'accord, fit Millie. Nous avons tous envie de rentrer chez nous, mais il est de notre devoir d'étudier soigneusement ce que nous avons.

Cette déclaration mit fin aux protestations. Millie et Henry Vu transportèrent les volumineux rapports au centre de la table.

— Contentez-vous de les parcourir, reprit Nicholas en les distribuant comme un maître d'école.

Il garda le plus gros, une étude du docteur Milton Fricke sur les effets de la fumée de cigarette sur les voies respiratoires, s'y attaqua comme s'il n'avait jamais vu une prose aussi pétillante.

Une poignée de curieux traîna dans la salle d'audience, dans l'espoir d'un verdict rapide. Il arrivait souvent que l'opinion du jury soit faite avant même d'avoir entendu le premier témoin.

Ce n'était pas le cas.

À quarante et un mille pieds d'altitude et huit cents kilomètres à l'heure, le Learjet parcourut la distance entre Biloxi et Georgetown, Grande Caïman, en quatre-vingt-dix minutes. Marlee franchit la douane avec son nouveau passeport canadien, délivré à Lane MacRoland, une ravissante jeune femme de Toronto, qui venait passer une semaine de vacances. Conformément à la législation locale qui le rendait obligatoire, elle présenta son billet de retour, indiquant qu'elle avait une place réservée sur un vol Delta, à destination de Miami, six jours plus tard. Les autorités des îles Caïman étaient ravies d'accueillir des touristes, pas de compter de nouveaux ressortissants.

Le passeport faisait partie d'un lot de faux papiers qu'elle s'était procurés à Montréal, chez un faussaire renommé. Passeports, permis de conduire, actes de naissance, cartes d'électeur ; coût de l'ensemble : trois mille dollars.

Elle prit un taxi pour se rendre en ville, trouva sa banque, la Royal Swiss Trust, dans un vieux et majestueux bâtiment donnant sur la mer. Elle se sentait un peu chez elle dans cette île où elle n'avait pourtant jamais mis les pieds. Elle se renseignait depuis deux mois sur Georgetown ; ses transactions bancaires avaient été soigneusement préparées par fax.

L'atmosphère tropicale était chaude et lourde ; elle n'y prêta guère d'attention. Elle n'était pas venue pour le soleil et les plages. Il était 15 heures à Georgetown et New York ; 15 heures dans le Mississippi.

Une réceptionniste la conduisit dans un petit bureau où elle remplit un imprimé qui n'avait pu être faxé. Quelques minutes plus tard, elle vit arriver un homme jeune ; il s'appelait Marcus, ils s'étaient souvent entretenus au téléphone. Mince, élégant, soigné de sa personne, il parlait un excellent anglais, avec une pointe d'accent.

Il informa Marlee que l'argent était arrivé ; elle fit un grand effort sur elle-même pour ne pas sourire. Les documents étaient en ordre. Elle suivit Marcus dans son bureau, au premier étage. Son titre était vague, comme c'est souvent le cas dans les banques de Grande Caïman. Il était vice-président de quelque chose et gérait des portefeuilles.

Une secrétaire apporta du café ; Marlee demanda un sandwich.

L'action Pynex était à la hausse à soixante-dix-neuf dollars, dans un volume d'échanges important, annonça Marcus en tapotant sur le clavier de son ordinateur. Trellco en hausse aussi, de trois un quart, à cinquante-six dollars ; Smith Greer gagnait deux dollars, à soixante-quatre et demi. ConPack restait inchangé à trente-trois dollars.

À l'aide de notes qu'elle connaissait pratiquement par cœur, Marlee effectua sa première opération en vendant à découvert cinquante mille actions Pynex à soixante-dix-neuf dollars. Si tout se passait bien, elle les rachèterait à un prix beaucoup plus faible, dans un avenir très proche. La vente à découvert est une opération risquée, habituellement réservée aux investisseurs les plus habiles.

Avec ses dix millions, Marlee serait en mesure de vendre des actions pour une valeur avoisinant les vingt millions. Marcus confirma l'opération, s'excusa de prendre le temps de mettre son casque. L'opération suivante fut une vente à découvert de trente mille actions Trellco à cinquante-six dollars. Les choses s'accélérèrent. Elle vendit successivement quarante mille actions Smith Greer, soixante mille autres Pynex à soixante-dix-neuf un huitième, trente mille autres Trellco et cinquante mille Smith Greer à soixante-quatre trois huitièmes.

Elle donna l'odre à Marcus de suivre attentivement l'évolution de Pynex. Elle venait de se défaire de cent dix mille actions et attendait avec une vive inquiétude la réaction à Wall Street.

Pynex baissa légèrement à soixante-dix-huit trois quart, remonta à soixante-dix neuf.

— Je crois qu'il n'y a plus de risques, déclara Marcus qui suivait le marché de près depuis quinze jours.

— Vendez-en cinquante mille de plus, ordonna Marlee d'une voix ferme.

Marcus eut une hésitation ; il hocha la tête en regardant son écran, effectua l'opération.

Pynex baissa à soixante-dix-huit et demi, perdit encore un quart de point. Marlee but son café en consultant ses notes ; elle pensa à Nicholas, se demanda ce qu'il faisait. Elle n'était pas inquiète ; elle restait même étonnamment calme.

— Nous en sommes à vingt-deux millions de dollars, madame MacRoland, fit Marcus en retirant son casque. Je pense que nous devrions en rester là, sinon je serais obligé de demander le feu vert de mon directeur.

— Restons-en là.

— Le marché ferme dans un quart d'heure. Vous pouvez attendre dans notre salon d'honneur.

— Merci, je vais regagner mon hôtel ou profiter un peu du soleil.

Marcus se leva, boutonna sa veste.

— Une question, fit-il. Quand attendez-vous du mouvement sur ces titres ?

— Demain, à l'ouverture. Si vous voulez passer pour un génie aux yeux de vos clients, conseillez-leur de vendre immédiatement les valeurs du tabac.

Il demanda une voiture, une petite Mercedes, pour conduire Marlee à son hôtel, sur la plage de Seven Mile, pas très loin du quartier des affaires et de la banque.

Si Marlee semblait maîtriser le présent, son passé la rattrapait à grands pas. Un agent de Fitch trouva à la bibliothèque de l'université du Missouri une collection d'anciens registres d'admission. À la rentrée 1986 figurait un docteur Evelyn Y. Brant, professeur d'histoire médiévale. Elle avait disparu du registre de l'année 1987.

Il appela aussitôt un collègue qui faisait des recherches au tribunal du comté de Boone. Le collègue consulta les registres des successions. Le testament d'Evelyn Brant avait été homologué en avril 1987. Un employé l'aida à trouver le dossier.

Mme Brant était décédée le 2 mars 1987, à Columbia, à l'âge de cinquante-six ans. Elle laissait une fille, Gabrielle, vingt-deux ans, à qui elle léguait toutes ses possessions, conformément au testament signé trois mois avant sa mort.

Le dossier était épais de trois centimètres ; les éléments énumérés dans l'inventaire de la succession comprenaient une maison grevée d'un emprunt, un véhicule, le mobilier, un certificat de dépôt dans une banque locale et un portefeuille d'un montant de deux cent mille dollars. Sachant sa mort imminente, le docteur Brant avait à l'évidence pris toutes les dispositions légales nécessaires. Avec l'accord de Gabrielle, la maison avait été vendue ; tous droits et frais réglés, il restait une somme de cent quatre-vingt-onze mille dollars. Gabrielle était le seul bénéficiaire de la succession.

Le notaire avait été rapide et compétent ; treize mois après le décès, la succession était liquidée.

L'agent prit des notes, continua de feuilleter le dossier. Deux pages étaient collées ; il les sépara délicatement. Celle de dessous portait un cachet officiel.

C'était le certificat de décès. Le docteur Evelyn Brant était morte d'un cancer du poumon.

Il sortit, appela aussitôt son chef

Quand Fitch reçut l'information, ils en savaient déjà plus long. Une lecture attentive du dossier, cette fois par un ex-agent du FBI titulaire d'une licence en droit, révéla que diverses donations avaient été faites à des associations antitabac. Le nom de son défunt mari, le docteur Peter Brant, figurait sur une vieille police d'assurance. Il ne fallut pas longtemps pour découvrir que l'ouverture de sa succession remontait à 1981. Il était mort au mois de juin, à l'âge de cinquante-deux ans, laissant une épouse et une fille unique, Gabrielle, âgée de quinze ans. D'après le certificat de décès, il était mort à son domicile ; le document portait la signature du même médecin que celui qui avait signé le certificat d'Evelyn Brant. Un cancérologue.

Peter Brant aussi avait succombé à un cancer du poumon.

C'est Swanson qui se chargea d'appeler, après s'être assuré à plusieurs reprises de l'exactitude des faits.

Fitch prit la communication à son bureau, seul, la porte close. En bras de chemise, la cravate desserrée, les lacets de chaussures dénoués. Il resta calme, trop sonné pour réagir.

Le père et la mère de Marlee étaient morts d'un cancer du poumon.

Fitch écrivit la phrase sur le feuillet jaune d'un bloc-notes ; il l'entoura d'un cercle, à partir duquel il traça des traits, à la manière d'un organigramme. Comme si cela pouvait lui permettre de la décomposer, de l'analyser, de la faire coïncider avec la promesse d'un verdict favorable.

— Vous êtes toujours là, Rankin ? demanda Swanson après un silence interminable.

— Oui.

Fitch se replongea dans le silence ; les traits s'allongèrent sur le feuillet jaune, sans mener nulle part.

— Où est-elle ? demanda Swanson.

Il se tenait devant le tribunal de Columbia, dans le froid, un portable minuscule collé sur la joue.

— Je ne sais pas ; il faut la retrouver.

Il n'y avait pas la moindre conviction dans la voix de Fitch ; Swanson comprit que la fille avait disparu.

— Que dois-je faire ? reprit-il après un nouveau silence.

— Revenir ici, je suppose, répondit Fitch avant de raccrocher.

Les chiffres de la pendule à affichage numérique se brouillaient ; il ferma les yeux. Il se massa les tempes, pressa le menton sur sa poitrine ; il songea à fracasser le bureau contre le mur, à arracher de leur prise les fils des téléphones. Il se ravisa, se dit qu'il fallait garder la tête froide.

À moins d'incendier le tribunal ou de lancer des grenades dans la salle du jury, il ne pouvait rien faire pour interrompre les délibérations. Les douze jurés étaient enfermés, derrière une porte gardée par des policiers armés. S'il n'avançaient pas très vite, s'ils devaient passer une nuit supplémentaire en isolement, Fitch aurait peut-être une petite chance de provoquer un ajournement.

Une alerte à la bombe ? Les jurés seraient évacués, conduits sous bonne garde dans un lieu protégé pour poursuivre les délibérations.

L'organigramme s'élargissait ; il dressa une liste de possibilités – des mesures radicales, plus dangereuses et illégales les unes que les autres, toutes vouées à l'échec.

Le temps s'écoulait inexorablement.

Les douze élus ; onze disciples et leur maître.

Il se leva lentement, prit à deux mains la lampe de céramique, que Konrad avait voulu enlever de son bureau, un lieu de désordre et de violence.

Konrad et Pang attendaient des instructions dans le couloir ; ils savaient que quelque chose de très grave s'était passé. La lampe se fracassa avec force contre la porte ; Fitch poussa un hurlement. Les parois de contreplaqué se mirent à trembler. Un autre objet se brisa en éclats ; un téléphone, peut-être. Fitch cria quelque chose où il était question d'argent, puis le bureau fut projeté avec violence contre un mur.

Ils reculèrent dans le couloir, terrifiés, voulant à tout prix éviter de se trouver près de la porte quand elle s'ouvrirait.

Boum ! Boum ! Boum !

Fitch martelait le contreplaqué de ses poings.

– Trouvez la fille ! hurla-t-il à tue-tête.

Boum ! Boum !

– Trouvez la fille !

40

Au bout d'une longue et pénible période de concentration, Nicholas eut le sentiment qu'un échange de vues s'imposait. Il ouvrit la discussion en résumant succinctement le rapport du docteur Fricke sur l'état des poumons de Jacob Wood. Il fit circuler les photos de l'autopsie, qui ne suscitèrent guère d'intérêt ; c'était du réchauffé.

— Ce rapport affirme que la fumée du tabac provoque le cancer du poumon, poursuivit consciencieusement Nicholas, comme si quelqu'un pouvait s'en étonner.

— J'ai une idée, coupa Rikki Coleman. Voyons si nous pouvons nous mettre d'accord sur le fait que le tabac provoque le cancer du poumon ; cela nous ferait gagner beaucoup de temps.

Elle avait saisi l'occasion par les cheveux et semblait prête à hausser le ton.

— Excellent ! lança Lonnie, de loin le plus impatient et excité du lot.

D'un haussement d'épaules, Nicholas donna son assentiment. Le premier juré n'a qu'une voix, comme les autres.

— Ça me va, fit-il. Tout le monde est d'accord pour dire que le tabac provoque le cancer du poumon. Levez la main.

Douze mains se levèrent dans le même mouvement ; un pas de géant venait d'être fait dans la direction d'un verdict.

— Nous pouvons poser la même question à propos de la dépendance, reprit Rikki Coleman en parcourant l'assistance du regard. Qui pense que la nicotine engendre une dépendance ?

Deuxième réponse unanime.

Radieuse, Rikki semblait disposée à s'aventurer sur le terrain glissant de la responsabilité civile.

— Gardons précieusement cette unanimité, reprit Nicholas. Il est essentiel de parler d'une seule voix quand nous sortirons d'ici. Si nous nous divisons, nous aurons échoué.

La plupart avaient déjà entendu ce discours; les raisons juridiques derrière cette insistance à rendre un verdict à l'unanimité n'étaient pas claires, mais Nicholas gardait leur confiance.

— Si nous en finissions avec ces rapports? Quelqu'un est prêt?

Loreen Duke avait reçu une luxueuse publication signée par le docteur Myra Sprawling-Goode. Elle avait lu l'introduction présentant le rapport comme une étude exhaustive des pratiques publicitaires de l'industrie du tabac, particulièrement leur impact sur les enfants de moins de dix-huit ans. Dans sa conclusion, l'auteur affirmait que l'on ne pouvait accuser l'industrie du tabac de prendre les mineurs pour cible. Loreen n'avait pratiquement pas touché aux deux cents pages intermédiaires.

— Disons simplement, fit-elle, qu'on n'a pas pu prouver que les publicités pour les cigarettes sont destinées à attirer les mineurs.

— Qui pourrait croire cela? demanda Millie.

— Personne. Je croyais que nous avions déjà décidé que la plupart des gens commencent à fumer avant dix-huit ans. La question n'a-t-elle pas déjà été posée dans cette salle?

— Si, répondit Rikki. Tous les fumeurs présents avaient commencé bien plus jeunes.

— Et la plupart avaient arrêté, si je ne me trompe, glissa Lonnie avec une certaine aigreur.

— Passons à autre chose, fit Nicholas. À qui le tour?

Jerry essaya sans entrain de donner un aperçu des découvertes barbantes du docteur Hilo Kilvan, le statisticien de génie qui avait prouvé que les risques de cancer du poumon sont plus élevés dans la population des fumeurs. Le sujet ne souleva aucun intérêt, aucune question, aucune discussion; Jerry s'absenta quelques minutes pour en griller une.

Le silence retomba, chacun se replongea dans l'étude de son document. Ils étaient libres d'aller aux toilettes, de se dégourdir les jambes, de sortir fumer quand bon leur semblait. Lou Dell, Willis et Chuck montaient la garde.

Gladys Card avait autrefois enseigné la biologie à des élèves de troisième. Elle se fit un plaisir de décortiquer le rapport du docteur Bronsky sur la composition de la fumée du tabac : les quatre mille composés, les seize substances cancérigènes connues et toutes les autres cochonneries. Elle prit un ton professoral pour se lancer dans d'interminables énumérations. Plusieurs têtes commencèrent à s'abaisser lentement. Quand elle eut terminé, Nicholas, encore bien éveillé, la remercia chaleureusement et se leva pour aller chercher un café.

— Alors, quelle est votre opinion ? lança Lonnie devant la fenêtre, le dos tourné à la salle, une poignée de cacahuètes dans une main, un jus de fruits dans l'autre.

— Ce rapport prouve, à mon avis, que la fumée de cigarette est très toxique.

— Très bien, fit Lonnie en se retournant. Je croyais que la question était déjà réglée. Je propose de passer au vote, poursuivit-il, à l'adresse de Nicholas. Nous avons consacré près de trois heures à lire ces rapports ; si le juge m'interroge, je lui dirai que j'ai tout lu, de la première à la dernière ligne.

— Faites ce que vous voulez, Lonnie, fit Nicholas.

— D'accord ; votons.

— Sur quoi ?

Il se tenaient chacun à un bout de la table, autour de laquelle étaient assis les dix autres.

— Voyons quelle est la position de chacun. Je veux bien commencer.

— Allez-y.

— Ma position est simple, commença Lonnie. Je pense que les cigarettes sont dangereuses, qu'elles créent une dépendance, qu'elles peuvent tuer. C'est pour toutes ces raisons que je n'y touche pas. Tout le monde le sait ; nous nous sommes déjà mis d'accord là-dessus. Je pense aussi que chacun est libre de son choix ; nul ne peut obliger quelqu'un à fumer. Celui qui fume doit assumer les conséquences de son choix. Je ne ferai pas la fortune de quelqu'un qui a fumé comme un pompier pendant trente ans ; il faut mettre un terme à ces procès absurdes.

Il s'exprimait d'une voix forte ; chaque mot portait.

— Avez-vous terminé ? demanda Nicholas.

— Oui.

— À qui le tour ?

— J'ai une question, fit Gladys Card. Quelle somme la plaignante espère-t-elle que nous lui accorderons ? Maître Rohr n'a pas donné de chiffre.

— Il demande deux millions de dommages-intérêts, expliqua Nicholas. La réparation au titre de la responsabilité civile du fabricant est laissée à notre discrétion.

— Pourquoi a-t-il laissé le chiffre de huit cents millions sur son tableau ?

— Parce qu'il les accepterait volontiers, répondit Lonnie. Voulez-vous les lui donner ?

— Je ne crois pas. Je ne savais pas qu'on pouvait avoir tant d'argent. Celeste Wood garderait-elle tout ?

— Vous avez vu la bande d'avocats qui rôdent autour d'elle ? lança Lonnie d'un ton sarcastique. Elle aura de la chance s'il lui reste quelque chose. Ce procès ne concerne ni elle ni son mari ; ce sont juste des avocats qui font fortune en attaquant les fabricants de tabac. Il faut être aveugle pour ne pas le voir.

— Savez-vous à quel âge j'ai commencé à fumer ? coupa Angel Weese.

— Comment pourrais-je le savoir ?

— Je me souviens du jour exact ; j'avais treize ans. Dans Decatur Street, pas très loin de chez moi, il y avait un grand panneau d'affichage montrant un Noir sur une plage, très beau, le bas du pantalon relevé, une cigarette à la main, qui aspergeait d'eau une nana aguichante, noire, elle aussi. Une pub pour les Salem mentholées. Ils avaient des dents parfaites, d'une blancheur éclatante ; ils riaient, donnaient l'impression de tellement s'amuser. Je me suis dit en rentrant chez moi que c'était la belle vie, que j'aimerais y goûter. J'ai ouvert un tiroir de ma commode, j'ai pris de l'argent et je suis redescendue acheter un paquet de Salem mentholées. Mes copines ont trouvé ça très chouette ; depuis ce jour, je n'ai pas arrêté de fumer.

Le regard d'Angel glissa sur Loreen Duke, revint se poser sur le visage de Lonnie.

— Que personne ne vienne me dire qu'on peut arrêter du jour au lendemain, reprit-elle. Je suis accro, c'est comme ça. J'ai vingt ans, je fume deux paquets par jour ; si je continue, je n'arriverai pas à cinquante ans. Qu'on ne me dise pas non plus qu'ils ne ciblent pas les enfants. Ils ciblent les Noirs, les femmes, les gamins, les cow-boys et les péquenauds. Tout le monde.

Nul ne s'attendait à entendre vibrer une telle colère dans la voix de cette jeune femme qui n'avait laissé transparaître aucune émotion depuis le début du procès. Lonnie la considéra d'un regard noir, mais garda le silence.

Loreen apporta son soutien à Angel.

— Une de mes filles, celle qui a quinze ans, m'a avoué la semaine dernière avoir commencé à fumer à l'école, pour faire comme ses amies. Elles sont trop jeunes pour comprendre les dangers de l'accoutumance. Quand je lui ai demandé où elle achetait ses cigarettes, savez-vous ce qu'elle a répondu ?

Lonnie continua de la fixer en silence.

— Dans les distributeurs ; il y en a un dans le centre commercial où les gamins vont traîner après l'école. Un dans le hall du cinéma, deux autres dans des fast-foods. Et ils ne cherchent pas à atteindre les enfants ? Ça me rend malade ! Vivement que je rentre à la maison... Je lui apprendrai, moi !

— Que ferez-vous quand elle commencera à boire de la bière ? demanda Jerry. Vous réclamerez dix millions à Budweiser, sous prétexte que tous les gamins boivent en douce ?

— Il n'est pas prouvé que la bière engendre une accoutumance, lança Rikki.

— Ah ! La bière ne tue pas ?

— Il y a une différence.

— Pouvez-vous l'expliquer.

La conversation roulait sur deux de ses vices ; allait-on aborder ensuite le jeu et le jupon ?

Rikki s'accorda quelques secondes de réflexion avant de prendre, avec une étonnante véhémence, la défense de l'alcool.

— Les cigarettes sont le seul produit susceptible de tuer s'il est utilisé comme il doit l'être. L'alcool aussi est censé être consommé, mais en quantité raisonnable. S'il est consommé avec modération, il ne présente pas de danger. Bien sûr, il y a des gens qui boivent trop et se tuent de différentes manières, mais on peut affirmer dans ce cas que le produit n'a pas été utilisé correctement.

— Pour vous, quelqu'un qui boit pendant cinquante ans ne se tue pas lentement ?

— Pas s'il le fait avec modération.

— Cela fait plaisir à entendre !

— Ce n'est pas tout, poursuivit Rikki. L'alcool donne un

signal d'alerte naturel ; l'utilisation du produit provoque une réaction immédiate. Il n'en va pas de même pour le tabac. Il faut avoir fumé plusieurs années pour prendre conscience des dommages infligés à son organisme. Mais il est trop tard, on est accroché.

— La plupart des gens sont capables d'arrêter, lança Lonnie de la fenêtre, sans regarder Angel.

— Pourquoi croyez-vous que tout le monde essaie de le faire ? demanda posément Rikki. Parce qu'ils prennent plaisir à tirer sur leur cigarette ? Parce qu'ils se sentent jeunes et séduisants ? Non, ils essaient d'arrêter pour éviter le cancer du poumon et les maladies cardio-vasculaires.

— Comment allez-vous voter ? demanda Lonnie.

— Cela paraît évident, répondit-elle. Je me suis efforcée de rester impartiale au fil du procès, mais j'ai fini par comprendre que c'est à nous qu'il revient d'obliger l'industrie du tabac à assumer ses responsabilités.

— Et vous ? demanda Lonnie à Jerry, espérant trouver en lui un allié.

— Je n'ai pas encore pris ma décision. Je pense que je vais écouter l'avis des autres.

— Et vous ? poursuivit Lonnie en s'adressant à Sylvia.

— J'ai beaucoup de mal à comprendre pourquoi nous devrions faire de cette femme une multimillionnaire.

Lonnie fit lentement le tour de la table, cherchant des yeux qui, pour la plupart, se détournaient. À l'évidence, il appréciait ce rôle de chef rebelle.

— Et vous, monsieur Savelle ? Vous ne parlez pas beaucoup.

Cela promettait d'être intéressant ; personne n'avait la moindre idée de ce que pensait Savelle.

— Je crois au choix individuel, à la liberté absolue de choisir. Je déplore les dégâts infligés par ces entreprises à l'environnement ; je déteste leurs produits. Mais tout un chacun peut choisir en connaissance de cause.

— Monsieur Vu ?

Henry s'éclaircit la voix, prit un petit moment pour mettre de l'ordre dans ses idées.

— Je réfléchis encore, déclara-t-il enfin.

Henry se rangerait à l'avis de Nicholas qui, jusqu'à présent, était resté étonnamment silencieux.

— Et vous, monsieur le premier juré, demanda Lonnie.

— Nous pouvons terminer la lecture de ces rapports en une demi-heure. Ensuite, nous commencerons à voter.

Après cette première passe d'armes, tout le monde fut soulagé d'avoir quelques minutes de tranquillité. L'heure de vérité n'était plus très loin.

Sa première idée avait été de parcourir les rues dans la Suburban, avec José au volant, de rouler sur la nationale 90 sans but particulier, sans aucune chance de la retrouver. Il ferait au moins quelque chose, il pourrait tomber sur elle par hasard.

Il savait qu'elle avait disparu.

Mais il resta dans son bureau, seul, près du téléphone, priant pour qu'elle appelle encore une fois pour l'assurer qu'un marché était un marché. Au long de l'après-midi, chaque nouvelle que Konrad apportait confirmait ce qu'il redoutait. La voiture était toujours devant l'appartement : elle n'avait pas bougé depuis huit heures. Aucun signe d'activité n'était visible dans l'appartement. Il n'y avait aucun signe d'elle, nulle part. Elle avait disparu.

Curieusement, plus les délibérations traînaient en longueur, plus Fitch y puisait une source d'espoir. Si l'intention de Marlee avait été de disparaître avec l'argent et de le flouer avec un verdict en faveur de la plaignante, pourquoi ce verdict n'était-il pas rendu ? Ce n'était peut-être pas aussi facile que prévu ; Nicholas avait peut-être du mal à réunir les voix nécessaires.

Jamais encore il n'avait perdu ; il se répétait qu'il était déjà passé par là, à suer d'angoisse en attendant que le jury se décide.

À 17 heures précises, l'audience reprit ; le juge Harkin envoya chercher le jury. Les avocats gagnèrent précipitamment leur place. Une grande partie du public était restée.

Les jurés s'installèrent ; ils avaient l'air fatigué. À ce stade, c'était toujours le cas.

— Quelques questions rapides, fit Harkin. Avez-vous choisi un premier juré ?

Ils hochèrent la tête ; Nicholas leva la main.

— J'ai cet honneur, fit-il, sans la plus petite trace de fierté dans la voix.

— Très bien. Pour votre information, sachez que je me suis entretenu avec Herman Grimes, il y a une heure. Il va bien et devrait quitter l'hôpital demain. Il vous adresse ses amitiés. Par ailleurs, vous délibérez depuis cinq heures ; j'aimerais savoir si vous avancez.

Nicholas se leva, l'air emprunté, les mains dans les poches.

— Je crois, Votre Honneur.

— Bien. Sans donner d'indications sur la teneur de vos discussions, pensez-vous que le jury rendra un verdict, dans un sens ou dans l'autre ?

— Je le crois aussi, Votre Honneur. Oui, je suis persuadé qu'il y aura un verdict.

— Quand pourriez-vous y arriver ? Soyez sans crainte, je ne veux pas vous bousculer. Vous pouvez prendre tout le temps que vous désirez. Il faut simplement que je prenne certaines dispositions, si nous devons rester ici cette nuit.

— Nous voulons rentrer chez nous, Votre Honneur. Nous sommes décidés à en finir et à rendre un verdict dans la soirée.

— Parfait ; je vous remercie. Le dîner sera bientôt servi. Si vous avez besoin de moi, je serai dans mon bureau.

41

O'Reilly vint servir son dernier déjeuner et faire ses adieux à ceux qu'il considérait maintenant comme des amis. Il avait préparé un repas princier, qu'il servit avec l'aide de trois employés.

À 18 h 30, la table débarrassée, les jurés étaient prêts à rentrer chez eux. Ils convinrent de se prononcer d'abord sur la question de la responsabilité. Nicholas la formula le plus simplement du monde : considérez-vous Pynex comme responsable de la mort de Jacob Wood ?

Rikki Coleman, Millie Dupree, Loreen Duke et Angel Weese dirent oui, catégoriquement. Lonnie, Phillip Savelle et Gladys Card répondirent par un non sans équivoque. La position des autres se situait entre les deux. Sylvia hésitait, penchait plutôt pour la négative. Jerry, irrésolu, était probablement enclin à aller dans la même direction. Shine Royce, le petit dernier de la bande, n'avait pas prononcé trois mots de la journée ; il suivrait le mouvement, quand un mouvement se dessinerait. Henry déclara qu'il n'avait pas pris sa décision ; en réalité, il attendait de connaître la position de Nicholas, qui attendait que tout le monde ait parlé. Il se montra déçu de voir le jury divisé.

– Je crois qu'il est temps pour vous de prendre parti, fit Lonnie, avide d'en découdre.

– Oui, nous vous écoutons, ajouta Rikki Coleman.

Tous les regards étaient fixés sur le premier juré.

– D'accord, fit-il simplement.

Le silence tomba dans la salle. Des années de préparation allaient connaître leur aboutissement. Il choisit soigneusement ses mots, mais il avait déjà répété intérieurement son discours d'innombrables fois.

— Je suis convaincu que les cigarettes sont dangereuses ; elles tuent quatre cent mille Américains par an. Elles sont bourrées de nicotine par les fabricants qui savent depuis longtemps que cette substance induit une accoutumance. La teneur en nicotine pourrait être réduite, mais les ventes en pâtiraient. Je pense que les cigarettes ont tué Jacob Wood ; personne ne prétendra le contraire. Je suis convaincu que les fabricants de tabac mentent, trichent et cachent leur jeu, qu'ils font tout ce qui est en leur pouvoir pour inciter les adolescents à fumer. Ce sont d'infâmes salopards et j'aimerais qu'ils en prennent plein la gueule.

— Je suis d'accord, fit Henry Vu.

Rikki et Millie se retinrent d'applaudir.

— Tu veux les condamner à des dommages-intérêts punitifs ? lança Jerry en ouvrant de grands yeux.

— Le verdict doit être exemplaire, Jerry ; les réparations pécuniaires très élevées. Nous limiter à assurer la réparation du préjudice causé signifierait que nous n'avons pas le courage de punir l'industrie du tabac pour ses méfaits.

— Il faut que cela leur fasse mal, déclara Shine Royce, pour paraître intelligent.

Il savait maintenant quelle direction suivre.

Lonnie considéra Shine et Vu d'un air incrédule. Il fit un rapide calcul de tête : sept voix en faveur du demandeur.

— Vous ne pouvez pas parler d'argent, lança-t-il à Nicholas. Vous n'avez pas encore vos voix.

— Ce ne sont pas mes voix.

— À d'autres, fit amèrement Lonnie.

Ils recomptèrent : sept voix pour le demandeur, trois pour la défense. Jerry et Sylvia ne savaient pas encore dans quel camp ils allaient basculer. La déclaration de Gladys Card chamboula tout.

— Je n'ai pas envie de voter pour Pynex, mais, en même temps, je ne comprends pas pourquoi nous donnerions tout cet argent à Celeste Wood.

— Combien seriez-vous disposée à donner ? demanda Nicholas.

— Je ne sais pas, moi, répondit Gladys, toute confuse. Je veux bien voter pour qu'elle reçoive quelque chose, mais je ne sais pas combien.

— Avez-vous un chiffre en tête ? demanda Rikki en s'adressant au premier juré.

Le silence se fit de nouveau dans la salle ; un silence tendu.

— Un milliard, lâcha Nicholas sans qu'un seul muscle de son visage ne bouge.

Le chiffre éclata comme une bombe au milieu de la table. Des bouches s'ouvrirent, des yeux saillirent.

Sans laisser aux autres le temps de lui ravir la parole, Nicholas s'expliqua.

— Si notre intention est véritablement d'adresser un message à l'industrie du tabac, il faut provoquer un choc. Notre verdict doit faire date. Il doit devenir célèbre, marquer le jour où le peuple américain, par l'intermédiaire d'un jury populaire, s'est enfin dressé contre les géants du tabac et leur a dit : ça suffit !

— Vous êtes complètement cinglé, souffla Lonnie.

Les autres, encore abasourdis, pensaient peu ou prou la même chose.

— Comme ça, tu veux devenir célèbre, lança Jerry d'un ton sarcastique.

— Pas moi, notre verdict. La semaine prochaine, tout le monde aura oublié nos noms, mais se souviendra du verdict. Si nous devons le faire, faisons-le en grand.

— Ça me plaît, fit Shine Royce.

L'idée de distribuer une telle fortune lui faisait tourner la tête. Il était le seul qui eût volontiers passé une nuit de plus au motel, contre un repas gratuit et l'allocation de quinze dollars.

— Dites-nous ce qui va se passer, demanda doucement Millie, encore ahurie.

— La défense ira en appel ; dans deux ans, un groupe de vieux barbons en robe noire réduira la somme pour la ramener à un montant plus raisonnable. Ils diront que c'était un verdict irresponsable rendu par un jury irresponsable.

— Alors, pourquoi le faire ? demanda Loreen.

— Pour que les choses changent. Nous ferons le premier pas sur la longue route qui finira par rendre les fabricants de tabac responsables de la mort de tant de gens. N'oubliez pas qu'ils n'ont encore jamais perdu un procès ; ils se croient invincibles. Nous leur prouverons qu'il n'en est rien et nous ouvrirons la voie à d'autres victimes.

— Vous cherchez donc à les acculer à la faillite ? demanda Lonnie.

— Cela ne me gênerait pas. Leurs bénéfices sont réalisés aux dépens de gens qui achètent leurs produits mais rêvent d'arrêter de les consommer. Oui, tout compte fait, le monde peut se passer d'une entreprise comme Pynex. Qui se plaindrait de sa disparition ?

— Ses employés, peut-être.

— Très juste ; mais ma sympathie va aux millions d'individus dépendants de ses produits.

— Combien la cour d'appel accordera-t-elle à Celeste Wood ? demanda Gladys Card.

Elle était perturbée par l'idée que cette femme allait devenir riche grâce à elle. Celeste avait perdu son mari, bien sûr, mais M. Card avait survécu à un cancer de la prostate sans songer à traîner quelqu'un en justice.

— Je n'en sais rien, répondit Nicholas. Nous n'avons pas à nous en préoccuper. Cela se passera ailleurs, plus tard ; et il y a des règles à suivre.

— Un milliard de dollars, répéta Loreen à voix basse, mais assez fort pour être entendue.

C'était aussi facile à dire que « un million de dollars ».

Une fois de plus, Nicholas se réjouit de l'absence d'Herrera. Dans ces circonstances, avec une telle somme en jeu, le colonel aurait fait un raffut de tous les diables. Mais le silence régnait dans la salle ; Lonnie Shaver était le dernier rempart de la défense. L'absence d'Herman était déterminante, peut-être plus encore que celle du colonel ; les autres l'auraient écouté. Réfléchi, calculateur, il ne se laissait pas dominer par ses émotions et ne se serait certainement pas laissé manœuvrer.

Mais ils n'étaient plus là, ni l'un ni l'autre.

Nicholas avait réussi à faire passer le débat de la responsabilité à la réparation, un glissement capital dont il était le seul à avoir conscience. L'énormité de la somme les avait étourdis ; leur attention était distraite de la notion de faute. Il était résolu à ne plus parler qu'argent.

— Ce n'était qu'une idée, dit-il, juste pour frapper un grand coup.

Il lança un coup d'œil à Jerry, qui lui donna aussitôt la réplique.

— Je ne peux pas monter jusque-là, fit-il avec sa gouaille de vendeur de voitures. C'est un prix exorbitant !

— Il n'a rien d'exorbitant, répliqua Nicholas, pour une entreprise qui dispose de huit cents millions de liquidités. Les fabricants de tabac ont tous leur propre planche à billets.

Huit avec Jerry. Lonnie resta seul dans son coin, à tripoter son coupe-ongles.

Neuf avec le Caniche.

— C'est exorbitant, déclara Sylvia. Je ne peux pas faire ça ; pas un milliard.

— Combien ? demanda Rikki.

Seulement cinq cents millions ; seulement cent millions. Ces sommes paraissaient ridicules.

— Je ne sais pas, répondit Sylvia. Qu'en pensez-vous ?

— L'idée de les envoyer dans les cordes me plaît. Si nous devons leur adresser un message, ne faisons pas les choses à moitié.

— Un milliard ? demanda Sylvia.

— Je dis oui.

— Moi aussi, fit Royce, qui avait l'impression de brasser des tonnes d'argent.

Il y eut un long silence, interrompu de loin en loin par un claquement de la pince à ongles de Lonnie.

— Qui refuse d'allouer des dommages-intérêts à la plaignante ? demanda enfin Nicholas.

Savelle leva la main. Lonnie ne daigna pas répondre ; il n'en avait pas besoin.

— Dix voix contre deux, déclara Nicholas en notant les chiffres. Le jury a pris sa décision sur la question de la responsabilité ; nous allons maintenant fixer le montant des dommages-intérêts. Sommes-nous d'accord, tous les dix, pour accorder une réparation de deux millions de dollars à la veuve Wood ?

Savelle repoussa sa chaise et quitta la pièce. Lonnie se servit un café et alla s'asseoir à la fenêtre, le dos tourné, sans perdre un mot de ce qui se disait.

Après les chiffres précédemment énoncés, deux millions de dollars paraissaient être de l'argent de poche. Ce montant fut approuvé par les dix jurés. Nicholas inscrivit le chiffre sur un imprimé fourni par le juge.

— Pouvons-nous nous mettre d'accord sur le principe de dommages-intérêts punitifs ?

Il interrogea tour à tour les neuf jurés à la table ; tout le monde répondit par l'affirmative. Seule Gladys Card hésita. Elle pouvait retourner sa veste, cela ne changerait rien. Neuf voix suffisaient.

— Très bien. Quel montant allons-nous fixer?

— J'ai une idée, fit Jerry. Chacun écrit le montant de son choix sur un bout de papier plié, anonyme. On fait le total et on divise par dix; on verra bien quelle est la moyenne.

— Cela ne nous engage à rien, fit Nicholas.

— C'est juste pour avoir une idée.

Un vote à bulletins secrets était tentant; tout le monde écrivit son chiffre.

Nicholas déplia lentement les bulletins, annonçant les chiffres à Millie qui les inscrivait à la suite. Elle fit l'addition.

— Le total est de trois milliards cinq cent soixante-neuf millions. Si l'on divise par dix, la moyenne s'établit à trois cent cinquante-six millions neuf cent mille.

Il fallut un moment pour que les zéros se mettent en place. Lonnie se leva brusquement, traversa la pièce en passant devant la table.

— Vous êtes tous cinglés, murmura-t-il, juste assez fort pour être entendu.

Il sortit en claquant la porte.

— Je ne peux pas faire ça, fit Gladys, visiblement secouée. Je vis avec une pension, vous comprenez; ces chiffres sont irréels.

— Ils sont bien réels, répliqua Nicholas. Pynex a du répondant. L'an dernier, les dépenses médicales directement liées au tabac ont atteint six milliards; pendant ce temps le chiffre d'affaires des quatre plus gros fabricants de tabac s'élevait à seize milliards. Il faut voir grand. Des dommages-intérêts d'un montant de cinq millions les feraient ricaner et ne changeraient absolument rien. Les affaires continueraient. À nous de donner un grand coup de poing sur la table!

Rikki se pencha vers Gladys, assise en face d'elle.

— Si vous ne pouvez pas, vous feriez mieux de partir comme les autres.

— Ne me tentez pas.

— Là n'est pas la question; il faut du cran pour le faire. Nicholas a raison : si on ne frappe pas un grand coup, rien ne changera.

— Je suis désolée, fit Gladys, toute tremblante, au bord de la crise de nerfs. J'aimerais vous aider, mais je ne peux pas.

— Ne vous inquiétez pas, madame Card, dit Nicholas d'un ton apaisant.

Tant qu'il aurait neuf autres voix, tout irait bien. Il pouvait se permettre de réconforter la pauvre femme, pas de perdre une voix de plus.

Tout le monde attendit en silence de voir si elle allait craquer.

Elle respira un grand coup, pointa le menton en avant, puisa en elle la force de rester.

— Puis-je poser une question ? fit Angel en s'adressant à Nicholas, comme s'il était devenu l'unique source de sagesse.

— Bien sûr.

— Qu'arrivera-t-il aux fabricants de tabac si nous leur infligeons d'énormes dommages-intérêts ?

— Sur le plan judiciaire, économique ou politique ?

— Les trois.

— Il y aura un mouvement de panique, des ondes de choc. Les dirigeants courberont l'échine en attendant de voir s'ils s'exposent à une vague de poursuites. Il seront contraints de reconsidérer leur stratégie publicitaire ; les caisses sont trop pleines pour qu'il y ait un risque de faillite. Ils s'adresseront au Congrès pour exiger des lois destinées à les protéger ; ils seront, je le crains, de moins en moins bien reçus à Washington. En un mot, Angel, l'industrie du tabac ne sera plus jamais ce qu'elle était.

— Un jour, souhaitons-le, les cigarettes seront interdites, ajouta Rikki.

— Ou les cigarettiers n'auront plus les moyens d'en fabriquer.

— Et nous ? poursuivit Angel. Serons-nous en danger ? Vous avez dit que ces gens-là nous surveillent depuis le premier jour.

— Nous ne risquons rien, ils ne peuvent rien contre nous. Je le répète, dans une semaine, on ne se souviendra pas de nous ; mais le verdict restera dans tous les esprits.

Phillip Savelle entra et reprit sa place.

— Qu'ont décidé Robin des bois et sa bande ?

— Si nous voulons dormir ce soir dans notre lit, fit Nicholas sans s'occuper de lui, il nous faut fixer le montant de ces dommages-intérêts.

— Je croyais l'affaire entendue, fit Rikki.

— Avons-nous au moins neuf voix ? demanda Nicholas.

— Combien, si je puis me permettre ? lança Savelle d'un ton moqueur.

— Trois cent cinquante millions, à quelques unités près.

— Je vois : la vieille théorie de la redistributon des richesses. C'est drôle, quand on vous voit, vous n'avez pas l'air d'une bande de marxistes.

— J'ai une idée, coupa Jerry. Si nous arrondissions à quatre cent millions ? Ils seront obligés de se serrer la ceinture, augmenteront la teneur en nicotine, accrocheront un peu plus de gamins et le tour sera joué. En deux ans, ils auront tout récupéré.

— C'est une vente à la criée ? demanda Savelle.

— On fait ça, déclara Rikki.

— Je mets la proposition aux voix, fit Nicholas.

Neuf mains se levèrent. Nicholas interrogea successivement chacun des jurés pour savoir s'il attribuait des réparations pécuniaires de deux millions de dollars et fixait le montant des dommages-intérêts punitifs à quatre cents millions. L'un après l'autre, ils répondirent par l'affirmative. Nicholas remplit la feuille du verdict, la fit signer.

Quand Lonnie revint, Nicholas s'adressa à lui.

— Nous avons rendu un verdict, Lonnie.

— Quelle surprise ! Combien ?

— Deux millions et quatre cents millions, répondit Savelle.

Lonnie regarda fixement Savelle, puis se tourna vers Nicholas.

— C'est une blague, murmura-t-il entre ses dents.

— Pas du tout, répondit Nicholas. C'est vrai et nous avons neuf voix. Voulez-vous être des nôtres ?

— Sans façon !

— Incroyable, non ? reprit Savelle. Et dites-vous que nous allons tous devenir célèbres.

— C'est un verdict sans précédent, fit Lonnie en s'adossant au mur.

— Détrompez-vous, fit Nicholas. Texaco a été contraint, il y a quelques années, de verser dix milliards de dommages-intérêts.

— On peut appeler cela un prix d'ami, ricana Savelle.

— Non, riposta Nicholas en se levant. On appelle cela la justice.

Il ouvrit la porte, demanda à Lou Dell d'informer le juge que le jury était prêt.

Pendant qu'ils attendaient, Lonnie prit Nicholas à part.

— Est-il possible que je ne sois pas mêlé à cette décision, lui murmura-t-il à l'oreille, apparemment plus nerveux que furieux.

— Ne vous inquiétez pas. Le juge nous interrogera tour à tour pour savoir si nous avons voté en faveur de ce verdict. Quand il vous posera la question, faites en sorte que tout le monde sache que vous n'étiez pas d'accord.

— Merci.

42

Lou Dell prit le message de Nicholas comme elle avait pris les précédents et le donna à Willis qui disparut au fond du couloir. Il le remit en main propre au juge Harkin, occupé au téléphone et impatient d'entendre le verdict. Il avait l'habitude des verdicts, mais quelque chose lui disait que celui-ci allait faire du bruit. Le texte du message était le suivant : « Monsieur le juge. Pourriez-vous prendre des dispositions pour qu'un adjoint du shérif m'escorte dès la sortie du tribunal ? J'ai peur. J'expliquerai plus tard. Nicholas Easter. »

Harkin donna des instructions à l'adjoint en faction devant la porte de son bureau ; il se dirigea d'un pas décidé vers la salle d'audience où l'atmosphère était électrique. Les avocats qui, pour la plupart, avaient attendu la reprise de l'audience dans leur bureau, arrivaient en rangs serrés et s'empressaient de regagner leur place. Le public grossissait à vue d'œil. Il était près de 20 heures.

— Je vous informe que le jury est en mesure de rendre un verdict, déclara Harkin d'une voix forte en s'approchant de son micro. Faites entrer le jury, ajouta-t-il en observant les frémissements qui parcouraient les rangs des avocats.

Ils entrèrent l'un après l'autre, le visage grave, comme il sied à des jurés. Quelles que soient les nouvelles qu'ils apportent aux uns et aux autres, qu'ils soient parvenus à un accord ou non, ils ont toujours les yeux baissés,

Lou Dell prit la feuille remplie par Nicholas, la tendit au juge qui réussit le tour de force de rester totalement impassible en prenant connaissance du verdict. Il trouvait cette décision profondément choquante, mais, sur le plan de la procédure, il n'avait rien à y redire.

Il y aurait, plus tard, des requêtes pour réduire le montant de sommes allouées, mais, dans l'immédiat, il était pieds et poings liés. Il replia la feuille, la tendit à Lou Dell, qui la rendit à Nicholas.

— Monsieur le premier juré, vous pouvez lire le verdict.

Nicholas déplia son chef-d'œuvre, s'éclaicit la voix, chercha Fitch du regard.

— Le jury se prononce en faveur du demandeur, Celeste Wood, à qui il accorde des dommages-intérêts pour un montant de deux millions de dollars.

Cela créait déjà un précédent. Wendall Rohr et son équipe poussèrent un énorme soupir de soulagement. Le moment était historique.

Ce n'était pas tout.

— Et le jury se prononce en faveur du demandeur, Celeste Wood, et fixe le montant des dommages-intérêts punitifs à quatre cents millions de dollars.

Pour un avocat, écouter un verdict est tout un art. Il ne peut tressaillir ni frémir, il ne peut chercher autour de lui le réconfort ni l'allégresse, il ne peut étreindre son client pour partager ses sentiments. Il doit demeurer parfaitement immobile, l'air grave, les yeux fixés sur le papier qu'il couvre de gribouillis, faire comme s'il avait su précisément à quoi s'attendre.

Rien de tel cette fois.

Cable s'affaissa sur son siège, comme s'il venait de recevoir une balle en plein cœur. Ses confrères gardaient la tête tournée vers le banc des jurés, la bouche grande ouverte, cherchant vainement de l'air, les yeux plissés par l'incrédulité.

Le dentier découvert par un sourire radieux, Rohr s'empressa de passer le bras autour des épaules de Celeste Wood qui sanglotait doucement. Les autres se congratulaient discrètement. Ah ! la griserie de la victoire, la perspective de se partager quarante pour cent du pactole !

Nicholas se rassit, tapota le genou de Loreen. C'était fini, bien fini.

— Mesdames et messieurs du jury, reprit le juge Harkin, comme si ce verdict ne méritait pas qu'on s'y arrêtât plus longtemps, je vais maintenant vous interroger l'un après l'autre pour savoir comment vous avez voté. Je commence par Mme Loreen Duke. Veuillez déclarer distinctement si vous avez voté ou non pour ce verdict.

— Oui, répondit-elle fièrement.

Quelques avocats griffonnèrent deux ou trois mots ; les autres continuèrent de fixer devant eux un regard vide.

— Monsieur Easter ? Avez-vous voté pour ce verdict ?

— Oui.

— Madame Dupree ?

— Oui, monsieur le juge.

— Monsieur Savelle ?

— Non.

— Monsieur Royce ? Avez-vous voté pour ce verdict ?

— Oui.

— Mademoiselle Weese ?

— Oui.

— Monsieur Vu ?

— Oui.

— Monsieur Shaver ?

Lonnie se leva à demi, répondit d'une voix forte, pour être bien entendu.

— Non, Votre Honneur. Je n'ai pas voté pour ce verdict et je ne suis pas du tout d'accord.

— Merci. Madame Coleman ?

— Oui, monsieur le juge.

— Madame Card ?

— Non, monsieur le juge.

Cable, Fitch et toute l'industrie du tabac virent poindre une infime lueur d'espoir. Trois jurés avaient désavoué le verdict. Un de plus et le jury serait obligé de reprendre les délibérations. Tous les juges avaient eu connaissance de renversements de situation lorsque les jurés étaient interrogés un par un. C'est une chose de voter dans la sécurité de la salle du jury, c'en est une autre d'assumer son choix quelques minutes plus tard dans la salle d'un tribunal, devant les avocats et le public.

L'espoir ténu d'un miracle fut étouffé par Jerry et Sylvia. Tous deux approuvèrent le verdict.

— Nous avons, à ce qu'il semble, neuf voix contre trois, déclara Harkin. Tout le reste semble en ordre. Avez-vous quelque chose à dire, maître Rohr ?

Rohr se contenta de secouer la tête. Il ne pouvait remercier les jurés, même s'il mourait d'envie de se précipiter vers eux pour leur embrasser les pieds. Il resta à sa place, fit peser son bras sur les épaules de Celeste Wood.

– Maître Cable ?

– Non, Votre Honneur, parvint à articuler Cable.

C'est aux jurés, à cette bande d'abrutis qu'il aurait eu des tas de choses à dire.

L'absence de Fitch inquiétait profondément Nicholas ; cela signifiait qu'il était ailleurs, aux aguets, qu'il attendait. Il se demanda ce que Fitch avait découvert ; il devait déjà en savoir trop long. Nicholas n'avait qu'une hâte : sortir de la salle d'audience et quitter la ville.

Harkin se lança dans un discours verbeux, dans lequel il jeta pêle-mêle des remerciements, une dose de patriotisme, l'apologie du devoir civique, une mise en garde aux jurés, priés de garder le secret des délibérations et de leur vote, et la menace d'une inculpation d'outrage à magistrat s'ils disaient un mot de ce qui s'était passé dans la salle du jury. Après quoi, il les envoya une dernière fois au motel, pour prendre leurs affaires.

Fitch avait tout suivi de sa salle de projection. Il était seul ; les consultants avaient été congédiés sans ménagement et expédiés à Chicago.

Il avait envisagé d'embarquer Easter et en avait longuement discuté avec Swanson, après l'avoir mis au courant de la situation. À quoi bon ? Easter n'aurait pas parlé et ils se seraient exposés à une inculpation d'enlèvement. Ils avaient assez d'ennuis comme ça.

Ils avaient donc décidé de le suivre, dans l'espoir qu'il les conduirait à la fille, ce qui posait un autre dilemme. Que faire d'elle s'ils la retrouvaient ? Ils ne pouvaient la dénoncer à la police ; elle avait eu l'habileté suprême de voler de l'argent provenant d'une caisse noire. Qu'aurait pu dire Fitch au FBI : qu'il lui avait versé dix millions de dollars pour qu'elle trafique un verdict dans un grand procès du tabac et qu'elle avait eu le front de le doubler ?

Où qu'il se tournât, Fitch était coincé.

Il jeta un coup d'œil aux images transmises par la caméra cachée d'Oliver McAdoo. Il y avait du mouvement au banc des jurés ; tout le monde se leva et sortit. Les sièges restèrent vides.

Ils se retrouvèrent dans la salle du jury pour prendre les livres, les revues et les sacs à ouvrage. Nicholas n'avait pas de temps à perdre en politesses ; il ressortit, fut arrêté par Chuck, qui l'informa que le shérif attendait devant la porte.

Sans un mot d'adieu pour Lou Dell, Willis ni aucun de ceux qu'il côtoyait depuis quatre semaines, Nicholas emboîta le pas à Chuck. Ils sortirent par la porte de derrière ; le shérif en personne attendait au volant d'une grosse Ford marron.

— Le juge a dit que vous auriez besoin d'un coup de main.

— Oui. Prenez la nationale 49 vers le nord ; je vous dirai où vous arrêter. Et assurez-vous que nous ne sommes pas suivis.

— Très bien. Qui pourrait avoir envie de vous suivre ?

— Des méchants.

Chuck claqua la portière de Nicholas ; la Ford démarra. Nicholas leva une dernière fois les yeux vers la fenêtre de la salle du jury ; il vit Millie qui serrait Rikki Coleman dans ses bras.

— Vous n'avez rien à prendre au motel ? demanda le shérif.

— Ce n'est pas urgent ; je repasserai plus tard.

Le shérif décrocha sa radio et donna l'ordre à deux voitures de les suivre et de s'assurer que personne ne les filait. Vingt minutes plus tard, ils traversaient Gulfport à vive allure. Suivant les indications de Nicholas, le shérif arrêta la voiture au bord du court de tennis d'une résidence, au nord de la ville. Nicholas le remercia et descendit.

— Vous êtes sûr que ça ira ? demanda le shérif.

— Très bien. Je vais chez des amis. Merci.

— Appelez-moi si vous avez besoin d'aide

— Promis.

Nicholas se fondit dans la nuit ; de l'angle d'un bâtiment, il surveilla le départ de la voiture de police. Il trouva un poste d'observation lui permettant de suivre les allées et venues de tous les véhicules circulant dans la résidence ; il ne remarqua rien de suspect.

La voiture qui l'attendait était toute neuve, un véhicule de location que Marlee avait laissé là quarante-huit heures plus tôt, un des trois abandonnés sur différents parkings de Biloxi et des environs. Il mit quatre-vingt-dix minutes pour faire le trajet jusqu'à Hattiesburg, sans détacher les yeux du rétroviseur.

Le Learjet attendait à l'aéroport. Nicholas laissa les clés à l'intérieur de la voiture, se dirigea d'un pas nonchalant vers le petit terminal.

Un peu après minuit, il franchit la douane à Georgetown avec des faux papiers canadiens. Il n'y avait aucun autre passager ; l'aéroport était pratiquement désert. Marlee attendait près du contrôle des bagages ; ils s'étreignirent fougueusement.

– Tu es au courant ? demanda Nicholas en sortant dans l'atmosphère chaude et humide de la nuit antillaise.

– CNN ne parle que de ça. Tu n'as vraiment pas pu faire mieux ? ajouta-t-elle dans un éclat de rire, en se pendant à son cou.

Elle prit le volant, le conduisit à Georgetown, dans les rues vides et sinueuses, le long des immeubles modernes regroupés près de la jetée.

– Notre banque, fit-elle, quand ils passèrent devant le bâtiment de la Royal Swiss Trust.

– Jolie.

Plus tard, ils se laissèrent tomber sur le sable, au bord de l'eau, jouèrent avec l'écume des vaguelettes qui leur léchaient les pieds. Quelques bateaux, des lumières à peine visibles, glissaient lentement sur l'horizon. Derrière eux, la nuit régnait sur les hôtels et les résidences ; la plage leur appartenait.

Leur bonheur était sans mélange. Une quête de quatre ans venait enfin de s'achever ; leur plan avait fonctionné, à la perfection. Ils avaient si longtemps rêvé de cette nuit, le découragement les avait si souvent gagnés.

Les heures s'écoulèrent lentement.

Ils avaient estimé préférable que Marcus ne voie pas Nicholas. Il était à craindre que les autorités posent un jour ou l'autre des questions ; moins Marcus en saurait, mieux ce serait. Marlee se présenta à la banque à 9 heures précises ; on l'accompagna au bureau de Marcus qui brûlait de poser une multitude de questions. Il lui proposa un café, ferma la porte.

– La vente des actions Pynex semble avoir été une excellente affaire, fit-il avec un large sourire.

– En effet. Quel pourrait être le cours à l'ouverture ?

– Bonne question. J'ai téléphoné à New York ; l'affolement est général. Tout le monde a été pris de court par le verdict ; tout le monde, sauf vous, j'imagine.

Il aurait tant voulu savoir ; mais il n'obtiendrait jamais de réponses.

— Il se peut que la cotation soit suspendue un ou deux jours.

Elle sembla parfaitement comprendre. Le café arriva. Ils le burent en étudiant les cours de clôture de la veille. À 9 h 30, Marcus mit son casque et se concentra sur les deux moniteurs de son bureau.

— Le marché est ouvert, annonça-t-il.

Marlee écouta avec la plus grande attention en s'efforçant de paraître calme. Elle avait décidé avec Nicholas d'empocher un gros bénéfice aussi rapidement que possible et de disparaître avec l'argent dans un endroit lointain où ils n'étaient jamais allés. Il lui fallait couvrir cent soixante mille actions Pynex.

— La cotation est suspendue, annonça Marcus, sans quitter son écran des yeux.

Marlee tressaillit imperceptiblement.

Il composa un numéro, engagea une conversation avec quelqu'un à New York.

— Il n'y a pas d'acheteurs à cinquante dollars, annonça-t-il à Marlee. Oui ou non ?

— Non.

Deux minutes s'écoulèrent ; les yeux de Marcus restaient rivés sur les écrans.

— Elle est affichée à quarante-cinq. Oui ou non.

— Non. Pouvez-vous regarder les autres ?

Ses doigts dansèrent sur les touches du clavier.

— Trellco à quarante-trois dollars, en baisse de treize dollars. Smith-Greer perd onze dollars à cinquante-trois un quart, ConPack perd huit dollars à vingt-cinq. C'est un massacre ; toutes les valeurs du tabac sont en chute libre.

— Regardez Pynex.

— La baisse se poursuit ; quarante-deux dollars et quelques rares acheteurs.

— Achetez vingt mille actions à quarante-deux, fit-elle en regardant ses notes.

— Confirmé, fit Marcus quelques secondes plus tard. Elle remonte à quarante-trois. Ils réagissent vite là-bas ; à votre place, j'en achèterais moins de vingt mille, la prochaine fois.

Sans les commissions, l'association Marlee/Nicholas venait d'empocher sept cent quarante mille dollars.

— Elle redescend à quarante-deux.

— Achetez vingt-mille actions à quarante et un, dit Marlee.

Marcus confirma l'opération; encore sept cent soixante mille dollars dans la poche.

— Elle résiste à quarante et un dollars, poursuivit Marcus, comme un robot. Un demi de mieux; ils vous ont vue acheter.

— Y a-t-il d'autres acheteurs?

— Pas encore.

— Il leur faudra longtemps?

— Difficile à dire; cela ne devrait pas tarder. L'entreprise a les reins trop solides. À cinquante dollars, c'est une affaire en or; à ce prix-là, je dirais à tous mes clients de foncer.

Elle acheta vingt mille actions à quarante et un dollars, attendit une demi-heure pour en acheter vingt mille autres à quarante. Quand Trellco atteignit la barre des quarante dollars, en baisse de seize, elle en acheta vingt mille. Tout se passait au mieux.

À 10 h 30, elle demanda à utiliser un téléphone, appela Nicholas qui ne décollait pas de la télé. L'équipe envoyée par CNN à Biloxi essayait vainement d'obtenir une interview de Rohr, de Cable, d'Harkin, de Gloria Lane où de n'importe qui sachant quelque chose; tout le monde refusait de parler aux journalistes.

L'action Pynex atteignit son cours plancher une heure après l'ouverture. Des acheteurs se manifestèrent à trente-huit dollars; Marlee acheta les quatre-vingt mille autres actions qu'elle devait couvrir.

Quand l'action Trellco commença à résister à quarante et un dollars, elle en acheta quarante mille. Ayant assuré brillamment la couverture du plus gros de ses opérations, elle ne voulait pas se montrer trop gourmande avec les valeurs autres que Pynex. Elle se força à être plus patiente. Elle avait répété ce plan à maintes reprises; jamais plus une occasion semblable ne se présenterait.

Quelques minutes avant midi, dans un marché encore perturbé, elle couvrit les actions restantes de Smith Greer. Marcus retira son casque, s'essuya le front.

— Belle matinée, fit-il. Vous avez empoché plus de huit millions de dollars, avant commissions.

Une imprimante bourdonna sur le bureau; les confirmations arrivaient.

— Je veux que l'argent soit viré dans une banque, à Zurich.

— La nôtre?

– Non.

Elle tendit une feuille sur laquelle figuraient ses instructions pour le transfert.

– Combien ? demanda-t-il.

– La totalité ; moins vos commissions, naturellement.

– J'imagine que c'est une priorité.

– Immédiatement, s'il vous plaît.

Il ne lui fallut pas longtemps pour faire ses bagages. Nicholas la regarda ; il n'avait pas de bagages, rien d'autre que deux chemises de golf et un jean achetés dans une boutique de l'hôtel. Ils s'étaient promis une nouvelle garde-robe en atteignant leur prochaine destination. L'argent ne compterait pas.

Ils prirent un avion en première classe jusqu'à Miami, où ils attendirent deux heures leur vol à destination d'Amsterdam. Ils suivirent à bord de l'appareil les reportages de CNN sur le procès de Biloxi. Ils s'amusèrent beaucoup. Les experts de tout poil occupaient le terrain. Des professeurs de droit émettaient de sombres prédictions sur l'avenir de l'industrie du tabac ; des analystes financiers offraient une multitude d'opinions, chacune en contradiction marquée avec celle qui l'avait précédée. Le juge Harkin n'avait pas de déclaration à faire ; Cable était introuvable. Rohr sortit enfin de son bureau ; on lui attribuait tout le mérite de la victoire. Personne n'avait entendu parler de Rankin Fitch. Marlee le déplora ; elle aurait tant aimé voir son visage marqué par la défaite.

Elle avait agi exactement quand il le fallait. La baisse du marché avait été enrayée peu après le début de la chute. À la fin de la journée, l'action Pynex tenait bon à quarante-cinq dollars.

D'Amsterdam, ils gagnèrent Genève, où ils louèrent une suite dans un grand hôtel pendant un mois.

43

Fitch quitta Biloxi trois jours après le verdict ; il retrouva sa maison à Arlington et son cabinet à Washington. Son avenir en qualité de directeur du Fonds était compromis, mais son modeste cabinet avait assez d'affaires sans lien avec le tabac pour tourner confortablement ; certes, les revenus ne seraient pas comparables avec ce que le Fonds lui rapportait.

Une semaine après le verdict, il retrouva Lutther Vandemeer et Martin Jankle à New York, leur déballa toute l'histoire du marché conclu avec Marlee. Il passa un mauvais quart d'heure.

Il organisa aussi une réunion avec un groupe d'avocats new-yorkais pour décider de la meilleure manière d'attaquer le verdict. La disparition d'Easter aussitôt après le procès avait éveillé les soupçons. Herman Grimes avait accepté de communiquer son dossier médical ; des examens récents ne montraient aucun signe de l'imminence d'un malaise cardiaque. Il était en parfaite santé jusqu'au matin des délibérations. Il se rappelait avoir trouvé un drôle de goût à son café, juste avant de tomber. Le colonel Frank Herrera avait déclaré sous serment ne pas avoir placé sous son lit les publications interdites qu'on y avait trouvées. Il n'avait eu aucun visiteur ; *Mogul* n'était en vente nulle part à proximité du motel. Le mystère entourant le verdict s'épaississait de jour en jour.

Les avocats new-yorkais ignoraient tout du marché passé avec Marlee ; ils n'en sauraient jamais rien.

Cable avait préparé une requête pour demander l'autorisation d'interroger les jurés, une idée qui ne semblait pas déplaire au juge Harkin. N'était-ce pas le seul moyen de découvrir ce qui s'était passé ? Lonnie Shaver, qui avait obtenu sa promotion, semblait particulièrement pressé de tout raconter.

Pour Rohr et ses associés, l'avenir était plein de promesses. Une équipe avait été mise en place pour canaliser le flot d'appels d'autres avocats et de victimes potentielles. Une ligne téléphonique avait été ouverte à cet effet. Des actions en nom collectif étaient envisagées.

Les géants du tabac ne semblaient pas avoir les faveurs de Wall Street. Dans les semaines qui suivirent le verdict, l'action Pynex ne put dépasser la barre des cinquante dollars ; les trois autres titres avaient perdu au moins vingt pour cent de leur valeur. Certaines associations antitabac prédisaient ouvertement la faillite et la mort des fabricants de tabac.

Six semaines après son retour de Biloxi, Fitch déjeuna seul dans un petit restaurant indien, près de Dupont Circle, à Washington. Il avait gardé son manteau ; il neigeait dehors et il faisait un froid de canard à l'intérieur.

Il était penché sur un bol de soupe épicée quand elle apparut comme par enchantement, de la même manière qu'elle était apparue sur la terrasse de l'hôtel Saint Regis, à La Nouvelle-Orléans.

— Salut, Fitch.

Il lâcha sa cuillère.

Il parcourut du regard la salle mal éclairée, ne vit que de petits groupes d'Indiens penchés sur des bols fumants. Personne ne parlait anglais dans un rayon de dix mètres.

— Que faites-vous ici ? demanda-t-il, sans bouger les lèvres.

La fourrure du col de son manteau encadrait le visage fin ; il avait oublié à quel point elle était jolie. Ses cheveux semblaient coupés encore plus court.

— Je passais juste vous dire bonjour.

— C'est fait.

— Et vous dire qu'en ce moment même l'argent vous est restitué. Je le fais virer sur votre compte, à la banque Hanwa. Un virement de dix millions, Fitch.

Il ne trouva rien à répondre ; il se contenta de regarder le ravissant visage de la seule personne qui eût jamais pris le pas sur lui. Et qui le surprenait encore.

— C'est trop gentil, fit-il.

— J'avais commencé à le distribuer, à des associations anti-tabac, vous voyez. Nous avons changé d'avis.

— Nous ? Comment va Nicholas ?

— Je suis sûre qu'il vous manque.

— Profondément.

— Il va bien.

— Alors, vous êtes ensemble ?

— Évidemment.

— Je croyais que vous aviez pris l'argent et que vous étiez par-tie seule.

— Allons, Fitch !

— Je ne veux pas de cet argent.

— Très bien. Faites-en don à des associations de recherches sur le cancer.

— Pourquoi le rendez-vous ?

— Il ne m'appartient pas.

— Vous vous êtes donc donné une morale ; vous avez trouvé Dieu, peut-être.

— Je n'ai que faire de vos sermons, Fitch. Venant de vous, cela sonne faux. Je n'ai jamais eu l'intention de garder l'argent ; c'était un emprunt.

— Quand on est capable de mentir et de tricher comme vous, pourquoi ne pas aller jusqu'à voler ?

— Je ne suis pas une voleuse ; j'ai menti et triché, parce que votre client comprend cela. Dites-moi, Fitch, avez-vous trouvé Gabrielle ?

— Bien sûr...

— Et ses parents ?

— Nous savons où ils sont.

— Comprenez-vous maintenant, Fitch ?

— Oui, c'est plus logique.

— C'étaient deux êtres merveilleux, intelligents, énergiques, qui aimaient la vie. Ils ont commencé à fumer quand ils étaient étudiants, ils ont souffert de cette dépendance et en sont morts. Ils s'en voulaient terriblement de fumer, mais n'ont jamais réussi à arrêter. Ils sont morts dans d'horribles souffrances, Fitch. Je les ai vus souffrir, se ratatiner, chercher désespérément leur souffle. J'étais leur fille unique ; vos sbires vous l'ont dit ?

— Oui.

— Ma mère est morte à la maison, sur le canapé du salon, incapable d'aller jusqu'à sa chambre. Nous étions toutes les deux.

Elle s'interrompit, regarda autour d'elle ; elle avait des yeux étonnamment clairs. Aussi triste que fût son histoire, Fitch ne parvenait pas à éprouver de la compassion.

— Quand avez-vous eu l'idée de ce plan ? demanda-t-il, en prenant une cuillère de soupe.

— En fac. J'étudiais la finance, j'envisageais de faire mon droit. Je suis sortie quelque temps avec un avocat et j'ai entendu des histoires sur les procès intentés à l'industrie du tabac. L'idée a fait son chemin.

— Une idée éblouissante.

— Merci, Fitch. Venant de vous, c'est un compliment.

Elle tira sur ses gants, comme si elle s'apprêtait à partir.

— Je voulais juste vous dire bonjour. Et m'assurer que vous saviez pourquoi j'ai fait cela.

— En avez-vous fini avec nous ?

— Non. Nous suivrons attentivement l'appel ; si vos avocats vont trop loin, j'ai conservé une copie des transferts de fonds. Ne faites pas de bêtises, Fitch. Nous sommes fiers de ce verdict et nous aurons l'œil sur vous.

Elle fit un pas en arrière.

— N'oubliez pas, Fitch : la prochaine fois que vous irez en justice, nous serons là.

Cet ouvrage a été réalisé par la
SOCIÉTÉ NOUVELLE FIRMIN-DIDOT
Mesnil-sur-l'Estrée
pour le compte des Éditions Robert Laffont
24, avenue Marceau, 75008 Paris
en avril 1998

Imprimé en France
Dépôt légal : mai 1998
N° d'édition : 38932/01 – N° d'impression : 42341